U0043640

1999年6月香港大學亞洲研究中心主辦的「柏楊思想與文學國際學術研討會」由該中心副主任冼玉儀博士主持開幕式，右為大會召集人黎活仁教授，左為大會裁判楊靜剛教授。

與會學者正在辦理報到手續

研討會第一場由歷史學家唐德剛教授率先登場做主題演講，右為李瑞騰教授。

研討會第二場，主題為「柏楊的思想」。

研討會第三場，主題為「柏楊的雜文」。

研討會第四場，李瑞騰教授正在說明關於遠流版《柏楊全集》的編輯狀況。

研討會第五場，主題為「柏楊的報導文學和舊詩」。

研討會第六場，主題為「柏楊的小說」。

研討會第七場，主題為「柏楊的小說」。

研討會第八場，主題為「柏楊的小說」。

研討會第九場,由劉靖之教授主持總結發言,龔鵬程教授做觀察報告,楊靜剛教授宣布獎項。

最後一場會議結束後,應大會之邀,柏楊致感謝詞。

研討會會場一景。

全體與會人士在會場外與柏楊、張香華伉儷合影。

柏楊、張香華伉儷與大會召集人黎活仁教授合影。

柏楊和長期給與他最大支持的老友（左起）王榮文、唐德剛、陳宏正、潘耀明四位先生在會場合影。

柏楊的思想與文學

The Thought & Literary Works of Bo yang

「柏楊思想與文學國際學術研討會」論文集

香港大學亞洲研究中心主辦

柏楊的思想與文學
——「柏楊思想與文學國際學術研討會」論文集

主　　編／黎活仁・龔鵬程・李瑞騰・劉漢初

　　　　　黃耀堃・梁敏兒・鄭振偉

圖片提供／黎活仁

責任編輯／游奇惠・傅郁萍

發 行 人／王榮文

出版發行／遠流出版事業股份有限公司

　　　　　台北市 100 南昌路 2 段 81 號 6 樓

　　　　　郵撥／0189456-1

　　　　　電話／2392-6899　　傳真／2392-6658

香港發行／遠流(香港)出版公司

　　　　　香港北角英皇道 310 號雲華大廈 4 樓 505 室

　　　　　電話／2508-9048　　傳真／2503-3258

　　　　　香港售價／港幣 200 元

法律顧問／王秀哲律師・董安丹律師

著作權顧問／蕭雄淋律師

2000 年 3 月　初版一刷

2003 年 11 月　初版三刷

行政院新聞局局版台業字第 1295 號

售價新台幣 600 元　　（缺頁或破損的書，請寄回更換）

YL*ib* 遠流博識網

http://www.ylib.com　　　e-mail: ylib@ylib.com

柏楊的思想與文學

The Thought & Literary Works of Bo yang

黎活仁、龔鵬程、李瑞騰、
劉漢初、黃耀堃、梁敏兒、鄭振偉
主編

2000

《柏楊的思想與文學》(2000)
The Thought & Literary Works of Bo-yang

主編: 黎活仁(香港大學)、龔鵬程(佛光大學)、劉漢初(臺北師
　　　範學院)、黃耀堃(香港中文大學)、李瑞騰(中央大學)、
　　　梁敏兒(香港教育學院)、鄭振偉(香港嶺南大學)

編輯委員會委員: (姓名依漢語拼音排列)

　　　　白雲開(香港教育學院)
　　　　陳惠英(香港嶺南大學)
　　　　黃耀堃(香港中文大學)
　　　　洪濤(香港城市大學)
　　　　戚本盛(香港中文大學)
　　　　曾焯文(香港理工大學)
　　　　鄭振偉(香港嶺南大學)
　　　　朱耀偉(香港浸會大學)

目錄

[本論文集曾交由兩位「匿名評審」作學術審查]

前言

香港大學亞洲研究中心得香港殷商何先生的贊助，於1999年6月10至11日舉辦了「柏楊思想與文學國際學術討論會」，會議由香港大學亞洲研究中心副主任冼玉儀博士主持開幕典禮，並邀請美國著名歷史學者唐德剛教授作主題演講，講題為「三峽舟中的一齣悲喜鬧劇——對名作家柏楊生平的個案透視」，臺灣佛光大學龔鵬程教授在會議結束前發表「觀察報告」，臺北師範學院劉漢初教授於會後提交「顧問報告」。「顧問報告」是新的概念，要求就以下各點作更詳細的評估: (1).「論文撰述人」和「特約講評人」是否稱職; (2). 每場是否準時開始和結束; (3). 行政效率(辦理補助機票手續、膳宿安排、接待等)是否恰當; (4). 列出具體改善的意見。

宣讀論文的學者依次序包括(敬稱略): 向陽、周裕耕(Jurgen Ritter)、梁敏兒、劉季倫、彼得羅夫(Aleksander Petrov)、弔引(Dusan Pajin, 只提交論文)、龔鵬程、張堂錡、雷銳、黃守誠、應鳳凰、張素貞、朱耀偉、朱嘉雯、余麗文、黎活仁、鄧擎宇、梁竣瓘、鄭雅文等; 另外請得(敬稱略)李瑞騰、璧華、潘耀明、陶傑、陳萬雄、鄭培凱、陳德錦、劉靖之、白雲開、黃耀 1.、龔鵬程、陳岸峰、岑逸飛(代讀)、李培德、龔鵬程、曾焯文、陳志明、李志文、羅琅(代讀)、楊靜剛、梁敏兒、鄭振偉、單周堯、林憶芝、向陽、劉季倫、陳藩耕、洪濤、歐陽

潔美、余麗文、鄧昭祺、王璞、陳惠英、朱耀偉、周錫䪖、
陳學超、應鳳凰、鄭煒明、劉漢初、黎活仁(依場次先後著錄)
諸位, 或擔任主席, 或擔任講評; 以上專家學者, 有來自各地
大專院校, 如英國Warwick大學、南斯拉夫Belgrade大學、德國
Tuegingen大學、美國匹茲堡大學、德州大學、廣西師範大學、
佛光大學、輔仁大學、靜宜大學、臺灣師範大學、臺北師範學
院、東吳大學、中央大學, 以及香港大學、香港中文大學、香
港城市大學、香港浸會大學、香港公開大學、香港嶺南學院、
香港教育學院、香港公開大學、香港理工大學、香港科技大學、
香港珠海書院文史研究所等, 也有來自香港的報界、文化界和
出版界。

　　文學創作技巧據云已到了山窮水盡的地步,「湊拼」或「嫁
接」在後現代而言, 反而可以有推陳出新的驚喜, 能打破順序
敘述, 造成重複又重複的空間化和多種聲音效果, 極獲好評,
以下就借重各位女士先生的妙筆, 以為大會流程的剪影。

一. 柏楊: 難以歸類、全面掌握以至在文學史定位的作家

　　討論專題包括柏楊的思想、雜文、報告文學、舊詩和小說
等各方面, 每一篇論文設兩位以至三位講評, 詳加討論。增加
一位或以上的講評, 目的有三: (1). 用以監控論文水準; (2).
在有比較之下, 講評也會更為認真; (3).讓更多專家學者有機
會直接參與, 在學術人口不多的香港, 實踐證明非常有效。

　　德國周裕耕博士的碩士論文是研究柏楊的, 可以說是本
行中的專家。劉靖之教授就周裕耕博士題目中「非貴族的知識
分子」一詞提出異議, 認為中國沒有這一概念, 另外, 周博士

又回應提問，認爲柏楊所謂的「醬缸文化」在德國也有，有「醜陋的中國人」，也有「醜陋的德國人」。學術論文恐怕稍嫌枯燥，有了兩篇完全不同意見的講評，情況大爲改觀，建議不妨從周裕耕博士大作翻檢，享受無窮的閱讀樂趣。

會上也就方法論與臺灣文學、柏楊小說研究的意義等等交換了意見，香港大學中文系黎活仁以他的經驗作一說明：到臺灣參加研討會，尤其是臺灣文學，如果大會安排的特約講評是外文系老師，恐怕難免要面對理論應用的質詢，這次會議，香港方面論文，都能引進各式各樣來自東西洋的理論，具備跨地區跨科系的競爭力。臺灣學者比較關心切身的政治文化層面，例如中心與邊緣、威權與民主等等，這是可以理解的。

「顧問報告」中有如下所引的評語：「去年6月，亞洲研究中心舉辦了『中國現代文學批評國際研討會』；今年3月，舉辦了『中國小說研究與方法論的應用國際研討會』，主辦人重視方法論引用的立場，是清晰可見的。個人以爲，這一次會議的成績似乎未能超越前兩次，部分原因當出於事前與論文發表人溝通未盡完善，應該還有很大的改進空間。」(劉漢初：〈附錄資料[三]：檻邊人語〉)。

「在這次討論會中，含主題演講，共八場，所論包括了思想、雜文、史著、報導文學、詩、小說等。一位作家而可以用這麼多場次，這麼多篇(二十篇論文，一篇關於《柏楊全集》的編輯報告)來討論，足以證明柏楊是一位多面向的作家，本次討論會也是一場多角度的論述。」(龔鵬程教授：〈附錄資料[一]：柏楊是一位難以歸類的作家〉)

　　「不過, 整個討論會中, 我們仍然會發現: 論者對柏楊作品掌握並不完整, 也不夠熟稔。這是其他研討會中所罕見的現象。一些對柏楊作品看得不多、不熟, 對柏楊其人其時其事亦未必清楚的學院中人, 爲了開這樣一個會, 倉促去訪求材料, 粗粗瀏覽後即提筆上陣, 看起來確實有些詭異, 本次會議, 討論並不熱烈, 此亦爲原因之一。」(龔鵬程教授〈附錄資料[一]: 柏楊是一位難以歸類的作家〉)

　　「替『柏楊小說』翻案, 也彷彿是這次港大『柏楊思想與文學國際學術討論會』的一大使命, 發表了十篇柏楊小說的論文。……美國德州大學應鳳凰追蹤郭衣洞小說的身世, 做了版本書目整理, (認爲)寫實的《掙扎》儘管有些可歸爲『反共文學』, 但小說蘊含柏楊一貫的批判精神, 與五〇年代黨政主導文化格格不入, 因而未受重視。」(《中國時報》, 1999年6月12日)「《異域》曾經被稱爲二十世紀最暢銷的報導文學, 在一千八百萬人口的七〇年代臺灣, 銷過一百萬餘冊, 但香港的柏楊研討會上, 兩岸學者對於《異域》, 到底是報導文學, 還是小說, 有著完全相反的意見。」(《中國時報》, 1999年6月12日)

　　「南華管理學院校長龔鵬程總結, 柏楊文學作品的爭執, 正體現難於歸類作家文類問題, 柏楊射手一般全方位的做過太多的事。」(《中國時報》, 1999年6月12日)案: 柏楊有創作如遊擊射手的比喻。

　　「這次會議是成功的, 柏楊先生幾乎出席了所有的場次, 他靜聽各家縱橫論說, 自己避免發言, 對學術論難相當尊重, 同時博得與會學者的敬意。會議進行之間, 無論臺上臺下, 都能從容討論, 沒有劍拔弩張的對立, 使整個大會充滿理性的氣

息。柏楊先生是個奇人,他的思想與文學別具一格,在海外的影響力不少,但爭議也頗多。本次會議的論文,對柏老作品的批判性意見,所佔比例稍嫌過少,這可能和論文作者的一般偏向有關,大會如能對這個人間的現實性狀況多一點關注,會議的學術成就當可更爲完美。」(劉漢初:〈附錄資料[三]: 檻邊人語〉)認爲批判性意見過少,說來也是,印象中龔鵬程教授和兩位特約講評人可能是例外,乞便中省覽。

「柏楊的文化批評,儘管對於中國文化批判得不遺餘力,但其立足點顯然可以歸類爲夏志清所謂的『感時憂國』的傳統。在這一場會議裏,有最大量的文字環繞著這個主題而展開。由於柏楊的作品中顯現了中國與臺灣在本世紀特殊的歷史經驗(殖民、流離、放逐等等),所以有些論文就著眼於柏楊作品中所顯露的這一面。另一些論文則著眼於柏楊小說中的虛構與眞實之間的關係。」(劉季倫:〈附錄資料(七): 一點隨想〉)

二. 設評獎制度面面觀

「有意思的是,硏討會開幕儀式後,有個宣誓儀式,大會召集人要對與會者舉手宣誓,大會裁判楊靜剛也要舉手宣誓,都表示要『維護學術公平公正』,難怪美國紐約市立大學唐德剛教授,見到如此莊嚴的宣誓『嚇了一跳』……,他說參加了無數的學術硏討會,遇到這麼嚴肅認眞,還是第一次。」(《亞洲周刊》13卷25期, 1999年7月)

爲提升論文素質,大會設「評獎制度」,委託一位裁判全權處理,以示公正。這次硏討會由香港公開大學楊靜剛博士擔任裁判,比賽結果爲臺北東吳大學的張堂錡教授獲得冠軍,臺

灣師範大學張素貞教授、輔仁大學劉季倫同獲亞軍, 季軍是靜宜大學向陽教授。隊際比賽則臺灣稍勝香港隊。

應鳳凰教授的「會後報告」結合美國經驗, 作了比訂, 認為「這次研討會設計了『雙講評』制, 這類作法在美國的各種學術會議, 是很少見的; 主辦單位甚至設置『匿名評審』, 評判出與會論文的一等獎二等獎三等獎, 這在美國人文學者及研究生眼裏, 也是無法想像的。」(〈附錄資料[六]: 美國觀點〉)

曾經三度參與籌劃「香港大學亞洲研究中心」學術會議的劉漢初教授在「顧問報告」認為「至於論文和講評競賽, 自『中國小說研究與方法論』研討會(案:1999年3月)首度採行以來, 各方反映的意見頗有紛歧。從好的方面說, 增加了論文發表人的壓力, 直接保證了論文的水準, 加上這一次又多了雙講評制, 發表人的危懼感無疑是更加重了。講評者也被列入評鑑, 不著邊際的講評是幾乎絕跡了。但是, 有人認為, 這樣的遊戲規則太過尖銳, 似乎比較適合年輕人。大會顯然有見及此, 在給獎的形式上採取了人性化的措施, 使場面只見和諧熱鬧。」(劉漢初: 〈附錄資料[三]: 檻邊人語〉)所謂「人性化」我想是指不公布「一等獎」、「二等獎」和「三等獎」名單, 「大會裁判」在論文宣讀之後馬上頒授獎狀, 獎狀以文件袋密封, 與會者應可以欣然接受。

至於其中一位「匿名評審」也有一番見解。「評審工作完成後, 其中一位評審學者在給我的報告中說, 雖然他擔任了評審的工作, 但仍然有兩點不吐不快。第一, 研討會採用評審制度將會使成名學者裹足不來, 影響研討會素質, 最後只會造就了兩、三位初生之犢, 在選無可選, 評無可評之情況下脫穎而

出,並不代表他們眞正的實力;第二,研討會在目前學術界
的遊戲規則中,是以文會友,社交的意義大於實力的比拼,似
乎我們要接受這個現實。」(楊靜剛:〈附錄資料[五]:裁判報
告〉)

　　附錄這些高見,其實也是回應時代的召喚。香港一些文化
學術發展基金如「香港藝術發展局」(相當於臺灣的文建會)要
求提交類似的「評估報告」,以爲日後批審的參考,在變得程
序化公式化的「觀察報告」以外,能夠再增加一些不同聲音,
「不虛美,不隱善」,如此更具公信力。「柏楊思想與文學國
際學術討論會」「幕後智庫」所制訂以及進行的多項改革和實
踐,無疑預示兩岸三地研討會文化的未來發展。

　　全程參與整個研討會的專家學者畢竟很少,籌委會於是
又邀請劉季倫教授和應鳳凰教授,分別以不同角度發表他/她
們的看法,協助重建會議流程,讀來至感興味。

三.「論文發表人」與「特約講評人」主次逆位:「雙講評」
　　以至「三講評」、研究生擔任講評的試驗

　　「柏楊連續兩天在現場傾聽與會學者討論他的作品之後,
閉幕前發表感言:『你們說的理論我不懂,你們讀的書,我也
沒讀過。我是一個獨立作戰的游擊隊。我的寫作只是像大青蛙
一樣,看到馬車來了,就跳上去,談不上理論。』」「出席『柏
楊思想與文學國際學術研討會』的學者們,兩度全場起立向柏
楊致敬。歷時兩天的學術研討會,昨天傍晚在溫馨的氣氛中落
幕。」(《民生報》,1999年6月12日)

　　「美國學圈的講究學術倫理, 是說他們在研討會上, 有嚴謹的, 像金字塔型的三級排序——由塔尖到塔底, 依序是「主題演講者」、「講評者」、「論文發表者」。以論文發表者的人數最多, 通常三到四篇論文, 即同一個場次 (panel), 才設有一個講評者 (discussant)。講評者的人選, 亦頗有「講究」, 例如「正教授」才可講評「副教授」, 或請副教授來講評研究生, 因為他一個人不但要分別講評這三篇或四篇論文, 甚至要比較這幾篇之間的優劣, 甚至討論相關的方法論, 歸納整體的結論之類, 總之, 很少以「同級」講評, 例如不會找一個研究生來講評其他研究生的論文。」(應鳳凰:〈附錄資料[六]: 美國觀點〉)

　　「柏楊思想與文學國際學術研討會, 在香港大學舉行, 本人代表臺灣佛光大學參與合辦, 至感榮幸。此種合作模式已經數次實驗, 成效斐然, 而此次更有若干創新, 例如雙講評甚至三講評、論文評獎、匿名審查等。第一次參加這種形式之研討會之朋友, 可能會不太習慣, 也會擔憂或懷疑其效果。而實際上研討會進行中, 也因論文及講評稿均已閱過, 討論中的機鋒或偶然撞擊的火光自然減少, 主講人發言之時間又被壓縮, 以致討論過程中減少了一些趣味。所以, 此次研討會之形式設計未必不能再改進。但整體看來, 這樣的規劃, 顯現了主辦者的用心, 也保障了論文及講評的品質, 更減少了將來編為論文集時的困難, 恐怕仍是應予肯定且值得臺灣學習的。」(龔鵬程〈附錄資料[一]: 柏楊是一位難以歸類的作家〉)

　　「香港學者一直認為研究生如果學有專精, 會比老師的急就有更好的表現, 這次籌委會拜託陳志明先生負責招待龔

鵬程校長,陳先生特別買了一套《柏楊曰》,寫了長篇批評,讀者如果把暗藏機鋒的另一篇作比對,會覺得各有匠心,足以互相輝映,閱讀與思維空間大為擴闊,充滿各種各樣的巴赫金或哈伯瑪斯意義的「對話」。這無疑是一種後現代的文化現象。」(梁敏兒:〈附錄資料[五]: 積澱為集體記憶的心路歷程〉)

「這一次研討會出現許多年輕的學者,甚至有一些港台兩地的研究生發表論文,或擔任特約討論,他們容或青澀,但是勇於論辯,使整個會場頗富年輕氣息,對柏楊研究來說,這種新人力的加入是可喜之事。」(李瑞騰:〈附錄資料[四]: 把柏楊當作文化轉型史的個案〉)

「從整個會務的推動上,這一次在黎活仁教授的主導下,充分利用電子郵件(e-mail)的傳輸功能,會議之前已經將「論文」及特約評論人的「評論」送達與會者,而且採取了極其罕見的「雙講評」,主講者幾乎是不講,在現場只答辯。從學術會議行政上來說,可以說極富啓發,我個人尤其願意在這點上進一步加以思考。」(李瑞騰:〈附錄資料[四]: 把柏楊當作文化轉型史的個案〉)

「比較有趣的是,有四位年輕的研究生宣讀論文,其中三人來自臺灣中央大學,一人來自英國Warwick 大學,恰巧她們都是女性,而且其沉穩的表現,十足發揚了『後生可畏』的迫人氣勢,令人印象深刻。亞洲研究中心重視學術傳承,一貫為後進提供機會,幾次會議下來,可謂已經有了相當的成效,應該繼續下去,同時這也是值得其他學術單位參考的。」(劉漢初:〈附錄資料[三]: 檻邊人語〉)

四. 研討會論文集編輯概念與論文制度評分的因應

依目前香港的學系撥款與老師著作水準掛鉤的遊戲規則,「研討會論文集」評分不高,「上有政策,下有對策」,稍爲變通就可順應潮流,這種遊戲規則似未及於大陸臺灣和日本,因此順便說明一下: (1). 這本「研討會論文集」是以一般「學術論文集」形式編輯, 有「匿名審稿制度」,並特別標示於目錄末端; (2). 論文格式基本上是參考《漢學研究通訊》68期(1998年11月)對臺灣地區學術期刊的評分標準, 相信這一嚴格要求也適用於其他地區的學術論文集, 特點是指定要附「作者服務單位之中英文名」、「中英文摘要齊全」、「中英文關鍵詞齊全」、「論文格式一致」; (3). 籌委會在編校之時, 不但統一了論文格式, 而且在適當範圍內加注人物的生卒年。

五. 鳴謝

臺灣遠流出版公司總經理王榮文先生出席了開幕典禮,至爲感謝, 研討會論文集承俯允交王先生主持的企業出版, 謹此再謝!

從籌劃到圓滿結束, 香港大學亞洲研究中心副主任冼玉儀博士給予莫大的鼓勵和支持, 又協調整體事務的方小姐、葉小姐, 出版部的蕭先生, 以及各位友好, 一直默默耕耘, 居功不少。「顧問報告」對「後勤行政」有這樣的評價:「大會的服務很有些值得稱道的地方, 首先是亞洲研究中心的工作人員效率奇高, 許多繁瑣的手續早已安排得井井有條, 與會的學者專家只要符合會前通訊的注意事項, 就可以得到快速而完善的服務。」(劉漢初: 〈附錄資料[三]: 檻邊人語〉)

　　沒有何先生的贊助,當然也不可能有這一盛會,因此實在十分感激,希望來年將繼續資助同類會議,以便各地學者共聚一堂,活躍學術,共析疑義。還有就是《中國時報》記者陳文芬小姐、《民生報》記者歐銀釧小姐和《明報》著名專欄作家岑逸飛先生的專題報導,讓海內外文化工作者都知道這一盛會,謹再申謝忱!

　　「人生的緣分難說得很。柏楊說過:在火燒島上,他從沒有料到將來有一天,他會變成一場會議的議題。也許,所有的與會者,都必須經歷以往我們曾經遭逢過的一切際遇,修習我們曾經用心過的所有生活,最後才能夠如此這般湊成這樣一場盛會。如今會已經散了……。然而,又有誰知道這場盛會,還會成就甚麼樣新的緣分呢?」(劉季倫:〈附錄資料[七]:一點隨想〉)

黎活仁(研討會召集人)

香港大學中文系　副教授

香港大學亞洲研究中心　院士

1999年8月8日

三峽舟中的一齣悲喜鬧劇——對名作家柏楊生平的個案透視

唐德剛教授

唐德剛(Te-kong TANG)教授，1920年生，國立中央大學畢業，美國哥倫比亞大學歷史學博士。歷任哥大「中國口述歷史學部」執筆人，紐約市立大學亞洲系系主任，著有《李宗仁口述回憶錄》(1977)、《胡適口述自傳》(1981)、《胡適雜憶》(1979)、《中國之惑:唐德剛教授文集精選》(1991)、《書緣與人緣》(1991)等。

中文關鍵詞: 柏楊 柏楊回憶錄 資治通鑑 醜陋的中國人

英文關鍵詞: Bo Yang, The Memoirs of Bo Yang, The Ugly Chinaman, Zi-zhi-tong-jian (Bo Yang version), So Does Bo Yang Says

—{編委會整理}—

　　作為一個職業史學工作者, 從大學時代開始, 筆者便一直堅信一部中國近代史便是一部近代中國政治社會文化的「轉型史」。在政治制度上, 我們要從三千年未變的帝王專制制度, 「轉」向今後三千年也不會有本質上變動的民主政治制度。這是個歷史上的必然; 是任何人和事都不能逆轉的歷史上的必然。只是這個轉型運動, 有兩個嚴重的屬性: (一)它是一轉百轉的。這種政治制度一旦轉變, 其他社會文化制度, 也隨之轉變, 隨之或前或後作不同速度的轉變, 以相配合。(二)從帝制到民治的轉變, 需時至少二百年。同時這項轉型, 不是我文化中自動發生的。它是在西方強勢文化挑戰之下, 被迫發動的。發動的契機便是鴉片戰爭(1839-1942)。這項轉變既經發動, 它就強迫了我們千年不變的文明, 走上十年一變的大動蕩時代。這一動蕩時代至少要延續至兩百年之久。換言之, 就從1840前後, 一直延長至下一世紀2040年代, 中國才會恢復安定, 成為今後世界上一個超級強權的民主大國! 因此這一動的兩百年, 筆者姑名之曰「歷史三峽」。

歷史三峽中過峽的英雄好漢

　　這個歷史三峽是驚濤駭浪的; 通過這個三峽的億萬渡客, 在驚濤駭浪之中, 浪打船翻, 也是死人如麻的。因此今日在座的聽眾, 和不在座的讀者, 也都是三峽中的渡客。今年六十歲以下的渡客, 或可在四十年後, 享受點民主中國的盛世; 六十以上人就只有在峽中, 度其餘生了。

　　在我們這些億萬的客群中, 當然多的是名儒碩彥, 和英雄好漢。但是三峽不是桃花源。通過這一驚濤駭浪, 幾人歡喜幾

人愁，縱是天大的英雄，每人也各有一本難唸的經。本文的主旨，便是想翻翻當代名家柏楊郭衣洞先生那本難唸的經。做點個案研究(case study)。見微知著，利用微觀史學的法則，看看這位作家在歷史舞台上所表演的一場，極其精彩的悲喜鬧劇。一葉知秋，這一時代的文化轉型史的實況，吾人由於對柏楊的探討，或可略窺其餘。

受晚娘迫害的小動物

　　柏楊的生平，在他呱呱墮地之日始，便構成傳統中國社會裡一宗標準化的形象——他是受「晚娘」虐待的一個小孤兒。「晚娘」是我國傳統社會裡一樁，極可怕，卻最標準的一種「建制」(institution)。傳統中國由於醫藥落後，產婦死亡率之高是驚人的；產婦既死而留下倖存的孤兒，縱在富厚，富貴之家，這無母孤兒也是人間之至慘也。如果這孤兒又家境貧寒，再加個潑辣的晚娘，那這小動物的可悲，就禽獸之不如了。最慘的還是他的天真無知和無告。其終生不滅底心靈上所受的創傷，實百十倍於體質上所受的虐待。這種可憐的小動物，在中國傳統社會裡的數量，應該以「萬」為基數吧。三千年來牠們在中國社會上一波一波的出現，未稍息也。我們這些從舊社會過渡出來的人，耳聞目睹，亦未嘗盡也。民間舞台和說部上的故事，就更是說不完的了。可是這批小動物，在三千年國史中，該有幾千萬人，卻基本上是個無聲無息的盲啞集團。社會國家對他們一貫是無視無聞；他們對這社會，也無怨無艾。這椿人世間最足牽人魂魄的悲慘的社會現象，就任憑它無聲無臭的重複幾千萬遍，而被視為當然，這是什麼樣的文明社會呢？老實說，

在傳統的基督教社會裡,在這方面就人道多矣。——想不到郭衣洞柏楊,這位不世出的名作家竟然是這樣一個「小動物」的出身。他在晚年竟能以最生動的筆墨,把這宗極可悲的社會慘劇描寫出來。吾翻閱《柏楊回憶錄》(也是一部中文的《塊肉餘生述》吧)至此,而掩卷不忍卒讀,甚至情難自己,而淒然垂涕。吾非為柏楊個人悲,我為中國社會上,中國歷史上,千千萬萬,無知無告的小動物而垂涕也。個人不學,不知《四庫總目》中,亦可查出若干類似著作否? 如果沒有,那末柏楊也就是這類千千萬萬,無知無告底小動物的,唯一的歷史家和發言人了。柏楊自己可能尚無此自覺也;他底親柏反柏兩大讀者集團,可能亦見未及此也。但這卻是中國傳統社會裡,任誰也否定不了的一樁社會史實;未經過社會史家詳細著錄的社會史實,而柏楊著錄之也。

幼年不幸安知非福

　　心理學家都知道,在這種心理背景成長出來的青少年,往往都具有強烈的愛憎之心。他將成為一個走極端的人物: 不為聖賢,便為禽獸;不能五鼎食,就應五鼎烹;生不能留芳千古,死後就應遺臭萬年……總之他不是個,你我一樣的「常人」;他是個敢作敢為,拿得起放得下的「非常人」。他那慘烈底幼年錘鍊,就錘鍊出一種雖千萬人吾往矣的倔強個性。要頂子紅,就不要怕頸子紅;砍掉頭,碗大疤,怕個什麼? 當然這只是那些幸運而有智慧的孤兒。逃不出這一關的小動物就不忍卒言了。

　　朋友,我們這個社會國家;我們這部《二十五史》、《資治通鑑》、便是這種「非常人」,率領我們(你和我)這種千千萬萬,畏首畏尾的「常人」製造出來的。——我不是說,所有的「非常人」,都是幼年時被「晚娘」虐待出來的。「他們」之所以能變成「我們」的「領導」;變成我們底「首長」、「導師」、「舵手」……主客觀的條件多著呢。毛主席的母親便是一位慈母。但是毛公那種「與天鬥,與地鬥,與人鬥」的個性,可能便是他那位嚴厲的父親,一拳一腳揍出來的。他老人家後來與天鬥,與地鬥,與人鬥最樂的人生觀,可能也就是在青少年期,「與父鬥」開始的。

第一個醜陋的中國人

　　君不見,柏楊晚年曾有名著:《醜陋的中國人》。這就是一本常人所不為,不敢為,也不願為,而卻有高度說服性的名著。據柏楊自道,和他人的轉述,在他底遊美期間,群集愛荷華的熱情信徒們,正歡聚一堂,提耳恭聽,這位萬里外從祖國飛來的教主,宣揚中華文化是如何的博大精深,以便照本宣科,好向洋朋友、洋鄰居、洋同事、洋學生、洋女友炫耀一番。想不到所聽見的卻是對「醜陋中國人」的一場詆罵!罵得眾信徒,個個黯然神傷,垂頭喪氣;罵得在場的洋聽眾也喪魂落魄;有的也掩口竊笑,不能自已。而講演者柏老,卻振振有辭,意猶未竟!坐在他對面的,正是「醜陋的中國人」,流落在海外的醜陋的代表!

　　朋友,你說柏楊瘋了。六七十歲的人了,還不通人情世故。怎能在熱情底歡迎群眾之前,大罵其「你們都醜陋不堪」

呢? 可是諸位如如有認真讀閒書的習慣, 你就知道没啥稀奇。據嬰兒心理學的記載, 一般嬰兒, 尤其是男嬰, 都有戀母情結, 他認爲人世上最美的, 最善的, 最真的, 最可愛的, 就是經常抱著, 吻他的那個叫她「媽媽」的女人。

柏楊記憶中的幼年, 身邊也有他叫「媽」的女人。但是這個「媽」既不抱他, 也不吻他。動不動還要打他, 扭他, 罵他, 非理性的虐待他。她呢, 既無真, 又不善(連偽善也没), 更無美。相反的, 她顯得醜陋不堪, 而她卻是他的「媽」。因此在柏楊的經驗裡, 他八十年的生活史中, 他所接觸的第一個「中國人」, 他叫「媽」的中國人, 就是個「最醜陋的中國人」。在柏楊的經驗裡, 連個最可愛的「媽媽」, 都是個「醜陋的中國人」, 你我是老幾? 坐在柏楊對面, 能自覺「我比城北徐公美」?!

醜陋不是事實?

朋友, 別泄氣, 更別生氣。你我在柏楊的眼光裡, 都是醜陋不堪的「醜陋的中國人」。我們這十二億華裔同胞裡(甚至包括數萬, 甚或數十萬, 以身上有中國血液爲恥的台獨「好台」們, 注意他們已不再是「好漢」), 很多英雄好漢, 都自覺甚美。其實我們也確是一批柏楊所謂「醬缸文化」泡出來的狗熊, 壞漢, 其醜無比。我們的英雄好漢們(包括「好台」們), 何不自我檢討, 何不照照鏡子, 看看自己是何等樣人, 是美還是醜?

余讀柏楊書, 從最原始的「醬缸文化」開始, 到最近的論醜陋之文, 朋友, 不瞞你說, 甚不是滋味也。原因很簡單: 余亦

「中國人」也。對鏡自窺,竟若是其「醜陋」乎? 然余細讀德裔漢學家周裕耕博士(Dr. Jurgen Ritter)的博士論文的漢譯本《醬缸》(墨勤譯,1989年,台北林白出版社出版),不無感慨也。不才嘗爲博士導師也。面對此以柏楊主義爲理論基礎的博士論文,將如何置評呢? 雞蛋裡找骨頭,小問題挑剔不盡也。但是涉及它的基本問題,柏楊所提的醬缸文明中,醜陋的一面,難道不是事實? 我們文化裡有欠人道底野蠻的一面,我們無法否認也! 五四時代的啓蒙大師們,抓著「小腳」和「辮子」,便大做其文章,說我們的傳統的文明是如何如何地野蠻,連這個最不人道的「纏足」,也容忍了一千餘年而毫無異辭! 朋友,您還不知道,我們傳統文明裡,有一種叫做「人菜」呢。王漁洋的《池北偶談》就記過這一人菜的故事,說在人吃人的饑荒年代,狠心的丈夫或父親,往往把自己的妻子和女兒,當成豬豕一樣的家畜,綁起來給人舖,讓顧客們論斤購買食用呢! ——你能說我們傳統文明的「孔孟之道」,是如何偉大?

　　以上所舉只是些具體小事例,已把我們的傳統文明弄得醜陋不堪,至於那些視而不見的社會習俗之醜陋,就書之不盡了。大的如「髒唐臭漢」中皇族的惡行;職業官僚中,逢迎和吹拍的醜事。小的如孫中山先生告誡華僑不能「隨地吐痰,當衆放屁」的惡習,都醜陋不堪呢,而我們視爲當然者,數千年! 你我「中國人」,還有臉皮自炫,我們傳統文明是如何之美?!——這些都是一些任何「中國人」,所無法否認的具體事實。

　　在民國史上,有些口口聲要發揚固有文明,提倡「讀經」的文人和軍閥,你去查查他們妻妾成群,貪臟枉法的私生活,

卻沒一個例外, 都是「醜陋」不堪的。這些都是絕對的事實? 因此我們那位, 目光銳敏, 觀察深入的柏楊, 一旦接觸了現代基督文明, 和彬彬有禮的現代西方社會, 兩相對照, 就看出我們自己是如何醜惡了。——憤激的心情, 再加上個尖刻文筆, 扒起糞來, 蛆蟲畢露, 被揭發者, 唧恨入骨, 就要置這很尖刻的扒糞作家於死地; 而好之者, 喜其入木三分, 痛快淋漓, 就逐漸形成個無形的柏楊主義的文化圈了。結果就對立統一, 永遠難解難分了。譽滿天下, 謗亦隨之; 恨滿中國, 愛遍世界。這就是柏楊先生在前述的三峽舟中, 所扮演的一場悲喜劇的基本性質。

「醬缸」中國人無專利權

但是我們這些寫歷史的, 尤其是博士生導師們, 對柏楊主義, 和由柏楊主義引申的博士論文, 有沒有若干評語, 批語呢? 這是任何博士論文都是免不了的一關。

首先, 周裕耕這篇博士論文最大的缺點便是他未能掌握好比較史學的法則。柏楊所揭發的「醬缸文明」, 是否是中國文明所獨有呢? 西方固有文明, 是否也是個「醬缸」呢? 我們這些教授世界史, 和比較文化史的教師, 所能提出的粗淺的答案, 是中國史家對這個大「醬缸」無專利權。 歷史的發展是有其階段性。站在 「現代階段」這一高坡之上, 回看過去歷史, 則世界各民族的傳統文化, 無一而非醬缸也。

先看看所謂「西方」。古希臘羅馬那個殘酷的 「奴隸制」, 就是個大醬缸。這個大醬缸, 我國社會發展史上, 反而沒有。

我們有少數奴隸(Slaves)而無奴隸制(Slavery)。兩相比較, 我們的醬缸還是個「比較好的制度」 (a better system)呢!

再看看中古西方。文藝復興史家, 叫它做 「大黑暗時代」。那個萬能的上帝在大黑暗時代所製造的醬缸; 也遠比我們皇帝造的醬缸, 污染更甚呢! 說來話長, 限於篇幅, 無法詳談。

再看看回教文明和印度文明。那兩個大醬缸, 還說得完? 有次有位信仰印度教的教授, 在我們亞洲史班上, 為印度的燒寡婦, 殺新娘(因粧奩不足)的傳統陋習作辯護, 我就曾公開地教訓過他。因為我和我的學生, 對印度那個大醬缸, 實在無法忍受。

重複一句, 站在「現代文明」這個立場, 回看「古代文明」和「中古文明」, 則沒有哪個「民族文化」不是個大醬缸。 今日我們這個亞非拉第三世界之可悲, 便是我們把「中古文明」給無限期延長了。我們至今還沒有完全進入這個 「現代文明」的階段。柏楊他老人家, 今日是站在 「現代西方文明」這個高坡上, 回看還沒有完全擺脫中古文明的中國傳統文明, 則我們的傳統文明就是個大醬缸了。

西方白種人的神氣是他們已擺脫「中古文明」, 已將近五百年了。而我們今日還在中古文明的邊緣打轉, 怎能不令語重心長恨鐵不成鋼的柏楊先生生氣呢? 周裕耕博士把柏楊思想未搞通, 而誤以為中國傳統文明是次等文明, 是醬缸文明, 只有基督教文明才是上等文明, 才是救人救世的文明。搞歷史不知社會發展有其階段性; 搞比較史學, 不知分階段比較, 而囫圇吞棗的比較之, 那末博士論文就要發還重作了。

過分自尊, 過分自卑, 都有不是

筆者個人數十年來, 在大學課堂裡, 在不同的拙著裡, 和與各不同學科的朋友們辯論裡, 就曾不斷的強調, 搞比較文化一定要分階段: 以古代比古代; 以中古比中古; 以近代比近代。因為文化是個活的有機體。他在不斷成長, 不斷變化之中。所以我們不能囫圇吞棗地說: 中國文化不如西方文化; 中國藝術不如西方藝術; 中國建築不如西方建築; 中國音樂不如西方音樂; 中醫不如西醫; 中國人的公德心不如西方人的公德心等等。這樣一說, 則中國文明就沒有存在的價值, 甚至存在的必要了。

因此我們只能說: 現代中國音樂遠不如現代西方音樂; 中古時代的西方音樂, 就遠不如中古時代的中國音樂。現代的中國科學, 遠不如現代西方的科學; 古代和中古的西方科學, 就遠不如古代和中古的中國科學(西方科學史權威的李約瑟教授就是如此說的)。 學術如此, 人類的社會行為, 和道德生活亦然, 因為文化是個活的東西。它有興衰, 有起伏, 有健康時代, 也有生病時代, 甚至興衰嬗遞, 且有其週期性, 不可以偏概全。

所以如果由於我們有個輝煌的過去。「好漢只說當年勇」, 便大吹中國文化是如何博大精深, 西方的毛子們, 哪能和我們相比。說這種話的好漢, 不是個胡塗的滿清遺老, 便是個無知的民國軍閥, 自以為是。

相反的我們如果由於在社會發展的程序上, 我們的中古文明被不幸地延長了; 現代文明的出現被一再的耽誤了, 就把

我們長至五千年的古文明鄙棄了，那也就是因噎廢食，絕望地在牛棚之內「畏罪自殺」；自以為非了。——二者都有不是！

「王八蛋，侮辱領袖！媽的，我揍你！」

可是人類原是一種最複雜的動物；人類的社會生活和文化生活也都是最複雜的。尤其是生在這個文化轉型期的歷史三峽裡，自以為是，和自以為非，都是一種群眾的文化心態。入者主之，出者奴之，不可相強。

因此筆者所作上述「二者都有不是」之論，也是一具有高度職業成見的說法。——自以為是，也是自以為非的說法；入者主之，出者奴之的主觀說法。

作為一個經過嚴格訓練的職業史學工作者，在一個極度動蕩的大時代中，既未進過牛棚，又未住過綠島，這種人所說的話，難免過分冷靜，與這個熱乎乎的時代，顯然是不易吻合的。——胡適之在抗戰初期，那個熱乎乎的高調時代，大唱其「低調」，所犯也正是這個毛病。與時代脫節，不足為訓也。但是他也有他底歷史的意義。

吾友柏楊就不是這樣了。他在台灣被判了個沒有執行的死刑；他如留在大陸，這個死刑恐怕早就執行了。他是個熱乎乎時代中一位熱乎乎的人物。他命中注定是這個時代潮頭上的人物。他無法遁世逃禪，或靠邊站，坐觀人家的成敗。他注定是這個時代舞台上的演員，參與演出。他不能安靜地(像筆者不才這樣)坐在觀眾席上鼓掌喝彩，或喝倒彩。有靈感，便寫一篇自覺甚為客觀的劇評。沒靈感，沒時間，就拉倒。

　　當然喝倒彩, 寫劇評, 有時也會出毛病的。但是不會惹起太多的深仇大恨。加以躲在租界裡有錫克族的紅頭阿三, 保障人權和言論自由, 也多少有點安全感。加以你不怒脈賁張, 人家也就不會磨拳擦掌了。

　　柏楊兄就不然了, 他是舞台上當紅的演員, 善於當眾「抓根」, 引起滿堂喝彩, 歡聲雷動。這影響就大了。筆者便親眼見過, 那是在抗戰期間的大別山的舞台上, 以下是兩位演員的對話和後果:

演員甲: 我這個老百姓最怕保長。

演員乙: 保長又怕誰?

　　甲: 怕鄉長。

　　乙: 鄉長又怕誰?

　　甲: 怕縣長。

　　乙: 縣長又怕誰?

　　甲: 怕李主席(安徽省主席李品仙)。

　　乙: 李主席又怕誰?

　　甲: 怕蔣委員長。

　　乙: 蔣委員長又怕誰?

　　甲: 嗯....嗯....嗯....

　　　　蔣委員長怕五閻王!

　　他這話一出, 全場數百觀眾, 頓時哄堂大笑, 兩演員也得意非凡....殊不知就在這哄堂時刻, 有兩位軍人模樣的人物, 忽自座位站起, 大叫:

你這王八蛋, 竟然當眾侮辱領袖!

媽的, 我揍你!

說時遲，那時快，他二人便跳上舞台，「揍」起來了。一時秩序大亂，我們尚未看完的戲，也就只好散場了。

事實上吾友柏楊在四十九歲 (1968) 那一年，也在相同方式下，以大力水手的巧言抓根，被軍人模樣的人物罵「王八蛋，侮辱領袖，媽的，我揍你」，捉將官裡去，弄得妻離子散，并被判了個沒有執行的死刑的。這分明是一椿鬧劇，竟鬧得一位名作家，家散人亡，九死一生。這是什麼回事呢？

朋友，這原是個不講理的時代，有什麼理可講呢？在這種不講理的社會之中，我國古代儒家書酸子，就告誡過我們：「處亂世，危行言遜」，只有這樣才能「明哲保身」。而我們的柏楊卻早被晚娘打成一條硬漢子，不信邪。看到世有不平，骨鯁在喉，不吐不快，而他又是個能以巧言惑衆的天才，把當年國共兩黨這個天大的晚娘，也不放在眼內，那就只有捉將官裡去了。

我們檢討柏楊這個「個案」，發現他並不孤立。前不久我曾收到大陸上女強人林希苓從巴黎寄來的賀年片。上面只寫四個大字：「我還活著。」捧此片而思此女，筆者這個畏首畏尾的窮文人，眞是愧爲鬚眉！

柏楊和林希苓今日都還「活著」。與他(她)們同去，而不能「活著」回來的，台灣據說有四千人，大陸總在四十萬以上吧！

朋友，我們這個三峽時代，多麼可怕。我們今日能把「活著」回來的柏楊，選出來作一番「個案研究」，開個研討會，也不算是多餘的吧！

泛政治史觀與社會異化

柏楊，無可否認的，是我們人文學科裡的一位天才——文史哲、散文、小說、詩歌一把抓的天才。在歷史方面，他應該被編入「通史家」這一範疇。但是搞通史，他難免也有點比重失調——他的興趣和注意力，是過分地偏重於政治史了。尤其是著重於帝王將相，后妃公主的政治史了。梁啓超說中國傳統的歷史，只是一部「帝王家譜」。但是要做個這個家譜專家，實非易事。事實上在今日海峽兩岸的史學界中，把這部家譜翻得最徹底的，卻遠不是那些名滿天下的博士院士，講座教授和大師小師呢。金玉其外，敗絮其中，有幾個聰明的風雲人物，對古典史學，做過點十年寒窗的基本功? 有之卻是這位一張實際文憑也沒有的柏楊郭衣洞也。這也是筆者這個敗絮其中的史學教授，對他最心折的地方。但是在現代史學中過分著重於歷史人物的政治行為，則歷史上就無人不醜了。這也是柏楊醬缸哲學所形成的基本原因之一。

從美學(Esthetics)的觀點來看那些搞政治的大小政客(包括未入流的候補政客，和擠不進政治內圈的邊緣政客)，他們的吹牛拍馬，脅肩諂笑，那才是天下之至醜也。柏楊在治史範疇裡，長年累月，經常在政治史中，政治人物的政治行為中兜圈子。「上山則見虎，下澤則見蛇; 入虎之室，入蛇之穴」，自然也就無人不醜。這是他底智慧生活(intellectual life)中的極限使然，無足異也。柏楊不是「黑厚教主」，但他對一般「醜陋」現象的描繪，則時時在李宗吾底「心黑皮厚」兩大範疇中兜圈子，就知道，政治史，政治人物和政治行為，在他觀察中的比重了。

再有一點，柏楊是一位目光銳敏的社會觀察，但是他對「轉型社會」中，人類社會行為中的「異化」異象，則掌握不夠。因此他對中西社會行為的比較評論，有時就難免有偏激之見了。——這些都是柏楊的政治哲學，社會哲學的精髓所在，其語雖巧，其意至誠。不是一般的矯揉造作，和譁眾取寵的鄙俗作品。在一個古老文明大國裡，市井中自有通人。我們不能小視社會上有讀書習慣的廣大讀者群。套一句左翼宣傳家的口頭禪，那就叫做「人民眼睛是雪亮的」。「是非自有公論」，任何有技巧的宣傳家，詭辯家，也不能「一手遮天」。林肯說得好：你可欺騙全體人民於一時；欺騙少數人民於永遠；但你不能永遠欺騙全體人民。——因此柏楊的醜陋論是他出諸內心的觀察，不是曇花一現的譁眾之作。有心的讀者讀後，面紅耳熱之餘，也頗能心平氣和的接受之。因為一般讀者也和作者一樣，對異常的社會行為和道德行為是一種社會轉型期的異化現象，缺乏掌握，大家都只看中柏楊所舉的形而下的實例，而忽略了那看不見，摸不著的形而上的規律了。

由恨之深到愛之切的政治青年

遍讀千萬言的柏楊之書如上述者，我們不能不承認，作者生命中有個「恨」字。但「愛」與「恨」，原是一個銅元的兩面。有痛恨才有狂愛。反之亦然。因此在柏楊的潛意識裡，也寄生著強烈的愛慾。這種愛，他不能如常人一般，先從父母愛起，作同心圓式逐漸向外界擴張，以施之於社會國家，乃至全人類，以及於禽獸。既失父母之愛(尤其最重要的「母愛」)，柏楊的愛，便形成認定目標，作直線條的向外噴射了。柏楊又是

個早熟的天才兒童, 在性愛方面, 當其他緩進兒童, 尚不知「性」為何物時, 小郭已經兩度結婚同居, 呱呱生女矣。

性愛只是愛的一方面, 性愛既經滿足, 則其潛存之愛: 愛國家, 愛民族, 愛主義, 愛領袖, 愛階級, 愛弱者, 愛禽獸, 愛藝術, 愛寫作, 那就有說不盡之愛了。

筆者與柏楊有同庚之雅。「我二人都是猴年(1920, 民國九年, 庚申) 出世。我二人幼年的遭遇, 可說是完全相反。我有個出生年月日時的「八字」, 可以找算命先生「算命」。可憐的郭衣洞, 出生年月日時只剩個「二字」(庚申)。算命先生對他就不能算命了。我二人雖生在完全相反的環境裡, 我們卻生於同一個時代, 有一個共同的次文化。這項共同的次文化, 卻使我們那一代的青年, 如醉如癡地投入一個偉大的浪潮, 不能自已。──這一浪潮便是奮不顧身的抗日救國! 我們的總目標雖完全相同, 我們在不同家庭, 不同底集團所炮製出來的青年, 卻有不同的路線。

就以我個人來說吧。我是出生於一個比較富裕家庭。家庭經濟, 可以支持我走傳統社會中所謂「正途」。從小學、中學, 按部就班升入大學, 甚或留學。我自己也還可算是個用功的「佳子弟」, 精於考試。所以三考出身的「正途」, 對我來說, 也是正常可行的出路。雖然抗戰的烽火, 流亡的生活, 也曾使我有從軍報國之心, 在投考空軍的行列裡, 有三試三北的悲壯紀錄。我在體檢不合格, 淚流滿面的失敗心情之下, 對那些通過體檢, 走向空軍的少年伙伴, 真是由衷的欽羨, 雖然他們多半都是一去不返, 把最年輕, 最美好的生命, 獻給了多難的祖

國。我投筆不成,請纓無路,最後還是被迫退回三考正途,走科舉出身的老路。三湊六合,最後落得流落番邦!

柏楊與我就適得其反,他走了一輩子偏鋒。由於不幸喪母;更不幸是受晚娘之厄,他一輩子無法在科舉中生存。他造假學籍造偽文憑,擠入高教,最後還是一憑莫名。他投筆從戎,上不了天空,也上不了前線,最後卻當起國家的軍政工幹部來。

柏楊是在1938年,他十九歲(實齡十八歲)那年,在武漢加入國民黨中央,由蔣委員長所親自主持的青幹班受訓的。他說,「受訓的時間只有短短的一個月,但卻陪伴我終生的一段時光。」(見《柏楊回憶錄》第14章)且再抄一段,這位愛國青年,此時的心路歷程:

> 在「戰幹團」的時候,集體宣誓加入國民黨。一個來自鄉下才十九歲的青年,簡直弄不明白自己的位置──在一夕之間,長官告訴我:
>
> 「你是英明領袖的子弟兵!」
>
> 我是既興奮,又驚訝,不敢相信有這麼大的榮耀。我下定決心效忠領袖,願為領袖活,願為領袖死。從我當儀隊的那時候起,單方面這樣赤膽忠心,假如這時有人行刺蔣中正,我會用我的血肉之軀,保護領袖,跳起來擋住子彈,或爬在即將爆發的炸彈上。(見全上)

18・《柏楊的思想與文學》(台北: 遠流出版公司, 2000)

全國青年一條心只此一次!

柏楊記述他這段心路歷程的時間是1938年的春夏之間。那是我八年抗戰最高潮期,日寇陷我首都,實行「南京大屠殺」,殺我軍民三十五萬人的鮮血,尚未全乾,敵軍正指向我武漢核心。中華民族這時是真正的「到了最危險的時候」。國共兩黨的所謂「合作」,這時也是最真誠,也是唯一的一段,推誠相見的時期。毛澤東親函蔣介石,竟歌頌蔣有「盛德」(原件存台北國史館)。這時從前線退往武漢的熱血青年,數十萬人。十九歲可能是大多數!筆者這時也正是十九歲,與一大群十八九歲的毛頭,也正在武漢街頭露宿,以血肉之軀,任憑敵機來日夜轟炸。

武漢那時是我們這批抗戰毛頭的集散之地。時機巧合如柏楊者,就光榮地做了「英明領袖的子弟兵」。額滿見遺,就考慮北上延安,西去成都(軍校),南下泰和(戰幹四團,蔣經國的基地)。筆者對這三個去處,都曾嚴肅的考慮過。終以畏首畏尾,還是追隨不斷的流亡潮,退入湘西。回首六十年前往事,讀柏楊之書,盍勝滄桑之感。若說近百餘年來,億萬個中國熱血青年,只有一條心,也只有1938年那麼一次。我何幸而生此代,竟能一見之。過此,他們竟在無數自私政客黨棍指使操縱之下,而自相殘殺,血流成河!柏楊便是我們這一代,這一段時間內心路歷程,最生動的紀錄人。

中華知青一分爲二

當然自武漢撤退之後,中國青年就逐漸形成兩大陣營。在八路軍保護之下,以延安爲首的「民主根據地」內的青年,逐

漸被共產黨組織起來,過其「組織生活」,形成一個針插不進,水滲不透的鋼鐵集團。所謂「國統區」內的知識青年,吃糧不當兵,就是個散漫的群眾了。像筆者這樣走科舉路線的「大學生」就自成其志大才疏的大學生族。但是他們卻是所謂國統區內青年的精華所在。倭寇一日不滅,他們是誓死擁護政府抗戰到底的。在抗戰末期,當日寇迴光反照,作垂死掙扎,掃蕩西南中國時,蔣公號召青年從軍,他們反應之熱烈,實不減武漢當年,也是史無前例的。——當年捲入這場熱血浪潮的青年,今日如仍「健在」,也都成了祖父母了,垂垂老矣。他們當年的事蹟,今天都成古代史了。然回首當年,這群熱血青年(包括柏楊兄在內),何嘗「醜陋」?他們正代表著民族文化的精髓所在。沒有他們的前仆後繼,「到了最危險的時候」的「中華民族」,何能苟延殘喘,至於今日?沒有他們的前仆後繼,又哪有今日的自由台灣?為此,我也想提醒今日,非脫離中華民族這個族群不可底台獨弟兄們。國共兩黨,在當前民族文化「轉型期」中,不過是「過眼雲煙」!在抗戰期所表現的那種民族傳統,和民族精神,民族文化,才是永恒不滅的。——搞政治的人,應有歷史眼光。你能把那種熱血浪潮中的青年,罵成「中國豬」?! 我怕足以當「豬」的,不是世襲罔替的那一群中華男兒也。

轉型期中的幸與不幸

話說回頭,敢作敢為的柏楊,那時正站在這個前仆後繼,鮮血浪潮的最前線,是個領導分子。筆者這個畏首畏尾的無用之人(也可說是個「佳子弟」,「好學生」吧),也捲在這個浪

潮之中，做個小泡沫。然目睹其驚天動地的全部過程也。老年做個「歷史家」，回首當年，盍勝浩嘆！

國共兩黨的此起彼覆，近百年來中華民族命運的波翻浪滾，自有其文化轉型的宏觀歷史在。在驚濤駭浪的歷史三峽中，浮沉翻滾，狗熊英雄同其命運，哪能以成敗論英雄？———一言以蔽之，一切一切，都是民族文化轉型期中的歷史現象。捲入其中的個體，身不由己，有幸有不幸。「黃巢殺人八百萬，在劫者難逃！」朋友，你說這是俚俗話?！殊不知，我們底俚語俗話，往往都富有極高深哲理的。

像柏楊這種誓死擁蔣的熱血青年，撤至台灣之後，思想逐漸成熟，回首大陸上潰敗往事，痛定思痛，難得胡塗，窺破了獨裁者的真面目，由誓死擁蔣，轉而譏刺反蔣，終被將官裡去，判了死刑，幾遭不測。

柏楊這樁冤獄，這個個案，是個特殊例子嗎？

非也。朋友，它是個「公式」。———一個專制政權殺人的公式。

我的鄉友張家林、吳義方兩君，兩名小兵也。在台灣亦以莫須有罪名，被國民黨特務刑求至終身殘廢。然他二人尚自慶生還也。據張君的「老兵會」的實際調查，有名有姓，而未能生還，被虐待至死的「小兵」，凡四千餘人！———終身被毀而苟延生還者，還有多少?！只是他們沒柏楊之名和柏楊之筆就永遠冤沉海底了。

在大陸上類似的案件，那就應以「十萬」為基數吧。吾之大中學時代之老友劉君。中學時由於搞中共地下黨被除名兩次。僥倖大學畢業後，躬逢解放。在大學任教，前途似錦，孰

知未幾便被打成右派。歷經勞改，幸而生還。年躋耄耋，與老友把盞話舊，不忍卒睹也。胡為乎而然哉？

因將劉比郭，在兩黨殺人競賽中，歷史家據史實秉筆直書之。國民黨似乎遠較共產黨為文明。郭衣洞坐了九年大牢，居然坐出個傑出的歷史家，和桂冠詩人來。坐國民黨的牢，還可讀史書，作箚記，出版成書，竟成三大部可貴的通史參考書。上述共黨牢中的劉右派就無此機緣矣。

三大部獄中書

柏楊這三部書(《中國歷史年表》、《中國帝王皇后親王公主世系錄》、《中國人史綱》)，職業史學家可能又有其評頭論足之處了。但是你為悟解出三部書皆成於牢中(實在應該列入金氏紀錄)，你就大驚失色了。我們不妨再去查查「四庫總目」，看看有幾本漢語著述，成於牢中？不學如愚，當未發現呢！再看西文著述《馬可孛羅遊記》似乎可以相比，但那是成書於戰俘營。戰俘營并不是監牢。再者馬可孛羅所寫的只是一部「口述歷史」，一個腦袋一張嘴，半係記憶，半係胡吹，用不著一本參考書，不像柏楊之作，一部廿五史的參考書就有八百本之多。胡適之先生說，「只有你自己寫下來的知識，才是你自己的知識。」筆者讀史數十年，對

這句話真有切身的感受，所以也服膺終生。

寫工具書的人，每為自大而淺薄的史家所竊笑。但是你如知道，只有你自己寫下的知識，才是你自己的知識，你才知道寫工具書者之可羨可敬。因這是治史學的「基本功」。由博始能返約。對漢唐宋明清的基本史實，一知半解，而奢談是某專題某專題的專家，吾知其不足論也。不信你讓他去和柏楊盤盤道，啥是七國之爭? 啥是八王之亂，他不是信口開河，便是出口便錯。——柏楊是我好友同行。但我對七國之爭、八王之亂這類基本史實，在柏楊面前，只敢請益，不敢盤道。原因便是: 人家有「寫下來的自己的知識。」我有些啥呢? 我知道，我們同行中，就有人不服這口氣。硬要說，柏楊是啥鳥歷史家呢? 心懷這種不平的大師們，其實是頭巾氣的成見在作邪。學問比我大，膽子比我更大吧了。道是同樣盤不得的。

從作家明星到史學學究

當然為寫工具書而寫工具書，往往難免作繭自縛，陷入學術技工的框框。但是柏楊亦自有其反傳統的醬缸哲學的一家之言。你說他偏激，朋友，著書牢中，你還要他心平氣和呀? 在楊朱墨翟之言遍天下的時候，大談仲尼之說，也是一種偏激之言。馬恩列史之說，豈不更是偏激中之偏激了。它還不是主宰了我中華史學界五十餘年，至今不衰。

只要言之成理，偏激何傷哉? 不同意他的話，駁他個體無完膚嘛。不同意就把他關起來，那就是法西斯了。搞民主要，我不同意你的話，但我著重你有說話的自由。

予初讀柏楊獄中書便大感興趣。蓋柏楊明星作家也。慣以巧語惑世,而名滿天下。孰意一旦背上文字獄,被捉將官裡去,他竟能搖身一變,變成個歷史學究來。吾不禁在三峽舟中的觀眾席上,大鼓其掌,而連聲叫好。何也? 蓋明星作家者,明星也。天上明星固然千年不變,地上明星,終會人老珠黃。

余於戰後觀「梅劇」,見梅蘭芳先生以六十老翁之身,在舞台上自稱「奴家十八」,曾引起哄堂大笑。人老珠黃雖梅郎不能免,況其他明星乎?

明星防老之術,就不要怕老。要從妖冶明星,搖身一變,變成個老學究;戴上老花眼鏡,翻線裝書,然後哼哼唧唧,顯出道骨仙風,那就愈老愈靚了。

余嘗恭維張學良將軍趙夫人曰,「没有夫人的善加護持,少帥活不到如此高齡呢!」 夫人謙遜曰,「哪是我的功勞? 蔣哩!」換言之,若不是蔣公把他關了五十年,那位吃喝嫖賭成性的張少帥,恐怕早就「蒙主恩召」了。

柏老郭衣洞先生也正是如此。若不是蔣關他個十年,他那派花言巧語,還能說多久? 最後如說出個「奴家十八」來,豈不糟糕?! 柏老畢竟是文曲星下凡。正在那需要搖身一變之時,他就被小蔣先生關了起來。朋友,讀破萬卷書,作個老學究是個好變的? 三更燈火五更雞,需要「十載寒窗」呢! 小蔣先生是可人,他就知道柏楊有此需要而把整整的關了十年,就關出個院士級的學究了。

胡三省後第一人

現在我們就可以談談「十年通鑑」時代的晚年柏楊了。

　　我嘗為柏楊版《白話資治通鑑》打邊鼓說，胡適梁啟超和李敖，都曾為現代大中學生開列國學必讀書，洋洋數十種的「書目」。若有人焉，也要我開個類似的「書目」，那我就「一書定天下」，《資治通鑑》。看不懂原文，那就看柏楊版白話通鑑。憑良心，我不是為柏老溜鬚，我是自初中時代起，已說了數十年。原因是作為一個現代中國知識分子，如想對中國固有文明，知道點大略，最實際而可行的工作，便是一部《資治通鑑》。

　　為什麼呢? 原來《資治通鑑》便是一部按年編選的中國古典文學名著的大「文摘」，掌握了這部書，不特千年國史如在掌中，其他一切古典文史名著，皆可觸類旁通。足下如也有胡適所說的「讀書習慣」，害病也要看書，那就有條理地觸類旁通之。真能如此，乖乖，那就不得了也! 曾國藩說:「得富貴如登高山，不知身之自高也。」搞黨做官如此，為學亦然也。您如是位銀行副總裁，週末無事，不去打它二十四圈衛生麻將，而去讀它二十四卷古典名著。日積月累，你夫人打了數百圈麻將，講了數百小時的「牌經」; 你足下於同一時期，卻讀了數百卷國學名著，包括《金瓶梅詞話》。乖乖，哪還得了! 親愛的副總裁，「不知身之自高也。」您如在什麼雞尾酒會，碰到些趾高氣揚的文史專家、院士博士者流，三言兩語，一杯老酒未下肚，對方就已經變成煙銷雲散的狗屁了。就有這麼靈! 副總裁兄，不妨試試看。

　　今次聖誕節，筆者收到沙坪老同學、經濟學家陳修明兄，一張賀年片，上面寫了一句話:「退休後總算做了一件大事，我把柏楊的通鑑讀完了。」愚得卡大驚，自思以後和修明吹牛，

談到八王之亂、七國之爭, 可別出岔!! 我對讀者陳修明尚有此欽羨之心; 我對譯者郭衣洞, 敢不畢恭畢敬?!

　　朋友, 讀書為學, 是硬繃繃的死功夫, 老而彌健; 他與花拳繡腿的明星作家, 和金光燦爛的院士博士, 不一定是同一類動物呢。所以筆者便不時向柏楊說, 古往今來, 把《資治通鑑》這部鉅著一個字一個字(注意「一個字, 一個字」)的細讀無數遍, 再把它「寫下來變成自己的知識」的傻子, 足下恐怕是胡三省以後的第一人了。——對這種下過「烏龜功」(一個字一個字上爬過去)的人, 我輩「跳高欄」(看不懂, 不願看就一躍而過之)的讀者, 能不脫帽致敬?

　　柏楊從其極端反傳統立論, 與司馬光的「臣光曰」唱對台戲, 而大搞其《柏楊曰》。傳統遺老中衣冠之士、衛道門徒, 對他可說是深惡痛絕。柏老雖以「匪諜」之罪入獄, 激進的左翼權威, 對他也如見蛇蝎。極左極右兩派都要把他鬥垮鬥臭! 而柏楊至今才名未減, 仍是讀者如雲。何也? 君不見距今兩千年之柏楊王充乎。王充著《論衡》, 由於立論詭異, 衛道之士唧之入骨, 諸代帝王亦歷申嚴諭, 列為禁書, 而論衡如此故。清乾隆時修《四庫全書》, 紀曉嵐始為其平反說: 「終因好之者眾, 未能廢也。」

　　人民的眼睛是雪亮的; 讀者自有公論。

　　柏楊柏楊, 這就是你在文化轉型史上的牌位!

　　　　　1999年5月14日草於合肥安大外招南樓;
　　　　　「六四」十週年增訂於台北青年會

(Keynote speech)

Tang, Te-kong. "A comic and tragic farce in a boat of the Chiang Jiang Three Gorges: A thorough case study of Bo-yang, the famous writer"

Emeritus Professor, City University of New York

~~~~~~~~~~~~~

特約回應：璧華

璧華(Bi Hua), 原名紀馥華, 男, 筆名璧華、懷冰等, 福建福清人, 1934年生於印尼萬隆市, 山東大學中文系畢業, 香港大學哲學碩士, 現任麥克米倫出版(香港)有限公司中文總編輯, 著有《意境的探索》(1984)、《中國新寫真主義論稿二集》(1992)。

　　唐教授的論文對柏楊及其作品的宏觀論述極具啟示性, 我想就以下三點做一些補充。

　　(一)柏楊愛憎分明、毫不妥協的性格與其生活經歷有密不可分割的關係, 他日後倡言的中國人是醜陋的觀點亦因而形成。文中指出柏楊自幼受後母非理性的虐待錘鍊了他日後雖千萬人吾往矣的見義勇為的倔強個性, 後母對他的百般摧殘, 使他自幼就看到中國人醜陋的一面; 十九歲參軍後, 他所敬愛的並可以為之犧牲的蔣委員長到了台灣之後的反民主的行為, 使他更為徹底地認識到中國人的醜陋。正是這種醜陋使中國積弱不振, 於是他義無反顧地用文字揭露這種醜陋, 為的是清除它, 使中國有自由民主人權, 從而富強起來。

關於柏楊性格的形成，我有一點補充。儘管柏楊如何揭露中國人在儒家思想指導下做的種種醜行，但是柏楊也是受儒家傳統教育出來的知識分子。儒家思想中以及由儒家思想培育出來的一些中國歷史上殺身成仁、捨身取義的士大夫的壯烈行爲不能不對他有所影響，忽略這種影響，評價柏楊時可能會失之片面。

在這裡，我想借被毛澤東迫害至死的學者、雜文家鄧拓作說明。鄧拓是高級中共黨員，中共喉舌《人民日報》的總編輯，在六十年代毫無疑問他是反對儒家傳統的(他信仰的是馬列主義學說)，但當他秉承自古以來中國知識分子以天下爲己任的傳統，敢向毛澤東挑戰，通過雜文(收在《燕山夜話》中)諷刺毛氏政策與爲人的種種不是：如講大話、空話、自食其言，言而無信等等，他十分崇敬晚明敢於挑戰權貴的以士大夫爲主的政治集團東林黨人的品格，把東林黨領袖顧憲成撰成的一幅對聯「風聲、雨聲、讀書聲、聲聲入耳；家事、國事、天下事、事事關心。」爲當代座右銘。他在六〇年九月七日寫的《歌唱太湖》中表明心跡道：

「東林講學繼龜山，事事關心天地間，莫謂書生空議論，頭顱擲處血斑斑。」

可見只要是讀書人，在中國就不可能不受儒家傳統的影響，柏楊自不例外。

(二)關於柏楊的愛與恨的問題。唐教授正確地指出柏楊對國家的愛之深恨之切，這點柏楊和對他有極大影響的魯迅一樣。魯迅揭露中國國民的劣根性時很明確的指出「揭出病苦」是爲了「引起療救的注意」。柏楊亦聲明說：他所寫的雜文

就好像一個人坐在司機旁邊，一直提醒司機，以免出交通事故。可惜的是柏楊常常是以敵視的態度對待國民劣根性，而魯迅則是以「哀其不幸，怒其不爭」的態度對待之。讀柏楊批判國民劣根性的文章，只見到尖刻的諷刺與抨擊，而看魯迅的這類文章，除尖刻的諷刺與抨擊外，還能感受到其中浸濡著「哀其不幸」的同情與愛意，因而能取得「笑中帶淚」的動人效果。在柏楊作品中「恨」多於「愛」，正如唐教授所說，這是與自小受晚娘的虐待以及後來到台灣又被專制獨裁的政權的迫害有關。

　　(三)關於柏楊把「中國文明」說成是「醬缸文明」，唐教授持有異議。他認為「醬缸文明」非中國人的專利。西方在希臘羅馬殘酷的「奴隸制」、中古時期的宗教迫害，均比我國的「醬缸」污染更甚。他說站在「古代文明」這個立場，回看「古代文明」和「中古文明」，則沒有那個「民族文化」不是個大醬缸。從這點出發，他提出搞比較文化一定要分階段：以古代比古代，以中古比中古，以近代比近代，而不能囫圇吞棗地說：「中國文化不如西方文化」。事實是：「雖然現代的中國科學，遠不如現代西方科學，然而古代和中古的西方科學，就遠不如古代和中古的中國科學。」只有經過這一番比較，我們才能知道應該向西方學習些什麼，而自己那些地方還是有優勝之處，應予以保留，唯有如此，我們才能懷著信心面向未來。

　　對於我國的傳統文化，我們應該全面而歷史地來看待。中國歷史研究者不能迴避這樣一個事實，中國是一個農業國，建立在農業文明基礎上大一統的中央集權制(而這是被當時「亞細亞產方式」所決定)給中國的工商業活動戴上沉重的枷鎖，因

而資本主義始終得不到發展，正如系列電視片《河殤》解說詞中所說:「中國歷史沒有給中國人造就出一個中產階來推動科學與民主勝利，中國文化沒有培養出公民意識，相反，它教化出臣民心理。」所以我們可以批評中國古代沒有人權，不講法治，沒有民主與自由，但要求當時的帝王與大臣具有民主思想，並要他們搞選舉則是非歷史主義的。(完)

~~~~~~~~~

特約回應: 潘耀明

唐德剛的幽默與柏楊的愛與恨

潘耀明(Yiu Ming POON)，1947年生，福建南安人，曾任《海洋文藝》執行編輯，1983年赴美進修，並應邀參加愛荷華國際寫作計畫，現爲《明報月刊》總編輯。著有《當代中國作家風貌》正續編(1980, 1983)、《彥火散文選》等十數種。

　　唐德剛教授說柏楊先生是「非常人」，唐教授這篇文章也是「非常」的、「臨急抱佛腳」式寫的。從文末作者的交代:「一九九九年五月十四日匆草於合肥安大外招南樓」，也可見一斑，而且他老人家連注釋也來不及加上。

　　從這表象來看，說唐教授寫此文是「臨急抱佛腳」，並不爲過。究其實，唐教授的「臨急抱佛腳」，與常人大不相同，因爲這篇論文，以「中國的歷史三峽」開篇，再具體而微到柏楊的出生、童年生活、寫作歷史背景、治學心態、歷史觀、政治觀到文學取向，以至柏楊由文學創作到史學研究的轉型期等等，層層推進，脈絡清晰，系統而深入，一氣呵成;⋯⋯所有這

些, 都是在唐德剛幽默則簡的筆下延展, 我們只有亦步亦趨地跟著他老人家, 去瀏覽「柏楊式的風景線」, 如走在山蔭道上, 目不暇給。

所以說唐德剛的「臨急抱佛腳」, 是「非常」的, 是因他老人家早已讀破柏楊的人生和柏楊的著作, 有點材 (財) 大氣粗的氣派, 所以寫來得心應手, 筆走龍蛇, 一瀉千里, 洋洋灑灑近一萬字, 這種膽識、學養和氣魄, 決不是做學問如履淺溪之我輩所能望其項背的。

讀柏楊這部大書, 談何容易, 而且唐德剛還把柏楊這個時人及其著作, 放在中國今天的歷史和未來的歷史、今天的時代和未來的時代的大框架上去考量。這種知不可為而為的精神, 才叫人給唬住。打開本文卷首, 唐德剛大談中國的「歷史三峽」, 儼然史家的架勢, 乍看與其他史學論著一樣令人望而生畏。揭過這一大型歷史序幕後, 他娓娓談起柏楊的童年, 這個小孤兒如何從小受晚娘虐待, 從一個可憐的「小動物」, 培養成一個愛憎強烈、創造非常業蹟的「非常人」。行文中, 有感性的敘述, 有理性的分析 (包括中西文化比較), 有個案研究, 有歸納總結, 井井有條, 在情在理, 以小見大。使人對柏楊及其作品的認識, 不光是從平面文字、而是從多個側面的立體的認識, 從而使人看到血肉飽滿、栩栩如生的柏楊的遭際及其創作歷程。

柏楊從一名報人、作家到學者的歷程, 套唐德剛的說法是從作家明星到史學研究的歷程, 是有客觀和主觀的因素的。明星易老, 學者只要肯下硬工夫, 卻老而彌健。柏楊從文到史的

道路，猶如「得富貴如登高山，不知身之自高也」，所謂站得高，看得更遠也。

唐德剛認爲柏楊對中國國民的醜陋性的凸顯，表面是「恨」字，其實「恨」的極端是「愛」。柏楊手持聽筒、手術刀，爲的是診證開刀，目的是救人。早年魯迅診出中國國民性中的阿Q精神，使國人有所警惕；現在柏楊診出中國文化的醬缸性……醬缸文化，正是爲了搶救年邁體衰的中國老人文化，並希望新一代能從文化的醬缸跳出來，這正是柏楊外冷內熱的心態。

唐德剛是史學家，這篇文章有濃厚的史家味道……但卻沒有半點學究氣。因爲唐德剛深諳林語堂所極力提倡的幽默之道。中國人不懂幽默，皆因憂患意識太重，所以做事做人寫文章，大都舉輕若重，使人透不過氣來。相反地，唐德剛這篇文章，雖是論文，但完全沒有一般論文的頭巾氣和沉重感，而是「大而化之」，從小處著手、大處著眼，表面輕輕鬆鬆，嬉嬉哈哈，但行文之中，卻有思想、有觀點、有人生大道理、有深度、有瞄頭。唐德剛這一幽默，與柏楊的嬉笑怒罵式幽默，有異曲同工之妙。所謂「異曲」，是後者在嬉笑怒罵之餘，更有點怒目金剛式的「審父」味道，也許這是另一種「恨不成鋼」的愛的痛切感。(完)

《柏楊的思想與文學》(台北: 遠流出版公司, 2000)

猛撞醬缸的虫兒[1]: 試論柏楊雜文的文化批判意涵

林淇瀁〔向陽〕

作者簡介：林淇瀁〔向陽〕(Chi-Yang LIN), 男, 1955年生於台灣。中國文化大學新聞碩士, 政治大學新聞系博士班研究生。現爲靜宜大學中文系專任講師。著有《文學傳播與社會變遷——七〇年代台灣報紙副刊的媒介運作》(1993)、《喧嘩、吟哦與嘆息——台灣文學散論》(1996)等。

論文提要：柏楊的「醬缸」概念, 以它的符徵〔signifier〕指具體的醬缸形象〔醬汁的容易保藏, 經久不壞, 及其發酵生黴醬味〕, 而其符指〔signified〕則指涉了兩個心理概念：一是「儒家道統」〔道德與政治雙重威權結合的政治意識型態符號〕, 二是「民族性格」〔封建意識與士大夫意識混雜糾結的中國人性格〕。道統由上而下, 是強制性的意識型態國

---

[1] 虫兒, 繁體作「蟲兒」, 本文均以「虫」代「蟲」, 象「孤」蟲意也。

家機器運轉的結果；民性則由下而上，是中國人在儒家文化霸權的歷史發展過程中生活出來的結果。這兩者，且又弔詭地互爲影響，一方面，儒家道統在兩千年的政治控制下，一脈相傳，宰制了中國人民族性格的形成積累；一方面，兩千年生活出來的民族性格，也相濡相習，成爲常識，回過頭去持續強化並支撐儒家道統的宰制。「醬缸」於是成爲柏楊所要表意〔signification〕的中國統治神話學的代名詞，牢不可破，並不斷發酵生黴，使中國人的社會終於成爲「腐蝕力和凝固力極強的渾沌社會」。

關鍵詞(中文)： 柏楊雜文 文化批判 意識型態 國家機器 醬缸 儒家 醜陋的中國人 自由主義 知識分子 國民黨

關鍵詞(英文); Bo Yang's essays, cultural critique, ideology, ideological state appratuses, Jianggang(the soy sauce vat), Confucianism, the ugly Chinaman, Liberalism, intellectuals, Kuomintang

---

　　没有人告你，是你自己告你自己……
　　——一九六八年偵訊柏楊的台灣調查局幹員如是說[2]

2　這句「名言」引自柏楊在一九六八年遭國民黨逮捕起訴後所撰的〈答辯書〉第一封，當時負責偵訊的調查局組長李尊賢這樣告訴柏楊：「没有人告你，是你自己告自己，你寫了這麼多書，當然要查查你。」參柏楊:〈柏楊的答辯書〉，《柏楊和他的冤獄》(孫觀漢編,香港：文藝書屋, 1974), 頁73。

一. 緒言：利劍之下的咽喉

一九六八年三月一日，台灣著名的小說家、雜文家、報紙副刊主編柏楊(郭立邦, 1920-)遭到調查局偵訊，在二十七小時的偵訊過程中，偵訊機關以柏楊於同年一月二日刊登在《中華日報》家庭版的「大力水手」漫畫內容「侮辱元首」為口實，調查柏楊的「罪狀」後釋放；但不旋踵又於三月四日，再度押走柏楊，在調查局幹員的日夜疲勞訊問與威嚇脅迫下[3]，要求柏楊「假事自誣」，承認他「思想左傾」，「為匪作文化統戰工作」，而於同年六月二十七日遭台灣警備司令部軍事檢察官以「有明顯意圖以非法之方法顛覆政府」加以起訴；最後，柏楊以他當時寫的收在《倚夢閒話》中的雜文「揭發社會黑暗面，挑撥人民和政府之間的感情」的罪名被判刑十二年[4]。從此開始了他被羈長達九年又二十六天的黑獄生涯。

以大力水手漫畫始，而以柏楊雜文結的這項政治審判，說明了柏楊的雜文於六○年代台灣統治當局猶如芒刺在背，非得去之而後快的事實，柏楊也知之甚詳，柏楊〈答辯書〉把情治單位對他「故意的曲解和堅決的誤會」解釋為「文字獄」[5]，目的當然是要封住統治者討厭的異議者和批評者的嘴，對柏楊，

3　參柏楊口述, 周碧瑟執筆:《柏楊回憶錄》(台北：遠流出版公司, 1996), 頁262-272。

4　關於此一漫畫內容及柏楊被捕偵訊, 參姚立民:〈評介向傳統挑戰的柏楊〉,《七十年代論戰柏楊》(藍玉鋼編, 台北：四季出版公司, 1982), 頁1-55。

5　見柏楊, 1974, 頁95。在〈答辯書〉之二中, 柏楊認為他的案情純粹就是中國皇帝專制時代的文字獄──鼎盛時期是清朝, 特點就是「故意的曲解和堅決的誤會」。

則是他那支諷喻時政、辛辣痛快的筆。這在柏楊後來的回憶中，就清楚點出。柏楊自述他的「十年雜文」[6]生涯：

> 表面上看起來沉靜得像一個沒有漣漪的湖面，其實湖面下，惡浪滾滾，漩渦翻騰，我有相當數量的讀者，也有讀者帶給我的物質生活的水準，和精神層面的鼓舞，每一篇文章在《自立晚報》刊登時，對無所不在的國民黨特務而言，幾乎都是一記強力震撼。[7]

這些「震撼」，包括了柏楊的雜文對於國民黨蔣家統治下的社會黑暗面的抨擊，對於武力國家機器之一的警察的嘲諷（如給警察取「三作牌」綽號[8]），對於中國傳統文化的批判，乃至於同時期他以「鄧克保」筆名在《自立晚報》發表的報導文學作品《異域》觸怒軍方[9]等，都是導致柏楊下獄的原因。換句話說，

---

[6] 根據《柏楊回憶錄》，實則柏楊開始雜文專欄寫作，始於1960年5月，在《自立晚報》副刊開「倚夢閒話」專欄，迄1968年3月被捕止，計七年十個月。

[7] 柏楊:《柏楊回憶錄》，頁244。

[8] 所謂「三作牌」，乃是諷刺當時的警察局牆上都高懸「作之師，作之君，作之親」的標語，這使警察在柏楊雜文中佔了非常突出的地位，也使柏楊得罪了「維護治安」的警政單位。參柏楊:《柏楊回憶錄》，頁233-234。

[9] 《異域》的報導引起國防部對《自立晚報》的強大壓力，也使柏楊遭到當時憲兵司令部政戰主任蕭政之的警告：「我們不能明目張膽的查封報紙，但可以查封你。」參柏楊:《柏楊回憶錄》，頁246-247。

柏楊的文字（而主要是雜文）撼動了統治者的統治基礎，這不僅震撼了特務，也使得統治當局不悅。柏楊下獄的原因，就是這麼簡單：雜文十年，讓他嶄露頭角，成為威權年代高壓統治社會中小民的代言人；也讓他衝撞動搖統治機器及其意識型態的合法性，而成為白色恐怖政策下的犧牲者之一。

　　柏楊的雜文，比起同一年代《自由中國》諸君子的政論，並不特別帶有威脅政權的挑戰性，但彷彿是功能互補似地，從五〇年代開始的《自由中國》，自由主義的政治性格鮮明，也企圖挑戰當時國民黨的整體主義國家（totalitarian state）性格[10]；而柏楊的雜文，則是通過對社會與政治現象的嘲諷，對於當時的整體主義國家背後的意識型態（中國傳統文化的深層結構）提出批判。《自由中國》最後以雷震(1897-1979)於一九六〇年九月四日被捕，刊物廢刊結束；而柏楊則接下這種使命，直到一九六八年入獄止。根據柏楊自述：

　　　《自由中國》這道牆崩塌之後，我的咽喉完全暴露在情治單位的利劍之下……我不但沒有變乖，反而從內心激發出一種使命感，覺得應該接下《自由中國》交出來的棒子。這種信念，在我的雜文中，不斷出現。在氣氛一天比一天肅殺的那段日子裡，讀者把它十分看重。[11]

---

[10] 錢永祥：〈自由主義與政治秩序：對「自由中國」經驗的反省〉，《台灣社會研究季刊》1卷4期，1988年12月，頁58。
[11] 柏楊：《柏楊回憶錄》，頁236。

柏楊雜文中出現的這種使命感, 基本上類似於英國文化研究學者賀爾(Stuart Hall, 1932-)在論及意識型態的運作時提出的「表意的政治學」(the politics of signification)概念。賀爾強調, 這種表意方式「是真實且強勢的社會力, 它介入爭議性與衝突性的社會議題, 並影響其結果」, 而在特定鬥爭的行徑中, 「意識型態也變成了鬥爭的場域」, 其結果端視在特殊的歷史時勢之下各種勢力的抗衡而定[12]。以柏楊雜文所集中的議題來看, 這種與統治機器進行的意識型態鬥爭的確存在, 用柏楊的譬喻來說, 他所對立的意識型態, 就是「醬缸」文化的深層結構。這個醬缸的腐蝕力, 使得柏楊明知不可為卻又不能或不甘不為, 最後終於發現, 「我這份盼望社會進步的沉重心態, 正是把我自己綁赴刑場的鐵鍊」[13]。這句沉痛的話, 不巧呼應了一九六八年代表國家機器偵訊他的情治工具所說的「沒有人告你, 是你自己告你自己」的殘酷的事實。

　　本文因此將以柏楊六〇年代撰寫的雜文為分析場域, 聚焦於柏楊雜文的核心概念「醬缸」之上, 縷析其中與意識型態國家機器[14]相互悖違的表意, 來浮現柏楊雜文對六〇年代台灣

---

[12] Stuart Hall, The Rediscover of "Ideology": Return of the Repressed in Media Studies, In *Culture, Society and the Media,* ed. G. Michael, et al.(London: Methuen, 1982), pp.70.

[13] 柏楊:《柏楊回憶錄》, 頁238。

[14] 意識型態國家機器(Ideological state apparatuses)是阿圖塞(L. Althusser, 1918-　)的概念, 指與武力國家機器之外, 國家機器控制社會的系統, 諸如媒體、教會、學校、家庭等。參Louis Althusser, Ideology and Ideological State Apparatuses, In *Lenin and Philosophy, and other Essays*(London: New Left Books, 1971).

統治機器的文化批判意涵，以及因此衍生而出的對於中國傳統文化與政治糾結不斷的總體批判的異議／意義所在。

二. 醬缸：柏楊雜文的核心概念

　　柏楊開始他的雜文寫作，是從一九六〇年五月在服務的《自立晚報》副刊開闢「倚夢閒話」專欄起。當他開始這個「只為了免於飢寒，並沒有什麼崇高的理念」、「最初只談一些女人、婚姻之類的話題」[15]的專欄書寫之際，雷震和《自由中國》的自由主義者正在向蔣介石(1887-1975)索討「一個強有力的反對黨」[16]（五月十六日），雷震與台灣本土政治精英同時也已開始「地方選舉改進座談會」的組織行動（五月十八日），新黨籌組，呼之欲出。到了同年九月一日「地方選舉改進座談會」宣布將於同月底成立「中國民主黨」，導致雷震隨即於三天後被捕，《自由中國》停刊之後，柏楊才開始產生接下《自由中國》交的棒子的信念：

　　　　走出了最初以女人和婚姻等風花雪月的題材，
　　走進眼睛看得到的社會和政治的底部，最後，再走
　　進傳統文化的深層結構。所看到的和感覺到的，使

---

[15] 柏楊：《柏楊回憶錄》，頁233。

[16] 雷震當時在《自由中國》（22卷10期, 1960年5月）發表〈我們為什麼迫切需要一個強有力的反對黨〉，要求國民黨須退出軍隊、警察、學校與司法機關，國民黨黨費不由國庫開支，變相的國民黨機構應一律取消。參雷震：〈我們為什麼迫切需要一個強有力的反對黨〉，《自由中國選集4·反對黨問題》(台北：八十年代, 1979), 頁207-222。

> 我震撼,我把它譬作「醬缸」,但一開始並沒有想到,
> 這個醬缸竟有那麼大的腐蝕力。[17]

因為雷震的被捕、《自由中國》的停刊以及台灣民主政治的挫
敗,導致柏楊雜文議題表意的深化,也使得柏楊「終於發現政
治上改革之所以困難,全由於文化上的惡質發酵」,從此他開
始在雜文中「不斷呼喊,企圖使醬缸稀釋,才能解除中國人心
靈上滯塞的困頓之情」[18]。這樣的覺悟,發展到最高峰時期,就
是柏楊對「醬缸」文化的全面批判,而此時距他繼雷震之後被
捕,「不及半年,雷霆橫報來到」[19]。

柏楊形成「醬缸」這個概念,從而是在他「十年雜文」的
最後階段,完整的釋義,見於一九六七年平原版「西窗隨筆」
《死不認錯集》〈醬缸特產〉一文:

> 夫醬缸者,腐蝕力和凝固力極強的渾沌社會
> 也。也就是一種被奴才政治、畸形道德、個體人生
> 觀和勢力眼主義長期斲喪,使人類特有的靈性僵化
> 和泯滅的渾沌社會也。[20]

---

[17] 柏楊:《柏楊回憶錄》,頁237。

[18] 柏楊:《柏楊回憶錄》,頁238。

[19] 柏楊:《死不認錯集》(台北: 躍昇文化出版公司, 1991),頁9。

[20] 平原版之後,其間有1981年星光版, 1991年躍昇文化版。新版有部
分更動,即將首句「渾沌社會」改為「渾沌而封建的社會」,改
末句「使人類特有的靈性僵化和泯滅的渾沌社會也」為「使中國
人的靈性僵化,和國民品質墮落的社會」。參柏楊:《死不認錯
集》,頁41。

由這個定義延伸，柏楊認為「構成醬缸的主要成分」自然就是
奴才政治、畸形道德、個體人生觀和勢力主義；因為這些成分，
自然會產生出醬缸文化的產品：

> 曰「權勢崇拜狂」，曰「牢不可破的自私」，曰
> 「文字魔術和詐欺」，曰「殭屍迷戀」，曰「窩裡鬥，
> 和稀泥」，曰「淡漠冷酷忌猜殘忍」，曰「虛驕恍
> 惚」……。這只不過是臨時心血來潮，順手拈出來
> 幾條，如果仔細而又努力的想上一想，可能想出一
> 兩百條，那就更不好意思。[21]

而這七大產品之中，在柏楊看來，又以「權勢崇拜狂」佔最主
要的地位。細翻整本《死不認錯集》，可以發現，這本柏楊入
獄前的最後一部雜文集幾乎是針對中國文化（而特別又是封建
的威權的政治文化）作「猛撞醬缸」、「死不認錯」[22]的全面
性批判，也可說是了解柏楊雜文特質的最主要的一本著作[23]。
而柏楊的用心，「只是希望撞個窟窿，使流進一點新鮮空氣，
和灌進一點涼爽清水」[24]。他難道不知道，這樣卑微的想法，對

21　柏楊：《死不認錯集》，頁42。
22　「猛撞醬缸」，「死不認錯」均見〈序〉文，並先後成為該書新
　　舊版書名。
23　以這個理由，本文在篇幅有限下，因而以此書為樣本，作為檢點
　　柏楊雜文及其文化批判的主要依據。
24　柏楊：《死不認錯集》，頁42。

六〇年代風雨飄搖的國民黨統治機器, 會是千鈞重擊, 不可承
受的挑釁嗎?

柏楊當然知道, 他是老國民黨員, 國共鬥爭期間「全心全
意崇拜蔣中正」的「愛國」青年, 七七事變後投筆從戎, 參加
過三民主義青年團工作人員訓練班(青幹班), 曾下定決心「願
為領袖活, 願為領袖死」; 來台後, 在走投無路時, 因緣際會
進入中國青年反共救國團, 被「歸類為蔣經國的人」, 成為救
國團高幹, 並擔任蔣經國文藝部隊「中國青年寫作協會」總幹
事[25]。這樣的政治經歷, 要說柏楊不了解當時國民黨統治機器
的本質, 幾無可能。然則, 何以柏楊寧肯冒「雷霆橫報」之險
惡, 猛撞醬缸, 而仍冒險奮戰, 終致入獄, 這就值得探究了。

雷震及其《自由中國》事件的爆發, 一如前述, 導致柏楊
從文化的深層結構去思考政治改革挫敗的病灶, 是原因之
一。柏楊自述, 他到救國團後不久, 就跟《自由中國》的成員
「來往密切」, 對《自由中國》的言論「從頭到尾, 由衷認同」
[26], 當救國團發動四面八方圍剿《自由中國》時, 他「沒有寫
一個批評的字」[27]。這種認同, 使柏楊甚至因此被迫離開權力
中心的救國團[28], 雷震的遭遇及《自由中國》反對人治, 為建

---

[25] 以上的經歷, 整理自《柏楊回憶錄》。

[26] 柏楊:《柏楊回憶錄》, 頁217。

[27] 柏楊:《柏楊回憶錄》, 頁225。

[28] 根據《柏楊回憶錄》, 由於他在《自由中國》發表的短篇小說〈幸
運的石頭〉, 導致有人打他小報告, 說他在東北陷入解放軍之手
時, 曾被俘虜, 受訓。此後這項流言成為他中年以後的巫蠱, 使他
在救國團高層中失掉信任, 最後則因與倪明華的戀愛, 成為流言
四射的箭靶, 離開救國團。參柏楊:《柏楊回憶錄》, 頁225-229。

立民主政治得到的下場，對於柏楊應該是相當震撼的啓發，柏
楊對於「權勢崇拜狂」等醬缸文化的澈悟，一部分原因來自於
此。

　　另一個原因，則來自柏楊身爲知識分子的本色。《自由中
國》思想主腦的殷海光(1919-1969)在一篇論述知識分子的責任
的文論中，界定知識分子的兩個條件是「必須有獨立精神和原
創能力」、「必須是他所在的社會之批評者，也是現有價值的
反對者」。並且強調：

　　　　一個眞正的知識分子必須「只問是非，不管一
　　切」。他只對他的思想和見解負責。他本不考慮一
　　個時候流行的意見，當然更不考慮時尚的口頭禪；
　　不考慮別人對他的思想言論的好感情緒反映；必要
　　時也不考慮他的思想言論所引起的結果是否對他有
　　利。[29]

這種「只問是非，不管一切」的知識分子本色，充分地表現在
柏楊雜文對醬缸文化的批判之中，而特別是中國儒家思想，及
其被政治體系扭曲使用之後的意識型態控制之上。

　　換言之，柏楊雜文所標舉的「醬缸文化」，以及他對此一
文化的批判，就是一個當代知識分子與封建的中國文化意識
型態的對立／對話的論域。柏楊基本上把醬缸文化視爲「聖

---

[29] 殷海光:〈知識分子的責任〉，《知識分子與中國》(周陽山編，台
　　北：時報文化出版企業有限公司, 1980)，頁121-3。

人」「爲當權派發明的畸形哲學」，認爲中國五千年文化乃是
「以權勢崇拜爲基石」，結果是「在強大的權勢崇拜狂之下，化
淫棍爲聖賢，化罪惡爲純潔，化大嫖客爲天子英明，化下三濫
爲蓋世英雄」，而「使人與人之間，只有『起敬起畏』的感情，
而很少『愛』的感情」。這都是「聖人」「跟有權的大傢伙同
是共犯」所致[30]。由此發展下來，儒家思想於是成爲，至少在
柏楊筆下，整個醬缸文化的禍源。因此，醬缸文化所形容的就
是「以儒家學說爲基礎，受儒家思想支配的文化及社會體
制」；此外，則是「大部分受此影響的中國人的性格或『民族
特質』」[31]。

　　柏楊對儒家思想及其影響的批評，根據德國學者周裕耕
(Jurgen Ritter, 1959-)的歸納，集中在三項基本特性上———一、
接受，支持一個尊卑制架構的社會及與之相聯的權勢崇拜。
二、「個體主義」或「個體人生觀」。三、「僵屍迷戀」[32]。
這個部分，將在下節通過柏楊的文本進行析解。這裡值得注意
的是，這樣一個行之兩千年的儒家文化體系，也同樣貫串了整
個中國的歷史，及主要以皇朝建構出來的政治體系。儒家思想
與政治意識型態的構聯，始於漢武帝黜百家而崇儒術，此後孔
子思想定於一尊，「儒家以道德誘導政治，使政治推行教化的
理想，一變而爲政治利用道德的尊嚴，使政治威權更具獨佔性，
更伸展到社會生活的各方面去」，於是產生「扼殺道德的生

---

[30] 柏楊:《柏楊回憶錄》，頁49-52。

[31] 周裕耕(Jurgen Ritter)著、墨勤譯:《醬缸：柏楊文化批評》(台北：
　　林白出版社, 1989)，頁121。

[32] 周裕耕，頁121-2。

機」、「阻礙民主法治」與「主觀的思想習慣」的現象；而這
又產生出「封建意識」（家族的樊籠、族長崇拜、消磨志氣）
和「士大夫意識」（幫閒意識、面子問題），兩者兼且「在中
國傳統中互相糾結，充瀰於社會生活的各種型態中，成爲合理
化與現代化的嚴重阻力」[33]。學者的這個分析，比對柏楊的「醬
缸文化」批判論，幾乎不謀而合。

　　因此，本文擬重新彙整柏楊的「醬缸文化」論述，並將其
置於道德與政治雙重威權結合、封建意識與士大夫意識混雜糾
結的兩條主線，通過柏楊雜文的具體舉證，釐清柏楊對中國傳
統文化（及其形塑的民族性）的文化批判及其意涵所在。

三、道統與民性：醬缸神話的符指

　　柏楊雜文，總是對準著意識型態國家機器的運作而發，在
六〇年代的台灣，統治者藉由政治威權控制所有的國家機器，
又藉著這種控制強力推動道德與文化的威權性，以利於對被
統治者的宰制與領導。一九六六年十一月十二日，剛剛四度連
任總統不久的蔣介石開始推動「中華文化復興運動」，基本上，
這是針對同年中華人民共和國掀起的「無產階級文化大革命」
的政治作戰回應，但是對內卻也有鞏固蔣介石政權的政治考

---

[33] 宋定式：〈傳統社會與新知識分子〉，《仙人掌》2卷5號，1978年2
　　月，頁76-83。

量[34]。蔣介石企圖以儒家思想強化他的統治威權,所謂「道統」(意識型態領導權的中國符號),於焉形成。

柏楊所抨擊的「醬缸文化」,在這個部分相當清楚。前引〈醬缸特產〉一文,所指出的「構成醬缸的主要成分」(奴才政治、畸形道德、個體人生觀和勢力主義),及其產品(權勢崇拜狂、牢不可破的自私、文字魔術和詐欺、殭屍迷戀、窩裡鬥,和稀泥、淡漠冷酷忌猜殘忍、虛驕恍惚),都可以看成柏楊對蔣介石標榜的「中華文化」的嘲諷與批判,以及對蔣的意圖的揭穿[35]。

柏楊批判的「醬缸」,本質上就是道德與政治雙重威權結合的這種政治意識型態的符號象徵。他列舉的奴才政治、畸形道德、個體人生觀和勢力主義等主要成分,無一不與統治者陰謀威權政治與威權道德於一體有關。試舉其例[36]:

——儒家學派似乎是一種勢力眼主義,只鼓勵安分守己,只鼓勵向權勢屈膝,只鼓勵自利自私,而從不鼓勵俠義,和其他任何一種屬靈的情操。連

---

[34] 陶策:〈台灣的「文化復興」的探討〉,《中國季刊》43號,1970年7-8月,頁81-99。陶認為這個運動帶有政治性質:意在藉著儒家思想和中國傳統以強化蔣介石和國民黨的統治權。

[35] 這些收集在《死不認錯集》的雜文寫作時間,正是「中華文化復興運動」在台灣開始雷厲風行的1967年;對應中國文革的如火如荼,柏楊的「不識時務」、「死不認錯」,更顯得突兀,而有衝著蔣介石而來的意涵。

[36] 參柏楊:《死不認錯集》。柏楊對於儒家思想(當時的「中華文化復興」主流)基本上採取全面批判的態度,這種類似於當時中國文革「批孔」的筆調,應該也使他觸怒了當道。

對人的衡量都是用「官」來作標準的。〈只鼓勵安分〉

──對權勢的絕對崇拜，一定產生奴才政治和畸形道德，沒有是非標準，而只有和是非根本風馬牛不及的功利標準。〈乖〉

──全部的儒家的治術，是建立在皇帝老爺「施仁政」上的，這個大前提未免冒險過甚。儒家對「暴政」的另一個對策是「進諫」，皇帝老爺對仁政沒興趣，對暴政卻心嚮往之，溜又不肯溜，或不敢溜，那麼也只有「進諫」這一條路。而這一條路卻危機四伏，險惡叢生……〈謀利有啥不對〉

──中國的「正史」就是在這種標準下寫成的，「真」的史料一椿椿一件件的被隱瞞曲解，只剩下了「美」的詞藻，和當權派要求的被染過或被漂過而變了形的事蹟。〈「諱」的神聖性〉

──孔丘先生是驅使祖先崇拜跟政治結合的第一人，那就是有名的「託古改制」，「古」跟「祖先」化合為一，這是降臨到中華民族頭上最早最先的災禍。〈祖先崇拜〉

而在結束這一系列的專欄的最後一篇〈不拆兒子的信〉一文結語，柏楊更是語帶玄機地以專欄的結束暗諷從不下台的最高當局：

> 有上台就有下台, 總不能寫〔當〕個天長地久
> 無盡期吧, 恭祝政躬康泰, 國運興隆。[37]

道德與政治雙重威權結合的政治意識型態, 實則只是踐踏道德文化, 強化政治野心與權力慾望的本質, 在這篇柏楊入獄前的最後一篇專欄中淋漓盡致地表現出來。柏楊以他的雜文向威權統治及其意識型態運作挑釁的結果, 就只剩嘟噹下獄一途了。

其次, 是柏楊對封建意識與士大夫意識混雜糾結的這種中國人民族性格的批判。在柏楊的批判體系中, 這部分屬於「醬缸文化」的產品。用葛蘭西(Antonio Gramsci, 1891-1937)的話說, 就是「霸權」(hegemony), 「霸權暗示的是, 部分形構的主宰性並非介由意識型態的強制, 而是依靠文化領導權所致」, 而這種領導權則來自「贏取被宰制階級的積極認可」[38]。換句話說, 這種文化領導權不是由上而下的強制, 而是一種被統治者浸潤其中, 最後習焉不察的意識型態的表現, 也可說是歷史累積下來的產物, 用柏楊的話來說, 包括權勢崇拜狂、牢不可破的自私、文字魔術和詐欺、殭屍迷戀、窩裡鬥、和稀

---

[37] 柏楊:《死不認錯集》, 頁223。

[38] Hall, p.85.

泥、淡漠冷酷忌猜殘忍、虛驕恍惚等等中國人的民族性格與文化習氣，都具現了這種「醬缸」霸權（封建意識與士大夫意識混雜糾結的中國人民族性格）的發展與擴張。同樣舉例以證[39]：

　　——中國五千年傳統文化中，最大特徵是不徹底，不精確。誰要是求徹底，求精確，誰就是不近人情，存心挑剔。〈親臨學〉

　　——中國五千年來鑄成的大醬缸，把俠義情操和同情心都醬死啦，醬成了冷漠、忌猜、殘忍無情，嗟夫。〈非人也〉

　　——在醬缸文化中，只有富貴功名才是「正路」，凡是不能獵取富貴功名的行為，全是「不肯正幹」，全是「不走正路」。於是乎人間靈性，消失盡矣，是非的標準，顛之倒之矣，人與獸的區別，微乎其微矣。唯一直貫天日的，只剩下勢力眼。〈可怕的人類渣汁〉

　　——如果有一天中國人的老祖宗盤古老爺大發脾氣，要徹查是誰把中華民族糟蹋踐喪成今天這個樣子，知識分子的屁股恐怕得先打個稀爛。蓋權力是一種汽油，知識分子不但不設法防止它燃燒，

---

[39] 參柏楊：《死不認錯集》。柏楊對於中國傳統文化〔醬缸〕的影響中國民族性素有深刻觀察，這些醬缸產物，與其說是來自統治者，不如說是封建意識和士大夫意識糾結下，自然醬出來的民性。

> 反而搶著點火，怎不一發難收乎哉？〈沒有倫理觀
> 念〉
> ——該閣下所以笑容可掬的蹶屁股鞠躬，不是
> 故意要那樣，而是習慣成自然……我也同樣有這種
> 特技，並不是我故意要巴結誰，乃權勢崇拜狂的傳
> 統文化把我閣下醬得成了自然反應，一遇到大傢伙，
> 屁股自然就會往外猛蹶。〈漿糊罐〉

柏楊雜文中，類似的批判可謂「罄竹難書」，直到一九八四年
他赴美國愛荷華大學發表「醜陋的中國人」演講時，更是著力
於此。一九八五年，《醜陋的中國人》成書，引起海峽兩岸震
撼，以及東瀛日本的注目[40]，正在於柏楊的「醬缸文化」批判
指出了中國人民族性的深層結構，不僅來自統治者的宰制，也
來自被統治的人民的這些權勢崇拜狂、牢不可破的自私、文字
魔術和詐欺、殭屍迷戀、窩裡鬥、和稀泥、淡漠冷酷忌猜殘忍、
虛驕恍惚等等文化習性的難以革除。

由此，我們可以發現，柏楊提出「醬缸」這個概念符號之
下，它的符徵（signifier）指的是具體的醬缸這樣的形象（醬汁
的容易保藏，經久不壞，及其發酵生黴醬味），符指（signified）

---

[40] 根據媒體報導：在台灣，《醜》書上市一個月即售出一萬五千餘
本，其後不斷再版；在中國，該書於1986年開始發行，1987年3月
北京《光明日報》以社論點名批判；在日本，1988年推出日文版，上
市十天即突破三版，賣出五萬五千本，進入暢銷排行榜。參柏楊
日編委會：《歷史走廊：十年柏楊(1983-1993)》(台北：太川出版
社，1993)。

[41]則指涉了兩個心理概念：一是指涉「儒家道統」（道德與政治雙重威權結合的政治意識型態符號），二是指涉「民族性格」（封建意識與士大夫意識混雜糾結的中國人性格）。道統由上而下，是強制性的意識型態國家機器運轉的結果；民性則由下而上，是中國人在儒家文化霸權的歷史發展過程中生活出來的結果。這兩者，且又弔詭地互為影響，一方面，儒家道統在兩千年的政治控制下，一脈相傳，宰制了中國人民族性格的形成積累；一方面，兩千年生活出來的民族性格，也相濡相習，成為常識，回過頭去持續強化並支撐儒家道統的宰制。「醬缸」於是成為柏楊所要表意（signification）的中國統治神話學的代名詞，牢不可破，並不斷發酵生黴，使中國人的社會終於成為「腐蝕力和凝固力極強的渾沌社會」。

　　柏楊最後也被這個他所要打破的醬缸所吞噬，更精確地說，在柏楊使用「醬缸」這樣的「表意的政治學」對抗蔣介石父子統治的意識型態國家機器時，他已經以自身的論述（在暴政下進諫的必然結局）真理決定了自己下獄的命運，他與統治當局及其背後的儒家道統的意識型態鬥爭，終歸還是失敗的。如同他在一九七七年出獄、七九年復出在《中國時報》副刊開闢「柏楊專欄」的結集的序言所說：

---

[41] 這裡符徵(signifier, 或譯能指)和符指(signified, 或譯所指)，援自語言學家索緒爾(Ferdinand de Saussure, 1857-1913)的符號學。索緒爾認為，符號是一個具有意義的實體(a physical object with a meaning)，由符徵和符指所組成。符徵，是符號的形象(image)，可以由感官感知；符指則是符號所指涉的心理上的概念。參F. Saussure, , *Course in General Linguistics* (London: Fontana, 1974).

> 西洋諺語曰:「早起的鳥兒有虫吃。」老傢伙
> 常用以鼓勵年輕朋友勤勉奮發,聞雞起舞。問題是,
> 早起的鳥兒有虫吃,那麼,早起的虫兒哩,牠有啥
> 吃?不但沒啥吃,恐怕反而要被早起的鳥兒一啄下
> 肚。同樣早起,同樣努力,何有幸有不幸哉。[42]

作爲一隻早起的虫兒,柏楊猛撞醬缸的結果,是被醬缸吞噬。
但是,即使他沒有撞破醬缸,卻也至少突顯,或者掀開了醬缸
的臭不可聞及其腐蝕性,將中國文化中的儒家道統假面、中國
人的民族性格殘缺,一股子暴露開來,讓聞者反省,思考,讓
權者警惕自制(最少不讓權者爽快),都盡到了一個知識分子
應盡的責任。在這個層面上,這隻早起的虫兒,最少不愧不咎
於他對醬缸文化的批判。

四:結語:孤鴻展翅迎箭飛

中國雜文大家魯迅(周樟壽, 1881-1936)三○年代曾經以
〈小品文的危機〉爲題,以「小擺設」諷刺當時小品文的趨勢
「特別提倡那和舊文章相合之點,雍容,漂亮,縝密,就是要
它成爲小擺設,供雅人的摩挲」而走到了危機。魯迅認爲,小
品文應該是「生存的小品文」:

> 生存的小品文,必須是匕首,是投槍,能和讀
> 者一同殺出一條生存的血路的東西;但自然,它也

---

[42] 柏楊:《早起的虫兒》(台北: 星光出版社, 2版, 1986), 頁1。

能給人愉快和休息，然而這並不是「小擺設」，更不
是撫慰和麻痺，它給人的愉快是休息是休養，是勞
作和戰鬥之前的準備。[43]

用魯迅的這個理念來看，柏楊的雜文，在六〇年代處於白色恐
怖時期的台灣，不啻就是對統治者擲出的匕首，投槍。當時的
柏楊有著一樣的認知：

　　雜文富於社會批判功能，像一把匕首或一條鞭
子，它雖不是魯迅先生所創的文體，但卻是由他發
揚光大，它更是對抗暴政的利器，因為它每一次出
擊，都直接擊中要害。在那個威權至上而肅殺之氣
很重的年代，……國民黨蔣家王朝……對具有自
由、民主思想的文化人，只要把共產黨帽子往他頭
上一扣，就可以名正言順的立即剷除。這套手法我
並不是不了解，可是我控制不住自己，一遇到不公
義的事，就像聽到號角的戰馬，忍不住奮蹄長嘶。[44]

將雜文當成戰鬥的武器，對著暴政的心臟擲去，這在柏楊的雜
文中因而也承續著魯迅「橫眉冷對千夫指」的強哉矯特質。它
來自柏楊面對暴政的勇氣和正義感，當然也來自魯迅發揚光
大的這種批判文體的新傳統。柏楊的雜文，不管作為對抗暴政

---

[43] 魯迅：〈小品文的危機〉，《中國現代散文理論》，現代散文研究
小組編，台北：蘭亭出版社，1986，頁94-97。

[44] 柏楊：《柏楊回憶錄》，頁235。

的利器, 或者作爲批判中國儒家道統文化的鞭子, 都在台灣文學史上留下了鮮明的印記。

這個印記同時又表現在台灣的政治發展過程之中, 柏楊接下雷震與《自由中國》的自由主義者未竟的抗鬥, 以雜文的尖銳迂迴, 取代雷震們政論的直率, 繼續政治改革與人權思想的傳播工程。通過柏楊寫於六〇年代的雜文, 當時台灣威權國家機器及強人的眞面目, 更直接地經由大眾媒體的傳播直抵台灣人民的心靈之門, 啓發並且鼓舞在《自由中國》停刊之後苦悶的台灣社會, 繼續雷震未完成的政治改革之路。柏楊的雜文, 在這裡也有著政治鬥爭的意涵。但與魯迅和他的左翼陣線相互奧援的年代不同的是, 面對著以「儒家道統」作爲掩飾的國民黨機器, 當時的柏楊與另一位一樣正面衝撞國民黨文化霸權的雜文家李敖(1935-), 則形如孤軍奮鬥[45]。

柏楊雜文的核心表意, 即「醬缸文化」的論述, 並不因他的入獄成爲明日黃花, 通過「醬缸」這個符號, 柏楊所深刻掌握到的中國文化「儒家道統」與中國人「民族性格」的歷史病灶, 迄今仍根深柢固地抓攫住中國人所在之地, 未嘗眞正拔除, 而與魯迅描述中國人民族性格的「阿Q」典模繼續並存。有阿Q, 才有打不破的醬缸; 有醬缸, 就有去不掉的阿Q。這是魯迅和柏楊可以驕傲之處, 他們正確地把到了中國文化／政治深層結構中的病脈; 但這也是魯迅和柏楊都必須慚愧的所在, 他們終歸無法爲阿Q開藥方, 將醬缸打破, 畢竟, 作爲匕首,

---

[45] 李敖及《文星》與柏楊同時而不並肩作戰。李敖稍後於柏楊, 在1972年遭國民黨以「叛亂」罪下獄。

他們的雜文刺破的還只是中國人民族性格中的「面子」；作為鞭子，他們的雜文最多也只傷到中國儒家道統的「表膚」而已。

但即使如此，柏楊的雜文在文化批判的意義上，也與魯迅一樣，顯示了猶如劉綏松所說的：

> 在浩如煙海的詞彙中，選擇了那最能表情達意的語詞來準確、鮮明而又生動地表現他的戰鬥的思想內容，這一方面可以看出他的一絲不苟的創作態度，但更重要的是，顯示了他對社會生活的無比敏銳的洞察能力，對於生活真理的堅持和保衛的戰鬥者的高貴品質。[46]

此一高貴品質，是知識分子格調最具體的表徵，它通過雜文（意識型態的論述形式之一）顯現了知識分子面對權者與統治者毫不屈服的身姿：孤鴻不知冰霜至，仍將展翅迎箭飛[47]。（完）

~~~~~~~~~~

參考文獻目錄

BO

---

[46] 劉綏松:《中國新文學史初稿》(北京：人民文學出版社, 1979), 頁101。

[47] 這是《柏楊回憶錄》〈尾聲〉的詩句，用這句詩來結束這篇論文，也相當妥貼。參柏楊:《柏楊回憶錄》, 頁398。

柏楊:〈柏楊的答辯書〉,《柏楊和他的冤獄》, 孫觀漢編, 香
　　港:文藝書屋, 1974。

——:《醜陋的中國人》, 台北:林白出版社, 1985。

——:《死不認錯集》, 台北:躍昇文化出版公司, 1991。

——口述, 周碧瑟執筆:《柏楊回憶錄》, 台北:遠流出版社,
　　1996。

柏楊日編委會:《歷史走廊:十年柏楊(1983-1993)》, 台北:太
　　川出版社, 1993。

　　LEI

雷震:〈我們爲什麼迫切需要一個強有力的反對黨〉,《自由中
　　國選集4‧反對黨問題》, 台北:八十年代, 1979, 頁
　　207-222。

　　LIU

劉綬松:《中國新文學史初稿》, 北京:人民文學出版社, 1979。

　　LU

魯　迅:〈小品文的危機〉,《中國現代散文理論》, 現代散文
　　研究小組編, 台北:蘭亭出版社, 1986, 頁94-97。

　　QIAN

錢永祥:〈自由主義與政治秩序:對「自由中國」經驗的反省〉,
　　《台灣社會研究季刊》1卷4期, 1988年12月, 頁57-99。

　　SONG

宋定式:〈傳統社會與新知識分子〉,《仙人掌》2卷5號, 1978
　　年2月, 頁71-100。

　　TAO

陶策:〈台灣的「文化復興」的探討〉,《中國季刊》43號, 1970
　　年7-8月, 頁81-99。

YAO

姚立民:〈評介向傳統挑戰的柏楊〉, 藍玉鋼編, 《七十年代論
　　戰柏楊》, 台北：四季出版社, 1982, 頁1-55。

YIN

殷海光:〈知識分子的責任〉,《知識分子與中國》, 周陽山編,
　　台北：時報文化出版企業有限公司, 1980, 頁121-160。

ZHOU

周裕耕(Ritter, Jurgen)著、 墨勤譯,《醬缸：柏楊文化批評》, 台
　　北：林白出版社, 1989。

Althusser, Louis, Ideology and Ideological State Appratuses, In
　　Lenin and Philosophy, and other Essay. London: New Left
　　Books, 1971.

Gramsci, Antonio, *Selections from the Prison Notebooks.* London:
　　Lawrence & Wishart, 1971.

Hall, Stuart, The Rediscover of 'Ideology': Return of the Repressed
　　in Media Studies, In *Culture, Society and the Media.* Ed., G.
　　Michael, et al., London: Methuen, 1982, 56-90.

Saussure, Ferdinand de, *Course in General Linguistics.* London:
　　Fontana, 1974.

~~~~~~~~~~

英文摘要(abstract)

Lin, Chi-Yang, "Trying to Break the Soy Sauce Vat: Bo Yang's
　　Culture Critique"

Lecturer, Department of Chinese, Providence University

Bo Yang coined the term "the soy sauce vat" (Jianggang) to describe Chinese culture. Drawing on the notions that soy sauce is the product of a long period of fermentation and is effective as a preservative, "the soy sauce vat" characterizes Chinese culture in two ways: 1. China as a Confucian orthodoxy (an ideology based on the dual authority of morality and political power), and 2. the Chinese national character as a mixture of feudalism and the literatus mentality. The orthodoxy works from top to bottom and is the result of the state apparatus; the national character works from bottom to top and is derived from the historical process of living under the Confucian cultural hegemony. Paradoxically, these two aspects are mutually dependent and reinforcing. On one hand, the Confucian orthodoxy is the dominant factor in the formation of the Chinese national character; on the other hand, the national character that has evolved over the past two millennia supports and perpetuates the Confucian orthodoxy. "The soy sauce vat" is a powerful signifier referring to the longstanding myth of Chinese politics; immutable through self-preservation, it has led to "a society with a strong erosive and solidifying power" that is China. (作者提供)

論文重點

1. 一九六八年三月一日，柏楊遭到台灣調查局以「大力水手」漫畫偵訊，同年六月二十七日遭台灣警備司令部軍事檢察官以「意圖以非法之方法顛覆政府」起訴；最後，以雜文「揭發社會黑暗面，挑撥人民和政府之間的感情」罪名被判刑十二年。從此柏楊開始長達九年又二十六天的黑獄生涯。

2. 柏楊下獄的原因可歸納為：雜文對於國民黨蔣家統治下的社會黑暗面的抨擊，對於武力國家機器之一的警察的嘲諷，對於中國傳統文化的批判，乃至他以鄧克保發表的《異域》觸怒軍方等因素。而總的來說，是柏楊的雜文撼動了台灣統治者的統治基礎，使得統治當局不悅。

3. 柏楊的雜文，與《自由中國》的政論，功能互補，《自由中國》政治性格鮮明，企圖挑戰國民黨的整體主義國家性格；柏楊則通過對社會與政治現象的嘲諷，對於中國傳統文化的深層結構提出批判。這是本文討論的重心，而主要集中於柏楊雜文的核心概念「醬缸」之上，縷析其中與意識型態國家機器相互悖違的表意，來浮現柏楊雜文對六○年代台灣統治機器的文化批判意涵，以及因此衍生而出的對於中國傳統文化與政治糾結不斷的總體批判的異議／意義所在。

4. 柏楊形成「醬缸」這個概念，在他「十年雜文」的最後階段，完整的釋義，見於「西窗隨筆」《死不認錯集》〈醬缸特產〉一文：「夫醬缸者，腐蝕力和凝固力極強的渾沌

社會也。也就是一種被奴才政治、畸形道德、個體人生觀和勢力眼主義長期斲喪，使人類特有的靈性僵化和泯滅的渾沌社會也」。

5. 柏楊認為「構成醬缸的主要成分」是奴才政治、畸形道德、個體人生觀和勢力主義；因為這些成分，自然會產生出醬缸文化的產品：「權勢崇拜狂」，「牢不可破的自私」，「文字魔術和詐欺」，「殭屍迷戀」，「窩裡鬥, 和稀泥」，「淡漠冷酷忌猜殘忍」，「虛驕恍惚」……等。這幾乎是針對中國文化（而特別又是封建的威權的政治文化）作「猛撞醬缸」、「死不認錯」的全面性批判。

6. 柏楊雜文所標舉的「醬缸文化」，以及他對此一文化的批判，就是一個當代知識分子與封建的中國文化意識型態的對立／對話的論域。柏楊基本上把儒家思想看成醬缸文化的禍源。因此，醬缸文化所形容的就是「以儒家學說為基礎，受儒家思想支配的文化及社會體制」；此外，則是「大部分受此影響的中國人的性格或『民族特質』」。

7. 柏楊提出「醬缸」這個概念符號之下，它的符徵（signifier）指的是具體的醬缸這樣的形象（醬汁的容易保藏, 經久不壞, 及其發酵生黴醬味），符指（signified）則指涉了兩個心理概念：一是指涉「儒家道統」（道德與政治雙重威權結合的政治意識型態符號），二是指涉「民族性格」（封建意識與士大夫意識混雜糾結的中國人性格）。柏楊最後也被這個他所要打破的醬缸所吞噬，以自身的論述（在暴政下進諫的必然結局）真理決定了自己下獄的命運。

8. 作為一隻早起的虫兒，柏楊猛撞醬缸的結果，是被醬缸吞噬。但是，即使他沒有撞破醬缸，卻也至少突顯，或者掀開了醬缸的臭不可聞及其腐蝕性，將中國文化中的儒家道統假面、中國人的民族性格殘缺，一股子暴露開來，讓聞者反省，思考，讓權者警惕自制（最少不讓權者爽快），都盡到了一個知識分子應盡的責任。在這個層面上，這隻早起的虫兒，最少不愧不咎於他對醬缸文化的批判。

9. 中國雜文大家魯迅主張小品文應該是「生存的小品文」，用魯迅的這個理念來看，柏楊的雜文，在六〇年代處於白色恐怖時期的台灣，不啻就是對統治者擲出的匕首，投槍。將雜文當成戰鬥的武器，對著暴政的心臟擲去，柏楊的雜文因而也承續著魯迅「橫眉冷對千夫指」的強哉矯特質。它來自柏楊面對暴政的勇氣和正義感，當然也來自魯迅發揚光大的這種批判文體的新傳統。柏楊的雜文，不管作為對抗暴政的利器，或者作為批判中國儒家道統文化的鞭子，都在台灣文學史上留下了鮮明的印記。

10. 柏楊雜文核心表意的「醬缸」論述，與魯迅的「阿Q」典模可以繼續並存。有阿Q，才有打不破的醬缸；有醬缸，就有去不掉的阿Q。這是魯迅和柏楊可以驕傲之處，他們正確地把到了中國文化／政治深層結構中的病脈；但這也是魯迅和柏楊都必須慚愧的所在，他們終歸無法為阿Q開藥方，將醬缸打破，畢竟，作為匕首，他們的雜文刺破的還只是中國人民族性格中的「面子」；作為鞭子，他們的雜文最多也只傷到中國儒家道統的「表膚」。

11. 柏楊雜文在文化批判的意義上, 也與魯迅一樣, 選擇了最
    能表情達意的語詞來準確、鮮明而又生動地表現他的戰鬥
    的思想內容, 顯示了他對社會生活的無比敏銳的洞察能力,
    對於生活眞理的堅持和保衛的戰鬥者的高貴品質。這種高
    貴品質, 是知識分子格調最具體的表徵, 它通過雜文找到
    了知識分子面對權者與統治者毫不屈服的身姿：孤鴻不知
    冰霜至, 仍將展翅迎箭飛。(完)

~~~~~~~~~~

特約講評人: 鄭培凱

鄭培凱(Pei Kai CHENG), 男, 1948年生。台灣大學外文系學士,
美國夏威夷大學歷史學碩士, 耶魯大學歷史學博士。曾任教
美國衛思理安(Wesleyan)大學、紐約州立大學奧爾巴尼校
區、耶魯大學及佩斯大學, 並曾任台灣大學及新竹清華大學
客座教授。現任香港城市大學中國文化科目中心教授兼主
任。著有《湯顯祖與晚明文化》、 *The Search for Modern China:*
A Documentary Collection (合著) 及詩集多種。

　　這篇文章立論的取向很明確, 論點也十分清楚, 相當精確
地呈現了柏楊雜文的文化批判意涵, 特別是連繫到了具體的
歷史環境與柏楊進行文化批判的動機。

　　作者引述柏楊自述, 指出柏楊雜文的批判性, 與一九六〇
年《自由中國》停刊, 雷震下獄有關。是有感於自由主義政治
批判受到「整體主義國家背後意識型態」的扼殺, 產生了一種
使命感, 要從文化層面來批判中國的「醬缸文化」, 終致入獄。

　　本文指出，柏楊雜文的核心概念，就是「醬缸」，並徵引柏楊自己的釋義：

　　　　夫醬缸者，腐蝕力和凝固力極強的渾沌社會也。也就是一種被奴才政治、畸形道德、個體人生觀和勢力眼主義長期斲喪，使人類特有的靈性僵化和泯滅的渾沌社會也。

作者基本上就是以柏楊雜文的具體實例，配合西方文化批判理論的一些概念及論點，特別是涉及意識形態鬥爭與文化霸權擴展，來闡釋柏楊自己的釋義。也就是說，作者完全同意柏楊的觀點，認為中國以儒家精神為主導的傳統文化是「醬缸文化」，本文的作意只是用文化批判的理論架構來申說此意。

　　這裡涉及了一個作者未曾思辨的文化議題，而且涉及了兩個不同層次的思辨範疇：

　　第一，究竟儒家精神是「醬缸」的主因，還是專政封建政治文化傳統是主因？還是兩者合而為一，不需進行辨析？反正傳統文化是「醬缸」了，是個整體腐蝕的壞東西了，不必去思索其中的各種因素，就可當作整體（鐵板一塊似的整體）來批判？

　　第二，柏楊所指的傳統文化「醬缸」，是在思想文化層次進行批判，還是對具體的歷史文化產物，具體的歷史文化環境進行批判？換句話說，是在哲學思想文化範疇進行批判？還是針對二十世紀中國所繼承的傳統政治文化運作方式（特別是一九六〇年代國民黨意識形態），進行批判？

　　若是作者能對這兩點做進一步的探索，則對我們深入理解柏楊文化批判的意義，有更大的助益。也就不必在結語中，不無遺憾地感嘆魯迅與柏楊，只是刺破了傳統的「面子」，而打不破醬缸，開不出藥方。

～～～～～～

特約評講人：陳德錦

陳德錦(Tak Kam CHAN)，男，廣東新會人，1958年生於澳門，香港大學中文系碩士。現任教於嶺南學院中文系，著作《如果時間可以》(1992)，《文學散步》(1993)等。

　　柏楊於1981年在美國舊金山以「中國的醬缸文化」爲題發表演講，此後，「醬缸」一語，由柏楊的專用術語，成爲了中國文化字典裡一個常用詞。所以如此，實因柏楊把中國傳統文化發酵生黴、經久不壞的腐蝕性，一語中的指出來。林淇瀁教授在〈猛撞醬缸的虫兒：試論柏楊雜文的文化批判意涵〉中，即以「醬缸」爲「符徵」、以「儒家道統」和「民族性格」爲「符指」，以柏楊繫獄前後的經歷和各種文獻爲據，剖釋柏楊雜文的建構方式，實際上把「符指」意義的任意性聚焦於柏楊雜文的内外語境裡。經林教授的解釋，「醬缸」的「符指」是一個包含了一個由上而下的道統和由下而上的民族性合成的「腐蝕力和凝固力極強的渾沌社會」，爲「醜陋的中國人」下一註腳。林教授更引用周裕耕、宋定式的見解，說明「醬缸」文化如何通過政治權威伸展到社會各層面，對於解讀柏楊的雜文，印證合理並能增進讀者興趣。尤有意思的是林教授將柏楊和魯迅對

比並舉，說明雜文作為批判中國儒家道統社會的投槍匕首之可行性和延續性。這使人想到「所諷刺的是社會，社會不變，這諷刺就跟著存在」（魯迅《偽自由書・從諷刺到幽默》）的雜文傳統，以及作為雜文家必須「尖刻」、「論事不留情面」而他的諷刺又必須「寫出一群人的真實」（魯迅：〈甚麼是「諷刺」？〉）這必要條件。「醬缸」腐臭無比，但人人都給它附體，是一種「習焉不察的意識形態的表現」，林教授若能抓住這個核心問題發展論述，對於柏楊雜文，或對整個中國儒家道統文化的批判，定能有更有深刻的認識。

[責任編輯：梁敏兒、黎活仁]

柏楊：非貴族的知識分子

周裕耕

作者簡介：Ritter Jurgen, 1959年
生於德國1979年入德國
Tuebingen大學, 主修漢學及政
治學1987年取得碩士學位, 碩
士論文題目為《醬缸：柏楊文
化批評》, 1992年至1999年任教
於Tuebingen大學漢學系, 同時
完成博士論文, 題目為：《資
治通鑑及台灣對資治通鑑的解
讀之研究》。

論文提要： 1. 突飛猛進下的台灣經濟、政治情況與柏楊六〇
年代和八〇、九〇年代所提出的文化批評基本上沒有改變是
否表示他的批評已過時, 不恰當？ 2. 本文首先回顧柏楊六
〇年代所提出的文化批評與五四時期反傳統間的相似處,
並探討其成因所在, 譬如國民黨在二〇、三〇年代的意識形
態上的轉變與「再傳統化」; 3. 另外, 柏楊與五四時期內容
上似乎類似的批評, 其實本質上有明顯的區別, 即：其追民
主的思想內容, 表示方式及啟蒙對象得以配合一致; 4. 八

○、九○年代台灣通過經濟上工業化、現代化, 政治上民主
化, 社會上多元化形成全新的環境, 似乎與六○年代台灣無
法比較; 5. 同時中國傳統在全華人世界扮演新的角色, 比如
所謂「亞洲價值觀」與中國大陸上的一些傳統主義的趨勢; 6.
八○、九○年代柏楊文化批評影響不限於台灣, 而是在全球
「返本思想」潮流中扮演與六○年代不一樣的角色。

關鍵詞(中文): 柏楊 亞洲價值觀 台灣 文化批判
關鍵詞(英文): Bo Yang, Asian values, Taiwan, cultural criticism

我沒有西方價值, 也沒有中國價值: 我有的是
綠島價值[1]。

一.導言

若說, 柏楊(郭立邦, 1920-)思想和價值觀在《醬缸文化》
這個概念充分表現出來, 應無異議。這個六○年代裡在柏楊的
〈雜文階段〉發明出來的概念, 到了1985年藉轟動全國的《醜
陋的中國人》重新獲得發揮, 可以說明, 柏楊的主導思和基本
觀念在這個時內是一貫的, 沒有根本上的變化。

另一方面, 讓柏楊創造這個概念的六○年代的政治及社
會環境, 早已過去了, 不得不承認, 今天的台灣和今天的大陸
跟六○年代的台灣和大陸似乎是無法比較的, 非同日可語的
了。

---

[1] 柏楊與筆者通電話時說的, 1998年11月。

這樣，若以柏楊思想的一貫性與中國近幾十年來的政治上的，社會上的，經濟上的發展對比的話，就出現一種矛盾現象，自然也會引起如下的問題：

柏楊的觀念和文化批評是否過時的？柏楊是否跟不上中國社會上突飛猛進的步驟？他的思想是否已無法反映目前中國政治文化的情況？甚至: 柏楊是否無的放矢？

本文擬以柏楊思想和六〇年代及八〇、九〇年代台灣和中國大陸政治環境及思潮爲對象，就上述問題略作探討。

二. 五四時期反傳統與六〇年代柏楊文化批評: 老調重彈？

柏楊的文化批評本來出於他對六〇年代日常時事的觀察，最初好像並沒有什麼緊密的「理論系統」。零碎的社會弊端引起他一針見血諷刺的反應。所以，早期的雜文雖然已經表現出一種「逆流」的思想，而且也是由於這個緣故受老百姓的歡迎，但真正起啓蒙作用應該是從其「雜文階段」晚期開始的。《柏楊隨筆》第九輯的書名似乎同時也是一種號召及呼吁：《猛撞醬缸集》。其中收有柏楊從1967年5月19日至同年9月8日所寫的雜文。與其他雜文集相比，這本集子中更精要地表露出柏楊的關心之處及其對中國傳統文化的「猛撞」。通過他明顯反傳統，反儒家思想的觀念，柏楊對六〇年代台灣日常生活所提出的不滿獲得歷史化、概念化、理論化。譬如說:

> 夫醬缸者，侵蝕力極強的渾沌而封建的社會也。也就是一種奴才政治，畸形道德，個體人生觀，

> 和勢利眼主義, 長期斲喪, 使中國人的靈性僵化,
> 和國民品質墮落的社會。[2]

凡是阻礙他眼中現代化的現象或不符合現代生活的「落後思想」, 都變成柏楊批評的對象, 然後再問其成因, 回溯歷史, 而發展出他對中國文化的看法。《猛撞醬缸集》各篇主題互有關聯, 有一些文章甚至自成系統, 互為根據。「醬缸文化」這個概念, 就等於包羅萬象的總結及歸納。不管是男女不平等, 社會上的尊卑觀念, 對權勢絕對崇拜, 還是傳統知識分子的「幫凶」作用, 「明哲保身」的思想, 不獨立思考, 等等, 都形成思想上的負擔和社會發展的絆腳石。柏楊那時候雖然對「現代化」沒有下確切的定義, 而且沒有提出民主、人權兩個概念, 但是從他的批評可以看得出來: 現代化不限於物質生活而包括精神發展。其次, 他所訴求的改革和變化都構成民主人權思想和實踐的具體內容。

當然, 他的「反古」、「反儒」觀念不能避免引起一種「似曾相識」的感覺。拙著《醬缸: 柏楊文化批評》已分析柏楊與五四運動時期文化批評結構上的和內容上的相似處。[3]在此不詳提。但跟本文所探討的話題, 即柏楊是否過時的? 還是有一

---

[2] 柏楊:〈醬缸特產〉,《柏楊隨筆》(台北: 星光出版社, 1980-1981, 第9輯), 頁37。

[3] 拙著:《醬缸: 柏楊文化批評》(墨勤譯, 台北: 林白出版社, 1989), 頁171-195。原書名: *Kultur Kritik in Taiwan: Bo Yang* (Bochum, 1987).

種密切的關聯,因為當時自然也出現類似的疑問:為什麼要重提舊事?拙著的答案可以歸納如下。

六○年代的柏楊跟五四運動時期的陳獨秀(1879-1942)、魯迅(周樹人,1881-1936)、胡適(1891-1961)、吳虞(吳姬傳,1872-1949)、錢玄同(錢夏,1887-1939)等「打倒孔家店」的知識分子所面對的問題顯然基本上沒有改變,即:中國為什麼處處都比不上西方國家或現代化的日本?中國為什麼還是老樣子?[4]

隔五十年面對同樣問題似乎可以說明客觀社會條件處於停頓中。但是不能解釋這種停頓的由來。其實,若考慮到當時(一○至三○年代)「百花齊放」的氣氛和種種可能的發展趨勢,說「停頓」似乎用詞不恰當。應該說,是政治、社會、意識形態上鬥爭的一個結果,也是國民黨內演變的結果。像Mary C. Wright(1917-)所指出:

> 國民黨立場全面的轉變是1924年與1928年間
> 發生的,而這個轉變是由蔣介石帶領的。[5]

根據Mary C. Wright一文的分析可以推論,一直到1928年左右國民黨大部分還以反儒和反傳統為其政策及思想一個主要支

---

[4] 柏楊:〈中國,你為什麼還是老樣子?〉,《中國人,你受了什麼詛咒!》(柏楊編著,香港:書城有限公司,1987),頁25-35。

[5] Mary C. Wright, "From Revolution to Restoration: the Transformation of Kuomintang Ideology", *Far Eastern Quarterly* Vol.14, no.4, 1955 August, pp.520.

柱而國民黨的回歸到傳統文化及儒家倫理與蔣介石在黨裡地位的擢升有密切關係。在他領導下, 國民黨在意識形態上放棄了扮演「革命矛頭」的角色, 變成「重建秩序的工具」[6]。一個復興儒教的積極行動, 其中尤其強調儒家思想中的反民主成分, 更支持了這個新任務。這個大轉變在1934年蔣介石(1887-1975)提倡的「新生活運動」中達到高峰。其中打算從上向人民灌輸道德價值觀念和德行, 並號稱這些可以用來解決一切國家、社會問題, 是注定要失敗的嘗試。雖然對新生活運動的社會作用不應該評價過高, 然而, 在某些方面它可以代表一種重要的階段: 儒家的價值標準禮、義、廉、恥重新成為宣傳的重心, 也成為國家重建和蔣介石統治的意識形態基礎。

內戰軍事失敗以後, 國民黨自身經過的和在社會上推動的「再傳統化」在台灣得以繼續, 等到六〇年代也受到跟世紀初類似的挑戰。總之, 由蔣介石率領國民黨的轉變使像五十年前在中國的社會環境, 譬如佔支配地位的倫理標準和政治秩序原則, 在六〇年代的台灣重現, 接著引發與當時相似的反抗和批評。社會客觀情況有所重複的話, 就引發批評的重演, 而柏楊批評傳統文化同時意味著對蔣介石政權意識形態基礎的間接攻擊。

這是我十幾年前的結論。為了了解柏楊於六〇年代所提出的論點為什麼讓人聯想到五四時期文化批評和新文化運動, 拙著不得不著重指出相似之處及其可能的由來。其中就忽略柏

---

[6]　Mary C. Wright, "From Revolution to Restoration: the Transformation of Kuomintang Ideology", pp.523.

楊與那時知識分子之間及二〇年代中國與六〇年代台灣的重
要區別，在此藉機補充。

　　本人認為，一個既明顯又影響深刻的差別在於社會結構
的不同。二〇世紀初的中國大陸在各方面均可稱為農業社會。
不但人口比率上農民約佔百分之八十，也是由於幅員廣大，戰
亂，貧窮等等因素，一般教育水準偏低，文盲率高達百分之八
十。[7]這種社會情況和教育環境對當時的知識分子在社會上扮
演或可以扮演什麼樣的角色有必然的和決定性的影響。當時先
進思想家、作家、教育家等等雖然大部分均主張教育普及，提
高教育水準，甚至像魯迅為了參加「民族的精神建設」而改
行。[8]但同時他們也不得不「發覺」這種偉大任務無法在短期
內實現，而他們的長期計畫卻遭遇政治發展所帶來的種種困
難而中斷。所以，屬於社會「貴族」的知識分子始終無法填補
他們自己和佔老百姓大多數的農民間的鴻溝。他們有關現代化，
價值觀念，反儒思想等問題的討論，始終不能普及於百姓。所
以，他們的啓蒙作用只限於他們自己知識分子的小圈圈，他們
對社會的關懷表現在於「為人民著想」，但那個「人民」大多
數無法參與他們的思考過程，因為他們還在最基本生存問題
上掙扎。比如，一〇、二〇年代除了高級知識分子以外誰能了

---

[7]　這個數字當然不過是估計，而且也不意味著所謂的文盲一個字也
　　不認識，但他們程度肯定不夠看得懂像《新青年》雜誌這類的文
　　章。參E. Neugebauer，「Massenerziehung」(群眾教育)，*China
　　Handbuch* (中國手冊) (Wolfgang Franke ed., Duesseldorf, 1974),
　　pp.850.
[8]　魯迅:〈吶喊·序〉，《魯迅全集》(北京: 人民文學出版社, 1981,
　　卷1), 頁415-420。

解什麼是「德先生」, 什麼叫「賽先生」? 換言之, 如孫任以都(1921-)所說:

> 不僅因爲他們作爲學者的精英貴族身分（elite status as scholars）而且他們接受了外來思想, 讓他們與「鄉下中國」（villageChina）間的關係脫離得更遠。[9]

柏楊不然。六〇年代的台灣雖然尚未列入今天舉世矚目的「四小龍」, 但已踏上了工業化的路, 廣大的中產階級崛起, 一般教育水準隨著也提高。這種較有利的客觀條件, 加上日報媒體, 提供了柏楊寫作與思想傳播的園地。通過《自立晚報》的專欄, 柏楊天天與民眾讀者見面, 以他獨特的文筆和民眾語言談論民眾關心的或還沒關心, 但應該關心的話題。與五四時期知識分子不同, 柏楊有機會, 而且利用這個機會, 以民主方式普及民主思想, 不是在生活方式、思想、語言上脫離老百姓而是讓他們每天參與他的思考過程, 產生一種互動作用。從這個角度來看, 在世紀初不得不當「貴族」先進知識分子的價值觀念通過「非貴族」的柏楊獲得全新的意義, 因爲思想內容, 表達方式及啓蒙對象終於得以配合一致。

---

[9] SUN, E-tu Zen, "The growth of the academic community, 1912-1949", in *Republican China, 1912-1949*(*Cambridge History of China*, vol.13, part 2, John K. Fairbank and Albert Feuerwerker ed., Cambridge: Cambridge UP, 1986), pp.365.

三. 八〇、九〇年代: 民主台灣, 開放大陸與柏楊價值觀: 無的
　　放矢？

　　上述已明顯指出, 柏楊於六〇年代提出與五四時期相似
的文化批評有跡可尋, 而且在他筆下這種對傳統文化的挑戰
得到了「發揚光大」。但是, 到了柏楊出獄的時候, 即1977年,
「傳統專政」的代表人物蔣介石已去世了, 而其接班人蔣經國
開創了經濟起飛、政治開放及本土化的新階段, 為以後的政治
民主化與社會多元化的發展奠基。

　　相繼的中國大陸在鄧小平(1903-1997)領導的改革開放政
策下經歷了驚天動地的變化, 似乎進入新紀元。

　　看來, 幾年內國民黨政治上徹底放棄了傳統意識形態, 而
意識形態上本來就反傳統的共產黨也開始逐步放棄傳統式集
權專政的實踐。這種情況下, 「時代精神」趨向背離傳統訴求,
似乎以反傳統為其基礎的政治批評已無立足點了。各方面的現
代化好像是公認的政治、經濟目的, 而傳統文化似乎並不能當
阻礙這個過程的力量了。

　　台灣政治、社會上顯然不再用傳統文化觀念來否定民主、
人權等政治價值。正如1997年《中央日報》社論〈誰能否定這
樣一個文明國家〉所強調:

　　　　台灣的民主經驗也顯示, 所謂人權與民主, 是
　　沒有疆界與畛域之分的尊重個體的言論、思想、宗
　　教、集會、結社等自由權利, 原本就應是全球普遍
　　的價值觀;建立主權在民、全民參與的民主體制, 原
　　本就應有世界一致的標準與尺碼, 沒有所謂基於地

域與文化的不同, 就應有不同人權或民主模式的説
法。[10]

因此, 柏楊最關鍵的一個要求已得以實現: 政治上實施的價值
觀不要再向古傳統學習。1967年他是這麼寫的:

> 拜託各位老爺, 再不要往「古」的垃圾堆裡鑽
> 啦, 那裡是找不到金鋼鑽的也。春秋戰國時代, 大家
> 都亂七八糟, 孔丘先生和孟軻先生一些反調分子,
> 實在找不出活榜樣, 只好以鬼立教, 把三皇五帝,
> 梳裝打扮, 弄出來亮相。現在我們走運多啦, 有的是
> 活榜樣若美利堅焉, 若日本焉, 若英吉利焉, 若德
> 意志焉, 為啥現成的冰西瓜不吃卻跑到供桌那裡對
> 著塑膠西瓜直流口水乎哉?[11]

從上述可見, 台灣政治、經濟上的現代化裡, 傳統文化已不形
成起眼的話題, 而是以務實立場來討論的。台灣社會上主要的
矛盾不再在於傳統文化與現代化應該怎麼配合, 也不再徬徨
於「中學為體, 西學為用」, 即光是物質方面的現代化, 這類
學說裡, 也不再討論現代化過程裡的傳統文化的角色該怎麼
定位? 經濟問題是根據經濟學原理辯論的, 政治問題是根據
現代政治價值觀念爭論的。所謂的「新台灣人」不是用什麼「優

---

[10] 《中央日報》1997年2月1日。
[11] 柏楊: 〈發思古之幽情〉, 《柏楊隨筆》, 頁274、298。

秀傳統文化」來創造「文化認同」,而是用近幾十年來政治、
經濟上的發展成就來確立「國家認同」或某種認同。在台灣,傳
統文化這個概念並沒絕跡,但它的確喪失了柏楊六十年代裡
所反對和攻擊的支配一切的勢力。像高希均(1936-)所說,「新
台灣人」不是回顧過去而是往前看的:

> 過去的歷史,再也引不起他們的抗爭;未來的
> 願景,卻誘發了他們的激情。他們的生命中充滿了
> 創意;他們表演的舞台,早已不限於福爾摩莎;他
> 們的焦距,對準了二十一世紀。[12]

假如高希均的觀察沒錯的話,那麼,柏楊鑽古書證明中國歷史
沒民主、人權思想還有什麼用?還要為誰證明?是不是還有傳
統文化擁護者需要反駁?

由上可見,當前台灣民主化政治決策已不明顯受傳統文
化觀念的「干涉」和控制。到了1996年3月,中國有史以來人
民第一次有直選總統的權利,為期十年的民主化過渡時期完
成[13],可稱為制度化而且鞏固的「成熟」民主。另外,李登輝
(1872-)總統跟半官方的《中央日報》一樣強調,民主、人權思
想是全球普遍性的價值觀念:

---

[12] 高希均:〈作者序〉,《新台灣人之路: 建構一個乾乾淨淨的社會》
(台北: 天下文化出版公司, 1998), 頁11。

[13] 參Jaushieh J. Wu, "Institutional Aspect of democratic Consolidation :
a Taiwan Experience", *Issues & Studies*, Vol.34, no.1, 1998 Jan,
pp.101.

> 我並不認為有什麼特別的亞洲價值觀, 有的就
> 是人類價值。有人說什麼亞洲價值觀, 我則要說亞
> 洲人擁有的權利和美國人所擁有的權利是一樣的。
> [14]

從這個角度來看, 各國歷史與文化在實行民主人權政治方面不起決定性的作用。對台灣來說, 假如這種看法是公認的, 柏楊的論點似乎是無的放矢的樣子。台灣社會上每個人態度對《中央日報》及李登輝所提出的主張是否真的那麼一致, 容下再敘。

首先, 有擴大分析範圍的必要: 柏楊六〇年代的雜文雖然主要出於當時台灣的社會現況, 但是他的觀點始終是針對整個中國文化, 所以同樣涉及到全中國, 甚至海外華人。不但六〇年代雜文如此, 他出獄後的歷史作品也如此。並且, 他的人和他的著作聞名於整個「華人世界」, 不是受到熱烈的歡迎, 就是引起嚴厲的批評。若要分析「柏楊觀點是否過時的?」這個問題, 就必須要顧及到這種較廣範圍內的錯綜複雜思潮。

今天最熱中傳統復興運動不是來自當時以「傳統文化堡壘」出名的台灣。七〇年代東南亞奇跡似的經濟起飛讓世界各處許多人懷疑「儒家阻礙資本主義經濟發展」的說法。相反的, 分析「四小龍」共同之處, 那些學者和政治家就發現, 台灣, 新

---

[14] 梅枚:〈李登輝vs李光耀: 兩位亞洲政治家的分歧〉, 《九十年代》324期, 1997年1月, 頁90。

加坡, 香港, 南韓社會均基於儒家的政治、社會倫理。一下子,
儒家思想由「落後狀態的罪魁禍首」變成經濟進步、現代化的
護身符及救星了。這種「突變」實在是驚人的, 值得進一步探
討。

四小龍的經濟發展成就似乎可以駁斥以前對儒家思想所
提出的批評。對以儒家思想爲主的傳統文化重新評價也正好是
這種經濟成就所引發的, 因爲世紀初期知識分子面對的問題
不能不是:「爲什麼本來既富又強的中華變得眼前這個可憐樣
子？」而到了二十世紀末中華文化範圍內的四小龍也自然引發
的問題是:「它們爲什麼幾年之內發展得那麼快, 它們是靠什
麼祕方的？」

在亞洲經濟甦醒印象中, 所謂「亞洲價值觀」學說興起, 試
圖用一種與西方不同、特有的政治, 社會環境來解釋新建立的
經濟繁榮。當然, 這個「在國際政治和西方與非西方的媒體中,
已成爲一個流行的術語」非常「含糊」。[15]

廣州學者莊禮偉指出:

> 它從未有一個權威的定義, 甚至也沒有一個明
> 確的定義。讀者或聽眾祇好按自己的理解來作解釋
> 或不作解釋。[16]

---

[15] 莊禮偉:〈「亞洲價值觀」與世紀之交的東南亞社會〉,《亞洲
評論》8期, 1998, 頁152。
[16] 莊禮偉:〈「亞洲價值觀」與世紀之交的東南亞社會〉, 頁152。

「亞洲價值觀」這個概念，儘管是如此空泛的時髦話，但通過這一學說倡導者，尤其新加坡的李光耀(1923-)，所發表意見的分析，莊禮偉可以概括其「核心內容」如下:

（1）國家與社會先於個人，並強調個人對國家和社會的責任，堅持集體主義的人際倫理和人權觀；

（2）強有力的施行仁政的「好政府」，這也是政府對人民安分守己、尊重權威的回報；

（3）維持有秩序的社會，有了秩序才有效率和安定的生活；

（4）家庭是整個社會的基礎，也是人們工作的動力和目標；

（5）崇尚和諧與協商，没有非黑即白的強烈對抗意識(民主這一概念就含有強烈的對抗意識即對抗政府)，重視通過協商取得共識。[17]

莊禮偉接著還評論: 「當然，『亞洲價值觀』還隱含著這樣的意味: 即不同意西方的人權、民主觀，主張不同的民族和文化擁有不同的人權、民主觀。因此，『亞洲價值觀』多或少地含有『文化決定論』的意味」。[18]

莊禮偉對「亞洲價值觀」既精闢又簡練的論述分析，就引用到這裡。在此要強調注意的有兩點: （1）在新加坡所實施的亞洲價值觀中儒學成分是很明顯的或應該說: 它等於儒學

---

[17] 莊禮偉:〈「亞洲價值觀」與世紀之交的東南亞社會〉，頁154。

[18] 莊禮偉:〈「亞洲價值觀」與世紀之交的東南亞社會〉，頁155。

裡鞏固政權的內涵，社會和諧是建立於等級制度上。（2）其堅決反對人權全球普遍性的說法及其文化決定論明顯與上述台灣官方立場迥然不同。[19]

國際儒學聯合會名譽理事長李光耀不但認為儒家思想是新加坡經濟發展不可缺少的基礎。[20]而且，通過這種經濟成就儒家學說的某種部分也獲得既新又舊的政治作用：舊的作用就是：他把經濟繁榮，社會安定歸功於行「仁政」的強人政治，儒家倫理就可保證他的政權不受挑戰。新的作用就是：新加坡通過其世界經濟上的實力推行一種與所謂「西方價值」對立的價值系統來抗衡西方先進國家的約束，反對某種思想上的帝國主義。反對帝國主義是無可厚非的，但為什麼偏偏反對民主人權思想，不反對資本主義經濟思想？答案很簡單：前者不符合國情，後者卻符合國情。其實，應該稍微改正一下：後者符合李光耀的意識形態，前者不符合他的意識形態。

李光耀選擇性使用中國傳統與儒家學說在中國大陸實行改革開放政策後也受共產黨的歡迎，因為經濟開放與反對政治自由化這樣就得到了合理的論點基礎，即「文化決定論」與「價值相對論」。加上，政治上還可以利用歷史學家有關所謂資本主義萌芽的研究結果：資本主義萌芽在中國歷史上被追

---

[19] 梅枚:〈李登輝vs李光耀：兩位亞洲政治家的分歧〉，頁90-95。

[20]「從治理新加坡的經驗，特別是1959年到1969年那段艱辛的日子，使我深深地相信，要不是新加坡大部分的人民都受過儒家價值觀的薰陶，我們是無法克服那些困難和挫折的。」，〈國際儒家聯名譽理事長、新加坡內閣資政李光耀先生致詞（1994年10月5日）〉，《儒學與廿一世紀》(中國孔子基金會編，北京：華夏出版社，1996)，頁7。

溯得更仔細更早，先是明朝，後是宋朝，再等幾年改革政策，就躍升爲「自古以來」就有吧。[21]

　　這種「精挑細選」的「返本」思想[22]正好也吻合目前共產黨的政治需要，而且變成全世界抗衡西方各方面優勢「返本思潮」(Fundamentalism)的一大宗派。原來要把中國人民從傳統束縛解放出來的共產黨與以「反共」出名的李光耀在這種「新傳統主義」基礎上，竟然結成聯盟：經濟開放和全球化，政治權威主義，社會安定，非西方化的現代化旣可以確保國家穩定發展，又可以穩抓政權，何樂而不爲呢。

　　中國大陸掌權者經歷由「反傳統」至「返傳統」的過程與社會主義理念的破產有密切關係。[23]儒家思想所隱含的非民主成分又一次提供了民族主義與政權鞏固的思想靠山。這種思潮不但被

21　在此要強調: 本人不是批評這種對歷史的提問法, 但不同意研究
　　結果的這種政治上工具化。
22　借余英時(1930-　)語, 見余英時: 〈談中國當前的文化認同問
　　題〉, 《二十一世紀》31期, 1995年10月, 頁13-15。
23　譬如德國漢學家 Michael Lackner 評論: 「在中華人民共和國九
　　〇年代『儒學』觀點被工具化, 歸根結柢是試圖從社會主義理念
　　的破產中得到民族主義的好處」。Michael Lackner:
　　"Konfuzianismusvonoben? Traditionals Legitimation politischer
　　Herrschaftinder VR China", (〈來自上層的儒家思想？中華人民
　　共和國以傳統爲政權道德立法依據〉, *Laenderbericht China:*

當權者利用而且也泛濫於社會各界人士。不幸，這種新民族主
義自信只表現在《中國可以說不》這一類書的可憐層面上。目
前中國大陸游移於自卑與自大之間的狀態下，傳統文化又扮
演極其重要的角色。「反傳統」隨著這個轉變也從官方規定意
識形態變成異議分子的領域了。以劉曉波(1955-)為例：

> 西方人講政教分離，講信仰與權力、信仰與知
> 識的分離。而中國人講政教合一，講權力即信仰，即
> 知識。中國之所以沒有宗教，主要在於宗教的權力
> 化。中國人不崇拜任何神，只跪在掌權者的腳下，把
> 權力當作神來崇拜。而世界上的一切都可以崇拜，
> 就是不能崇拜權力。權力崇拜是中國文化的最突出
> 的特徵。掌權者提出某種信仰就是唯一的，信不信
> 不是個人的自由，而是涉及到忠與不忠、進步與落
> 後、革命與反革命等等政治問題。這樣，人沒有信
> 仰的自由，只有以權力所認可的信仰為信仰，否則
> 的話，就將禍及九族。[24]

上述傳統主義者與文化批評者有一個共同之處，即：兩者都確
定中國傳統文化沒有民主、人權思想。前者的結論是：既然這

Politik, Wirtschaftund Gesellschaftimchinesischen Kulturraum《中國
報導：中國文化空間裡的政治，經濟，社會》(Carsten Herrmann-
Pillathund & Michael Lackner ed., Bonn 1998), pp.442.

[24] 劉曉波：〈中國式惡性大循環的根源〉，《明報月刊》1988年8月
號，頁43。

樣, 今天施行民主化政策不符合國情。後者則認為: 既然如此,
今天若要施行民主政策, 保護人權, 就要從國外引進。前者反
對西化而歸於傳統專政倫理, 後者則反對傳統專政思想而歸
於人權全球普遍性的說法, 即天賦人權論。

　　與兩者不同有所謂「當代新儒家」的理論: 他們一般支持
中國民主化, 但同時反對他們所說的西方式的以個人主義為
中心的民主, 對西方思想、生活方式採取批評態度。[25]他們著
重強調中國傳統文化所擁有的民主式的思想。在許多方面這些
學者繼承二〇至四〇年代的熊十力(1885-1968)、梁漱溟(1893-
1988), 張君勱(張嘉森, 1887-1969), 唐君毅(1909-1978), 徐復
觀(1902-1982)等等哲學家。最有名的代表人物應為僑居美國的
杜維明。他至於儒家倫理對現代化、工業世界可以作出什麼貢
獻的學說, 不但在華僑社會, 也是對中國大陸及台灣學者有相
當大的影響。

　　若說, 李光耀等政治家是「保守傳統主義者」, 因為他們
用傳統政治觀點來使用傳統, 那麼, 新儒學派可稱為「理想傳
統主義者」試圖通過對儒學的新讀法讓傳統思想中歷史上尚未
實現的成分獲得新意義。雖然這些「新儒」知識分子在不同程
度上已注意到儒學對中國歷史上專政的責任, 但他們堅信, 在
現代世界情況下, 儒家學說可以引起與歷史不同的作用, 給世
界現代化社會與政治提供更理想的道德基礎來避免西方式現
代化和民主所帶來的不良發展。比如, 台灣大學歷史系教授黃

---

[25] 　Michael Lackner: 〈來自上層的儒家思想? 中華人民共和國以
　　傳統為政權道德立法依據〉, 頁429。

俊傑與美國威斯康辛(Wisconsin)大學哲學系教授Wu Kuang-
ming合著的一篇文章就抱有這種希望:

> 本文涉及到一個令我們大家都很驚訝的問題,
> 即: 長期以來被政治機構濫用的古老經典儒家思想,
> 其實將會給二十一世紀的台灣提供革命性、積極向
> 上的新義, 它實質上與西方廣為傳播的民主理想頗
> 有不同。[26]

根據「原來」的經典儒學就可以建立一種「民本主義」來代替
弊病多端的民主主義。按他們的看法《孟子》等儒書提供許多
具體治國方法可以借鑒。[27]

　　雖然要強調, 新儒與上述政治家意識形態目的上迥然不
同, 但如Michael Lackner(1953-) 在其文指出, 若把他們所主
張的文化道德觀念, 如人際關係先於法律, 協商先於對抗意識,
個人與社會和諧等理想, 運用在政治上, 他們被傳統政治家的
「工具化」就並不偶然。[28]他們的理想與李光耀所提出的「好
政府比民主重要」似乎沒有矛盾。

---

[26] Huang Chun-chieh & Wu Kuang-ming, "Taiwan and the Confucian aspiration: toward the twenty-first century", *Cultural change in postwar Taiwan* (Stevan Harrell & Huang Chun-chieh ed., Boulder: Westview Press, 1994), pp.69. 引文為筆者所譯。

[27] Huang Chun-chieh & Wu Kuang-ming, "Taiwan and the Confucian aspiration: toward the twenty-first century", pp.85.

[28] Lackner, 〈來自上層的儒家思想? 中華人民共和國以傳統為政權道德立法依據〉, 頁447。

　　就像Lackner指出，新儒道德專家由於他們政治上的天眞理想似乎無法避免與保守政治家結成不良聯盟。與傳統知識分子一樣，他們爲解決時事問題是用最傳統的方式，即歸於兩千年前的「原來」經典。他們著重研究道德觀念，輕看民主、人權是通過制度化才得以保證，令人擔心。不禁也聯想到柏楊1967年有關傳統知識分子與傳統文化裡所謂的「對僵屍迷戀」現象的評論。

　　　　（儒家）求求當權派手下留情，垂憐小民無依
　　無靠，用御腳亂踩的時候，稍爲輕一點: 其成語曰
　　「行仁政」。[29]

對僵屍迷戀的第一個現象是: 「古時候啥都有。」凡是現代的東西，古時候都有，原子彈有，飛機大砲有，汽車有，民主有，共和政治有，砍殺爾有，拉稀屎有，人造衛星有，公雞下蛋有，脫褲子放屁有，西服革履有，阿哥哥舞有，迷你裙有，等等等等，反正啥都「古已有之」，無往而不「有」。[30]

四. 結語: 非貴族主義知識分子: 柏楊與「綠島價值」

　　上述各種傾向傳統思潮說明: 歷史與傳統文化在目前中國與華人社會的勢力有演變，但並沒有減弱。主張傳統式集權或專政的政治家或給傳統予以新意義的學術人都源於歷史而

---

[29] 柏楊:〈第一是保護自己〉，《柏楊隨筆》，頁78。
[30] 柏楊:〈祖先崇拜〉，《柏楊隨筆》，頁134。

建立自己的思想系統或意識形態依據。他們共同之處在於反對他們認為是西方的民主、人權思想。一個可以說是中國政治領導人的自我保護，另一個是學術性的社會關懷。兩者離「人」的需求差不多一樣遠。前者當然是政治權力世界，後者在其學術界內進行有關「人」的討論而已。

說柏楊是非貴族知識分子，就正好也是這些原因:

他是與政治權力無關聯的獨立知識分子;

他不但以老百姓的立場來看歷史和現在，而且讓他們參入歷史與現在的討論。[31]

他不是根據經典空談價值與道德觀念，而觀察價值觀系統對老百姓的具體作用。在他的著作和思想裡，價值不是抽象的理想，而是天天在政治、社會生活表現和實現的。

總之: 雖然台灣政治領導人實行民主和人權政策已經不受歷史與傳統文化約束，但對整個華人世界來說，包括台灣在內，種種傳統思潮依然存在。

柏楊通過翻譯《資治通鑑》引發一種歷史啓蒙與刺激全世界華人讀者重新思考中國歷史，顯然毫無過時之處。面對上述政治上的傳統主義[32]的時候，只好敬請柏楊，這位名副其實的非貴族知識分子，繼續「猛撞」。

參考文獻目錄

---

31 譬如《柏楊版資治通鑑》裡的「通鑑廣場」。
32 在此指的是與政治思想和實踐有關的傳統思潮，不是純文化領域上的傳統。

BO

柏楊:《柏楊隨筆》, 台北: 星光出版社, 1980-1981, 第9輯。

——編著:《中國人, 你受了什麼詛咒！》, 香港: 書城有限公司, 1987。

GUO

高希均: 《新台灣人之路: 建構一個乾乾淨淨的社會》, 台北: 天下文化出版公司, 1998。

LIU

劉曉波: 〈中國式惡性大循環的根源〉,《明報月刊》1988年8月號, 頁41-46, 49。

MEI

梅枚:〈李登輝vs李光耀: 兩位亞洲政治家的分歧〉,《九十年代》324期, 1997年1月, 頁90-95。

YU

余英時: 〈談中國當前的文化認同問題〉,《二十一世紀》31期, 1995年10月, 頁13-15。

ZHOU

周裕耕(Ritter, Jurgen):《醬缸: 柏楊文化批評》, 墨勤譯, 台北: 林白出版社, 1989。

ZHUANG

莊禮偉: 〈「亞洲價值觀」與世紀之交的東南亞社會〉,《亞洲評論》8期, 1998, 頁152-163。

Huang, Chun-chieh & Wu Kuang-ming, "Taiwan and the Confucian aspiration: toward the twenty-first century",

Cultural change in postwar Taiwan . Ed., Stevan Harrell & Huang Chun-chieh, Boulder: Westview Press, 1994, pp.69-87.

Lackner, Michael. "Konfuzianismusvonoben? Traditionals Legitimation politischer Herrschaftinder VR China", (來自上層的儒家思想？中華人民共和國以傳統爲政權道德立法依據), *Laenderbericht China: Politik, Wirtschaftund Gesellschaftimchinesischen Kulturraum.* (中國報導: 中國文化空間裡的政治, 經濟, 社會) Ed., Carsten Herrmann-Pillathund & Michael Lackner, Bonn 1998, pp.425-448.

Neugebauer, E. "assenerziehung"(群 衆 教 育), *China Handbuch.*(中國手冊) Ed. Wolfgang Franke, Duesseldorf, 1974, pp.850-853.

Ritter, Juergen. *Kulturkritik in Taiwan: Bo Yang (1920-).* Erschienen in der Reihe Chinathemen, Band 30, Bochum 1987.

---. "Historiographisches aus Taiwan: Bo Yang und die Uersetzung der Generalgeschichte *Zizhi tongjian*". In: *Interdisziplinaere Aspekte deutscher Taiwan-Forschung.* Hg. Eberhard Sandschneider in Zusammenarbeit mit Helmut Martin. Bochum: projekt verlag 1994, S.132-145.

Ritter, Juergen. "Bo Yang: Auf der Faehrte des ' Haesslichen Chinesen ' ". In: *Stimmen der Opposition: chinesische Intellektuelle der achtziger Jahre.* Hg. Helmut Martin und Ines-Susanne Schilling. Chinathemen. Serie Europaeisches Projekt zur Modernisierung in China, Text X. Bochum 1995, S.287-311.

Sun, E-tu Zen. "The growth of the academic community, 1912-1949", In *Republican China, 1912-1949. Cambridge History of China*, vol.13, part 2, Ed., John K. Fairbank and Albert Feuerwerker, Cambridge: Cambridge UP, 1986, pp.361-420.

Wright, Mary C. "From Revolution to Restoration:the Transformation of Kuomintang Ideology", *Far Eastern Quarterly* Vol.14, no.4, 1955 August, pp.515-533.

Wu, Jaushieh J. "Institutional Aspect of democratic Consolidation : a Taiwan Experience", *Issues & Studies*, Vol.34, no.1, 1998 Jan, pp.100-128.

英文摘要(abstract)

Ritter, Jurgen, "Bo Yang: An intellectual of non-noble."

Professor, Department of East Asian Studies, University of Tuebingen

In view of the enormous economic and political changes in Taiwan during the past 30 years the question arises, if Bo Yang's cultural criticism, that has been formulated in the 1960s and has not changed essentially, is still applicable or if it should be regarded as outdated.

This essay first takes a look back to the cultural criticism as it was formulated by Bo Yang in the 1960s and to its resemblances with anti-traditionalism of the May 4th period. Hereby, reasons for these similarities will be discussed, e.g. the transformation and "retraditionalization" of Guomindang ideology during the 1920s and 30s.

In addition to that, this essay pays attention to the fact, that although there are similarities between Bo Yang and intellectuals of the May 4th period as regards the content of their criticism, but with Bo Yang this criticism gains a new quality: the democratic appeal is not only visible in his ideological content, but also in his mode of expression and the "target group" of his enlightening essays.

Still, the context of Taiwan today has completely changed since the 60s and Taiwan has experienced, economic industrialization and modernization, political democratization and social pluralization.

At the same time, though, Chinese traditional culture gained new weight in the context of Overseas Chinese publications, in the context of discussions and political statements among Cultural Chinese Societies in general (e.g. "Asian values") and of some traditional tendencies on Mainland China.

This essay, therefore, concludes, that Bo Yang's cultural criticism, whose influence is not restricted to Taiwan, but is widely acknowledged among Chinese readership all over the world, plays an important and new role in the criticism of "fundamentalist" tendencies, which is quite different from the 1960s.(作者提供)

論文重點:

1. 突飛猛進下的台灣經濟、政治情況與柏楊六〇年代和八〇、九〇年代所提出的文化批評基本上沒有改變, 是否表示他的批評已過時, 不恰當?

2. 本文首先回顧柏楊六〇年代所提出的文化批評與五四時期反傳統間的相似處, 並探討其成因所在, 譬如國民黨在二〇、三〇年代的意識形態上的轉變與「再傳統化」。

3. 另外, 柏楊與五四時期內容上似乎類似的批評, 其實本質上有明顯的區別, 即: 其追求民主的思想內容, 表示方式及啓蒙對象得以配合一致。

4. 八〇、九〇年代台灣通過經濟上工業化、現代化, 政治上民主化, 社會上多元化形成全新的環境, 似乎與六〇年代台灣無法比較。

5. 時中國傳統在全華人世界扮演新的角色, 比如所謂「亞洲價值觀」與中國大陸上的一些傳統主義的趨勢。

6. 八〇、九〇年代柏楊文化批評影響不限於台灣, 而是在全球「返本思想」潮流中扮演與六〇年代不一樣的角色。

特約講評人: 白雲開

白雲開(Wan Hoi PAK), 男, 廣東南海人。加拿大多倫多大學博士。現爲香港城市大學語文學部講師。著有〈穆時英小說的

男性形象〉(1998),〈穆時英小説的女性形象：現代型女性〉
(1998),〈中國現代派小説的現代感〉(1997),〈重複與「黑
牡丹」〉(1994)等。

　　擔任周裕耕教授這篇文章的講評，壓力不小。一來，我對
柏楊先生的文章認識不深；二來，不懂德語，無法掌握論文全
部內容，實在有愧；三來，對台灣現況了解不多。因此，以下
意見多以提問方式表達，以便就教於周教授及其他專家學
者。

　　周教授開宗明義地指出論文的討論範圍，那就是「以柏楊
思想和六〇年代及八、九〇年代台灣和中國大陸政治環境及思
潮為對象」，探討柏楊思想的價值問題(頁69),方法是企圖證
明中國傳統思想仍留存在八、九〇年代的中台社會裡，借此論
證柏楊反封建觀念和文化批評仍未過時，柏楊並非無的放
矢。可是，到了頁78,文章卻將討論範圍從中台擴大到整個中
國文化，其中包括全中國，甚至海外華人；從而在頁79裡帶出
李光耀「亞洲價值觀」，指出傳統思想賴此得以復活。問題是：
文章未有將「亞洲價值觀」怎樣影響中國共產黨政策，或是「亞
洲價值觀」怎樣在中國內地生根，成為人們的思想等情況交代
清楚。由於語焉不詳，文章似乎無法論證「柏楊思想從未過時
或者不是無的放矢」的論點。

　　文中所見，中國共產黨「返傳統」是唯一談到傳統思想在
中國內地「復生」的地方，但這裡所謂「返傳統」過程卻是指
學術上有關資本主義在宋明時期開始萌芽的討論。

　　一來, 萌芽時期的討論, 只能說成是為了倡導「社會主義初級階段」以至「中國特色的社會主義」而提出; 也只能證明中國沒有經過充分發展的資本主義階段, 而一下子從封建主義跳到社會主義。由於封建主義的思想沒有經資本主義的洗禮, 而得以殘存下來, 進而依附於社會主義社會中, 結果釀成類似文革之類的禍害來。但以上內容與中共回歸傳統好像沒有甚麼關係;

　　二來, 如果我們將馬克思主義或唯物史觀視為中國傳統的話, 似乎有點奇怪。據文中所言, 回歸傳統應指回到中國傳統儒家思想, 因為周教授引用了德國學者的觀點, 認為中國九〇年代將儒學觀點工具化, 是與社會主義理念破產有關(頁82)。可是文內卻沒有交代中國如何利用儒家思想。

　　至於台灣方面, 周教授力言「政治、社會上顯然不再用傳統文化觀念來否定民主、人權等政治價值」(頁75), 還說「當前台灣民主化政治決策已不明顯受傳統文化觀念的『干涉』和控制」(頁77)。可是, 到文末卻說:「對整個華人世界來說, 包括台灣在內, 種種傳統思潮依然存在」(頁87), 究竟在台灣所謂民主人權政策是止於李登輝和屬國民黨黨報的《中央日報》的層面, 還是已成為台灣人民的共識呢? 此外, 傳統思潮在台灣存在的情況如何, 以致還需要柏楊來「猛撞」呢? 周教授可能由於篇幅所限, 沒有在文中交代。

　　此外, 柏楊思想與民主人權等觀念的關係也不清楚。周教授承認柏楊沒有提出民主人權概念(頁70), 但他指出柏楊「所訴求的改革和變化都構成民主人權思想和實踐的具體內容」(頁70)。事實上, 柏楊文章的主要課題是反封建思想, 揭露社

會弊端和瘡疤,這些跟民主思想似乎還有一段很大的距離;至於與人權的關係,更無從得知。

至於没有提出民主概念的柏楊,如何如周教授所言,「以民主方式普及民主思想」呢(頁74),種種問題,都令人不容易理解。

周教授所指的「人民能參與他(即柏楊)的思想過程」或者「民主方式」是否即他於註31所言的「通鑑廣場」這類讀者信箱形式呢?可是,儘管如此,還有值得商榷的地方,那就是:是否逢有讀者信箱,專欄作家願意回應的便是民主的體現呢?

至於文中提到的「貴族」與「非貴族」兩類知識分子,究竟他們的分別在哪?也值得討論。周教授指出五四時期的知識分子屬「貴族」,他們無法填補與老百姓尤其是農民間的鴻溝(頁73),柏楊則屬「非貴族」,他是與政治權力無關聯的獨立知識分子,他以老百姓立場看歷史和現在(頁87)。

可是,五四時期絕大部分知識分子都没有政治權力,不少還是政府的眼中釘,備受政治迫害的,哪有可能擁有如周教授所謂的「貴族」身分呢?如果說,五四知識分子與大衆(讀者)的距離很大,相反柏楊跟讀者的距離已經大大拉近了;這個原因可能不是五四知識分子與柏楊的身分不同,而是讀者群改變了,他們的知識水平,教育水平提高了很多。可是,如果我們還拿農民作爲讀者對象的話,我相信,柏楊與他們之間還有一道鴻溝。

作爲讀者之一,我對柏楊文章倒有一點淺見:與五四時期不少文章相近,柏楊隨筆和雜文由於多數針對時弊,對數十年

後的讀者來說，無論它們的價值還是吸引力，都已經大打折扣。加上柏楊的語言較近文言，跟規範的現代漢語有頗大的距離，相信沒有相當教育水平的一般讀者未必能夠看懂。

此外，柏楊使用的比喻如「醬缸」也未必十分妥貼。據他的解釋，醬缸即封建社會，需要猛撞。可是，醬缸如何侵蝕力強，如何渾沌，還是有它的作用的：它是製造醬、醬菜或是醬油的工具。那麼，我們「撞破」了醬缸之後，還有醬油用嗎？如果醬缸即封建社會的話，那麼醬油指的又是甚麼呢？傳統思想還是傳統文化？如果從醬缸孕育出來的醬油是生活不可少的東西，那麼柏楊是否暗示傳統文化和思想是不可少，而且必須保存的呢？要是如此，他那連醬油也犧牲的「猛撞」舉動是否魯莽了一點呢？

柏楊批判社會的精神可嘉，不但沒有過時，也不是無的放矢，而且還十分值得我們發揚，但是我們應該將他的作品分為不同類型：雜文、隨筆、隨想之類比較針對時弊的東西屬一類，如《醜陋的中國人》那些比較具概括性、理論性的東西是另一類。前者與時代脫節，價值不高；後者抽離時代，探討文化心理問題，值得推介。

至於有關民主人權的問題，諸如：民主人權是否有一致的標準？現有的民主人權觀念是否西方的？現實中的民主人權又是甚麼一回事？還值得討論。我一直對民主和人權抱懷疑的態度，經過以美國為首的北約，繞過聯合國向南斯拉夫大舉空襲後，我的立場變得更加鮮明。當然這已不是這次講評該談的話題了。(完)

～～～～～～～～

特約講評人: 劉靖之

劉靖之(C.C. LIU), 香港大學哲學博士。 現爲嶺南學院語文及
翻譯中心教授兼主任, 著《元人雜劇研究》(1990)、《神似
與形似: 劉靖之論翻譯》(1995)等。

　　周裕耕〈柏楊: 非貴族的知識分子〉一文分四個部分: 一、
導言。二、五四時期反傳統與六〇年代柏楊文化批評: 老調重
彈? 三、八〇、九〇年代: 民主台灣, 開放大陸與柏楊價值觀:
無的放矢? 四、結語: 非貴族主義知識分子: 柏楊與「綠島價
值」。在這四個部分裡, 作者交代了下面幾點。

　　第一點, 在「導言」裡, 作者認爲柏楊的思想與價值觀可
以在六〇年代雜文裡發展出來的「醬缸文化」概念爲代表, 直
到1985年轟動中國文化界的「醜陋的中國人」觀念的二十幾年
裡, 他的思想和觀念是相當一致的。

　　第二點, 在「老調重彈」裡, 柏楊的批判思想與五四運動
時期文化批評在結構上和內容上有相似之處, 也有不同之
處。相同的地方是兩者均反傳統、都要打倒孔家店; 不同的是:
「柏楊有機會, 而且利用這個機會, 以民主方式普及民主思想,
不是在生活方式、思想、語言上脫離老百姓而是讓他們每天參
與他的思考過程, 產生一種互動作用。」(頁74)作者繼續說:
「從這個角度來看, 在世紀初不得不當『貴族』先進知識分子
的價值觀念通過『非貴族』的柏楊獲得全新的意義, 因爲思想
內容, 表達方式及啓蒙對象終於得以配合一致。」

我想作者的意思是指通過報紙雜文, 與普羅大衆讀者產生共鳴而影響了讀者, 令「貴族」(中國社會裡的特殊分子, 我們一般稱之爲「象牙塔」裡的知識分子)的柏楊蛻變爲「非貴族」的柏楊。用這種方式來敍述中國知識分子及其成分的變化是不太妥當的。「知識分子」這個名詞在貧困落後文盲衆多的國家才有的, 如沙皇時代的俄國, 和仍然在發展的中國, 我們不大聽到英國、美國、法國或德國有人稱讀過書的人爲「知識分子」, 因爲這些國家的教育普及, 幾乎全民均能閱讀、書寫。後來有人下定義, 說僅僅有知識還不能稱之爲「知識分子」, 「知識分子」應是那些具有使命感、有獨立思考能力、有批判精神和勇氣的有學之士才是「知識分子」, 因此有人說錢鍾書先生只是位學者, 不是知識分子。從這個原則上來看, 翻譯家楊憲益先生是位眞正的中國知識分子。

從另一個角度來說, 在中國知識分子雖屬特殊階級, 但絕不是「貴族」。中國老百姓尊重知識分子是因爲他們飽讀詩書, 因爲有知識而能解決問題, 並不是由於他們出身貴族。在中國人的心目中, 知識分子可能躲在象牙塔裡, 但絕不是「貴族」。

至於「因爲思想內容, 表達方式及啓蒙對象終於得以配合一致」這句話的含義, 我就不明白了。

第三點, 在「無的放矢」裡, 作者認爲柏楊在六〇年代所寫的雜文雖然主要是針對當時的社會狀況, 但「他的觀點始終是針對整個中國文化」。(頁78)我想柏楊在六〇年代所寫的雜文, 一如魯迅在三〇年代所寫的雜文, 是對當時作者所見到的現象的反應, 而不是針對作者無法見到的一些現象的批評。周裕耕如此神化柏楊是難以令人信服的。假如柏楊的批評也適用

於台灣以外的中國人，那是因爲台灣的中國人與大陸、香港和海外的中國人有共同之處，令柏楊的批評有著普遍性，而不是柏楊出於有意識的「針對性」。

第四點，在「結語」裡，作者用下面三點來說明柏楊不是貴族知識分子：一、他與政治無關。二、他不是站在老百姓的立場來看歷史與現在，而是讓他們「參入歷史與現在的討論。」三、他不空談價值與道德觀念，而觀察價值系統對老百姓的具體作用。(頁87)

周裕耕〈柏楊: 非貴族的知識分子〉在命題上、結構上、觀念上以及討論上均相當紊亂，讀者不知作者的主要重點在那裡？目的如何？想證實什麼？假如作者想證明柏楊不是躲在象牙塔裡的知識分子，而是與讀者相互有共鳴的作家，那麼文章也得有在這上方面有所論述。此外，作者在一些名詞的定義和範圍上並不分清楚。柏楊是位知識分子，是位作家？或是位學者？何謂「貴族知識分子」、「非貴族知識分子」？「五四時代」和後來的讀者稱魯迅爲作家，好像從來沒有人叫他爲「非貴族知識分子」，也沒有人稱他爲「知識分子」。

最後一個問題：文章裡討論了「五四時期」的反傳統、民主台灣與開放大陸的價值觀，但文章的副題則引用柏楊於1998年11月對周裕耕講的話：「我沒有西方價值，也沒有中國價值: 我有的是綠島價值。」在文章裡，作者並沒討論「綠島價值」，何謂「綠島價值」？(一九九九年六月五日)

[責任編輯: 梁敏兒、黎活仁]

想像的共同體: 柏楊筆下的國民性

梁敏兒

作者簡介: 梁敏兒, 女, 1961年生於香港, 廣東南海人。香港大學文學學士、哲學碩士, 京都大學文學博士。現爲香港教育學院中文系講師。著有〈犧牲與祝祭: 路翎小說的神聖空間〉(1999),〈鄉愁詩的完成: 余光中的詩與香港〉(1999)。

論文提要: 本文嘗試爲柏楊有關國民性的討論, 納入歷史的過程中, 從而爲柏楊定位。文中主要根據德籍社會學家埃利亞斯的理論, 借用德國的文化的内轉和法國有關文明的論述兩條線索, 以「德國→尼采→魯迅」和「法國→福澤諭吉→梁啓超」的二元分化, 分析其歷史傳承的根源, 再從這二元的角度, 在柏楊的醬缸文化中找尋痕跡, 嘗試映現出柏楊從内化跨步至外化的過程, 筆者認爲這是西方文明徹底取得勝利的過程。

關鍵詞(中文): 柏楊　國民性　埃利亞斯　梁啓超　魯迅　福澤諭吉　權力　尼采　文化　文明

關鍵詞(英文): Po Yang, national-character, Norbert Elias, Liang Qi Chao, Lu Xun, Fukuzawa Yukichi, Power, Friedrich Nietzsche, Culture, Civilization

一. 序言

柏楊(郭立邦, 1920-　), 河南省輝縣人, 母早逝, 幼年經常受到繼母的虐待。1937年中日戰爭爆發, 時剛升高中二年級, 投筆從戎, 考取河南省軍事政治幹部訓練班。1938年由軍政班保送軍事委員會戰時工作幹部人員訓練團, 在武昌左旗營房受訓, 集體參加中國國民黨。1942年, 辭去三民主義青年團河南支團部幹事之職, 考取國立蘭州大學法津系。1943年休學, 1944年由教育部分發國立東北大學政治系三年級, 1946年東北大學畢業, 1949年赴台。

1951年應徵中華文藝獎金委員會徵文, 開始寫小說, 期間作品有《打翻鉛字架》(1955)、《天涯故事》(1957)、《凶手》(1958)、《掙扎》(1959)、《曠野》(1961)、《怒航》(1964)、《古國怪遇記》(1965)等。 1960年在台北《自立晚報》, 以筆名柏楊寫《倚窗閒話》專欄, 開始寫雜文, 作品有《動心集》(1962)、《妙豬集》(1962)、《降福集》(1963)、《不悟集》(1963)、《亂做春夢集》(1964)、《勃然大怒集》(1966)、《孤掌也鳴集》(1967)、《玉手伏虎集》(1968)等。

1969年以叛亂罪被判有期徒刑十二年, 開除國民黨籍。1977年出獄, 任中國大陸問題研究中心研究員。獄中著作《中國帝王皇后親王公主世系錄》、《中國歷史年表》、《中國人

史綱》等陸續出版。1983年《柏楊版資治通鑑》第一冊出版，這
套書全數共計七十二冊，已經譯完。

二. 國民性討論的背景

1981年開始，柏楊就中國人的弱點，在美國進行了多次演
講，其中有「中國人與醬缸」(1981.8)、「人生文學與歷史」
(1981.8)、「正視自己的醜陋面」(1984.8)和「醜陋的中國人」
(1984.9)。 這些演講的底稿，後來都發表在海內外的雜誌和報
紙之上，並收進了1985年8月初版的《醜陋的中國人》一書中，
引起了很大的反響。[1]不過，柏楊對於中國國民性的批判，早在
「雜文十年」的時代便已開始，《醜陋的中國人》裡也有收錄
入獄前後的相關文章，為了使論點集中，本文將以這部書作為
討論的重點。

1. 國民性與魯迅

「改造國民性」這個口號最先是由魯迅(周樹人，1881-
1936)提出的，比他早一點的，還有梁啓超(1873-1929)的「新民
說」，不過儘管都是關於國民的，但彼此之間有很大的差異。

魯迅所說的國民性，特徵是「瞞和騙」，與柏楊所說的「髒
亂吵和窩裡鬥」有點不大一樣。 魯迅所說的「瞞和騙」，和
尼采(Friedrich W. Nietzsche, 1844-1900)反文明的姿態很相似。

---

[1] 1.孫國棟：《評柏楊》(香港：明報出版社, 1989)。2.柏楊編著：《中
國人，你受了什麼詛咒》(香港：香港書城有限公司, 1987)。3.李
敖編著：《醜陋的中國人研究》(台北：李敖出版社, 1989)。

(一)德國的政治背景和尼采反文明的姿態

猶太裔的德籍社會學家埃利亞斯（Norbert Elias, 1897-1990）在《文明化的進程》一書裡面, 從行為和心理的層面去界定文明, 他認為文明的概念是來自不同群體之間的壓力和競爭。[2] 透過研究歐洲上層社會不斷轉變的行為和習慣, 他歸納出權力是一種功能, 需要相互依存的群體為對象, 而文明這個詞語是用來表示主導階層的權力, 任何社會行為準則的轉變, 都暗示著權力的再分配。[3]

埃利亞斯認為德國反文明的精神特別激烈, 是因為中產階級與貴族長期隔絕的結果, 前者為了證明自我的價值, 不得不挑戰貴族文明。在中產階級看來, 被稱為「文明」的貴族文化只是外來的, 徒具外表。這種反抗的態度, 暗示著中產階級的地位冒升。自十七世紀以來, 貴族階級的文化一直受著法國的支配, 為了團結和穩固貴族階層的地位, 需要突顯貴族身分的特殊, 法語遂成為了上層社交圈的共同語, 他們將自己以外的階層視為野蠻。[4] 相反, 由於無法參與政治活動, 中產階級標榜「文化」與之抗衡, 即重視真誠和學養。

到了十九世紀, 德國和法國不一樣, 貴族階層雖然瓦解, 他們的「文明」完全沒有變成市民的, 而一向佔著多數、標榜著「文化」的口號、與貴族階層抗衡的中產知識分子, 由於數

---

[2] Fletcher, Jonathan, *Violence & Civilization: an introduction to the work of Norbert Elias,* (Cambridge: Polity Press, 1997) , pp.7.

[3] Fletcher, p.15.

[4] Norbert Elias:《文明化の過程》(赤井慧爾等譯, 東京: 法政大學出版社, 7版, 1993年), 頁108-112。原書名: *Über Den Prozess Der Zivilisation,* (Francke Verlag, 1969).

量遠較英法為少，仍然和市民疏離。[5]到了尼采的時候，批評的矛頭已經從一般市民到了庸俗的知識分子，尼采在《反時代的考察》一書中，稱之為「教養俗物」(Bildungsphilister)，這個詞是他自創的，由「俗物」(Philister)一詞而來，「俗物」一詞原來是十八世紀的用語，是學生指稱一般非學生的市民時用的，到了尼采再加上「教養」兩個字，就把範圍擴闊至被社會馴服了，以日常性作為楷模的人，而這些人原來是屬於知識階層，在尼采的時候，更進一步分裂。大貫敦子(ÔNUKI Atsuko, 1954-)認為這「俗物」和「教養俗物」這兩個詞語代表了德國市民社會的兩個質變過程：藝術進一步和市民生活脫節。[6]

(二)文化與文明化

在德國，「文化」和「文明」是兩個對立的概念，由於知識分子完全沒有機會參與政事，為了建立自己的形象，遂將精力內轉，建構精神方面的事業，這種以學問和藝術作為對象的努力，是屬於「文化」的。將文化和文明提出來作為對立命題，始自康德(Immanuel Kant, 1724-1804)，他在1784年出版的《有關世界市民的意圖的一般史考》一書中，使用了Kultiviert和Zivilisiert兩個字，前者是文化，以藝術和學問作為對象，後者是文明，以社會的行為和禮儀作為對象，文化屬於道德的理念，而文明是理念的實用化，屬於外在的。[7]

---

[5] Norbert Elias, 頁134。
[6] 大石紀一郎等編:《ニーチェ事典》(東京: 弘文堂, 1997), 頁135。
[7] Norbert Elias, 頁75。

　　三島憲一(MISHIMA Kenichi, 1942-)認爲德國的「文化」，從一開始便建構在社會制度以外，存在於制度的外部，立足於外部的結果，就是傾向根源的探求。[8] 在知識分子裡面，代表著「文化」背後的國民成爲了從心而生的，外於物的共同體，而不是日常的、可管理的共同體，德國浪漫派的「完全性」其實就是一種超越歷史的想像。關於這一論點，埃利亞斯的研究者法卓爾(Jonathan Fletcher)認爲德國的知識分子首先將「文化」運用於兩個階層的對壘，然後擴展至國家的層面，變成「國民性」，與國外的強權相對，以顯示其個別性。[9]

　　(三)重估一切道德價值與改造國民性

　　魯迅在留日的時候，受到高山樗牛(TAKAYAMA Chogui, 1871-1902)等尼采派的影響，重視個人主義。根據周作人(1885-1968)的回憶，尼采的《蘇魯支語錄》是魯迅當時常置案頭的讀物。尼采提出重估一切道德價值，他希望學者能夠繼承歌德(Johann W. von Goethe, 1749-1832)、席勒(Johann C. F. von Schiller, 1759-1805)等人的傳統，構築起一道貫通德國和古希臘文化的橋樑，使真正的古希臘精神再生。[10]

---

[8] 　三島憲一: 《ニーチェとその影》(東京: 未來社, 1990), 頁251-252。

[9] 　Fletcher, pp.8.

[10] 尼采:《悲劇的誕生》(李長俊譯, 湖南: 湖南人民出版社, 1986年), 頁155-6。有關尼采和魯迅在重估道德價值方面的關係, 參梁敏兒: 〈影響與共鳴: 魯迅、廚川白村、浪漫主義〉, 黎活仁等編:《方法論於中國古典和現代文學的應用》(香港: 香港大學亞洲研究中心, 1999), 頁107-136。

　　如所周知，歌德和席勒是德國狂飆?突進運動的核心人物，魯迅早期的代表論文〈摩羅詩力說〉[11]中的摩羅詩人之一。梁敏兒(1961-)在〈影響與共鳴：魯迅、廚川白村和浪漫主義〉一文中，曾經談到過席勒和歌德抗拒文明和反啓蒙的態度，並引用歌德對牛頓(Isaac Newton, 1643-1727)色彩論的批判，來說明完全性的含義。歌德認爲近代科學彷彿不再能夠相信自己眼所能見的事物，使人喪失了現實的感覺。[12]這篇論文進一步推論魯迅因爲傾心於德國浪漫派，從而與廚川白村(KURIYAKAWA Hakuson, 1880-1923)對文明的批判態度產生共感。

　　「重估一切價值」其實意味著建立一個獨自的共同體；德國浪漫派對於啓蒙的抗拒態度，和中國科玄論爭中的玄學派非常相似，如果再去考慮當時德國的落後情況，和中國的共同之處就更多了。根據埃利亞斯的說法，「重估一切價值」是一種內轉的行爲，魯迅對於「完全的人」的追求，是存在於社會制度以外的。正如德國知識分子的自我形象是理念的，從之而擴展出來的國民像也將會是存在於現實以外。

2. 梁啓超與文明化

　　對於國民性的問題，梁啓超的姿勢和魯迅明顯不同，他所著眼的是政治，存在於社會制度之內。

　　1898年戊戌維新失敗，梁啓超流亡日本，在日期間，親眼目睹明治「文明開化」的成果，受到很大的影響。夏曉虹引用

---

[11] 〈魔羅詩力說〉最初刊載於1907年《河南》雜誌上，是魯迅早期較爲重要的論文之一。

[12] 梁敏兒，頁109-111。

《明治三十年史》的觀點, 認爲明治年間流行的西方政治思想主要有三大派: 以福澤諭吉(FUKUZAWA Yukichi, 1835-1901)爲代表的「英吉利派之功利主義」, 以中江兆民(NAKAE Chômin, 1847-1901)爲代表的「法蘭西派之自由主義」和以加藤弘之(KATÔ Hiroyuki, 1836-1916)爲代表的「德意志派之國家主義」。[13]夏氏認爲福澤諭吉和加藤弘之的思想對梁啓超的影響最大, 不過他對後者的國家主義雖然佩服, 但深存戒心, 認爲中國還沒有到達利己強國的階段, 所以一直沒有積極介紹。[14]

福澤諭吉是「文明開化」時期的重要人物, 曾經在1860至1867年間, 三度隨同幕府外交使節到歐美視察, 被譽爲最熟知歐美近代文明的知識分子。他主張個人的自發和實學精神, 日本廢藩置縣, 王政復古以後, 他一直以民間啓蒙者的身分, 推動明治的開化運動, 並於1885年首倡「脫亞」的思想。

(一)文明一詞的演變

「文明」由18世紀開始, 成爲一個綜合的詞語, 代表生活態度、精神涵養、禮儀、學問和藝術的造詣, 以至商業和產業的發達等多個層面的概念。[15]這個綜合的過程由1756年開始,

---

[13] 夏曉虹: 《覺世與傳世——梁啓超的文學道路》(上海: 上海人民出版社, 1991), 頁186。

[14] 夏曉虹, 頁191-198。

[15] 參Starobinski, Jean(1920-　):《病のうちなる治療藥——啓蒙の時代の人　爲に對する批判と正當化》(小池健男等譯, 東京: 法政大學出版社, 1993), 頁8。原書名: *Le Remède Dans Le Mal—Critique et légitimation de l'artifice à l'âge des Lumières*, (Paris: Éditions Gallimard, 1989)。 埃利亞斯認爲英法對於文明化的概念是一致

法國的米蘭坡伯爵(Honoré Gabriel V. R., Comte de Mirabeau, 1749-91)第一次偏離法律用語的意味，使「文明」這個詞有了新的意義，他所說的「文明」相等於社交性，指的是抑制力、團結力以及調和內心的能力。[16] 值得注意的是1774年以降，「文明」這個詞開始普及，並且頻繁地使用，埃利亞斯舉了兩本書為例，一本是法國歷史學家利拿(Guillaume T. F. Raynal, 1713-1796)著的《有關東西印度歐洲殖民地與通商的哲學及政治史》，另一本是法國哲學家霍爾巴赫(Paul H. D., baron D'Holbach, 1723-1789)的《自然的體系》；這兩本書在1770年初版的時候，都沒有使用「文明」一詞，但是到了1774年再版，「文明」一詞頻出。

　　1774年是路易十五駕崩，新君上任的一年，國內改革的聲音非常強，當時進步的知識分子認為盲目的君主為了貪念發動無休止的戰爭，阻害了社會邁向完全的文明。 這個時候，「文明」已經不單是相對於「未開」而言，並且成為了一個必須被促進的「過程」。相對於「未開」的概念而言，「文明」最初是滲透於宮廷社會的，宮廷貴族用「文明」來界別自己，到了1774年，「文明」這個詞成為了中流階層、熱心於改革運動的人的術語，他們的對像是普遍的國民，所用的指標是宮廷社

　　的。英國沒有在文明這個詞的言說之上，和歷史文化相關，所以一般論述「文明」這個詞的歷史含義的書，大多側重於法國的情況。

[16] Starobinski, 頁6。

會的準則, 換句話說, 就是要將從前宮廷社會的文明標準普及,
使國民儘早完成文明的過程。[17]

由於這個促進的過程, 法國大革命以後, 作爲社會行爲和
規範的標準沒有隨著貴族下台而消失。值得注意的是, 法國沒
有像德國一樣, 佔主導的中產階層仍然以內轉爲其形態, 上下
階層之間的分野存在於抽象的層面, 兩者也沒有交流的可能,
使「共同體」要逐漸依靠一個超越於階層(Over-I/We)來達到想
像的統一。[18]

「文明」最初是社會改革的指標, 但是隨著法國的擴張,
這個詞又成爲了殖民政策的藉口, 例如拿破崙在1798年進攻
埃及的時候, 就以如下的口號鼓勵將士:

> 士兵們, 你們要去從事的事業是征服, 這一征
> 服將對文明產生無可估量的意義。[19]

「文明」最初是宮廷貴族的身分概念, 逐漸成爲了殖民地征服
者的優越意識, 並且迅速蔓延至整個歐洲。埃利亞斯認爲這時
西方國家普遍認爲「文明」的進程在他們自己的社會內部已經
完成。

---

[17] Norbert Elias, 頁131-2。
[18] Fletcher, pp.134。
[19] 譯文參埃利亞斯:《文明的進程》(王佩莉譯, 北京: 三聯書店, 1999),
頁116。這部譯作在筆者撰寫論文期間出版, 目前只能見到上冊,
因此文中除引文, 注釋仍參日譯。另外此書也有英譯版, 參 *The
Civilizing Process*, trans. Edmund Jephcott, (New York: Urizen
Books, 1978).

(二)明治時期的文明開化

丸山眞男(Maruyama Masao, 1914-1998)認爲明治時期的「文明開化」是政府主導型的漸進模式，[20] 國民的生活起居以至風俗習慣，都成爲被制約的對象。其中包括禁止在任何地方全裸又或者裸露上半身；隨處小便；露股等相對於西方社會沒有的習慣。[21] 除了生活小節外，還有廢佛寺，禁仇討，民事法的訂定。[22] 1872年，東京銀座煉瓦地大火，明治政府強行迫令居民廢除江戶以來的木造建築，改以磚瓦的歐風住屋，使銀座成爲了當時文明開化的象徵。[23]

福澤諭吉受到法國社會學家基佐(François P.G. Guizot, 1787-1874)的影響，主張文明的階段說，他認爲社會可以分爲三個階段，即野蠻、半開和文明，歐洲和美國處於最上等的「文明」階段，亞洲處於「半開」的階段，要趕上西方的文明，必須全面歐化。不過儘管如此，他卻反對政府主導型的漸進模式，認爲應該先從精神也就是人民的風氣入手，在《文明論概略》一書，他這樣說明「風氣」的定義：

究竟所謂文明的精神是什麼呢？這就是人民的「風氣」。這個風氣，既不能出售也不買，更不是人力所能夠製造出來的，它雖然普遍滲透於全國人之

[20] 丸山眞男：《"文明論之概略"を讀む》上冊，(東京：岩波書店，1989年5版)，頁124。

[21] 芳賀登：〈東京の文明開化〉，《文明開化の研究》(林屋辰三郎編，東京：岩波書店，1979)，頁230。

[22] 詳細的事件可參〈文明開化年表〉，林屋辰三郎，頁3-42。

[23] 小木新造：〈銀座煉瓦地考〉，林屋辰三郎，頁281-324。

間、廣泛表現於各種事物之上, 但是既不能以目窺
其形狀, 就很難察知其所在。[24]

接著, 福澤諭吉還進一步說明風氣並不是一個人的風氣, 而是
舉國上下的, 他以中國爲例:

古代中國, 確有禮義君子, 而且有不少事情是
值得稱讚的, 就是今日, 有不少這種人物。不過就全
國的情況看來, 殺人盜竊案件層出不窮, 刑法雖極
嚴厲, 但犯罪人數並未減少。其人情風俗的卑鄙低
賤, 可以説徹底暴露了亞洲國家的原形。[25]

福澤認爲文明的本義是上下權利平等, 因此西方各國改革的
第一步都是推翻貴族, 日本在明治以前, 也是同樣地實行了廢
藩置縣, 削去貴族的特權。[26]

有了平等的權利, 國民的風氣可開, 這就是從風氣而非政
府主導的開化模式。不過特別的是, 福澤認爲風氣是可以計量
的, 這種計量的觀念是十九世紀中葉以後新興的學問, 例如從
謀殺的數字得出殺人現象的季節性。丸山眞男認爲從統計學引
出歷史的法則, 需要一定的歷史想像力。[27]

---

24 福澤諭吉著、北京編譯社譯: 《文明論概略》(北京: 商務印書館,
   1994), 頁12。
25 福澤諭吉, 頁43。
26 福澤諭吉, 頁34。
27 丸山眞男, 頁38。另外可參《文明論概略》有關點心店的例子, 福
   澤認爲點心店每天都沒有剩貨, 是因爲供求得宜, 要知道人們吃

　　日本是在1871年開始設立統計司，透過統計數字來了解民間的事情，以作治國安民的參考。[28] 民衆成爲了非個人的，可以透過數字從外計量心理規律以至智德水平的群體，透過戶籍、出生、結婚、死亡、犯罪、自殺等統計數字，還可以估量社會文明的程度並訂定相關有效的措施。因此，福澤雖然反對只重表面的政府主導的文明開化，主張提供環境，自發生成而非強制生成，但是從外而內的思維方式似乎是當時的風氣。

(三)梁啓超新民説的非日常性

　　梁啓超的新民說沒有魯迅的貴族氣息，但是也沒有從日常生活的大量觀察來作出估量文明的實務影子。

　　日常性代表外在的，可見的部分，屬於身體的層面。梁啓超的「新民說」鼓吹公德、國家思想、進取冒險、權利思想、自由、自治、進步、自尊、合群、生利分利、毅力、義務思想、尚武、私德、民氣、政治權力等[29]，著重從群體利益著眼，可以從外而看到成效，不過這裡所說的「外」，是功利層面而非統計字，和傳統修身齊家的觀念的分野是模糊的。梁啓超雖然

　　點心的習慣，可以透過大量觀察得出，如果要問每個住戶每年內吃幾次點心，在什麼地方買，買多少等，反而得不出結論，因爲個人不足爲信，丸山認爲這種歸納的方法，其實是一種臆測。福澤諭吉，頁47。

[28] 丸山眞男，頁30。同樣的現象亦出現在法國大革命以後的社會，參阪上孝(Sakagami Takashi, 1939-　)：《近代的統治の誕生——人口・世論・家族》(東京：岩波書店，1999)。

[29] 這些都是〈新民說〉一文的篇目，參梁啓超：《飲冰室合集》(北京：中華書局，1989，卷6)。

和福澤一樣, 重視智德,[30] 但他並沒有把智力置於道德之上。
關於智力的重要性, 福澤這樣論述:

> 　　道德是人的品質, 它的作用首先影響一家。主
> 人的品質正直, 這一家人就自然趨向正直, 父母為
> 人溫和, 子女的性情也自然溫和。偶爾親戚朋友之
> 間, 彼此規勸, 也能進入道德之門, 但是, 僅以忠言
> 相勸使人為善的作用畢竟是狹窄的。也就是說, 僅
> 靠道德是不能做到家諭戶曉, 盡人皆知。智慧則不
> 然, 如果發明了物理, 一旦公之於世, 立刻就會轟
> 動全國的人心, 如果是更大的發明, 則一個人的力
> 量, 往往可改變全世界的面貌。例如, 詹姆斯‧瓦特
> 發明蒸汽機, 使全世界的工業面為之一新; 亞當‧斯
> 密發現了經濟規律, 全世界商業因之改變了面目。[31]

這種論理梁啓超並沒有接受。1918年, 梁啓超發表了他歷時14
個月的歐遊感想:《歐遊心影錄》, 聲言西方的物質文明已經破
產, 東方的精神文明將是人類的希望。從物質走向精神, 內轉
的傾向逐漸抬頭。[32]

---

[30] 《新民說》中的＜論民氣＞一文中, 民氣有賴於民力, 智德和道
德三者。

[31] 福澤諭吉, 頁79。

[32] 陳崧編: 《五四前後東西文化問題論戰文選》(北京: 中國社會科
學出版社, 1985), 頁344。

(四)小結

梁啓超和福澤諭吉雖然最後都沒有參與政治的決策, 但是前者曾是戊戌維新的重要人物, 後者則三次隨外交使節出國訪問, 回國後在民間積極推動文明開化, 他們和政治的關係都較魯迅密切, 梁啓超和福澤諭吉心目中的國民像, 似乎是不包括自己在內的大衆, 是一種國策式的考慮, 實務的氣味很重, 而魯迅的國民像則是包括了自己在內, 是一種存在的確認。可以說, 越是意識到自己的存在, 在「文明化的過程」[33]中, 所遇到的困擾將越大。

三・日常的國民性與權力: 醜陋的中國人

柏楊筆下的國民性不是從數字和調查得來的, 而是從日常的事象。這種事象有很大的部分是屬於社會行爲的層面, 以《醜陋的中國人》一書爲例,〈把羞愧當榮耀〉說的是體罰, 從調查報告開始說起:

> 國立台灣師範大學堂接受台北市政府教育局的委託, 調查大家對體罰的意見, 提出報告說, 百分之九十一的教習, 百分之八十五的家長, 及百分之八十的學生, 都認爲只要不造成傷害, 適當的體罰是應該的。[34]

---

[33] 按埃利亞斯的定義, 即權力轉換也就是不同群體的關係的轉換過程。

[34] 柏楊, 頁143。

〈炫耀小腳〉說的是抗戰前報上的一則訪問, 柏楊是用對話和受訪者伸出小腳來炫耀的動作轉述該段訪問的:

> 他訪問了一位小腳老太婆, 該老太婆談起當初纏腳的英勇戰時, 正色曰:「俺那村上, 有女孩子纏腳纏死的, 也有女孩子纏了一半不肯纏的。」該記者形容曰:「當她說這些時, 故意把她的小腳伸出炕頭, 似乎是炫耀那些死亡的成績。」這段說話一直印在腦裡。[35]

〈臭腳大陣〉說的是家門外的臭鞋, 臭鞋的身分十分現實:

> 每家門口都堆臭鞋, 實在是二十世紀十大奇觀之一, 有新鞋焉, 有舊鞋焉, 有男鞋焉, 有女鞋焉, 有大人的鞋焉, 有高跟的鞋焉, 有低跟的鞋焉, 有不高不低跟的鞋焉, 有前面漏孔的鞋焉, 有後面漏孔的鞋焉, 有左右漏孔的鞋焉, 有像被老鼠咬過到處漏孔的鞋焉, 有類似柏楊先生穿的一百元一雙的賤鞋焉, 有類似台灣省議員陳義秋先生穿的四千九百元一隻的闊鞋焉。......群鞋畢集, 蔚為奇觀。[36]

更多是日常生活的親身例子, 如〈為別人想一想〉:

---

[35] 柏楊, 頁148。
[36] 柏楊, 頁150。

> 柏楊先生安居汽車間中，將近十月，頭頂之上，
> 都是富貴之家，而就在二樓陽台的欄杆外邊，屋主
> 支起鐵架，在上面放了一排盆景。 盆景賞心悅目，
> 當然妙不可言。但該屋主每天都要澆水兩次，而且
> 每次都澆得淋漓盡致。[37]

其他如〈不會笑的動物〉、〈禮義之邦〉、〈禮義之邦〉、〈三句話〉、〈排隊國〉、〈到底是什麼邦〉等，都是利用如上述的聽聞、對話、細緻描述又或親身經歷而開展論述的。

相對於柏楊，魯迅的雜文則甚少有這樣日常生活的例子，以《熱風》為例，文章一開頭，便大多是涵蓋性的論述，例如〈隨感錄25〉從嚴復(1854-1921)的一本書上的議論，帶出以下的感想：

> 窮人的孩子蓬頭垢面的在街上轉，闊人的孩子
> 妖形妖勢嬌聲嬌氣的在家裡轉。轉得大了，都昏天
> 黑地的在社會上轉，同他們的父親一樣，或者還不
> 如。[38]

〈隨感錄33〉批評恨科學的保守派，文章一開頭是先說明道理：

---

[37] 柏楊，頁153。
[38] 魯迅：《魯迅全集》卷1，(北京：人民文學出版社，1981)頁295。

　　現在有一班好講鬼話的人, 最恨科學, 因為科學能教道理明白, 能教人思路清楚, 不許鬼混, 所以自然而然成了講鬼話的人的對頭。於是講鬼話的人, 便須想一個方法排除他。[39]

〈隨感錄35〉批評國粹派, 文章一開頭也是涵蓋現象:

　　從清朝末年, 直到現在, 常常聽人說「保存國粹」這句話。
　　前清末年說這話的人, 大約有兩種: 一是愛國志士, 一是出洋游歷的大官。他們在這題目的背後, 各各藏著別的意思。志士說保存國粹, 是光復舊物的意思; 大官說保存國粹, 是教留學生不要去剪辮子的意思。[40]

這裡只順序舉《熱風》中的三篇雜文為例, 其他的雜文大抵都具這樣的特色。

　　埃利亞斯認為權力轉型, 新的社會階層冒升, 風俗習慣開始變得規範, 他在《文明的進程》一書中, 這樣論述風俗習慣轉變的意義:

---

[39] 魯迅, 卷1, 頁298。
[40] 魯迅, 卷1, 頁305。

比如十四、十五世紀，隨著行會市民階層的崛起，人們說話的語氣，甚至連風俗習慣本身都發生了某些變異。同樣，在近代，當市民階層繼承了歷來宮廷貴族的行為模式之後也發生了類似的情況。[41]

尼采認為文明最發達的時候，是最不寬容的時候。[42] 他是針對德國的貴族而言的，為了鞏固自己的團體，禮儀和社會習慣將要訂定得越仔細和越具制約性，這也可以從埃利亞斯分析中世紀騎士階層流入宮廷時，禮儀的轉變中看到。[43] 同樣的，明治政府大量製訂規條限制人民的行為，似乎也可以按一樣的理論去解釋。

1.梁啟超的類舉和寓言之間

梁啟超和魯迅較少涉及具體社會行為，但是梁啟超的論述較之魯迅，似乎缺乏應用一個寓言來涵蓋歷史的意識。他運用的仍然是類舉的方法，而不是為了引伸而去歸納的方法。

張旭東在〈遺忘的系譜〉一文裡，運用德國評論家本雅明(Walter Benjamin, 1892-1940)的理論解釋寓言的含義。 本雅明認為

---

[41] 埃利亞斯，頁133。

[42] 原出於尼采的《道德的系譜》，轉引自Starobinski，頁46。

[43] 埃利亞斯，頁313-328。

「歷史的連續統一體」中的時間, 是一種被同化了的「同質的、空無的時間」, 也就是說, 所謂「總體」不是時間的序列, 而是一種時間的瞬間閃現, 人是透過捕捉的技術來爲思想「構形」。張旭東這樣解釋這種捕捉的技巧:

　　這種「捕捉」的技巧, 在波德萊爾的總是突如其來的意象中, 最明確的暴露出來。波德萊爾正是憑借這種專注和技巧從「一位交臂而過的婦女」身上把握了整個現代生活的內在本質, 把握了一個時代的節奏, 把握了自己的命運——這一切以愛的面目出現, 但卻發生在告別的一瞬。 這種「捕捉術」的登峰造極的表現無疑是普魯斯特的八卷作品, 它的最傑出例子是在一種倏忽即逝的氣息中來把捉全部的舊日的時光。[44]

根據上述的論理, 張旭東認爲魯迅筆下的「吃人」, 也是一種捕捉, 這種捕捉是一種奪取, 一種爲內在世界而對外在世界的奪取。在整個奪取的過程中, 得益的將是勝利者, 勝利者指的是強者, 而不是寓言的創造者。[45]

　　「吃人」是西方征服殖民地的過程中構造出來的想像, 正木恒夫(MASAKI Tsuneo, 1934-　)的研究發現, 由16世紀開始的食人族傳說, 許多都是不符實際的, 甚至是征服者試圖將自

---

[44] 張旭東:《幻想的秩序》(香港: 牛津大學出版社, 1997), 頁161。
[45] 張旭東, 頁162。

身的殘酷轉架至被征服者的身上，從而把自己的行為合理化。[46] 魯迅將「吃人」蓋括了整個中國文化的歷史，在「狂人日記」裡，有這樣的描述：

> 我翻開歷史一查，這歷史沒有年代，歪歪斜斜的每葉上都寫著「仁義道德」幾個字。我橫豎睡不著，仔細看了半夜，才從字縫裡看出字來，滿本都寫著兩個字是「吃人」！[47]

和魯迅不一樣，梁啟超的「新民說」沒有出現寓言，雖然「野蠻」一詞頻繁出現，不過這個詞是描述性的，到處游移，例如〈論進取冒險〉一文，他用野蠻來形容沒有理想的民族：

> 故人類所以勝於禽獸，文明人所以勝於野蠻，惟其有希望故，有理想故，有未來故，希望愈大，則其進取冒險之心愈雄，越王勾踐之栖會稽，以薪為蓐，以膽為糧，彼其心未嘗一日忘沼吳也。摩西率頑冥險躁之猶太人民，彷徨於亞剌伯沙漠四十餘年，彼蓋日有一葡萄滋熟蜜乳芬郁之迦南樂土，來往於其胸中也。[48]

〈論權利思想〉一文，野蠻又相等於沒有權利思想：

---

[46] 正木恒夫：《植民地幻想》(東京：みすず書房，2版，1998年)。

[47] 魯迅，卷1，頁425。

[48] 梁啟超，頁25-6。

> 　　吾見夫全地球千五兆生靈中, 除印度非洲南洋
> 之黑蠻外, 其權利思想之薄弱, 未有吾國人若者
> 也。……而僅有四萬萬禽獸居焉, 天下之可恥, 孰過
> 是也, 我同胞其恥之乎。[49]

〈論生利分利〉一文, 野蠻和文明之別, 又在於善用資源與否:

> 　　顧同一土地也, 在野蠻民族之手則爲石田, 在
> 文明民族之手則爲奇貨, 其故何也, 文明人能利用
> 資本勞力以擴充之, 而野蠻人不能也。[50]

從上述三則引文, 可以知道梁啓超沿用「野蠻」一詞, 是遊移
的, 不特指, 許多時是作爲否定的意符, 例如「沒有」理想,「沒
有」權利思想, 「不」懂得善用資源等。同樣的情況亦出現在
「奴隸」這個詞, 作爲描述性的詞語, 只是一種謂語式的存在,
並不需要特定的主語, 因此和國民性之間的關係也不確定, 和
魯迅的「吃人」, 以至柏楊的「醬缸」很不一樣。

2.魯迅的白描

　　中野美代子(SAKANO　Miyoko, 1933-　　)認爲諷刺的背後
總有一個烏托邦, 否則諷刺便不能成立。[51]　例如:吃人的背後

---

[49]　梁啓超, 頁39。
[50]　梁啓超, 頁81。
[51]　中野美代子:《惡魔のいない文學》(東京: 朝日新聞社, 1977), 頁141。

就是不吃人，孔乙己這樣一個不能自立的人，背後就是一個自立的形像。當然要樹立烏托邦的形像的時候，永遠是向優越者取法，這種向上取法的思維無論在埃利亞斯又或者本雅明的理論裡面，都是共通的。

魯迅作品中的憂鬱色彩，是源於「不吃人」的形象並不存在於自己的文化傳統之中。 德國的知識分子在對抗法國的文明優勢的時候，採取內轉的姿態，這種內轉企圖突破外在的二元對立，走向超越的靈魂，德國觀念論者稱這種靈魂為「完全性」。 當然，本雅明認為這種完全性也只是一種瞬間的把捉，純粹是一個超然物外的、帶著夢想者的注視而已。

魯迅筆下的靈魂沒有外衣，就以散文詩集《野草》為例，整本散文詩集都是靈魂的獨語，人物之間甚少出現對話，場所也是屬於靈魂的。 這個靈魂的場所往往是一片荒漠，沒有顏色的，也拒絕顏色，例如〈雪〉和〈希望〉兩篇：

> 朔方的雪花決不粘連⋯⋯在無邊的曠野上，在凜冽的天宇下，閃閃地旋轉升騰著的雨的精魂⋯⋯是的，那是孤獨的雪，是死掉的雨，是雨的精魂。[52]
> 〈雪〉

---

[52] 魯迅，卷2，頁181。

> 沒有星和月光, 沒有僵墜的蝴蝶以至笑的渺茫,
> 愛的翔舞。……我來肉薄這空虛中的暗夜了。[53]〈希
> 望〉

雨因爲拒絕重量, 所以變成了雪, 不去接觸地面, 浮游在廣漠
的空間, 而即使是僵墜的蝴蝶, 魯迅似乎還厭棄它的顏, 也用
「沒有」去否定掉了。此外, 詩集裡面一般沒有描寫人物的衣
著, 有些人物甚至是赤裸的, 例如〈頹敗線的顫動〉:

> 她在深夜中盡走, 一直走到無邊的荒野; 四面
> 都是荒野, 頭上只有高天, 並無一個虫鳥飛過。她赤
> 身露體地, 石像似的站在荒野的中央。[54]

景物是單調的, 最突出這種單調的是〈秋夜〉。這首散文詩的
開首兩句是這樣的:

> 在我的後園, 可以看見墻外有兩株樹, 一株是
> 棗樹, 還有一株也是棗樹。[55]

爲了適合這種「不要風景」的特色, 最爲漂亮的風景是〈死火〉
裡面的冰谷, 白茫茫的一片。這種拒絕顏色, 拒絕風景的點綴,

---

[53] 魯迅, 卷2, 頁178。
[54] 魯迅, 卷2, 頁205。
[55] 魯迅, 卷2, 頁162。

是一種拒絕甚至仇視「他者」的行為。正如魯迅在《野草》的〈題辭〉中說的：

> 我自愛我的野草，但我憎惡這以野草作裝飾的
> 地面。[56]

　　沒有地面，野草就不能生長，而拒絕穿上外衣不等於靈魂就絕對自由，這就形成了一種無法排解的憂鬱。

3.柏楊的醬缸文化

　　柏楊的醬缸有血有肉，有細部的描寫；如果說魯迅的「吃人」是屬於靈魂的，那麼柏楊的「醬缸」則是身體的；魯迅筆下的國民性是線條式的白描，而柏楊的卻是點陣式的細繪。

　　不過柏楊的「醬缸」仍然沒有脫離「寓言」的範圍，「吃人」和「醬缸」都是口腔範圍的意符，是吞噬和吸吮的行為，相對於文明化了的人來說，赤裸地坦露自己的欲望本身就是野蠻的，而且官能性的行為是低層次的。

　　柏楊剖析國民性的時候，注意到的是日常性的行為，其中很大部分是和肉體相關的，而在文明的角度來看，無遮掩的肉體是原始的。[57]這些肉體性的描寫，在柏楊的雜文中，俯拾皆是，例如在〈中國人與醬缸〉一文，柏楊這樣形容「纏足」：

---

[56] 魯迅，卷2，頁159。
[57] 有關的論述，參Bryan S. Turner (1945-), *The Body and Society*. (Oxford: Basil Blackwell, 1984).

　　　　竟有半數的中國人受到這種迫害，把雙腳裹成
殘廢，甚至骨折，皮肉腐爛，不能行動。[58]

在〈缺少敢講敢想的靈性〉一文，作者也是用最富官能的方式
來描寫「宦官」：

　　　　男人雖是男人，生殖器卻是割掉了的，該一類
朋友，有男人的用場，而沒有男人的危險，真是絕
大的貢獻。[59]

在〈人生文學歷史〉一文，作者用同樣的筆法寫「廷杖」：

　　　　廷杖就是打屁股，四個宦官把趴在地上官員的
四肢，伸展開拴起來，然後用麻袋把頭套住，由兩
個宦官按住大腿。當皇帝宣布廷杖一百時，那麼就
打一百。[60]

最值得注意的是，柏楊對於鴉片戰爭的描述：

　　　　事實上，我們應該感謝鴉片戰爭，如果沒有鴉
片戰爭，現在會是一種什麼情況?至少在座的各位，
說不定頭上還留著一根辮子，女人還纏著小腳，大

---

[58] 柏楊，頁63。
[59] 柏楊，頁118。
[60] 柏楊，頁80。

> 家還穿著長袍馬褂，陸上坐兩人小轎，水上乘小舢
> 板。[61]

一般教科書描寫鴉片戰爭，都說是列強侵華，喪權辱國，但是柏楊注意的是屬於身體上的事情：辮子，小腳，馬褂，小轎，舢板。

柏楊的諷刺背後一樣有烏托邦，但是和魯迅不一樣，柏楊的彼岸是有血有肉的，並不是沒有外衣的、赤裸裸的、虛幻的靈魂。例如柏楊的〈排隊國〉和〈臭腳大陣〉中的外國：

> 夫排隊者，是人類文明外在的寒暑表，從一個國家的排隊秩序，可以準確的判斷它們的文明程度。我來美國只兩個月，就想提議把「美利堅合眾國」，改成「美利堅排隊國」。[62]
>
> 得砍殺爾也不嚴重，頂多死翹翹。嚴重的是為啥外國都沒有這種景致，而中國獨有？[63]

在否定自己以後，主體被外來的文明同一。

四．總結

文中引用的埃利亞斯和本雅明，都是猶太裔的德國人，他們終其一生都希望能夠解釋德國走向納粹的原因，埃利亞斯

---

[61] 柏楊，頁66。

[62] 柏楊，頁169。

[63] 柏楊，頁151。

的「內轉」和本雅明的「寓言」，在不同的角度解釋了共同體想像的空虛化的過程，這種空虛的過程和魯迅有一定的相似點，酒井直樹(SAKAI Naoki,1946-　)認爲魯迅在尋覓國民像的時候，是由反抗主體性而走向反抗主體，關於主體性和主體的關係，他引用了竹內好(TAKEUCHI Yoshimi, 1911-1977)論述魯迅的一段話來說明:

> 　　奴才否認自己是奴才。同時拒絕解放的幻想。
> 認識到那種自己是奴才而且還在做奴才，則是從
> 「人生最痛苦的」夢中醒來時的狀態。與其說那是
> 沒路也得走的狀態，還不如說是正因爲無可走才得
> 走的狀態。他否認自己是自己，同時又否認自己是
> 自己以外的東西。這意味著魯迅自身的絕望同時又
> 是使魯迅之所以成爲魯迅的絕望。[64]

體認到奴才性而抗拒奴才，就是從主體性而認知主體，當魯迅去抵抗主體但又不願意與別的主體性同一，來換取別的主體的建立，即如竹內好說的「否認自己是自己以外的東西」，魯迅面對的是一個空虛的主體，也就是一個空虛的國民像，因此他唯一的路就是絕望而非失望，因爲失望的對岸仍然是一個對立的主體。

---

[64] 酒井直樹:〈現代性與其批判: 普遍主義和特殊主義的問題〉,《後殖民理論與文化批評》(張京媛編, 北京: 北京大學出版社, 1999), 頁410。

柏楊在批判國民性的雜文裡,缺乏魯迅的恐懼和絕望的情調,在〈炫耀小腳〉一文,他對於中國有這樣的憧憬:

> 嗟夫,中國淪落到今天這種地步,真應該父母兄弟,抱頭痛苦,把過去的一切都搬出來檢討。然後,吸鴉片的戒掉鴉片,吸海洛英的戒掉海洛英,推牌九的戒掉推牌九,偷東西的戒掉偷東西;包妓女的立即把妓女遣散,病入膏肓的立即送進醫院,害花柳病的立即打606,斷手斷腿的立即裝上義肢;然後,一齊下田,耕地的耕地,播種播種,挑土的挑土,澆水的澆水,這個家才能夠興旺。[65]

柏楊的否定沒有帶來空虛的主體,也沒有動搖主體使之變得游移,他的世界是二元而向一元同一的,在〈在人生文學與歷史〉一文,他這樣解釋「崇洋而不媚外」:

> 崇洋不過學他們的優點,假如有一天美國人通通抽鴉片煙自殺了,我們總不會跟進吧。[66]

在柏楊心目中,外國人再壞,也就是壞成中國的樣子,這不是多元的思維,陰影的形像已經決定了,暗示從陰影而來的主體也是穩定的。

---

[65] 柏楊,頁149。
[66] 柏楊,頁108-9。

~~~~~~~~~~

參考文獻目錄

BAN

阪上孝:《近代的統治の誕生──人口・世論・家族》, 東京: 岩波書店, 1999。

BO

柏楊:《醜陋的中國人》, 台北: 星光出版社, 7版, 1997。

DA

大石紀一郎等編:《ニーチェ事典》, 東京: 弘文堂, 1997。

FU

福澤諭吉著:《文明論概略》, 北京編譯社譯, 北京: 商務印書館, 1994。

LI

林屋辰三郎編:《文明開化の研究》, 東京: 岩波書店, 1979。

LIANG

梁敏兒:〈影響與共鳴: 魯迅、廚川白村、浪漫主義〉, 黎活仁等編:《方法論於中國古典和現代文學的應用》(香港: 香港大學亞洲研究中心, 1999), 頁107-136。

SAN

三島憲一:《ニーチェとその影》, 東京: 未來社, 1990。

SHAN

山本哲士:《フーコ─權力論入門》, 東京: 日本エディター─スクール出版部, 2版, 1991。

SHI

石濱弘道等:《他者の風景》, 東京: 批評社, 1990。

WAN

丸山眞男:《"文明論之概略"を讀む》(上、中、下), 東京: 岩波書店, 5版, 1989。

張京媛:《後殖民理論與文化批評》, 北京: 北京大學出版社, 1999。

張旭東:《幻想的秩序: 批評理論與當代中國文學話語》, 香港: 牛津大學出版社, 1997。

ZHONG

塚原史:《記號と反抗》, 東京: 人文書院, 1998。

ZHENG

正木恒夫:《植民地幻想》, 東京: みすず書房, 2版, 1998。

ZHANG

Bourdieu, Pierre. *Distinction: a social critique of the judgement of taste*, Richard Nice (trans.), London: Routledge, 1984.

Fletcher, Jonathan. *Violence & Civilization: an introduction to the work of Norbert Elias*, Cambridge: Polity Press, 1997.

Krieken, Robert van. *Nobert Elias*, London: Routledge, 1998.

Mennell, Stephen. *Norbert Elias: Civilization and the Human Self-image,* Oxford: Basil Blackwell, 1989.

Turner, Bryan S. *The Body and Society*. Oxford: Basil Blackwell, 1984.

Duerr, Hans Peter.《裸體とはじらいの文化史: 文明化の過程の神話 I》, 藤代幸一等譯, 東京: 法政大學出版社, 3版, 1991。

Muchembled, Robert.《近代人の誕生: フランスの民衆と社會習俗の文明化》, 石井洋二郎譯, 東京: 筑摩書房, 1992。

Elias, Norbert.《文明化の過程》(上、下), 赤井慧爾等譯, 東京: 法政大學出版社, 7版, 1993。

Starobinski, Jean.《病のうちなる治療藥——啓蒙の時代の人爲に對する批判と正當化》, 小池健男等譯, 東京: 法政大學出版社, 1993。

英文摘要(abstract)

Leung, Man Yee, "The imagined communities: the national character in the writings of Bo Yang"

Lecturer, Department of Chinese, Hong Kong Institute of Education

This paper attempts to find a position for Bo Yang through the examination of his concepts on national character within a historical context. The theoretical concepts of Norbert Elias, a German sociologist, about the process of civilisation in Germany and France are used to explore the historical transmissions of the following two streams: 1.Germany→Friedrich Nietzsche→Lu Xun; and 2.France→Fukuzawa Yukichi→Liang Qi Chao. The paper further traces the experience of Bo Yang along the process of internalization and then externalization, a reflection of the total victory of the western culture in the whole process.(作者提供)

論文重點

1. 社會學家埃利亞斯認爲德國在文明的概念是來自不同群體之間的壓力和競爭，而文明可以從行爲和心理的層面去界定。

2. 德國反文明的精神特別激烈，這種精神也可以從德國觀念論以至尼采對於文明的態度中看到。

3. 德國因爲落後於其他歐洲國家，貴族階層又長期與中產階層隔絕，所以爲了抗衡主導的權力，採取內轉的策略，這和魯迅有些相似。這也可以解釋魯迅爲什麼對德國浪漫主義和尼采那麼著迷。

4. 梁啓超受到日本明治維新運動的影響，對於趕上西方文明的態度，比較貼近福澤諭吉，側重於從外去鼓吹文明開化。

5. 從外去論述文明的概念，和法國走向市民社會的步伐一致。也就是說文明向日常行爲的滲透的過程中，沒有遇到抗拒，權力可以完全操控它的對象。

6. 梁啓超和福澤諭吉不一樣，文明的概念沒有全面變得日常化，這預示著他以後的變化：在科玄論戰中站在保守派的一方。

7. 魯迅和梁啓超雖然起步點不一樣，但內轉的姿勢後來都是一致的。這說明中國人最初與強勢文明相遇時是痛苦。

8. 魯迅抗拒被否定以後的國民主體，因此作品染上了絕望的色彩。這種絕望，很多研究者從不同角度都說過，汪暉的「反抗絕望」是其中例子之一。

9. 這種絕望的色彩柏楊是沒有的。柏楊的雜文全面走向日常
性的描述, 意味著西方文明的全面勝利。

10. 柏楊筆下的國民性符合了西方對於落後和野蠻的想像, 傾
向肉體和官能方面的論述。

~~~~~~~~~~~

特約講評人: 龔鵬程

龔鵬程(Peng Cheng GONG), 男, 1956年生, 江西省吉安縣人,
台灣師範大學國文研究所博士, 現爲佛光大學南華管理學
院校長(1996年起)。 著有《龔鵬程四十自述》(1996)、《晚
明思潮》(1994)、《近代思想史散論》(1992)、《1996龔鵬
程年度學思報告》(1997)、《1997龔鵬程年度學思報告》(1998)
等。

據梁敏兒自述, 本文係依埃利亞斯(Elias)的理論, 從「德
國→尼采→魯迅」「法國→福澤諭吉→梁啓超」的二條線索, 對
比地討論柏楊所談的國民性, 探尋其立論之傳承軌跡。

將柏楊對「醜陋中國人」的批判, 納入梁啓超「新民說」、
魯迅「改造國民性」的脈絡中觀察, 當然是極爲精采的, 尤其
是將梁啓超做爲它的對比項, 更見巧思。但利用這樣的對比以
及埃利亞斯的理論來談這個問題, 我卻覺得甚爲迂曲, 而且可
能治絲益棼。

依梁敏兒的分析, 梁啓超對國民性的討論, 著眼於政治社
會, 且不從日常生活立說, 而所謂「國民」亦不包括自己, 故
爲一種國策式的考量。魯迅所論, 則爲理念層面的國民性, 其

所指之國民性包括了自己，是一種存在的確認。因此前者外化、後者內化。如此區分，是為了說明柏楊論國民性「從內化跨至外化」。

但是，魯迅與梁啟超既然都「沒有從日常生活的大量觀察來做出估量文明的務實影子」，如何分別它們是內化或外化？柏楊論國民性，大部分都從社會行為立說，與梁啟超不同；又不包括自己在內，非存在之確認，與魯迅不同；所注意之日常性行為，多與身體有關，更與梁啟超之「非日常性」、不涉及身體者不同。然則，區分魯迅型與梁啟超型有何意義？至於摘要中說本文想藉此「映現出柏楊從內化跨至外化的過程」，內文中其實並未敘及，益發令人懷疑區分這兩條線索的必要及作用。

將魯迅上溯於尼采，乃至十七世紀以來德國人對「文化」的處理；將梁啟超上溯於福澤諭吉，乃至十八世紀法國人對「文明」的看法。問題將更複雜。柏楊論國民性，並不涉及宮廷禮儀、市民階層崛起、藝術學問教養等等，與德國法國對文明文化的討論，實乏內涵上的類同性。柏楊的思想，與尼采和福澤諭吉差別更大。牽聯在一塊說，只怕會越理越不清楚。

再者，前面談「德國→尼采→魯迅」「法國→福澤諭吉→梁啟超」的分化，後忽一轉，結論於「主體被外來的文明同一」，既嫌突兀，又與此一分化無甚關係。勉強要說，只能從德國知識分子曾「將文化運用於兩個階層（即貴族與中產階層）的對壘，然後擴展至國家的層面，變成『國民性』，與國外的強權相對，以顯示其個別性」這方面，說柏楊之討論國民性也可能涉及了該國與外國強權間的關係。但是，德國知識分子論國民

性, 是用以與外國相對, 建立自己主體性的。柏楊論國民性爲何即是「主體被外來文明同一」?

　至於題目「想像的共同體」, 在本文中, 其意當是指:「國民從心而生的、外於物的共同體, 而不是日常的、可管理的共同體」, 亦即從文化上來界定之國民性共同體, 而非實際存在於社會生活的共同體。這個區分其實可以再加發揮(例如討論想像之共同體與實際共同體之間的差異或關係、或針對共同體之性質與類別、或討論改造共同體之方法等), 但似乎作者並不想在此多所著墨, 我以爲是非常可惜的。

特約講評人:　陳岸峰

陳岸峰 (Ngon Fung CHAN),　男,　現爲香港科技大學人文學部研究生。　著有:　〈解讀《香港情與愛》與〈浮城誌異〉中的香港〉(1998) 及〈亂世、「大話」與「小」說──論張愛玲「小」說在現代文學史上的意義〉(1998)。

　柏楊的《醜陋的中國人》一書自出版以來即掀起論爭。此書觸及民族尊嚴, 茲事體大, 故而歷來褒貶各趨極端。然褒貶雙方在論爭背後對中國人的國民性以不同方式的共同熱切關注卻是一致, 殆無可疑。

　梁教授「借用德國文化的內轉和法國有關文明的論述兩條線索, 以『德國→尼采→魯迅』和『法國→福澤諭吉→梁啟超』的二元分化, 分析其歷史傳承的根源」。在這詳細的背景追溯過程中, 梁教授對西方有關文明與文化兩者的演變及其關係

剖析毫釐。從而再就此落實到對柏楊筆下國民性的探討。這樣的思考脈絡十分清晰。

梁教授將柏楊對國民性的探索納入梁啓超與魯迅等對改造國民性這一脈相承而又各有不同表達方式的脈絡，可謂目光如炬，無疑是對柏楊《醜陋的中國人》一書的絕對肯定。梁教授此文迥異於既往為《醜陋的中國人》及柏楊鳴不平的文章之處在於她借助埃利亞斯的理論，追溯、比較梁啓超與魯迅以至於柏楊三者對國民性的不同姿態的探討，從理論層面，廣徵博引，高度肯定柏楊在《醜陋的中國人》一書中對國民性的積極性批判，而非徒以叫囂式的瑣屑事例上的論爭，故而更發人深思，令人悅服。

從梁啓超的「新民說」的理想以至於魯迅的「改造國民性」的皆揭示了作為身處混濁昏沈的態勢底下有志之士的迫切心態。梁教授指出兩人的分別，前者「所著眼的是政治，存在於社會制度之內」；而後者則乃「『完全的人』的追求，是存在於社會制度以外的。」因此，梁氏對國民性的關注乃劍及履及地落實於政治上的變革與社會層面的啓蒙，如興辦報刊和主持學社等等。相對來說，魯迅在這方面的努力可見於其辛辣兼挖苦嘲弄的文章，然終其一生，相對於梁氏，他始於是徘徊於鐵屋前的困思者。而相對於梁、魯兩人，柏楊對國民性的批判則是具體而且是「有血有肉」的大聲疾呼而又不乏幽默的諷刺。故而更為實在，更發人深思。

然而，梁教授在引述柏楊的〈排隊國〉和〈臭腳大陣〉的兩段話後指出柏氏：「在否定自己以後，主體被外來的文明同一。」我認為「否定自己」而與「外來文明同一」是非常

危險?的。 問題在於, 在否定自己的同時有沒有足夠的視野與勇氣審視外來的「文明」? 在爲「外來的文明」所震懾的同時是否仍有足夠的理性重新檢索本身文明的危機與優勢之所在?

　　最後我想指出如若能相對地增加論述柏楊的篇幅, 可能更好。

　　這是我從梁教授此文中所獲得的啓發。不敢說是講評, 算是讀後感好了。

對兩位講評的回應: 梁敏兒

　　非常感謝兩位講評對小文提出批評, 以下的幾點算不上是答辯, 只是想就一些誤解作出澄清, 這些我以爲的誤解大抵最應負責的是我本人, 因爲寫得不清楚, 所以才有需要再作解釋, 以至使我又多了一個機會去霸佔論文集的篇幅。這篇論文寫到第二十頁就開始往前刪減, 並不斷將就篇幅, 以期不要超過34頁。撰寫比較宏觀的東西, 篇幅的剪裁是一個難題, 陳教授說希望可以增加討論柏楊的篇幅, 我覺得是很好的意見, 這篇論文的確取不到一個更好的平衡。

　　兩位講評都對文中的一個論點很敏感, 認爲是危險的觀點, 這就是文中說的: 在否定自己以後, 主體被外來文明同一。這個觀點出現在原文的總結部分, 筆者嘗試透過酒井直樹的觀點, 帶出主體空虛化的問題。 什麼是主體空虛化? 就是當主體全由否定的述體去描述的時候, 例如說中國人是野蠻的, 野蠻是一個否定的述體, 這個否定的述體是由二元對立產

生的，則野蠻是相對於文明而言，沒有文明，就沒有野蠻。當
主體是透過否定的述體來定義的時候，主體並沒有能夠得到
獨立的，具意味的意義，因為不是什麼，仍然可以是許多別的
什麼，只是這個別的什麼太廣泛，廣泛得等於沒有，就好像說
蘋果不是黑色的，我沒有為蘋果是什麼下過什麼定義，就是在
這種意義之下，我說主體空虛化了。[67]

　　主體空虛化了以後，魯迅的姿態是拒絕接受別的主體，以
二元的思維來說，即蘋果不是黑色的，就等於說蘋果是白色的，
柏楊接受這種二元思維，不要是黑色，就是說要是白色。這種
與「外來文明同一」的做法是否危險，並不是筆者論述的中心，
因為結論只是說出事實，沒有評價在內。老實說，論文的結論
如此，筆者是無耐的，二元思維之中，強者取代弱者，弱者向
強者學習，是埃利亞斯文明論的主題之一。當然，拒絕和接受
是在二元思維之下的兩種反應，如果不是二元思維，那麼還可
以有什麼選擇，則已經不是筆者目前可以駕御的。

　　另外，關於龔教授提到的德法是否可以和中國相比較的
問題，論文集中討論的是知識分子對強勢文化的反應，而沒有
就社會的性質和架構來進行比較，這的確是本文不足的地

---

[67] 主體空虛化的論點，靈感來自Norbert Bolz (1953-　)的兩部著作，
原文為德文，我讀的是日譯：　1)《批判理論の系譜學：兩大戰間
的過激主義》(東京：法政大學出版社，1997)；　2)《意味に餓える
社會》(東京：東京大學出版社，1998)。不過，由於Bolz說的不是
國民性，而在撰寫論文期間，我讀到酒井直樹的論文，他討論的
是國民主體的問題。我覺得兩人說的現象雖然不一樣，但道理是
一樣的，於是將二者融合起來，提出 _主題空虛化_ 的問題，這種
空虛化也體現在日本最近有關敗戰後的國民像的論爭之中。

方。 不過這篇論文不是社會學論文，也不是歷史學論文，入手的方法和埃利亞斯的著作當然不同，埃利亞斯從德國的社會背景來分析德國人內化的原因，而本文則只從梁啟超、魯迅和柏楊對西方文明的態度來比較他們和德國人之間的異同，是從現象的層面做比較，不是從生現的原因來做比較，這一點是否論文的弱點，我不能評斷。 如果是要從生現的原因來做比較，我很坦白的說，我受過的學術訓練和教養都不容許我這樣做，就是我勉強做，效果也不會好，所以只有待於社會學和其他學科的人來做了。

又關於什麼是內化和外化？ 是否包括自己在內，的確是區分的標準之一，但不是唯一的標準，一般來說，外化的主體是可以論述的，而內化的主體則是相當於形而上學的主體，不能被論述的，正如白馬非馬的論辯中，馬作為一種概念，他的本身是自在的，形而上的，正因為這種不能論述的特徵，以內化的主體為主體，可以很有效地抗拒二元論，這就是德國觀念論的「超越」。 在區分魯迅和梁啟超之間的異同的過程中，筆者看到梁啟超有一種從外而內的「趨勢」，當然也只是趨勢，他的 「內」和魯迅的有明顯的不同。

論文提要中談到論文的目的是 「映現出柏楊從內化至外化的過程」，這一句好像有點語病，給龔教授捉到了。 但論文裡面完全沒有談到柏楊的內化，所謂從內化至外化的過程，說的是中國知識分子在面對外來強勢文明的時候，由梁啟超的接受而抗拒，到魯迅的抗拒，再到柏楊的完全接受的過程。 當然這個「接受」，梁啟超和柏楊也有不同，正如梁啟超的抗拒

和魯迅的也有不同，至於爲什麼會有不同，本文沒有作出任何解釋，有待賢者。

最後，龔教授談到「想像的共同體」的問題，其實無論是從心而生，又或者是日常的、可管理的共同體，在後現代的論述之中，似乎都脫不出「想像」一途，柏楊筆下的國民性雖然有血有肉，但沒有人可以保證那能夠代表全部，他所檢出來的血和肉，似乎是有選擇性的，這個選擇本身就是一種想像。Benedict Anderson(1936-)在名著《想像的共同體》[68]一書中，對於「想像」的現象論述得很詳細。

[責任編輯：黎活仁、朱耀偉]

---

[68] *Imagined Communities: Reflections on the Origin and Spread of Nationalism.* (London: Verso, 1983)

Bo Yang's *The Ugly Chinaman*: Generic and Comparative Perspective

Aleksandar Petrov

Dr. Aleksandar Petrov was born, by Russian emigrant parents, in 1938, in Nish (Serbia, Yugoslavia). He acquired his Ph.D. in 1971 at the University of Zagreb, Croatia (History and Theory of Literature). He was a senior research associate at the Institute for Literature and Art, Belgrade, from 1983 to 1991 and Chairman of the History of Literature Department for 17 years. He was president of the Writers' Association of Serbia (1986-1988) and acting president of the Yugoslav Writers' Association (1987). He is a member of PEN since 1965 and several academic associations. Since 1992 he has lived in the USA and is affilated with the University of Pittsburgh. He published 39 books and his works were translated into 26 languages. He has 3 books published in Chinese translation.

Abstract: One of the essential features of *The Ugly Chinaman* is its dialogism. Bo Yang makes abundant use of dialog not only to illustrate ideas, but to present them from differing, sometimes opposing, viewpoints. There are several types od dialogs in *The Ugly Chinaman*, involving the medium of communication (oral/written), the participants of communication (author-audience/readers) and within the work itself (character-character, author-character).Bo Yang's *The Ugly Chinaman* can be described as an essentially dialogic work.

The Ugly Chinaman is also a polyphonic and postmodernist work. Bo Yang's preference in this instance is for the form of the essay. However, the author insists on being partial (not impartial), on using facts (rather than fiction), on proceeding as a writer (rather than as a scholar), on telling stories (rather than abstract ideas) and using heterogenous material in creating a challenging and shocking satire. Generically speaking, *The Ugly Chinaman* is a satirical work which comes close to postmodernist models. This is all part of the author's strategy to shock his readers into self-awareness.

The Ugly Chinaman is comparable, in some respects, to the most recent work of a Nobel Prize laureate: *Russia's Downfall* by the Russian writer Aleksandar Solzhenitsyn. However, in other respects, these two works are almost opposites.

Keywords: dialogism, dialogic imagination, genre, essay, postmodernism, satire, Chinese culture, Bo Yang, Aleksandar Solzhenitsyn, Mikhail Bakhtin

"The Ugly Chinaman" is a speech given by Bo Yang at the University of Iowa in 1984. *The Ugly Chinaman* is also a book published in English in 1992.

The book *The Ugly Chinaman* consists of three parts: "Bo Yang speaks," "Bo Yang writes" and "Waves breaking on the shore: An Ugly Chinaman Forum." The book contains three introductions too: Bo Yang's preface to the English translation; the translator's introduction; and Bo Yang's original preface to *The Ugly Chinaman*--"In Consultation with a Doctor in the 'Land of the Soy Paste Vat'."

Considered as a whole, the book can be described as a polyphonic work. The third part of the book is a chorus of other people's voices, agreeing or disagreeing with the author, or "rebelling against him," as Mikhail Bakhtin would say (*Problems of Dostoevsky's Poetics*, 6).

Even if we take in consideration only Bo Yang's text in the book we can draw the same conclusion. Bo Yang expresses his own views very clearly, directly, sometimes even bluntly, but grants his audience or readers the opportunity to express their own opinions, freely and unobstructed.

In the first part of the book there are three public speeches and an interview. Dialog is an inherent element of an interview. However, dialogism is a feature of Bo Yang's speeches as well. Bo Yang likes to quote other people. Most of his quotes consist of dialog or at least direct speech.

At the beginning of his University of Iowa talk, Bo Yang quotes a dialog between himself and the chairman of the Student Association of the Tunghai University (in Taichung, Taiwan). Bo Yang warned the young organizer about his planned lecture, titled "The Ugly Chinaman": "You'd better ask the Dean's Office. I myself am already something of a problem, and if I start talking about a touchy subject, that makes two accounts against me." After consulting with the Dean's Office he telephoned me. "Nothing serious, though they wondered if you wouldn't mind changing the title of your speech. The Dean's Office thinks it's a bit too direct" (*The Ugly Chinaman*, 3-4).

The second quote offers a more direct example of criticism aimed at the author of *The Ugly Chinaman*:

> "Once when I was lecturing in New York and elating a particularly painful incident, someone in the audience said. 'You come from Taiwan. You ought to be inspiring us, giving us hope, and fostering our patriotism. I never imagined you would end up making us feel depressed and discouraged'" (*The Ugly Chinaman*, 5-6).

Here is another quote, this time from a mainland Chinese, who happened to be a writer:

"Someone like you would never have survived the Red Guards and the Cultural Revolution. In fact, they would have snuffed you out during the Anti-Rightist Movement" (*The Ugly Chinaman*, 8).

The speech *The Ugly Chinaman* is comprised of eleven parts with ten subtitles. Two of the subtitles come from dialogs conducted with the author ("How shameful it is to be Chinese," "Chinese people are the same everywhere"). In ten parts there is a total of thirty three brief or longer dialogs. Only the last and shortest part, consisting of just two paragraphs, lacks dialog.

All these dialogs have an obvious purpose: to describe the writer himself and his ideas from different points of view or to illustrate his ideas about Chinese culture or behavior patterns of the Chinese people.

The main character in Bo Yang's speech, "The Ugly Chinaman," has many faces and speaks out in different voices. In the presence of the speaker/author, the Ugly Chinaman mostly argues with him. In the absence of the speaker/author, different faces of the same character, the Ugly Chinaman, quarrel and argue with each other, and confront one another.

The same kind of the dialogic relationship can be traced in other speeches of Bo Yang. The written version of one of his speeches includes a dialog with the audience.

Dialog is also present in his essays, which make the second part of the book. This part contains, among other dialogs, parts of the author's correspondence concerning *The Ugly Chinaman* and parts of the polemic on corporal punishment.

Finally, his original preface to *The Ugly Chinaman* (except for the first and last paragraphs), is written as a dialog between a doctor and his patient. It opens as a fairy tale ("Once upon a time there was a country," *The Ugly Chinaman*, xv), then turns into a comic and satiric dialog.

Dialogism is one of the important features of *The Ugly Chinaman*. Bo Yang's imagination, I assume, is a "the dialogic imagination" (*The Dialogic Imagination*, 411-422), although one would have to read and study his novels, other narratives and essays, in order to argue for the generalization of such a conclusion. I have not had the opportunity to read his novels and most of his satirical essays. However, close reading of this book strongly suggests that it was not by sheer chance that a translation of a comic strip--a dialog--had led to Bo Yang's arrest. Bo Yang not only translated the dialog, he also shifted the text from the original comic perspective towards another, satirical perspective.

Bo Yang's preface "In consultation with a Doctor in The Land of the Soy Paste Vat" is also a kind of comic strip with a satirical overtone. It seems that in the final paragraph Bo Yang wants to lead the readers of *The Ugly Chinaman* to compare his comic introduction with the comic strip "Popeye the Sailor," whose translation had brought Bo Yang to the ship sailing from Taipei toward the scorched Green Island:

"Of course this scenario doesn't really require imperial court guards [although Bo Yang was taken away once in precisely that manner]. Sometimes you get beaten up with clubs, other times they attack you with pen and ink" (*The Ugly Chinaman*, XVII).

Attacks on Bo Yang and his *The Ugly Chinaman* , both written (with pen and ink) and oral, are inherent parts of this book. At the same time, the voice of Bo Yang as an author is not a passive one. Bo Yang's intention is far from taking a neutral stand. He doesn't want all voices in his book to be equally valid. Allowing other voices to rebel against his own voice, Bo Yang makes his voice as strong and rebellious as possible. His voice attacks and counter-attacks other voices. He represents the real rebellion in his book, while all the others confront him like "the imperial guards" of the status quo. Bo Yang writes that infighting is a scourge of the Chinese people. Still, he chooses confrontation as a means of persuading his audience and readers.

"At that gathering in Los Angeles, my tongue declared independence from my brain and I ended up revealing my 'true' nature. Here is a transcription of some of the questions I asked the audience" (*The Ugly Chinaman*, 90).

What follows are some fourteen questions, a sort of verbal attack at the face of the audience, which had been reluctant to accept his arguments. At the end of this fragment of the second part of his book, Bo Yang writes: "You can grab me by my neck, but I'll still shout ..." (*The Ugly Chinaman*, 93).

On another occasion, Bo Yang used a hammer as a tool of persuasion. But he didn't break anybody's head. He broke but a toilet bowl. He is not ashamed that he is capable of hating, just as he is proud of being capable of loving.

> "Lu Xun urged Chinese people to cast off their cowardly ways and be courageous enough to love and hate. Love and hate are the two sides of the same coin" (*The Ugly Chinaman*, 85).

Bo Yang thus describes his attitude toward different "characters" of his book, some bearing real names, others with no names. His attitude is not an impartial one. He either loves them or he hates them. In this fragment Bo Yang also recognizes Lu Xun as his predecessor and teacher.

Even the title of his book shows that Bo Yang is a fighter advocating shock therapy: "I entitled my talk *The Ugly Chinaman* because I wanted to shock my compatriots into self-understanding."

The Ugly Chinaman is a dialogic and polyphonic book. Furthermore, his dialog is of kind of polemic or argument, imbued with the intention of revealing ugliness and persuading people to see and recognize it, in order to "gradually free themselves of their own ugliness" (*The Ugly Chinaman*, X).

In the other words, *The Ugly Chinaman* is an attempt to change both people and the world they live in. Or just to change "a country called The Land of the Soy Paste Fermentation Vat" and inhabitants.

The terms polyphony and dialogism were used by Mikhail Bakhtin in his theory of fiction. Bakhtin coined the term polyphonic novel to describe the novels of Dostoevsky's as well as an important tendency within the novelistic genre (*Problems*; *The Dialogic Imagination*).

The Ugly Chinaman is not a novel, but rather a book of oral ("bo Yang speaks") and written essays ("Bo Yang writes"). Bo Yang likes to make comments about his writings and about himself as a writer. Here is an example where he points out the difference between two genres and speaks about the punishment he was subjected to for switching from one genre to the other:

"I have lived in Taiwan for the past three decades. I spent the first decade writing fiction, the second writing essays and the last in jail--quite a nice balance. I no longer write fiction because fiction only deals indirectly with real problems through the medium of form and characters, while essays are daggers that can pierce the hearts of scoundrels and villains."

Writing essays is like sitting in the car next to the driver, telling him when he makes a wrong turn, warning him to stay in a slow lane and not pass, to watch for the bridge ahead, to reduce speed, to beware the approaching intersection, and to heed the red lights..." (*The Ugly Chinaman*, 8).

According to Bo Yang, the purpose of his essays is: to punish and to teach. Bo Yang is a satirist and a moralist. Here is one more example of the author's self-consciousness :

"I should start out by saying that I am not an academic, so I may not be able to provide you with the sort of clear definition you want. For a long time I've wanted to write a book called *The Ugly Chinaman* but I never had the time to do it. I learned a lot from reading *The Ugly American* and *The Ugly Japanese*. Those two books are filled with observations and self-criticism that reflect the authors' view of the darker side of life in America and Japan: they can hardly be called scholarly analyses. I've heard experts talking about various countries' problems, but they use too many technical terms and too much jargon" (*The Ugly Chinaman*, 27).

Bo Yang shows in *The Ugly Chinaman* that he is a man of enormous knowledge of Chinese history, but he does not want to write his book as an academic scholar, just as he does not want to make it a book of fiction. He prefers to be an essayist. As an essayist he often uses someone else's voice to illustrate his points and confront his opponents.

Nevertheless, Bo Yang is a story teller as well. Quite often, dialogs are just parts of the stories. There are lot of very short stories throughout *The Ugly Chinaman*. Sometimes several stories follows one another. How many stories are in this famous University of Iowa speech? I have counted 29. Bo Yang uses them to illustrate his thesis, to show the behavior patterns of the Chinese people, their state of mind and their philosophy of life.

Bo Yang the story-teller makes his presence in *The Ugly Chinaman* very noticeable. Here are some story openings from the first speech of the book:

> "Once I was invited" (*The Ugly Chinaman*, 3); "For example, Chinese people in the camp ..." (4); "Two years ago" (5); "A Thai Chinese I know ..." (6); "On my visits to the United States and Europe ..." (6); "When my wife was teaching in Taiwan ..." (7); "Before I traveled abroad ..." (9); "In Taipei once ..." (10); "Two Cantonese men ..." (11); "On my last visit to the United States ..." (12); "To cite another example ..." (13); "Once, many years ago ..." (14); "A friend who used to write ..." (15); "To give another example ..." (16); "I was once visiting a British professor ..." (16); "Several years ago ..." (18); "I once saw a film ..." (19); "Here is one example..." (19); "My friend told me this story ..." (19); "Here is another tale ..." (21); "When I

first arrived in Taiwan ..." (22); "To give another example ..." (23).

The third speech of the book begins--"Let us begin with the story" (*The Ugly Chinaman*, 38). The forth one as well: "I'll begin with the story" (*The Ugly Chinaman*, 46). The previous speech offers an explanation of the story-telling: "I tell this tale because in some way it is related to Chinese culture" (*The Ugly Chinaman*, 38).

The full title of Bo Yang's book indicates that Chinese culture is the main theme of this book. The essayist used a lot of Chinese culture related stories to describe the latter. His ultimate goal was to reveal its ugliness, confront it and get rid of it.

Does such a striking presence of story telling contradict Bo Yang's objection to use fiction as a tool in achieving his goals? Not at all. His stories are not fictional, they are not separated from the realms of everyday life, and they are not "self referential, self-conscious' narratives (*Postmodern Genres*, 261). Story telling is just a part of a strategy, very carefully designed by Bo Yang, to change the world of "the soy paste vat".

In "The Law of Genre" Jacques Derrida pointed out that "every text participates in one or several genres, there is no genreless text; there is always genre and genres, yet such participation never amounts to belonging" (*Critical Inquiry*, 65). Bo Yang's essays do participate in different genres but they are still essays in according to Bo Yang's definition. Bo Yang's awareness as a writer is so profound that his comments on his own writing are well articulated and highly accurate. Critics and scholars writing on *The Ugly Chinaman* could hardly find better formulations than ones the author himself has provided. Does Bo Yang's metatextual insight into his own mixture of dialog, real life stories, jokes, sayings, comic citations and citations from philosophy, history, journalism, suggest to critics and scholars that *The Ugly Chinaman* is a kind of a postmodernist book? Or is this a book written by an old-fashioned, even better--a timeless--satirist?

An encyclopedic definition of satire reads:

"... a satirist may use beast fables, Theophrastian 'characters', dramatic incidents, fictional experiences, anecdotes, proverbs, homilies; he may employ invective, sarcasm, irony, mockery, raillery, exaggeration, understatement--wit in any of its forms, anything to make the object of attack abhorrent or ridiculous" (*Princeton Encyclopedia*, 738).

The answer is: both conclusions seem to be correct. Some old texts, like *Tristram Shandy* (by Laurence Sterne, 1713-1768) have a strong resemblance to postmodernist ones. Why? Because "our eyes have learned to recognize postmodern features," writes Ihab Hassan (*The Postmodern Turn*, XVI). Ralph Cohen adds: "Ihab Hassan is correct in noting that what we call 'postmodern' writing is espied in an earlier time, but eighteen-century genres exhibited some of the same features" (*Postmodern*,11).

Such an obviously complex book as *The Ugly Chinaman* should be studied not only from the generic point of view, but also in a comparative perspective. It will be worth while to compare it with the books that Bo Yang singled out himself as ones which inspired him to write *The Ugly Chinaman*: These are William J. Lederer and Eugene Burdick's *The Ugly American* and Hajime Yamagata's *The Ugly Japanese*. Or/and some other books, written independently of all three of the latter, but intent on achieving the same or similar goals. Aleksandar Solzhenitsyn's *Russia's Downfall* (1998) is such a book.

There are a number of similarities in the biographies of Aleksandar Solzhenitsyn (1918) and Bo Yang (1920). Almost of the same age, both wrote novels, were considered to be anti-Communist, stood up against totalitarian and authoritarian regimes in their respective countries, both were forced to leave their respective homelands (Bo Yang mainland China), spent many years in jail, both feel the need to contribute to the revival of their nations. Aleksandar Solzhenitsyn's history of Soviet concentration camps with traits of a documentary novel, *Gulag Archipelago* (1974), shook the world and contributed to the fall of Communism in the former Soviet Union more than any other book. Bo Yang's *The Ugly Chinaman* shocked the Chinese people more than any other book had done in decades.

There are some common features between *Russia's Downfall* and *The Ugly Chinaman* as well. In his Introduction, Solzhenitsyn states that he began writing this book as a Russian who has experienced and witnessed the most severe times in his homeland. Others have also written--Solzhenitsyn adds--"about our pain and ugliness" (*Russia's Downfall*, 4). However, he considers himself as being the one who should articulate and wrap up these experiences. This book continues and ends the "conversation" (*Russia's Downfall*, 5) Solzhenitsyn had started with a previous book, *The Russian Question at the End of the Century* (1994), which had been preceded by *How to Build Russia* (1990).

Aleksandar Solzhenitsyn is right to name his book "a conversation," in other words--a dialog. Who are the participants of this dialog? The writer himself and the Russian people. In the first chapter of *Russia's Downfall*, "Traveling the scattered pieces of Russia's vast land," Solzhenitsyn describes the experience he acquired on visiting twenty six regions of Russia. He  had around one hundred public meetings with the Russian people and spoke to thousands of his countrymen. They shared with him their misfortunes, troubles, dissatisfactions, doubts, uncertainties, concerns. They offered him their advice, asked him to disseminate facts about their tragedy, to make public their discontent, to spread their messages. Above all, they posed countless questions. In the first chapter Solzhenitsyn collected bits and pieces of these questions and demands, quoting many of them. These fragments of voices build up a unique voice of the Russian people.

The rest of the book is Solzhenitsyn's response. His reply is not so much that of a writer and novelist, but rather that of a perplexed scholar, a sincere intellectual, perhaps of a concerned and very knowledgeable statesman looking at his country posed at the edge of an abyss. The rest of the book is a rather a treatise than an essay. The first part is comparable to *The Ugly Chinaman*. The second one is not. The comparable part of *Russia's Downfall* still differs very much from *The Ugly Chinaman*. While Solzhenitsyn applies a dramatic technique, close to tragedy, to his prose; Bo Yang opts for techniques associated with the comic strip and short story. Solzhenitsyn builds a monolithic whole from pieces; Bo Yang keeps the pieces of his collage dispersed. Solzhenitsyn defends his people and their culture; Bo Yang criticizes. Solzhenitsyn views the ugly features of contemporary Russian society and its culture as a consequence of Communism; Bo Yang explains Chinese Communism as a consequence of traditional Chinese culture. Solzhenitsyn criticizes the West; Bo Yang praises it. Solzhenitsyn praises contemporary China, though viewing her as an eventual threat to Russia; Bo Yang criticizes China. Solzhenitsyn laments; Bo Yang challenges and provokes.

Lament is definitely not a postmodernist genre. An essential postmodernist technique is mixing genres and crossing their boundaries in order to find room between them or among them. Finally, let's not forget: challenging an official history and an established culture is a postmodernist intention as well.

Again, Bo Yang's *The Ugly Chinaman* is a postmodernist book in a sense that *Tristram Shandy* is a postmodernist novel.

~~~~~~~~~~~~~~

Bibliography

Bakhtin, M. M. *The Dialogic Imagination*. Ed. and trans. Caryl Emerson and Michael Holquist. Austin: U of Texas P, 1981.

---. *Problems of Dostoevsky's Poetics*. Ed. and trans. Caryl Emerson. Minneapolis: U of Minnesota P, 1984.

Bo Yang. The Ugly Chinaman *and the Crisis of Chinese Culture*. Trans. Don J. Cohn and Jing Qing. Sydney: Allen & Unwin, 1992.

Cohen, Ralph. "Do Postmodern Genres Exist?" In *Postmodern Genres*. Ed. Marjorie Perloff. Norman: U of Oklahoma P, 1989.

Derrida, Jacques. "The Law of Genre," *Critical Inquiry* 7 (Autumn, 1980): 55-81.

Hassan, Ihab. *The Postmodern Turn*. Columbus: Ohio State UP, 1987.

Preminger, Alex, ed. *Princeton Encyclopedia of Poetry and Poetics*. Princeton: Princeton UP, 1965.

Solzhenitsyn, Aleksandar. "ossiya v obvale, Russkii put." Moskva: Russkii put U, 1998.

~~~~~~~~~~~~~

Key-points

1. *The Ugly Chinaman* is a polyphonic work. Bo Yang expresses his own views very directly, sometimes bluntly, but grants his audience or readers the opportunity to express their own opinions, even to rebel against him;

2. One of the essential features of *The Ugly Chinaman* is its dialogism. Bo Yang makes abundant use of dialog not only to illustrate author's ideas about Chinese culture or Chinese behavior patterns, but to present them from differing, sometimes opposing, viewpoints.

3. There are several types od dialog in *The Ugly Chinaman*, involving the medium of communication (oral/written), the participants of communication (author-audience/readers) and within the work itself (character-character, author-character).

4. Both in interviews and essays Bo Yang also insists on telling stories, on proceeding as a narrator rather than as a scholar.

5. His stories are not fictional, they are not separated from the realms of everyday life. *The Ugly Chinaman* is not a book of

fiction but a book of oral ("Bo Yang speaks") and written essays ("Bo Yang writes")

6. Writing essays is a part of the author's strategy to shock his readers into self-awareness. *The Ugly Chinaman* is a satirical work. According to Bo Yang, the purpose of his essays is: to punish and to teach.

7. Bo Yan's metatextual insight into his own mixture of dialog, real life stories, jokes, sayings, comic citations and citations from philosophy, history, journalism, suggest that *The Ugly Chinaman* is akind of a postmodernist book.

8. *The Ugly Chinaman* is comparable, in some respects, to the most recent work of a Nobel Prize laureate: Russia's Downfall by the Russian writer Aleksandar Solzhenitsyn.

9. The comparable part of Russia's Downfall still differs very much from *The Ugly Chinaman*. While Solzhenitsyn applies to his prose a dramatic technique reminiscent of the one found in tragedies, Bo Yang opts for techniques associated with the comic strip and short story. Solzhenitsyn builds a monolithic whole from pieces; Bo Yang keeps the pieces of his collage dispersed.

10. From more ideological point of view there are obvious differences as well. Solzhenitsyn defends his people and their culture; Bo Yang criticizes them. Solzhenitsyn views the ugly features of contemporary Russian society and its culture as a consequence of Communism; Bo Yang explains Chinese

Communism as a consequence of traditional Chinese culture. Solzhenitsyn criticizes the West; Bo Yang praises it. Solzhenitsyn praises contemporary China, though viewing her as an eventual threat to Russia; Bo Yang criticizes China. Solzhenitsyn laments; Bo Yang challenges and provokes.

11. The lament is definitely not a postmodernist genre. An essential postmodernist technique is mixing genres and crossing their boundaries in order to find room between them or among them.

12. Challenging an official history and an established culture is a postmodernist intention as well. *The Ugly Chinaman* is a postmodernist book in the sense that *Tristram Shandy* is a postmodernist novel. Bo Yang's book is one written by a timeless satirist.

~~~~~~~~~~

Discussant: Chapman Chen 曾焯文

Dr. Chapman Chen was born in the 1960s'in Hong Kong. He acquired his B.A. in English Language and Literature and his Master degree in Translation at the Chinese University of Hong

Kong, and his Ph.D. in Literature at the City University of Hong Kong. He worked as a professional translator in the Hong Kong Government for many years. He is now an assistant professor at the Department of Chinese and Bilingual Studies, Hong Kong Polytechnic University (1996-present). He is the Hon. Secretary of The Hong Kong Sex Education Association. He has published a book entitled *Xianggang Xingjing* [An Account of Hong Kong Sex Culture] in 1998. His new book, *Dafu Xinjing* [A Psychoanalytical Approach to the Life and Work of Yu Dafu] will come out in July, 1999. He has also published articles with a psychoanalytical outlook in local and overseas refereed journals. His research interests include how to translate literary works with sexual themes, the application of psychoanalytical and sexological theories to world literature.

Introduction

In his paper, "Bo Yang's the Ugly Chinaman – Generic and Comparative Perspective," Petrov discusses how the various formal features of Bo Yang's *The Ugly Chinaman* serve its contents, or its purpose to wake the Chinese up from their falsity. The application of Bahktin's theory is particularly enlightening. But since Petrov wants to deal with to many issues, he tends to scratch the surface. Thus the theoretical part of the paper had better be strengthened. Besides, the author of this critique will also suggest two alternative approaches to *The Ugly Chinaman*.

Summary of Petrov's Paper

Petrov borrows Mikhail Bakhtin's term "polyphony" and his theory about dialogism to describe Bo Yang's *The Ugly Chinaman*. Petrov also thinks that the book is "a satirical work which comes close to post-modernist models," post-modernist in the sense that Bo Yang mixes "dialog, real life stories, jokes, sayings, comic citations and citations from philosophy, history, and journalism" in the book. This is, according to Petrov, all part of Bo Yang's strategy to wake the Chinese up from their self-complacency and shock them into realizing their ugliness so that they may change for the better. Finally, Petrov compares and contrasts Bo Yang with Solzhenitsyn; Bo Yang's *The Ugly Chinaman* with Solzhenitsyn's *Russian's Downfall*.

Merits

While most critics only pay attention to the content of *The Ugly Chinaman*, Petrov discusses how Bo Yang manipulates the form skillfully to achieve his purpose of waking up the Chinese people. As far as the author of this critique is aware, very few critics, if any, have explored the dialogic imagination, mixture of genre, post-modernism, and satire in *The Ugly Chinaman*. It is Petrov who makes us see that the seemingly random or arbitrary assortment of essays in The Ugly Chinaman does have a meaning and serve a purpose or purposes. This is enlightening insight.

The comparison between Solzhenitsyn and Bo Yang also opens up a fresh outlook and could be a good start for a significant comparative literature research. Moreover, Petrov cites copiously in his discussion of Bo Yang, involving Bakhtin, Lu Xun, Dostoevsky, Derrida, Solzhenitsyn, Laurence Sterne, Hajime Yamagata, Ihab Hassan, etc.

Demerits

But, with due respect, precisely because Petrov touches in his paper so many things – dialogism, genre-mixing, essayism, post-modernism, polyphony, satire, Chinese culture, Solzhenitsyn, etc. – his is not able to go into any one of them deeply. Petrov had better concentrate on one of the issues and sacrifice the others or subside them under the single issue chosen. It would be desirable, for example, for him to explicate more comprehensively Bakhtin's theory about dialogism in fiction, and then match the formal characteristics of *The Ugly Chinaman* in detail with the theory. And the comparison between Solzhenitsyn and Bo Yang may be subsided under the issue of dialogism, as both writers rely heavily on dialogues to present their case. Also, Petrov just simply asserts that Bo Yang is a satirist, that *The Ugly Chinaman* is akin to Tristram Shandy. If Petrov really wants to explore seriously Bo Yang as a satirist, he should have given a good definition of satire, check Bo Yang's book against that definition, compare the book with the works of other satirists, e.g., Alexander Pope, Jonathan

Swift, Lord Byron, etc.   In short, the theoretical part of the paper needs to be strengthened.

In addition, Petrov has mistaken the first name "Yang" of Bo Yang for Mr. Bo's surname, as evidenced by the relevant entry in Petrov's bibliography.

Alternative Approaches

Below, the author of this critique is going to suggest two alternative approaches to Bo Yang's *The Ugly Chinaman*.

Anthopological Approach

According to the Hong Kong columnist Tao Jie, human societies may be divided into four categories – agricultural, nomadic, fishing cum hunting, and industrial.   Nomadic races, like the Arabs, usually live in barren deserts.   In order to survive, they tend to be rather violent.   Fishing and hunting societies in general are more adventurous and romantic. Britian and Spain were fishing and hunting societies in their origin and still are in their spirits. Most modernized and capitalized societies are industrial societies, which emphasize not only materialism but also human rights and democracy.   People in agricultural societies, the typical example of which is certainly China, are usually very obsessed with land, small-minded, crass, dirty, noisy, antagonistic to individuality, conservative or even anti-progressive, just like what Bo Yang maintains.   As they often suffer from famine, they tend to place a premium on food and be afflicted with a sort of hunger anxiety. Hong Kong was a fishing and hunting society in its origin and has become an industrialized society in the recent decades. But, according to Tao Jie, after the turnover, Hong Kong way of life is being devoured by the agricultural regime of agricultural Mainland China (C5).

Psychoanalytical Approach

It may be worth mentioning that the well-established historian Sun Longji approaches from a Freudian perspective the ugly features of the Chinese people pointed by Bo Yang. Bo Yang accuses the Chinese people of being dirty (*The Ugly Chinaman and the Crisis of Chinese Culture* 10-11); of being in lack of individuality; and of being slavish and arrogant at the same time (*The Ugly Chinaman and the Crisis of Chinese Culture* 17-22, 21-22). Sun Longji thinks that the Chinese people as a race lacks individuality because Chinese parents cultivate a strong sense of dependence in their children throughout their infancy – from the oral stage to the anal stage. Even when the younger generation is grown up, their parents still treat them as babies who must be constantly stuffed with food (*Zhongguo Wenhua de Shenceng Jiegou* 89-91). And the toilet training of the Chinese is unusually indulgent. As a result, the Chinese are mostly fixated at the oral and anal stage; their self-other boundary is in general very vague (*Zhongguo Wenhua de Shenceng Jiegou* 94). On the one hand, they would let the authority interfere with their privacy. On the other hand, they selfishly expect other people or the world to accommodate their needs (*Zhongguo Wenhua de Shenceng Jiegou* 96). Their filthiness and noisiness may also be traced to their fixation at the anal-sadistic stage (*Zhongguo Wenhua de Shenceng Jiegou* 93-95).

Conclusion

In conclusion, Petrov's stimulating paper on Bo Yang's *The Ugly Chinaman* would have been even more insightful and readable had he drawn more heavily on the theoretical side.

~~~~~~~~~~~~

Bibliography

Bo Yang. *Choulou de Zhongguo Ren* [The Ugly Chinese]. Hong Kong: Yiwen Tushu, 1993.

---. *The Ugly Chinaman and the Crisis of Chinese Culture.* Trans. Don J. Cohn and Jing Qing. Sydney: Allen & Unwin, 1992.

Sun Longji. *Wei Duannai de Minzu* [The Unweaned Race]. Taibei: Juliu Tushu, 1995.

---. *Zhongguo Wenhua de Shenceng Jiegou* [The Deep Structure of Chinese Culture]. Hong Kong: Jixian She, 1992.

Tao Jie. "Si Zhong Renlei Shehui [Four Kinds of Human Society]." *Ming Pao Daily* 3 Mar. 1999: C5.

[責任編輯: 梁敏兒　曾焯文、鄭振偉]

現代化思潮下的史論:《柏楊曰》的精神與處境

龔鵬程

作者簡介: 龔鵬程, 男, 1956年生,
江西省吉安縣人, 台灣師範大
學國文研究所博士, 現爲佛光
大學南華管理學院校長(1996
年起)。 著有《龔鵬程四十自
述》(1996)、《晚明思潮》
(1994)、《近代思想史散論》
(1992)、《1996龔鵬程年度學
思報告》(1997) 、《1997龔鵬
程年度學思報告》(1998)等。

論文題要: 《柏楊版資治通鑑》,
是對司馬光編纂之《資治通鑑》的現代化改寫, 其中以「柏
楊曰」方式表達其史觀及史事評論的部分, 也是與司馬光原
書「臣光曰」相對的另一種現代化觀點。它批評司馬光崇右
守舊, 只知維護統治者利益而無人權之觀念, 更無法思考到
民主制衡的原則。這些批評, 顯現了《柏楊版資治通鑑》的

寫作旨趣, 在於揭露中國政治黑幕, 帶領讀者走向民主法治及人權的新領域。

這樣的史著與史論, 依附於《資治通鑑》及其「臣光曰」, 構成一種特殊的複雜關係。既依存相輔, 又悖反對諍。而其與《資治通鑑》背反之議論, 目的則在於推動現代化, 整本《柏楊版資治通鑑》即是現代化思潮下的產物。

柏楊史論的精神旨趣如此, 對傳統的批判自然就顯得極爲猛烈。但它也會在與傳統史料史觀對質之際, 受到一些挑戰。而且, 處在「現代化之後」的歷史情境中, 現代化的許多觀念本身也深受質疑。一個現代化思潮下的史論, 處於此腹背受敵的境遇中, 殆亦爲歷史之必然。本論文即在說明柏楊史論這種精神旨趣及歷史處境, 計分五節。

中文關鍵詞: 柏楊　柏楊版資治通鑑　柏楊曰　現代化　司馬光

英文關鍵詞: Bo Yang, *Zi-zhi-tong-jian (Bo Yang version)*, *So Does Bo Yang Says*, modernization, Sima Guang.

一、入室操戈的戰士

柏楊(郭立邦, 1920-)先生將《柏楊版資治通鑑》所附的評論, 相對於司馬光(1019-86)原書的「臣光曰」, 單獨輯爲《柏楊曰》。此書當然比卷帙浩繁的《柏楊版資治通鑑》更能有系統地體現他的史觀與史論, 但分量仍然不小, 讀來頗費目力。幸而開卷有益, 獲得了不少知識與啓示。

在翻譯《通鑑》之前, 柏楊早在一九七八年即出版過《中國人史綱》。該書另有兩部相互配合之書: 《中國歷史年表》

與《中國帝王皇后親王公主世系錄》。其後他又寫了《帝王之死》兩集、《皇后之死》三集。

這些書都可視爲柏楊著手翻譯《通鑑》之前的準備工作。《通鑑》譯本及其中所包含的「柏楊曰」，整個觀念，事實上亦沿續自上述各書，其觀念可說是長期一貫的。

但長期看柏楊史述史論的讀者，對柏楊翻譯《通鑑》之目的與性質，卻仍不免時有誤解。例如蘇墱基(1945-)說柏楊之所以「獨鍾情於《通鑑》，唯一的理由是：《通鑑》敘述的歷史，涵蓋面最廣、時間最長、文辭最優美、內容最豐富、最有助於國人對歷史的認識」[1]。實則柏楊對古文是不認同也不欣賞的，對司馬光的文筆更不欣賞。甚至，他還從司馬光的文筆，推斷司馬光根本頭腦有問題：「古史書的最大特徵之一：說不清楚。……這是思考方式問題、運用文字功力問題。把史書弄成一盆漿糊似的，不限於文言文和方塊字，如果頭腦沒有條理，白話文和拼音文字也是一樣」（145條）[2]。

其次，柏楊或許也認爲《通鑑》「最有助於國人對歷史的認識」，但這種認識可能與司馬光所希望給予讀者之認識不同，也與蘇先生認爲國人可於其中獲得之認識不同。因爲柏楊認爲

---

[1]　蘇墱基:〈文壇和文學界驚起巨雷〉，《柏楊65：一個早起的虫兒》(柏楊65編委會編，台北：星光出版社，1984)，頁458。

[2]　柏楊對文言文之態度並不穩定。此處說文言文本身並没有什麼不好，而是寫作者頭腦太差。但有時他又直接質疑文言文，例如246條說《通鑑》載：「盜殺陰貴人母鄧氏及弟訢」，不知訢是鄧女士之弟、抑陰女士之弟？而當慘案發生時，也不知現場何處？鄧女士可能仍留在原籍新野，也可能早已隨女兒到了首都洛陽，共享富貴，《通鑑》都沒說清楚。我們對文言文之感困惑，原因在此」。

《通鑑》是一部「最足以了解中國政治運作、中國式權力遊戲的鉅作」,可以讓人明白中國人在歷史上活得多麼沒有尊嚴。這是一個非常特殊的角度。

正因如此,故高平說:「史才、史德、司馬光先生都是一等一的。對史料的鑒別辨認、分析綜合,對史事的忠實,都是無與倫比的」「所謂史德,就是對史實的絕對忠實,疑則闕疑、信則傳信,有一分證據,說一分話」,恐怕都不符合柏楊對司馬光的評價[3]。

柏楊不斷指出司馬光記事的失漏及錯誤,而且認為他謀殺了歷史真相,例如222條云: 王莽(前45-後23)登極後,改正朔,恢復秦制,以十二月一日為元旦,但《通鑑》仍以漢曆記年,稱「春,正月,朔」,故柏楊批評他:「政治掛帥下的史家謀殺歷史真相,連眼都不眨。元旦的位置都可以隨自己的意識型態亂搬,證明信史難求」。238條又說劉秀(前6-後57)部下吳漢的軍隊非常殘暴,但「他們對人民的暴行,所有史書,包括《資治通鑑》都輕輕一筆帶過」。諸如此類,無不說明柏楊並不欣賞司馬光的史才與史德。

讀者們誤解了柏楊,以為柏楊是因喜愛或尊敬《通鑑》,所以才戮力從事翻譯,乃是仍以一般的古籍譯白者去看待柏楊,故以司馬光之「功臣」視之; 而且也對柏楊一貫的史觀尚不熟悉所致。

---

3 高平:〈重擔: 柏楊版資治通鑑〉,《柏楊65: 一個早起的蟲兒》,頁475。

柏楊對中國史總體的看法是：「在幾千年的歷史時光隧道中，我們看到的全是統治階層永無休止的權力惡鬥，口口聲聲仁義道德、詩書禮樂，卻根本不顧人民的生死。絕大多數的中國人活得像虫豸、像罪犯、像奴隸一般」。對司馬光的總體看法是：「前代研究歷史的人如司馬光，本來就是皇家的史官或代言人，維護帝王的立場，是他的本分。……哀哀無告、受苦受難、展轉呻吟的小民疾苦，全被隔絕在他們的認知之外」（均見《柏楊曰》序）。

這其實也就是《中國人史綱》的觀點。倪匡(1935-)曾說柏楊《亂作春夢集》等書全在揭露所謂「正史」之荒謬：「撰史者對權貴的拍馬，已至於極點」。又說《中國人史綱》是：「站在民主、自由、人權的立場上，分析權力使人腐蝕，分析古往今來的帝王幾乎沒有一個可以通過權力的關口。……在柏楊筆下，我們了解到中國人的命運是多麼可憐」[4]。這個特點沿續至《白話資治通鑑》。

《中國人史綱》不採傳統帝王紀年，改用西元；　不稱帝王名號，而直呼其名；　對史書地名官名，多用現代名稱予以說明，《白話資治通鑑》基本上也都沿用了。

但《中國人史綱》等書是柏楊自己對中國史的敘述，《白話資治通鑑》則是藉司馬光之酒杯，澆自己之塊壘，打著紅旗反紅旗的。

---

[4]　分別見倪匡:〈論柏楊的幾本書〉〈中國人史綱：好書〉，均收入《柏楊65：一個早起的虫兒》，頁409-411。

二. 批判傳統的史著

中國早期史著, 自《史記》《漢書》以降, 一直是夾敘夾議的。作者一方面要客觀地敘述史事, 一方面又要自己站出來對史事進行評議, 提供後設觀點, 導引讀者體會史事所代表的意義。

但這種寫法, 在司馬遷班固(32-92)那兒, 發揮議論仍是非常有節制的, 不僅篇幅不大, 而且大抵僅見諸紀傳的末尾。司馬光則充分利用這種寫法的特點, 發揮「史學資治」之作用, 隨處就史事中值得舉出來勸誡帝王的地方, 敷衍其議論。如此, 不僅與他所宗法的《左傳》編年體不甚相符, 也並非客觀呈現「國家盛衰, 繫生民休戚, 善可為法、惡可為戒者以為是書」, 如胡三省(1230 –1302)所說。在近代強調客觀實證的史學風氣底下, 此舉亦可能被視為一種缺點。然而, 柏楊善於利用這個特殊的體例, 巧妙地將《資治通鑑》的性質, 從「向帝王勸誡」轉向「為人民申冤」。

故他的書, 在史事層面上, 固然基本上是原著的翻譯, 但因論議不同, 遂與司馬光所著成為截然不同的兩部書。託古而改制, 宛如孢子進入毛虫的體內, 而變成了冬虫夏草, 可以有益於人體健康。

所以柏楊此書乃是入室操戈的, 用《通鑑》之敘事而反《通鑑》。對司馬光的史論及史識深不以為然。

只要細細看過《柏楊曰》, 大概都會對柏楊之譏評司馬光印象深刻。但《通鑑》原本在史學界就是有爭議之書。瞿兌園(1892-?)《通鑑選注》說其缺點在於「保守意識非常強烈, 所以在《通鑑》的編纂中, 一貫設法表現所謂王道政治的主張。

任何急進的改革、進步的措施、積極的事業，總是不以為然，……這一點在胡三省的自序中也曾經提到」[5]，張須(1895-1968)《通鑑學》則說其缺點為：「政治之方向在愚民、在柔服士類、在保全士大夫利益、在辨定等級以絕小民覬覦之心」「學術思想在尊孔、在宿命論、在不言功利、在一治一亂相為終始」[6]。自宋迄清，許多人也都曾針對其中矛盾、錯漏之處，提出糾正或訂補，如劉羲仲、洪邁(1123-1202)、王應麟(1223-1296)、嚴衍(1574-1645)等人都是。柏楊對司馬光記事方面之疏失與錯漏的補正，其實與王應麟嚴衍類似，而他對司馬光政治與思想上的批判，事實上也大抵未超越瞿張等人之見解太多。

不過，由於另外一些原因，柏楊的攻擊顯得更辛辣、更有力道。例如他會把司馬光視為「儒家系統」的代表，或「傳統史家」的代表，所以只要揭露司馬光的錯誤或不足，立刻就等於說明了傳統史學或儒家系統是荒謬的。

其次，早期那些學者不論如何指陳《通鑑》的缺失；其基本心態仍是尊重甚或尊敬的。指出錯誤，是為了訂補；說明其局限，是要讓處身現代社會中的人具有歷史的同情。柏楊則不然。他痛恨中國這一段歷史，述史之目的，其實是要摧毀那經司馬光等人建構起來的歷史，讓人看見其中的總總荒謬，以揚棄此等帝制與奴性，走向民主法治之新途。由於立場和目的不同，他對《通鑑》的批評，聽起來，當然比從前的那些爭議更像是戰鼓聲。

---

[5]　瞿兌園：〈前言〉，《通鑑選注》(台北，華聯出版社重印本, 1975)，頁13。

[6]　張須：《通鑑學》(台北：開明書店, 1958)，頁89。

再者，《通鑑》記事方法是編年，這是前人甚為稱道的體例。而且司馬光以編年體例為由，不採「正統」說，被近代史家認為是極重要的貢獻[7]。但柏楊卻釜底抽薪，根本從「編年」這一點上瓦解了《通鑑》的價值。因為《通鑑》之編年係以帝王年號為之，柏楊則說儒家學派有「四大無聊」: 帝王諡號、帝王年號、避諱、宗法制。故其編年採用耶穌紀年，完全不認同司馬光的做法。放棄了司馬光所據以編年的體系之後，司馬光因編年而不論正閏的特識，遂根本不算什麼了。

還有，司馬光的論議，與他的為人一樣持重。「柏楊曰」卻是激越的聲調。一看見歷史上有冤獄、有血腥屠殺、有政治惡鬥、有斲傷人權的事，柏楊就怒氣上衝，不但痛陳遭受沉冤者的毒苦，更會嗤諷司馬光等儒家系統助紂為虐、久奴成性、明哲保身、為虎作倀。司馬光愷切樸厚的言論，乃完全成為負面的一團漿糊。

更值得注意的，是柏楊又發展了《通鑑》的某些觀點，而成為對傳統社會嚴厲的批判。例如司馬光原本就不喜歡文人，所以《通鑑》中對文人的記載很少，連屈原(約前343-約前277)杜甫(712-770)都不談。《史》《漢》等書收存文學作品的慣例也不再遵守。所以顧炎武(1613-1682)《日知錄》替它辯護，說《通鑑》本來就是「資治」的，何暇及錄文人？柏楊擴大了這一點，對於文人在統治集團中不但無正價值，反而具有煽風點火、逢迎拍馬、混淆視聽、讒佞無恥之作用，大力揭發，諡之

---

[7] 參1. 王緇塵: 《資治通鑑讀法》(台灣: 明倫書局重印本，出版年月缺)，頁6; 2. 張須:〈帝王與紀年〉，《通鑑學》，頁110。

爲「文妖」。不斷以實例進行批評，並暴露傳統史家對文妖之害未能燭照之弊。使得他對傳統史學的攻擊益發地鮮明了。

三. 獨具眼目的史觀

要由柏楊對司馬光的不滿、對傳統史學的批評，才能對比出柏楊史學觀念的特殊之處。

以柏楊逕採西元紀年，放棄用帝王年號的辦法來說。柏楊將此視爲「突破桎梏」之舉，又痛罵這種桎梏具有「僵硬性和殺傷威力」（見342條）。說帝王年號乃儒家學派製造的「四大無聊」之一（見202條）。讀他書的人乃亦因此而大爲喝采，說改得好、改得妙，古人擺的迷魂陣、鬼玄虛、怪魔障，都被他「掃到茅廁裡去了」。 似乎正當性不容置疑，而且是正義的[8]。

但是，一、從作者角度說，司馬光不知有耶穌紀年，如何採用這種新紀年法？古人紀年之辦法，要不就是用干支、用太歲，要不就用當時之年號。今人稱民國八十八年己卯，仍是如此。古書紀年，自然只能用干支或朝代之年。何能要求古人用耶穌紀年？又怎麼說用帝王年號或干支就是僵硬的桎梏，就是故布迷魂陣？二、從讀者角度看，帝王紀年與干支紀年，乃古人之習慣，讀者必然不會讀來如入迷魂陣。用耶穌紀年，今人或以爲清楚明瞭，卻也未必。例如我自己就很不習慣，每次看到西元幾年，都還要去找對照表推算一下，才知道是什麼朝代的那一年。因此，不同的紀年法，其實各有優點。講中國史，

---

8 高平：〈重撰：柏楊版資治通鑑〉，頁475。

以什麼朝代、什麼帝王的什麼年來說，自有其便利之處，完全抹煞，絕不公道。三、從歷史寫作的性質說: 史記當時事。不論我們後人對其事之評價如何，歷史不正是要把那個時代的事況記錄下來以供我們了解嗎？當時帝王各有年號、視改元為大事，史即以此記之，又有何可議？四、計數與計量之詞，都不是中性的，它具有強烈的文化意涵。所以一個人、一位先生、一席立法委員、一尾魚、一隻貓、一條狗、一頭牛、一坨屎、一泡尿、一扇門、一匹馬、一戶人家、一塊地、一方手絹……，計量詞都不一樣。為什麼不全統一起來，稱為一塊人，一塊門、一塊狗、一塊手帕呢？在「全世界」都用公尺、公斤、平方公尺時，我們仍在用台尺、台斤、坪；　英國體系國家仍在用英呎、磅。同理，孔子紀年、佛陀紀年、耶穌紀年、或各代帝王記年也是各具不同涵義的。使用者使用那一種方式紀年則體現了他對那些涵義的認同。柏楊願採用哪一種紀年方式，乃其自由。猶如古代史家亦各有其不同之紀年法。但絕不能說採用耶穌紀年就一定最好，更不能假裝不知道紀數詞不是中性的工具。日本至今仍用「昭和」「平成」等年號，似乎也未阻礙社會之進步，不是嗎？

　　年號的問題是如此，諡號、避諱等被他痛責之「無聊」之舉，其實也都是如此。柏楊，又名郭衣洞、人稱柏老、化名鄧克保，今人名號尚且如此之多，卻堅持史書記古帝王只能一人一名，不如此即為一大罪過；又認為直書帝王之姓名，不稱其帝號廟號是一大進步等等，可說都是持論甚偏的。

　　此處我只說他持論「偏」而不遽說他是「錯」的，原因在於我能體會到柏楊這樣做的理由。歷史，在柏楊看來，似乎是

一面鏡子，它要能讓我們由其中看見我們自己的種種不堪，而痛下決心改過。因此，歷史的價值與意義，都是指向現在的。如果歷史寫作使我們現在的人看不懂、或看錯了，那當然是歷史寫作者的罪過；若歷史本身一直未能呈現現代所需要之價值與精神，那自然也就是歷史的缺憾了。

歷史寫作讓我們看不懂，主要是文言文以及人名、地名、官名、年號、避諱等等。史書會讓我們看錯，乃是由於其中有假、有錯、有虛飾、有扭曲、有為親者諱為尊者諱等等。歷史本身未呈現我們現今所認可且需要之精神與價值，則指民主、自由、人權、法治等。他以此標準去衡量古書，所以才會對古人與古書有那樣的批評。

這是史學上的「適今論」。站在這個立場上，柏楊對「崇古論」格外反感。崇古論，是適今論的反面，歷史的價值與意義指向古代，書寫歷史是為了服務過去那個時代，保存、呈現過去的時光以供今人緬念、追懷、效法。依柏楊看，司馬光即是崇古的，而柏楊完全無法容忍這種論調，只要司馬光談到「三代」，他必然大發脾氣。像154條，司馬光說天下總是有人才的，關鍵是看帝王如何。漢武帝(劉徹，前156-前87)喜歡打仗時，自然有武將供他驅使；他要興農業時，一樣可以找到趙過等人來協助他。帝王興趣轉移了，人才也跟著轉移。故帝王自己要特別注意這一點。武帝若能悟此，兼具三代王者之度量，即不難達致太平。柏楊就根本沒注意到這一段話的重點，而只因他帶到一句「三代」，就花了360字痛批「儒家崇古若狂」。

但史觀不是只有崇古與適今兩極的。例如，從「釋古論」的立場看，歷史所記皆古人之言行事蹟，均為已過往不可實驗

不可複現之物，處在異時空條件中的我們，不能要求古人依我們現在的想法做事情、過日子，只能利用「設身處地」的方法，去「同情地理解」古人古事。這種歷史解釋學的方法，並不必在價值判斷上崇古，卻仍然可以開展出與柏楊不同的視域。柏楊未考慮採用類似這樣的方法與立場，或許乃其學養使然，或許更是救世之熱情激揚了他，使他熱切地想藉這些史事來宣揚他所認為足以濟世的「道」。

他所指出的道，就是民主、自由、人權與法治。

四. 推動現代化工作

這樣的史觀以及他「述史以言道」的型態，是與整個現代化思潮有密切關聯的。

在現代化思潮下，歷史對人的意義確實與從前頗不相同。從前歷史是人意義與價值的來源。人的行為與判斷，往往仰賴先例及傳統；現在，歷史卻成為供我們評判之物。我們自己以及我們身處這個時代，才是意義與價值的來源，我們以這個為判準，來衡量古人古事，一一估定其價值與地位。

所以，倘若一種思想不符合現在的想法，我們通常就覺得它沒有價值。符合今日、可適用於現代者，稱為精華，可予吸收。不符合現代需求者，則為糟粕，應予揚棄。

而歷史，因它本來就在不同的時空條件中開展，時移事異，本為其常態，古今基本上是不會相同的。而也正因為如此，故歷史幾乎全為糟粕、俱可揚棄，僅少數勉強可予吸收保留而己。

　　這就是現代化思潮底下常發生「清除史蹟」之現象的原因。 清除史蹟有兩種型式， 一是對歷史的遺忘， 因歷史已非人意義與價值之來源， 所以現代人常不重視歷史， 也遺忘了歷史[9]。二是異常重視歷史，但是藉著講述歷史來說明歷史全爲糟粕，遂曲折地達成了述史以揚棄歷史的作用。

　　我以爲五四運動以降， 中國之現代化轉型過程中， 即有不少人是如此述史以揚棄歷史的。柏楊著名的「醬缸文化論」，可上溯於魯迅(周樟壽，1881-1936)《兩地書》中謂中國爲染缸的形容，而魯迅治史便有此傾向。或許我們也不必追溯那麼遠，與柏楊同時代的殷海光，寫《中國文化的展望》，藉著講述近代史事， 以說明中國非走向民主不可， 不就是述史以揚棄歷史嗎？李敖(1935-)的歷史考證， 在其獨白下的傳統， 不也是要揚棄的嗎？柏楊的作爲， 同樣體現了這種態度[10]。這種態度， 面對傳統時誠然是充滿了批判精神，但批古而不批今，批判精神只指向古代。即使是批判今人今事時， 也是說它之所以應批，

是因古之因素尚未滌除盡淨所致。對於古人常有那種「執古之道以御今之所有」的做法, 更是大力抨擊, 不遺餘力。

　　執古之道不能御今之所有, 是因為現代的歷史觀是直線進步式的。人類由野蠻逐漸進步為文明, 由獨裁逐漸進步為自由, 由專制逐漸進步為民主, 「黃金時代」不在遙遠之往古, 而在現代。歷史的規律, 則是進化的, 違反了進化的原則, 民族就會墮落。柏楊曾批評崇古論說:

　　　　儒家學者們唯一可以做的事是: 效法孔丘的「述而不作」。用聖人的經典, 解釋聖人的經典, 用古人的話, 證明古人的話。……中華人已被命中注定, 一代不如一代。精華在「古」, 越現代越功力不濟。這種發展違反進化原則。……一直在「師承」中旋轉折騰, 不過是終於要沉澱在醬缸缸底的虫蛆而已。[11]

柏楊自己的歷史觀正是這種崇古論的反面。精華在今, 越古越不濟事, 認為歷史應以直線進化為原則。這不就是典型的現代化思想嗎? 在這種史觀底下, 儒家遂成為現代化過程中必須清除的障礙, 所以柏楊說: 「儒家是祖先崇拜, 厚古薄今的。遂造成中國的停滯, 並產生一種奇特的現象, 凡是促使中國進步的任何改革措施, 儒家系統幾乎全部反對。使中國人因為被

---

[11]　第280條。柏楊:《柏楊曰》(台北: 遠流出版公司, 1998), 頁578。

弸傷過度的緣故，對任何改革都畏縮不前，使現代化的工作，進展至為遲緩」（117條）。

柏楊這段話，表明了他應該是把他自己述史之事視為整體現代化工作之一環的。

但依這種觀點，中國人活在儒家佔優勢的文化環境中，儒家又崇古卑今、反對進步改革，中國當然不可能發展出超越傳統的思維來。故而：一、中國本身無法進步、無力現代化，中國之歷史，只是一部文明停滯史；　二、中國要進步，要現代化，只能轉而學習西方。

由第一點說，中國的歷史即非進化史，本身也不能直線進化到現代。此雖與柏楊所認定之歷史原則相矛盾，但柏楊正是要藉此說明中國歷史之荒謬、儒家之罪過。當然，由此也才能說明中國不如西方：

> 政治運轉的軌跡，常被政治文化所決定。中國每次革命，都停留在原地盤旋，不但不能起飛，反而更向地獄下陷。……西方則都在節節躍進，人性尊嚴也日益提高。[12]

所謂原地盤旋，主要是指中國仍停留在「專制封建」的體系中，一直無法突破。因此，中國人長期存活在宛如地獄般的社會中，被屠殺、被劫掠、被奴役、被羞辱，只能期待聖君賢相、期待太平盛世，而毫無辦法。一直沒有找到制衡權力怪獸、發達人

---

[12]　第800條。柏楊：《柏楊曰》，頁1486。

民權利的制度, 以致悲慘的命運糾纏著我們, 哀號展轉了幾千
年:

> 中國人, 你的名字是苦難! [13]
>
> 除了少數一二人……簡直一窩土狼, 看他們反
> 覆無常、寡廉鮮恥、翻滾吞食的醜惡形狀, 教人連
> 發出斥責, 都羞於下筆。只能質問上帝: 爲什麼如此
> 不仁, 把中國人糟蹋成虫豸? [14]
>
> 中國人, 你的名字是苦難! [15]
>
> 中國人, 你的名字是苦難! [16]
>
> 中國人, 你的名字是苦難! [17]

中國人要什麼時候、要怎麼樣才能脫離苦海呢？柏楊開出的藥
方是:「只有一個方法可以防止邪惡, 那就是民主制度和法治
精神, 用選舉和法律來控制他的邪惡程度, 同時也用選舉和法
律激發他高貴的品德」(3條)「中國人的道德, 因之日益墮
落, 唯一的拯救, 只有先行消除專制封建, 別無他法」(432
條)。

---

[13] 第804條。柏楊:《柏楊曰》, 頁1495。
[14] 第807條。柏楊:《柏楊曰》, 頁1497。
[15] 第809條。柏楊:《柏楊曰》, 頁1499。
[16] 第815條。柏楊:《柏楊曰》, 頁1515。
[17] 第819條。柏楊:《柏楊曰》, 頁1521。

　　民主、自由、法治，就是柏楊所提出來的濟世之道。這事實上即是他向西方取來的經，也是現代化思潮所提倡的制度與價值觀。

　　依這套價值觀，柏楊痛批傳統專制封建之罪惡、指摘儒家的崇古德治觀貽誤了中國，而對歷史上推行法治者或改革者給予高度的同情或稱揚。

　　對於變法者的同情，可見諸他對王莽、王安石(1021-1086)之評價。他對王莽評價並不高，認爲王莽之失敗有五項原因，但其失敗「使人惋惜」（232條）。相較於傳統史評，這已經是非常同情的講法了。他對王安石之同情，則在他批評司馬光時更是隨處可見。至於法治，他極不同意傳統上對商鞅(?-前338)「作法自斃」的批評[18]，又推崇苻堅(338-385)任用王猛實施法治，說前秦帝國，是「中國人一直追求的理想世界，顯現出法治的奇蹟」（441條）[19]。這些，都迥異於傳統史學的評價。

---

[18] 見433、474條。他認爲王猛治國之方法與商鞅幾乎一樣。可是柏楊雖極力推崇法家，對法家之所謂法治，與現代法治觀之不同，卻毫無分疏。反倒是古代儒者對法家法治之批評，比較能說明法家之所謂法治大抵爲「以法爲治」，並非「依法爲治」。這兩種區分，另詳參龔鵬程：〈法治社會的反省〉，《明清文化國際學術研討會論文集》(台北：南華管理學院，1999)，頁1-15。

[19] 柏楊對前秦與東晉的評價最爲特殊，他推崇苻堅而瞧不起王導謝安(320-85)，認爲淝水之戰東晉勝得毫無道理。他甚至用命運來解釋這一點，說：「使人嘆息，即令是國家巨變，或者在致千萬人於死的戰爭中，都受命運的影響。至少，晉帝國靠命運女神的青睞，得以不亡」（449條）「苻堅以蓋世英雄落如此結局，我認爲是惡運抓住了他」（452條）。雖然柏楊說四千年來，純靠命運而建立功業的大事，僅此一樁（450條），但如此解釋歷史，實與柏楊一貫之態度不符；歷史若以命運來解釋，成敗原因之分析也將成

　　與傳統不同的柏楊，還想提倡一種人權史觀。他認為中國
歷史史書上顯示的，只是一群君王官僚軍閥在爭權奪利的狀
況，這些人爭權奪利是以老百姓為芻狗的，人民不被當成人
看。現在，我們則應建立一個尊重人的社會:「必須建立人格
的獨立，人，生而平等，生而有尊嚴」(792條)「生命重要，人
權更崇高到無以取代」(586條)「太多的千古奇冤，人權受
到長期摧殘，對社會的影響，既深遠又凶惡，使中華人患上神
經質恐懼症」(606條)。

　　而人權正是民主的基石。近代啟蒙運動，即以「天賦人
權」打破了君主集權的世界，人生而自由平等之天然權利，被
視為不證自明之真理。同時，個人主權還可再延伸出「主權在
民」的民主思想。離開了個人的自由與自主，民主也是不可思
議的。柏楊主張建立民主制度，當然就同時要強調人權。

五. 腹背受敵的境遇

　　柏楊對現代化思潮的服膺、對民主法治自由人權之信念，
都是明晰可鑒的。以此批判傳統，也顯得異常犀利。而且，大
部分的現代化論者固然也採用同樣的觀點在批判傳統，指出
中國應該走向現代，但大多只是陳述一種意見、表達一套觀點，
對傳統的批評則僅為泛說，或僅是摘選一二事例以為談證而

為無用之物。因此，符堅或許確有取敗之道，東晉之勝亦未必全
無道理。只是，這些道理或許因不符合柏楊對前秦和東晉的評價，
所以未被柏楊認真考慮罷了。另見陳啟明〈望文生義，錯譯連篇:
柏楊版資治通鑑選評〉,《醜陋的中國人研究》(李敖編著，台北: 李
敖出版社，1989,下編)，頁307-316。

已。不像柏楊這樣，用龐大的篇幅、完整的史述，深入到史蹟與文獻之中去，一一拆卸虛飾與偽裝，一一指陳其中的殘酷與荒謬。因此，他可以說是現代化戰士對傳統最全面，也是最後一次的攻擊。二十世紀，只有他花了這麼多精力，這麼徹底地去清算史跡。廿一世紀，既不會有人再做這樣的工作、也沒有必要再做。從這一點來看，《柏楊版資治通鑑》《柏楊曰》確實具有歷史性意義，無人可以替代，也無人可以抹煞。

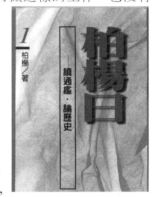

　　但是，柏楊的處境也是不利的。他批判傳統，那與他不同的史觀，以及傳統本身（史實、史料、史著等），必然會與他形成針鋒相對的緊張關係，彼此檢證、競爭、攻擊。柏楊的批判，也會遭到反批判的。其次，柏楊畢竟不再是魯迅那個時代的人了，現代化思潮氣勢如虹、如日中天的盛況已過，民主法治，已不再只是期待建立的體系，其理想雖然尚未實現，終究已有不少實踐之成果，足資檢討反省。因此，廿世紀末，乃是個現代化思潮正遭檢討、批評，意圖超越或克服現代化的時代。對民主、法治、自由、人權諸概念以及它們實際運作的狀況，比從前有著更多的討論與質疑。柏楊既然堅持現代「現代性」，自然也就不免同樣遭到質疑。這種腹背受敵的情況，當非柏楊始料所能及。

　　柏楊對傳統的批判會遭到反批判，並不難體會。自《柏楊版資治通鑑》問世以來，史學界對此書基本上視若無睹，偶有評議，亦無好評。迄今為止，似乎還沒有任何一位史學科系教

授出面稱許此書, 反倒是具名批評者頗不乏人。批評主要集中在兩個地方: 一是翻譯有錯誤, 二是不了解原著[20]。

這些反批評, 我大抵都能同意。但古文「譯」為白話, 不錯是不可能的[21]。至於說柏楊不了解原著, 那更是柏楊此書的精神。柏楊這套書不是要向現代人介紹司馬光的思想以及傳統帝王資治之觀念, 而是反對司馬光、反對帝王資治, 提倡民主民治的。故以此為其瑕疵, 殊不足以駁倒柏楊。

但在這些反批判中, 提到柏楊的議論中有「歪曲史實, 誤導讀者」之處, 卻不能不注意。史論、史觀是依附於史事上的, 與史事有共生之關係。因此, 柏楊要批評司馬光之史論史觀時, 若指出其中有歪曲史實之處, 司馬光史論史觀中之缺陷就暴露出來了。同理, 若柏楊的史論有悖於史實之處, 其史論也一樣會站不住腳。這也就是說柏楊的史論是會受到傳統本身的檢證的。

例如孫國棟舉出論漢文帝(劉恒, 前202-前157)「令天下大酺」一條, 柏楊據以發揮「中國人吃肉飲酒都要政府下令特准, 不禁為中國人垂淚」, 有違史實; 又舉出漢文帝詔令不得濫捕濫徵人民, 而柏楊藉機痛斥中國人「即使生在太平盛世, 也是

---

[20]　參1. 李明德〈行走在地雷上: 評柏楊版資治通鑑: 譯宋神宗序的謬誤〉,《醜陋的中國人研究》, 頁273-282。 2.陳啟明:〈望文生義, 錯譯連篇: 柏楊版資治通鑑選評〉。

[21]　「古文譯為白話」? 翻譯, 是進行兩種語文系統間的溝通工作。中國的「文言文」與「白話文」卻是同一套語文系統, 其中只是字辭及語用上略有區分, 辭彙與語法基本上是一樣。所以所謂譯為白話, 只是訓詁式的以今言釋古語, 或者屬於改寫。既是改寫, 等於重新構句, 新造了一個語言脈絡, 當然會與原文不同。

萬把鋼刀懸在頭頂」，與諸史記載文景之治刑措不用之狀況不
符。都屬於這類情形。又，柏楊說漢代律法甚多，漢武帝「不
知用什麼理由，選擇用腐刑」對付司馬遷，唯一的解釋是他喜
歡這個調調，所以他可稱為割屌皇帝。李敖也舉出漢代贖刑之
例，來說明柏楊這種議論並不恰當[22]。此類事例，在柏楊書中，
當然不只此數例而已，而這些例子也足以顯示史家以一個史
觀來統攝照覽史料史事時，史事史料對其史觀之反抗。

　　由這種反抗，還可進一步看些問題。如李敖所指出：柏楊
只對漢武帝一人以腐刑刑人做出批評，卻忽略了秦始皇(嬴政，
前259-前210)調動「隱宮徒刑者七十餘萬人」去興木土建阿房
宮，不免輕重不分。循此脈絡以觀，我們便會發現柏楊對漢武
帝和秦始皇(的態度殊不相同。

　　秦始皇是儒家所批評的，漢武帝是獨尊儒術的，柏楊由於
反對儒家，所以評價就倒了過來。例如他說：「儒家系統昧盡
天良，誣陷栽贓，一口咬定嬴政和他的部屬蒙恬，共同興建萬
里長城」（65條），又說秦廢封建、設立郡縣，引起崇古的儒
家學派學者之恐慌，因為「這簡直是敲了他們的飯碗」（63
條）。在這些地方，他都不批評秦始皇而批評儒家。又在117
條評論獨尊儒術時，諷刺儒家此舉與秦始皇「焚書坑儒」無異，
只不過採取的是慢性謀殺策略。然而，獨尊儒術若應批評，焚
書坑儒豈非更值得批評？對此虐政，無一語抨擊，而獨責漢武，
豈非偏宕？人權論者，看見其他人被坑焚，便怒髮衝冠，看見
儒生被坑，為何竟毫無感喟？儒生之反秦，則又豈僅是擔心砸

22　李敖：〈柏楊割錯了屌〉，《醜陋的中國人研究》，頁191。

了飯碗？秦立博士、控制言論、規定以吏為師，儒生若只是統
治者之幫凶打手、飯碗只會更牢固，何至於因批評時政而遭坑
焚？再說，廢封建改郡縣，涉及國家組織體制及行政運作之問
題，並不純為崇古不崇古之爭論，所以後代政治學中也一直在
反覆討論這個問題。被柏楊痛斥的王夫之，就是贊成郡縣而反
對封建制的。顧炎武則有〈郡縣論〉九篇，主張「寓封建之意
於郡縣之中」，以救郡縣之敝。柏楊將它簡化為崇古與否，豈
非太過簡化且有悖於實況？不唯如此，「儒家系統」是極為複
雜的，儒家絕對不僅是崇古復古，像呂思勉(1884-1957)就認為
中國古代有兩大社會改革思潮，一是儒家主張「三世說」，要
從亂世進小康而達大同，主張恢復井田，平均地權。一是法家
主張節制資本，大工商業官營。[23]把儒家和法家同樣看成是社
會改革者。這類看法很多，柏楊未必同意彼等所說，但完全把
儒家視為愚笨的崇古論，更有可能只是紮了個稻草人以便於
攻擊罷了。

　　又如柏楊討厭儒家，讚揚俠客，推崇俠義精神，說：「俠
義之士有高貴的胸襟」「俠是社會黑暗面的產物，以補救政治
法律的不足」（123條）。可是，這種俠，只是他理想世界中的
人物。司馬遷記入〈遊俠列傳〉中的郭解，他認為「沒有資格
稱俠」；司馬遷、班固明明說平原君(趙勝, ?-前251)、信陵君(魏
無忌, ?–前243)、春申君(黃歇, ?– 前243)、孟嘗君(田文, ?-?)、

---

[23] 呂思勉:《中國通史》(上海:開明書店, 1940), 頁96。

灌夫(?-前131)、劇孟等人「競爲遊俠」，柏楊也不稱他們爲俠。這樣論史，不也同樣有「以意識型態謀殺歷史眞相」之嫌嗎[24]？

柏楊行文又喜用全稱，無限擴大其打擊面，也不免會遭到反噬。例如他說中國文化的缺點是在三教「影響下，逐漸的一點一滴鑄成：儒家培養出中國人的封建和崇古意識、道家培養出中國人的消極無爲、佛家培養出中國人逆來順受的卑屈心靈」（261條）。讀者看見這樣的論述，除非已先認同了柏楊對國史的總體論斷，或也擁有現代化之想法，否則一定會問：一、爲什麼中國文化的缺點即是由三教影響而來？其他政治經濟社會條件都不存在、或都不如三教重要、或也都是由三教所形成？二、儒、道、釋三教對中國眞的沒有一點好處嗎？爲什麼儒家仁、恕、時中、剛健、自強不息等精神，道家儉、樸、自由、逍遙等思想，佛教慈悲精進之態度，都只能是缺點呢？同樣地，柏楊總是把儒家整體地否斥，但就連他自己的評論也常會發現有不能不肯定儒家的地方，所以一下說：「儒家學派跟權勢結合，追求的是安定不變」（123條）； 一下又說：「儒家學派高級知識分子，因爲來自民間，深刻了解人民的痛苦，所以要求自由經濟、要求不要再發動戰爭、要求制止刑罰的殘酷跟氾濫」（158條），形成矛盾。其他讀者在閱覽其評議時，自然就更容易想起一些反證，而覺得他的史評史論不盡可信了。

---

[24] 俠的起源以及俠義觀的轉變，參拙著：《大俠》(台北: 錦冠出版社，1987)。我認爲柏楊的俠義觀深受是晚清以來普遍的俠客崇拜所影響，而古代之俠，事實上並不同於他們所崇拜景仰之人物典型。

這是他的評論跟史料對勘時所出現的情況。另一種狀況則表現在他的現代觀上。

柏楊的批判精神只直向古代，對於現代崇信的價值觀，諸如自由、民主、法治、人權等卻是毫無批判地接受著。而這與當前思想界的狀態是頗有落差的。近幾十年來，對啓蒙運動以降各種信念，有複雜深邃的反省，可是這些思省並未反映在柏楊書中，以致柏楊對民主、法治都仍只擁有極簡單極樂觀的信仰。

例如他會說：「人生有墮落的一面。……所以中國歷史上的酷吏永不絕跡。要想絕跡，只有剷除它的源頭：擁有無限權力的統治者，和允許暴行存在的社會制度」（144條）。想消除酷吏如此，若想消除暴君也只能如此，將專制封建制度改造成民主制度，「人民代表在議會上，對著掌握權柄的人，公開而坦率的批評他們的錯誤。如果他們不能改正錯誤，選票就是……軍隊，強行罷黜。這是使社會祥和、政治進步、國家萬世太平的唯一方法」（162條）。

可是我們活在一個已實施民主制度的社會中幾十年了，不但有人民代表，也有民選的總統，我們覺得怎樣？已開萬世之太平乎？人民代表怎麼選出來的？他們與掌握權柄的人，通常就是同一批人。人民能公開而坦率地批評權柄者之錯誤嗎？誰才能登上議壇、占上媒體？而就算是媒體，又能如何坦率批評呢？偶有報導不爲當軸者所喜，不是立刻有「大報變小報」之危險嗎？縱或有權柄者任你批評，他充耳不聞、一意孤行，人民又能如何？用選票「強行罷黜」嗎？我們什麼時候看見這種理想實現了？

這都是實踐所得。假若我們也同意「實踐是對真理最好的檢證」，即必須正視這實踐所獲得的寶貴經驗，不能仍先驗地假設或信仰民主制度一旦實施即可政治進步、社會祥和。更不能推諉說這都是尚未實施「真正之民主」所致。

其次，柏楊相信人性有其墮落面，所以才需要用制度來節制。這是早期民主制最基本的觀念，所謂絕對的權力造成絕對的腐化。但近來的研究發現：民主制度之運作，其實是建立在對人具有理性的信仰上的。換言之，非人性會墮落，故須建立民主制以為制衡；乃人具理性，能投身政治並積極行動，以發揮影響力，所以才能建立民主制。正因為如此，在一個欠缺「理性–主動性」公民文化的地區，形式化的民主制，根本毫無作用與意義。公民文化的培養與提升，遂因此才是治本之道[25]。若從這個角度說，儒家所強調的德治、教化，便不是與民主政治不相干或不相容的。

再從政治的性質看，無論是古代君權神授或得自上天的想法，或講究血統、辨明種族、姓別世襲，以及依階級、地域，或如近代人依民意的代表性等等，來論斷治權的正當性，其實都是同類的思路。都是把治權正當性寄掛在統治者人身的屬性上，以此判斷統治政府的好與壞、合不合法、能不能接受。在本質上，它們沒什麼不同，所以法人魯吉埃(Louis Rougier)《民

---

[25] 參阿爾蒙德(Gabriel A. Almond, 1911-)、維伯(Sidney Verba)著、徐湘林等譯：《公民文化》(*The Civic Culture: Political Attitudes and Democracy*, 台北：華夏出版社, 1989)。本書比較了美國、英國、德國、義大利、墨西哥五種政治文化，討論公民文化和民主制之穩定性間的關聯。

主的玄虛: 其起源及其虛幻》說民主事實上只是「以人民的神權取代了國王的神權」。人民不會因為政府改由某一階級、某一地域、某一姓、某一族人掌權統治, 也不會因一人一票普選出某人來統治, 就感到滿足。人民最終還是會希望這個政府是個能辦事、肯負責的。也就是說政府統治的正當性終究不在統治者之人身屬性上, 而在其治績上, 這才是真正的人民觀點。《論語》載魯哀公問: 「何為則民服?」孔子(孔丘, 前551-前479)回答: 「舉直錯諸枉則民服, 舉枉錯諸直則不服」, 就是這個道理。任何講求人身屬性或代表性的制度和學說, 都不能不談這個責任政治的條件, 單獨地僅就其屬性來判定它是好是壞, 否則就是離事而言理的空論[26]。

在法治方面, 法治也沒有柏楊所認為的那樣神奇。當代法理學對法治社會多所反省。柏楊所看不起的王夫之(1619-1692), 許多批判反省法治社會的言論, 適與當代法學研究若合符契, 恐怕也是柏楊料想不到的[27]。

而且, 縱使柏楊說的都對, 當代史學也不會滿意於這樣的著史論。為什麼呢?《資治通鑑》本是寫給帝王看的史籍, 故重點在於政治史, 柏楊所關心的民主、法治、人權等等, 談的也是政治。因此這仍然是政治史的格局, 而且所談集中於統治階層人事及權力運作的部分, 對於歷史中的「架構性思辯」畢竟不足。歷史除了人事與權力之外, 尚有其制度架構的部分, 對這些架構的討論, 如田賦、錢幣、戶口、職役、征榷、國用、

---

[26] 許雅棠:《民治與民主之間: 試論Sartori, 鄒文海, 孫中山思考democracy的困境》(台北: 唐山出版社, 1992), 頁99。

[27] 參拙著:〈法治社會的反省〉。

學校、選舉、職官、兵、刑等等，傳統史學中是非常重視的，《柏楊版資治通鑑》因附麗於《資治通鑑》編年之體例，卻未能照顧到，原本應在「柏楊曰」中加強此類討論而亦忽略了。這就與當代史學強調社會史、經濟史、民眾生活史之傾向頗有了距離。

這種腹背受敵的處境，對柏楊當然甚為不利。但歷史本來就是如此，沒有誰可以壟斷一切、沒有哪個史觀可以籠罩全局。每個歷史情境中的人，都有他的歷史命題，也各有其答案。這其中並無科學般的絕對是非，只有價值的抉擇與追求。司馬遷著史，欲通古今之變、究天人之際；司馬光著史，欲定禮分之綱紀、資人君之治道；黑格爾(Georg W. F. Hegel, 1770-1831)述史，擬明理性之進程、狀「上帝之藍圖」；柏楊則不說時變（在他看來，中國歷史本無進步可言，中國社會乃超穩定結構）、不究天人（他原即討厭「封建迷信」），更欲破除禮教名分之說，棄去君主帝王之治。著史之旨，端在示進化之階、陳專制之惡，而這，就是他的價值抉擇與追求。知彼罪彼，彼或將無所縈懷也。

參考文獻目錄

A

阿爾蒙德、維伯(Almond, Gabriel A.)：《公民文化》(*The Civic Culture: Political Attitudes and Democracy*)，徐湘林等譯，北京：華夏出版社，1989。

BO

柏楊:《柏楊曰》, 台北: 遠流出版公司, 1998。

　　GAO

高平:〈重擔: 柏楊版資治通鑑〉,《柏楊65: 一個早起的虫兒》, 柏楊65編委會編, 台北:星光出版社, 1984, 頁475-481。

　　GONG

龔鵬程:《大俠》, 台北: 錦冠出版社, 1987。

──:〈法治社會的反省〉,《明清文化國際學術研討會論文集》, 台北: 南華管理學院, 1999, 頁1-15。

　　LI

李敖:《醜陋的中國人研究》, 台北: 李敖出版社, 1989。

　　NI

倪匡:〈論柏楊的幾本書〉,《柏楊65: 一個早起的虫兒》, 台北: 星光出版社, 1984, 頁409-411。

──:〈中國人史綱: 好書〉,《柏楊65: 一個早起的虫兒》, 台北:星光出版社, 1984, 頁425-427。

　　QU

瞿兌園:《通鑑選注》, 台北, 華聯出版社重印本, 1975。

　　SU

蘇墱基:〈文壇和文學界驚起巨雷〉,《柏楊65: 一個早起的虫兒》, 柏楊65編委會編, 星光出版社, 1984, 頁458。

　　WANG

王緇塵:《資治通鑑讀法》, 台灣: 明倫書局重印本, 年分缺。

　　XU

許雅棠:《民治與民主之間: 試論Sartori, 鄒文海, 孫中山思考democracy的困境》, 台北: 唐山出版社, 1992。

ZHANG
張須:《通鑑學》, 台北: 開明書店, 1958。

~~~~~~~~~~~~~~~~

英文摘要(abstract):

Gong, Peng-cheng, "Historiography in the thought of modernization:
    The spirit and situation of "So does Bo Yang says"
Vice Chancellor, Fuguang University,

Zi-zhi-tong-jian (Bo Yang version) is a modernized
paraphrase of *Zi-zhi-tong-jian* edited by Sima Guang. The section
that expresses the author's historiography and comments on history
in the form of "so does Bo Yang says" is also a modernized
counterpart of the "so does the minister Guang says" by Sima
Guang. It criticizes Sima as too conservative that he did nothing
more than maintaining the privilege of the rulers and did not share
the idea of human rights, let alone the function of check and balance
of democracy. This criticism reveals the main theme of *Zi-zhi-
tong-jian (Bo Yang version)* as to expose the darkness of Chinese
politics and leads his readers to a new area of democracy, rule of
law and human rights.

    In this way, this kind of writings of history and historiography,
its attachment to *Zi-zhi-tong-jian* and the section of "so does the
minister Guang says" forms a kind of complicated and peculiar
relationship. They depend on but contradict each other at the same
time. It achieves anti-discursive effect for modernization. In short,

the whole *Zi-zhi-tong-jian (Bo Yang version)* is a product of the thought of modernization.

With this main theme, Bo Yang's historiography is natural to criticize the tradition fiercely. Yet it is also challenged when it faces the traditional viewpoints of handling historical material and historiography. Moreover, in a post-modern scenario, many concepts of modernization themselves are challenged. It is inevitable, in a sense of history, that a historiography in the thought of modernization is attacked from both the front and the rear.

This article is to illustrate the main theme of Bo Yang's historiography and its historical scenario in five sections. (編委會譯)

~~~~~~~~~~~~

論文重點

1. 《柏楊版資治通鑑》, 是對司馬光編纂之《資治通鑑》的現代化改寫, 其中以「柏楊曰」方式表達其史觀及史事評論的部分, 也是與司馬光原書「臣光曰」相對的另一種現代化觀點。

2. 它批評司馬光崇右守舊, 只知維護統治者利益而無人權之觀念, 更無法思考到民主制衡的原則。這些批評, 顯現了《柏楊版資治通鑑》的寫作旨趣, 在於揭露中國政治黑幕, 帶領讀者走向民主法治及人權的新領域。

3. 這樣的史著與史論, 依附於《資治通鑑》及其「臣光曰」, 構成一種特殊的複雜關係。既依存相輔, 又悖反對靜。而

其與《資治通鑑》背反之議論，目的則在於推動現代化，整本《柏楊版資治通鑑》即是現代化思潮下的產物。

4. 柏楊史論的精神旨趣如此，對傳統的批判自然就顯得極為猛烈。但它也會在與傳統史料史觀對質之際，受到一些挑戰。

5. 而且，處在「現代化之後」的歷史情境中，現代化的許多觀念本身也深受質疑。一個現代化思潮下的史論，處於此腹背受敵的境遇中，殆亦為歷史之必然。

6. 本論文即在說明柏楊史論這種精神旨趣及歷史處境，計分五節。

～～～～～～～

特約講評人：黃耀堃
(《柏楊曰》＝「柏楊版《優語集》」?!)

黃耀堃(Yiu Kwan WONG)。1953年生於澳門。大學畢業於香港中文大學中國語言及文學系，並在日本京都大學文學部取得文學碩士及文學博士學位。現任職香港中文大學中國語言及文學系。著有《音韻學引論》及《論銳變中的香港語文》等。

唸中學時，家父不讓我讀古書，學校也不大重視傳統文化，但出於少年的倔強，反而對歷史有點鍾情。到了中學五年級時，把零用錢儲起來，那時還買不起標點本，只能跑到書店買了一本印得密密麻麻的《資治通鑑》。更發了一個心願，要把它好好讀一遍。上到大學，讀不成歷史，唸了中文系，中文系老師

跟我說, 毛澤東把《資治通鑑》讀了七次。聽了這句話, 心也涼了一截, 就是毛澤東讀了七次, 尚且如此, 我何必細讀呢?! 上大學之前, 我在書店裡當了兩年多小廝。七十年代初期, 柏楊入獄一時成台灣島內外的大新聞, 大陸政府從此也知道這麼一位先生, 於是託我工作的書店訂了一大批柏楊的作品。由於工作的方便, 開始讀了一些柏楊的文章。

上面囉囉嗦嗦說了一會, 只不過說出跟《資治通鑑》和柏楊結緣的經過。八十年代, 回到香港工作, 知道柏楊要出版他的《資治通鑑》, 後來也代朋友訂了最初的二三十本。剛出版時, 香港好評如潮, 接著又議論甚多, 很多朋友勸我讀讀《柏楊版資治通鑑》, 直到最近還有學生向我推薦這套書。於是, 偶爾也有翻一翻, 不過, 始終沒有認真把它看一下, 朋友、學生問起, 只得虛語委蛇一番。拜讀了這篇〈現代化思潮下的史論: 《柏楊曰》的精神與處境〉(下簡稱「精神與處境」)之後, 心裡頗有釋然的感覺。

「精神與處境」把《柏楊版資治通鑑》與司馬遷、黑格爾相提並論, 推崇備至。試想一下: 可以與史家的絕唱並舉, 這簡直是中國史學家的夢想; 黑格爾是馬克思(Karl H. Marx, 1818-83)的三個祖師爺之一, [28] 柏楊居然跟他平起平坐。可惜在「精神與處境」裡面, 除此之外, 壓根兒找不出太多真正讚賞的說話。比如說《柏楊版資治通鑑》「打著紅旗反紅旗」, 換一句廣東話俗語來說, 就是「跪在地上踢人」, 要是不須依傍,

---

[28] 列寧(Vladimir Lenin, 1870-1924):《馬克思主義的三個來源和三個組成部分》(中共中央馬克思・恩格斯・列寧・斯大林著作編譯局譯, 北京:人民出版社, 1967), 頁2。

又何須扛著人家的「紅旗」呢？不單如此，「精神與處境」還說這個柏楊版「發展《通鑑》的某些觀點」，簡直是對柏楊的一種精神上的侮辱。「精神與處境」後面又說「不了解原著，那更是柏楊此書的精神」，既然如此又怎能入室操戈，可能連癢處也搔不著。

像這樣反諷的寫法，「精神與處境」之中俯拾即是。「精神與處境」正面批判《柏楊版資治通鑑》的地方，更是痛快淋漓。「精神與處境」批評他「歪曲史實，誤導讀者」，還為柏楊的敵論者搖旗吶喊，用了多個反詰的句子，要把柏楊逼至窮巷，到了最後還不忘借王夫之來挪揄柏楊一番。最要命的是批判柏楊的「現代觀」，文中反覆提醒注意讀者柏楊的「民主、自由、人權與法治」的理念，但指出柏楊與當前思想界「頗有落差」，缺乏對過去幾十年來的反思，換一句來說，就是柏楊已經落伍了。因此，「精神與處境」所謂「廿一世紀，既不會有人再做這樣的工作、也沒有必要再做」，所謂柏楊這些作品只具歷史性的意義，只不過是慨歎柏楊落伍的另一種寫法。

柏楊的落伍在於「大抵未超越瞿、張等人」（「精神與處境」生怕別人不注意這句說話，在注釋7再次提醒讀者），此言不虛，如果看看瞿蛻園的《補書堂詩》，不難讀到瞿蛻園在民國初年所寫的批判帝王，提倡民權的作品，如〈梁飲冰挽詩〉：「……由戊戌以前，帝王秉陶甄。雖有甚聖哲，不能越其樊。由戊戌以後，噫氣出人間。雖有黃屋尊，己若贅旒然。餘威不更神，家家有龍泉。……」[29] 現代人誰也可以拿起批判歷史的

---

[29] 甲錄卷2（缺出版事項），頁4背。

「龍泉」，柏楊只不過多花精力，做得徹底而已矣！瞿蛻園和柏楊都曾陷囹圄，不同的是瞿蛻園最後瘐死獄中，而柏楊則可以完成這個「大業」。社會不同了，何以仍然不能超越前人呢?!

　　「精神與處境」這篇論文的題目似乎跟內文有出入，題目是說《柏楊曰》，而文中多涉《柏楊版資治通鑑》。也許這是「精神與處境」的另一種反諷寫法，我讀了才恍然大悟，才了解《柏楊版資治通鑑》的問題所在。《柏楊版資治通鑑》以敘事為主，柏楊不時加入自己的評注，以敘事者身分干預其中。令我記起小時跟大人去看大戲，台下的人看戲的看戲，聊天的聊天，吃零食的吃零食，不時喝喝采，或者喝喝倒采。柏楊以票友的身分粉墨登場，忘記了自己已經站到台前，還是用台下雜文的筆法來寫歷史和史論。雜文可以借題發揮，可以指桑罵槐，可以亂點鴛鴦。上到戲台，要依從一定的程式做手，不然的話，人家只會把你看作插科打諢。當然，歷史上的「插科打諢」，不盡沒有意義，任二北(1894-)從西周到近代五四運動以前的歷史文獻之中，找出不少「插科打諢」來，編成了《優語集》一書，[30] 其中很多故事都叫人反思再三，如「賤人貴馬」、「二勝鐶」之類，這些故事都是以生命來抗拒權貴，以生命來爭取人權。[31] 《柏楊曰》的出版，這些羼雜在歷史長編之中的雜文終於結集了。讀者可以一口氣痛痛快快閱讀柏楊的雜文，再不用纏繞著《柏楊版資治通鑑》的是非之中，我也可以向朋友、學生有個交代了。

---

[30]　上海:上海文藝出版社, 1981。
[31]　「賤人貴馬」見《優語集》卷1，頁3－4;「二勝鐶」見卷5，頁122及126。

~~~~~~~~~~

特約講評人：陳志明

陳志明(Chi Ming CHAN)，1966年生，廣東普寧人，生於香港，香港大學碩士，隨進博士課程，現爲香港大學中文系語文導師，著有明清思想研究論文多篇。

　　龔教授此文是以《柏楊曰》爲研究對象，從中尋找出柏楊史學觀念的精神所在，並對這套特殊的史學觀念的立論和面對的處境加以申述、評價。《資治通鑑》本身就是一部很特別的歷史著作。一方面，它的作者司馬光在撰寫該書時，身處北宋王朝的改革時期，而身爲保守派的代表人物，一直以反對激進改革爲職志的他，在《資治通鑑》中對歷代提倡激烈改革的人物，都予以貶斥。這部歷史著作，本來就帶有時代的色彩。當然，這是中國史學著作的特色之一，即作者透過史著來發揮個人的政治觀，並且以政治觀爲主導，向讀者展現出一幅幅歷史演進的流程圖。《通鑑》一書之所以重要，除了因爲它自面世後即成爲皇家的讀物，成爲知識分子認識中國歷史的一部重要著作之外，還因爲它能夠成爲後代的知識分子陳述自身歷史觀的重要借助物。就像歷代的思想家爲了陳述其哲學思想往往借助《四書》、《五經》作新的闡釋一樣，歷代的史學家或思想家，往往以《資治通鑑》爲藍本闡述其歷史觀、哲學觀、倫理觀等。朱熹(1130-1200)是最早利用這個方法來申述其倫理哲學史觀而觸發巨大影響的思想家，他的《通鑑綱目》借助對《通鑑》的重新規範，引進、發揮了其理學觀點，從而建構出

理學家意識下的中國史大綱；　五百多年後，明末清初的王夫之，又以其哲學家的體會，寫成《讀通鑑論》一書，發揚其對歷史演進之路的構想和尊王攘夷的民族思想，從而建構出民族政權交替下的大中國式史學。又三百多年後，柏楊借語譯《資治通鑑》的方式，再次透過這部書來建構出以現代人理想價值為中心的中國歷史。

　　龔教授指出，柏楊為《資治通鑑》作語譯，並非如一般人所理解的，是因為他鍾情於《通鑑》或出於對《通鑑》的尊重，又或因為《通鑑》有助於認識中國的歷史，毋寧說是他借助「司馬光之酒杯，澆自己之塊壘，打著紅旗反紅旗」（頁175），是一種「入室操戈」的手法（頁176）。誠如龔教授所言，柏楊是借助了傳統史學中「史學資治」的體例，「巧妙地將《資治通鑑》的性質，從『向帝王勸誡』轉向『為人民申冤』。」（頁176）這可以說是《柏楊曰》的精神之一。另一個可以視為《柏楊曰》的精神的，應該是《柏楊曰》中貫串著的對民主治治的推崇和由此引伸出來的強烈要求以治制制衡無限權力的訴求。由是，正如龔教授所說：

> 　　他痛恨中國這一段歷史，述史之目的，其實是要摧毀那經司馬光等人建構起來的歷史，讓人看見其中的總總荒謬，以揚棄此等帝制與奴性，走向民主法治之新途。(頁177)

當然，通讀《柏楊曰》一書，我們可以看到柏楊怎樣抨擊歷史上令人髮指的種種乖相，以及古書記事中種種不盡不實之

處。（這種不盡不實的紀錄，使得柏楊發揮出一種想像的史學，不斷運用其想像力，去推敲歷史事件背後的眞相。）然而，柏楊對《資治通鑑》的評價究竟如何呢？在其語譯本的序文裡，柏楊卻肯定《資治通鑑》的價值，肯定司馬光的貢獻。他在序文的開始便說有如下的話：

> 在中國如煙海的史籍中，只有兩部才是最有價值的著作，一是司馬遷先生的《史記》，另一就是司馬光先生的這部《資治通鑑》。

《通鑑》的價值在哪裡呢？或許如龔教授所說的，「因爲柏楊認爲《通鑑》是一部『最足以了解中國政治運作、中國式權力遊戲的鉅作』，可以讓人明白中國人在歷史上活得多麼沒有尊嚴」（頁174），不過，從柏楊的序文來看（這篇序文寫於1983年7月15日，是在第1冊完成後寫成的），司馬光和它的《通鑑》所具備的價值，應該不止以上一點。至少，在這時他還是認爲：

> 司馬光先生以無比的魄力和高瞻遠矚，而他的編輯群更都是知識淵博的史學專家，所以能使一千三百六十二年紊亂如麻的史蹟，得以條理分明的呈現於世。連同編年史的始祖《春秋》在內，中國還沒有比它更明晰更精確的史籍。

甚至還爲「因爲作者的保守立場，有人曾懷疑《資治通鑑》是
不是值得尊敬，更有人把《資治通鑑》比作爲『馴服術』，指
控它專供統治階層之用」的批評辯護說：

> 偉大的文化產品，功能是多方面的，史觀可能
> 無法使每一個人同意，但史料卻是嚴肅的，司馬光
> 先生已爲我們留下寶藏。何況，司馬光先生處理史
> 料，只把他的主觀見解表現在〈臣光曰〉篇幅中。
> 假使沒有司馬光先生，史料失散，即令今天的專業
> 歷史學者，具備司馬光先生當時所具備的條件，也
> 無能爲力。

龔教授認爲「要由柏楊對司馬光的不滿、對傳統史學的批評，
才能對比出柏楊史學觀念的特殊之處」（頁179），接下來就
舉了柏楊採用西元紀年爲例加以說明，並由此引伸出柏楊史
學是以「適今論」爲主調的。這固然不是錯誤的推論，然而，「適
今論」是二十世紀中國史學的重要發展方式之一，就如同當時
興起的疑古史學一樣，是構成現代中國史學觀念的一條重要
支柱。由「適今論」出發而引伸出對傳統學術文化的批判，更
是二十世紀中國思想的重要環節。如果文中能更進一步論述這
方面的關係，我想將更能了解柏老的史學的意義和價值。至於
紀年問題，龔教授批評柏楊只以西元紀年，「放棄用帝王年號
的辦法來說」，「柏楊將此視爲『突破桎梏』之舉，又痛罵這
種桎梏具有『僵硬性和殺傷威力』（見342條）。說帝王年號
乃儒家學派製造的『四大無聊』之一（見202條）」（頁179），

認為無論從作者（司馬光）的角度（他不知有耶穌紀年）、從讀者的角度（已習慣古紀年方法），還是從歷史寫作的性質（實錄記事）和計數與計量之詞的文化意涵等四方面來說，都不能同意柏楊的改法。這裡好像把柏楊放到司馬光的對立面，認為柏楊對司馬光書採用帝王紀年深致不滿。我曾經詳細檢視過《柏楊曰》的原文，卻讀到了另一種的意思出來。342條是最柏楊最清楚說明紀年問題的評斷，題名即為「年號問題」。他由於司馬光在記錄三國時代的紀年上，用了魏國作為紀年而引發出對古代紀年方法的一些感想。柏楊指出，司馬光雖然是一位極端反對改革的保守分子，他阻撓改革對「宋王朝和中國人民，造成嚴重的傷害」，但卻對司馬光在這一年的正朔上採用魏統深表贊同：

> 在「正統」問題上，他卻有重要的突破，同時指出「正統」「僭偽」「年號」「正朔」之類的爭執，司馬光和梁啟超所作的駁斥，我們全都同意。

柏楊甚至認識到司馬光這項突破，「在當時的政治環境下，冒有很大風險。所以他才不得不作長篇大論，耐心解釋。因為他可能被罩上忠『賊』不忠『漢』的鐵帽，腦漿崩裂。」這樣的評價，我完全看不出他有半點反對司馬光用魏紀年的意思，也看不到他強求司馬光使用耶穌紀年的意圖。

事實上，柏楊很清楚歷史環境對人的限制，因此他才會為司馬光和梁啟超(1873-1929)辯護說：

　　每個人都無法超越他的時代太遠, 所以在司馬
光版的《資治通鑑》上, 仍不得不差異處理, 像「正
統」君主稱「帝」, 「僭僞」君主稱「主」。而梁
啓超也只能走到孔丘紀年, 不能再進一步, 所以他
認爲用耶穌紀年, 其荒謬不容置疑。

柏楊固然由於反對古書中各種各樣的紀年方式使讀史者感到
頭昏腦脹而改爲以西元紀年, 以便利讀者, 認爲這是「突破桎
梏」之舉, 但他同樣推崇司馬光的突破桎梏:

　　古史書帶給我們的困擾, 沉重而繁瑣, 必須解
決, 而我們慶幸已經解決, 後人會失笑作這件事有
什麼了不起, 但只有突破桎梏的當事人——包括司
馬光在內, 才知道桎梏的僵硬性和殺傷力。（上引
各文均見第3冊, 頁698-700）

如果要說柏楊爲甚麼要以西元紀年, 除了在這節評論中他最
後申明的原因:「紀年只是計時的工具, 工具越方便越銳利越
好, 不應管它是什麼人製造」之外, 在柏楊版《資治通鑑》序
文中, 他已經說得很清楚:

　　翻譯（《通鑑》）上最大的困難集中在三點:
一是地名……二是官名……三是時間, 「年」不寫
「年」, 而寫「雍攝提格」, 「日」不寫「日」, 而

寫「甲乙子丑」。我們的方案是：……至於「年」，
我們使用公元。

原因很簡單：

> 只有公元才可顯示時間距離，不但不再沾惹
> 「雍攝提格」，連年號也作爲配件，擺脫爭執最烈的
> 「正朔」困擾。至於「日」，我們使用數字，擺脫「甲
> 子乙丑」，我們的自誓，不但忠於原文，譯出一部可
> 以代替原版的《資治通鑑》，還要發揮神韻，使它簡
> 單清楚，不依靠任何工具書，都可暢讀。

龔教授的文章又談到現代化思潮下出現的「清洗史蹟」現象，
並且提出了兩種型式，即「對歷史的遺忘」和「異常重視歷
史」。龔教授認爲柏楊屬於後者，是透過「講述歷史來說明歷
史全爲糟粕，遂曲折地達成了述史以揚棄歷史的作用」（頁
183-184）。在《柏楊曰》中，我們確實可看到一段段對歷史事
件的嚴厲批評。對傳統（特別是儒家式醬缸文化下的政治傳
統），柏楊更採取了否定的態度，但這是否眞的是爲了揚棄以
往的歷史來達至「清洗史蹟」呢？毫無疑問，柏楊語譯《資治
通鑑》，並且就各種史事撰寫其個人評論，是要揭示出儒家傳
統的醬缸中，政治運作的各種荒誕、腐敗現象，同時申明只有
站在現代民主、人權的角度，透過法律制度的確立，對權力系
統進行規範和制衡，才能確保權力集團不會因爲缺乏制衡工
具而爲人民帶來痛苦。他致力從「民」的角度來發掘《通鑑》

中可以反映中國人因為失去權力制衡工具而必須承受的苦難的歷史事實, 這一點肯定跟司馬光撰《通鑑》的目的不同。柏楊也不諱言《通鑑》這面鏡子,「與其說是帝王的鏡子, 毋寧說是人民的鏡子」。因此他才相信《通鑑》具有現代意義, 因為這部書「上各式各樣行為模子, 迄今仍然不斷的澆出同類的產品。不細讀《資治通鑑》, 要想了解中國, 了解中國人, 了解中國政治, 以及展望中國前途, 根本不可能。」在柏楊版《通鑑》的跋文裡, 他道出把《通鑑》譯成現代語文, 固然因為「現代語文可以使已死的或垂死的古籍, 獲得新的生命」, 但更重要的, 相信是透過這種語譯工作, 能夠使本來只為少數企圖永遠壟斷古籍知識, 不允許她脫出自己掌心的現象改變, 使人們能夠隨心所欲的閱讀古代的歷史。（頁226-227）歷史對柏楊來說, 其功能是「使我們同我們所來自的世界, 而有一種知道身世的歸屬感。沒有歸屬感的心靈, 不能延續文化的薪傳, 而成為太空中的浮飄物。」（頁229-230）對柏楊來說, 歷史大概不是一個揚不揚棄的問題。與其說他的嚴厲批評是否定過往歷史著述中所陳述的史事, 從而達至清洗史蹟, 毋寧說他是一位勇於承認、敢於面對民族傳統中種種黑暗面的史家。惟有透過對這些黑暗面的揭露, 使以人民為中心的歷史解釋得以確立, 中國的未來才是有意義的。這也是他在跋文中之所以把《通鑑》比作猶太《聖經》的意義:「《通鑑》記載太多的悲慘和醜惡, 但《聖經》是猶太人的《通鑑》, 裡面有同樣多的悲慘和醜惡, 美國歷史有水牢、吊人樹, 歐洲歷史有倫敦塔、巴士底監獄, 都不影響他們的後裔以他們的國家和民族為榮, 中國人亦然, 《通鑑》使我們歸屬於我們自己的文化, 使我們對未

來的發展，產生一種神聖使命，要她再沒有污點，只有榮耀，使明天更有意義。」如果沒有了這一層的意義，柏楊的《通鑑》翻譯得再好，也不過是一部沒有靈魂的歷史書而已。

另一點可以提出來討論的是，龔教授文中指出了柏楊的史學觀點，是二十世紀初魯迅等人揚棄歷史的觀點的延續。（頁183）本世紀初的國人，誠然有不少對古代歷史產生過懷疑，例如顧頡剛等的疑古史派，對上古史的傳說逐一加以揭穿，形成了所謂疑古思潮。然而，這是否意味著他們都執著於揚棄中國歷史呢？同時，如果我們把柏楊的歷史批判的意圖和觀點於在二十世紀中國思潮發展史上考察，將不難發現，這套尊法反儒和提倡適今論的史學觀點，是二十世紀中國思潮之下的一個產物。事實上，二十世紀初，中國的思想界開展了一場價值重估、文化重建的運動。投身於這場運動的人物，無論是以封建的文化為批判對象，還是為維護傳統價值觀而挺身抗辯的，都不由自主的捲入了一次對中國文化進行重新估值的運動之中。這場估值運動並不以反對或維護傳統文化為終點，而是要在估值之後，重新建立起一套有現代價值的新中國文化。不管這套文化是像胡適(1891-1962)、陳獨秀(1879-1942)、魯迅等人所引發的全盤西化的新文化，還是後來新儒家學者如唐君毅(1909-1978)、牟宗三等人以西方哲學方法重新為中國文化建立的新框架，其出發點都是一樣的，就是要透過重新的審視、評估中國文化的價值，以求建立一套能夠使中國真正走進現代的新文化。傳統有沒有價值，是飽受批判還是備受推崇，端視乎估值者的思想立場和他們心目中新中國的理想藍圖而定。柏楊無疑近於胡適等人，他對傳統醬缸文化的估值，以及

積極提倡引入西方的人權、法治以制衡中國式的權力集團統治，無疑是爲開創新的中國政治文化努力。（完）

[責任編輯: 梁敏兒、黎活仁、鄭振偉]

柏楊的歷史法庭

劉季倫

作者簡介：劉季倫(Chi-lun LIU), 1955
年生。台灣大學歷史系畢業。台灣
大學歷史學博士（1998）。著有《李
卓吾》（台北：三民書局, 1999）、
《現代中國極權主義的思想根
源》及一些單篇的論文。目前任輔
仁大學共同科副教授職。

論文提要：柏楊對於中國歷史的看法，
上承自五四新文化運動之中的「反傳統主義」。在他的史論
的背後，隱藏著一個「目的論」式的史觀。當然, 柏楊的「目
的論」, 與馬克思暨毛澤東那比較「硬調的」「目的論」不
同, 是比較「軟調的」「目的論」。他相信我們的歷史應該
有一個目標, 也就是建立一個民主、人權、法治的社會。根
據這樣的歷史觀, 在歷史上的任何時點的價值, 都要看它與
那「未來」（那民主、人權、法治已經建立起來的世界）距
離的遠近而定。越接近那一個「未來」的, 越是好的、可欲
的；越是遠離那「未來」的, 則越是可厭的、壞的。柏楊就
以這樣的標準來月旦品評中國的歷史, 他因此而完全忽略

了歷史的相對性。他以「醬缸」來涵蓋中國長期的歷史發展所形成的東西。

　　然而，這樣一種「目的論」式的史觀，為什麼並沒有使得柏楊走向與毛澤東類似的革命之路？為什麼柏楊並不沒有把個體的生命當作是歷史的籌碼，以便最終能夠實現那歷史的目的？這必須進一步看看柏楊的史論背後，「歷史的向度」與「個體生命的向度」這兩者之間的緊張所造成的糾結。歷史的發展，往往以百年、千年為一個單位；而個人在這歷史的發展中，只能據有短短數十年的生命。這兩個向度極度地不成比例。如果只注目於「歷史的向度」，而完全不理會個體生命的向度，就不免會成為類似毛澤東一般的革命者。但柏楊卻注目著那單只俯仰數十年的個體生命，並為他們所受到的苦難而悲。在他的史論底層流動著的，就是這種因個體生命所受的苦難而生的悲痛。這使得他並不能夠成為一個革命家，卻成為一個漸進的改革者。

關鍵詞（中文）：柏楊 歷史 史論 歷史的相對性 醬缸 反傳統主義 目的論 個體主義 時代錯置

關鍵詞（英文）：Bo Yang, history, historical critique, historical relativity, Jianggang (the soy sauce vat), anti-traditionalism, teleology, individualism, Anachronism.

　　柏楊(郭立邦, 1920-)在他的史論之中所提出的對於中國歷史的看法，在中國現代化的過程中，是相當具有代表性的一種論點。對於他的論點的分析，也可以幫助我們理解這一套說法（乃至於類似的說法）在中國現代思想史上的意義。

一、「柏楊曰」:舊瓶裝新酒的史論

　　中國古代史學之中,早有史論——也就是「批評史蹟」——的傳統。如梁啓超(1873-1929)所言:「批評史蹟者,對於歷史上所發生之事項而加以評論。蓋《左傳》、《史記》已發其端,後此各正史及《通鑑》皆因之」。[1]在帝國時代維持著長期穩定的道德觀念,以及由此而衍生的以史爲鑑的鑑戒史觀,都使得這樣的傳統史論極爲盛行。

　　然而,在中國現代史學的發展中,「史論」的傳統卻斷絕了。如汪榮祖(1940-　)所云:「就史論史,晚近史家輒以彰善癉惡爲『道德裁判』(moral judgment),有礙史事眞相之理解。蓋道德也者頗具主觀因素,或因人而異,或因時而異,若據之以論史,眞史奚繫乎」?現代史學所標舉的態度是:「既抑情緒,述多論少,眞相自見,固勿庸主觀道德之見以污染之也」。英國史家Herbert Butterfield(1900-79)的勸告,最能代表這樣的態度:「願史家寧爲聰明之『偵探』(detective),莫作傲慢之『判官』(judge)。蓋偵探但求事實,不問是非,而判官則難能不善善而惡惡矣。」[2]這樣一種刻意把史實與評價區分開來的史學意識,使得傳統的鑑戒史觀無所施其力,於是傳統的史論也就此在現代史學中消失了。[3]

---

[1]　梁啓超:《中國歷史研究法》(台北:商務印書館, 1973), 頁35。

[2]　汪榮祖: 《史傳通說》(台北: 聯經出版公司, 1988), 頁23、25-26。

[3]　當然, 這也不能一概而論。在中國的馬克思主義史學中, 似乎就還留存著大量史論的痕跡。不過, 正如同黑格爾(Georg W.F. Hegel, 1770-1831)所說的:「例外證實了常例。」見Georg W. F. Hegel, *The*

　　柏楊的史論, 卻完全不理會現代史學中的「行規」。對於柏楊而言, 史學有一個更重要、也更切身、更切合我們這個時代的目的。他「試圖從歷史著手, 去了解這一代苦難的根源」。[4]「這一代苦難」, 當然也包括了柏楊本身親歷的苦難——他的流離失所、他的因文賈禍、身陷囹圄, 乃至於浩劫餘生。他向歷史叩問的, 是包括他自己的「這一代」, 所親歷的苦難的來由。

　　這一個「大哉問」, 當然不止是就個人的境遇而發問的。如柏楊所指出的, 在中國的「這一代苦難」, 事實上已經持續了許多代了:「不僅對我們這一代, 而是對幾千年中國歷史, 做出的總結是:『中國人, 你活得沒有尊嚴!』」[5]他說過:「我所談的艱難, 不是個人問題, 也不是政治問題, 而是超出個人之外的, 超出政治層面的整個中國人的問題。不僅僅是一個人經歷了患難, 不僅僅是我這一代經歷了患難」。[6]他關切的問題, 已經不再局限於個人的、乃至於這一代的苦難了;他是就整個中國史上的苦難而爲問的。

　　由於柏楊的史論想要解決的問題, 與一般的現代史學論著想要解決的問題並不相同;所以, 要恰當地理解、並掌握他

Philosophy of History, trans. J.Sibree (New York: Dover Publications, 1956), pp.65。譯文見G. F. Hegel著, 王造時、謝詒徵合譯:《歷史哲學》(台北:九思出版公司, 1978), 頁107。 這些例外, 恰足以說明現代史學的常例爲何。

[4]　柏楊:〈序〉,《柏楊曰》(第1冊, 台北:遠流出版公司, 1998), 頁1。

[5]　柏楊:〈序〉,《柏楊曰》, 第1冊, 頁1。

[6]　柏楊:《醜陋的中國人》(台北: 星光出版社, 1992), 頁16。

的史論，就不能夠把他當作一般意義的所謂「專業史家」，也
不能夠以現代史學的「行規」來當作判準。我們必須把他置放
於中國傳統史學的脈絡中——正如他自己所說的，「柏楊曰」
仿效的是「臣光曰」[7]；換言之，他自覺地接續的，是如今已經
不再時興、當令的中國史論的傳統。只有這樣，我們才不至於
誤解他的意思，也才能夠理解他的史論的歷史意義。

　　在這裡必須留意的是：儘管柏楊的史論取自於傳統的體裁，
但這只是外貌上的雷同而已；在精神上，他的史論已與傳統大
不相侔、或根本背道而馳了。所有「臣光曰」所主張的價值，都
被「柏楊曰」給推翻殆盡了。柏楊直斥司馬光「本來就是皇家
的史官或代言人，維護帝王的立場，是他的本分」。[8]他則一意
與司馬光所主張的價值立異，他所標舉的是現代民主、法治與
人權的新價值。在他的「歷史法庭」裡，他根據這些價值標準
來對過去的人、事、物下判決。就此而言，柏楊在傳統史論的
舊瓶中，裝進了現代的新酒漿。

二、「漫漫如同長夜，一片漆黑」[9]的中國歷史

　　到目前為止，在人類史上，充滿了種種暴行與苦難，如黑
格爾所觀察到的：

7　　柏楊口述，周碧瑟執筆：《柏楊回憶錄》（台北：遠流出版公司，
　　　1996），頁364。
8　　柏楊：《柏楊曰》，第1冊，〈序〉，頁2。
9　　柏楊：《柏楊曰》，第6冊，〈黃巢末日〉，頁1486。

　　　　當我們看到古今人類精神所創造的極其繁榮
的各個帝國, 她們所遭到的禍害、罪惡與沒落; 我
們便不禁悲從中來, 深以這種衰敗的常例爲恨: 這
樣的衰敗, 並非源自於自然的作用, 卻是「人類意
志」所造成的結果。……不須借助於修辭學上的誇
張, 只要正眼逼視那許多高貴的民族與國家, 以及
最純善的正人與賢聖所遭逢的種種不幸, ——這便
構成了一幅最可怖的圖畫。這一幅圖景, 激起我們
最深切、最無望的愁慘情緒, 無以排遣, 也難以化
解。每一念及此, 我們就衷心痛切, 卻無從迴避; 只
能把曾經發生過的歷史, 看作是必然的、無可變易
的宿命。

也正因爲如此, 所以黑格爾以爲歷史是「各民族的福祉、各國
家的智慧、以及各個人的德性橫遭宰割的祭壇」。[10]可想而知
的, 柏楊所看到的、以及他所親歷的歷史, 必然充斥了苦難與
不幸。

　　且不談柏楊身歷的冤獄, 中國現代史其實就是一連串災
難的歷史。柏楊曾經目擊這樣的慘事: 那是一九四〇年代中葉,
「中日戰爭膠著, 河南省大旱成災, 我親眼看到政府官員闖進
農家, 把藏在破瓦罐裡的數掬玉米搜出來, 全部抄走。農民一
家四口, 一語不發, 丈夫挑起竹擔, 前面籮筐坐著嬰兒, 後面

10　　參Georg Wilhelm Friedrich Hegel, pp. 20-21。這裡的譯文參考了
　　　G. F. Hegel著, 王造時、謝詒徵合譯:《歷史哲學》, 頁33-34。

籮筐放著菜刀鍋碗，和一些破襖破被，憔悴不成人形的妻子，則手牽七八歲孩童，反手鎖上早已空無一物的屋門（仍留下一絲眷戀，盼再返故鄉，最使人落淚），依依上路，步步回首，向一千里外，目標荒涼的新疆省逃難，枯乾的面頰上，兩眼茫然，身上沒有分文，他們自己也不知道能走多遠，更不知道餓死何方？孩子何辜？然而，他們沒有一句抱怨，流一滴眼淚」。柏楊感歎：「中國人，你為什麼這麼卑賤？你為什麼不發怒」？[11]

　　無論耳聞、目擊或者親歷，是亂離、家破人亡，還是柏楊自己的冤獄，這些苦難在現代中國都不是罕見的事。往上回溯，柏楊更發現在中國古代史中也充斥了同樣的苦難：「中國人的苦難，不是到了二十世紀才有，古代便已如此」。[12]

　　在柏楊的〈讀史〉詩裡，歷數中國史上的幾次大冤獄：

　　　　每一展史冊，觸目最心驚。所謂禮義邦，更詡最文明。有記四千載，冤獄染血腥。俠義若郭解，豪邁若李陵；精忠若岳飛，諍諫若田豐；大勇若李牧，大智若文種；大識若于謙，大名若孔融；功如周亞夫，親如司馬宗；財如士孫奮，學如王陽明；才如蘇東坡，史如莊廷鑨；文如司馬遷，詩如薛道衡；赤心伍子胥，割肉楊繼盛；肝膽袁崇煥，雄謀封常清；曲端活烤死，李斯具五刑；榮愛灌鉛汁，崔浩囚鐵籠；

11　柏楊:〈「強行搜括」〉，《柏楊曰》，第6冊，頁1559。
12　柏楊:〈腹誹奇罪〉，《柏楊曰》，第2冊，頁268。

鄭鄂生剝皮，楊漣耳貫釘；鐵鉉化焦骨，彭越烹肉
羹。一讀一落淚，一哭一撫胸。獻身繫囹圄，愛國罹
刀鋒。中華好兒女，幾人有善終？不如懵懂人，扶搖
到公卿。此中緣何故，欲言又無從。[13]

這首詩裡所列舉的歷史上的冤獄，只能算是擇其大要。在中國
史上，還有無數沒有留下紀錄的類似的案例。細看這些冤獄背
後的本事，每一則都令人不忍卒讀。

不但在廟堂之上充斥著這樣的慘事，處江湖之遠也無處
不是血痕。

西元八八〇年，歷經了黃巢之役的戰亂以後，饑荒也接踵
而至。洛陽城「遍地白骨，荊棘野草，一片荒涼，居民還不到
一百戶」。其他地方也差不多。柏楊感歎：「全國都是地獄」！
[14]

楊行密包圍廣陵半年，「城裡缺糧，一斗米值錢五十串，
草根樹皮，全都吃盡，就用黏土做出餅來吃，餓死的有一大
半」。當時的士卒「綁架平民到大街上販賣，屠殺切割，跟對
待豬羊一樣，這些被掠賣的人，直到臨死都發不出一點聲音，
堆積的骸骨和流出的血液，滿布街市」。柏楊歎息：「中國人，
你的名字是苦難！」[15]

西元八九一年，成都被圍，城中絕糧，「大街小巷，都是
被拋棄的小孩和嬰兒」。「餓死的人雜亂堆積，無論軍民，強

[13] 柏楊：《柏楊詩抄》(台北：四季出版公司, 1982)，頁49-60。

[14] 柏楊：〈張全義保洛陽〉，《柏楊曰》，第6冊，頁1493-1494。

[15] 柏楊：〈零賣人肉〉，《柏楊曰》，第6冊，頁1495。

壯的或衰弱的，互相格殺。官員們對凶手一律斬首，但不能禁止，於是使用更殘忍的酷刑，有的從腰部斬斷，有的斜劈——從左肩到右腿，每天被處死的一個接連一個，卻不能阻止互相吞食。而人們看慣殘酷血腥的行爲，也不再害怕」。柏楊歎息：「中國人，你的名字是苦難！」[16]

西元九〇三年，宣武戰區將領朱友寧攻山東博昌，「驅趕平民十餘萬人，揹著木頭石塊，牽著牛馬騾驢，前往城南挖掘泥土，修築攻城假山，完工之後，朱友寧把平民、畜牲、木頭、石塊，一同推擠到壕溝之中，立即用土填滿壓平，呼痛喊冤的聲音，數十里外都聽得清楚。霎時間，城池陷落，全城被屠」。柏楊歎息：「中國人，你的名字是苦難！」[17]

西元九〇九年，河北滄州被圍。「城裡糧食吃完，人民用菜和泥，做成餅的模樣吞食，軍隊士卒格殺平民吞食，騾馬互相吃對方的鬃毛、尾毛。軍事指揮官呂兗挑選身體瘦弱的平民男女，餵他們吃麴麵，然後投進鍋裡煮熟，充作軍糧，供應官兵下肚，稱『屠宰場』（宰殺務）」。柏楊歎息：「中國人，你的名字是苦難！」[18]

原本隱藏在史册夾縫間的血的蒸氣，經柏楊點出後，顯得觸目驚心。比起這些苦難來，柏楊的歎息是多麼微弱與無用。而我們誰又不是呢？歷史上已經發生過的陳跡，如九州之鐵鑄成的大錯，所有意圖挽回的努力都無能爲力了，所有的歎惋

---

[16] 柏楊:〈成都圍城〉,《柏楊曰》, 第6册, 頁1502-1503。

[17] 柏楊:〈博昌屠城〉,《柏楊曰》, 第6册, 頁1515。

[18] 柏楊:〈滄州吃人〉,《柏楊曰》, 第6册, 頁1521。

也都是無補於事的。這正是我們面對的歷史的實然。而這一切無以彌補的苦難, 到底所爲何來?

在這裡必須留意的是:柏楊並没有如同黑格爾一般, 把這些苦難, 看作是人類史上普遍的、無處無之的常態 (即使到了我們這個世紀, 又何嘗不然)。他似乎把這些苦難, 看作是中國史上特有的現象, 是由於中國特殊的民族性 (如「不發怒」這種聽天由命的性格, 如「太善良了, 善良到成爲懦夫。而懦夫, 正是暴政的幫凶」[19]等等), 才使得這類慘事層出不窮的。

他指出「西方」與中國的不同在於:「西方」的國家, 「無論英國推翻專制、美國建立三權分立、法國砍掉國王人頭, 而政治品質, 都在節節躍升, 人性尊嚴, 也日益提高。西方文化中, 很早就肯定人權、平等、自由、法治, 和權力制衡, 而用心追求」。在中國卻「恰恰缺少這些」, 以至於「中國每次革命都停留在原地盤旋, 不但不能起飛, 反而更向地獄下陷」。[20]他在別的場合裡也曾經三復斯言:「西方的革命可以使政治起飛, 中國的革命卻使政治更墮落、更黑暗、更慘無人道。因爲中國傳統文化中, 缺少民主和人權兩個翅膀, 所以永遠在血泊中盤馬彎弓, 無法躍升到法治社會。」[21]這樣的中國歷史, 「漫漫如同長夜, 一片漆黑, 所有反抗暴政的鬥爭, 幾乎每次都帶給人民比原來暴政更沉重的枷鎖」。[22]

---

[19] 柏楊:〈中華人的懦弱〉,《柏楊曰》, 第3册, 頁591。

[20] 柏楊: 〈黃巢末日〉,《柏楊曰》, 第6册, 頁1486。

[21] 柏楊:《家園》(台北: 林白出版社, 1989), 頁250。

[22] 柏楊: 〈黃巢末日〉,《柏楊曰》, 第6册, 頁1486-1487。

　　柏楊對於中國史長期停滯的看法，其實與西方自黑格爾以降的思想家——包括馬克思(Karl H. Marx, 1818-1883)以及韋伯(Max Weber, 1864-1920)——對於中國史的主張，是同一路數、異曲同工的。黑格爾所談到的「終古不變」、「不見任何進展」的中國史，[23]正可以作為柏楊的說法的註腳。

　　以為中國史長期停滯這一種說法，大約是從清末開始，才逐漸在中國出現的。錢穆(1895-1990)回憶幼年時聞同族錢伯圭先生言：(《三國演義》)「一開首即云天下合久必分，分久必合，一治一亂，此乃中國歷史走上了錯路，故有此態。若如今歐洲英、法諸國，合了便不再分，治了便不再亂。我們此後正該學他們。」依照錢穆的觀察，由此而衍生的「東西文化孰得孰失、孰優孰劣」的問題，「圍困住近一百年來之全中國人」。[24]「新儒家」之中的牟宗三(1909-1995)，也指中國的歷史「只有革命而無變法」，因而淪入「一治一亂之循環性」。[25]就此而言，柏楊的思考，只是此一大反省之中的一環而已。

三、「醬缸」

　　孰令致之？

---

[23] Georg Wilhelm Friedrich Hegel, *The Philosophy of History*, pp.118, 120.

[24] 錢穆：《八十憶雙親・師友雜憶合刊》(台北：東大圖書公司, 1983)，頁33-4。

[25] 牟宗三：《歷史哲學》(台北：學生書局, 1980)，頁197、202。

　　柏楊所提出的問題與他找到的答案，從思想史的脈絡看來，與五四新文化運動以來的主流是一脈相承的。[26]那是最激進的反傳統主義。[27]

　　柏楊指出：「儒家學派定於一尊之日，也就是中國燦爛光輝的時代，開始沉澱為醬缸之時」。[28]

　　這樣的指控，與五四新文化運動的立場是一致的。甚至連柏楊所謂的「醬缸」，都與魯迅(周樟壽, 1881-1936)筆下的「染缸」極為類似：「中國大約太老了，社會上事無大小，都惡劣不堪，像一只黑色的染缸，無論加進什麼新東西去，都變成漆黑。可是除了再想法子來改革之外，也再沒有別的路」[29]。他們一前一後，但所見則略同。就此而言，柏楊確實承襲了五四的傳統。

　　「醬缸」是儒家與專制政權相結合，而造成的惡果。那是從漢武帝的時代開始的。當董仲舒(前179-前104)獨尊儒術的「對策」經採納而成為「神聖的『國策』」以後，如柏楊觀察到的，「一個巨大轉變」，就「在不聲不響中產生」了：「曾發出萬丈光芒的思想學術自由的黃金時代，開始沉没。代之而

---

[26] Jurgen Ritter(1959-　)早已經指出柏楊的文化批評與五四新文化運動的相通之處。見Jurgen Ritter著，墨勤譯：《醬缸》(*Kulturkritik in Taiwan: Bo Yang[1920-]*) (台北: 林白出版社, 1989), 頁171-194。

[27] 關於五四新文化運動中的「反傳統主義」，請參看Lin Yu-sheng, *The Crisis of Chinese Consciousness: Radical Antitraditionalism in the May Fourth Era* (Madison: the U of Wisconsin P, 1979)一書中的討論。

[28] 柏楊:〈劉徹之死〉,《柏楊曰》, 第2冊, 頁310。

[29] 魯迅:《兩地書》,《魯迅全集》(第11卷, 北京：人民文學出版社, 1995), 頁20。

起的，是漫長單調的儒家思想的黑暗時代。在此之前，中國學術界跟古希臘一樣，百花齊放，百家爭鳴。在此之後，中國人開始被儒家學派控制，隨著歲月的增加，控制也越嚴密，終於完全喪失想像的空間，奄奄一息。而儒家是祖先崇拜、厚古薄今的，遂造成中國的停滯，並產生一種奇特的現象，凡是促使中國進步的任何改革措施，儒家系統幾乎全都反對。使中國人因為被斲喪過度的緣故，對任何改革都畏縮不前，使現代化工作，進展至為遲緩」。原本還具有相當生命力的儒家，在「跟權勢結合」以後，也付出了「結合的代價」。從此以後，儒家「淪為既得利益當權派的打手」了。在這「漫長單調的儒家思想的黑暗時代」裡，「世界上最可怕的事」——也就是「思想統一」——發生了，而「思想統一」造成了「智商衰退、思考能力消失」。就此而言，儒家的影響其實可以與「焚書坑儒」相提並論：「儒家一提起嬴政的『焚書坑儒』，便怒髮衝冠。可是卻抓住機會，借刀殺人，用政治手段，置其他學派學者於死地。不過採取的是慢性謀殺，人們看不見血染鋼刀」。柏楊相信，如果沒有「獨尊儒術」所引發的「浩劫」，中國的歷史也許就完全不同了：「我們不能想像，如果不發生這項浩劫，中國會發展成什麼模樣」。[30]

　　依柏楊看來，「儒家學派」的宗旨，在在與現代民主、法治、人權的精神背道而馳。柏楊指責《資治通鑑》的作者司馬光(1019-1086)這位「儒家學派的大師」，「所代表的儒家思想中，沒有民主觀念，更沒有人權觀念，只有強烈的維護既得利

---

[30] 柏楊:〈獨尊儒術〉，《柏楊曰》，第1冊，頁228-229。

益階層的奴性。他要求的是，平民必須安於被統治的現狀。等級不可改變，名分不可改變；君王永遠是君王，平民永遠是平民，夾在當中的司馬光所屬的以做官為唯一職業的知識分子──士大夫階層，永遠是士大夫」。[31]於是就使得中國這個「世界上最古老的文明古國之一」，「始終沒有產生民主思想」。[32]

柏楊指出：「儒家學派」與專制政權相結合以後，「二豎為虐」，造成了固步自封、不求進取的局面：「歷代的國家領袖，包括英明的李世民(598-649)，和邪惡的朱元璋(1328-1398)，在儒家學派保守心態的浸蝕下，都認自己已盡善盡美，唯恐怕子孫改革。於是，用教條、用刑法、用哀求、用恐嚇等，各式各樣手段，阻止別人變更他們創立的良法美制」。由此而形成了一套僵化的文化氣氛：「文化潮流在政治鐵閘下，遂逐漸沉澱為一潭死水，幾十幾百年下來，當全民必須奮起改革時，已經因缺氧過久而四肢無力」。[33]

長此以往，中國歷史「累積下來沉澱下來的渣滓廢物的污染」，終於使得中國的這口「醬缸」，變得「深不可測」。[34]而這「醬缸」正是造成中國「每次革命都停留在原地盤旋，不但不能起飛，反而更向地獄下陷」的主因。這「醬缸」窒息了一切生機，阻絕了所有變動的可能：「石頭投入河流會生出漣漪，蘋果種進肥沃的土壤會發芽生長。石頭投入醬缸只會聽到

31　柏楊：〈正名主義〉，《柏楊曰》，第1冊，頁4-5。
32　柏楊：〈出洞毒蛇〉，《柏楊曰》，第2冊，頁327。
33　柏楊：〈李世民建屋論〉，《柏楊曰》，第5冊，頁1260。
34　柏楊：〈劉徹之死〉，《柏楊曰》，第2冊，頁310。

『噗』的一聲，蘋果種進醬缸少能發芽，即令發芽，也無法成長，即令成長，結出的果實也使人沮喪」。[35]

　　柏楊在這裡發現了中國長期停滯，即使到了二十世紀，依舊逡巡不前的原因：「這正是二十世紀時，中國人必須付出比西方國家更加倍的努力，而仍難達到現代化水平的原因，使人扼腕」。[36]

　　由於中國的「醬缸文化」，促使中國本身失去了再生的原動力；所以再生的契機，就只能來自於外在的世界。正因為如此，柏楊肯定了鴉片戰爭的歷史作用。不像一般論者在討論鴉片戰爭時，總是從政治的角度，強調這是一場侵略戰爭——這當然也沒有錯；[37]柏楊著眼的，卻是鴉片戰爭的文化層次：這是中西文化接觸的開端，它衝擊了中國的「醬缸文化」，並為中國帶來了新文明：「鴉片戰爭是外來文化橫的切入，對中國人來說，固然是一次『國恥紀念』，但從另一個角度看，未嘗不是一次大的覺醒」；「這個大的衝擊，對古老的中國來說，無疑是對歷史和文化的嚴厲挑戰，它為我們帶來了新的物質文明，也為我們帶來了新的精神文明」。

　　柏楊甚至還惋惜鴉片戰爭來得太晚：「西方現代化的文明，對古老的中國來說，應該是越早切入越好」；「如果鴉片戰爭提早三百年發生，也許中國改變得更早一些，再往前推到一千年發生的話，整個歷史就會完全不一樣了。所以我認為這個

35　柏楊：《中國人史綱》（台北：星光出版社，1980），下冊，頁978。

36　柏楊：〈李世民建屋論〉，《柏楊曰》，第5冊，頁1260。

37　參看麥天樞、王先明合著：〈序〉，《昨天——中英鴉片戰爭紀實》（香港：利文出版社，1995)，頁2-3。

『國恥紀念』, 實際上是對我們醬缸文化的強大衝擊, 沒有這一次衝擊, 中國人還深深地醬在醬缸底層, 僵死在那裡」。[38]

柏楊的主張, 與五四新文化運動中胡適的主張是相同的。胡適(1891-1961)說過:「我們深深感謝帝國主義者, 把我們從這種黑暗的迷夢裡驚醒起來。我們焚香頂禮感謝基督教的傳教士帶來了一點點西方新文明和新人道主義……。」[39]

無論是柏楊還是胡適, 與上文曾經提到過的一般, 他們的這一種想法, 與歐洲自黑格爾、馬克思以降的思路還是一致的。馬克思描寫鴉片戰爭時的旨趣, 就是如此:

> 英國的大砲破壞了皇帝的權威, 迫使天朝帝國與地上的世界接觸。與外界完全隔絕曾是保存舊中國的首要條件, 而當這種隔絕狀態通過英國而爲暴力所打破的時候, 接踵而來的必然是解體的過程, 正如小心保存在密閉棺材裡的木乃伊一接觸新鮮空氣便必然要解體一樣。[40]

在柏楊筆下的「醬缸」, 在馬克思眼裡, 則是「保存在密閉棺材裡的木乃伊」。早已死亡了的「舊中國」, 能夠千年不腐, 是

---

[38] 柏楊:〈中國人與醬缸〉,《柏楊‧美國‧醬缸》(陳麗眞編, 台北: 四季事業出版公司, 1982), 頁237-8。

[39] 胡適:〈慈幼的問題〉,《胡適學術文集‧教育》(姜義華主編, 北京: 中華書局, 1998), 頁102。

[40] Karl Marx:〈中國革命和歐洲革命〉,《馬克思恩格斯論中國》(中共中央馬‧恩‧列‧斯著作編譯局編, 北京: 人民出版社, 1993), 頁3-4。

因爲它與「新鮮空氣」（歐洲的影響）是相隔絕的。馬克思與柏楊在這裡的主張，確實是異曲同工的。

四、目的論、柏楊的歷史法庭與歷史的相對性

爲什麼柏楊，乃至於柏楊所繼承的五四新文化運動的主流，對於中國歷史的看法，會與黑格爾、馬克思、韋伯等人的主張那麼肖似？那當然並不是因爲柏楊以及五四人物，受到了黑格爾以降的西方思想家的影響；而是因爲東、西方的這些人物，對於歷史，都懷有一個共同的預設。他們擁有共同的心態與思想模式。

無論是柏楊，是柏楊以前的五四人物，還是黑格爾與馬克思，在理解中國的歷史時，都預設了一套歷史觀：他們都相信歷史的發展應該是有目的的，是purposive，是teleological。這是一種「目的論」（teleology）。

這個目的，以及達成此一目的的模式，儘管因人而異，因人而有不同的主張——比方說：馬克思與毛澤東(1893-1976)就以爲歷史的目的是未來的共產主義世界，而柏楊則認爲目標應該是較爲寬泛的「現代化」；[41]馬克思暨毛澤東主張歷史的必然論，也就是波普爾(Karl R. Popper, 1902-1994)所謂的「歷史定論主義」（Historicism）[42]，而柏楊對於歷史的主張，則大約可以歸類爲「進步主義」（progressivism）。柏楊的「目的論」，與馬克思暨毛澤東那比較「硬調的」「目的論」不同，

---

[41] 柏楊對於馬克思的批評，請參看柏楊:《家園》，頁261。

[42] Karl Popper, *The Poverty of Historicism*(London: Routledge and Kegan Paul, 1961).

是比較「軟調的」「目的論」。說得明白些：馬克思暨毛澤東的「目的論」，具有一種「決定論」（determinism）的性質；而柏楊的「目的論」，則並不主張歷史是命定的。──但他們都以為歷史應該是有目標、有方向的。只在這個方面，他們的立場是一致的。自五四新文化運動以來，這一個「目的論」式的想法，儘管仍有輕、重程度的不同，但確是思想界的主流。

柏楊相信：由於有了來自於西方的借鑑（那由鴉片戰爭「橫的切入」所帶來的借鑑），中國人可以知道那還有待實現的「未來」是什麼樣子。那應該是一個「醬缸」已經滌清了的現代化的世界。那是所有堆積下來的歷史的塵埃都已經清除了的現代世界。那也是民主、人權、法治與對人的尊重，都已經成為生活中的習慣的世界。

在我們的時代裡，民主、人權、法治與對人的尊重，這些都被看作是普遍的價值。依柏楊看來，最先發現了這些價值，並實現了這些價值的，則是西方世界的人們：「過去我們不知道有民主、自由、人權、法治，這一切都是從西方移植過來的產品」。[43]

在人類史上，各代的人都面對著一個不可知的未來，那未來該是什麼樣子，都必須去憑空設想。至今生長在西方的人仍是如此──他們總是面對著未來的、尚無人跡的邊疆。而這個時代的中國人，以及生在現代化尚未成功的世界的非西方人，卻仿彿知道未來應該是什麼樣子──他們知道，或者說他們

---

[43] 這樣的主張，散見於《醜陋的中國人》一書中，隨處可以檢出。如頁67-69、162。

相信：西方的現在，應該就是他們自己的未來。也因爲這個原故，柏楊在他那場有名的演講「醜陋的中國人」的結尾，才說了這樣的話：「中國人有這麼多醜陋面，只有中國人才能改造中國人，但是外國人有義務幫助我們——不是經濟幫助，而是文化幫助」。[44]來自於西方的「文化幫助」，可以幫助中國人改造中國，乃至於「改造中國人」自己。

　　正由於柏楊相信歷史的目標是：建立民主、人權、法治的現代化社會，所以柏楊毫不猶豫地根據這些現代化的價值，來品評、月旦古往今來的中國歷史。

　　這正是一種典型的「目的論」：「對於一切事物的解釋，對於任何東西（物體、事物狀況、行動，以及行動者）的評價，都必須根據它們所指向的目標。……正義與否，並不是某一種行動內在的品質，卻必須根據該行動是否會促進那眞實的、或者是預期的目標而定」。[45]如果中國人的現代化成功了，那是因爲前人爲中國人創造了有利的條件；如果事與願違，中國人的現代化工作不能成功，

或是遭遇了挫折，那就是前人走錯了路，或用柏楊的話來說：是因爲中國的傳統文化是一大罈「醬缸」。這樣的判斷，是以

[44] 柏楊：《醜陋的中國人》，頁38。

[45] Anthony Quinton, "teleology", *The Fontana Dictionary of Modern Thought,* ed. Alan Bulloch and Oliver Stallybrass (London: Fontana Books, 1981), pp. 626.

現代人的自我作爲中心的；換言之，在這樣的史觀中，現代人的自我以及這個自我所擁有的價值取向，據有一個特權的地位——這個自我是法官、是仲裁者。[46]古往今來的一切，都要站在這個法官與仲裁者面前，來斷其優劣、定其是非。而歷史，乃至於歷史之中的所有人、事、物，則是被裁判者，它們在永恆的沉默中等待著，等待著被傳喚進這一座歷史的法庭中，以決定其當受的獎懲。

在柏楊的史論裡，柏楊就是這樣一個法官的化身。柏楊毫不掩飾地以我們這個時代才可能出現的價值判斷，來衡量古代的史事。在他的史論裡，完全看不到任何「歷史相對主義」（historical relativism）的考慮。上下幾千年，無論是漢代的、還是明代的歷史，也無論各個時代各自的歷史條件，柏楊全都根據同一個天平來加以裁判。柏楊坦率、直白的態度，爲這樣的歷史觀作了最好的示範。[47]

柏楊主張現代化的民主、法治與人權，可以療救漢代，乃至於歷朝歷代的政治腐敗。他屢屢告誡：想要制衡統治者，「儒家學派」所推崇的「哀求當權派畏天」，或是「卑躬屈節、苦

---

[46] 關於這一個問題的討論，參錢新祖：〈近代人談近代化的時空性〉，《出入異文化》(新竹: 張天然出版社, 1997)，頁131-148。

[47] 不但中國歷史上的一切，可以依據這樣一套價值觀來加以評價；事實上，各種不同的文明，也都依據這同樣一套價值觀而定其高下。而完全看不見任何「文化相對主義」的考慮。比如說，依據這一種價值觀念，美洲印地安人的文明，就「少得可悲」；他們在白人爲他們保留的保留地上，「壓根兒拒絕接受現代文明的西洋文明」，「佔著毛坑不拉屎, 蹧蹋那些土地」。見柏楊：《醜陋的中國人》，頁139-142。

口婆心的進諫」，都只是可憐無補廢精神。真正的關鍵，是「需要建立民主制度」。他以漢代的霍光(?-前68)不得不廢掉「毒蛇」昌邑王劉賀為例，指出民主才是正本清源之道：「人民代表在議會上，對著掌握權柄的人，公開而坦率的批評他們的錯誤。如果他們不能改正錯誤，選票就是霍光的軍隊，強行罷黜。這是使政治進步、社會祥和、國家萬世太平的唯一方法」。[48]這正是《柏楊版資治通鑑》所以「資治」之道。

柏楊指出：「中國歷史上，政權的轉移，只有兩種方法，一是篡奪，一是革命。……傳統的儒家政治思想中，沒有提出一個可行的方法，指導政權如何轉移，所以無論篡奪或革命，都要流血，必須等到西方民主思想東漸，中國人才知道還有第三條路──選舉」。[49]這「第三條路」，才是真正的「資治」之道；而這是寫下《資治通鑑》的司馬光所不能想見的。

柏楊歎息，在中國的歷史上，即使是司馬光這樣「學問」極為「淵博」的人，「為什麼沒有冒出一點民主法治的構思」？[50]

柏楊假想自己如果介入了歷史的進程，應該如何採用現代的藥方，以對治千年以前的沉痾。他聲言：「如果劉奭（按：漢元帝）問柏楊先生的意見，我就建議全國選舉，組織議會，司法獨立，這可是更困難更根本的，劉奭能不能接受」？[51]

---

[48] 柏楊:〈出洞毒蛇〉,《柏楊曰》, 第2 冊, 頁329。

[49] 柏楊:〈謀殺末代帝王〉,《柏楊曰》, 第4冊, 頁941。

[50] 柏楊:〈君子和小人〉,《柏楊曰》, 第1冊, 頁8。

[51] 柏楊:〈「建言」、「進諫」極限〉,《柏楊曰》, 第2冊, 頁382。

　　當然，這些都是很容易回答的問題：司馬光沒有「冒出民主法治的構思」，劉奭(前76-前33)不可能接受「全國選舉，組織議會，司法獨立」的建議；那是因為司馬光就是宋代的那一位司馬光，而劉奭就是漢代的那一位劉奭。他們身處的社會、文化與環境，都使得他們只能以那樣的方式來生活，都使得他們無從想見現代式的民主、人權與法治。那時的生活方式與思想精神，無論好壞，也無論我們喜不喜歡，都是他們唯一可能具備的生活方式，那也是他們唯一可能懷有的思想精神。他們過著那只有當時當地才有的日子，他們也承受著只有當時當地才會發生的苦難。在歷史的那一個階段裡所發生的一切事情，都只能以在那一個階段裡才有的方式發生。如同波斯的古詩人莪默加亞謨(Omar Khayyam, 1050-1122)所說的：

> 冥冥有手寫天書，彩筆無情揮不已；
> 流盡人間淚幾千，不能洗去半行字。[52]

　　歷史寫下了那一筆，那由當時的社會、經濟、政治、文化、技術諸條件所共同寫下的那一筆，就再也難以更動了。只能是那般。只會是那般。

　　即便是柏楊真的進入了那一個時空中，也不可能改變什麼；——因為進入了漢代的柏楊，就只能是漢代的柏楊了；那個時空的條件，不會是我們這個時空的條件。所以那個時空的

---

[52] 參黃克蓀譯：《魯拜集》(*Rubaiyat*) (台北: 書林出版公司, 1987)，頁73。

柏楊，就決不會說此時此地的柏楊所說出來的話。設想一下：
在還沒有發展出現代式的組織技術以前，在廣土眾民的古代
中國，如何進行現代式的普選？沒有那樣的技術，又如何而可
能有那樣的想像？在他們的時代與我們的時代之間，隔著悠
悠數千年的歲月。而這就決定了一切。

　　在歷史的每一個時點中，我們都受到了當時的限定。古人
如此，我們又何獨不然？除了相對應於我們這個時代的價值
標準與生活方式之外，我們還能夠到那裡去找尋放諸四海而
皆準、垂諸百世而不惑的，絕對的、普遍的生活方式與價值標
準呢？人間所可能存在的一切生活方式與價值取向，都只有
在受到當時當地時空條件的制約下，才得以存在。事實上，時
空的限制，是我們自己、乃至於「屬於我們的種種」得以存在
的必要條件；我們只能夠活在某一個時空裡。那時空既是一個
限制，也是我們能夠得到自由的唯一的機會——我們爭得的
任何一種自由都不能夠離開那一個特定的時空。[53]正如同我們
面對著我們這個時代才會有、才能有的困境一般，古人也面對
著他們自己的困境；我們是為了自己而活的，他們也是。我們
相信我們自己的時代所特有的價值標準，他們也是。蕭條異代，
步影沿流，古人與我們都只能過著各自的、互不相同的日子。
這就是「歷史的相對性」。

---

[53] 泰勒(Charles Taylor, 1931-)就曾經指出：我們只能在我們的處
　　境、我們的時空性——也就是我們的限制裡，爭取到我們的自
　　由。如果想要取消掉我們生活中既定的時空性與處境，就不會再
　　有任何東西留存下來。參Charles Taylor, *Hegel and Modern Society*
　　(Cambridge: Cambridge UP, 1996), pp.154-166。

尼采(Friedrich W. Nietzsche, 1844-1900)的主張, 也許可以幫助我們從另一個角度來看待歷史。他說:「人類並不代表一種趨向於我們今天了解的意義下所謂更好或更強或更高的東西的發展。『進步』只是一個現代的觀念, 那是一個錯誤的觀念。在價值上說, 今天的歐洲遠不如文藝復興時代的歐洲; 進一步的發展一點也不是基於『超昇』(elevation), 『增進』、或力量各方面的必然性」。[54]從這樣一個角度來看, 現代歐洲固然不見得比得上文藝復興時的歐洲; 一九九〇年代的台灣(或香港, 或中國), 也許也不如唐代初葉的長安, 或明朝萬曆年間的江南。當然, 也很可能不是這樣。但無論如何, 我們實在沒有理由認定現在一定會比過去要好; 更沒有理由假定尚未發生的未來, 一定會比現在或過去要好。而我們所知道的生活方式, 也未必一定比前人進步。古羅馬詩人賀拉斯(Q. Horatius Fraccus, 前65-前8)曾有這樣的詩句:

> 我們的父輩已比他們的祖先
> 更深深地熟練於作惡
> 生下我們這一代更為邪惡
> 我們當然亦照常生出下一代
> 仍然要更為墮落[55]

---

[54] F. Nietzsche, *The Portable Nietzsche* (New York: Viking Press, 1968), pp. 571。譯文見李瑜青主編:《尼采哲理美文集》(合肥 : 安徽文藝出版社, 1997), 頁230。

[55] 轉引自康德(Immanuel Kant, 1724-1804)著、牟宗三譯: 〈論惡原則與同善原則之皆內處或論人性中之根惡(根本惡) 〉,《圓善論》(台北: 學生書局, 1985), 頁62。

這樣的墮落,不是在歷史上更爲常見麼?過去如此,未來又何獨不然?

五、歷史的向度與個體生命的向度之間的糾結

這個關於「歷史相對性」的道理,其實柏楊是知道的。他早就說過:「道德是相對的,只有活聖人才認爲道德是絕對的。……使道德標準不斷在變的是人們的經濟生活和意識形態」。他還舉例說明:「道德在變。上古時代,一夫多妻固是道德的也」。[56]他並且明白主張:「每個人都無法超越他的時代太遠」。[57]

柏楊也非常清楚:民主、人權、法治的建立,必須先有經濟上的、社會上的、物質上的、技術上的發展爲前題。換言之,這些現代價值的建立,不只是一個道德上的問題,也涉及到技術上的、經濟上的、物質上的條件。他曾經指出目前中國現代化的癥結所在,就在於「財產私有化」。「因爲財產私有化後,才可能產生中產階級;中產階級興起後,才可能產生民主;而民主政治,必須依靠法治,才可確保」。當然,這並不是說,只要「財產私有化」以後,一切問題就迎刃而解了。柏楊的意思是:「財產私有化後,人民品質才有可能停止惡化,所有眞正問題——可以找到答案的問題,才會開始顯現」。而問題的顯

---

56 柏楊:〈想一想自己〉,《立正集》(台北:平原出版社,1965),頁146-7。
57 柏楊:《柏楊曰》,第3冊,〈年號問題〉,頁699。

現，是進一步解決的開始。[58]在這裡，經濟上的發展與變革，被視爲是建立民主政治的必要條件。柏楊心知肚明，沒有這些必要條件，什麼都談不上了。

然則，爲什麼柏楊仍然會以今日的價值標準，去裁判古代的史事呢？爲什麼他仍然以「時代錯置」（Anachronism）的方式來看待歷史？爲什麼，在他的史論中，他會片面地忽略經濟上的、技術上的條件，而片面地強調最主要的關鍵，是中國傳統的思想與道德方面的缺陷？以下就試圖來解答這一個問題。

在上文中已經交代過，柏楊相信：歷史的發展，其目標正在於建立現代化的民主、法治與人權的社會。

根據這樣的觀點，中國人的歷史被分成爲過去、現在、未來三個部分。過去的人生活在「醬缸」裡，久而成習、毫不自覺。未來的人才能夠生活在民主、法治、人權的價值已經建立起來了的世界，或用柏楊的話來說，「一個嶄新的，和平、平等、互相友愛的世界」。[59]而作爲這兩者之間的過渡的「現在」，則落在這幾代中國人的身上。

依據這樣的看法，在歷史上的任何時點的價值，都要看它與那「未來」距離的遠近而定。越接近那一個「未來」的，越是好的、可欲的；越是遠離那「未來」的，則越是可厭的、壞的。[60]

---

[58] 柏楊：《家園》，頁263。

[59] 柏楊：《家園》，頁207。

[60] 當然，這也並不表示依據這樣的史觀，歷史的發展就完全沒有屈折、沒有頓挫、沒有反覆。柏楊認爲「罷黜百家，獨尊儒術」以

就「過去」而言，活在「過去」的人已經過去了。展望「未來」，那「未來」在我們面前不斷地向後退，也沒有人能夠真正地活在「未來」裡。這幾代的中國人，就此僵持在這永恆的「現在」之中。柏楊因而有此一歎：

> 最使我們痛苦的是，一百年來，中國人的每一個盼望，幾乎全部歸於幻滅。來了一個盼望，以為中國會從此好起來，結果不但使我們失望，反而更壞。再來一個盼望，而又是一個幻滅，又是一個失望，又是一個更壞。一而再，再而三。……我從小就受到鼓勵，五、六歲的時候，大人就對我說：「中國的前途就看你們這一代了！」我想我的責任太大，負擔不起。後來我告訴我的兒子：「中國的前途就看你們這一代了！」現在，兒子又告訴孫子：「中國的前途就看你們這一代了！」一代復一代，一代何其多？到那一代才能夠好起來？[61]

我們就在這一段傷感的話裡，可以看到包括柏楊在內的這幾代中國人所追求的，並不是一個尋常的目標。這幾代的中國人所追求的，不是在他們的有生之年可以追求得到的東西；而是在他們死後的某一個「未來」才能夠實現的希望。這幾代中國

前的中國，要比在此以後的中國好得多；他顯然就認為在這裡有一個大頓挫。

[61] 柏楊：《醜陋的中國人》，頁18。

人的生命，其意義與救贖，都在於努力達成那一個無法身及之的歷史的目標。

　　但那一個「未來」，卻始終未來。如柏楊所說的：許多中國人，包括他自己，都只能活在眼前這不堪的、將要成為「過去」的「現在」裡：「使人傷感的是，我已不屬於未來，而且相反的，我的時代——　那個戰爭、殺人、說謊、欺騙、疑猜、忌妒、窩裡鬥時代，有的已經成為過去，有的就要成為過去」。「未來」還沒有來，還只是一個有待實現的希望。柏楊依舊如同他的前輩一般，把這個希望寄託給下一代：「青年們才是時代的未來，一個嶄新的，和平、平等、互相友愛的世界，屬於你們，應在你們手上創造完成」。[62]

　　對於任何一代人而言，要創造那嶄新的「未來」，都是一個太沉重的責任。對於任何一代人而言，停留在這蒼老的「現在」，也都是一個太難耐的現實。如上文所說的，柏楊早就知道了：建立民主、人權、法治的制度，需要預先準備各種條件。這必定要耗費漫長的時間，必定要經過好幾代人的努力。這是橫跨了歷史上的長時段的龐大工程。

　　在中國現代化的長期過渡中，還沒有看到多少成果，幾代的人就已經過去了。這幾代人，在這條漫漫長路上生老病死，並隨著各自的命運而遭逢到各自不同的際遇。還沒有等到「醬缸」澄清成清泉，他們就已經葬身其中了；還沒有等到柏楊筆下可怖的「口供主義」現代化為「證據主義」，[63]就已經有多

---

[62]　柏楊：《家園》，頁207。
[63]　柏楊：〈口供主義〉，《柏楊曰》，第1冊，頁162-3。

少人死在冤獄裡了。這一代一代的人,有他們之間的善惡鬥爭,有他們之間的成敗勝負。他們或助長了「醬缸文化」,或對澄清「醬缸」略有勞績。但無論如何,他們都必須與柏楊所謂的「醬缸」糾纏一輩子。時不再來,青春難再。而這口「醬缸」還依然故我地屹立著。有限的一生轉眼成空,但他們卻必須在這「醬缸」中載浮載沉,甚至為它殉葬,成了釜底游魂……。所有的努力,換來的成果是多麼地少;所有的犧牲,成就的貢獻又是多麼地微不足道。這是只有付出而沒有享受的幾代,這是夾在過去與未來的兩個歷史長程階段中間的、作為過渡的幾代。這是在隧道裡摸索著,但又不見盡頭的天日的幾代。面對著那長程的歷史時段,回顧這短暫的個人的生命,柏楊只能歎息:「民族固然是長遠的,個人的生命卻是有限。人生能有幾個大的盼望?人生能有幾個大的理想,經得起破滅?展望前途,到底是光明的,還是不光明的?真是一言難盡」。[64]

　　柏楊史論底層暗藏著的張力,正存在於此處:注目著那橫亙數千年的文化之命運,卻只能在這時間之流中據有短暫的生命。在歷史中具有意義的時段,——如上古、中古、近世、帝國時期、民國時期……,必定是長程的;最短的也有幾十年的時間,較長的則以一個世紀或甚至是幾個世紀為單位。與長期的追求現代化的工程相較,個人的生命太短,所成有限;還未能改變什麼,一代人已經過去了。長程的歷史向度,與個人短程的生命向度,是如此這般無可奈何地不成比例。

---

[64] 柏楊:《醜陋的中國人》,頁18。

在「歷史的向度」與「個體生命的向度」這兩者的對峙中，一個問題就浮現了出來。

從長程的「歷史的向度」這個視角來看，「千秋事大，也費商量」。在幾千、幾百年的發展中，蒼天不仁，個人的生命算不了什麼。在歷史上的冤魂，埋藏在泛黃的史頁裡，或甚至並此而無，不見一筆記載，無聲無臭，無人知曉。所謂歷史，正是如此；只能看總量，無暇計及個人的得失與利害。如果以這樣的冷眼看待個體的生命，如果輕視「個體生命的向度」，而專注於「歷史的向度」，並試圖達成那歷史的目標；那就會成為一個不惜以千千萬萬人的生命去實現、去證成一個歷史目標的革命領袖。毛澤東就是一個例子。[65]

然而，「偶開天眼覷紅塵，可憐身是眼中人」。從短暫的「個體生命的向度」這個視角來看，這幾代的中國人，如同西方人一般，如同未來的更幸福的中國人一般，也都是人。為什麼他們沒有權力生活在一個民主、法治、人權早已實現的世界？為什麼他們必須與這口「醬缸」糾纏一輩子？為什麼他們只能生活在這一個歷史的時點中，「過盡千帆終不是」，而無緣迎向那未來的歸宿？為什麼他們註定了在一個民主、人權等等價值，還陳義過高的時代與世浮沉？為什麼，那「漫漫如同長夜，一片漆黑」的歷史，還沒有結束？這是這幾代人在心裡都會有意無意問問的問題。

以這樣的關懷來披讀史籍，就更不能不為那些殘酷的史實而震驚了。那同一個問題也自然就會再次浮現出來：同樣是

---

[65] 柏楊對於毛澤東的看法，參柏楊：《家園》，頁140-155。

人,爲什麼歷史上的中國人,僅僅因爲他們是帝國之民,就不能夠享有現代式的民主與人權?這問題問得有理——在倫理上,不管是那一個時空裡的人,都應該被看作是人,都應該以人所能知的最好的方式(在柏楊心目中,指的是現代文明中的民主、人權、法治等等),受到人所當得的對待。那也就是說:他們可以在民主制度下表達意見,他們受到法治的保護,沒有人可以侵犯他們的人權。然而,竟不是這樣。

這正是柏楊史論背後的心曲。在歷史的相對性,與人的價值的絕對性這兩者無以化解的糾結中,柏楊選擇了後者,而摒棄了前者。他專注於「個體生命的向度」,他關心的是個人的價值。他注目著那單只俯仰數十年的個體生命,並爲他們所受到的苦難而悲。「凡是大義,必有深情」。[66]在他的史論底層流動著的,就是這種因個體生命所受的苦難而生的悲痛。他少了一雙歷史的冷眼,又多了一副人道的熱腸。這使得柏楊變成了《柏楊版資治通鑑》的作者:他希望古往今來的一切人類,都能夠得到他所知曉的最好的方式的對待,所以他也以此爲標準,來月旦品評古往今來的一切人、事、物;他因此而沒有成爲一個所謂「專業史家」,——那是需要一雙冷眼的(必須留意的是:柏楊是在牢獄中開始讀史的。[67]誰能夠在牢獄中帶著一雙冷眼呢?誰又希罕成爲什麼「專業史家」呢?)。他也沒

---

[66] 柏楊:〈呼延平〉,《柏楊曰》,第4冊,頁920。

[67] 柏楊讀史,大約是從他繫獄(1968-1977)時開始的。見Jurgen Ritter著,墨勤譯:〈柏楊年譜簡編〉,《醬缸》,頁216-217。又柏楊翻譯《資治通鑑》,則是自1983年他64歲那一年開始的。見〈年譜〉,頁218;及柏楊:《柏楊回憶錄》,頁365。

有成為一個如同毛澤東一般的不恤人命的革命家；卻變成了一個人道主義的、漸進的社會改革者。就此而言，柏楊接上的，是五四新文運動中由胡適所代表的那一支傳統。[68]

我們或可以說：中國現代史上有兩種「目的論」，一種是毛澤東式的激進的「目的論」，另一種則是我們在柏楊（或胡適之）身上所看到的緩進的「目的論」。而造成這兩者間的差異的歧出點，則正在於此處：前者關注於「歷史的向度」，而遺忘了「個體生命的向度」；後者則恰好相反，關切的是「個體生命的向度」，而「歷史的向度」反而較不彰顯。

六、關於中國古代史中無法突破的「上限」

在中國的近世，其實已經有人開始批判中國的皇帝制度了。當然，他們批判的火力與幅度，都遠不如柏楊；他們還在傳統的格局之內。

黃宗羲(1610-1695)在《明夷待訪錄》就痛斥中國的皇帝：「凡天下之無地而得安寧者，為君也。是以其未得之也，屠毒天下之肝腦，離散天下之子女，以博我一人之產業，曾不慘然，曰：『我固為子孫創業也。』其既得之也，敲剝天下之骨髓，離散天下之子女，以奉我一人之淫樂，視為當然，曰：『此我產業之花息也。』然則天下之大害者，君而已矣！向使無君，人各得自私也，人各得自利也。嗚呼！豈設君之道固如是

---

[68] 柏楊顯然是同情胡適之漸進改革的主張的。參柏楊：《家園》，頁267。

乎」！[69]不過, 從黃氏的口氣裡可以看出:他仍然主張應該「設君」。

即便是被柏楊指責爲「不過一個平庸的知識分子」、「是在統治者之前, 乞討一點殘茶剩飯的士大夫之流, 終其一生, 全副精力集中在狹隘的族群和儒家主流利益上。哀哀無告, 受苦受難、輾轉呻吟的小民疾苦, 全被隔絕在他們的認知之外」的王夫之,[70]事實上也曾經爲宋以後的小民往往身陷淫刑之中而哀痛不已, 並爲此而責備有宋一代的「君子」們:

> 嗚呼！人與人爲倫, 而幸彼之裂肌肉折筋骨以爲快, 導天下以趨於殘忍。快之快之, 而快人者行將自及。……不知爲政者, 期於紓一時愚賤之忿疾而使之快, 其率天下以賊仁也, 不已甚乎？毒具以陳, 亂法不禁。則且使貪墨者, 用之以責苞苴；懷毒者, 用之以報睚眥。則且使飲食之人, 用之以責廚傳；淫酗之夫, 用之以逞酒狂。避道不遑, 而尸陳於市廛；雞犬不收, 而血流於婦稚。爲君子者, 雖欲挽之

---

69 黃宗羲:《明夷待訪錄》(台北:中華書局, 1977), 頁2a。關於黃氏這本書的歷史意義, 參溝口雄三(MIZOGUCHI Yuzo, 1932-)著, 索介然、龔穎譯:《中國前近代思想的演變》(《中國前近代思想の屈折と展開》)(北京:中華書局, 1997), 頁234-252。柏楊也曾經說過類似於黃氏的話。他說中國的帝國之民,「爲了滿足『人主』的欲望而活, 代代當奴」。見柏楊:〈一段奇異鬼話〉,《柏楊曰》, 第1冊, 頁25。

70 參看柏楊:〈序〉,《柏楊曰》, 第1冊,頁2；及第2冊 ,〈「人」與「非人」〉, 頁325。

> 而莫能。孰知其自己先之哉？帝王之不得已而用刑
> 也，惡之大者，罪極於死，不使之求死而不得也。其
> 次，流之也有地，釋之也有時。其次，杖之笞之也有
> 數，荊竹之長短大小也有度。所以養君子之怒，使有
> 所止而不過，意甚深也。無所止而怒，雖以理抑，且
> 以覆蔽其惻隱之心，而傷天地之和。審是，則黃老之
> 不尚刑者，愈於申韓遠矣。夫君子之惡惡已甚，而啓
> 淫刑之具，豈自以為申韓哉？而一怒之不止，或且
> 為申韓之所不為。故甚為宋之君子惜，而尤為宋以
> 後之愚民悲也。[71]

王夫之這一段話之中的沉痛，是情見乎詞的。

　　然而，在帝國時期，所有這一類的反省，都不能突破一個
「上限」：中國古代的知識分子，無法想像出別種足以取代帝
制的制度。王船山(王夫之, 1619-92)設想防制皇帝濫權的方法，
也只是「立適（嫡）與豫教並行，而君父之道盡」。也就是說：
皇帝立嫡長子為儲君，使天下人無以啓覬覦之心。又由於嫡子
未必賢，所以必須「豫教」以導正之。辦了這兩樣事，「君父
之道」就算盡了。然而，這樣的「家天下」正足以召亂。王船
山也只能說：「過此以往，天也，非人之所能為也，而又奚容
億計哉」？「自非聖人，未有能免於禍亂者」！[72]在當時的帝
制底下，人事盡了，一切就只有聽天由命了。

---

[71] 王夫之：〈理宗〉，《宋論》(卷14，台北：里仁書局，1981)，頁250-1。

[72] 王夫之：〈後漢章帝〉（卷7，台北：河洛出版社，1976），頁197-8；
　　及〈唐高祖〉，《讀通鑑論》，卷20，頁679。

在中國傳統的思想中，没有人能夠突破這一個「上限」。一般而言，他們甚至不覺得存在有這樣一個「上限」。事實上，中國的帝國之民，在王船山所謂的「天也，非人之所能爲也」中，形成了一個自給自足、自成一套的世界。──總共也維持了幾千年。對於他們而言，那裡有什麼「上限」呢？

這一個「上限」，是我們這一代的人，根據我們的眼光，才覺察得到的。只有從我們這一個時代的角度來看時，才會對於那一套舊格局與那一個「上限」不滿。[73]即便是「新儒家」之中的牟宗三，也只能歎息道：「所可責者，儒者思想之陋也。」這與柏楊的說法：在「建立民主法治的政治制度」方面，「中國人的智慧……，受到無情的考驗」，[74]是互相呼應的。牟宗三還極爲沉痛地指出，中國文化之中的理想儘管高遠，但中國文化之中的現實則遠遠不能夠符合此一理想：「嗚呼！痛矣。孰謂禮樂教化之文化形態而有此至愚賤之事哉？孰謂本極親近生民而悅生者有此至不仁之事哉」？[75]牟氏儘管是一位能夠同情儒家的價值的「新儒家」；但他的反省，其實已經超過了傳統儒家的「上限」。他與帝國時期的中國儒者，並不是站在同一個位置上來說話的；──他與黃宗羲、王船山之間，畢竟隔了幾百年了。

然則，那一個難以突破的「上限」，眞的只能歸「罪」於儒者思想的鄙陋，或「中國人的智慧」不足麼？

---

[73] 誰又能知道：未來的人類，會不會也根據他們所接受的價值，而發現我們這一代的人，也有些未能突破的「上限」呢？

[74] 柏楊：〈黃河〉，《柏楊曰》，第2冊，頁430。

[75] 牟宗三：《歷史哲學》，頁223、214。

　　那一個無法突破的「上限」，其實不只是思想方面的「上限」，也是技術條件、經濟型態、社會環境等等方面的「上限」。那一切條件，共同決定了那一套舊格局。一個平鋪地展開、以農民爲主，完全看不到任何中產階級的影子的古代世界，既不能產生足以集中起來以監督政府的力量，就只能以「馬上得之」、「槍桿出政權」[76]的方式來解決政權來源的問題了。在古代中國那種大規模的農業社會裡，農民唯一能夠集結起來的時刻，就是農民革命的時刻。中國古代的歷史，因此而只能在一治一亂的循環中過下去。

　　如上文所說的，柏楊其實是知道這些的。只有當中國的經濟條件，發展到了一定的程度以後，只有當中產階級眞的出現了以後；或者，以毛澤東的語言來說的話，只有當中國的人民從「自在的階級」化爲「自爲的階級」[77]時，才能進一步談到民主的問題。

　　從這樣的角度看來，中國歷史上那些悽慘的史實，完全不是當政者有沒有良心、或是不是「醬缸蛆」[78]的問題，也完全不是幾個儒門中人有沒有想像力的問題。這問題已經超過了人的主觀意志所能爲力的範圍，而成爲一個不以個人意志、甚至是衆人意志爲轉移的問題了。所以，那也並不是一個可以根據我們今日的道德標準來品評的題目。

---

[76] 柏楊:〈王始〉,《柏楊曰》, 第4册, 頁916。

[77] 毛澤東:〈實踐論〉,《毛澤東選集》(第1卷, 北京：人民出版社, 1991), 頁288-9。

[78] 柏楊:〈馮道〉,《柏楊曰》, 第6册, 頁1577;〈自宋宰相無座位〉, 第6册, 頁1584。

——當然，這是從「歷史的向度」這個角度來看的。

七、結語

如果從「個體生命的向度」這個角度來看的話，我們又應該怎麼生活呢？歷史又是不是一定會向著一個光明的未來發展呢？中國的歷史，真的昔不如今麼？

路漫漫而修遠兮。柏楊的一個朋友Jurgen Ritter曾經告訴他：民主、法治這一類的價值，「必須天天重新爭取、證明」；因為，「如果說：我們已經做到了民主、法治等，這就是下坡路的開始」。[79]就此而言，那目標的實現，並不在未來，也無所待於未來。而就在此刻，在我們生命之中的每一刻。

從這樣的一個角度看來，柏楊所描繪的那「一個嶄新的，和平、平等、互相友愛的世界」[80]，是一個永遠不可能完全實現的目標，那只是一個永遠潛在著的可能性而已。那美好的世界，並不存在於未來，而就在我們此刻的生命中，在我們每一丁點的努力與奮鬥中。不論活在那一個時代（是現代還是古代），我們的生命、我們的努力本身，就具備有價值。我們的生命本身就是目的；而不會是達成某一個理想的過渡（不論那一個理想有多麼偉大、多麼重要）。我們是為自己而活，卻不是為一個遙不可及的「未來」而活。

---

[79] Jurgen Ritter：〈給柏楊先生的一封「公開信」及序〉，《醬缸》，頁31。

[80] 柏楊：《家園》，頁207。

同樣的, 不論是那一代的人, 也都認真地根據他們各自的信仰而生活; 那是切合於他們的時代條件的價值標準。就此而言, 是無可非議的。

柏楊是一個不上教堂的基督徒。[81]他也許知道《聖經》〈以賽亞書〉第二十一章中的一段對話:

> 有人聲從西珥呼問我, 說:「守望的啊! 夜裡如何? 守望的啊! 夜裡如何?」守望的說:「早晨將到, 黑夜也來。你們若要問, 就可以問, 可以回頭再來。」

一問一答的那一個民族 (猶太人), 已經詢問並等待了兩千多年了。我們知道他們那令人戰慄的命運。在他們的「末世論」 (eschatology, 那當然也是一種「目的論」) 的信仰中, 他們等待著黑夜過去, 早晨來臨。

然而早晨來臨了以後, 下一個黑夜也就近了。天時總是如此, 不會有永遠的黑夜, 但也不會有永遠的早晨。

對於我們而言, 黑夜與早晨, 都是生命中的一部分。在黑夜與早晨的交替中, 我們夙興夜寐、早出晚歸。

沒有未來光明的保證, 也沒有什麼指南的藍圖。我們仍然在一個嚴峻、冷酷, 也往往是陌生的世界裡奔走營生。我們唯

---

81 參柏楊:《柏楊回憶錄》, 頁375; 及陳麗真編:《柏楊‧美國‧醬缸》, 頁103。

一能夠做的，就是認真、努力去過我們自己的日子。古人如此，我們亦然。悠悠數千年已經這樣過去了。

　　而這就是歷史。

~~~~~~~~~

參考文獻書目

BO

柏楊：《立正集》，台北：平原出版社，1965。

——：《中國人史綱》，台北：星光出版社，1980。

——：《柏楊曰》，台北：遠流出版公司，1998。

——：《柏楊詩抄》，台北：四季出版公司，1982。

——：《家園》，台北：林白出版社，1989。

——：《醜陋的中國人》，台北：星光出版社，1992。

——口述，周碧瑟執筆：《柏楊回憶錄》，台北：遠流出版公司，1996。

CHEN

陳麗真編：《柏楊・美國・醬缸》，台北：四季出版公司，1982。

E

莪默加亞謨(Omar Khayyam)著、黃克蓀譯：《魯拜集》（*Rubaiyat*），台北：書林出版公司，1987。

GOU

溝口雄三：《中國前近代思想的演變》（《中國前近代思想の屈折と展開》），索介然等譯，北京：中華書局，1997。

HEI

黑格爾(Hegel, Georg F.)著：《歷史哲學》，王造時等譯，台北：九思出版公司，1978。

HU

胡適：《胡適學術文集‧教育》，姜義華主編，北京：中華書局，1998。

HUANG

黃宗羲：《明夷待訪錄》，台北：中華書局，1977。

LIANG

梁啓超：《中國歷史研究法》，台北：商務印書館，1973。

LU

魯迅：《兩地書》，《魯迅全集》，第11卷，北京：人民文學出版社，1995。

MAI

麥天樞、王先明合著：《昨天——中英鴉片戰爭紀實》，香港：利文出版社，1995。

MAO

毛澤東：《毛澤東選集》， 4卷，北京：人民出版社，1991。

MOU

牟宗三：《歷史哲學》，台北：學生書局，1980。

——：《圓善論》，台北：學生書局，1985。

NI

尼采(Nietzsche, Friedrich)著：《尼采哲理美文集》，李瑜青編譯，合肥：安徽文藝出版社，1997。

QIAN

錢穆：《八十憶雙親‧師友雜憶合刊》，台北：東大圖書公司，1983。

錢新祖：《出入異文化》，新竹：張天然出版社，1997。

WANG

王夫之：《讀通鑑論》，台北：河洛出版社, 1976。

──：《宋論》，台北：里仁書局, 1981。

汪榮祖：《史傳通說》，台北：聯經出版公司, 1988。

ZHONG

中共中央馬・恩・列・斯著作編譯局編：《馬克思・恩格斯論中國》，北京：人民出版社, 1993。

ZHOU

周裕耕(Ritter, Jurgen)著、墨勤譯：《醬缸》（*Kulturkritik in Taiwan: Bo Yang[1920-]*），台北：林白出版社, 1989。

Bulloch, Alan, & Oliver Stallybrass ed. *The Fontana Dictionary of Modern Thought.* London: Fontana Books, 1981.

Hegel, Georg. Wilhelm Friedrich, *The Philosophy of History.* Trans. J.Sibree, New York: Dover Publications, 1956.

Lin Yu-sheng. *The Crisis of Chinese Consciousness: Radical Antitraditionalism in the May Fourth Era.* Madison: The U of Wisconsin P, 1979.

Nietzsche, Friedrich. *The Portable Nietzsche.* New York: The Viking Press, 1968.

Popper, Karl. *The Poverty of Historicism.* London: Routledge and Kegan Paul, 1961.

Taylor, Charles. *Hegel and Modern Society.* Cambridge: Cambridge UP, 1996.

~~~~~~~~~~

英文摘要（abstract）

Liu, Chi lun, "Bo Yang's Court of History"

Department of General Courses, Fu-jen University

　　Bo Yang's view of Chinese history was inherited from the anti-traditionalism of the May-Fourth Movement. There is a teleological belief behind his historical critique. Of course, his teleology is different from Mao Tse-tung's teleology——the latter is "hard" teleology, whereas the former is "softer." Bo Yang believes that our history should have a goal: to establish a democratic, law-abiding society which respects human rights. According to this view, every point in history is valued based on its distance to the future, a well-established world that is democratic, law-abiding, and guarantees human rights. The longer this distance is, the worse this point; the shorter this distance is, the better this point. Based on this criterion, Bo Yang transvalued Chinese history, and referred to Chinese culture as a Jiang-gang (soy sauce vat). Obviously, he has ignored historical relativity entirely.

　　However, why did Bo Yang not go on the road of revolution as Mao did? And why did Bo Yang not bet the lives of individuals in order to achieve the ultimate goal of history? These questions lead us to a tangle of nervous tensions underlying Bo Yang's historical critique, the tangle caused by the tensions between the "historical dimension" and the "individual dimension." The development of history is often measured in units of hundreds or even thousands of years, whereas the life of an individual, measured in mere decades, occupies a comparatively very small part in history. At any rate, the individual dimension is incomparable with the historical dimension. A revolutionary like Mao concerns himself solely with the historical dimension without regard for the individual. Bo Yang, by contrast, has paid full attention to the relatively short lives of individuals, and shows great sympathy and deep grief for personal suffering. The grief which flows at the bottom of his teleological view of history eventually made him a progressive reformer rather than a radical revolutionary.(作者提供)

~~~~~~~~~~

論文重點:

1. 茲篇文字, 討論柏楊史論背後的「目的論」思想。

2. 柏楊的關懷:與所謂「專業史家」的差異。

3. 柏楊相信中國的歷史「漫漫如同長夜, 一片漆黑」, 而且陷入長久僵固不變的困局中。主因就在於在中國史上長久形成的「醬缸」文化。

4. 在這「醬缸」之中, 中國已經喪失了自我更新的能力。所以有待於外來文化 (鴉片戰爭) 的介入, 才能夠帶來新的契機。

5. 柏楊相信:中國應該建立一個民主、法治、保障人權的社會。這是歷史的目標。

6. 柏楊根據這些現代世界中的價值 (民主、人權、法治等等) 來品評、月旦中國歷史中的一切人、事、物。

7. 典型的「目的論」：「對於一切事物的解釋，對於任何東西（物體、事物狀況、行動，以及行動者）的評價，都必須根據它們所指向的目標。……正義與否，並不是某一種行動內在的品質，卻必須根據該行動是否會促進那眞實的、或者是預期的目標而定」。

8. 目的論的應用：如果中國人的現代化成功了，那是因爲前人爲中國人創造了有利的條件；如果事與願違，中國人的現代化工作不能成功，或是遭遇了挫折，那就是前人走錯了路，或用柏楊的話來說：是因爲中國的傳統文化是一大罈「醬缸」。這樣的判斷，是以現代人的自我作爲中心的。

9. 「歷史的相對性」：每個時代自有其各自的時代條件，所以無法以定規來加以褒貶。

10. 柏楊爲什麼會忽略「歷史的相對性」？這導源於他心中的一個糾結：「歷史的向度」與「個體生命的向度」兩者間的糾結。

11. 這幾代的中國人：這是只有付出而沒有享受的幾代，這是夾在過去與未來的兩個歷史長程階段中間的、作爲過渡的幾代。這是在隧道裡摸索著，但又不見盡頭的天日的幾代。

12. 柏楊關注的是「個體生命的向度」。這正是他的史論的心曲所在。而不是「歷史的向度」。

13. 兩種不同的「目的論」：激進的（可以以毛澤東爲代表）與緩進的（可以以柏楊爲代表）。

14. 現代人在中國歷史上所發現的「上限」：古人並不覺得存在有這樣一個「上限」。(完)

特約評論人：李培德

李培德(Pui Tak LEE)，香港中文大學歷史系畢業，日本東京大學碩士、博士，現任香港大學亞洲研究中心研究員，專長經濟史及商業史。

　　目前學界專門討論柏楊史觀的文章不多，劉季倫教授之作〈柏楊的歷史法庭〉，可謂開創了先河。由於本人並非研究古代史，對柏楊作品的了解亦十分有限，所以只能從門外漢的角度來評論劉教授之大作，如有不對之處，請劉教授及在座各位專家、學者指正。

　　劉教授於文首即用了事先裁定的方法，說明《柏楊曰》是一本舊瓶新酒的史論書，有別於現代史學的一般著作，既超脫於傳統史學的道德裁判觀，亦不受現代史學的行規限制。什麼是柏楊的史觀？劉教授認為是對歷史之批判，其表現方式是仿傚宋代司馬光的「臣光曰」，而柏楊的批判史觀正如劉教授於文內所強調，是非常獨特的，是非柏楊個人所經歷過而能夠產生的。當然，批判史觀是不可能孤立地存在，它必須有被批判的對象，包含傳統主義的中國文化、中國歷史（即文內所稱的「醬缸」）便是柏楊批判史觀的「磨刀場」。

　　批判史觀所要「破」的是儒家主義（包括司馬光）、專制政權、停滯發展的中國社會等等，要「立」的是具有西方民主思想模式的現代化世界。劉教授最後指出，歷史是有相對性，人的價值是有絕對性，兩者糾結下，柏楊選擇了後者。劉教授

進而提出，由於中國古代史有無法突破的極限，人的能力無法改變，因而古代史只能徘徊於一治一亂的循環中。

　　針對劉教授以上的說法，本文嘗試提出以下的問題和建議：

　　一、什麼叫「傳統」？可以說是全文的重點所在，但文內並沒有花很多筆墨來說明柏楊批判史觀的形成過程。其實，所謂「傳統」是由人創造出來的，只要能得到大多數人的認同、跟隨，便算是成功。毫不懷疑，我們根本不需要任何方法去測試，便知道柏楊批判史觀的受歡迎程度，但最值得注意的是，這種歡迎程度是基於柏楊的「傲骨」，不畏強權，敢於批評的特點，還是出於史學的立場，認同這種對歷史批評的方法？

　　二、雖然文內並沒有說明什麼是「現代史學的行規」，但我們不能否定史學是一門科學，自有它的理論架構、分析和論證方法，絕不能憑空想像或因一時之情感而妄加判斷。如果沒有經過正常的史學分析程序，當不能說是史學分析的結果。柏楊批判史觀所使用的方法是什麼？只討論史觀是不足夠的，我們必須追查具體的史學方法和理論根據。

　　三、本文是否迴避了對這種史觀或批評方法作出價值觀的判斷？

　　四、本文對這種史觀的了解，多依據《柏楊曰》一書（共引用有三十次之多），是否足夠？因為對一些重要問題的看法，如「中國史長期停滯的原因」，絕不能單憑幾句說話便可以作出判斷。這樣，是否會容易引起誤解？

　　五、建議開一清單,臚列所有有關柏楊的歷史著述,從一個比較的角度來看柏楊史觀的理論根據、方法和不同時期的改變。

　　有人說:「批評容易,寫作難」,一點都沒有說錯,而我則認為要批評一篇批評的文章更難,不能不從吹毛求疵的角度入手。由於知識水平所限,請各位包涵。

〰〰〰〰〰〰

特約講評人: 岑逸飛

岑逸飛(Y.F. Shum), 廣東順德人,香港中文大學哲學碩士, 研究王船山的歷史哲學, 現今為報章專欄作者,論著約十餘種。

　　劉季倫教授的論文,開宗明義就指出,「史學」有「史學的行規」。他引述英國史家 Herbert Butterfield 的勸告,謂「願史家寧為聰明之『偵探』(detective) , 莫作傲慢之『判官』(judge)」。蓋偵探但求事實, 不問是非,而判官則難能不善善而惡惡矣。」

　　然後劉教授筆鋒一轉, 突出了柏楊史論的特點,就是完全不理會現代史學的「行規」:「對於柏楊而言, 史學有一個更重要、也更切身、更切合我們這個時代的目的。他『試圖從歷史著手, 去了解這一代苦難的根源。』

　　究竟現代史學的「行規」對, 還是柏楊的史論對? 這是第一個問題。

　　為解決這兩者之間的矛盾, 劉教授認為, 我們不能以現代史學的「行規」來當作判準, 而必須把柏楊置放於中國傳統史

學的脈絡, 才不至於誤解柏楊的意思, 才能夠理解柏楊史論的歷史意義云云。

必須指出, 所謂現代史學的「行規」, 在西方史學界, 不是所有史家都會同意。史家而成為「歷史判官」, 並不是中國傳統史學的專利, 西方也不乏有這類史家, 所以兩種史觀不必有中、西之分。

做史家如只做「偵探」而不做「判官」, 很容易淪為「資料搜集員」, 也就是於一九四三年逝世的英國史家柯林伍德(R.G. Collingwood)所譏笑的「剪刀- 漿糊歷史學」("scissors-and-paste" method in history)。柯林伍德在《歷史的觀念》(*The Idea of History*)一書, 指出史學研究的對象不是事件, 而是歷程。事件有始有終, 歷程則無始無終, 只有轉化。歷史的意義, 在於過去的歷史今天仍然存在, 並沒有死去, 這是柯林伍德的「活著的過去」(Living Past)的論點。

根據現代史學「行規」做研究的史家, 所能做到的可能僅是對過去的複述, 而不是對過去的復活。這樣的史學沒有靈魂, 找不出有血有肉的生命。而早在一九四八年一月四日及三月七日, 英國史家湯恩比(Arnold Toynbee)與另一位史家Pieter Geyl在英國廣播電台一場精彩辯論(收錄在 Patrick Gardiner 編著的*Theories of History*一書, 牛津大學出版), 也曾圍繞史學的意義, 針鋒相對。

在這場辯論, Geyl強調在人類的能力範圍內, 尋找不出歷史的意義; 而湯恩比則相信人類的理性能攻破這個難關, 雖然史家的解釋和判斷可能流於片面, 但集思廣益, 也可完成拼圖。而更重要的是, 世界的前途、人類的命運, 已繫於我出們

能否從歷史尋出意義，吸取教訓。若史家不做判官，他還能爲人類有何貢獻？

從歷史吸取教訓，也是中國傳統史學所說的「以史爲鑑」。「史鑑」，顧名思義，就是以歷史爲鏡子。《唐太宗．册府元龜》有云：「覽前王之得失，爲在身之龜鏡。」而柏楊的史論，自然也是秉承這個傳統。他豈止是想「去了解這一代苦難的根源」，而是想爲今日中國人的苦難找出一個解決的方案，因而在其歷史中判官無情批判的判詞背後，應該還有一顆愛民愛國之心。

因此所謂「柏楊曰」，其實就是柏楊做歷史判官的「判詞」。劉教授的論文說，這是仿效司馬光《資治通鑑》的「臣光曰」。不同的是，柏楊仿效的，是司馬光的論史方法和形式，而不是其內容，因爲「所有『臣光曰』所主張的價值，都被『柏楊曰』給推翻殆盡了。」

劉教授因而下了這樣一個結論：「柏楊在傳統史論的舊瓶中，裝進了現代的新酒漿。」

但這種新酒漿，是否必然就是永遠最好的酒漿？抑或有些時候，甚至新不如舊？以酒漿而論，往往是陳年才是好酒，而柏楊所製的新酒，也未必及得司馬光能的舊酒醇厚。這是第二個要探討的問題。

柏楊直斥司馬光，「本來就是皇家的史官代言人，維護帝王的立場，是他的本分。」這樣的判詞，是否就可以服眾？《資治通鑑》強調「鑑」，是故與其說司馬光爲帝王服務，不如說他想通過歷史給帝王以借鑑，講國家興亡、朝代興衰，揭

露社會的陰暗面比光明面多, 其目的也不外給世人敲響警鐘, 以籌對策。

事實上,「臣光曰」決不是如「柏楊曰」所論的如此不堪。例如五代的馮道, 歷事五姓, 不知廉恥, 還自鳴得意, 自號「長樂老」; 而在《資治通鑑‧卷二九一的》論馮道的一篇,「臣光曰」便大罵馮道是「奸臣之尤, 安得與他人爲比哉!」這樣的史筆也甚公允, 而不必也不須認爲司馬光牌子的酒漿無法入口。

對於「以史爲鑑」, 明末清初的思想家王船山在《讀通鑑記‧敘論》曾作出這樣的概括:「得可資也,失亦可資也;同可資也, 異亦可資也,故治之所資,唯在一中心, 而史特其鑑也。」

所謂「得可資」、「失可資」、「同可資」、「異可資」, 是將古今歷史聯繫爲一體, 有所借鑑, 而在「得、失、同、異」之中, 有所比較、印證, 而不必定於一尊,只有唯一的標準。換言之, 不論是「臣光曰」或是「柏楊曰」, 都有或對或錯之處, 其歷史判詞僅可作爲參考。

這看法也符合了最近逝世的英國哲學家柏林(Isaiah Berlin)在《歷史的必然性》(*Historical Inevitability*) 一書所陳述的觀點, 指出歷史的判斷必然是「主觀」或「相對」的,史家不應賦予自己以道德責任。

也因此,柏楊罵中國人醜陋, 斥中國文化是「醬缸」, 都足以令國人反省,有所借鑑, 卻不必作爲定論。以柏楊畢生追求民主, 他也必會同意對歷史應作全方位、多角度的觀察, 容納不同的意見。史家雖然應做歷史判官,但也需要民主。歷史法庭永不可能是不得翻案的終審庭。

　　劉教授的論文雖然沒有明顯指出這樣的論點，但文末引述《聖經‧以賽亞書第二十一章》的一段對話，得出的結論是：「在黑夜與早晨的交替中，我們夙興夜寐。我們過著我們自己的日子。古人如此，我們亦然。悠悠數千年已經這樣過去了。而這就是歷史。」

　　好一段詩意的文字，隱然說明了歷史需要理解，卻又不容易理解，而我們最需要的，是以民主和包容的胸襟來對待歷史。

[責任編輯：梁敏兒、黎活仁]

從《異域》到《金三角・荒城》
——柏楊兩部異域題材作品的觀察

張堂錡

作者簡介: 張堂錡（Tang Chi
CHANG），1962年生，台灣新
竹人。東吳大學文學博士。曾
任中央日報編撰、組長多年，
歷任輔仁大學、淡江大學、中
央大學、東吳大學等校兼任講
師，現任政治大學助理教授。
著有《黃遵憲及其詩研究》、
《清靜的熱鬧—白馬湖作家群
論》等書。

論文題要: 本文主要探討柏楊兩
部以異域爲題材的作品《異域》和《金三角・荒城》。共分
五節：一、指出《異域》一書的潛在影響力；二、說明《異
域》書中「難言的隱痛」，以明其受歡迎及被查禁的弔詭現
象；三、分析《異域》一書的定性，認爲其非報導文學，而
接近於新聞體寫作的「非虛構小說」；四、從文學、時效、
眞實、親歷、人文關懷等不同角度，肯定《金三角・荒城》

為傑出的報導文學作品；五、對照二書與柏楊的多舛命運，指出柏楊不變的堅持，與積極入世的知識分子性格。

中文關鍵詞：柏楊　異域　金三角・荒城　孤軍　泰北　報導文學　非虛構小說　感時憂國

英文關鍵詞: Bo Yang, *the Alienated Land, Golden Triangle and The Waste City,*　A desperate army, Northern Thailand

一、奇人奇書：柏楊與《異域》

柏楊(郭立邦, 1920-)是個奇人。他的一生歷練豐富，既曾為火燒島中的階下囚，又曾為總統府中執手笑談的座上賓。令人訝異的，倒不是他際遇起伏的傳奇色彩，而是他在文學大地上縱橫馳騁，全方位出擊所煥現出的驚人意志力，以及令人折服的等身著作中，處處流露的非凡史識與洞悉人性的深入觀照。捍衛言論與人權自由的耿介不群，以雜文嘻笑怒罵、行走文壇的健談善辯，加上出入古今、評點史事的學深才厚，共同構建了「柏楊」這個在台灣現代文學史、出版史、文化史中響亮發光的名字。

在柏楊令人歎服的豐富著作中，《異域》可稱得上是一部奇書。平原出版社於1961年以「鄧克保」筆名出版後大為暢銷，「它在只有一千八百萬人口的台灣，十五年間，銷出一百餘萬冊」[1]，而且「一直是在默默的發行，從沒有一位作家寫過評介，

---

[1]　林蔚穎：〈出版緣起〉，《金三角・荒城》（柏楊著，台北：躍昇文化出版公司, 1988），頁2。此書原名《金三角・邊區・荒城》，於1982年5月出版，後由躍昇文化出版公司以「柏楊書」系列重新

也從沒有在報上刊登過廣告，而完全依靠讀者先生的口碑」[2]，竟成了「二十世紀最暢銷的報導文學」[3]。隨著作品的暢銷，它發揮了廣遠的社會影響力，例如1977年大專聯考的作文題目是「一本書的啓示」，而《異域》最受學生的重視，「竟名列前茅」[4]。出版後的十餘年間，經常還「有人寫信來問如何可以去滇緬加入反共游擊隊的行列」[5]。更有趣的是，在一片《異域》熱潮下，至少有七種與《異域》同内容的書籍在香港和台北出版。馬克騰(姜穆, 1929-)的《異域下集》、卓元相(即姜穆)的《異域烽火》上下集、于蘅的《滇緬邊區游擊隊》以及胡慶蓉的《滇緬游擊史話》、李利國編著的《從異域到台灣》等書，都可以視爲《異域》一書的變形、延伸或補充。如果沒有《異域》一書的巨大影響力，柏楊也不會於1982年在《中國時報》的提議下，親臨《異域》現場，而完成《金三角・荒城》一書。

　　當然，換個角度來說，柏楊的泰北邊區之行，如果沒有高信疆(高上秦, 1944-)的有心推動，以及中國時報系的大力配

出版，書名改爲《金三角・荒城》。本論文所引所論皆以躍昇版爲準。

[2]　鄧克保(即柏楊)：〈《異域》重印校稿後記〉，《異域》（台北：躍昇文化出版公司, 1988），頁272 。《異域》一書原於1961年由台北平原出版社出版，1977年改由台北星光出版社印行，1988年再改由躍昇文化公司印行。本文所引所論以躍昇版爲準。

[3]　林蔚穎：〈出版緣起〉，頁2。

[4]　鄧克保：〈《異域》重印校稿後記〉，頁272。

[5]　見李利國策劃整理、馬以工(1948-)訪問：〈訪「孤軍的精神領袖」丁作韶夫婦〉，《從異域到台灣》（李利國編著，台北：長河出版社, 1978），頁236。

合[6], 恐怕也難以成行。更重要的是, 他所寫的《金三角‧邊區‧荒城》專欄, 在《中國時報‧人間副刊》上醒目地連載月餘, 並且隨即由時報出版公司印行, 再一次掀起了「異域」風潮。如果加上李利國在時報雜誌上連載《我在人類文明的生死分水線上》, 後由時報出版公司出版; 還有曾在泰北難民村教書、寫作的曾燄, 她的《美斯樂的故事》、《滿星疊的故事》等書, 都在時報出版公司出版。以高信疆與時報媒體為中心, 一股「送炭到泰北」的風潮於八〇年代中期以社會運動的形式熱熱鬧鬧地開展, 民間甚至成立了「中華民國支援泰北難胞基金會」。這種種的活動與報導, 一方面固然是對應著中南半島政治情勢的演變, 一方面是傳播媒體的推波助瀾, 但如果追根溯源, 柏楊《異域》一書所深入人心的潛在影響力, 恐怕也是國內社會如此激昂關懷泰北難胞的動因之一吧[7]。一本十二萬字左右的作品, 能生發如此廣大的力量, 不能不說是一種異數。

---

[6] 在《金三角‧荒城》書中的首篇〈出發〉中, 柏楊寫道:「今年(一九八二)元月初, 中國時報副總編輯高信疆先生問我, 是不是有興趣訪問一下遠在泰緬邊區, 《異域》一書殘留下來的孤軍苗裔?……更鼓勵說, 時報董事長余紀忠先生及總編輯張屏峰先生, 都很支持這個計畫……」, 見該書11頁。

[7] 當然, 我們也不能忽略其他作家和傳媒的「共襄盛舉」。如張曉風與宇宙光雜誌的大力推動, 該雜誌社出版的《鄉音千里－宇宙光泰北送炭行紀》, 即為這場運動留下了生動的紀錄。

二、《異域》中「難言的隱痛」

　　然而,如果深入閱讀本書,再對應五、六〇年代的特殊 時空環境,則此書之暢銷與深遠影響力,其實也是不足為奇的。王德威(1954-)有一段評論指出了此中的癥結:

> 　　鄧克保的《異域》敘述大陸淪陷後,自黔滇撤退至緬北的一批孤軍,如何在窮山惡水的異域裡,繼續抗爭求存的經過。退此一步,即無死所,此書所展現的孤絕情境,扣人心弦;而部分角色知其不可為而為之的悲劇意識,比起彼時一片鼓吹反攻必勝的作品,誠屬異數。在反共文學式微之後,此書仍能暢銷不輟,除了得力於討好的戰爭場面及異鄉風情外,恐怕也正因其觸動了老一輩讀者難言的隱痛吧?[8]

這「難言的隱痛」,這濃厚的悲劇意識,其實是可以析而言之的。從1949年反共文人孫陵在其主編的《民族報》副刊上率先喊出「反共文學」的口號起,反共抗俄,勝利成功的戰鬥意識,在文宣機器的全面啟動下,迅即成為五、六〇年代文藝思潮的「主流」,1955年由蔣中正(蔣介石, 1887-1975)總統提出的「戰鬥文藝」號召,更成為「整個反共文化的終極意識型態依歸」[9]。五〇年代前期在台灣島內進行的「清共」和「肅清」,形成

---

[8]　王德威:〈五十年代反共小說新論〉,《四十年來中國文學》(張寶琴等編,台北:聯合文學出版社, 1997),頁74。

[9]　王德威:〈五十年代反共小說新論〉,頁69。

白色恐怖, 單一思想, 統一口徑。中國文藝協會以「促進三民
主義文化建設, 完成反共抗俄復國建國任務為宗旨」的宣示,
加上1950年爆發的韓戰, 1958年的金門炮戰, 台海情勢的危急,
使被納入政治反攻一環的文藝政策必須強調反攻必勝、建國必
成的「心理建設」, 而「反共」則是一切政策的中心指標。五、
六〇年代湧現成千上百這類控訴「共匪」暴行, 高呼反攻勝戰
的作品, 完全反映了政治控制力下的文化現實。

　　《異域》書中即有不少反共、愛國的描述。如「我們不是
替別人反共, 而是為我們自己反共, 一片血海深仇, 和人性上
對專制魔王的傳統反抗」[10]; 描寫孤軍中的史慶勳「膀臂上刺
著自己的姓名, 以及『反共抗俄』四個大字, 和水手們驕傲他
們的刺花一樣, 他每殺一個共產黨, 便在他背上刺下一個五
星。」[11]反共與愛國在當時是同義詞, 因此我們看到這樣的場
面:「國旗在軍號聲中, 飄揚著, 一點一點爬上竿頭, 從薩爾
溫江上晨霧中反射出的一道陽光, 照著旗面, 眷屬們都默默的
注視著, 孩子們也把手舉在他們光光的頭上, 我聽到有人在啜
泣, 接著是全場大哭, 國旗啊, 看顧我們吧, 我們又再度站在
你的腳下。」[12]因為愛國而反共, 因反共而必須戰鬥, 書中對
異域孤軍退此一步即無死所的戰鬥意識, 也有多處直接的敘
述, 如「我們從沒有和緬軍作戰過, 不知道他們的戰鬥力如何,
但, 事已如此, 除了勝利, 便是戰死, 我們已沒有第三條路可

---

[10] 鄧克保, 《異域》, 頁83。
[11] 鄧克保, 《異域》, 頁197。
[12] 鄧克保, 《異域》, 頁99。

走了」[13];中緬第二次大戰時,孤軍為了趕到緬軍迂迴部隊的前頭,以強行軍偷渡薩爾溫江向拉牛山急進的場景,也讓我們深深感受到孤軍以意志作戰的驚人毅力:「我們已經四天四夜沒有休息,弟兄們的眼睛布滿了紅絲,一半以上的嘴唇都因缺少水分和蔬菜而寸寸崩裂,有的雙腿已經浮腫,但大家仍拚命的狂奔,我不知道世界上有沒有比我們更悲壯的戰士」[14]。這種強烈的反共意識,使《異域》輕易被貼上了「反共小說」的標籤。

「反共」是可以義正詞嚴高喊的口號,《異域》一書最大的成功,並不在此,而是與當時複雜的政治處境、軍事態勢、人事鬥爭糾結在一起的「難言的隱痛」。1949年的大逆轉,有人含冤孤絕,悲憤莫名;有人誓死效忠,板蕩忠貞;有人晚節不保,變節叛降;有人見風轉舵,名利照收。而更多的是妻離子散,顛沛流離,隨著時代的動盪,身不由己的飄泊、落難,甚至命喪異地。異地絕域裡的孤軍,在柏楊的筆下,恰恰成了以上各種人物類型、際遇的縮影,從中而生的是非正邪、褒貶美刺,也成了離亂百姓心中真實感受的投射。而這些感受評騭,並不一定就是「官方說法」,也不一定就不是歷史的真實。相反的,它可能直接道出了大多數人所不敢言、不能言、不願言,可能觸怒當道的一些想法與看法,這些「難言的隱痛」,透過孤軍的悲慘遭遇,都赤裸裸地呈現出來了。這才是《異域》感人的力道所在。

---

13 鄧克保,《異域》,頁106。
14 鄧克保,《異域》,頁225。

　　舉例來說，孤軍的一切苦難，都來自於「孤」的身分，被遺棄的孤兒意識，可說貫穿了整部作品，如「你要知道，我們是一群没有人關心的棄兒，除了用自己的眼淚洗滌自己的創傷外，用自己的舌頭舔癒自己的創傷外，誰肯多看我們一眼。」[15]「我們眞正是一個没有親生父親的孤兒，在最需要扶持的時候，每一次都遭到悲慘的遺棄。」[16]這棄兒的命運是誰造成的呢？堂皇的說法是「共產黨」，但眞正讓他們心碎、心冷的是「祖國」的撒手不顧，或者是心有餘而力不足的坐視不管，因此，我們不斷地看到孤軍們的吶喊：「世界上再也没有比我們更需要祖國了，然而，祖國在那裡？」[17]「我不是說過我們是孤兒嗎？是的，民國三十八年我們便開始嘗到孤兒的味道了。」[18]「難道國家就只剩下我們這一千多人嗎？我們反攻，我們死，是義不容辭的，但我們覺得我們的擔子是太重了，不是我們挑得動的。」[19]對在台的國民政府，他們是絕對誓死的效忠，但是，這被棄不顧的隱痛，卻也是眞眞切切的啊!特別是當生死交關之際，對「祖國」愛怨交織的情緒就會不自禁地流露出來，如「我不知道身在台灣的袍澤和我們的長官們，可曾思及我們的弟兄，他們的部下，在含著眼淚，一步一滑，一步一跤，眼中布著紅絲，身上發著高燒，卻始終不肯放下武

---

[15] 鄧克保，《異域》，頁16。

[16] 鄧克保，《異域》，頁212。

[17] 鄧克保，《異域》，頁11。

[18] 鄧克保，《異域》，頁27。

[19] 鄧克保，《異域》，頁135。

器。」[20]這字字帶淚的呼號,確實能觸動讀者對當時台灣所扮演的無力角色的失望與不平。

對比著棄/孤兒意識,「絕不背棄」便成為孤軍相濡以沫的求生法則:「這支孤軍所以能屹立不搖,那是即令在最危急的時候,我們都不出賣我們的朋友,都不背棄我們的弟兄。」[21]「任何人都可以在重要關頭遺棄我們,我們自己卻不能遺棄我們自己。」[22]棄與不棄,也成為異域孤軍評量一個人忠貞與否的重要準則,例如元江大潰敗後,孤軍撤退入緬的一段敘述,即對背棄弟兄的「長官」憤憤不滿:

> 他們是二十六軍九十三師和二七八團的弟兄,在元江大軍潰敗後,他們突圍的突圍,潛逃的潛逃,向滇西盲目的摸索,一路上,大家稍稍的集合起來,可是,等到發現大局已不可收拾的時候,和他們同時逃出來的高級將領,包括他們的師長、副師長、團長,統統的走了,像一個父親在苦難時拋棄了他的親生兒女一樣,他們拋棄了那些為他們流血效命的部下,輕騎走了。
>
> 「他們走到那裡去了呢?」
>
> 「到台灣去了,」傷兵們衰弱的答,「他們是不愁沒有官做的。」[23]

---

[20] 鄧克保,《異域》,頁92。
[21] 鄧克保,《異域》,頁167。
[22] 鄧克保,《異域》,頁220。
[23] 鄧克保,《異域》,頁81。

這樣的例子當然還有, 如1953年薩爾溫江大戰初起, 孤軍幾乎全軍覆沒之際, 「李彌將軍飛返台灣, 其他高級官員都去 了泰國和香港, 幸虧有李則芬將軍和我們全軍衷心信託的杜顯信將軍, 親率援軍增援拉牛山, 寫到這裡, 我有說不出的積鬱和憂傷, 我們真正是一個沒有親生父親的孤兒, 在最需要扶持的時候, 每一次都遭到悲慘的遺棄。」[24]這「說不出的積鬱和憂傷」, 正是「難言的隱痛」, 這心中淌血口難言的無奈、悲苦與蒼涼, 是《異域》一書的基調, 在一片反共必勝的文學氛圍中, 它確實道出了許多人不敢/欲言的真相。

　　這個真相的揭露與痛陳, 尤以對幾位相關人物的褒貶評價最為直接而「大膽」。在抨擊某些長官的志節不堅之際, 作者也毫不掩飾地對許多同生死、共患難、大義凜然、節操不移的孤臣猛將大加讚揚、推崇。這種「忠臣意識」在《異域》書中濃厚而突出, 它一方面說明孤軍對祖國的犧牲奉獻, 一方面也藉此對比出變節者的「不義」, 正如作者所言:

> 「當一個人發現用效忠的表情可以獲得很多利益, 誰不表示效忠呢? 但是, 當他發現繼續效忠便有危險, 那就要考驗他一向是不是真心了」。[25]

---

[24] 鄧克保, 《異域》, 頁211。
[25] 鄧克保, 《異域》, 頁64。

板蕩識忠臣，「打出另一個比台灣大三倍的天地，遍插青天白日旗幟」[26]的李國輝將軍；石建中將軍在全軍覆没時自殺，「是大陸最後一戰中唯一的一位壯烈成仁的將領」[27]；只要再往前走二十分鐘，便可進入泰國「享受舒服安全生活」[28]的譚忠團長，卻自願留下來與孤軍受苦；中緬大戰時，負傷高喊「向前衝，我們死也要死在那裡！」的張復生副團長[29]；還有，反攻雲南時，被共軍俘擄的陸光雲，「那位莽張飛型的忠臣義士，在大街上被燒的滾來滾去」[30]；負傷於二次中緬大戰時，以肉搏戰擊敗緬軍的劉占副營長，作者回憶說：「任何時候，一談起薩爾溫江和拉牛山，我都想到那山岳震動的砲火，和劉占副營長那孤忠的和寂寞的背影。」[31]孤忠與寂寞，葛家壁、罕裕卿、田樂天……一連串的名字，就是一連串孤臣孽子的身影。是他們，成就了孤軍的輝煌，也襯映了孤軍的淒涼。

孤軍的淒涼，不僅是在戰場上屢遭孤立無援的處境，也表現在來台後的老驥伏櫪，壯志難伸：「是也在養雞，或是也在做小本生意」[32]的田樂天團長；「在台灣靠養雞為生」[33]的李國輝將軍；還有，「劉占副營長回到台灣，聽說他在中興村

---

26 鄧克保，《異域》，頁54。
27 鄧克保，《異域》，頁37。
28 鄧克保，《異域》，頁97。
29 鄧克保，《異域》，頁113。
30 鄧克保，《異域》，頁155。
31 鄧克保，《異域》，頁229。
32 鄧克保，《異域》，頁66．
33 鄧克保，《異域》，頁54．

當砍竹子的苦工,一天收入二三十元,艱苦的維持生活」[34];
在反攻雲南戰役中立下功勞的李泰興,「在台灣中壢做漿糊生
意」[35]。這就難怪作者要感歎,這些對國家有貢獻的愛國志士
們,「淒苦的老死窗牖,實在是一個悲劇,國家並不擁有用不
盡的人才,不是嗎?」[36];「戰死沙場,固然淒苦,而一定要回
到台灣,老死窗牖,又有什麼光榮,只不過多一個治喪委員會
罷了」[37]。類此的不平之鳴,在六〇年代的威權時代,不僅是
逆耳忠言,簡直是刺耳的牢騷了。在一片歌功頌德的「反共八
股」浪潮下,自屬罕見。《異域》一書成功的因素很多,將這
個真相以及難言的隱痛不避諱地忠實寫出,肯定是此書暢銷
不衰的原因之一,當然,這也是它後來成為「禁書」的原因所
在。

三、《異域》的定性:小說還是報導文學?

　　本文副題是「兩部異域題材作品的觀察」,而不隨俗逕稱
其為兩部「報導文學作品」,自有筆者對「報導文學」此一文
類本質的考量。躍昇出版公司所重編出版的《柏楊書》系列,將
《異域》與《金三角・荒城》二書列為「報導文學」;李瑞騰
(1952-)在一篇論報導文學的專文中,有如下一段敘述:

---

34 鄧克保,《異域》,頁229.
35 鄧克保,《異域》,頁201.
36 鄧克保,《異域》,頁201.
37 鄧克保,《異域》,頁83.

　　關心台灣文學發展的人都知道，在六〇年代初期，一本由鄧克保署名的《異域》一書，曾引起極大的震撼，影響歷久不衰，該書的作者「以生花之筆，寫下他和他的妻子兒女以及伙伴們輾轉入緬，和歷次戰役的經過」，毫無問題，那是一本報導文學的佳作。雖然《異域》流傳甚廣、甚久，可惜的是文學評論家卻未曾對它加以討論，一般讀者在感動之餘也未曾更進一步思考它的文類歸屬。不過，《異域》的出現，充分顯示出成功的報導文學作品必然具有強大的社會功能。[38]

他認為《異域》的文類歸屬應是報導文學。然而，葉石濤在《台灣文學史綱》中論及柏楊時，卻說他「小說有《異域》較著名」[39]。到底《異域》一書的文類定性為何，的確是值得加以思考的。

　　在討論《異域》之前，我想先談談另外兩部異域題材作品：一是《異域下集》，一是《異域烽火》。前者為馬克騰著，後者為卓元相著，但其實這兩書都是作家姜穆所寫。《異域下集》的封面設計、字體、內頁版型（一行46字，一頁18行）、

---

[38] 李瑞騰:〈從愛出發——近十年來台灣的報導文學〉,《台灣文學風貌》（台北：三民書局, 1991），頁98。不過，據李瑞騰先生告知，幾年後在一次接受電視訪談《異域》一書時，他已改變將此書視為報導文學作品的看法，最根本的理由即在於作者並未到現場採訪。

[39] 葉石濤(1925-):《台灣文學史綱》（台北：文學界雜誌社, 1987），頁102。

篇幅（二書都差不多十二萬字）、故事情節的發展、人物的安排等，都承繼了《異域》原來的面貌。尤其是封面，與《異域》極為類似，明言是「下集」，雖用「馬克騰」筆名，卻讓人產生與「鄧克保」為同一人的錯覺。在鄧克保署名的〈《異域》重印校稿後記〉中，曾提到對《下集》的看法：

> 而《異域下集》，就分明的是合而為一。在美國的徐放博士，曾在紐約星島日報上作了一篇考據文章，肯定《異域下集》作者馬克騰先生是我的筆名。這使我驚愕和慚愧。驚愕的是，世界上竟有這麼多故意混淆，難以分辨的事。慚愧的是，我實在只寫了一本《異域》，既沒有上集，更沒有下集。我覺得《下集》寫的很好，但我不敢掠美。[40]

姜穆根本沒有去過泰緬邊區，更非孤軍之一員，他是應當時星光出版社老闆林紫耀之邀，花了二個多月時間，根據新聞剪報資料，加上自己的想像編寫而成。唯恐以真名「姜穆」發表，讀者會對書中內容不相信，遂取筆名「馬克騰」。至於《異域烽火》上下冊，「上冊從民國四十二年敘述至五十年的第二次撤退為止，下冊是從五十年之後至民國六十四年，前後歷時約二十年。」[41]姜穆以筆名「卓元相」出版，理由仍如前述，是一種「偽裝的魔術」。《異域下集》銷售情形不佳，這或與出版

---

[40] 鄧克保：〈《異域》重印校稿後記〉，頁272。

[41] 丁作韶：〈序〉，《異域烽火》（台北：躍昇文化出版公司，1993），頁3。

社不敢大肆宣揚有關，但《異域烽火》則銷了六、七版，成績不惡。

對於《異域下集》與《異域烽火》二書，姜穆認為絕不是「報導文學」，也談不上創作的小說，而是一種「新聞的重現」，是新聞體寫作。這個觀點，拿來說明《異域》一書的性質，應該也是恰當的。柏楊寫《異域》時，並未到過泰緬邊區，更非孤軍，他任職於自立晚報，由於孤軍於1961年3月在國際壓力下被迫第二次全面撤退到台灣，相關新聞報導甚多，也掀起了一陣熱潮，柏楊以其新聞工作者的敏感度，遂在《自立晚報》上以「血戰異域十一年」為名，以連載專欄形式出現，為增加其「可信度」，而以「鄧克保」假名發表。推測其動機，不外是對孤軍處境的同情，新聞工作的需求（刺激銷路）。事實上，從書中附錄所言：「自立晚報按：本報自連載鄧克保先生《血戰異域十一年》後，接到不少電話和不少信件」[42]，足見此一專欄的策略成功。報導文學在題材上所應有的新聞性（時效性），以及表現手法上所需的文學性，《異域》一書無疑是具備的，然而，它終究不能算是報導文學。

德國的報導（告）文學作家冀希（Egon E. Kisch, 1885-1948）曾對此一文類提出四點規範：一、必須嚴格的忠實於事實；二、應該有強烈的參與情感；三、題材應與大眾有密切的關係；四、應該具有藝術的水平(指技巧和處理手法等)。[43]

---

[42] 鄧克保，《異域》，頁184．

[43] 轉引自文訊雜誌社所舉辦之「當代文學問題討論會」第二場，討論林燿德(1962-)論文〈台灣報導文學的成長與危機〉的紀錄，由馮景青撰。參加者有古蒙仁、李利國、心岱、陳銘磻、潘家慶。

《異域》借一虛構人物鄧克保（同時兼作者與主人翁兩角色）
來進行敘述，自然不是「嚴格的眞實」，而較接近於西方六〇
年代興起的「新新聞學」的報導寫作手法，而非報導文學。新
聞寫作方式經歷了客觀報導、綜合報導、解釋報導、深度報導、
調查報導等階段，於六〇年代中期出現了「新新聞學」，強調
可以「容納一切可能的形式：時空跳接的手法，第三人稱的敘
述，對話體，細部描寫，心理刻劃，個人感覺……都是可能
的。」[44]「新新聞學」的興起，和美國前鋒論壇報新聞增刊的
編輯湯姆・伍爾夫（Tom Wolfe, 1931- ）所編選、於1973年出
版的《新新聞學》（*The New Journalism*），以及楚曼・卡波提
（Truman Capote, 1924-1984）於1966年出版的「非虛構小說」
－《冷血》（*Cold Blood*）有關。尤其是《冷血》一書，楚曼・
卡波提「以五年的時間跟犯人一起生活，作了無數的訪問資
料、刑事檔案，在任何相關的細節都不曾放過下，他以一種抽
離了訪問者身分的『新聞體』形式，完成了它。」[45]此書的寫
作方式，與《異域》或《異域下集》、《異域烽火》相近，但
不完全相同。楚曼・卡波提雖有赴現場實際採訪的「親歷性」，
但在表現上則以「抽離了訪問者身分」的方式，並自稱此為「非
虛構小說」，而《異域》等書，作者柏楊與姜穆都沒有親歷現
場採訪，採用的是史料彙整、資料剪輯的方式，在表現上當然

此處所引冀希的說法，參考自李利國的發言。見《文訊月刊》29
期，1987年4月，頁184。

[44] 高信疆：〈永恆與博大－報導文學的歷史線索〉，《現實的探索》
（陳銘磻編，台北：東大圖書公司, 1980），頁47。

[45] 高信疆：〈永恆與博大－報導文學的歷史線索〉，頁4。

無法有訪問者的身分,而必須虛構人物來進行敘述。因此,就寫作的方式而言,二者略有不同,但就其所呈現出來的形式而言,卻又相近,都屬於接近新聞體寫作的「非虛構小說」——雖是有人物、情節虛構的小說技巧,但內容、題材則求其忠於真實,這與以想像創作為寫作基礎的小說是不一樣的。在缺乏對報導客體、現場的親自採訪條件下,我們對《異域》一書的定性,也只能說它較接近於「新新聞學」的寫作方式,是一種「非虛構小說」,而難以逕稱其為「報導文學」作品。

四、《金三角・荒城》:報導文學的精彩演示

有了《金三角・荒城》這部貨真價實的報導文學作品來做對比,《異域》的定性就更為清楚了。《金三角・荒城》是有計畫的系列寫作,在高信疆的推動下完成,先在《中國時報》「人間副刊」上連載一個半月後,由時報文化公司出版。由於柏楊的親赴現場,所寫的每一篇報導,都是其親身經歷,或有自己觀點的資料解讀,讓讀者隨著他的行蹤、思想,一步步走進金三角神祕的世界裡。這種臨場感正是《異域》以小說人物觀點為敘述策略所不及的。例如敘述泰國政府以軍事行動大規模肅毒,引起坤沙反撲的〈三次反撲〉文中,有一段寫道:

> 我和嚮導曾到焚車地點憑弔,車骸已被運走,只看見一片被烤焦了的泥土路面。泰國政府副發言人哇尼拉集曼女士發表談話說:「此次截劫上述車輛和民眾財物的坤沙武裝人員,看來非常疲勞,由

> 於他們非常缺乏糧食。」不過據我所知, 他們並不
> 缺少。[46]

又如〈危險的趨勢〉中, 第一手的採訪, 精神上的介入, 使柏楊的報導眞實而富情感：

> 現在的滿星疊, 平靜如水, 除了街頭上的黑豹軍, 其他一如往昔, 只多了幾棟焚毀的房舍, 佇立在殘瓦斷垣之前。一個幼兒彳亍的走過來, 村人告訴我, 他的雙親被一顆子彈, 從丈夫心臟穿出, 再從妻子的心臟穿入。我不敢詢問有沒有人收養他, 怕的是聽到「沒有」。[47]

類此的描述還有很多, 充分顯示出柏楊走訪當地的親歷性。報導主體的隱晦與突出, 正是《異域》與《金三角‧荒城》最大的差異點。

　　彭歌(姚朋, 1926-)說：「我想報導文學所要求的, 首先是事實」[48], 《金三角‧荒城》的内容確實是可信的。柏楊一方面寫出自己走訪滿星疊、美斯樂、清萊等泰北邊區的觀察實況, 一方面查考相關史料, 多方求證, 二者交互運用, 再配以地圖, 使這部報導文學作品深具客觀的可信度。他自己曾說：「我這次泰北之行, 因受到駐泰國外交（商務）官員們抵制, 所以無

---

[46] 柏楊:《金三角‧荒城》, 頁53。

[47] 柏楊: 《金三角‧荒城》, 頁121。

[48] 彭歌:〈必須深入人性〉,《現實的探索》（陳銘磻編）, 頁118。

法獲得官方資料，一切都是千辛萬苦在最低階層摸索中得到的。」[49]這種客觀的真實性，柏楊透過以下五個方式來突顯：第一、對數據資料的重視。如〈下台階梯〉中，對泰國征剿坤沙之役雙方的死傷人數，〈武裝基地和難民村〉中，對現存難民村的實際數目的分析等；第二、佐以地圖解說。如用四種不同符號來標示滿星疊、普通城市、孤軍軍部、難民村，繪製出〈孤軍基地及泰北難民聚落〉圖；第三、以歷史考證來說明背景，強化說服力。如〈歷史的回溯〉、〈毒潮直撲中國〉、〈第一次鴉片戰爭〉到〈自食其果〉、〈第二次鴉片戰爭〉，柏楊闡述了中國、英國、法國及東南亞鴉片的複雜發展史，讓讀者明白金三角的特殊性；第四、僅就所知敘述，不妄加猜測。如〈〇四指揮部〉中，他指出，泰國政府批准孤軍改組，稱為「泰北山區民眾自衛隊」，「在這裡，有一個我迄今都沒有弄清楚的事，就是他們的武器如何處理，只有一點可以肯定的，他們仍擁有武器，但彈藥如何補給，新武器如何更換，因為每個人的說法都不一樣，使我無法分辨什麼是真的事實。」[50]完全是有幾分證據說幾分話的實證態度；第五、柏楊有時也直陳此行所寫為「報導」，如「我們曾報導過」[51]、「現在，讓我們的報導轉向孤軍苗裔和他們所居住的難民村」[52]等，都清楚說明了其為真實新聞報導的本質。

---

[49] 鄧克保，《異域》，頁151。

[50] 鄧克保，《異域》，頁195。

[51] 鄧克保，《異域》，頁123。

[52] 鄧克保，《異域》，頁150。

　　但是, 報導文學「不是單純的新聞採訪, 並不以堆積真 實材料或報導事件經過為滿足」[53],「報導文學的層面與基礎有二：一是報導, 要建立在真實的材料上；二是文學, 它容納多種表現方式和文學寫作的技巧。」[54]《異域》的文學性表現在小說形式的發揮,《金三角‧荒城》則偏重於雜文筆法的刻劃, 它可以隨時宕開, 補充資料或另起話頭, 完全是順手拈來, 揮灑自如, 卻又不失主題的掌控。例如探討了羅星漢的姓氏, 家世及其傳奇故事後, 他可以筆鋒一轉說：「現在, 讓我們回到正題」[55]又談起了段希文將軍；也隨時可以中斷敘述, 改成對讀者來信的解釋, 這種議論橫生、不拘結構的筆法, 和《異域》較嚴謹的小說結構不同。不過, 為了因應報紙連載之所需, 他在寫法上有一點章回體的味道, 經常在文末出現論斷式的評語, 或者是歙歙喟歎, 以牽引下文的開端, 這使得書中四十三篇雖各自獨立, 但讀來卻又呵成一氣。

　　在文學技巧上, 柏楊也善用情境的對比來塑造氣氛, 如〈解除武裝〉中寫道：

　　　　孤軍可以說一直在「撤退」「再撤退」中掙扎求生, 戰敗固然死亡, 無聲無息的死亡, 全世界沒有人紀念他們。就在我伏案為文的時候, 新聞報導,

---

[53] 張系國(1944-)：〈歷史、現實及文學〉,《現實的探索》(陳銘磻編, 台北: 東大圖書公司, 1980), 頁71。

[54] 黃年：〈報導文學的兩個層面〉, 頁151。

[55] 鄧克保,《異域》, 頁207．

> 美國「越戰紀念堂」已在華盛頓破土開工，越南戰
> 場上殉職者五萬餘人的姓名，都將刻在上面。[56]

用越南美軍的建堂紀念，反襯出異域孤軍與草木同朽的命運，對比十分強烈。此外，對人物的塑造、情節的安排、場景的描寫等文學手法，柏楊都有老練的表現，限於篇幅，不再舉例說明。

至於報導文學所具有的時效性，《金三角‧荒城》更是明顯，這與報紙連載的要求有關，因此，我們很容易可以看到柏楊對當時現況的最快速報導，如「要注意的是，直到我執筆寫這篇報導時為止，沒有查獲一星點鴉片或其他毒品，泰國政府大規模的『肅毒』軍事行動，出現師出無名的尷尬現象。」[57] 又如「當我和老妻訪問美斯樂期間，中國電視公司正在台北放映他們實地所拍攝的美斯樂，和其他難民聚落群的影片。」[58] 類此均可看出此書扣緊現實、反映現實的時效性，報導文學所強調的「此時此地」特性[59]，此書有生動的呈現。

---

[56] 柏楊：《金三角‧荒城》，頁171。

[57] 鄧克保，《異域》，頁48．

[58] 鄧克保，《異域》，頁161．

[59] 報導文學最早被稱為「速寫」、「通訊」，即可說明其重視時效的本質。報導文學作者大部分也都在媒體工作，媒體強調的新聞性、時效性，明顯的投射在報導文學的題材選擇、發表時效上。向陽在〈呈現以及提出〉一文中，對報導文學下的定義是：「一種以此時此地為背景，經之以真實事件或對象，緯之以文學技巧和手法的作品，一般稱之為『報導文學』。」（收於陳銘磻編《現實的探索》，頁105）也強調了「此時此地」的必要性。

　　報導文學除了上述的真實性、文學性、時效性之外，具 人文關懷精神的批判性，也是檢驗報導文學此一文類的切入點。誠如張系國所言：「它不僅是客觀的報導，作者個人的哲學觀、人生觀、政治觀……都會表現在報導文學的作品裡面。」[60]《金三角・荒城》對此也發揮得淋漓盡致。他對孤軍的過去的奮鬥與今日的艱辛，泰北難胞落後、悲情的境遇，他由衷敬佩，也不時流露悲憫的情緒，如「寫到這裡，美斯樂哭聲仍響耳際，停筆嘆息，彼蒼蒼者天，曷其有極。」[61]經營美斯樂二十年，成為孤軍精神領袖的段希文將軍，柏楊說他就住在美斯樂，真正「與士卒共甘苦」，柏楊接著寫道：「這種口號喊起來比打哈欠都容易，我們聽到的也太多了，多到足以把耳朵磨出老繭，可是有幾個做到？」[62]即使是面對被控以「販毒」罪名的坤沙集團，柏楊也都能從歷史成因、現實條件等因素來分析，並以一種「同情的理解」心態來評論，如對泰國政府的軍事征剿行動，他批評說：「當一個政府或國家，因政治緣故誘人販毒時，就很難理直氣壯的再站在法律立場，取締販毒。」[63]而對西方國家所種下的禍根，他也不客氣地說：「追根溯源，今日橫眉怒目，努力肅毒的國家，正是往昔販毒的罪魁禍首。」[64]柏楊從愛出發，以理服人的批判態度，使這部報導文學作品也發揮了一如其雜文般啟人深思的精神效果。

---

[60] 張系國：〈歷史、現實及文學〉，頁71。
[61] 鄧克保，《異域》，頁272．
[62] 鄧克保，《異域》，頁167．
[63] 鄧克保，《異域》，頁29．
[64] 鄧克保，《異域》，頁65．

　　從以上的論述可知,《金三角·荒城》確實是一部文學與新聞結合的傑出報導文學作品。它既是新聞專欄的產物,又能運用文學的技巧,作有系統、有目的、有結論的報導。 透過柏楊的匠心安排,理性的思考與感性的抒情,有著巧妙的融合。他的身影處處出現,他的觀點時時流露,柏楊的行文風格使本書彰顯出獨樹一幟的新聞價值與藝術特徵,而為人稱道。

五、從《異域》到《金三角·荒城》:不變的入世情懷

　　柏楊文學人格的本質是雜文,他自己就曾明白說過:「對我來說,寫雜文比較簡單。寫雜文可以不受任何限制,你甚至可以把它寫成小說、寫成詩,我有很多詩就是雜文詩。 你也可以把它寫成散文,天地非常的廣,同時我的性格也可能比較接近於雜文。」[65]他所寫的《柏楊小說》就是雜文小說,他說:「我想,雜文式的小說,即令不是我首創的,也是我把它發揚光大。它是可以把時空打碎、雜文體的小說,目的在表達某一

---

[65] 鄭瑜雯採訪、記錄:〈情愛掙扎——柏楊談小說〉,《情愛掙扎:柏楊小說論析》(李瑞騰著,台北:漢光文化事業股份有限公司,1994),頁146。

種理念、觀點, 或是某一種感情。」[66]這也提供了我們理解《異域》與《金三角‧荒城》的另一角度:《異域》這部以眞實素材爲基礎的「非虛構小說」, 在柏楊的性格與文學的雜文天平上, 向小說傾斜, 而《金三角‧荒城》這部親臨現場的一手採訪, 則是向報導文學傾斜。仔細閱讀這兩本書, 雜文式的結構、筆法, 的確不時出現, 構成二書的共同特色。

柏楊作品的一貫基調是感時憂國、愛憎分明, 直探核心、尖銳犀利則是行文手法, 這就形成他以雜文爲主要表現文體的文風。他寫戰役, 寫人性, 寫政治鬥爭, 寫亂世兒女情, 始終是以寫史的嚴肅心情, 積極入世, 力爭是非與公道, 這也是柏楊人格上不畏強權、追求眞理、熱愛家國的具體表徵。因此, 我們看到他在《金三角‧荒城》中, 毫不掩飾地流露出對我國駐泰的官方機構「遠東商務代表處」的代表(大使)的不滿, 他寫道:「代表沈克勤先生每次都抱怨孤軍爲他增加太多麻煩, 宣稱他很忙, 他在曼谷不是專門爲孤軍當差的」[67], 更直言沈克勤先生「只是一個官場上得心應手的人物……僅只服侍國內的高官巨賈, 就使他忙碌不堪。」[68]愛深責切, 他心念孤軍悲慘的命運, 痛恨自私圖利的官僚, 如果不用「投槍」與「匕首」般的雜文手法, 他是不能一吐爲快的。然而, 也正因爲如此,

---

[66] 鄭瑜雯採訪、記錄:〈情愛掙扎──柏楊談小說〉, 頁151。

[67] 鄧克保, 《異域》, 頁250‧

[68] 鄧克保, 《異域》, 頁277‧

他的《異域》被禁,《金三角‧荒城》在連載期間也引起一些誤會[69],二者都遭逢了被誤解的相似命運,實令人感慨係之。

　　不過,對照柏楊後來的入獄、被抹黑、受打擊,以及近年來為爭取人權而汲汲奔走的身影,作為一個感時憂國的知識分子,一個以文學為職志的創作者,二書的被誤解,不過是其後一連串噩運的開端而已。然而,一如孤軍總是在絕地異域中突圍重生,柏楊多年來堅持不變的理念,也在奮鬥多年後得到了應有的掌聲。正如他在《金三角‧荒城》結語所言:「我不氣餒,愛心可以改變一切,只看我們是不是付出愛心。」[70](頁277)柏楊的愛,柏楊的筆,柏楊的人格力量,柏楊一以貫之的入世情懷,確實改變了很多很多……。

~~~~~~~~~~~~~~~~

參考文獻目錄

BO

柏楊: 《異域》,台北:平原出版社,出版年月缺。

——: 《異域》,台北:躍昇文化出版公司,1988。

---

69 在〈孤軍危機〉中,讀者王克志女士對柏楊的指責,就是一例。柏楊不得不提出解釋說:「從王克志女士的語氣看來,從泰北回來的人,好像只能報導使人憂傷的『異域』孤軍難民村,不能報導『金三角』。報導孤軍難民村,才算正統。報導『金三角』,就是邪門歪道了。」不僅如此,「聽說一位自封為地位很高的人士,曾憤怒的宣稱,他要打電話給中國時報,不准刊載這種『打擊士氣』的文章。這消息使我沮喪,而且百思不得其解,直到看了王克志女士的信,才發現發生誤會的原因。」參柏楊:《金三角‧荒城》,頁139。

70 鄧克保,《異域》,頁277.

──: 《金三角‧荒城》, 台北: 躍昇文化出版公司, 1988。

CHEN

陳銘磻編: 《現實的探索》, 台北: 東大圖書公司, 1980。

DENG

鄧克保→柏楊

LI

李利國: 《我在人類文明的生死分水線上》, 台北: 時報出版
　　公司, 1980。

──編著: 《從異域到台灣》, 台北: 長河出版社, 1978。

李瑞騰: 《台灣文學風貌》, 台北: 三民書局, 1991。

──: 《情愛掙扎：柏楊小說論析》, 台北: 漢光文化事業股
　　份有限公司, 1994。

MA

馬克騰: 《異域下集》, 台北: 迅雷出版社, 1976。

YE

葉石濤: 《台灣文學史綱》, 台北: 文學界雜誌社, 1987。

ZENG

曾燄: 《滿星疊的故事》, 台北: 時報出版公司, 1984。

ZHANG

張寶琴等編: 《四十年來中國文學》, 台北: 聯合文學出版社
　　1997。

ZHUO

卓元相: 《異域烽火》, 台北: 躍昇文化出版公司, 1993。

論文重點

1. 本論文主要探討柏楊兩部以異域爲題材的作品《異域》和《金三角・荒城》,試圖從文類及內容兩方面提出看法。

2. 《異域》出版之後,多種相關作品問世,電影拍攝,及不斷再版,足見其歷久不衰的魅力。

3. 《異域》的成功,在於寫出了五、六〇年代反共口號盛行之下,人心眞實而又「難言的隱痛」。

4. 「棄與不棄」是異域孤軍評量一個人忠貞與否的重要準則,因此書中有不少對背棄弟兄的「長官」的不滿。

5. 孤兒意識、棄兒意識、忠臣意識、反共(戰鬥)意識,是《異域》一書深沉的主題所在。

6. 有人將《異域》視爲報導文學之作,其實應屬以眞實新聞爲素材的「非虛構小說」。

7. 《金三角・荒城》則因其具備眞實性、文學性、時效性、人文關懷精神及柏楊親自走訪現場等要素,堪稱貨眞價實的報導文學之作。

8. 柏楊文學人格的本質是雜文,二書皆有其慣用的雜文筆法,但《異域》偏向小說,《金三角・荒城》則偏向報導文學。

9. 柏楊作品一貫的基調是感時憂國,愛憎分明;行文手法則是直探核心,尖銳犀利。其書受歡迎在此,被誤解也在此。

10. 從《異域》到《金三角・荒城》,我們看到柏楊始終堅持著知識分子的入世情懷,也看到這種人格力量所煥發出的光亮。

英文摘要(abstract):

Chang, Tang-ki, "From *the Alienated Land* to *Golden Triangle and The Waste City*: Observation of two works on alienated land of Bo Yang".

Assistant Professor, Department of Chinese, National Chengchi University

This article investigates *Alienated Land* and *Golden Triangle and The Waste City*, two works of Boyang which takes the alienated land as their main theme. Section 1 pinpoints the latent impact of *the Alienated Land*. Section 2 illustrates the pain that can be hardly talked about to analyze the paradox of its popularity and being censored. Section 3 explores the characteristics as non-fictitious fiction, which is closer to news report instead of reporting literature. Section 4 concludes, with the perspectives of literature, lasting value, reality, personal experience and human concern, that *Golden Triangle and The Waste City* is an excellent work of reporting literature. Section 5 juxtaposes these two books and the hard life of Bo Yang. It points out the character of an intellectual that concerns the world with his principles firmly held. (編委會譯)

特約講評人: 羅琅

羅琅(Loong LO), 男, 1931年生於廣東潮陽,五〇年代開始以羅隼等筆名在香港報刊上寫稿, 現任香港作家聯會祕書, 鑪峰

文叢主編,三聯書店《香港文叢》顧問, 已出版的著作有《羅隼選集》、《香港文化腳印》等十數種。

　　柏楊不是一個「奇人」, 柏楊的作品也不是「奇書」。柏楊是一位有思想, 有理念又對中國歷史有深刻研究的作家。他的作品直面慘淡人生, 因此賦有一定內涵或諷喻, 以期讀者讀後產生共鳴, 引起沉思。因此在五六十年代, 台灣處於反共高潮時, 他使用反共語言以適應環境的包裝, 使作品得以同讀者見面, 內中卻隱含著他對事物的理性發言——這就是張堂錡先生大作〈從《異域》到《金三角‧荒城》——柏楊兩部異域題材作品的觀察〉中, 所謂「難言的隱痛」的結論。

　　在台灣那段惡劣的恐怖高潮環境中, 他只能借用反共的囈語, 隱隱約約的表達他對在中緬邊境「孤軍」無援的抗爭, 予同情和灰心失望。發出不平之言語說:「我們真正是一個沒有親生父親的孤兒, 在最需要扶持的時候, 每一次都遭到悲慘的遺棄」。這表達了「孤軍」的無奈和沉痛之言, 其實也就是柏楊自己要說的話和對他們的同情。

　　這樣的「孤軍」遠在異域進行抗爭, 前無去路後無支援, 註定最後必是以失敗告終。柏楊當時身在台灣, 當然只能用隱喻, 曲筆訴說這樣的不平之鳴, 一個有思想理智的人閱讀《異域》時決不只是欣賞異域風情, 激烈戰鬥場面, 讀後必是扼腕而感嘆!

　　柏楊未去過中緬邊境, 也未接觸「孤軍」, 卻以「孤軍」事蹟寫成作品, 他必是從多方面的間接材料做素材, 再以當時台灣反共忠貞之士平時的反共行止去描寫另一異域的忠貞之

士, 相信不會錯到那裡去。這令習見那種生活環境的台灣讀者, 讀起來有親切的共鳴感。台灣和異域現實是否完全一致就不一定。

《異域》的結構鋪排形式是新聞資料, 故事不全是憑空虛構, 只是用間接材料作爲藍本而已, 有人把它說成是報導文學, 顯然是牛頭不對馬嘴, 當他是一部寫實主義小說比較恰當。

《異域》所以暢銷, 這是同台灣人民想知道一方聲嘶力竭的反共, 但對那些在最艱苦環境中爲反抗而進行抗爭的「孤軍」, 卻視若無睹, 不出援手, 那種冷漠引起人們反思爲何會如此？尤其是當有些人撤返台灣後, 被投閒置散, 淪爲砍竹的苦工, 做漿糊的小販, ……這叫做什麼光榮？這就是柏楊小說的主題。

小說有刺, 刺中的是當政者的僞善嘴臉, 自然令台灣當局嚥不下這口氣, 所以請柏楊去火燒島嘗口鐵窗風味, 書被禁售是必然的結果。

柏楊未去過中緬邊境而撰述以那裡爲背景的小說, 雖不是虛構, 也是帶有想像成分, 作爲一位有良心的作家, 當然希望找機會親往了解昔日異域今日的荒城。

當他到了那曾被描寫過的遺蹟時, 所見只有頹垣破瓦, 沒有父母的孤兒, 令他想起那鎮日的呼喚爲主義而戰, 遺下的是悽慘的荒域, 難免感慨係之。

從「異域」到「荒城」看到時代的變化, 人也變了, 柏楊也從隱痛中想起當年那些「口號喊起來比打哈欠都容易, 我們聽到也太多了, 多到足把耳朵磨出老繭, 可有幾個做到」的感嘆來。爲政治而喚得太多的口號, 對於人的需求無關。

　　張堂錡先生的文章,把柏楊兩本描寫異域的作品聯繫起來分析柏楊的雜文法。「異域」的論述較深入些,「荒城」則只是略略帶過,反而引經據典議論他是否報導文學,令人感到有點虎頭蛇尾之嘆。

　　張君那些被柏楊否認的「狗尾續貂」的作品,附會到是受「異域」的影響,我想有點「附會」之議,一件歷史事件,必有眾多人往不同角度去描寫,珠玉在前,後者有的只在摺美,有的只是同一題材而已,硬說成是受柏楊影響卻不一定是。

　　作者似乎花了過多的筆墨在議論報導文學體裁上,稍為喜歡搞文學創作的,都知道什麼叫小說,什麼叫報導,是寫作人ABC,這是屬於技巧上的運用而已。

　　張堂錡先生文章重要的發現是點出了柏楊「難言的隱痛」,而不像一般人只關注異域風情,戰爭場面,就就比較深刻。

　　文章中有些用詞似有標新立異之處,例如「觀照」、「傾斜」,形容難以理解,倒裝詞如「著作等身」用「等身著作」,「褒貶美刺」則不知指什麼?……(完)

特約講評人: 李志文

李志文(Chee Man LEE),男,1949年生於香港,廣東東莞人。國立台灣大學中文系畢業,香港珠海書院文學博士,香港中文大學教育文憑,現任香港珠海書院文史研究所教授。

拜讀張堂錡教授〈從《異域》到《金三角‧荒城》——柏楊兩部異域題材作品的觀察〉,覺得最精彩的是張教授將《異域》定性為小說,不是報導文學。

在未述說張教授這個「精彩」之前,容許個人先講另一個「精彩」,就是張教授很客觀,很有系統的從文學、時效、真實、親歷、人文關懷多個角度,肯定《金三角‧荒城》是報導文學的「精彩」演示。個人非常同意張教授的分析,但同時要介紹雷銳教授[71] 在所著《柏楊評傳》提到:

> 在報導文學這個體裁上,柏楊的成熟期未曾到來。作者未能抓住一個或若干個主要人物,作更為深入的描寫和表現;而對事件的敘述上,還未達到足夠的藝術處理,高潮力不夠。《金》在這方面更弱 [72]。

好高興知道雷銳教授參加這次學術討論會,與張教授同在第五場發表論文;屆時,兩位「柏楊專家」面對面討論彼此不同的見解,應該是一個精彩的場面。

講到張教授《從》文的精彩,個人又想先提一個不成熟的看法:

張教授套用楚曼‧卡波提(Truman Capote)的「非虛構小說」作為《異域》的定性,強調這與想像創作為寫作基礎的

---

[71] 雷銳(1947—),現任教於廣西大學,學術著作有《柏楊評傳》、與劉開明合著《論柏楊式幽默》等。

[72] 雷銳:《柏楊評傳》,(北京:中國友誼出版公司,1996),頁274。

小說不一樣；又引述柏楊郭先生自稱性格可能比較接近雜文，說《柏楊小說》就是雜文小說；再說《異域》「在柏楊的性格與文學的雜文天平上，向小說傾斜。」如果逕說《異域》就是「一部社會小說」，是否更直截了當？

當然，單就張教授將《異域》定性為非報導文學，對於學術界研究「柏楊作品」，已經是一個很大的貢獻。

台北躍昇文化事業有限公司出版《柏楊書》系列，其中報導文學就有兩部──《異域》和《金三角・荒城》，柏楊郭先生自己也確實認定《異域》是一部報導文學[73]，除了少數學者如葉石濤先生說它是小說，絕大多數學者都將它歸入報導文學之列。

張教授首先帶出姜穆先生認為與《異域》同一題材的《異域下集》與《異域烽火上、下集》[74]「絕不是報導文學」；繼續引述德國報導文學作家冀希（E.E.Kisch）的報導文學四個規範，以及採納彭歌、張系國、黃年、向陽、高信疆諸先生對報導文學的見解；最後提出報導文學必須具備真實性、文學性、時效性和人文關懷精神的批判性，說明《異域》不是報導文學，而是小說──非虛構小說。

---

[73] 柏楊口述，周碧瑟執筆：《柏楊回憶錄》，（台灣：遠流出版公司，1996），頁246。　柏楊說：「這個時候（1961年），我的一部報導文學《異域》開始在《自立晚報》連載。」

[74] 姜穆先生以筆名「馬克騰」寫《異域下集》，用筆名「卓元相」寫《異域烽火上、下集》。

報導文學, 在中國大陸叫報告文學, 大約產生於二〇年代初, 蓬勃於三〇年代, 是緊密追蹤社會生活的一種靈便形式。大陸學者李炳銀先生[75]為報告文學下了個定義:

> 報告文學, 是指那些及時對社會生活中富有思想、情感內容及為人們普遍關注的社會現象、事件與人物作真實藝術的報告的散體文章[76]。

李氏同時提出報告文學三大必備要素: 現實性、真實性和文學性, 而特別強調的就是真實性, 以為這是報告文學文體特徵賴以存活的生命源泉。

柏楊郭先生在1961年以前沒有到過異域, 沒有親歷現場採訪, 雷銳先生說:「1961年春, 郭衣洞非常偶然地認識了幾位五〇年代初從大陸退到緬甸的國民黨軍官兵, ……, 他(柏楊)經過緊張的採訪, 寫出了報導文學《血戰異域十一年》」[77], 固然與事實不符; 甚至連當年(1961)8月《異域》結集出版, 葉明勳先生說:「本報(自立晚報)駐曼谷記者李華明先生於去年從泰國寫來一稿, 對中緬邊區基地建立的始末及發展, 報導甚詳, 全文定名為:《血戰異域十一年》, 原作者鄧

---

[75] 李炳銀(1950—), 現任中國報告文學學會副祕書長, 著有《生活、文學與思考》、《當代報告文學流變論》等。

[76] 李炳銀:《當代報告文學流變論》, (北京, 人民文學出版社, 1997), 頁43。

[77] 雷銳:《柏楊評傳》, 頁106-107。

克保先生，以生花之筆……」[78]　也是一種「誤導」。柏楊郭先生在《回憶錄》中明確說出：

> 故事背景是根據駐板橋記者馬俊良先生每天訪問一、二位從泰國北部撤退到台灣的孤軍，他把資料交給我，由我撰寫[79]。

所以，嚴謹的從報導（告）文學定義上，尤其是在「眞實性」方面立論，《異域》當然不是報導文學。

最後，個人謹向張教授和各位前輩提出有關《異域》四個現成資料，野人獻曰一番：

一、《異域》「作者」鄧克保確有其人。鄧克保原是女生的名字，柏楊郭先生將一生「忘不了」的「初戀情人」作爲這書的男主角，值得玩味[80]。

二、《異域》男主角鄧克保，根本就是柏楊郭先生自我融入的角色。僅舉一例：第六章寫到鄧克保和妻子都受過高等教

---

[78] 葉明勳：〈《異域》序〉，《異域》（柏楊著，躍昇文化出版公司，7刷，1993）。

[79] 柏楊：《柏楊回憶錄》，頁246-247。　柏楊「委婉的把眞相報導出來」，動機在於藉機控訴「很多當初在大陸誓言與某城共存亡的將領，結果不但城亡人不亡，拋棄了願爲他們戰死的部下，甚至捲款潛逃到台北，藉著關係，竟先後到國防部坐上高位。」

[80] 鄧克保，是柏楊郭先生童時（郭定生）輝縣小學五年級的一位女同學，個子小小，纖巧玲瓏可愛的小女生，郭定生一直想找機會和她講話，但始終未說上一句話，她是柏楊郭先生唯一記得的「童年女伴」，柏楊郭先生說：「假設這是一場美麗的戀愛的話，大概就是我的初戀吧！」見《柏楊回憶錄》，頁50及頁389。

育, 但都没有證件, 一句「證件都是最重要的, 不是嗎?」不就是柏楊郭先生撰寫《異域》時在心裡掙扎的話嗎?

三、鄧克保在撤退到台灣途中, 遇上空難, 幾乎喪命, 因體驗到正副駕駛員的專業道義, 決定與妻子政芬步隨丁作韶夫婦之後, 留在異域。明顯是表現了柏楊郭先生天生的執著, 勇於向權威挑戰的性格, 身體內使命感在激盪, 要為小民寫史, 要衝撞「醬缸文化」。

四、《血戰異域十一年》, 明明是十一年, 柏楊郭先生只寫了前六年, 剩下的後五年, 即自四國會議後的五年, 故事的「安排」是: 主角夫婦重返異域, 應該是為將來「再續前緣」伏筆。這個布局極有小說的味兒。

在1977年4月1日結束了九年又二十六日的牢獄生涯之後五年, 柏楊郭先生接受中國時報副總編輯高信疆先生委託, 與夫人張香華女士親自到異域現場採訪、勘察、搜集資料, 真正是奮不顧身, 深入蠻荒[81]。 柏楊郭先生形容這是「一次生死不測之旅。」[82]結果, 二十日後, 柏楊郭先生帶著大包資料返回台北, 三個月後, 精彩的報導文學《金三角·荒城》結集面世了。

閱讀精彩的《金三角·荒城》, 想起一生充滿傳奇的柏楊郭先生——一位自始至終傲骨嶙峋, 勇於向權威挑戰, 充滿愛

---

[81] 張香華女士因為要上課, 中途離開, 先行返回台北。見雷銳:《柏楊評傳》, 頁270。

[82] 見《柏楊回憶錄》, 頁373。在這, 柏楊又不忘衝撞「醬缸文化」:「這是一次生死不測之旅。有中國人的地方, 就有悲慘的內鬥, 醬缸文化孕育出來的定律如此, 所以孤軍中派系林立, 互相間手不留情。」

心，有器度的人文大師，雖然仍然滿身是傷，滿身是箭，但已經可以隨心所欲，縱橫捭闔的捍衛言論人權自由；相對於寫作《異域》時充滿難言的隱痛、極度的無奈、濃厚的悲劇意識的郭先生，真不可同日而語。這或者可以說明：中國文化還是有她精彩的一面，我們對於中華民族仍有精彩的、美好的明天，還是有信心的。(完)

[責任編輯：梁敏兒、黎活仁、鄭振偉]

爲時代的悲劇小人物撰史立傳：論柏楊的報導文學

雷銳

作者簡介: 雷銳(Rui LEI), 1947年生, 廣西南寧人, 1982年廣西師範大學中文系碩士, 現爲廣西師範大學中文系教授、廣西師範大學圖書館館長, 著有《中國小說現代化五十年》、《柏楊評傳》、(主編)《桂林文化城大全·文學卷·小說分卷》等10餘種, 現代文學論文130篇, 多次獲省、校級優秀研究成果獎。

論文題要: 古往今來的中外歷史多是帝王將相、英雄人物的傳記家譜, 平民百姓小人物難見得到一絲半毫浮光掠影。具有博大愛心、平民精神的柏楊對此深感不滿, 他用自己的全部作品爲小人物喊出他們的心聲願望, 寫出他們的喜怒哀樂。尤其是他的報導文學, 更是時代的悲劇小人物的生動紀錄。

柏楊的報導文學作品並不算多: 寫於六〇年代的《異域》、八〇年代初的《金三角·荒城》、《穿山甲人》、八〇年代末的《家園》, 但它們之中都貫注著一股強烈的平民

精神。作品中的主人公都是些名不見經傳的小人物，他們多出現在時代洪流急轉彎的背景下，其經歷遭遇充滿了悲劇的色彩。《異域》、《金三角·荒城》寫四〇年代末，一支民黨撤至緬甸的殘部及他們的後裔頑強戰鬥、掙扎生存的可貴精神與其不知順應時代的愚忠、執拗性格相衝突，而導致失敗、衰亡的悲劇。《穿山甲人》寫一個身患頑疾的農家婦女儘管飽受愚昧迷信歧視，仍然自強不息，顯示了小人物生命的頑韌。《家園》則通過柏楊從台灣返大陸探親的見聞，其中穿插了自己近大半生的經歷，頗為典型地寫出了一個生於亂世中國小知識分子的悲劇命運。不可抗拒的時代洪流，挾裹著中國幾千年負面的文化積澱呼嘯而來，沒有哪一個迎面而站的小人物能逃得脫滅頂之災，儘管他們身上帶著許多有價值的東西。柏楊的報導文學記下了這些中國人的悲哀，也啟示了讀者對新時代中國人命運的思考。

報導文學作為新聞與文學互相溶滲而派生出的一種新文體，是散文現代化的結果。它能更好地適應讀者對新聞關注和審美愉悅的雙重需要。本世紀中葉以來，大陸和台灣的新聞報導都有長足的進步。柏楊的報導文學立足於平民的立場，特別為時代的悲劇小人物撰史立傳，是對傳統史學觀文學觀的挑戰。這些作品將精神悲劇和時代悲劇的無意識交融，它們平實而帶悲愴的敘述風格，對報導文學藝術的發展都帶來有益的貢獻。與此同時，由於柏楊對這種體裁的文體意識還不夠強烈，寫作時的藝術經營不如他的雜文、小說，對作品中主人公的典型性提煉不足，結構安排也略嫌隨意，從而影響了柏楊的報導文學作品的成熟。

中文關鍵詞： 報導文學　小人物　悲劇　平民精神　時代精
　神　命運　典型

英文關鍵詞: Reportage, the common people, tragedy, the spirit of
common people, the spirit of times, fate, representative /model

　　人類歷史浩浩蕩蕩滾滾向前, 雖說大江東去, 浪淘盡千古
英雄, 時間賦予每一個人同樣以公平的一次生命途程, 但史書
上留下的仍多是英雄偉人、帝王將相的名字。當後人撫摸著一
張張泛黃的史頁, 神思穿越綿長的流水般漫過的時間和茫茫
空間, 心底總會發出這樣迷茫的疑問: 到底是英雄書寫歷史,
還是凡人創造歷史？只知道, 人類歷史每前進一步, 輾過的普
通人屍首簡直數以億計, 流下的小人物鮮血足可匯成千百條
江河。但是, 他們的名字幾曾在歷史上留下一捺一撇, 他們的
汗跡腳印幾曾在歷史上存下一星半點？歷史未免太不公平
了。

　　不, 人類歷史中畢竟不乏目光向下的平民思想家。他們只
要有可能, 便在歷史的側旁用飽蘸感情的筆, 記下那些爲正史
所忽略, 正史無處可接納, 正統的史家不屑一顧的凡人小人物
踩在歷史上的足印。雖然這些足印既輕又淺, 且凌亂歪斜, 卻
讓讀者撫摸在上面的手指, 感受到陣陣微弱的電流直刺心靈,
引起不息的震顫。柏楊就是這樣一位思想家。他爲小人物書寫
的歷史就是他的小說, 他的雜文, 他的史著, 還有他的報導文
學。

　　報導文學在大陸上稱報告文學(Reportage)。這種體裁是新
聞報導與文學創作聯婚而派生出的一種散文樣式。其特徵便是

新聞性與文學性的交織。它要求在描寫上打破新聞報導的拘謹和簡略，充分運用各種文學手段並適當加重文學色彩，從而使得新聞事件更加具體動人，產生美感力量。這是散文現代化帶來的結果。散文的分支體裁增加了，提供給讀者的審美趣味也擴大了。現代生活速度的加快和內容的豐富，希望能更生動也更及時地反映現實生活，報導文學也就應運而生。十九世紀末期，歐洲曾出現過比新聞稍為生動一些的反映戰爭場面的速記，反映民主主義革命者生活的特寫，這些作品已具有報告文學的某些元素。1903年，美國作家傑克‧倫敦(John G. London, 1876-1916)以記者身分，對倫敦貧民窟進行的調查，可能是較早成形的報告文學作品。此後，第一次世界大戰爆發，世界面貌的強烈變動，激發了廣大讀者對報告文學的興趣。

後來美國記者里德(John Reed, 1887-1920)和捷克記者基希(Egon E. Kisch, 1885-1948)都寫過很好的作品。二〇年代，蘇聯作家高爾基(Maxim Gorky, 1868-1936)大力倡導報導文學，因此引起魯迅(周樟壽, 1881-1936)的注意，曾為中譯本作序，指出：輸入這「先進的範本」，「開始與大眾相見，此後所啟發的是和先前不同的讀者，它將要生出不同的結果來」[1]。其實，在中國,二〇年代瞿秋白(瞿雙, 1899-1935)的《餓鄉紀程》、《赤都心史》已以記錄作者遠赴蘇維埃俄國的見聞而啟開報導文學的先河。當然，這兩部集子抒情散文的性質很重，與嚴格意義的報導文學的記實性有一些距離，但也明顯具備報導文學的基本特徵。它們產生於時代的激烈斷裂之中，又似乎暗示著報

---

[1] 《魯迅全集》(北京: 人民文學出版社, 1987, 卷7), 頁396。

導文學往往易於在這種特別的環境中得到滋長的條件。後來中國報導文學蓬勃於三〇年代中日本帝國主義侵略戰爭爆發前後；七〇年代末八〇年代上半期，大陸打倒「四人幫」，一個史學家們呼之為「新時期」到來，報導文學再一度繁榮；彷彿都能十分有力地證明上述觀點。無論如何，社會的激變、時代的斷裂，提供了比治世順時豐富得多也刺激得多的社會現象，當戲劇、小說來不及大量熔鑄典型，詩歌來不及提煉詩美的時候，報導文學能以其輕裝快捷的條件登上文壇的潮頭，適應著讀者急切的審美需要，也就不奇怪了。而隨著時代由亂向治的發展，報導文學對社會普通生活和平凡人物的關注，也非常自然地成為一種趨勢。如果遇到一位有心為平民記錄為小人物鳴訴的作家，報導文學便會因其腳踏在社會的根底而湧出綿綿不絕的力量。具有博大愛心，以百姓蒼生的命運為已任的柏楊，一旦開始報導文學創作，定然會讓這種文體閃射出特殊的光芒。這是毋庸置疑的。柏楊一生中寫作的報導文學不多，1961年的《異域》（原名《血戰異域十一年》），1982年的《金三角・荒城》（原名《金三角・邊區・荒城》）、《穿山甲人》，1989年的《家園》，便各呈風采。而流貫於這些作品中的共同特色，首先便是為時代的悲劇小人物撰史立傳這一強烈的平民精神。

出現在柏楊報導文學中的主角，主要是五〇年代初國民黨軍隊大崩潰後從大陸拋擲到緬甸的殘兵敗將——柏楊稱之為「孤軍」的一群。與曾經在大陸政壇軍界的國民黨的顯赫人物比起來，他們儘管也有過團長、營長、中校之類的軍職軍銜，甚至後來也因戰略需要冊封為「司令」、「師長」，但仍然是

不折不扣的籍籍無名的小人物。國民黨最高當局根本就不管他們的命運, 主管的上司早就遺棄這群忠勇的下屬, 直到他們為生存而打響的槍聲引起了國際上的詫怪, 國民黨當局為了遮人眼目才匆匆將他們像垃圾般作了處理。沒有柏楊的筆, 他們的名字早就湮滅在歷史的地平線下。當雄赫耀的八百萬大軍被風卷雲散的時候, 有多少散兵潰卒無聲無臭地消失在現實的塵煙裡。但柏楊的筆如刀鑿木似地刻下了「孤軍」的一群, 使他們從數不清的小人物中凸現了出來。《異域》虛構了「鄧克保」這樣一位國民黨中級軍官, 以他的「親身經歷」為線索, 敘述了國民黨第八軍和第二十六軍合成的一支殘部, 從雲南中部退到邊境, 再退入緬甸, 在緬甸茫然掙扎的過程。崇山峻嶺, 惡水煙瘴, 虐蚊毒蛇, 原始森林。士兵們一個個彈絕糧盡, 臉黃肌瘦, 斷臂傷腿, 無藥可治, 還要拖兒帶女, 攜眷同行, 婦啼子泣, 一路血跡斑斑。後面是解放軍帶著國民黨軍隊降兵的追逐, 前面是彌漫死亡氣息的神祕山林, 滿含敵意與警惕的野蠻的少數民族, 以及凶殘的緬甸國防軍和僱佣軍國際兵團。真是四處都逢絕地, 無路可以逃生。但是, 如果作品的主人公命運僅止於此, 這篇報導文學也僅僅彌漫出一般的悲劇性, 因為類似這種絕望的性質古今中外許多文學作品中都表現過, 只不過周圍的景況不同而已。沒有在呼天不應、喚地不靈情況下的超常變異描寫, 作品仍然激發不出強烈的悲劇性來。柏楊筆下的「孤軍」正是有別於一般的因人力體能的無法忍受產生的悲劇, 往超越人的精神限度去著筆。《異域》中的大半筆墨, 竟是這支國民黨軍殘部, 剛從九死一生中逃脫出, 就頑強地集結起來, 在滇緬邊境打開了一小塊游擊區, 而且喘息未定, 又主

動向雲南的中國人民解放軍展開一次以卵擊石式的反攻。當然，失敗的下場是一開始就連瞎子都能看得出的。孤軍們仍然燈蛾撲火似地將自己的生命投向死亡。在他們的精神中有著對國民黨的愚忠，有著對共產黨的仇恨，有著不甘於一再失敗的激憤，也有著一種儘管知其不可為而為的生命意志。於是，撇開事件本身的政治因素，作為人類共性中有價值的某些東西，便金屑似地在我們面前閃爍出來。當這些閃著金色光芒的精神因素被現實無情地掩壓下去時，我們就會產生一種強烈的悲哀。這便是《異域》的悲劇感不同於一般文學作品的深一層原因。

　　然而情況還不止於此。柏楊的報導文學是放在時代激變的大背景之下來著筆的，用書中孤軍們的話來說「在這個大時代中，我們是太渺小了」。的確，面對著四〇年代末大陸上這場狂風暴雨似的時代變動，孤軍實在是太微不足道、太無力抗拒了。「鄧克保」在書中不止一次地問，孤軍的失敗「是天命？抑是人為？」其實，天命也是人為所至，或者說，天命不過是人為積聚到一定程度後不可逆轉的巨大趨勢。人作孽，不可活，國民黨當年的極度腐敗，造成了人心的巨大背棄——這不就是「天命」嗎？於是，在大廈忽喇喇傾倒的形勢下，在八百萬大軍已被風卷殘雲、灰飛煙滅的情況下，靠幾個渺小的忠勇之士的肝腦塗地、蠻勇一搏，不過是加強了那無濟於事的悲哀。悲劇的內涵在一定程度上正是歷史的必然要求與對這個要求的盲目抗拒之間的矛盾衝突。這個抗拒越愚昧，犧牲越慘重，其悲劇性越複雜。《異域》中其實已多方面描寫到這個悲劇的因素：人民解放軍的摧枯拉朽之勢，國民黨軍隊的分崩離析，起義者、投降者接二連三，並隨著追兵前來向孤軍勸降。孤軍

反攻時當地的少數民族首領暫時起義, 旋即反水。老百姓對他們到來的漠然冷遇, 等等。特別是書中寫道, 孤軍的上峰們「前仆後繼地拋下弟兄們」逃跑, 將部隊的軍械變賣裝進自己腰包去香港當富公。在官職升遷上, 出生入死的戰功抵不過「關係」「人事」的作用。大家「欽慕的老長官在台北那豪華如皇宮一樣, 備有冷氣暖氣的大廳裡」(「他的夫人每次麻將都要輸掉使我們吃驚的數目」), 卻指揮著幾千公里外衣衫襤褸, 以芭蕉心充飢的戰士。身陷異域的士卒們, 「像孩子一樣地需要關懷, 需要疼愛」, 但他們「得到的只是冷漠」, 像一群「沒有親生父親的孤兒, 在最需要扶持的時候, 每一次都遭到悲慘的遺棄」。

……這種內外交逼的強烈動勢, 形成勢不可擋的合力, 將孤軍從時代洪流中甩出去, 像一把甩出河床的水草。他們掙扎著, 翻滾著, 調動了每一個細胞來和命運抗爭, 但那反抗在歷史中的廣闊空間中是多麼微弱, 那下場是多麼悲愴。歷史的巨輪毫不容情地從他們身上輾過, 而他們身上又偏偏閃現出那種以愚忠形式出現的人類精神的特殊光點, 那種中國傳統的「疾風知勁草, 板蕩見忠臣」的高尚氣節的某些投影。這就格外使人嗟嘆, 使人悲哀。作品最後孤軍根據政治需要, 大部分空運回台灣, 在這個派系林立互相傾軋的小島上自生自滅, 其下場是令人悵惘不已的。偏偏柏楊的筆尚未將悲劇的氣氛收束。他在「鄧克保」身上留下了凝重的悲哀的一筆。鄧克保一子一女全死於那蠻荒異地, 妻子才三十多歲就狀如老嫗, 這一家人的經歷本已是「覆巢之下無完卵」的寫照, 而鄧克保夫婦, 本來可以離開這塊充滿悲傷回憶的異域撤回台灣, 卻又借著

飛機故障留了下來，要繼續孤軍的「未竟事業」。這種一愚再愚的舉動，已不能用成敗來論其行為的對錯，「識時務為俊傑」的古訓也對之失了對象，只使人加倍地感到人的精神的頑韌和失敗感的悠長，從而加深了悲劇的力量。

　　一般來說，悲劇多指現實生活中具有正面素質的、肯定性的社會力量或人物在具有必然性的社會矛盾鬥爭中的失敗、毀滅和死亡。即那些代表著人類社會裡崇高、善良、美好的精神力量和品格，它們的毀滅就是悲劇。孤軍身上的悲劇內涵是複雜的。一方面，他們為當時代表著腐敗、失去民心的國民黨政權賣命，其失敗和毀滅在當時的社會矛盾發展中是必然的，並不具備悲劇的正面性質。但另一方面，他們身上蘊藏著的堅貞、執著、頑韌，又多多少少折映著人類社會崇高的精神品格的某些投影。於是，他們的失敗也就帶上一定程度的悲劇性，與那些醜惡的、邪惡的、黑暗的代表人類社會卑鄙品格的力量的失敗有較鮮明的不同。特別是，孤軍的歷史還提供著這樣一個哲學思考：應該正視主體中的自由和客觀必然性的實際矛盾。自由是對必然的認識，二者應該是統一的，但統一中又有矛盾衝突。必然性是無意識的東西，所以便有可能與有意識的、自由決定的活動相衝突，使人們從事的某種事業必然遭到失敗而歸於毀滅。這種隱蔽的必然性對人類自由的干預便產生了悲劇。《異域》中除了重筆描寫孤軍的忠勇、機智、為信念而獻身的精神外，還寫到他們在極

為困難的條件下仍然注重軍風軍紀，也寫到他們的行動對百姓們的某些感召，也就是說，要顯示出孤軍事業的正義性。但是，這種正義性所反映的作為主體的人對自由的認識，還是被隱蔽的卻不可抗禦的歷史的必然性輾壓而過。由於對自由認識的誤區，造成人們在歷史上的一出出悲劇。千千萬萬小人物對自身自由的錯誤認識，正是時代悲劇毫不容情地產生的原因之一，也是讓後人感慨不已之所在。

《異域》為大時代的悲劇小人物在史頁上留下悲壯的一筆，如果他們的所有痕跡就此全部抹去，徹底打上一個句號，那也就罷了。偏偏二十年後的一天，命運之神的一次「惠顧」，又讓柏楊的筆重新續上當年那段餘墨：報導文學集《金三角‧荒城》出版。這部作品進一步介紹了「孤軍」的歷史與當時的狀況。他們從《異域》介紹的六〇年代初第二次撤退進入泰國以來，幾經波折，一直在「撤退」與「再撤退」中掙扎求生。他們也力圖遵守泰國法律，從事生產和小量的商業，但生活十分貧困，與外界幾乎隔絕，惡運連綿，前途從沒見過一點亮色。1968年，泰國國防軍清剿北部苗族起義連連失利，用「一石二鳥」之計，逼「孤軍」上前線。為了寄人籬下，孤軍傾其精銳六百人，奇襲敵方根據地，大獲全勝，震動泰國朝野，以鮮血和生命換來在泰國的一隅可憐之地。1981年，孤軍又一次為泰國國防部作打手，攻克泰共根據地考牙山，再次令泰國上下瞠目。至此，孤軍實際上已成為泰國政府的旁支軍事系統，但仍在泰國毫無地位。他們艱苦地生活著，不知何時付出自己的生命。內部又曾發生過內訌。孤軍的老成員一個個地死去、老去，他們的後代一個個地為外界所吸引。招兵根本無望，孤軍後繼

無人。沒有醫院，沒有學校，沒有任何文化娛樂，獨自被遺棄
在群山林莽中，交纏在他們身上的永遠是貧苦和絕望。……孤
軍在一步步地走向自己的徹底消亡。不僅是國民黨遺忘了他們，
社會遺忘了他們，歷史也遺忘了他們，自然規律也在淘汰著他
們。柏楊用盡力壓抑著的悲愴筆調告訴人們這個痛心而又無奈
的結局。作者在書中高度贊揚了孤軍的英勇善戰、吃苦耐勞，
但這些巨大的的付出不但毫無回報，甚至連最初的支撐著生
存的信念也日漸淡化而至於渺茫。這就是哀莫大於心死的悲
劇。當生命異化成為活屍，當頑強的性格被無望的歲月磨蝕成
為麻木，孤軍們的能征善戰又有什麼意義？柏楊在書中強化
了孤軍的戰鬥力，特別是用泰國國防軍的精銳黑豹軍與之對
比，其裝備、精神、氣勢簡直判若雲泥。然而黑豹軍無法取得
的戰果，就是讓這一群乞丐似的孤軍凜然摘取！可是，到該書
結尾，幾位指揮孤軍創出奇跡的將領垂垂老矣，英風全無，一
副夕陽奄奄之狀。強烈的反差令人格外鼻酸。到《金三角‧荒
城》，柏楊用不勝欷歔的筆調，唱出了孤軍悲劇的尾聲。

　　無疑地，柏楊的輓歌是太過沉重了。孤軍本來說是歷史大
潮呼嘯轉彎時被甩到岸邊的一小團水草，潮流滾滾而去，無論
如何不會回頭。這些被拋到岸邊的水草如果能適應新的環境，
扎根於岸邊的土壤，與周圍陌生的植物漸漸混同，倒可能將生
命延續下去。倘若堅持原狀，只會被烈日曬死，被污水腐解。
離開中國分散到世界各地的華人如恒河沙數，都無須一定做
中國的公民。生存下去，同化到新的國家去，樹立起世界公民
的眼光，為整個人類作貢獻，才是正確的道路。孤軍衰亡的命
運是必然的，愚忠的、空洞的、無望的固守，是對人的生命的

浪費。如果說《異域》中孤軍的以卵擊石式的進攻仍可令讀者感到「悲壯」的話,《金三角·荒城》中孤軍為泰國僱傭軍的行動就令人感到悲哀了。柏楊未始不看到這點,但他對孤軍的偏愛,對小人物悲劇命運的感同身受,使他的筆底總是隱隱地流出淚水。這種情感大於理智的表現,雖然削減了作品的思想力度,卻從另一方面加強了這部報導文學的悲劇性,許多讀者沉浸在對孤軍的深深同情中,至少是暫時無法去辨別其行為之對錯的。

《金三角·荒城》的悲劇雖然沒有《異域》那樣悲壯,卻又因其背景的特殊令人刮目相看。《金三角·荒城》的地域背景放在全世界聞名的臭譽昭著的金三角,這是世界最大的毒品生產地:緬甸、老撾、泰國三國交界之處。到八〇年代,此地生產的毒品已佔世界毒品總產量的百分之七十。《金》介紹了傳奇式的毒梟羅星漢和他的繼任者坤沙,從他們的發跡史上,柏楊尖銳地挖出了毒品屢剿不絕的一個主要原因:「毒品不是單純的法律案件,而是政治性行為。當一個政府或國家,因政治緣故誘人販毒時,就很難理直氣壯再站在法律立場,取締販毒。」當年緬甸政府企圖以毒攻毒,結果造就了這兩位草莽英雄,使他們的毒名大噪於天下。而泰國政府的每次清剿,都因與毒販們千絲萬縷的政治關係、經濟利益而草草收場。由此可知,政治上的清廉純潔堅定,才是剿毒的最強大依託。吸毒、制毒、販毒,作為人類社會最醜惡的現象和政治上的腐敗黑暗勾結起來,使人類向高度文明的進化遭到最大的挑戰,柏楊如能在這個問題上深入挖掘,將會讓作品的思想力度得到加強。但他在作品中順便對販毒歷史的回溯,又讓人們看到了

經濟利益驅動人們去從事這種骯髒事業的原因。他以兩次鴉片
戰爭給中國帶來危害的事實，有力地回擊了歐美國家的「東方
鴉片貽害世界論」，嚴正指出：「今日橫眉怒目、努力肅毒的
國家，正是往昔販毒的罪魁禍首。」而六〇年代的美國介入越
戰和接納販毒，又正是促使今日全球毒品泛濫的一個中介原
因。柏楊的歷史回溯和地理環境展示，爲《金三角・荒城》拉
開了一個時空都頗爲闊大的背景。在這樣背景下重新出場的
「孤軍」，卻被心懷鬼胎的政治家們推入販毒的行列，因爲他
們和坤沙一樣，「都是中國人」，借著驅逐坤沙毒販集團，泰
國政府順便也向孤軍開刀。而毋庸諱言，孤軍爲了生存，和販
毒集團或多或少有過關係，但將孤軍和販毒集團不分清紅皂
白地攪和在一起，是多麼的冤枉。爲了洗清這種不白之冤，孤
軍又不得不接受了泰國政府的陰謀，準備向同是華人的坤沙
集團開火，這種種因素，都加重了自身悲劇的必然。

　　《異域》和《金三角・荒城》描寫的是一群小人物。《穿
山甲人》則是描寫一個悲劇性小人物的半生經歷。這篇報導文
學動筆在《金三角・荒城》的連載報導寫作空隙之中，主人公
又是身在異域的馬來西亞農村，因此它彷彿帶著與《異域》、
《金三角・荒城》相映襯又相對比的特點。孤軍是一群血性男
兒，頭顱在槍林彈雨中隨意輕擲；「穿山甲人」張四妹則是一
個爲怪病所苦、哀哀無告、可憐的農家弱女子。柏楊將孤軍身
上被毀滅的有價值的東西激射出奇異的火花，又將張四妹身
上得以頑強保存的有價值的東西——自尊自強——貧窮、愚
昧、迷信中披砂礫金地剔示出來。張四妹伴著母親因追捕一隻
穿山甲而被其報復的迷信故事降生人世，患著一種先天不治

的魚鱗癬, 全身皮膚緊縮, 五官變形, 狀同怪物, 終年生活在難以忍受的痛癢之中。無消多說, 她自小便生活在村人的恐懼和鄙視之中, 一度差點被送到社會慈善機構開設的「姑娘堂」去自生自滅, 也曾被貪財的馬戲團班主視爲賺錢的怪物所覬覦。所幸的是, 父母親以溫暖的愛保存了她的生命。更爲可寶貴的是, 張四妹憑著自己的自強不息, 居然掌握了最起碼的勞動本領, 還無師自通地學會了華文, 甚至能寫出頗爲通順的文章信件。生命, 在張四妹這樣脆弱醜陋的軀體上煥發出美麗的虹彩。這是多麼令人感動的人生。雖然也是悲劇, 但《穿山甲人》給予人的並非孤軍似的絕望。連張四妹這樣的生命也能超越一般意義上的生之要求, 其他生理健全的人還能爲自己的怯懦自卑作出什麼辯解呢? 傷殘人作爲人類社會中常見的一種社會現象, 社會應該如何表現出廣博的人道主義責任, 傷殘人本身又應如何表現出作爲一個人的自強自尊, 是我們的文學領域幾乎忽略的題材。柏楊無意得之, 但如果沒有一顆博大的愛心, 絕不會有強烈的同情, 也不會有這篇感人肺腑的文字, 引發了後來台灣各界對張四妹的募捐、治療, 讓她不但病情得到緩解, 心靈更是得到愛的滋潤。

寫於1988年的《家園》可能有人將它視爲記事性散文或記遊性散文, 但筆者認爲作爲報導文學更爲合適。因爲這部作品有著明顯的新聞性, 它產生於海峽兩岸關係解凍, 台灣百姓四十年來第一次得以允許返鄉探親的大潮開始濺沫揚波之時。當時不僅中國大陸和台灣, 甚至全世界的讀者都十分關心這一新聞熱點, 關注每一篇關於探親的新聞、報導。《家園》當時產生的熱烈效應在一定程度上也由於它所具備的新聞性。它所

記載的一切內容都是作者親身經歷的，有著嚴格的眞實性。而且，《家園》記載的時間較長，作品有著明顯的連貫性。這些特點，都與一般的記事或記遊散文有區別。《家園》可以說是一個悲劇小人物親身經歷的一部歷史。這個悲劇小人物正是作者柏楊本人。這部歷史的時間跨度，差不多概括了柏楊的大半生。作品以作者從台灣返大陸重訪故鄉舊地的經歷，在所見所聞中穿插對自己當年遭遇的回憶。柏楊儘管已經成爲一名聞名海內外的作家，但他的平民精神，他的博愛胸襟，使他永遠不會成爲一位「大人物」。他成名前的身分就更是一位不折不扣的「小人物」。從《家園》的敘述中，我們看到了這位小人物身上負載著中國的沉重悲劇，或者說，柏楊由於其獨特的經歷，成爲中國現代一位小人物悲劇命運的典型代表。《家園》中回憶了作者悲慘的童年、顛沛的青年時代、在時代巨變時的淒惶、被台灣特務政治陷害的冤獄，這些都是充滿中國典型封建特色的生活經歷。幾千年生活在中國歷史上的中國人，他們的生活空間是一片昏蒙、無愛、無望、無法、無力自保，無半點人權。如果他有「幸」爬上權貴的位置，「大人物」的地位，也許會獲得許多特別的權利，甚至無法無天、胡作非爲。可是億億萬萬小人物，只能像柏楊所經歷過的那樣，在極度的貧困、饑饉、凍餒、冷酷、動亂、絕望、冤屈、妻離子散、家破人亡、求生不得、求死不成中度過，過著一種也稱之爲「人」的生活。（《家園》的日文譯本書名就改爲《絕望的中國人》，實是從特殊角度上抓到了這本報導文學的內容。）這就是中國小人物的典型生活。當然，還有許許多多中國小人物生活的經歷，柏楊並沒能經過，但由於他特殊的作家身分，這些多少帶有中國

小人物共性的生活變成了文字, 流傳下來, 它們也就帶上一定的典型性。《家園》無愧爲一部時代悲劇小人物的傳記。

　　《家園》與《異域》、《金三角·荒城》有著爲小人物立傳的相同之點, 也有著立傳的背景不同之處。《異域》、《金三角·荒城》背靠的是時代的背景, 政治色彩鮮明, 《家園》背靠的也是時代的背景, 但奪目閃耀的是文化的色彩。作者經歷了對中國醬缸文化的挖掘和對中國醜陋人性的揭發之後, 寫出的報導文學, 非常自然地帶上對台灣大陸兩地文化精神的批判和分析。於是《家園》在敘述風格上帶上《異域》所沒有的濃重的政論味、雜文味。單從一些小標題:《平等——萬美之母》、《四化到六化》、《知識分子的命運》、《權力癡呆症》、《虛主義制》……便可看出。柏楊像在自己的雜文一樣, 照樣毫不容情地抨擊腐朽的官本位制度和觀念, 知識分子的奴才意識, 呼喚民主、自由、平等。文中多處閃爍著理性的光輝, 它們有機地從作品情節中自然透出, 或是在對往事的回憶中加以總結, 或是在對現實的評論裡予以表達。特別是柏楊返回大陸時, 正是這個古老中國民主思想最爲的活躍的時期之一, 許多蔣介石時代、毛澤東時代都不能發表、甚至不允許思考的問題、思想, 都像春草一樣蔓生滋長起來。由於柏楊的特殊身分,「異端」思想, 他不能不遇到許多熱心的求知者, 積極的探索者, 也不乏某些有意詰難的人。在回答中, 在交流裡, 柏楊在雜文中已形成體系、並多次論述過的思想, 當然也就表達出來。而最關鍵的, 是這些思想和觀點, 正是進入二十世紀下半葉以來中國思想界中最具活力、最富深刻性的眾多理論之一。

　　它們出現在作品中，出現在作者與大陸知識分子、青年學生的交流中，也就帶上一定的典型性，反映出時代前進的特點，顯示出中國人在二十世紀行將結束，新世紀即將來臨時對中國命運的積極而緊張的思索。這，在一定程度上正是中國人在二十一世紀定會以嶄新的面貌出現於世界民族之林的預兆，也正是《家園》不同於三○年代以來，乃至大陸打倒「四人幫」以來衆多暴露現實、反思教訓的報導文學的地方。它的獨特處之一，也就在這裡。

　　《家園》中還強烈地透露出一種時代飛速變異的滄桑感，而這種感受又特別地和對歷史的痛切總結紐結起來的時候，作品的主題和品味便得到一種新的昇華。當年柏楊離開大陸的時候，還是一個不到三十歲的青年，彈指一揮間，他已經兩鬢斑白。重新踏上四十年前的故土，一切都已面目全非。雖然老家的一些破舊房屋，依然可以喚起當年的若干回憶的痕印，但青少年時的親朋好友，所剩已經寥寥，且已再無一點當年可辨的細微特徵。光陰無情地蕩過他們的生命，中國人特有的政治化的生活更是殘酷地摧殘了他們的全部機體。他們渾渾噩噩地向生命的最後歸宿走去。也不知自己這一生到底爲什麼存在，又有什麼可留？如果說《異域》與《金三角‧荒城》的孤軍是在掙扎中求生存，將自己無望地投向戰鬥和死亡，生命並無多少價值的話，《家園》中的許多在貧窮中受熬煎、在大陸的政治運動中反來覆去地被顛榨的小人物們，他們的生命更是毫無價值。柏楊在還鄉中記下了家鄉的變化，也記下了鄉親們麻木的眼神、多病的身體、無計劃生育造成人口的低質濫長，精神上被政治異化而帶來的蒼白……柏楊的心在滴血，柏楊的

筆在流淚,《家園》引導讀者在思索, 怎樣才能改變中國人的
這種狀況?《家園》也如不少報導文學一樣, 指出了大陸改革
開放的正確性, 回顧了台灣「解嚴」的大勢所趨。大陸台灣都
在朝著現代化的道路上走。這是歷史的必然, 也是唯一正確的
道路。只是如果作品也停留在這個人人皆見的結論上,《家
園》的獨特之處就顯之不出,《家園》的哲學意義也就見不到。
而實際上, 作品中也並沒有哪一處明確地作出上述結論的概
括。但是柏楊在作品的末尾, 用匆匆而過的筆墨, 記錄了他們
結束故鄉之行返到香港, 又返回台北的家的愉快熨貼心情, 實
是與大陸之行的緊張、迫切感覺相對比:

> 飛機九時起飛, 祖國山河, 再一次消失在背
> 後……飛機漸漸降低, ……突然間, 感覺到機輪在
> 沉重的著地, 機身跳動……這次班機上有三分之二
> 是外國人, 當飛機停穩之後, 我聽到過去飛機著陸
> 時沒有聽到過的聲音, 那就是, 霎時間, 掌聲如
> 雷。[2]

這裡有著乘機降落香港時的實感描寫, 彷彿也有著對大陸之
行的緊張的暗示。

> 我們仍住華園酒店, (啟窗而觀) ……這是一
> 個南國的世界, 對一個剛從北國風光、風沙撲面、

---

[2] 柏楊: 《家園》(台北: 林白出版社, 1989), 頁270。

極目蒼涼地帶歸來的游客, 深深的感覺到這個世界
的溫馨。[3]

這裡寫的是南方北方氣候環境給人的不同感覺, 彷彿也有著
對大陸之行人際關係陌生、僵硬的暗示。

> ……回到台北花園新城的家門, (憑陽台遠眺
> 台北夜景) ……清風輕輕拂著面頰, 我無法想像三
> 天之前, 我還身在大陸, 而且在大陸遇到那麼多動
> 人心魄的奇情。和香華默默的凝視著北方的天空,
> 更遠, 就是大陸北國的奇怪而高的天空, 我們心裡
> 升起一種融蝕我們的感受:
> 「大陸可戀, 台灣可愛, 有自由的地方, 就是
> 家園!」[4]

這裡以台北夜景的悠閒與大陸之行的動人心魄相比, 已近乎
直接地指出「家園」氣氛應該是輕鬆的、溫馨的。全書最後的
幾句近乎詩句的感受則是將這種流貫於全書的感情作了精粹
的提升。大陸有自己的根, 「野人懷土, 小草戀山」, 再窮再
苦也比不過拔根之痛。台灣有自己現在的家, 「金窩銀窩比不
過自己的草窩」, 何況更有將此書獻給的最親的人──是「妻
子」、「也是朋友」[5]的張香華(1939-)。

---

[3] 柏楊: 《家園》, 頁270。
[4] 柏楊:《家園》, 頁271。
[5]《家園》扉頁題詞為: 「獻給我的妻子,也是我的朋友香華。」

　　十多年來，他們從以前婚姻的陰影中走出，在人海中憑著上天給予的緣分而相聚，相濡以沫，共赴艱危，創立了並不斷豐富著這個溫馨的家，它怎能不是最可愛的呢？但是，無論大陸台灣，也無論世界上哪個地方，還是自由最爲可貴！只有有了自由，人才能充分發揮自己的力量，享受到人生最大的快樂和權利。這樣的環境才是人類眞正的「家園」——不僅在物質上，而且在精神上。這是幾千年來人類歷史上多少思想家哲學家爲之殫精竭力尋找的「家園」，它在地上又難以尋到，於是人們上求於天。但在天堂也未能盡善，那裡仍然有上帝的意志在管束。「自由」在這裡不是低層次的行動自主，也不止是稍高層次的身心解放，它應該是人類對自身潛力和發展的認識和追求的極至。當然僅從《家園》的内容，未必能直接得到這樣深刻的啓示，但透過裡面所提及的中國人漫長的歷史，尤其透過其中現代中國小人物的悲劇生活，悲劇遭遇，以及柏楊對年青一代和孩子的殷切關懷，我們仍然可以感到柏楊之所謂「自由」的絕非那樣簡單。當代報導文學中也不時見到作者們對作品作哲學昇華的努力，但他們多從作品的情節直接提煉，其間的邏輯關係比較明晰。像《家園》似的通篇不見提及，只是通過傾向暗示，若明若暗地、含蓄地流露，直到全篇讀完，才在作者畫龍點睛似的提醒下豁然開朗。這感覺不能不格外深刻、人的心魄俱受強烈震撼，一種因理智開豁而深融感情的藝術美感油然而生。這也可以看作是柏楊爲小人物立傳的一種藝術處理方法。他不像許多爲大人物作傳的作者那樣，喜歡借助於較爲高深的總結，略帶誇張的描寫，經常提醒讀者注意的重

複。柏楊用平實的筆調敘述，卻在這種質樸的風格中閃出智慧的光芒。

綜觀柏楊的報導文學，其強烈的平民精神處處可感。他以自己作品中的每一段每一句文字，構築了向高官權貴大人物們對壘的堅固陣地。柏楊筆下的英雄，都是名不見經傳的小人物，平凡得就如中國大地上的一塊泥土、一株小草，但是正是他們的血肉之軀，完成了大人物們永遠可望而不可及的光輝業績。從他們身上透出的悲劇精神正是人類精神聖殿中的組成部分：孤軍們的頑韌戰鬥意志，高超嫻熟的戰鬥藝術，視死如歸的壯烈氣慨，在時代的急劇轉變中頑強的生存力，在貧困艱難的環境裡高度的忍耐力……這些特點，都是人類自身價值得以崇高體現的因素，是人類所以在地球上得以成爲萬物之靈的主要原因。歷史長河中固然不時翻起由「大人物」們掀起的壯闊浪頭，從而加速了歷史的行進速度，但大河流水之所以滾滾滔滔，全是由「小人物」們合力的積聚和推動。沒有了巨大數量「小人物」的存在和助力，就沒有「大人物」們的顯赫和威武。中國古代的思想家和開明的封建帝王對此是有深切體會的。「民爲貴，社稷次之，君爲輕」，「民猶如水，可載舟，亦可覆舟」，諸如此類的感慨和總結，不止一次出現在歷史的講壇上，爲億億萬萬「小人物」作著有力的注釋。可惜這種聲音還是太少了，一部二十四史，幾乎成爲帝王將相的檔案庫。歷史上中國的靈魂和行進的線索，極難看出底細，正如通過密葉投射到莓苔上面的月光，只見點點碎影。柏楊對此深惡痛絕。他在獄中創作的《中國人史綱》的「總序」就凜然寫道：

> ……我們的立場是中國人的立場，不同於「奉
> 旨修史」的官員立場，也不同於以王朝爲主，以帝王
> 將相爲主，以統治階層自居的立場——他們把利益
> 所從所出的王朝放在第一位，而把中國放在第二
> 位。我們反對「成則帝王，敗則盜寇」的史觀，在那
> 種史觀上，許多醜惡被美化，許多可歌可泣，代表
> 中國人磅礴剛強、澎湃活力的智慧和勇敢，都被醜
> 化。[6]

這種平民精神的歷史觀，正是在柏楊的報導文學中得到具體
的實踐。在這些作品中，不僅「小人物」們的「可歌可泣，代
表中國人磅礴剛強、澎湃活力的智慧和勇敢」的事實得到展現，
「大人物」們醜陋、卑鄙的嘴臉行爲也時時被作爲「小人物」
們的對比而曝光。上文提到的孤軍在異域殊死血戰，長官們卻
在台灣、曼谷「旋金蓮步，歌舞玉堂春」；孤軍們爲黨國的旗
幟在流盡最後一滴血，上峰們卻將募捐給他們的款項吞入私
囊。柏楊的報導文學只要有機會，就猛烈抨擊「大人物」們的
思想行爲。《家園》中既猛烈揭露蔣介石獨裁、特務政治的殘
酷黑暗，也不時嘲諷大陸上的官僚主義，批評毛澤東晚年的僵
硬思想導致「文化大革命」的浩劫，還多處揭露斯大林時期的
專制統治。與此同時，柏楊對自己著作日豐，文名日顯，有可
能成爲「大人物」的趨勢保持著高度警惕。他經常回憶自己當
年的落魄窘狀，對自己的軟弱、幼稚、輕率作嘲笑。他在《穿

---

[6] 柏楊: 《中國人史綱》(台北: 星光出版社, 5版, 1979, 上冊), 頁6。

山甲人》中檢討自己初見張四妹相片不應該的厭惡，儘管這種
生理上的反應對任何一個正常人而言極爲自然。他對故鄉鄉親
們爲他立的塑像旣心懷感激，卻幾次要勸說他們將石雕打
碎。柏楊始終以「小人物」自居，站在「小人物」的立場上爲
平民百姓說話。當他落筆到報導文學的創作上時，爲「小人
物」撰史立傳是非常自然的。

　　報導文學雖然有著新聞的特點，其立足點至少有一半放
在文學上。對於文學的創作，柏楊有著許多獨到的見解，歸結
起來，可以看得出，愛是柏楊創作的根源、動力、主要題材，而
柏楊最精彩的作品必定是愛情爲内容的。著名美籍華人作家聶
華苓(1925-)指出，柏楊的「小說和雜文有一個共同點，就是個
『情』字──親情、友情、愛情、人情、愛國之情；他就爲那
個『情』字痛苦、快樂、憤怒、悲哀、絕望、希望……甚至在
獄中，柏楊也充滿了悲天憫人之『情』[7]。」

　　更準確地說，柏楊是個博愛主義者，他在獄中曾對自己作
深深的剖析，指出自己的天性是深濃的對國家、親人、朋友的
愛[8]，尤其是他「認爲愛情是至高無上而神聖的，在人生中居第
一重要地位」[9]，他甚至認爲愛能改變許多醜惡和黑暗的現象，

[7]　聶華苓：〈爐邊漫談〉，《九十年代》1985年6月，頁66-73。
[8]　柏楊：〈給台灣省警備司令部軍事法庭的答辯書〉，《柏楊的冤
　　獄》(台北: 敦理出版社, 1988)，頁134。
[9]　柏楊：〈給台灣省警備司令部軍事法庭的答辯書〉，《柏楊的冤
　　獄》，頁32。

例如:「恨如果建築在愛——不自私的愛——上, 恨就跟愛一樣美」[10]。

「沒有愛情的人生是一種浪費, ……在愛情的領域中, 任何行為都是可歌可泣的——甚至也包括詭詐」[11]。柏楊的這些文學觀當然也反映到他的報導文學創作上, 最明顯不過的, 就是柏楊對他筆下「小人物」的深切同情, 同情他們的悲劇性遭遇, 同情命運對他們的不公, 甚至同情他們自身的缺陷錯誤。對孤軍及其苗裔為生存所做的一切, 甚至其中部分人為毒販進行軍事訓練, 不得已參與了販毒的行為, 柏楊都一筆帶過, 或者乾脆不見提起。對孤軍的內訌, 柏楊也是輕描淡寫, 將這段本應加倍增濃孤軍悲劇性的故事草草揭過。這些都可以看得出柏楊筆鋒的傾向。再明顯不過的是對「穿山甲人」張四妹的介紹, 從外形到病情, 描述既詳又痛, 字裡行間隱見淚水汩汩流出。上文已詳細分析過, 《異域》、《金三角·荒城》、《穿山甲人》都寫出很強的悲劇性, 這與柏楊的處理有直接關係。時代悲劇的本質主要應該是歷史的必然要求和這個要求的實際上不可能實現的衝突。但當國民黨四〇年代末在大陸的失敗已成為歷史的必然時, 理智者清醒者就應該適應這個需要而不是逆抗於這個必然, 否則只會落得自取滅亡的下場。所以孤軍以卵擊石式的反撲在一定程度上便帶上自不量力的滑稽, 而影響悲劇的性質。但是柏楊在情節的處理上大力淡化了時代

---

[10] 柏楊:〈凶手·序〉,《柏楊小說集·短篇卷》(蘭州: 敦煌文藝出版社, 1998, 卷下), 頁131。

[11] 柏楊:〈莎羅冷·序〉,《柏楊小說集·長篇卷》(蘭州: 敦煌文藝出版社, 1998), 頁3。

劇變的原因介紹，將筆墨集中於孤軍的精神頑韌描寫上。當然這裡也有當年柏楊政治觀點立場上的偏頗在起作用，但其感情上的偏愛無疑主要地影響了《異域》、《金三角・荒城》的結構。於是，一部未能獲得時代悲劇本質的故事，便將其中一大部分轉化為精神悲劇的範圍上來：高尚的精神和這種精神實際上被平庸化被毀滅的衝突，也就是魯迅所說「將人生有價值的東西毀滅給人看」[12]的悲劇。孤軍的高尚精神，被無目的的亂撞，被大人物們的褻瀆，被生存的人生最低要求接二連三地平庸化，最後推向毀滅。這就產生出強烈的悲劇性來。悲劇的另一本質「引起憐憫與恐懼來使這種情感得到陶冶」[13]，達到對讀者觀眾心靈的淨化。孤軍以其艱苦卓絕的戰鬥與台灣大人物們的驕奢逸樂形成強烈對照，非常自然地激起了讀者的正義感，也引起某些良心不安的人的「辯解」和所謂「澄清」。當年《異域》尚未在報上連載結束，柏楊即憤然在文中回敬一些「大人先生」的詰難，義正詞嚴地寫道：

　　我說的都是事實，對一件不愉快的事，我只有保留甚至徹底掩蓋，但既經說出來，我不僅負法律上的責任，也負道義上的責任。一支孤軍用血寫下他們的歷史足跡，不容許有權有勢的人把功勞拉到

12　魯迅：《魯迅全集》，卷1，頁192。

13　亞里士多德(Aristotelês，前384-322)：《詩學》，轉引自《西方文學理論大辭典》(楊蔭隆主編，長春：吉林文史出版社，1994)，頁1270。

> 自己的頭上，即令官場沒有是非，社會應有公論，
> 假使連公論也沒有，我們還能說什麼呢？[14]

《異域》的意義便由歷史上升到道義的層次，它的悲劇性也因為帶上莊嚴被污損的特點而加濃了。

柏楊的全部創作中，雜文影響最大。不但它們的思想性藝術性甚至它們的文風都對其他文體滲透。最明顯的是詩。六〇年代中柏楊寫出一批雜文打油詩，而對報導文學，這種滲透也隱隱約約可見。雜文筆法和小說筆法在柏楊的報導文學中交織起來，《異域》尚淺，到《金三角‧荒城》明顯加深；到《穿山甲人》漸返見淡，到《家園》又強烈顯現出來。這種寫作特點使柏楊的報導文學在整體效果上獲得了新的推進。它們既加強了自身的新聞性，對讀者的新聞熱點興趣有較強的滿足和指導，也延伸了作品的藝術生命，並不因讀者的興趣過去而失去存在的價值。《金三角‧荒城》開始寫作並發表之時，正是泰國政府武裝部隊分別從地面和空中，向金三角的核心基地毒窟「滿星疊」發動大規模攻擊後不久。一時之間，全世界的眼睛都盯向這個東南亞的群山叢莽之中，其新聞性之突出可想而知。但如果只為了搶時間，草草介紹剿毒經過，如同大多數記者所做的那樣，充其量為當時的事變留下一些事件過程的簡單資料而已，並不能取得藝術上的價值。《金三角‧荒城》在剿毒的背景下拉開，上溯歷史，順展毒品在全世界泛濫的形勢分析，再轉入孤軍的故事，而對幾段傳奇性最強的故事，如

---

[14] 柏楊:《異域》(台北: 星光出版社, 修訂初版, 1991), 頁148。

毒梟羅星漢、坤沙的落草經過，孤軍攻克叭當、考牙山，柏楊則加大了篇幅，加重了描寫份量，使得這部報導文學取得了遠不同於一般新聞報導的藝術效果，又相對滿足了讀者急於獲得新聞訊息的急迫心情。《穿山甲人》還因此在台灣掀起了一場奉獻愛心資助張四妹的運動。《家園》迅速翻譯成爲日、英、德文，將海峽兩岸解凍後的最新而又生動的消息傳向世界各國。最具藝術生命的還是要推《異域》。這部六〇年代初出版的報導文學，一直再版，到1977年，在台灣已銷至出版界天文數字的六〇萬册，並延伸出不同作者的七種「續篇」。九〇年代初，《異域》改爲電影，再一次造成轟動，說明這部作品在藝術上取得的特殊成績。

　　雜文筆法和小說筆法的交織，使柏楊的報導文學帶上比較鮮明的文學政論色彩。作者在力圖形象地、生動地描寫人物和敘述事件的同時，時時閃出尖銳犀利的剖析和評論，提升了讀者的政治判斷力。而借助於文學想像和回憶在作品中展開的現場，又加強了所報導事件的眞實感，許多藝術手段已初步運用到這些作品，諸如短篇小說的描寫技巧，戲劇的對話藝術，電影分鏡頭的敘述方式，以及詩歌的跳躍節奏等。「鄧克保」的虛構，尤爲出色，極大地增加了作品的感人力量和結構新意。在不少細節上，柏楊用白描勾勒，簡潔鮮明，只是沒能像小說似地進行較多一些的藝術渲染，這還是影響了作品文學色彩的提高。《異域》雖然產生了頗爲轟動且久長的效應，畢竟不是柏楊的親身經歷，生活的不足是很難全部用藝術想像來彌補的。《家園》寫的是自己的歷史，不存在缺乏生活的問題，但整部作品的構思匠心不夠，基本以重返大陸的旅程爲線

索，顯得有點單調。特別是對人物的典型提煉，基本上沒作考慮，因而不能通過幾個精心選擇的帶有代表性的人物和柏楊自己串聯起來，共同反映出一兩代中國人的典型命運，高潮力度不夠。因此在報告文學這個體裁上，柏楊的成熟期仍未曾到來。它們同樣也獲得讀者的喜愛，但其成績還是未能和柏楊的雜文、小說甚至詩歌比肩的。

柏楊的報導文學數量雖然不多，卻以自己的獨特性出現在中國的報導文學發展史上。它們以其強烈的平民精神和博大的愛心，爲一部分中國人顛沛苦難的經歷、命運作痛苦的記錄，起著爲時代的小人物撰史立傳的作用。中國報導文學史上，像柏楊似地，在時代的急劇變遷中著力去表現那些爲時代所拋棄的小人物的悲劇性，用時代的嘯風暴雨，粗礪豪雄而充滿血淚的大背景和悲劇小人物的傷痛、失敗、絕望冷酷地對比，客觀上反映出中國人歷史行進的艱難，中國人人性向文明健康攀升的崎嶇，確實還不多見。三、四十年代的報導文學，反映中華民族危機的嚴重，那也是時代急劇變動的特定階段，但民族的沖天正氣，生存的單純目的，使那時的作品對中國人性問題的關注有所忽略。五〇年代到八〇年代，無論大陸、抑或台灣，出現的報告文學多是對社會的黑暗、畸形作如實的報導和揭示，那種將人物投擲到時代洪流急轉彎的情勢中去展現剖示的作品，實在很少很少。柏楊由於他對平民百姓強烈的愛心和使命感，偶然地從孤軍的題材開始開闢了自己的報導文學創作，卻必然地走出自己特殊的風格。但願文壇上更多一些像柏楊似的作家，寫出更多一些如他筆下報導文學似的作品，讓

各時代的小人物的歌哭悲喜得以在歷史中存聲留影，使歷史
的長河在陽光下奔瀉得更加美麗。

~~~~~~~~~

參考文獻目錄

BO

柏楊：《中國人史綱》（上、下），台北：星光出版社，5版，1979。

FANG

方克立主編：《走向二十一世紀的中國文化》，太原：山西教
　　育出版社。

LI

李炳銀：《當代報告文學流變論》，北京：人民文學出版社，
　　1997。

LU

魯迅：《魯迅論文學》，北京：人民文學出版社，1957。

TANG

唐弢主編：《中國現代文學史》，北京：人民文學出版社，
　　1979-1980。

XIA

夏衍等：《報告文學及其寫作》，重慶：重慶出版社，1984。

YIN

尹均生編著：《國際報告文學研究》，武漢：湖北教育出版社，
　　1990。

ZHENG

鄭曉江、程林輝：《中國人生精神》，南寧：廣西人民出版社，
　　1998。

——、詹世友：《西方人生精神》，南寧: 廣西人民出版社，1997。

ZHOU

周來祥主編：《西方美學主潮》，桂林: 廣西師範大學出版社，1997。

~~~~~~~~~~

論文要點

1. 柏楊具有博大的愛心、強烈的平民精神，他的報導文學尤其是時代悲劇小人物的生動紀錄。

2. 報導文學是新聞報與文學創作聯婚而派生的一種散文樣式。它大概肇始於十九世紀末年。時代的強烈變動往往會刺激報導文學的繁榮。柏楊的報導文學亦多以此爲背景。

3. 《異域》記錄了一支國民黨軍隊殘部在四〇年代末時代激變時的遭遇。作品形象地反映了時代趨勢的不可扭轉與他們們精神意志的激烈對立，又昭示出主體中的自由和客觀必然性的實際矛盾，因此呈現出深刻的悲劇性。

4. 《金三角・荒城》在更大的國際反毒背景下繼續記述孤軍的命運，作品渾含同情地反映了孤軍生命中有價值的東西被日漸毀滅的過程，因此呈現出強烈的悲劇性。

5. 《穿山甲人》寫了一個身患怪疾的普通農婦頑強生存的悲劇，讚揚了「小人物」頑強的生命力。

6. 《家園》亦應視爲報導文學。它以海峽關係解凍爲背景，將柏半生經歷與其返大陸探親的過程結合起來，典型地反映了一個「小人物」在中國的悲劇人生，有著較強的悲劇代表性。

7. 《家園》還自然地通過情節，尤其在結尾，提升了「家園」的感悟，它應該是人類自身潛力和發展的認識和追求的極至。作品使自身的悲劇性帶上哲學的意味。

8. 綜觀柏楊的報導文學，其強烈的平民精神和悲劇風格，處處可感。柏楊時時以「小人物」自居，站在「小人物」立場上寫作。這些作品將時代的悲劇和精神的悲劇、生命的悲劇結合起來，激起讀者的憐憫與恐懼，使他們的情感得到陶冶、淨化，從而產生很強的思想力量和藝術力量。

9. 柏楊雜文的風格和小說筆法交織地影響到他的報導文學，使這些作品從整體效果上獲得新的推進，延伸了作品藝術生命，只是與雜文小說相比，他的報導文成熟期尚未到來。

10. 柏楊的報導文學有著如上所述的種種獨特之處。它們在時代的急劇變中著力表現那些被時代所拋棄的小人物的悲劇性，用時代充滿血淚的大背景和小人物的傷痛、失敗、滅亡強烈地對比，客觀上反映出中國人歷史行進艱難和中國人人性向健康文明攀登的崎嶇。這種情況和貢獻在中國報導文學史上並不多見。

英文摘要(abstract)

LEI, Rui, "Writing history for the tragic nobody in an era: The reportive literature of Bo Yang"

Professor, National Base for Liberal Studies and Department of Chinese, Guangxi Normal University

The history of Chinese and foreign country usually is the biography of monarch and the legend of hero. We couldn't see a little bit of common people in the history. Bai Yang who has a deep love for ordinary people is critical of this situation. He expressed their aspirations and desire and wrote about their happiness, anger, sadness or pleasure in all his works.

Especially in his reportage, he presented to us a historical record and vivid description of the tragedy of common people. Bai Yang has not written much reportage. but they are full of a strong spirit of common people, which can be shown in "The other region" written in 60's, "The golden triangle. desolate city" and "The woman whose skin is like pangolin" written in early 80's, "The home" written in late 80's. The main characters in his works are all common people. They appear in a changing time. Their experience and encounter are full of tragic color.

"The other region" and "The golden triangle. desolate city" describe a tragedy of an army of Kuomintang and their descendants. They withdrew to Burma. But they still had a tough spirit , struggling for survival. They could not catch up with the development of the era. Their spirit and their stupid characters conflicted with the time, and this led to the tragedy.

"The woman whose skin is like pangolin" depicts a woman whose skin is like pangolin. Despite of her suffering from discrimination she was still strong. This reportage shows the common people's tenacity. "The home" describes his visit to mainland China from Tai Wan, in which he inserts his experience of more than half a lifetime, and writes a tragic story of a petty intellectual who lives in the troubled time of China. Times surge forward with a thick layer of negative sides. For the common people , no one can avoid the misfortune, even though there are a lot of valuable things in their spirit. Bai Yang's reportages recorded the sorrow of the Chinese, and inspired the readers' thinking of their fate in the new time.

Reportage is a new genre that comes from the combination of news and literature. It is a result of prose modernization. It can satisfy the readers' double needs of getting the news and aesthetic pleasure at the same time. Since the middle of this century, reportage has made great progress not only in the mainland but also in Taiwan. In his reportage Bai Yang stands on the position of the common people, reflecting the happiness and sorrow of small people, which is a challenge to traditional literary historical viewpoint. These works unconsciously put the psychic tragedy and times tragedy together, and their plain and sorrowful style of description brings quite great contribution to the development of reportage art. At the same time, Bai Yang's consciousness of this genre is not enough , so his artistic management is not as good as when he wrote essays and novels. In his reportage the characters are not typical enough. And the arrangement of the framework is a little bit at random, thus affecting the ripeness of his reportage. (作者提供)

~~~~~~~~~~~~~

特約講評人: 楊靜剛

楊靜剛(Ching Kong YEUNG), 男, 1953年生。1975年香港中文大學榮譽文學士; 1977年中文大學哲學碩士; 1984年澳洲國立大學哲學博士。現任香港公開大學人文社會科學院副教授。曾發表學報論文多篇。

　　本文作者雷銳是研究柏楊的專家, 所著《柏楊評傳》於1996年由中國友誼出版公司出版。本文討論及賞析了四部柏楊的報導文學作品, 即《異域》(1961), 《金三角‧荒城》(1982), 《穿山甲人》(1982)及《家園》(1989)。其中《穿山甲人》約共六千五百字, 於1982年7月12日及13日分兩日在台北《中國時報》連載。其後香港河洛出版社結集了柏楊文及其他相關的新聞通訊及感想文章, 仍稱《穿山甲人》, 於1983年出版。其餘《異域》、《金三角‧荒城》於1988年由台北躍昇文化事業有限公司再版。《家園》則於1989年由台北林白出版社有限公司出版。

　　以上四種作品, 其中《異域》是否屬於報導文學, 學術界仍有爭論。躍昇文化事業有限公司把它看作報導文學。李瑞騰(1952-)亦有同樣看法。但葉石濤(1925-)《台灣文學史綱》則稱之為小說。在我看來, 柏楊在寫《異域》時, 並沒有親自到中緬邊區訪問、觀察、調查、報導, 只是根據相關的新聞報導,

虛構了書的作者兼事件主人翁鄧克保，寫成此書，是不好稱為報導文學的。至於《家園》一書，在作者訪問中國後出版，共有六十一個小題目，包括記敘、感想、報導，內容並不一致。不過在六十一個小題目中，仍以報導佔大多數。稱之為報導文學，基本上是可以接受的。

　　柏楊的報導文學，比起他的雜文，《醜陋的中國人》，及柏楊版《資治通鑑》來，所激起的爭論較少。雷銳為他的文章定了一個標題：為時代的悲劇小人物撰史立傳，他說：「古往今來的中外歷史多是帝王將相、英雄人物的傳記家譜，平民百姓小人物難見得到一絲半毫浮光掠影」，並贊揚柏楊具有博大愛心及平民精神，「用自己的全部作品，為小人物喊出他們的心聲願望，寫出他們的喜怒哀樂」。的確，傳統中國知識分子大多數讀書都是為了求出仕，一旦進入官場，很多都忘記了自己的出身，而形成了一個士大夫文化。他們的生活、思想、感情、創作，都環繞在士大夫階層，一般平民老百姓的面貌，確實十分模糊。雷文又說：「流貫於這些作品 (按指《異域》等作品) 中的共同特色，首先便是為時代的悲劇小人物撰史立傳這一強烈的平民精神」，「柏楊的報導文學數量雖然不多，卻以自己的獨特性出現在中國的報導文學發展史上。它們以其強烈的平民精神和博大的愛心，為一部分中國人顛沛苦難的經歷、命運作痛苦的記錄，起著為時代的小人物撰史立傳的作用」。言下之意，柏楊寫時代的小人物，為他們撰史立傳，是他的獨特之處，對此，我不敢苟同。近現代中國的知識分子，和傳統知識分子已經有很大不同。五四以來，王侯將相已經隨著帝制的崩潰而消失了。作家筆下的人物，有多少還是貴族士

大夫呢?即如魯迅筆下的祥林嫂、孔乙己、阿Q、閏土;老舍筆下的駱駝祥子、虎妞;曹禺(1910-1966)的魯大海、四鳳、周沖、周萍;巴金的覺新、梅表姐、鳴鳳;那一個不是悲劇小人物?當然,這些人物都是作家的虛構,但卻是他們從眾生相中提煉出來的典型,現實社會中確實有這樣的人物。即以報導文學來說,三〇年代夏衍(沈端先, 1900-)的《包身工》,便報導了上海東洋紗廠工房區域內,二千餘穿著襤褸而專替人製造紗布的「豬玀」——包身工的非人生活。中國人的生命實在太苦了,像以上的種種悲劇,真是罄竹難書,寫的人亦復不少,又怎會是柏楊獨特的發明呢?

況且,在這四部報導文學中,柏楊所報導的並非盡是悲劇小人物。在《金三角·荒城》中的羅星漢、坤沙便是大毒梟。他們建立了龐大的販毒王國,害人無數,連政府也束手無策,又怎會是悲劇小人物呢?《家園》則記錄了柏楊夫婦1988年10月至11月為期一個月的大陸之旅,訪問了上海、北京、鄭州、輝縣、西安五個城市。這一個月的時間,柏楊參加了座談會,訪問了作家王若望,參觀了工廠,又到故鄉探了親。這一個月的生活,由柏楊娓娓道來,頗有點像傳記的味道。但柏楊固然有悲劇的一面(如他的坐牢),但卻絕對不是小人物,而是一個有頭有面的作家、文化工作者。他的家鄉便為他塑造了胸像,坐落在段屯華僑食品加工廠的院子中央。雷文籠統地說為悲劇小人物撰史立傳,頗有以偏概全之嫌。

我這裏說為悲劇小人物撰史立傳不是柏楊的獨創,絕對沒有否定孤軍的悲壯(《異域》)及張四妹的不幸(《穿山甲人》),也沒有質疑柏楊的博大愛心及平民精神。每當我讀到孤軍為了

強烈反共而帶給自己及家人沉重災難時，我深深受到感動；讀到張四妹因患魚鱗癬而委屈地生活，亦深感嘆息。我們台灣、香港的新一代實在太幸福了。沒有經歷過戰火的蹂躪，沒有經歷過絕症的折磨，生活雖不一定富足，但只要肯工作，便不會生活無著。對於什麼是痛苦，更沒有深切的體會。要教育下一代，出版公司應該多出版像《異域》、《穿山甲人》一類作品，讓我們新一代知道什麼是痛苦，才會珍惜現在的幸福。並且知道如何爲理想堅持到底（當然我所指的是爲理想堅持到底的精神，對孤軍不自量力的愚忠，因而爲自己及家人帶來無謂的災難，我是不敢苟同的），如何在逆境中不忘上進（張四妹自學懂得寫中文），而不會白白糟蹋上天給予我們寶貴的生命。

　　寫到這裏有點像說教了，還是回到雷銳的文章。雷文寫作的方式很像傳統中文系的訓練，基本上是賞析的功夫，很少使用西方的文學批評理論，這在本次研討會論文中，還是比較清新的。雷文舉出了《異域》、《金三角‧荒城》的悲劇所在，悲劇意識雖不是柏楊獨創，雷文卻無疑是掌握了這兩部作品的主題思想。對於《異域》的內容，雷文作了精要的敘述，並分析了孤軍「靠幾個渺小的忠勇之士的肝腦塗地、蠻勇一搏，不過是加強了那無濟於事的悲哀。」而《異域》的悲劇，正在明知歷史的必然要求，而卻要對這個要求盲目抗拒所帶來的矛盾、衝突和悲哀。二十年後，柏楊親自去到金三角地方，目睹了孤軍垂垂老去，「他們的後代一個個地爲外界所吸引。招兵根本無望，孤軍後繼無人。」在我看來，這本來是一件好事，孤軍下一代再無需爲一個永遠達不到的所謂目標——收復大陸而犧牲，可以過一個正常人的生活。但在固守金三角地區的老

孤軍看來，此地「沒有醫院，沒有學校，沒有任何文化娛樂，獨自被遺棄在群山林莽中，交纏在他們身上的永遠是貧苦和絕望。孤軍在一步步地走向自己的徹底消亡。」他們的悲劇，是一生一世的。至於《家園》，雷文指出柏楊是在為自己立傳外，也在為中國的小人物立傳。這些小人物，既包括了那千千萬萬的中國同胞，那過著貧困、饑饉、凍餒、冷酷生活的同胞，還包括了他的鄉親，那帶著麻木的眼神、多病的身體，與及被政治異化而帶來精神蒼白的鄉親。雷文對以上三部報導文學的分析，十分精到，並能一針見血地點出重點所在。他的分析和討論，加上對三部作品內容的介紹，使到沒有閱讀過原著的「讀者」，也能約略掌握作品的內容，了解作品的重點及優劣。雷文的討論和分析，無疑是成功的。

最後容我再多說一、兩句話。在《異域》中，柏楊曾說：「我不知道世界上還有沒有比華僑更奇妙和更可愛的人，他們從不在政治上招僑居地人民的嫉妒，他們的制勝致富不靠祖國的強大，也不靠暴力和欺詐，而靠那種中華民族特有的吃苦耐勞的精神，而他們更熱愛自己的祖國和自己的同胞。」在《金三角‧荒城》中，柏楊又說：「在泰國強大壓力下，華文教育跡近滅絕，很多富商們寧可把子女，從繁華蓋世的曼谷，送到邊區荒城的美斯樂興華中學，這種對祖國的依依懷緬，一旦教師水準提高，將在泰國造成一種中華文化空前復興的形勢。」我徵引這兩段文字的原因，是想說明一點：柏楊在他的雜文中，把中國文化說成是醬缸文化，什麼東西到醬缸裏一泡，都會受到污染；又在1985年出版的《醜陋的中國人》中，把中國人描寫成極度醜陋的民族。沒想到在早期的作品中，他卻說

華僑 (也是「中國人」) 是可愛的, 並且有著中華民族特有的刻苦耐勞精神。在1982年出版的《金三角·荒城》中, 他也關心到中華文化的復興問題, 說明中華文化並不完全是負面的醬缸文化, 其中也有可復興的、優美的地方。這種認知上的矛盾, 說明了柏楊在思想上的改變。但到底是什麼原因使到柏楊先生有這個思想上的改變, 從對中國人、中國文化略有肯定到幾乎全盤否定, 恐怕只有柏老出來現身說法, 才能啓我疑竇了。

~~~~~~~~~~

特約講評人: 梁敏兒

梁敏兒(Man Yee LEUNG), 女, 1961年生於香港, 廣東南海人。香港大學文學學士、哲學碩士, 京都大學文學博士。現爲香港教育學院中文系講師。著有〈犧牲與祝祭: 路翎小說的神聖空間〉(1999),〈鄉愁詩的完成: 余光中的詩與香港〉(1999)。

雷銳教授的〈爲時代的悲劇小人物撰史立傳: 論柏楊報導文學〉, 是一篇對柏楊報導文學報導得非常詳實的論文。文中具體而微的分析了柏楊的《異域》(1961)、《金三角·荒城》(1982)和《家園》(1989)等三篇作品, 有關的分析夾雜鑑賞和評論於一爐, 佔了整篇論文的四分之三以上的篇幅。論點雖然四處游走, 但可以令未曾拜讀過柏楊作品的讀者得到一個鮮明的印象, 體味到柏楊報導文學的精妙之處。

透過微觀的批評鑑賞，雷銳教授似乎想為柏楊在報導文學史裏定位。論文開首就列出英國作家傑克·倫敦的《深淵中的人們》、美國記者里德的《震撼世界的十天》、捷克記者基希的《布拉格街頭拾零》、蘇聯作家高爾基的《一月九日》和《列寧》，還有中國作家瞿秋白的《餓鄉紀程》，以至三〇年代中日戰爭時期和七〇年代末期四人幫倒台以後的報導文學。在這個大背景之下，雷教授重點論述了柏楊的三部作品，從而得出這樣的結論: 中國報導文學史上，像柏楊似地，在時代的急劇變遷中著力去表現那些為時代所拋棄的小人的悲劇性，確實還不多見。這種「不多見」，根據雷教授的意見，還建基於柏楊的雜文藝術，使報導文學不獨有新聞性，又有藝術的效果和政論的色彩。

上述的論文結構按起承轉合來衡量，是非常完整的。在這個完整的結構之中，筆者認為還有幾點可以改善: 一、為論文加上適當的標題，使讀者更容易掌握; 二、有一小部分的論點，還欠發揮，好像柏楊報導文學中的「不多見」特色，如果能夠和其他作家的作品比較，則更有說服力; 三、論文如果有注釋，可以幫助讀者了解某些論點的出處，並不純粹是論者的一家之言。這些論點包括了「瞿秋白是否真的是中國報導文學的先河」，悲劇的定義是否指「現實生活中具正面素質的、肯定性的社會或人在具有必然性的社會矛盾鬥爭中的失敗、毀滅和死亡」等等。

文學論文經常被評為理論太多、鑑賞太少，雷銳教授的論文卻由使筆者體認到文學論文的另一個極端，究竟如何可以在兩者之間取得平衡，似乎確是一門很深的學問。

～～～～～

特約講評人：鄭振偉

鄭振偉(Chun-wai CHENG), 男, 1963年生於香港, 廣東潮州人,
　香港大學中文系畢業, 博士研究生。現職香港嶺南學院文學
　與翻譯研究中心研究統籌員, 負責行政及研究工作, 另爲該
　中心出版之《現代中文文學學報》執行編輯。編有《當代作
　家專論》(1996)、《女性與文學》(1996), 另有單篇論文發
　表於學報及雜誌。

　　歷史不斷地告訴我們, 一將功成萬骨枯。這批小人物, 不
管是蓄意或無意, 他們確實在歷史的巨輪下, 寂寂無聞; 但在
各個時代的偉大作品中, 作者總没有把他們遺棄掉, 這確是事
實。柏楊的作品, 在台灣掀起熱潮, 證明它們切合了特定歷史
時空的需要, 當中的價值, 已不容否定。筆者在繼續討論以前,
首先要承認的, 是從來没有好好翻閱過柏楊的小說, 對於其中
的內容, 並不熟悉, 故這篇講評, 只能就雷銳教授的文章, 提
出一點個人的意見。

　　雷教授的文章, 討論的主要是柏楊先生的《異域》、《金
三角・荒城》、《穿山甲人》和《家園》四部作品。雷教授把
它們定爲「報導文學」, 但這裡出現了一個問題, 正如作者所
說, 前兩篇作品是寫四十年代末一支國民黨的殘部撤至緬甸,
該殘餘部隊及其後人的頑強戰鬥和掙扎求存, 至於最後一篇
作品, 則是柏楊重返大陸探親的見聞。柏楊爲那些處於某歷史
時期的小人物立傳, 是三部作品的共通處, 但報導文學旣爲新

聞與文學這兩個文類的派生文體, 這兩個原素之間的比重該
如何釐定? 柏楊寫作《異域》和《金三角‧荒城》兩部作品的
時候, 所採用的材料該全是轉述, 而非親歷其境, 這跟一般的
文學創作, 經搜集材料再經藝術手法表現, 應該沒多大分別。
這一點雷銳教授是應該加以說明的。

　　雷教授在論述《異域》的時候, 提出了「一個哲學思考: 應
該正視主體中的自由和客觀必然性的實際矛盾。」如作者說,
真的存在著所謂的「歷史的必然」嗎?這究竟是基於什麼樣的
設定? 文中的某些說法, 如「主動向雲南的中國人民解放軍展
開一次以卵擊石式的反攻」, 「失敗的下場是一開始就連瞎子
都能看得出的」, 「悲劇的內涵在一定程度上正是歷史的必然
要求與對這個要求的盲目抗拒間的矛盾衝突」, 諸如此類的例
子, 可舉者尚多, 似乎都帶有一點「成王敗寇」的偏見來看待
柏楊作品中的人物。

　　文學和時代息息相關, 社會的激變和時代的斷裂, 的確造
成無數悲哀的故事, 這些故事都為不同時代的作家提供了多
樣的素材。然而論者不必受制於固定的政治立場, 否則就會出
現如因作品中人物的行為被定為錯誤而加強了作品的悲劇性
的怪論。

　　關於《異域》[15]這篇小說, 筆者擬在這裡擬再作一點補充。
故事中的人物鄧克保是敘述者「我」的一個陣亡戰友的名字,
整個故事的脈絡, 大概就是敘述者筆錄他與妻兒和部隊且戰
且走的經過和遭遇, 其中穿插著敘述者被擄和逃亡的經過, 以

---

[15] 鄧克保: 《異域》, 台北: 平原出版社, 1961年。

及在曼谷生活一段時間，後來回到戰線上，最後是要撤回台灣，但因飛機故障又留下來。敘述者的字裡行間，筆者體味到人在最窮苦的時候，往往只能是無語問蒼天；但敘述者好像從沒表示過絕望，在逃避解放軍的追捕時，即使是乞靈於一堆骸骨，他仍是渴望逃出生天。[16] 又敘述者曾表示「在某種意義上，我們在窮途末路的時候，已種下了復興的種子」。[17] 而故事中的最後所附鄧克保致編輯的信中，更表示妻子政芬有了八個月的身孕，而自己又會繼續進行游擊戰。[18]

故事中，筆者認爲最令人動容的，並不是幕幕爭戰的場面，而是敘述者的一雙兒女，客死異域。女兒安岱因發高燒而變成呆子，最後不知道是給毒蛇咬了或者是因破傷風而死，兒子安國因爲爬在椰樹上等待爸爸歸來，因緬軍把椰樹炸斷，結果摔死了。

故事中還有一些敘述和場面，應該是打動過不少讀者。諸如與共軍交戰的途中，敘述者曾遇上一戶人家，給他的襯衫縫上一塊用朱砂畫著紅佛的黃緞子，說是可以助敘述者脫險的，而且送了兩塊給敘述者的兒女，可惜給敘述者的妻子丟了。敘述者想著，假如不是把黃緞子給丟了，一雙兒女可能不會死掉。[19] 其次是敘述者自責未能讓自己的孩子好好的生活，反而要在童年生活中，伴著成年人逃亡。再如敘述者的女兒因發高

16　鄧克保：《異域》，頁95。
17　鄧克保：《異域》，頁37。
18　鄧克保：《異域》，頁148。
19　鄧克保：《異域》，頁35。

燒而變成癡呆, 敘述者願用自己的生命換取女兒的伶俐。[20] 另外, 在一次出征前, 敘述者的妻子跟兒子安國揮淚送別, 兒子不斷嘶啞地叫著「爸爸, 爸爸!」等等。[21]

敘述者的女兒死了以後, 他們夫妻給女兒燒了紙帛, 而且給女兒「寫了一封長信, 使她在冥冥中長大後, 能記得作父親的無限恨悔」。[22] 當敘述者要奉命撤回台灣, 準備出發前, 敘述者的妻子政芬又在女兒的墓前說了一番話:

> 岱兒啊, 妳看見媽媽和爸爸了嗎, 我們要到台灣去了, 不知道何年何月才能回來, 兒啊, 妳要照顧自己, 把錢揀起放著, 等大了再儉省的用, 爹娘恐怕不能再為妳燒什麼了, 寬恕我們吧, 孩子, 寬恕我們的窮苦, 使妳和哥哥都半途夭折, 我已告訴妳的哥哥, 叫他再長大一點, 前來找妳……。[23]

這段話和上述的種種境況, 使筆者想起了郁達夫的〈一個人在途上〉, 該短篇中的敘述者, 同樣也是兒子夭亡, 妻子也是嚷著要龍兒把紙錢兒留著長大後才用。《異域》中的敘述者在這種窮苦中, 為何還要堅持下去呢? 我想並不是他們要留名史冊, 也許如敘述者所言:

---

20 鄧克保: 《異域》, 頁110。
21 鄧克保: 《異域》, 頁119。
22 鄧克保: 《異域》, 頁116。
23 鄧克保: 《異域》, 頁139。

我們這些百戰蠻荒的孤臣孽子，根本不可能留名史頁，也從沒有想到要留名史頁，同時，即令留名史頁，又該如何？我們只是盡到做人的本分，用我們枯瘦如柴的骨骸，奠立大多數人幸福的基礎……。[24]

筆者謹以上述的一段引文作結。謝謝。

[責任編輯：梁敏兒、黎活仁]

---

[24] 鄧克保：《異域》，頁110。

國家不幸詩家幸——柏楊舊詩的藝術成就

黃守誠

作者簡介: 黃守誠, 筆名歸人及
黎芹, 河南省湯陰縣人, 1928
年生, 曾任雜誌、報紙、廣播
公司主編;中學教師、師專、
商專、師範學院講師、副教
授等職三十餘年, 主講文學
評論、新文藝寫作、著有小
說、散文、報導文學、傳記
文學及學術專著約二十餘
部。編有《楊喚全集》等數
種。1971年獲中國文藝協會
獎章及行政院國家科學會研究補助,1998年獲國家文化藝術
基金會《曹子建新探》出版補助。於國立花蓮師範學院語文
系副教授任內退休。

論文提要:《柏楊詩抄》中除〈附錄〉外, 包括五、七言詩四
十首, 詞十二首, 均寫於十年牢獄中。本文僅就其四十首舊
詩, 依敘事、抒情及言志三方面探索。全文分五節, 首節就
其用典及遣詞技巧, 析其得失成敗。且依其寫作背景, 與詩
聖杜甫, 試作比較。第二節單獨剖析其以指血和牆灰完成之
長詩〈鄰家有女〉, 引李商隱、杜牧、薛雪、賀怡孫及美國

學者克蘭等人之言, 指〈鄰〉詩乃千古絕構。第三節論抒情詩的境界。原夫柏楊賦性堅忍, 世所罕有, 而「至情」則非堅苦卓絕不能有。故其成就, 較敘事、言志之作尤勝。第四節專論抒情詩〈囑女〉。父、女之間雖屬人間至愛, 然將其宣之於文, 反不易成為佳構。柏楊於別後十年在牢獄中會其愛女, 萬千感懷, 自如泉湧;然柏楊反以平凡小事, 凸現最大的舐犢情懷, 其筆力頗類曹雪芹之寫「元春省親」。第五節則由其詠懷詩剖析柏楊的風骨, 並舉范曄、阮籍諸人的抗世精神, 相互比併;最後則舉美國哲人愛默森及一代宗師胡適之論, 說明柏楊的卓絕精神。

中文關鍵詞: 柏楊詩抄 孔夫子 獄中詩 杜甫 敘事詩 抒情詩 詠懷詩 紅樓夢

英文關鍵詞: Bo Yang poems of a period, Confucius, Poems written in prison, Du Fu, Epics, Lyrics, Poems of vision and aspiration, *Dream of the Red Chamber*

一、獄中詩與敘事詩

自民國八年「五四運動」以來, 相對於白話詩的舊詩, 早已式微, 近世更近乎絕跡。但柏楊(郭立邦, 1920-)竟逆流而上, 創作舊詩《柏楊詩抄》一冊。出版十年後, 且因之而獲「國際桂冠詩人」的榮銜, 堪稱中國文壇上的盛事之一。

《詩抄》分為上、下兩輯, 除〈附錄〉為友人所作之外, 包括詩四十首, 詞十二首。全部成於其十年牢獄生活之中。故又可名之〈獄中詩集〉。略言之, 則有敘事、抒情及言志(詠懷)三類, 而以〈冤氣歌〉開其端。非常顯然, 文天祥的〈正氣歌〉

是其成詩的背景。他用反諷的技巧，對於千古冤獄，作了深而有力的攻擊。詩凡七十二句，較〈正氣歌〉尚多十二句。至於遣詞造句的形式，也大率仿信國公所用之結構。尤其在緊要關頭，或全句，或半句使用〈正氣歌〉的句型，極自然的達到「相反相成」的效果。為他的冤獄，作了最嚴正的宣言。不僅說明了柏楊的劫難真相，抑且為《柏楊詩抄》作了概略了解的注解。詩中如「在下為石板，在上為石頂」，「時窮節乃現，一一服上刑」，更有四兩撥千斤之妙。而且，一如〈正氣歌〉之使用典故，柏楊也引用了八、九處之多。遺憾的是，竟以「在魯少正卯，五罪畢其命」為其首。

孔子(孔丘,前551-479)誅少正卯乃一疑案，是非未有定論[1]。敘事引史旨在喚起共鳴。孔子為中國歷史上的至聖先師，在文化思想界，幾乎全然肯定。在沒有肯定的共識之前，似乎不宜驟加以嚴厲的惡名。否則，造成相反的效果，便難以避免了。

但〈冤氣歌〉之傑出成就，不會因而褪色。若與〈正氣歌〉相較，卻另有千秋在。柏楊在詩中雜以幽默、靈活的口語文句，

---

[1] 誅少正卯事乃司馬遷(前135-?)《史記．孔子世家》所誤引，初見於《荀子》：而《荀子．宥坐》所指少正卯的罪狀為：「心達而險，行僻而堅，信偽而辨，記醜而博，順非而澤。」這一類型人物，於戰國時代乃社會卑棄之人；且有清之崔述(1740-1816)便懷疑其不可信，有云：「春秋之時誅一大夫非易事，況以大夫而誅大夫乎？孔子得君不及子產遠甚。子產猶不能誅公孫黑，況孔子耶？」言之有理。而近代史家錢穆(1895-1990)，也頗疑誅少正卯一事，認為可能係馴歈殺鄧析之誤。參〈孔子行攝相事，誅魯大夫亂政者少正卯辨〉，載《先秦諸子繫年》(香港：香港大學出版社，增訂初版，1956)，頁25。

使他和讀者之間, 無形中化爲一體。而現代政治(情治)上的卑惡一面, 若不出之以當代詞彙, 則難以令人有身歷其境的痛切感。詩中「初云政治決, 繼云恕道行; 三云洗個澡, 四云待人誠。好話都說盡, 臨了變猙獰」數句, 在尖刻中有悲憤; 在輕蔑中有控訴。簡言之, 一代有一代的語言, 匪此難以狀其風貌。最後六句, 更顯示出柏楊的卓絕精神:

蒼天曷有極　　悠悠我自清

冤魂日已遠　　生魂憐典型

囚室空對壁　　相看兩無聲[2]

柏楊的果決不屈, 更有〈聞判十二年〉可證, 詩云:

刀筆如削氣如虹　　群官肅然坐公庭

昔日曾驚鹿爲馬　　至今忽地白變紅

兀〔顢〕有權製冤獄　　書生無力挽強弓

可憐一紙十二年　　迎窗冷冷笑薰風[3]

而在詩題之後並注有「判決書: 姑念情節輕微, 免死, 處有期徒刑十二年」等字。全詩八句中, 我們體味到他以全然卑視的控訴, 對掌權者表示諷刺和嘲笑。「一紙十二年」, 竟以「冷冷笑薰風」對之, 是何等氣魄!

---

[2] 柏楊:《柏楊詩抄》(台北: 躍昇文化出版公司, 1992), 頁18。

[3] 柏楊:《柏楊詩抄》, 頁40。

　　《許彥周詩話》云:「詩壯語易, 苦語難。深思自知。不可以口舌辯。」[4]在極其絕望悲苦的情境之中, 柏楊表現了知識分子的堅苦氣節。他有無盡的悲涼和辛酸, 但終於忍受下來。複雜而不幸的遭遇下, 依然不屈不撓。他技巧的運用中國語文的藝術特質; 詩中「削」、「虹」、「肅然」等, 原是正面的讚詞, 而在此處則衍化為最大的斥責與嘲弄。三、四兩句, 其一為引史, 其次為證今, 都作到含蓄而鋒利的極致。而五、六、七、八等四句, 則採用了對比的形式, 加強了震撼和擴張的影響。

　　而在上述的詩句中, 我們發現一個陌生的文字:「〔䝢〕」查閱中文字典及辭書, 均不得其蹤跡; 後據柏楊透露, 原係他「創造」的「新字」, 蓋恨當道者之「如豬似狼」也。說到造字, 在西方幾乎是司空見慣。蓋社會日新月異, 需要共同認知的符號, 方便相互間的溝通故也。

　　但出現於文學作品, 尤其在詩中, 似欠妥適。五千年間演變而來的中國文字, 表情達意上已不需要再創造的了。黃山谷(黃庭堅, 1045-1105)謂:「老杜作詩, 退之作文, 無一字無來處。蓋後人讀書少, 故謂韓、杜自作此語耳。古人能為文章, 真能陶冶萬物。雖取古人陳言入翰墨, 如靈丹一粒, 點鐵成金也。」[5]此一原則我是相當信服的。

　　而《蔡寬夫詩話》云:

---

[4]　宋・許顗:《許彥周詩話》, 載《叢書集成新編》78冊（台北: 新文豐出版公司, 1984）, 頁1。

[5]　胡仔(1147-1167):《苕溪漁隱叢話》(台北: 世界書局, 1966, 上冊) 頁55。

> 天下事有意為之, 輒不能盡妙, 而文章尤然。
> 文章之間, 詩尤然。詩乃有日鍛月鍊之說, 此所以用
> 功者雖多, 而名家者終少也。[6]

最重要者, 自行所「造」之字, 缺乏認同的基礎。既無「認同」,
則基本上此一新字已無生命與情感可言, 似此, 則何貴其「創
造」哉?

況且, 直接的斥罵, 何如訴諸史實?何如訴諸文學?造字
乃眾人之事。詩人要營造的只是藝術與真理。且陸機(261-303)
〈文賦〉云:「詩之用, 片言可以明百義。」傑出的詩文大家,
一如天才橫溢的大導演, 雖是平凡的角色, 他仍可使之作生命
的特殊發揮。

不過, 自另一方面言之, 卻也可以說明柏楊的執著。李唐
詩家劉禹錫(772-842)題《九日》詩, 欲用「糕」字, 因《六經》
中無「糕」字, 遂不敢用。有明‧江盈科(1553-1605)便責以缺
乏「詩膽」。有云:

> 夫詩人者, 有詩才, 亦有詩膽, 膽有大有小,
> 每於詩中見之。[7]

又云:

---

[6] 胡仔, 頁49。
[7] 江盈科:《江盈科集》(長沙: 岳麓書社, 1997), 頁808。

《六經》原無「椀」字，而盧玉川連用七個「椀」
字，遂爲名言。是其詩膽大也。[8]

故柏楊對字之「創造」，或亦爲「詩膽」之大者乎？而自詩評
言，我們還是期期以爲不可的。

而書中〈囚房〉、〈小院〉及〈重逢〉等敘事詩，則充分
描述了監獄的黑暗及人命的微賤，有些句子讀來，使人觸目驚
心，「天低降火類爐灶，板浮積水似蒸湯；起居坐臥皆委地，呻
吟宛轉都骨殭。」〈囚房〉，只有身歷之人，方能寫出，方知
心酸。至於「身如殘屍爬黃蟻，人同蛆肉聚蟑螂；群蚊叮後掌
染血，巨鼠噬罷指留傷。」（同前），更超過了文天祥(1236-
1282)〈正氣歌〉所述的慘痛。這些情景，用「不忍卒睹」都不
足以形容了，豈止柏楊一人之不幸哉？

然而，縱然如此黑暗的環境，如此恐怖的歲月：「暮聽狂
徒肆苦叫，晨驚死囚號曲廊。」（同前）柏楊卻發現人類的善
良和不屈精神：「欲求一刹展眉際，相與扶持背倚牆。」(同前)，
把諸多不幸的慘劇，用最經濟的手法濃縮起來，使讀者自然震
驚不已。最後兩句更顯示出全詩的境界，一般詩家更難以望其
項背了。

柏楊在敘事詩中，顯然有老杜的痕跡。老杜〈哀江頭〉詩
有云：

---

[8] 江盈科，頁808。

> 明眸皓齒今何在, 血污遊魂歸不得。清渭東流
> 劍閣深, 去住彼此無消息。人生有情淚沾臆, 江草江
> 花豈終極。黃昏胡騎塵滿城, 欲往城南望城北。[9]

杜甫將陷賊期間的亂象, 以「取樣」的方式, 凸現給萬千讀者。
《詳注》引王嗣奭(1566-1648)之言云:「〈曲江頭〉乃帝與貴
妃平日遊幸之所, 故有宮殿。公追溯亂根, 自貴妃始, 故此詩
直述其寵幸宴遊, 而終以血污遊魂, 深刺之以爲後鑒也。」柏
楊本人身陷牢獄之中, 比杜甫不幸十倍。以〈小院〉中所見眼
前的悲慘事實, 向人間作沉痛的呼號, 有云:

> 小院黃昏密密燈　　正是人間兩死生
> 男子剝衣坐冰塊　　女兒裸體跨麻繩
> 棉巾塞口索懸臂　　不辨呿聲與號聲
> 暫罷稍休候再訊　　只餘血淚淹孤燈[10]

八句全爲寫實, 萬千讀者豈能不爲之憤慨、而一掬同情之淚?
「不辨呿聲與號聲」、「只餘血淚淹孤燈」, 何等婉轉, 又何
等慘痛!

　　而敘事詩中, 以〈重逢〉最有光芒。第一是詩題的選擇, 便
見匠心;其次深得「提要」之道。全詩十六句, 使我們感受到

---

[9]　杜甫(712-770)著、仇兆鰲(1638-1717)注:《杜少陵集注》(台北: 佩
　　文書社, 1973, 卷4), 頁37。

[10]　柏楊:《柏楊詩抄》, 頁31。

囚犯面臨的變化莫測之悲慘世界。「重逢」原應是興奮、愉悅
的。何況我們一向把「他鄉遇故知」列為人間樂事之一呢？但
作為牢獄之中的人則不然。「相見不如不見」才是他們的心願。
因為他們的〈重逢〉是這樣的：

> 君自泰源來　我自景美至
> 昔日同鐵窗　今日再逢此
> 承君頻詢問　告君別後事
> 某人尚未判　某人鐐壓趾
> 某人定無期　某人已伏死
> 某人妻絕裾　某人母歿世
> 某人女淪落　某人子乞食
> 都在綫紲中　相勸莫淚濕[11]

此詩全以「平淡」出之，故加強了事實的寥落氣氛、和撼人的
力量。「平淡」的境界於敘事詩，尤其重要。連用八個「某人」，
正如八幅圖畫，一幅比一幅淒涼又悲慘；又如身臨戰陣，八個
「某人」，直如連續不斷的砲火引發，使人喘不過氣來。最後
兩句，則如黃昏撫琴，嘎然中斷；頗似「人去樓空」的場景，令
人空自憑弔了。當萬種不幸臨身，祇能「相勸莫淚濕」時，這
是何等淒涼的世界啊！就藝術功力言，說有千鈞之重，也不為
過。

---

[11] 柏楊：《柏楊詩抄》，頁64。

　　〈我離綠島〉則代表了敘事詩的終結, 也表現出他重回自由之身的感念。末句云:

　　　　獨念獄中友　　生死永不忘[12]

其豪放誠厚的襟胸, 難友當不會忘記。讀其《詩抄》者, 更不能忘記。

二、〈鄰室有女〉的寫作藝術

　　在敘事詩中, 〈鄰室有女〉一篇, 尤可為代表作。前述諸詩, 多以簡單速寫的技巧, 在一詩中描述數人的生命, 有如傑出的畫家畢卡索(Pablo R. Picasso, 1881-1973)、齊白石(1861-1957)等大師, 落落三、兩筆, 或至四、五筆, 便可創造出意味超群的畫境。但〈鄰〉詩迥異前舉諸篇; 柏楊以未曾謀面, 未曾交語的身分, 完成一首超脫而悲痛感人的鉅製。主角僅有一人。這是艱難的藝術, 故必須用專章來評析。全詩不宜摘錄, 今先轉抄如下:

　　　　　憶君初來時　　屋角正斜陽
　　　　　忽聽鶯聲囀　　蘧地起徬徨
　　　　　翌日尚聞語　　云購廣柑嘗
　　　　　之後便寂然　　唯有門鎖響

---

[12]　柏楊:《柏楊詩抄》, 頁96。

初響是提訊　　細步過走廊
再響是歸來　　泣聲動心房
君似患喉疾　　咳嗽日夜揚
日咳還可忍　　夜咳最淒涼
暗室幽魂靜　　一嗽一斷腸
我本不識君　　今後亦不望
唯曾睹君背　　亦曾繫君裳
同病應相憐　　人海兩渺茫
我來因弄筆　　君來緣何殃
君或未曾嫁　　眼淚遺爺娘
君或已成婚　　兒女哭母床
今日君黑髮　　來日恐變蒼
欲寄祝福意　　咫尺似高牆
君應多保重　　第一是安康
願君出獄日　　依然舊容光[13]

我特別保留了詩句原來排列形式，即因為好的著作，豈祇文字、標點不能更易；即便是文字的排列，若是變更，也將減弱其震撼了。三讀、四讀之餘，則更有戚戚焉之感。僅僅這首〈鄰室有女〉，即已足膺「國際桂冠詩人」的殊榮了。

　　第一是詩題〈鄰室有女〉便典雅大方，預留了多少發揮的空間；論意則又含蓄深遠，饒富人間的至情。柏楊雖與女主角未謀一面，未交一語，卻將她的淒涼遭遇，如泣如訴的呈現於

13　柏楊：《柏楊詩抄》，頁25-26。

世人之前。詩前有段文字:「調查局監獄, 位於台北三張犂。各房間密密相連, 卻互相隔離, 不通音訊。稍後頻聞女子語聲, 有感。」而在〈後記〉中, 對於此詩, 更有令人震憾的記敘:

> 我只會欣賞詩, 不會作詩。直到身陷絕境, 第一首〈冤氣歌〉, 及第三首〈鄰室有女〉, 是在調查局監獄, 無紙無筆, 用手指刻在剝蝕了的石灰牆上, 甲盡血出, 和灰成字。[14]

由是觀之, 這兩首真是名、實相副、用「血」完成的詩篇。僅就其寫作動機之單純與幽憤, 便可獨步千古了。清．薛雪有云:

> 作詩必先有詩之基, 胸襟是也。有胸襟然後能載其性情智慧, 隨遇發生, 隨生即盛。千古詩人推杜浣花, 其詩隨所遇之人、之境、之事、之物, 無處不發其思君王、憂禍亂、悲時日、念朋友、弔古人、懷遠道。凡歡愉、憂愁、離合、今昔之感, 一一觸類而起;因遇得題, 因題達情, 因情敷句, 皆由有胸襟以為基……[15]

---

[14] 柏楊:《柏楊詩抄》, 頁146-147。
[15] 清・薛雪:《一瓢詩話》,《清詩話》(丁福保編, 台北: 明倫出版社, 1971), 頁678。

職是之故，雖在最悲愴的牢獄生活下，鄰女之出現，仍引起柏楊沉痛的關注。全詩以古典、悲情的氣氛，使讀者走進一個蒼涼、心酸的世界。一開始採取了象徵沒落的回憶方式：

> 憶君初來時，屋角正斜陽。[16]

物是人非。出現於面前的是「屋角」和「斜陽」。你當然知道屋角下發生過的人與事。尤其是「斜陽」，極容易引起哀戚的聯想。李商隱(813-858)〈柳〉詩云：

> 曾逐東風拂舞筵，樂遊春苑斷腸天。如何肯到清秋日，已帶斜陽又帶蟬。[17]

清·馮浩(1719-1801)注云：「斜陽喻遲暮……」而全詩則評為「不堪積愁，又不堪追往，腸斷一物矣。」而杜牧(803-853)有〈憶游朱坡四韻〉云：

> 秋草樊川路，斜陽覆盎門，獵逢韓嫣騎，種識館陶園，帶雨輕荷沼，盤煙下竹村，如今歸不得，自載望天盆。[18]

---

[16] 柏楊：《柏楊詩抄》，頁25。
[17] 李商隱著、馮浩箋注：《玉谿生詩集箋注》(台北：里仁書局，3版，1981，卷2)，頁454。
[18] 馮集梧注：《樊川詩集》(台北：新興書局，1960，卷2)，頁29。

詩中「斜陽覆盎門」，係指《漢書．劉屈氂傳》所載「太子軍
敗，南奔覆盎城門」事。至於宋之名臣范仲淹(898-1053)也有
〈蘇暮遲〉之懷舊詞，傳誦更為廣遠：

> 碧雲天，黃葉地。秋色連波，波上寒煙翠。山
> 映斜陽天接水，芳草無情，更在斜陽外。黯鄉魂，追
> 旅思。夜夜除非，好夢留人睡。明月樓高休獨倚，酒
> 入愁腸，化作相思淚。[19]

我所以舉證唐、宋大家的名句，旨在說明柏楊的〈鄰室有女〉
之開端，便有功力，為全詩留下足資揮灑的場景。

全詩共三十八句，敘述了這個女子的悲慘故事。柏楊全憑
聽覺，加上偶而的視覺，竟將一個悽惋之極的鄰室女子的不幸
遭遇，熔鑄出來，由「忽聽鶯聲囀，驀地起徬徨」兩句，正式揭
開序幕。

我們必須注意開頭兩句的關鍵性，否則，就失之交臂了。
何則？它正是「不寫之寫」的含蓄技巧之運用。「忽聽鶯聲囀」
暗示了這所牢房長久的空寂。心理學家言，一個人若長時住在
全無聲息的環境中，實際上比竟日處於噪音裡，更為可怖，且
難以承受。而今，忽然間聞有女子聲由隔壁傳來，自然是件「大
事」。他之「驀地起徬徨」，乃是理所當然的心理反應。克蘭
教授(Ronald S. Crane, 1886-1967))謂：「眞正的詩永遠是個人
情感的直接傾瀉……」又謂：「它的藝術要領不在陳述，而在

---

[19] 范仲淹:〈蘇暮遲〉，《全宋詩》(台北: 世界書局, 1984)，頁11。

暗示。」[20]也就是要有「意在言外」的豐富意義。在僅僅四句
詩裡，柏楊將場景、時間、女囚及他自己，已作了非常深沉的
描述。

其後四句「翌日尚聞語，云購廣柑嘗；之後便寂然，唯有
門鎖響。」使女囚的風貌更加具體，我們稍加體察，即知她孤
苦自憐的個性和對前途的絕望心情。除了門鎖響聲，一切歸於
可怕的靜默。它無異告訴世人，這位弱女子，於短短一天的時
光中，已經進入一個悲慘的地窖中了。

這位女子是柏楊未曾謀面的新難友。通常在劫難中，人們
是自顧不暇的。柏楊卻對之關心備至，「初審是提訊，細步過走
廊，再響是歸來，泣聲動心房。」四句，使悲痛轉入另一階段。
本已沉靜的琴弦，此時漸轉淒切。柏楊用小說的手法，隱示出
女主角的斯文性格。既然「細步」，其文雅嫻靜，當可以慨見。
但是「提訊」歸來，女子哭聲悲切，想是結果不太樂觀。「四
句」一組的悲劇，也就進入另一高潮了。

第七至十二等句，寫女子昨夜的咳嗽病狀。這一常人偶患
的風寒病症，原少題材發揮；但作為鄰居的柏楊，則另有細緻
的感受；分為「日嗽」和「夜嗽」兩面，最後是「暗室幽魂靜。
一嗽一斷腸」。而斷腸之同情無法表述，又奈之何呢！「我本
不識君，今後亦不望。」只好把滿腹悲哀，咽進肚裡。他們都
是絕頂不幸的人，漫漫長夜，豈敢存有相見、相識的期盼？「人
海兩渺茫」，即便是「同病應相憐」的一點心願，都難以表達。

---

[20]《文學欣賞與批評》(*A Handbook of Critical approaches to Literature*)
(徐進夫譯，台北：幼獅文化事業公司，1991)，頁8。

　　柏楊在執筆之際，必然充滿了莊嚴的心緒，比之包括二十四句的老杜之〈石壕吏〉，就意境言、絕不遜色。在〈石〉詩之中，老杜經由聽覺、得知一個強捉人民參軍的故事，發生於隔鄰；於是撰就千古不朽的詩篇。詩云：「暮投石壕村，有吏夜捉人」「聽婦前致詞，三男鄴城戍。」故我們可知，杜甫相當容易的取得寫作材料。況且古來皂隸捉人，如狼似虎，無不驚動四鄰；自易耳聞或目睹。杜甫在別去之際，「天明登前途，獨與老翁別」便表示取得第一手的資料了。較之柏楊，僅靠來自隔壁聲息，自然方便許多。[21]

　　柏楊與詩中的女主角，惟一的接觸，乃是「唯曾睹君背，亦曾繫君裳」。且所謂「繫君裳」者乃是「調查局獄囚禁後期，每天有十分鐘散步。某日散步時，曬衣架上一件女衣被風吹落地面，柏楊代為揀起，重繫繩端」而已。但就在如此簡易單純的接觸中，柏楊卻以細膩的思維和聯想，組合出一篇感人泣下的牢獄悲劇詩。若說柏楊此詩，無遜於老杜的〈石壕吏〉，應非誇大之詞了。杜甫告訴我們的是人民為征戰所苦、及參軍的惡政；而柏楊用一個囚於隔壁的弱女子，指控出文字、言論的冤獄；以及一位詩人的愛心與關懷。下引八句，尤其曲折、寬厚，頗具大詩人的懷抱：

---

[21] 仇兆鰲注：《杜少陵集詩注》，卷7, 頁4。

君或未曾嫁　　眼淚遺爺娘
君或已成婚　　兒女哭母床
今日君黑髮　　來日恐變蒼
欲寄祝福意　　咫尺似高牆[22]

最後又私下盼望：

願君出獄日　　依然舊容光[23]

其情致之深遠、細膩，何遜於任何偉大的詩家？

　　我們由三十八句中，更發現其間的起伏和宛轉。雖不似司馬遷的《項羽本紀》，但安排了數次的轉折，隱含了「劇情」的推陳出新。於此，我們可以參證清人賀貽孫之《詩筏》所云：

　　古詩之妙，在首尾一意而轉折處多，前後一氣而變換處多。或意轉而句不轉，或句轉而意不轉；或氣換而句不換，或句換而氣不換。不轉而轉，故意轉而意愈不窮。不接而換，故愈換而氣愈不竭。善作詩者，能留不轉之意，蓄不竭之氣，則幾於化。[24]

22　柏楊:《柏楊詩抄》，頁26。
23　柏楊:《柏楊詩抄》，頁26。
24　《詩筏》，《清詩話續編》(郭紹虞[1893-]編，台北: 木鐸出版社，1983，上冊)，頁138。

這是古詩的優越處, 它雖因時代所趨而式微, 但其固有的質性
之長, 白話文(包括新詩)還是難以取代。在表達情意方面,傳統
詩自有其優越所在;典雅之外抑且具有音樂的特色、記誦上的
快感, 以及想像的空間。〈鄰〉詩的藝術成就與生命的深沉發
揮, 即在其中了。

三、抒情詩的境界

張潮(1650-?)云:「古今至文, 皆血淚所成。」此類文字
世間不多, 有之, 在生死邊緣上的獄中詩也。[25]

前已言之, 獄中詩不易爲, 抒情的獄中詩則更難。在生命
旦夕之際, 非有堅忍不拔的美善意志, 自難完成。否則, 徒見
其脆弱與殘破之雜碎而已。柏楊的獄中抒情詩未有年月之記。
但依其內容及題材, 似可依稀尋之。〈幾番〉一詩大概成於入
獄之初。

> 幾番鍛鍊過門前　　幾番哀號震鐵欄
> 腸縈兒女悲離別　　魂驚鞭後咽寒蟬
> 天上千年如一日　　獄中一日似千年
> 到此人生分歲月　　聽風聽雨兩茫然[26]

寓悲涼於言外。「聽風聽雨兩茫然」之「茫然」, 頗有千鈞之
力, 蓋日暮窮途, 不知適從也。

---

[25] 清・張潮著、章衣萍校:《幽夢影》(台北: 漢風出版社, 1996), 頁
111。
[26] 柏楊:《柏楊詩抄》, 頁28。

不過，雖然「茫然」，柏楊並不氣餒。人窮呼天，他像許多善良的人們，相信冥冥之中尚有「公道」在。其「家書」一詩中，如此盼想：

> 伏地修家書　　字字報平安
> 字是平安字　　執筆重如山
> 人逢苦刑際　　方知一死難
> 凝目不思量　　且信天地寬[27]

自字面上觀之，這詩不見峰巒，字句平淡。

但我們細加探究，即可發現其峰迴路轉，內心的起伏，道盡了獄中的悲苦，及付之命運的矛盾與掙扎。他使用了隱約的對比，如「伏地修家書」；而「字是平安字，執筆重如山。」便使用了明顯的比喻。第五、六句突然言及「人逢苦刑際，方知一死難」因而，我們可明白寫一、二句時的絞心之痛苦和悲嘆。到了七、八句，則係在左思右想之餘，「凝目」不去思量了，姑且相信天命會憐惜自己吧。

絕望之人多談「夢」，多寫「夢」，獄中人尤然，至於身遭「家變」者更然。柏楊之〈夢回〉，最可代表：

> 夜半無聲月色遲　　睡中依舊到華池
> 仍攜妻子稚兒女　　驚醒枕畔夢如絲
> 倚牆欲寫相思字　　提筆徬徨意已癡

---

27 柏楊：《柏楊詩抄》，頁30。

　　　可奈此情無處寄　　今時不是往年時[28]

此詩溫厚中有其孤獨, 渴念中有其徬徨。先說首句「夜半」和
「無聲」便暗示出作者淒清的牢獄生活。只有在「睡中」還似
往日一般到「華池」遊樂, 妻子和稚女陪在身邊。此情此景, 不
是依稀如昨麼？但是恍惚間發現這些舊日生活, 卻已經消失
了。「夢如絲」取譬最傳神。「夢」和「絲」聯在一起, 也加
強了悲痛和淒清的氣氛、雖然已經「夢醒」了, 但情癡的他, 猶
不忍立即告別夢中的感覺: 一步一步的變化, 也一步一步的走
向悲慘的深淵。設身處地, 當有「情何以堪」之悲。從來, 「月」
是感性的代表, 首句中「無聲」一詞的淒涼心理, 與李後主「相
見歡」中的「無言」, 可說同一匠心, 不能作第二想。同時, 也
顯示了他用字的含蓄與溫厚。至於「徬徨」及「癡」兩詞, 不
僅深沉, 而且纏綿。爲詩固難, 即解詩亦不易。末句「今時不
是往年時」, 彷彿如泣如訴的情絃, 終於嘎然中斷！

　　　但在情感的表現上, 柏楊有驚人的反應, 試看〈出獄前夕
寄前妻倪明華〉所云:

　　　感君還護覆巢女　　魂繞故居涕棘荆
　　　我今歸去長安道　　相將一拜報君情[29]

[28] 柏楊:《柏楊詩抄》, 頁33。
[29] 柏楊:《柏楊詩抄》, 頁80。

以此詩解我們的詩教「溫柔敦厚」，可謂凜然。清・趙翼
1727-1814)〈題元遺山詩〉云：「國家不幸詩家幸，賦到滄桑
詩便工。」[30]誠哉，斯言也。論柏楊之舊詩，抒情詩勝過敘事
詩者亦在此。

四、〈囑女〉中的父愛風貌

　　〈囑女〉是一篇六十八行的長詩，寫於七六年六月至七七
年三月之間。大約是獄方法外施仁吧！「恩准」了他們父女在
綠島監獄之會。此詩遂於焉產生。

　　先說〈囑女〉這一詩題，便寓有萬千感慨意。從這個詞彙
上聯想，本應出現一幅天倫樂事的畫面；或者想像一位慈愛的
父親，坐在柔和的燈影中，溫語教女的場景。然而出乎萬千人
的意料，這位父親竟然正置身於牢籠之中。

　　最重要的是，父、女九年之久不曾見面了！所以當萬千父
女相見狂擁、欣然呼喚時，柏楊父女則是：

　　　　茫茫兩不識　　遲遲相視久[31]

在平凡的兩句、十個字中，我們將用多少言語方可形容出其間
的「重逢」心緒呢？有四句道出：

　　　　父驚兒長大　　兒驚父白首

30　趙翼：《甌北詩鈔》(上海：上海商務印書館, 1936), 頁332。
31　柏楊：《柏楊詩抄》, 頁91。

相抱放聲哭　　一哭一內疚[32]

四句詩包含了萬千血淚、人間悲劇. 而在四句中的一個「疚」字, 更凸顯出柏楊的無私和深愛。將長達九年的牢獄辛酸, 置之度外, 而首先念及的竟是對愛女的歉疚。這不是平凡父親的愛, 唯有極高至愛之胸懷者能之。這個字是多少「愛」字, 也難以述說的深情。

他何以具有如此的至情和至愛呢？要回答此一問題, 並不容易；幸而並不絕望, 我們從《另一角度看柏楊》一書中偶然得之。

在「九一八事變」那天, 柏楊正在河南家鄉唸小學二年級。老師上課時把同學都說得嚎啕大哭, 帶著淚痕回到家裡, 繼母正哄親生的弟妹們吃牛奶、雞蛋、酒釀。柏楊也嚷著要吃, 那晚娘的臉一繃之下耳光就來了。「我就是在委曲、冷漠、飢餓中長大的。」他說。正由於此一悲慘的經歷, 形成了柏楊的反動。他把少小的不幸歲月, 轉化成堅強的愛心及同情, 付與親人, 交給社會和國家。[33]

好詩常予人以「畫圖」的印象, 顯明的形象藝術, 予人的感染及衝撞, 乃更具震撼性。《囑女》中若干句子, 便可作如是觀。在「內疚」之下, 有句:

父舌舐兒額　　兒淚染父袖[34]

---

[32] 柏楊:《柏楊詩抄》, 頁91。

[33] 《明報》1981年2月24─27日。

[34] 柏楊:《柏楊詩抄》, 頁91。

相別約三千多個日子，一旦父女相逢，當然是根觸萬千的，將
此中情懷流至筆端，自非易事。但悲痛之餘，卻也有輕鬆欣喜
的調子：

> 環島踏勝跡　　汗濕裳衣透
> 兒或挽父臂　　父或牽兒手
> 溫泉洗雙掌　　絕壁聽海吼……
> 纏父打乒乓　　父女大交鬥
> 笑聲徹屋宇　　又如舊日友[35]

作者若無此一似乎喜樂的描述，將是平庸的「重逢」，將是平
庸的父女。九年未見，豈可將如此寶貴的機會，用眼淚打發？
於此，我們極易想起庚辰本《紅樓夢》第十七回至十八回中的
「元妃省親」一幕：

> (賈妃)一手攬賈母，一手攬王夫人。三個人滿心
> 裡皆有許多話——只是說不出，只管嗚咽對泣。邢
> 夫人、李紈、王熙鳳、迎、探、惜三姊妹等，俱在
> 旁圍繞，垂淚無言。半日，賈妃方忍強笑，安慰賈
> 母、王夫人道：「當日送我到那不得見人的去處，好

---

[35] 柏楊：《柏楊詩抄》，頁91-92。

　　容易今日回家，娘家兒們一會，不說說笑笑，反倒
　　哭起來。一會子我去了，又不知多早晚才來。」[36]

同樣是女兒探望父、母，雖然柏楊與女兒佳佳相晤，論人物及
形式與「元妃省親」全然有別，但實質上有何不同呢？皇宮也
是多少人的牢獄呢！故脂批於此，有云：

　　　　《石頭記》得力擅長，全是此等地方。[37]

而庚辰眉批，則云：

　　　　非經歷過，如何寫得出。[38]

但「舊詩」一辭，似未能概括。諸多時候，柏楊常有「新辭」
呈現。有云：

　　　　乘車懼顛簸　　囑兒緊抓綏
　　　　飯桌用飲食　　囑兒垂雙肘
　　　　坐時兒弓背　　囑兒挺胸鈕
　　　　食罷不刷牙　　囑兒勤加漱
　　　　隱鏡疑傷目　　囑兒另選購[39]

---

[36] 見第十七至十八回。曹雪芹(1717-1763)：《庚辰本・紅樓夢》(台
　　北: 文淵出版社, 1959), 頁354。
[37] 曹雪芹, 頁354。
[38] 曹雪芹, 頁354。

在字句上，和「詩賦欲麗」(曹丕[187-226]《典論》)的鐵律，似
近牴牾。其實，五次囑女，正是最大父愛的流露，正是最爲富
麗的情思發揮。我相信不少爲父母者，將有自愧不如之感。若
要深知來由，則宜一讀清‧冒春榮的這段詩論：

> 詩腸須曲，詩思須癡，詩趣須靈。意本如此而
> 說反如彼，或從題之左右前後曲折以取之，此之謂
> 曲腸。狂欲上天，怨思填海，極世間癡絶之事，不妨
> 形之於言，此之謂癡思。以無爲有，以虛爲實，以假
> 爲眞，靈心妙舌，每出人意想之外，此之爲靈趣。[40]

若柏楊之詩，殆曲者與癡者歟！故云：

> 瑣瑣復碎碎　　惹兒嫌父巧[41]

以及

> 自愛更自重　　莫貽他人口[42]

清‧冒春榮又云：

39　柏楊：《柏楊詩抄》，頁93。

40　《葚原說詩》，《清詩話續編》(郭紹虞編，台北:木鐸出版社, 1983),
　　頁1581。

41　柏楊：《柏楊詩抄》，頁93。

42　柏楊：《柏楊詩抄》，頁94。

> 詩以自然為上, 工巧次之。工巧之至, 始入自
> 然。自然之妙, 無須工巧。[43]

這種出於天性而完全自然的愛, 實我中華倫理文化之光。至於〈囑女〉字、詞的工拙, 又何須詳計乎?

五、詠懷詩中的風骨

以撰述《後漢書》名世的劉宋一代史家范曄(398-445), 因事觸怒當道, 元嘉二十二年(四四五), 為人告發; 誣指范曄密謀, 與孔熙先企圖擁立劉義康, 遂為下獄處死。在獄中, 范曄特寫信致其甥、姪們, 後人題為《獄中與諸甥姪書》, 盛道其為文治史的態度, 有云:

> 詳觀古今著述及評論, 殆少可意者。班氏最有高名, 既任情無例, 不可甲乙辨。後贊於理近無所得, 唯志可推耳。……吾雜傳論, 皆有精意深旨, 既有裁味, 故約其詞句。至於〈循吏〉以下及〈六夷〉諸序論, 筆勢縱放, 實天下之奇作。其中合者, 往往不減〈過秦篇〉……自古體大而思精, 未有此也。……
> [44]

---

[43] 冒春榮, 頁1584。

[44] 范曄:《新校後漢書注》(台北: 世界書局, 1983), 卷末。

言下之意，充滿豪情壯志，連賈誼都不放在眼下，以其大作
《後漢書》之成就自傲。函中絕無一絲哀戚及憂懼之色，不知
者那能想像這封洋洋灑灑、評論文事的長函，竟出於行將被誅
的囚犯之手呢？

　　自劉宋之後，文人學者而身陷囹圄，追隨於范氏之後者，
則有駱賓王(?-684)、李白(701-762)、劉長卿(725?-789?)、蘇東
坡(蘇軾, 1037-1101)之輩。至於蔡邕(133-192)，王允惟恐其著
史，先序處死；孔融(153-208)以言辭竣切，為曹操(155-220)所
殺，尚不計在內。[45]不意在一千五百年之後，更有柏楊繼其後。
其〈渺茫〉詩云：

> 生固渺茫無以料　　死更倉皇未可知
> 油盡燈枯餘煙裊　　輕風波動化相思
> 千古艱難唯有此　　丈夫冷眼對崦嵫
> 不負滿頭蒼白髮　　尚存一息仍吟詩[46]

這是詠懷的代表作品之一。他對生、死之間的大關，並無所
懼。倒是對文學的生命，甚為珍惜：「尚存一息仍吟詩。」自
基本意識而言，柏楊與范曄對於文學、史學及人間愛的執著，
實無二致。我們之所以舉引范曄，即是因為在歷史的道路上，
凡卓絕的人物並不寂寞。詩聖杜甫論詩，有「語不驚人死不

45　分別見於《駱臨海集》、《李太白集》及劉長卿、蘇東坡有關史
　　料及《後漢書》蔡邕列傳等。
46　柏楊:《柏楊詩抄》，頁76。

休」的誓言。以之與「尚存一息仍吟詩」的精神相比, 應無軒
輕之分。再看題為〈煉〉的詩句:

> 陰風習習火熊熊　　髮焦膚裂見性靈
> 塵沙一入成灰燼　　斷金千錘色益紅
> 也有精鋼雙鐵屑　　更多鐵屑化鋼城
> 是非真假難預說　　丹心百煉才分明[47]

在他的方寸之中, 一直堅信自己的人格是光明的;所走的道路,
是可以置諸天地的。

　　而在〈斜倚〉這首詩中, 更見激烈與壯懷。

> 夢回斜倚對西窗　　一燈慘淡正昏黃
> 急雨不停催陣冷　　怒潮徹夜打空牆
> 潛龍萬丈吟深海　　巨珠千尺初生光
> 孤島渾沌將破曉　　旭日冉冉看八方[48]

於此, 我們想及阮籍(210-263)的八十二首詠懷詩, 其七九《林
中有奇鳥》云:

> 高鳴徹九州　　延頸望八荒
> 適逢商風起　　羽翼自摧藏[49]

---

[47] 柏楊:《柏楊詩抄》, 頁74。
[48] 柏楊:《柏楊詩抄》, 頁73。

在意境上和柏楊詩屬一物之兩面，且「九州」、「八荒」和「萬丈」、「千尺」名詞的交互運用，似乎也非偶然而致，應有其在意識上的契合之機。同以龍、鳳取譬，更是最好的證明。在傳統文化裡，龍、鳳本就是至尊至美的象徵，頗可說明柏楊對中國文化雖有其不滿的一面，卻亦有其深愛的情結在。

最能表現他豪放不羈孤傲精神者，當以〈自詠〉為最：

紛紛大雪阻春風　　春風劇地生青草
茫茫黑夜困金烏　　金烏破海掀天曉
辛苦艱難雪夜時　　一寸光陰一寸老
斷腕男兒不自憐　　偏對無涯雪夜笑[50]

詩中「紛紛大雪」等句，何其壯麗；而「掀天曉」更具強大的動感。至於「斷腕男兒」的風貌，「雪夜笑」的背景，就令人為之沸騰、鼓舞了。

但要理解柏楊的方寸世界，方能領略此等詩篇。於此，我們不易言之，惟參閱美國愛默森(Ralph W. Emerson, 1803-1882)的話，當可尋其端倪：

自信是英雄氣質的基本要素。英雄氣質是靈魂處戰鬥之中；它的終極目標是對錯誤和愚蠢的最後

---

49 晉. 阮籍著、黃節注:《阮步丘詠懷詩注》(台北: 藝文印書館, 1971),
頁134。
50 柏楊:《柏楊詩抄》，頁63。

反抗以及能夠忍受惡可能加予他的一切苦痛的力
量。它敢於說出真理, 所以它是正面的, 它是慷慨的,
仁慈的, 溫和的, 瞧不起微不足道的斤斤計較。對遭
受別人之藐視也毫不重視。[51]

昔人嘗謂:「詩無達詁」之說已逝。時至今日, 解詩者應就歷
史、政治、社會、文化、家庭、教育、性格及遭遇諸方面探索。
七十餘年前, 胡適之於病中讀完《越縵堂日記》後曾題:

五十一本日記寫出先生性情;
還替那個時代, 留下片面寫生。[52]

《柏楊詩抄》的每一首詩, 也足以當之!

~~~~~~~~~~

參考文獻目錄

AI

愛默森(Emerson, Ralph W.)著、何欣譯:《愛默森散文選》, 台
北: 協志工業振興會, 1957。

BO

柏楊:《柏楊詩抄》, 台北: 躍昇文化事業有限公司, 1991。

---

[51] 何欣譯:〈論英雄氣質〉,《愛默森散文選》(台北: 協志工業振
興會, 1957), 頁159。

[52] 1922年7月21日記。《胡適的日記》(台北: 漢京文化事業公司, 1987),
頁406。

CAO

曹雪芹:《庚辰本.紅樓夢》,台北: 文淵出版社,1959。

DU

杜甫著、仇兆鰲注:《杜少陵集注》,台北: 佩文書社,1973。

杜牧著、馮集梧注:《樊川詩集》,台北: 新興書局,1960。

FAN

范曄:《新校後漢書注》,台北: 世界書局,1984。

范仲淹等撰:《全宋詞》,台北: 世界書局,1984。

HE

賀貽孫:《詩筏》,《清詩話續編》,郭紹虞編,台北: 木鐸出
    版社,1983。

HU

胡適:《胡適的日記》,台北: 漢京文化事業有限公司,1987。

胡仔:《苕溪漁隱叢話》,台北: 世界書局,1966。

JIANG

江盈科:《江盈科集》,長沙: 岳麓書社,1997。

LI

李白著、瞿蛻園等校注:《李太白集注》,台北: 里仁書局,
    1984。

李商隱著、馮浩箋注:《玉谿生詩集箋注》,台北: 里仁書局,
    1981。

LUO

駱賓王著、陳熙晉箋注:《駱臨海集箋注》,台北: 華正書局,
    1974。

MAO

冒春榮:《葚原說詩》,《清詩話續編》, 郭紹虞編, 台北: 木鐸出版社, 1983。

QIAN

錢穆:《先秦諸子繫年》, 香港: 香港大學出版社, 增訂初版, 1956。

RUAN

阮籍、黃節注:《阮步兵詠懷詩注》, 台北: 世界書局, 1962。

SI

司馬遷:《史記》, 台北: 鼎文書局, 1984。

XU

許顗:《許彥周詩話》, 台北: 新文豐出版公司, 1984。

XUN

荀況著,王先謙集解,《荀子集解》, 台北: 世界書局, 1991。

YE

薛雪:《一瓢詩話》,《清詩話》, 丁福保編, 台北: 明倫出版社, 1971。

ZHANG

張潮著、章衣萍校:《幽夢影》, 台北: 漢風出版社, 1996。

ZHAO

趙翼:《甌北詩抄》, 上海: 上海商務印書館, 1936。

~~~~~~~~~~

英文摘要(abstract)

Huang, Shou-cheng, "The Unfortunate of a Country and the Fortunate of a Poet: The Artistic Achievement of Bo Yang's Classical Poems"

Retired Professor, Department of Language & Literature Education, National Hualian Teachers College

Published in 1982 (with an English translation appearing in 1986), Bo Yang Poems of a Period is an anthology that, except for its appendix, was written during the poet's ten-year imprisonment. It consists of 40 classical poems written in five-word or seven-word regulated and rhymed lines, and 12 "Tse",a form of poetry in classical Chinese Literature characterized by lines of irregular length and irregular rhymes. The research component of this thesis is limited to the 40 classical poems in the anthology, and they are grouped, for the purpose of analysis, into three categories: epics, lyrics and those that pertain to the poet's vision and aspirations. The thesis is composed of five sections, starting from an examination of the writer's dexterity in the use of language and of the classical allusions found in his verse. These qualities are then compared with those of Du Fu(杜甫). The second section focuses solely on the long epic poem "In the Neighbouring Cell There is a Girl," which was scratched on a prison wall with the poet's own fingernails and blood because no pen and ink were available. Speeches of Chinese classical poets such as Li Shang Yin(李商隱), Du Mu(杜牧), Xue Xue(薛雪) and He Yi Sun(賀貽孫), and by U.S. scholar Ronald Crane, are cited as indications of the unique and brilliant qualities of Bo Yang's poetry and of his poetry's eternal place in the pantheon of world literature. The third section contains discussions on the spiritual dimension of the lyric poems. Since Bo Yang is a man of perseverance, and because "the natural disposition to love" cannot possibly be reached without fortitude, Bo Yang's lyrics poems have been more successful than the other types of poetry he has written. Discussions in the fourth section deal with the lyric poem "Instruction to my Daughter." Despite the natural depth of a father's love for his daughter, sentiments to this effect have rarely been rendered successfully in literature.

It is hardly surprising, given how long Bo Yang spent in prison, that a meeting between him and his daughter was an emotional one, and Bo Yang highlighted his love through a detailed lecture on daily trivialities such as proper manners and behavior. This approach is reminiscent of a passage by Cao Xue-Qin(曹雪芹) in the chapter "Yuan Chun on Visit to Her Parents" (元春省親) in the *Dream of Red Chamber*(紅樓夢).

The final section examines the way in which the poems reflect the poet's vision and aspirations, and the way which one can glimpse through the poems Bo yang's moral fertitude as it compares with the anti-establishment spirit of Fan Ye(范曄) of the Han Dynasty (漢), and Ruan Ji (阮籍) of Wei(魏).

The paper concludes with citations of speeches by American philosopher and poet Ralph Waldo Emerson and Chinese scholar Hu Shi (胡適)to construe Bo Yang's unswerving ming—a spirit of fighting to the very end.

特約講評人：單周堯

單周堯（Chow Yiu SIN），男，1947年生於香港，廣東東莞人。
　香港大學哲學博士。現任香港大學中文系教授兼系主任、《東
　方文化》主編。著有《李清照〈聲聲慢〉舌音齒音字數目考》
　（1997）、《錢鍾書〈管錐篇〉杜預〈春秋序〉札記管窺》
　（1999）等。

　　黃守誠先生的論文，題目是〈國家不幸詩家幸 ── 柏楊舊
詩的藝術成就〉，這題目可能有斟酌的餘地。柏楊入獄九年零
二十六天[1]，無疑是極大的不幸，但這主要是個人的不幸。黃先
生論文提到的詩聖杜甫，身遭安史之亂，持續了整整七年零三
個月的戰火（由天寶十四載 [755] 十一月安祿山在范陽叛變
起，至廣德元年 [763] 正月史朝義兵敗自殺止），蹂躪了包括
現今河北、河南、山東、山西、陝西數省的地區，人民生命財
產慘遭空前浩劫。天寶十三載 (754)，全國人口約五千二百八
十萬，在長期戰亂中，被殺戮和流離失所、死於饑饉的軍士、
百姓多不勝數，到了廣德二年，只剩下一千六百九十餘萬人口，
勞動力急劇下降，良田遍生荊棘，米價由開元初每斛不到二百
錢升至萬錢左右。杜甫在安史之亂中，曾攜同家小和其他老百
姓一同避難逃亡，一起受凍捱餓；他又曾被叛軍所俘，押往長
安，親眼看到昔日一片繁華的京城慘遭洗劫的慘象。在長期顛
沛困苦的生活中，杜甫寫下大量反映時局的不朽詩作。安史之

---

[1]　參《柏楊詩抄‧後記》，台北：四季出版事業有限公司，1982年。

亂把杜甫的現實主義創作推向一個高峰,那才是真正的「國家
不幸詩家幸」。柏楊的情況,主要是「詩窮而後哀」[2]。當然,我
們可以說,二十世紀六十年代仍有文字獄,那是國家的不幸;
不過,那到底不能跟戰亂相比。所以我說黃先生論文的題目可
能有斟酌的餘地。

　　黃先生論文的首節,提到柏楊的壓卷之作——〈冤氣
歌〉。正如黃先生指出,〈冤氣歌〉遣詞造句的形式,大率仿
文天祥〈正氣歌〉,有時更或全句、或半句使用〈正氣歌〉的
句型。正因如此,斧鑿痕跡顯然可見。藝術作品而有斧鑿痕跡,
藝術成就不免要打個折扣;黃先生說〈冤氣歌〉「極自然的達
到『相反相成』的效果」,未免推揚過當。

　　黃先生又提到孔子誅少正卯乃一疑案,不宜輕詆古人,這
意見很有道理。

　　黃先生接著談〈聞判十二年〉一詩,詩中有一表示「如豬
似狼」的「貇」字,為柏楊自創;黃先生認為不宜自創新字,這
也很有道理。事實上,這個字用起來也不大方便;「者」和「良」
是「豬」和「狼」的聲符,兩個聲符拼在一起,不知當讀何音?
如果真的要造字,「㹰」似勝於「貇」;「㹰」從豕良聲,音
與「狼」同。

　　黃先生的論文,從敘事、抒情、言志三方面,探討《柏楊
詩抄》中的四十首舊詩,並詳細分析了〈鄰室有女〉和〈囑女〉

2　《柏楊詩抄·後記》說:「俗云:『痛呼父母,窮極呼天。』前
　　者是兒童感情的餘緒,後者是成年後逢到絕境時的心聲。當哀呼
　　時,只是一種哀呼,忘我的哀呼,沒有人還管那哀呼合不合韻
　　律。發之於詩,也是如此。」

二詩。黃先生除了陳述自己的意見外，還徵引了不少文學作品以及中外文學評論家的意見，作為印證，這對讀者認識柏楊的舊詩，當有很大的幫助。

　　最後，筆者想指出一點：柏楊所寫的似乎全是古體詩，沒有一首採用近體詩的格律。不過，這只是微枝末節，一般詩評家是不會注意的。（完）

~~~~~~~~~~

特約講評人：林憶芝

林憶芝（Yik Chi LAM），女，香港中文大學文學士（1987）、
　　教育文憑（1991）、哲學碩士（1994），香港浸會大學哲學
　　博士研究生。現任香港公開大學人文社會科學院助理教授。

　　黃守誠先生的〈國家不幸詩家幸：柏楊舊詩的藝術成就〉一文，內容充實，徵引文獻豐贍，文章的可讀性很高。黃先生的文章徵引的資料十分豐富，例如有《許彥周詩話》、《江盈科集》、《苕溪漁隱叢話》、《蔡寬夫詩話》、《一瓢詩話》、〈典論論文〉和《詩筏》、《薑原詩說》等等。

　　黃先生的文章分為五個部分：一、獄中詩與敘事詩；二、〈鄰室有女〉的寫作藝術；三、抒情詩的境界；四、〈囑女〉中的父愛風貌；五、詠懷詩中的風骨。

　　黃先生主要是通過對比分析的方法，來顯示柏楊舊詩的風格特色。在分析〈冤氣歌〉的藝術特色時，以〈正氣歌〉對比而觀，這是十分正確的，因為柏楊原來就是按照文天祥的

〈正氣歌〉來抒發其不平之氣。從命題, 到句子的用語與全詩的結構安排, 都是模仿〈正氣歌〉的。

　　黃先生十分欣賞〈鄰室有女〉一詩, 認為「三讀、四讀之餘, 則更有戚戚焉之感, 僅這首〈鄰室有女〉,（柏楊）即已足膺『國際桂冠詩人』的殊榮了。」至於其敘事手法, 黃先生則以杜甫〈石壕吏〉和司馬遷的〈項羽本紀〉作比較, 認為在三十八句詩中, 深藏起伏和宛轉。

　　至於〈囑女〉一詩, 黃先生引用《紅樓夢》「元妃省親」作對比, 以言父女相見的情況。在討論〈渺茫〉一詩時, 則以范曄的〈獄中與諸甥姪書〉作比較。

　　黃先生把柏楊的舊詩, 按其內容分為有敘事（〈聞判十二年〉、〈小院〉、〈囚房〉、〈重逢〉等）、抒情（〈幾番〉、〈家書〉、〈夢回〉等）及言志（〈自詠〉、〈斜倚〉、〈煉〉、〈渺茫〉）三類。筆者以為頗有酌斟的餘地。

　　正如黃先生所說, 柏楊的舊詩全部成於其十年牢獄之中, 所以又可名之為「獄中詩集」。既然《柏楊詩抄》的四十首舊詩都是柏楊在監獄中生活的所見所聞, 所思所感, 皆為抒懷言志的作品, 因此, 純以內容分類為三, 似欠妥當。筆者以為《柏楊詩抄》乃柏楊直抒其情的作品, 其實不必再細分敘事、抒情與言志三類。即使一定要分類, 筆者以為可以從形式上大分為兩類（如五言和七言；或律詩和古詩）或四類（五言古詩十首、七言古詩五首、五言律詩五首、七言律詩二十首）即可。

　　黃先生認為柏楊的舊詩, 其藝術成就在於含蓄, 意在言外。但通觀《柏楊詩抄》中的四十首舊詩, 柏楊雖然喜用歷史資料, 但其詩歌都是直抒胸臆, 把心中鬱結不平的怨忿, 迸發

而出。因此，筆者以爲《柏楊詩抄》是柏楊獄中生活的自然流露。

依筆者所見，柏楊的詩歌，最少有以下四個特點：

一. 喜歡引用史料以充實其詩歌內容：例如〈冤氣歌〉和〈讀史〉，藉著歷史人物以抒發其心中之不平。

二. 好用諺語、現代語入古詩，造成特別的語言效果：例如〈冤氣歌〉之「大力水手畫」、「專案設小組」；〈除夕〉之「人道人權一筆勾」；〈我來綠島〉之「胸背縫數字，一三一二九」；〈我在綠島〉之「編號二九七，一一剃髮光」；〈出獄前夕寄女佳佳〉之「曾入托兒所，一別一哭涕」、「六歲考幼園，百分高第一」、「滑梯玩不休，萬喚都不理」等。

三. 直抒胸臆，明白如話，感情眞摯動人，不矯揉造作，不避俚俗：例如〈囚房〉中謂「臭溢馬桶堆屎尿」；〈讀史〉「不如懵懂人，扶遙到公卿」等。

四、直用或轉化前人詩句，自然融入其詩中：〈冤氣歌〉中「雜然賦流形」、「當其貫日月」、「嗟予遘陽九」、「蒼天曷有極」是直用文天祥的句子，而「天地有冤氣」、「時窮苦乃見」、「一一服上刑」、「悠悠我自清」、「冤魄日已遠」則是更動字詞而用之；又例如在〈我離綠島〉「脫我囚犯衣，換我平民裳」，乃化用民歌〈木蘭辭〉「脫我戰時袍，著我舊時裳」。(完)

～～～～～～～

黃守誠
回應與感念: 敬答單周堯教授及林憶芝女士

　　我很感謝單周堯教授及林憶芝女士對拙文的批評。他們大都贊同我的論點，實是對我的重要鼓勵。特別是單教授，更積極地提出一些建議，如他認為柏楊所創的這個「䝤」字，易以「狼」字為宜，非常有趣。

　　而對於單教授以「國家不幸詩家幸」為題，認為不妥，我想有所補充。安、史之亂，雖然使杜甫流離失所，但為時僅七年之久。此前則為貞觀、開元之盛世，長達一百三十年。故《資治通鑑》云：「時海內久承平，百姓累世不識兵革，猝聞范陽兵起，遠近震駭。」比之近代史上的災亂，如八國聯軍、九一八事變、七七抗戰、國共之爭、十年文革等，民不聊生，長達百年，真是天淵之別。死於戰火及飢餓者，不下數千萬之眾。杜甫之時代，要比柏楊的歲月幸運多了。末了，我更謝謝香港大學舉辦這一非常有意義的學術討論會。

[責任編輯: 梁敏兒、黎活仁、鄭振偉]

柏楊五十年代小說與戰後台灣文學史

應鳳凰

作者簡介： 應鳳凰（Feng Huang
　YING），女，1950年生於台灣，台
　北市人，國立台灣師範大學英語
　系畢業，曾任中國時報人間副刊
　編輯，目前在美國德州大學奧斯
　汀校區東亞系博士班。

論文提要： 本文從後殖民理論的觀
　點，探究柏楊小說（包括反共小
　說）與五十年代主導文化，以及
與台灣文學史書寫的關係。除了早期版本流變，也討論五十
年代柏楊小說的命題及特徵，並從台灣長期的殖民背景，分
析柏楊小說中的抵抗精神與台灣文學傳統的歷史關係。
關鍵詞（中文）： 柏楊　郭衣洞　掙扎　歐威爾　百獸圖
　後殖民　主導文化
關鍵詞（英文）：Bo Yang, Guo Yi-dong, *Zheng Zha*, George
　Orwell, Animal Farm, post-colonial, dominant culture

一. 前言

柏楊(郭立邦, 1920-)的小說寫作, 只是他一生漫長寫作生涯的一部分。就數量來看, 不及他寫的雜文多。事實上,「柏楊」兩字在一般台灣讀者印象裡, 是位專欄作家, 以寫嬉笑怒罵的方塊文章知名, 足見他的雜文比起來不但數量大, 流通更廣。

但他寫小說的時間, 卻開始得比雜文更早, 持續時間也更長。出獄後的1977年起, 雖然他很有規模的整理了一套《郭衣洞小說全集》八冊, 交台北星光出版社陸續印行, 然而這批小說無不是「舊書新出」, 真正的寫作時間要早上二十多年: 他從1951年試以短篇小說向張道藩(1897-1968)主持的《文藝創作》月刊投稿, 又在同一刊物上連載第一個長篇《蝗蟲東南飛》（1953）算起, 實際上整個「小說時期」集中在五十年代以及六十年代前半, 接下來才是柏楊的「雜文時期」, 等到他的「倚夢閒話」專欄陸續成書出版, 已是六十年代的事了。

柏楊小說創作, 除了起步得早, 呈現的形式也很豐富: 結構上有長篇, 有短篇; 小說類別上, 既有如前述寫得最早的「反共小說」, 也有借古諷今的「諷刺小說」如《古國怪遇記》（原名《雲遊記》, 1965）; 更有想像力如天馬行空的「童話小說」, 如借取希臘神話的《天涯故事》（原名《周彼得的故事》, 1957）。他還寫過兩部「長篇文藝愛情小說」, 一是六十年代初成為廣播小說的《曠野》（1961）, 另一部則懸疑有如《簡愛》, 卻是以海洋燈塔為背景的長篇推理《莎羅冷》（1962）。這些之外, 還有無數主題相異的短篇小說, 例如與

本文更爲相關的，以戰後初期台灣社會作背景，以大陸知識分子流離困頓爲主題，深具批判性的「寫實小說」。

　　儘管他這些小說與五十年代同時期作家作品相比較，質與量都不遜色，引人注意的是，目前已出版的幾本台灣文學史或小說史，在描述五十年代文壇及文學特色時，幾乎都未曾留意到柏楊小說的存在，更別說留一點篇幅討論其小說的時代關聯性或歷史位置。

　　本文即以目前文學史書寫，只有「雜文作家柏楊」而没有「小說家柏楊」的現況爲切入點，除了探究柏楊小說本身的命題與特徵，更試圖將其作品放在戰後初期的社會背景，以及台灣五十年代文壇的主導文化一起考量──「五十年代」是國民黨剛剛撤退到台灣的第一個十年，論者無不強調：這是一個黨機器操控文化場域，「反共」聲浪高漲，政治明顯掛帥的年代──從大陸人戰後抵台「接收」的角度來看，台灣剛結束五十年的日本殖民統治(1895-1945)，是典型「殖民後」的年代，統治者正盡全力清除日本殖民者留在台灣的「遺毒」，例如國民政府遷台不久，即刻禁止日文，全面推行「國語」（北京話），並透過各種法令規章，消除日本文化在台灣的影響與遺留。如此特殊之社會背景，無不與同時代的文藝創作發生密切關係。

　　還可以有另一種「殖民」觀點。如果從台灣本土評論家的眼睛看，尤其八十年代末「本土化」運動興起之後，懷抱台灣意識的學者致力追尋本地文化歷史，在他們眼裡，五十年代國民黨是一個新的「外來政權」，戰後初期，又稱白色恐怖時代，正是「另一次殖民」的開始。明顯例子之一，即上述強制

性轉換台灣人長期習用的語言：政府全面禁止日語，使得日據以來優秀的台灣本土作家在進入五十年代後，即刻面臨被「消音」的命運，大批本土作家頓時喪失表達思想，發表意見的語文工具。

評論家陳芳明(1947-)在為「台灣文學史」分期的時候，便是將戰後整個的國民黨時代稱之為「再殖民時期」，直到解除戒嚴以後（1987- ），才是文學史的「後殖民時期」。依照他的說法，『在反共假面掩護下的戒嚴體制，毫無疑問是殖民體制的另一種變貌』，因此，國民黨「反共政策」和日本的「皇民政策」一樣，『全然是為了鞏固一個外來的、強勢的殖民政權而設計的』[1]。總之，國民黨政權在五十年代，黨機器全面操控台灣文化場域，扮演的角色，從本地人的角度看，正是繼日本人之後的另一個殖民政府。

柏楊大部分小說完成於戰後初期，正是不早不晚，剛好在這一段「日帝」殖民「之後」，又在「美帝」殖民「之前」的五十年代──到了六十年代，台灣文壇盛行來自英美的「現代主義」，一般認為那是一段「西化」思潮淹沒文壇的文學時期。而夾在「兩帝」中間的這段「五十年代」，既被本土派評論家認為是國民黨蔣家政權「殖民台灣」的時代，若比照前述「稱呼」，也許該叫做「中帝」時期。本文的討論，因此除了集中在五十年代的柏楊小說，也將借用一部分西方後殖民理論，以

---

[1] 陳芳明：〈台灣文學史分期的一個檢討〉，《台灣文學發展現象：五十年來台灣文學研討會論文集》（文訊雜誌社編印，台北：行政院文建會出版，1996），頁19。

「後殖民」特性，探討戰後台灣小說傳統，也以之分析柏楊小說與這個傳統的歷史關係。

二. 小說全集與最早版本

　　進入柏楊五十年代小說的內容主題之前，即使單從小說的外緣研究，亦即這些小說的出版過程與版本的複雜性，已經明顯呈現上述特殊的時代背景及戰後台灣社會的「殖民」特性。五十年代迄今不過四十年，並不是四百年，但柏楊小說的早期版本及其流變，若要認真作「考證」，已足夠研究者寫成一篇論文。「柏著」版本之所以特別複雜，自然與他的入獄、出獄、書被查禁等曲折的生平經歷有關。

　　柏楊本人開始編《郭衣洞小說全集》時，是剛出獄的1977年，當時因「手邊沒有一本自己的著作」（自序），所以他的編法是，先搜集到什麼資料就先送去發排。其次，為避開查禁單位的耳目，自己更改了新版書名。如此一來，《全集》與五十年代原始版本相比較，已經「面目」全非，從研究的角度看，已不宜作為討論及引用的材料。

　　但目前為止的柏楊研究，都根據這個版本。《郭衣洞小說全集》陸續出了八集，有台北星光版，躍昇版，市面上方便買到，也是目前台灣一般通行的版本。大陸版的柏楊小說全集，手邊收集不齊全，至少有北京作家出版社、北京社科院以及蘭州出版社等不同版本，它們只能從柏楊1977編過的新版加以重編。為方便對照，以下是台版全集的序號及星光版初版日期：

[1] 《祕密》 （短篇小說） 1977年8月

[2] 《莎羅冷》 （長篇小說） 1981年1月

[3] 《曠野》 （長篇小說） 1977年8月

[4] 《掙扎》 （短篇小說） 1977年8月

[5] 《怒航》 （短篇小說） 1977年8月

[6] 《天涯故事》 （童話小說） 1980年8月

[7] 《凶手》 （短篇小說） 1981年5月

[8] 《螳螂東南飛》（長篇小說） 1987年5月

　　前面已提到，《全集》排序與作品原始發表時間毫不相關，舉例來說，全集第八本的《螳螂東南飛》，原是作者最早發表，也是柏楊生平出版的第一部長篇（1953），表面上看，似乎是全集中少數新版舊版書名一致的。但實際情況還要複雜些。若對照此書1953年最早的《文藝創作》版，與目前通行的星光版，會發現小說不但從頭至尾已全盤修改，而且動了很大「手術」。原來，這兩版中間，同樣情節內容還出現過一個「平原版」，書名《天疆》（1967）。曾向作者打聽個中緣故，原來是戰後社會，文人生活艱難，為了「多賺稿費」——柏楊六十年代初開始在「自立晚報」上班，薪水很低，為了應付生活，增加稿費收入，就一邊修改舊稿，一邊以新題目《天疆》，在「自立晚報」重新又連載一次（1966），因此隔年交自己的「平原出版社」再版時（1967），就用了《天疆》的書名。如今，第一與第二版當然都絕版了。

　　同樣的情況，例如第七集《凶手》，最早版本是1958年由「正中書局」印行的，原名《蒼穹下的兒女》；《天涯故事》

也是新名字，原名《周彼得的故事》，1957年由台北復興書局出版。

這一切造成了八十年代以後柏楊研究者的不便，想來決非作者本意。海外研究者，例如德國周裕耕(Ritter Jurgen, 1959-)寫的碩士論文《柏楊評傳》（中文版書名《醬缸：柏楊文化批評》，台北林白出版社1989年出版），書中有柏楊年表及柏楊著作一覽表；中國友誼出版公司1996年出版的《柏楊評傳》，作者雷銳在書中對柏楊小說也有詳細的評論及介紹，然而兩書都只能根據《郭衣洞小說全集》所提供的書名及資料。換句話說，八十年代前後推出的小說全集凡有遺漏，後來的研究者也就失去了論據的憑證，有可能導致錯誤的論斷。

舉一個有意思的例子。第七集的《凶手》（1981）中，除了各集都有的一篇新版總序，還有一篇專為本書用的「前言」。前言的篇尾，標明著寫文日期：「1958.11.8. 於台南成功大學」，讀者一看就清楚，這篇應當是1958年版的書序（雷銳的評傳也曾予引用）。但對照1958年正中書局版，才知道原版書序另有其文，真正原版「自序」，長短雖與新版差不多，內容則完全兩回事。原版序文最後也標明同一個日期，唯一不同是西元變成民國：「郭衣洞四十七年十一月八日於成功大學」。可見新版的「前言」實在是1981年重寫的，也可見「當代文學」同樣存在版本考據的問題。

全集的不能齊全，首先是一部分資料連他自己都找不到了──1968年他匆匆被捕入獄，警方的搜索查扣，加上接著的妻子離異，許多舊作及資料收藏，自不可能完整如初。其次，一些早期作品，他自認不夠理想的，不願收入。作者在全集書

序中明白表示,希望『它們永遠消失,好像我從沒有寫過一樣』[2]。

　　當然,柏楊自己是對「文本」保存非常認眞的人,爲了不讓零散發表過的作品埋沒,他在五十年代末創辦「平原出版社」,自己所有的專欄雜文以及六十年代以後寫的小說,幾乎都是由「平原」印行首版。不幸的是,因他的入獄,平原版的書也跟著被查禁,這是造成他的小說版本特別複雜的另一個原因——爲了逃避官方或查禁單位的耳目,他只好在重新編輯小說全集時,自己更改了好些書名。這也是爲什麼平原版《天疆》沒有再用作書名,以及其他五十年代小說全改了書名的原因。

　　總之,全集所以不「全」,其一是他無意地遺失了一些資料,其二是他有意地不收另外一些資料。除此而外,我們還要把另一套小說算進來——有兩本風格傾向諷刺性的小說,八十年代他另外編在「柏楊小說」類目之下——《打翻鉛字架》與《古國怪遇記》,這兩書也都換過新名字,前者原名《魔鬼的網》,後者原名《雲遊記》。以下把前面三類總合在一起,回復五十年代小說最早的版本與書名,並將新版書名列於附註,以便對照。本文後面的討論,亦將採用這些原始版本及頁碼:

　　(1)《辯證的天花》　〔短篇小說〕中興文學出版社
　　　　　1953年　　　　　[共五篇, 全集未收]
　　(2)《蝗蟲東南飛》　〔長篇小說〕文藝創作出版社

1953年　　　[再版時曾改名《天疆》]

（3）《魔鬼的網》　〔短篇小說〕　紅藍出版社

1955年　　　[改名《打翻鉛字架》]

（4）《周彼得的故事》〔童話〕　　復興書局

1957年　　　[全集改名《天涯故事》]

（5）《紅蘋果》　　〔童話〕　（香港）亞洲出版社

1957年　　　[全集未收]

（6）《生死谷》　〔短篇小說〕　復興書局

1957年　　　[共14篇，有序，全集未收]

（7）《蒼穹下的兒女》〔短篇小說〕　正中書局

1958年　[全集改名《凶手》，篇數及內容略有更動]

（8）《掙扎》　　〔短篇小說〕　　平原出版社

1959年

三. 文學史書寫與柏楊小說

　　有了這張按最早發表順序排列的書單，對柏楊在五十年代小說寫作及其類型轉變，才容易描出一個簡單的輪廓。例如1953年最早的兩部書，一短一長都被歸類為「反共小說」。柏楊四十年代末曾在瀋陽辦報[3]（1946~1948），因為熟悉東北的環境背景，早期這些小說即以他在東北的所見所聞為基礎，例如《蝗蟲東南飛》，描寫蘇聯紅軍在中國東北種種暴行。作為

3　柏楊：〈獄中答辯書：我流亡到台灣的經過〉，《柏楊的冤獄》(孫觀漢編，高雄：敦理出版社，1988)，頁97-99。

書名的那篇〈辯證的天花〉[4]〈紅燈籠〉[5]等,也採用相同的背景。

第三本《魔鬼的網》就把批判諷刺的筆尖,從大陸北方轉向當時的台灣社會,如書中的〈打翻鉛字架〉,就是專為奚落台灣那群寫「現代」詩人的名篇。相較之下,柏楊寫童話故事的時間並不長,但連續出的兩本,卻很能顯現他早年批判風格之外的另一面浪漫情懷。雷銳評這些故事:『包含著人類對後代的善良的呵護…,以及無私的奉獻、溫馨的祝福』[6],給了柏楊童話很高的評價。

五十年代最後的三本短篇集,就越來越靠近成熟的寫實風格。首本《生死谷》,還有一部分以大陸社會為背景,小說技巧仍較為生澀,到了《蒼穹下的兒女》(全集改名《凶手》),不只人物與故事發生在台灣,不只「言情」,作者更欲透過起伏的情節,表達對人間情愛的困惑與思考。最後,完成於五十年代末的《掙扎》,終於走向他個人寫實的高峰,除了描寫周遭物質社會的艱難,同時記述大陸知識分子個別流落台灣的疏離困頓;這部小說呈現台灣五十年代政經社會陰霾的一面,既為大陸文人漂泊台灣之初期,譜寫了一首「流浪者之歌」,也記錄了那個時代來台人士的精神愴痛,是柏楊全部小說中,也是台灣戰後文學史裡,一部有意義的代表作。

回頭看柏楊五十年代小說書寫的幾個轉折——從反共,諷刺小說,到童話故事,而後言情,最後寫實,主題與類型是

4　頁23-41。

5　頁42-59。

6　雷銳:《柏楊評傳》(北京:中國友誼出版公司,1996),頁65。

再三改變的。但總體看柏楊小說風格，較爲突出的，還是其中所蘊藏的批判性，可以說，六十年代的雜文書寫，正是這種批判精神的延長，只不過五十年代以「小說」，六十年代換了一個更直接的「方塊」表達形式。若從西方「接受美學」的角度來觀察，柏楊雜文後來大受歡迎，可說是爲自己找到了更好的表達形式。

像《魔鬼的網》之類的諷刺小說，其中尖刻的批判性自然不用說了，但柏楊是連「言情」小說，也傾向於思考的、控訴的風格，這類小說之不合一般文藝讀者口味，是很容易理解的，柏楊自己都提到它們「市場上的失敗」，「公子才女不喜歡我的小說」（全集總序[7]），難怪1965年出了《雲遊記》之後，他幾乎就不再寫小說了。

柏楊本人倒是十分「偏愛」自己早期的小說寫作，同序中就提到重出這套書的動機之一，是「希望遇到知音」[8]。然而知音還真是「難遇」，不但五十年代初版時沒能遇到（所以要重編再版），1977年編過全集之後，似乎也沒「遇到」太多，至少，八十年代末海峽兩岸競相出版了好幾種台灣文學史，這些文學史作者，似乎也都像那些「公子才女」一樣，不是那麼「喜歡」柏楊的小說。

這裡必須回到文學史本身的問題。首先，文學史作爲一種歷史書寫，囿於寫作者個人的史觀及取材的角度，先天上不可能面面俱到。例如寫《中國新文學史初稿》的劉綬松就在該書

---

7 頁5。
8 頁6。

緒論中說得很明白:『在任何時代被寫下來的歷史書籍都是階級鬥爭的產物, 都是爲某一階級的經濟利益和政治利益服務的』[9]。

何況台灣戰後五十年代, 正如本文開頭提到的, 是國民黨威權統治的時代, 這時期的文學史書寫, 到了八十年代末, 不只成爲海峽兩邊文學史家意識形態鬥爭的戰場, 更是台灣本土論者在追尋自身歷史時, 作爲洗刷身上「殖民」色彩的武器。但也就在兩岸史家紛紛搶奪歷史詮釋權而各說各話的當口, 戰後五十年代文學作品的某些特性, 反因這些煙硝戰火給加了一層迷霧, 而模糊了一部分不該忽略的特殊面貌。

最明顯的例子, 就是這些名目不一的《台灣文學史》幾乎千篇一律, 把五十年代文學都歸納在「反共文學」與「懷鄉文學」的類目之下, 此其一。其二是, 兩岸各書意識形態儘管不同, 相同的是, 都給予「反共文學」負面的評價, 例如, 福建出版的《台灣新文學概觀》, 批評五十年代文學:「純是充當國民黨當局「反共復國」的宣傳工具, 完全失去藝術價值」[10]。台灣的評論家葉石濤(1925-)也在他的《台灣文學史綱》裡, 認爲此時整個文壇由大陸來台文人霸占, 他們的文學「壓根兒不認識這塊土地的歷史和人民, ……缺乏雄厚的人道主義關懷」[11], 文學成果是「白色而荒涼的」。

---

[9] 劉綬松:《中國新文學史初稿》(北京:作家出版社, 1956年), 頁28。

[10] 黃重添等編著:《台灣新文學概觀》(廈門:鷺江出版社, 1986上冊), 頁65。

[11] 葉石濤:《台灣文學史綱》(高雄:文學界雜誌社, 1987), 頁88。

　　檢視目前出版的各種文學史書,海峽兩邊分開來看,脈絡較爲清楚。台灣一邊,以葉石濤《台灣文學史綱》(1987),彭瑞金(1947-)《台灣新文學運動40年》(1991)兩書爲代表,他們身兼民間學者與作家,尤熱心於「台灣意識」「台灣文學自主論」的提倡,原是鄉土文學論戰以後發展起來的,本土論述的一環。八十年代以來,一直在國民黨文藝政策夾縫中,企圖建構自身歷史。追求本土文化認同,是他們寫文學史的最大動因。

　　另一邊,則是中國大陸粉碎四人幫之後,逐漸興起的台灣文學研究熱潮,作者大半是高校或研究單位的「專業人員」,資料搜集雖較爲困難,研究隊伍卻日益龐大。這批書包括王晉民《台灣當代文學》(1986),黃重添等的《台灣新文學概觀》(1986),以及白少帆等《現代台灣文學史》(1987),古繼堂《台灣小説發展史》(1989)等等。如果注意它們的出版日期,會發現這兩邊除了對五十年代反共文學的評價相似,連寫作時間也差不多一致,雖然彼此在當時不見得互相往來。

　　兩邊對「反共文學」異口同聲加以撻伐是不難解釋的。對大陸學者來説,你既然「反我的共」,豈有好話可説,自然指責反共文學是「顛倒歷史是非」。從懷抱台灣意識者的角度,反共文學只一味熱衷過去的大陸經驗,不肯看一眼腳下這塊土地,因此沒有資格「立足」於台灣文學史。

　　另外,反共文學之所以一直被譏爲「反共八股」,是因爲小説千篇一律,只要把「共產黨」的形象,描寫得醜陋不堪,就算成功。柏楊早期的《蝗蟲東南飛》,在雷鋭的《評傳》裡,即受到同樣的批評。楊照(1963-)則提出另一個標準:「用最高

亢的調子向外重複念愈多次反共的理由以及反共必勝的預言，就是愈好的文學。」[12] 於是反共文學成爲政治宣傳的產物，很少像歐威爾(George Orwell, 1903-1950)《百獸圖》(*Animal Farm*, 1945）一類，對共產制度有深刻的批判性思考。學者如張誦聖，便一直不承認台灣的反共文學作品，是「文學史上可認定的文學類型」[13]。

四. 結語

就上述文學史「現狀」爲起點，若加入柏楊五十年代小說一起觀察，至少有兩個問題値得思考與進一步探討：

（1）國民黨的積極提倡，而使戰後初期反共文學的數量大增，五十年代遂被稱作「反共文學」的年代。我們反過來看，寫反共小說的作家，如柏楊，與當時主導文化的關係是什麼？換句話說，我們能不能用這類寫作，來說明他與五十年代主導文化的關係？

（2）台灣戰後一整個十年的文學歷史，作品流變，能不能以反共文學或懷鄉文學簡單加以概括？龔鵬程曾批評這樣的籠統概括，是一種「簡化歷史的描述語」[14]。但我們要問，若

---

[12] 楊照：〈文學的神話，神話的文學---論五十、六十年代的台灣文學〉，《文學、社會與歷史想像》（台北：聯合文學出版社，1995），頁118。

[13] 張誦聖：〈台灣女作家與當代主導文化〉，《中國女性書寫國際研討會論文集》(台北：淡江大學中文系，1999)，頁322。

[14] 龔鵬程：〈四十年來台灣文學之回顧〉，《國家科學委員會研究彙刊》4卷2期，1994年7月，頁113。

果不能如此簡化，哪些作品哪些文類正是構成五十年代文學重要的一環，卻被文學史家所忽略了？

關於第一項，首先須釐清「主導文化」的概念。張誦聖在分析五十年代文化生產場域的時候，把這個概念說得最簡明扼要：「台灣四九年以後初期的政治統御很大程度上是透過建構一種正面的、保守的、尊崇傳統道德的教化性『主導文化』(dominant culture)。」換句話說，「主導文化」是台灣戰後一種由國民黨政治主導的文化結構，影響當時一般作家讀者的文學品味，審美標準，甚至意識形態。

我們這時便看得出柏楊作品，尤其他小說中一貫的批判精神，是與五十年代主導文化格格不入的。因此，不能表面的認為，寫反共小說的柏楊，便有著與國民黨相同的官方意識形態。五十年代的主導文化，在政府文藝政策之下，崇尚傳統保守之文化價值，提倡軟性文學與抒情品味，這樣的文化網絡與柏楊作品風格，方向是相反的。

關於第二項，我們認為五十年代的寫實小說，如柏楊的《掙扎》等作品，是明顯被忽略的一類。這部收入十二個短篇的小說集子，雖然寫著不同的故事，每篇也出現不同的情節與主角，然而各篇角色實在可以疊合成同一個人物——那是一個貧窮、蒼白，在戰後初期流落到海島，故鄉既回不去，又被台灣社會遺棄，長期失業、飢餓的大陸知識分子。

他為免於挨餓，不是被迫在漫無人煙的荒山中教書（〈兀鷹〉），就是到處找工作，因欠缺旅費長期步行，只能白水饅頭果腹（〈相思樹〉）。這些隨國民黨來台的知識分子，因為工作沒有著落，貧窮到必須把嬰兒偷偷丟棄給老實人家收養（〈歸巢〉），或答應老婆追求更好生活而自願離異(〈平衡〉)。這還不是最慘的，還有街頭跑了半天，因借不到幾十塊錢給在醫院等待止血的難產妻子，最後顧不得嗷嗷待哺的妻女，逼得在大雨中撞路碑自盡（〈路碑〉）。

這群在生活上處於絕境的失業者，掙扎在飢餓或死亡邊緣的異鄉人，他們的形象，實在是戰後初期台灣這個殖民社會一幅生動的寫照。柏楊描寫對象，與其他戰後作家比較，是不同的一群人。如果說白先勇（1937- ）的《台北人》[15]裡，記錄了一群流落台北的沒落貴族，一群在台北豪門宅第中日夜懷舊的失意政客，那麼《掙扎》裡，就是另外一批飢餓邊緣的無產階級。他們無舊可懷，即便以往讀過大學，如今不是在街頭賣豆漿，就是深夜沿街叫賣花生，甚至為一家人生活而淪為娼妓。柏楊也不同於五十年代的小說家如朱西寧(朱青海，1927-1998)或司馬中原(吳延玫, 1933-)，他們喜歡把小說背景放在遙遠的大陸；柏楊小說背景則在台灣，作品裡擠滿那些生活在他四周的可憐人物。

這些大陸人被迫離開自己的土地而流離失所，所謂「錯置」(displacement)，正是來到陌生土地之後的種種不適應，被

---

15 白先勇：《台北人》（台北：晨鐘出版社, 1971, 爾雅出版社, 1983年新版）。

社會遺棄，與社會疏離，都是西方殖民理論所強調的，後殖民文學的一個重要主題[16]。回到台灣文學傳統來說，九十年代以降，不少學者也將台灣文學放在殖民歷史的脈絡裡考察，例如陳芳明認為，「放逐與流亡，一直是台灣文學作品裡的一個永恆的主題」，他認定這種消極的流亡精神，是台灣文學傳統的抵抗文化之一，而另一種積極的抵抗方式，是「採取寫實主義的美學，或是左翼運動的立場，對統治者的體制揮舞批判之鞭」[17]。

　　他指出這兩種抵抗精神，也舉了許多實例，包括舉出鍾理和(1915-1960)的作品「反映了戰後知識分子的深沉挫折感」[18]。鍾理和也是五十年代作家，但若說要以小說作品，作為呈現這兩種抵抗精神的實例，反映戰後知識分子的挫折感，前述的柏楊小說，比別的同期作品更合乎這種作為殖民地歷史脈絡的小說傳統。《掙扎》裡那些流浪、自殺、囚禁與貧病的題材，那群蒼白知識分子孤絕的身影，我們也可以在賴和(賴河，1894-1943)、楊逵(楊貴，1905-1985)、楊守愚(楊松茂，1905-1959)、呂赫若(呂石堆，1914-1951)等日據時代小說裡找到。在具有長期殖民經驗的台灣小說傳統裡，我們對活在社會陰暗角落的這群人，一點也不陌生。

---

[16] Bill Ashcroft, et al., *The Empire Writes Back: Theory and Practice in Post-colonial Literatures* (London: Routledge, 1989) pp.8-9.

[17] 陳芳明：〈台灣文學與台灣風格〉，《危樓夜讀》（台北：聯合文學出版社，1996），頁119。

[18] 頁121。

　　就因爲台灣本土文學史家，錯把五十年代文學以「反共懷鄉文學」來概括，所以彭瑞金說五十年代文藝，「全是一廂情願不與人與土地溝通接觸的文學」[19]；葉石濤(1925-)也批評，五十年代作品是與「本地民衆現實上的困苦生活脫節」[20]的文學，都明顯遺漏了柏楊這一脈小說的寫實與批判風格。

　　前面提到葉彭兩部文學史，原是爲提倡台灣意識，爲追求台灣本土文化認同而作。兩書皆出版在八十年代末國民黨的「解嚴」之「後」，很明顯，他們的台灣文學史建構，具有文化的「去殖民」的作用——從後殖民的角度來說，就是要去除殖民者（統治者），在被殖民者身上的文化遺留。也因爲以這樣的動機從事文學史書寫，台灣文學作品中的抵抗或批判精神，一直是他們在書中不斷推崇的寫實風格。五十年代作爲一段文學時期，既處在日帝殖民之後，美帝殖民之前，又是國民黨「中帝」威權的主導文化下所生產的文學。這樣一個政治氣息濃厚的時代，文學作品怎樣呈現知識分子的精神面貌？五十年代因爲主導文化的強勢，使台灣文壇有著相當特殊的文學生態，反共文學是無法概括這樣一個時代特色的。在更多資料出土的九十年代，例如柏楊五十年代小說的重編與出版，在在值得有心的文學史家重新閱讀與評估。（完）

參考文獻目錄

[19] 彭瑞金：《台灣新文學運動40年》，（台北：自立晚報出版社，1991），頁100。
[20] 葉石濤，頁89。

BAI

白先勇：《台北人》，台北：晨鐘出版社，初版，1971，爾雅出版社，新版，1983。

BO

柏楊：〈獄中答辯書：我流亡到台灣的經過〉，《柏楊的冤獄》孫觀漢編，高雄：敦理出版社，1988，頁97-99。

CHEN

陳芳明：〈台灣文學史分期的一個檢討〉，《台灣文學發展現象：五十年來台灣文學研討會論文集》，文訊雜誌社編印，台北：行政院文建會出版，1996，頁13-34。

——：〈台灣文學與台灣風格〉，《危樓夜讀》，台北：聯合文學出版社，1996，頁110-127。

GONG

龔鵬程：〈四十年來台灣文學之回顧〉，《國家科學委員會研究彙刊》4卷2期，1994年7月，頁113-128。

GUO

郭衣洞：〈紅燈籠〉，《辯證的天花》，台北：中興文學出版社，1953，頁42-59。

——：〈關於「郭衣洞小說全集」〉，《郭衣洞小說全集》，台北：星光出版社，1977，8集，頁1-7。

——：《生死谷》，台北：復興書局，1957。

——：〈自序〉，《蒼穹下的兒女》，台北：正中書局，1958年，頁2-3。

HUANG

410 《柏楊的思想與文學》(台北: 遠流出版公司, 2000)

黃重添等編著:《台灣新文學概觀》, 廈門:鷺江出版社, 1986,
上冊。

LEI

雷銳:《柏楊評傳》, 北京:中國友誼出版公司, 1996。

LIU

劉綬松:《中國新文學史初稿》, 北京:作家出版社, 1956。

PENG

彭瑞金:《台灣新文學運動40年》, 台北:自立晚報出版社,
1991。

YANG

楊照:《文學、社會與歷史想像》, 台北:聯合文學出版社,
1995。

YE

葉石濤:《台灣文學史綱》, 高雄:文學界雜誌社, 1987。

ZHANG

張誦聖:〈台灣女作家與當代主導文化〉,《中國女性書寫國
際研討會論文集》, 台北:淡江大學中文系, 1999, 頁
321-342。

ZHOU

周裕耕:《醬缸──柏楊文化批評》, 墨勤譯, 台北:林白出
版社, 1989。

Ashcroft, Bill, ed. The Empire Writes Back: Theory and Practice in
Post-colonial Literatures. London: Routledge, 1989.

英文摘要(abstract)

Ying, Feng Huang. "Bo Yang's Fiction and the Literary History of Taiwan in the 1950s "

Ph.D candidate, Department of Asian Studies, The University of Texas at Austin

　　The paper analyzes the relationship between Bo Yang's fiction and Taiwanese literary history in the 1950s. As a period of literary history, the 1950s fit between the half century-long Japanese era which came before, and the era of Western-influenced modern literature which came after. Using the theories of post-colonialism, the paper addresses both Bo Yang's novels and its significance in the context of the "Anti-Communist" era. (作者提供)

~~~~~~~~~~~~~~~

論文重點：

1. 這篇文章嘗試探討柏楊五十年代小說在台灣文學傳統裡的歷史位置。

2. 柏楊小說大半完成於五十年代，與同期作家相比，質與量都不遜色，引人注意的是，目前文學史書寫，只有「雜文作家柏楊」而沒有「小說家柏楊」。

3. 五十年代台灣剛結束半個世紀的日本殖民統治，正好是「日帝」殖民之後，與「美帝」殖民之前，這個處於「兩帝」中間的十年，屬國民黨的威權統治時代，政治氣息濃厚。

4. 柏楊小說最早的原版，與柏楊1977年出獄後重編的《郭衣洞小說全集》，內容及書名均有出入，這與作者的入獄、出

獄、書被查禁等生平經歷有關。這些複雜的版本流變, 呈現戰後台灣社會的殖民特性與時代背景。

5. 總體看柏楊小說風格, 最突出部分是其中蘊藏的批判性, 六十年代雜文書寫, 正是這種批判精神的延長。從「接受美學」的角度看, 柏楊雜文後來之大受歡迎, 可說他是為自己找到了更好的表達形式。

6. 國民黨威權時期的文學歷史, 到了八十年代的文學史書寫, 成為海峽兩邊文學史家意識形態鬥爭的戰場。

7. 台灣的文學史書寫始於解嚴前後, 以建構「台灣意識」為目的, 是本土論述的一環。他們在國民黨文藝政策夾縫中, 追求本土文化認同, 將台灣文學史建構, 作為洗刷身上殖民色彩的利器。

8. 五十年代一直被文學史稱作「反共文學」的年代。寫反共小說的作家, 如柏楊, 與當時主導文化的關係是什麼?我們能不能用這類寫作, 來說明他與「五十年代主導文化」的關係?

9. 戰後初期國民黨主導的文化結構, 是一種保守的, 尊崇傳統道德教化, 提倡軟性文學的「主導文化」; 柏楊小說中所具備的批判精神, 與這個深具政治性格的「主導文化」其實是格格不入的。

10. 柏楊短篇小說集《掙扎》各篇, 描寫大陸知識分子流落台灣之後的孤絕與疏離, 記錄當時政經社會陰暗的一面, 是五十年代台灣寫實小說代表作, 卻被意識形態掛帥的兩岸文學史家忽略了。在更多資料出土的九十年代, 例如柏楊

五十年代小說的重編與出版，在在值得有心的文學史家重新閱讀與評估。

～～～～～～～

特約講評人: 向陽

林淇瀁〔向陽〕(Chi-Yang LIN)，男，1955年生於台灣。中國文化大學新聞碩士，政治大學新聞系博士班研究生。現爲靜宜大學中文系專任講師。著有《文學傳播與社會變遷——七〇年代台灣報紙副刊的媒介運作》(1993)、《喧嘩、吟哦與嘆息——台灣文學散論》(1996)等

　　根據作者「論文提要」所述，本文的主旨意圖從後殖民理論的觀點，探究柏楊小說（包括反共小說）與五〇年代主導文化，以及與台灣文學史書寫的關係。

　　作者對於柏楊小說，知之甚詳，對於柏楊小說的早期版本流變，也有相當掌握，反映在本文第二節「小說全集與最早版本」的敘述，清楚地釐清了五〇年代柏楊小說原始版本與1977年柏楊出獄後整編的《郭衣洞小說全集》的差異：版本的書名變動、文本的更易、乃至於增刪重出等，均有詳細論證，能夠清楚還原五〇年代柏楊小說創作的原貌。無論就版本考證，或就柏楊小說研究的追根溯源來說，都具有相當參考價值。這是本文的貢獻之一。

　　其次，就本文的核心論旨而言，作者根據五〇年代柏楊創作小說的原貌，分析其中的創作類型演變（反共小說、諷刺小說、童話、而後言情，最後寫實），指出其中的批判性格，強

調柏楊「六十年代的雜文書寫, 正是這種批判精神的延長」。
此一論點, 深具洞見, 有助於柏楊文學與思想的跨文類研究。
這是本文的貢獻二。

　　第三, 作者以柏楊最具寫實主義精神, 反映五〇年代中國
來台知識分子流落台灣社會底層經驗的小說集《掙扎》爲例,
指出其中「記錄了那個年代來台人士的精神愴痛, 是柏楊全部
小說中, 也是台灣戰後文學史裡, 一部有意義的代表作」, 認
爲海峽兩岸台灣文學史書寫都「明顯忽略」類似柏楊《掙扎》
等寫實作品反映出的「去殖民」精神。此一論點, 確爲相關台
灣文學史論述觸及台灣五〇年代文學時疏忽的面向:在目前可
見的台灣文學史中, 多半以「反共文學」涵蓋那個年代, 未見
對於「反共文學」主流之外, 仍然存有的少數但可貴的具有批
判精神的作家及其小說的論述;也多半只注意到台灣本土作家
（如鍾理和）文學所反映的知識分子的深沉挫折, 卻無視於來
台外省籍作家（如柏楊）文學的對照。本文提供了另一種台灣
文學史書寫的宏觀視角。這是本文的貢獻三。

　　不過, 由於本文意圖稍大, 論述過程不免疏失, 謹就愚見
提出一些商榷, 供作者參酌:

1.　本文詳於柏楊五〇年代小說版本考據, 所佔篇幅似嫌過多,
　　對於柏楊小說中具體的抵抗精神爲何則著墨過少。依作者
　　論述, 似乎僅得《掙扎》一部, 可稱爲柏楊「個人寫實的高
　　峰」之作（除了描寫周遭物質社會的艱難, 同時記述大陸
　　知識分子個別流落台灣的疏離困頓）;作者對於這部小說
　　呈現的「台灣五十年代政經社會陰霾的一面」, 也僅於「結
　　語」部分以一小段敘述處理, 似嫌草率, 而使論證力稍嫌不

足。愚見以爲，《掙扎》一書，既爲作者論證台灣文學史書
寫缺失的證據，則詳細處理其中重要短篇的文本分析，便
屬必要；而舉之以於同年代作家（如朱西寧、鍾理和）作
品比較參證，歸納柏楊小說的抵抗精神及其特色何在，即
屬不可或缺。

2.　作者將柏楊小說置於台灣五〇年代的「主導文化」
（dominant culture）背景中來考量，意圖突顯柏楊柏楊小說
在國民黨反共文學政策中特殊的位置，這是可取的。惟若
能詳細鋪陳當時國民黨的文藝政策，以及柏楊在反共文學
陣營中的位移（從陣營中心到邊陲），應該更能突出柏楊
通過小說（乃至其後的雜文）在「主導文化」中的抵抗精
神，強化本文的核心論旨（對於柏楊小說在台灣文學史中
的地位的不平）。

3.　論及海峽兩岸文學史書寫關於五〇年代多以「反共文學」
與「懷鄉文學」的刻板論述，似宜舉證；同時，作者結語也
強調「因爲主導文化的強勢」使五〇年代的台灣文壇「有
相當特殊的文學生態」，「反共文學是無法概括這樣致一
個時代特色的」，則對於對於當時文壇的「相當特殊的文
學生態」，似乎也應詳予說明，以強化所舉文學史書寫的疏
忽與不足。愚見以爲，兩岸文學史書寫對於五〇年代論述
的疏忽或不足，除了「簡化歷史」的謬誤之外，還牽涉到文
學史家意識型態與國族認同的差異，柏楊五〇年代小說地
位在兩岸文學史書寫均付闕如的原因，或也可從這兩個層
面分析。

4. 最後, 關於本文論述的主旨之一(從台灣長期的殖民背景, 分析柏楊小說中的抵抗精神與台灣文學傳統的歷史關係)部分, 似乎亦嫌粗略, 特別在「台灣文學傳統」的論述部分, 作者僅舉賴和、楊逵、楊守愚、呂赫若等日治時期作家小說爲例, 似難以論證柏楊小說中的抵抗精神與台灣文學傳統的歷史關係何在。

雞蛋裡挑骨頭, 敬供作者讀者參考。〔完〕

特約講評人: 劉季倫

劉季倫(Chi-lun LIU)。1955年生。台灣大學歷史系畢業。台灣大學歷史學博士(1998年)。著有《李卓吾》(台北:三民書局, 1999)、《現代中國極權主義的思想根源》及一些單篇的論文。目前任輔仁大學共同科副教授職。

　　應鳳凰教授選擇了一個非常麻煩的題材。他踏上了一個「海峽兩邊文學史家意識形態鬥爭的戰場」, 卻還想全身而退。擔任評論的人, 也只好跟著他一同進入這一個戰場, 希望能夠在這槍林彈雨中苟活下去。

　　在這因各方交戰而形成的火網中, 應教授發現:在這一個戰場上, 還有一些無從被歸類、無從被任何一方面收編進我族(the self)、也無從被任何一方面簡單地摒斥爲「他者」(the other)的東西。那也就是柏楊在五十年代的小說。就此而言, 應教授的努力, 確實點出了目前流行的理論所無法涵蓋的複雜的歷史現實。應教授在流行的論點之外, 尋找難以被歸類的東

西。他的這種知識上毫無偏見的追求眞理的態度，當然值得肯定。

在討論這些意識形態的立場時，應教授顯得極爲謹愼。我覺得他刻意以一種「價值中立」（value-free）的態度，迴避了對於這些立場的判斷。他想說的只是：從這些意識形態的立場出發，無法完全解釋柏楊的五十年代小說。

應教授著重的，主要是柏楊的幾部反共小說，以及《掙扎》一書。在《掙扎》這部小說裡，描寫一批初抵台灣的「外省人」。他們是「一批飢餓邊緣的無產階級。他們無舊可懷，即便以往讀過大學，如今不是在街頭賣豆漿，就是深夜沿街叫賣花生，甚至爲一家人生活而淪爲娼妓」。

應教授主張：柏楊的五十年代小說，儘管也有些可以被歸類爲「反共文學」的作品，但其中的「批判精神」，卻與當時的「主導文化」格格不入。就此而言，應教授發現了中國大陸的左派文學史家所無從發現的盲點──對於左派史家而言，反共文學必然是一種維護國民黨的政治宣傳；而柏楊的小說，卻無法簡單地歸類爲只是一種宣傳。

至於另一種意識形態的觀點，也就是「懷抱台灣意識」的「台灣本土文學史家」（如葉石濤）的觀點，則是如此評價五十年代的台灣文學（顯然主要是「外省」作家的文學。──因爲當時「政府全面禁止日語，使得日據以來優秀的台灣本土作家在進入五十年代後，即刻面臨被『消音』的命運，大批本土作家頓時喪失表達思想，發表意見的語文工具」）的：「此時整個文壇由大陸來台文人霸占，他們的文學『壓根兒不認識這塊土地的歷史和人民，……缺乏雄厚的人道主義關懷』，文學

成果是『白色而荒涼的』」。他們以「反共懷鄉文學」來概括
這一個時期的文學。這樣的看法，依應教授看來，也無法涵蓋
柏楊的小說。

在這裡，我覺得應教授的態度比較曖昧。比如說：他一方
面似乎並不完全接受這樣一種意識形態，所以對所謂「中帝」
這樣的措詞，他似乎採取了一種懸而未決的態度；但在另一方
面，則似乎仍然接受了這一種意識形態所強調的標準。如「認
識這塊土地的歷史和人民」，「人道主義關懷」等等。

從這樣一個角度看來，他以爲柏楊的小說「不同於五十年
代的小說家如朱西寧或司馬中原，他們喜歡把小說背景放在
遙遠的大陸；柏楊小說背景則在台灣，作品裡擠滿那些生活在
他四周的可憐人物」。換言之，柏楊的這部小說，是難以歸類
爲「反共懷鄉文學」的；是符合「認識這塊土地」與「人道主
義」這兩樣標準的。所以，應教授最後還是根據陳芳明的說法，
以爲柏楊的這些小說，「比別的同期作品更合乎這種作爲殖民
地歷史脈絡的小說傳統」。「在具有長期殖民經驗的台灣小說
傳統裡，我們對活在社會陰暗角落的這群人，一點也不陌
生」。柏楊因此而被接納爲「我族」了。

在這裡，柏楊之所以比較麻煩的原因是：他正是隨著「中
帝」遷移到台灣來的「外省人」。如果從這樣的「後殖民理論」
（如應教授所解釋的：「從後殖民的角度來說，就是要去除殖
民者[統治者]，在被殖民者身上的文化遺留」）的角度來看，應
教授的結論，卻使得柏楊從──姑且說得白一點──一個「殖
民者」，變成了一個在殖民地被欺壓的「被殖民者」了。

　　柏楊的例子，主要是因爲戰後台灣複雜的情況所造成的結果。

　　認爲撤退到台灣的國民政府是「殖民政權」的，如黃昭堂，稱國民黨政權爲「没有母國的殖民政權」。[21]趙剛則以爲：外省人内部也有階級分化。其中的弱勢者，解嚴以後多半淪爲社會的邊緣人。如盧建榮所說的：「他們（指這些弱勢者）的處境與被殖民者（此處指台灣的本省人）相似」。盧氏進一步指出：「西方殖民帝國在宰制亞非第三世界時，她的子民哪怕在母國地位何其卑微，等到了殖民地，搖身一變，變成騎在被殖民者頭上的主人。這點是國民黨政權這個殖民者異乎西方殖民帝國之處」[22]。無論是那一種說法，大概都可以說明：國府這樣一個「殖民政權」，似乎與一般所謂的「殖民政權」是有些相異之處的。

　　我並不想爲當年的國府辯護或開脱。事實上，如果純就它當年的舉措來看，確實也與一般的「殖民政權」難以分辨。我想要指出的是：如果純用「殖民政權」來指涉當年的國府的話，就會產生一個結果：五十年代台灣國府的舉措，事實上與三、四十年代國府在中國大陸的舉措差不多。如易榮逸(Lloyd E. Eastman, 1929-)就三、四十年代的國府所說的：「國民黨政府基本上是一個主要依靠其軍事力量而獨立存在的力量」；或如科布爾(Parks M. Coble, 1946-)所說的：「南京政府的政策只圖

---

21 轉引自盧建榮(1949-)：《分裂的國族認同, 1975-1997》(台北：麥田出版股份有限公司, 1999), 頁89。

22 參盧建榮：《分裂的國族認同》, 頁89。盧建榮的說法極爲精緻, 並不能歸類爲一般意識形態的主張。

謀取政府及其官員的利益, 至於除它以外的任何社會階級的利益, 它是完全不管的」。[23]如果僅著眼於此而援例的話, 那麼三、四十年代在中國的國府, 也是一個以中國爲對象的「殖民者」了。

如王作榮的觀察:「光復初期來台的外省人對待本省人也好不到那裡去, 誠然。但那是不同性質的對待, 與日本人歧視羞辱本省人, 不以平等地位對待完全不同。政府在大陸時代, 黨政軍情四種公務人員品質參差不齊, 尤以黨工與情治人員爲最, 軍隊亦復如此。視一般無知百姓如土芥, 尤其在較偏僻地區, 對善良百姓更是生殺予奪, 所謂下民易虐, 爲所欲爲, 百姓只有逆來順受。但這是普遍性的, 不分省籍, 沒有等級。這些人來到台灣固然如此, 在大陸各地區更是如此, 其虐待百姓的程度遠遠超過對本省人的若干倍。換句話說, 他們是普遍地欺壓老百姓, 不像日本人專門欺壓台灣的三等國民, 羞辱本省人的人格」。[24]

然而, 從「台灣本土文學史家」的角度看來, 由於他們著眼的, 首先是國府在台灣是一個「外來政權」[25]的事實, 又由

---

[23] 科布爾著, 楊希孟譯:《上海資本家與國民政府——1927-1937》(北京: 中國社會科學出版社, 1988), 頁320。

[24] 王作榮:《壯志未酬——王作榮自傳》(台北: 天下遠見出版社, 1999), 頁336。

[25] 我在這裡對於這一個用詞的定義是: 從台灣「本省人」的角度來看, 這一個政權是自外而來的; 而且, 它在台灣的統治, 並沒有經過「本省人」的(投票?)同意。當然, 國府在中國大陸的統治, 也同樣沒有得到中國人的(投票?)同意。當時在中國的人民中, 還沒有出現一個相對強大、也具備有足夠政治意識的階層。

於他們沒有把國府在中國大陸的統治方式與在台灣的統治方式連接起來看，而單只是從國府在台灣的施爲的角度來看；所以，完全是大有道理的，他們對於這樣的國府，就產生了一種「被殖民者」對「殖民者」才可能產生的「異己感」。對於他們而言，國府就是一個「殖民政權」。

從這樣一個時代　背景來看，柏楊的小說，以及後來的各種台灣戰後文學史的論述，都可以解說得通了。

柏楊的五十年代小說，描寫了那個時代「外省人」內部下層階級的亂離。對於當年的國府，乃至於共產黨政府，柏楊都有相當強烈的「異己感」。但柏楊的這種「異己感」，與「台灣本土文學史家」對於國府的「異己感」是不同的。柏楊並不具備有「被殖民者」對「殖民者」才可能有的那種感受，他並不覺得自己相對於國府，是一個「被殖民者」。而且，更顯然的是，他也不覺得自己相對於「本省人」而言，是一個與「中帝」偕來的「殖民者」。他的異己感，純只是一個亂離人對他的時代、他的處境，以及在他上頭的統治者所生的異己感罷了。他的難以歸類，是因爲他的體驗，不能夠與任何一個現實上的力量如中共、國民黨，乃至於目前在台灣當令的台灣本土文學史家的經驗相契合。

從「台灣本土文學史家」的角度來看，台灣多年來是一個殖民地。日帝、中帝、美帝，接踵而至。相對於這些「殖民者」只是剝削這一塊土地，相對於「殖民者」之不關心、不注重這一塊土地，「認識這塊土地的歷史和人民」，「人道主義關懷」當然變成了最重要的價值了。從他們的角度來看，被殖民者才會有可歌可泣的文學，而「殖民者」則被置之度外。其實，「殖

民者」內部也是可能出現好的文學的。在阿爾及利亞的法國人卡繆（Albert Camus, 1913-1960），就是一個例子。[26]

在以下這一點上，應教授是正確的：正因為理論是一種賦與現實以某種意義與秩序的東西，而人造的概念又必然是對於現實的簡化，所以現實必然會抗拒任何一種理論的收編。始終回歸到現實，以檢驗理論的有效與否，是我們每一個從事理論工作的人，對於科學所應當負起的責任。應教授在柏楊小說裡所發現的現實，正是我們重新反省台灣戰後文學史的一個。 （完）

[責任編輯: 梁敏兒、黎活仁、鄭振偉]

---

[26] 參Cruise C. O'Brien(1917-)著、孟祥森譯：《卡繆評介》（台北：牧童出版社, 1974）。

遊走在神魔與歷史之間——論柏楊的《古國怪遇記》

張素貞

作者簡介：張素貞, 女, 1942年生, 台灣省新竹縣人, 國立台灣師範大學國文研究所碩士。 現任國立台灣師範大學國文系教授。著有：《細讀現代小說》（1986, 榮獲中國文藝協會1987年文學評論獎）、《續讀現代小說》（1993）。《現代小說選讀》（1993「編」）。

論文摘要：本論文先從小說類型上分辨柏楊的《古國怪遇記》既非科幻, 亦非後設, 有些類似荒誕劇, 事實上它顛覆了所有小說的敘述規範, 自闢谿徑, 別成一格。其次析論, 這篇小說是採用神魔小說《西遊記》的框架, 突破時空的限制, 套合許多歷史、文學人物, 柏楊自己也成爲小說角色。再解析：作者技巧之一, 是能讓歷史人物說話巧用原典；技巧之二, 是善用諧音製造諧謔的效果。整體而言, 是借古諷今, 嬉笑嘲謔。小說選擇改良式的章回體式, 運用雜文筆法, 卻因爲遊走在神魔與歷史之間, 有了適度的迂迴空間, 使它具有寓言的意涵, 耐人玩味。

關鍵詞(中文)：柏楊　神魔小說　西遊記　改良式章回體裁　荒誕情節　嬉笑嘲謔　諧音諧趣　寓意託諷

關鍵詞(英文): Bo yang, magic fiction, *A Journey to the West*, improved form of the genre of traditional Chinese *Zhanghui* fiction, absurd plots, mock, pun, allegory.

一、前言

　　柏楊（郭立邦, 1920-　）是個略帶傳奇性的人物。近些年來, 他全力改寫大部頭史學鉅著——《資治通鑑》, 人們把他看做重要史學家, 幾乎要忘了：柏楊其人事實上博學多能, 不僅出入文、史, 在史學上莊嚴中偶用諧筆, 頗有獨到的創見；文學上也嘗試過多樣文體, 小說、雜文、詩, 皆有可觀之處。他的雜文名氣本來就很大, 但他於五〇年代以「郭衣洞」的筆名, 在純文學領域中的小說文類卻也曾用心耕耘過, 除了流傳甚廣的紀實小說《異域》, 呈顯時代性的嚴肅主題「反共抗暴」之外, 一些匠心獨運的短篇, 在揭露社會的黑暗, 挖掘人性的弱點, 諷刺崇洋、拜金的歪風方面也很有魯迅（周樹人, 1881-1936）辛辣的風味[1]。至於這個長篇《古國怪遇記》則是六〇年代的作品, 已經採用「柏楊」的筆名, 最初命名為《雲遊記》, 前後出版一、二集, 十三、四年後, 在一九八〇年重排出版, 改名為《古國怪遇記》[2]。

---

[1]　參聶華苓（1925-）:〈寒夜、爐火、風鈴——柏楊和他的作品〉,《新書月刊》22期, 1985年7月, 頁26-34。

[2]　《雲遊記》(台北：平原出版社, 1966, 第一集); 《雲遊記》(台北：平原出版社, 1967, 第二集)。《古國怪遇記》(台北：遠流出版公司, 1980; 台北：林白出版社, 1987)。本論文援引《古國怪遇記》頁碼依據林白版。

　　《古國怪遇記》寫於柏楊入獄之前，其實是隨興撰寫，被迫中斷，並未完成。這個長篇採取古典章回小說的改良形式，描寫一個超越時空、複雜成員組合的朝聖團朝聖的過程[3]。它是柏楊雜文創作的副產品，看似嬉戲謔笑之作，卻有不少可以深談的論題。

　　柏楊的《古國怪遇記》出版不久，有小說家評論說：這是「天下第一奇書」[4]。它究竟奇在哪裡？本論文擬從小說類型談起，並就文本看柏楊怎樣利用古典小說的舊框架，那些現代詮釋有什麼創新之處？又有些什麼寓託諷刺？

二、小說類型：科幻？後設？荒誕？

　　晚清時期，中國的小說家受西方作品的影響，也寫了類似科幻小說（science fiction）或後設小說（metafiction）的作品。梁啟超（1873-1929）的《新中國未來記》想像一九二○年政治改革六十年後的中國；吳趼人（吳沃堯，1866-1910）的《新石頭記》讓《石頭記》（《紅樓夢》）中的賈寶玉重入二十世紀的凡塵[5]。跟《古國怪遇記》性質比較接近的是《新石頭記》。它仍然依託石頭神話，寶玉在二十世紀的中國碰到舊僕焙茗、呆霸王薛蟠、他的另一分身甄寶玉；作者自己的投影——

3　林雙不（1950- ）《雙不齋談書》：「描寫一個超越時空的朝聖團的朝聖的過程。」轉引自《書評書目》93期, 1981年1月, 頁62。

4　林雙不：《雙不齋談書》, 頁61、62。

5　王德威（1954- ）：《如何現代, 怎樣文學？——十九、二十世紀中文小說新論》(台北：麥田出版社, 1998), 頁50-76。

老少年做了寶玉的嚮導[6]。《古國怪遇記》藉小說《西遊記》
中的人物敷衍,在故事鋪排過程中,柏楊自己也軋了一角。《新
石頭記》的傳統回目四十回,上下兩句對仗工穩,《古國怪遇
記》改良式簡約得多。《新石頭記》只是把《石頭記》中的四
個人物挪移到另一個時空;《古國怪遇記》卻是把《西遊記》
中的四聖及許多神魔假設了後續情節,套入不同時空背景的
許多歷史或小說、戲劇中的文學人物,變成極度自由的文學想
像作品。

　　畢生從事劇運工作、編演俱佳的劇作家歐陽予倩(歐陽立
袁,1889-1962),曾在二〇年代改編過話劇《潘金蓮》,以《水
滸傳》做依據,大膽地指出潘金蓮和武松才該是才貌相當的一
對,引起許多爭議;一九八二年川劇作家魏明倫(1941-)把歌
頌換成惋惜,編寫了《荒誕劇潘金蓮》,探討潘金蓮如何從單
純到複雜,從掙扎到沉淪?除了潘金蓮與四個男人——張大
戶、武大郎、武松、西門慶之外,特別安排古今中外人物——
施耐庵、賈寶玉、武則天、安娜卡列尼娜、徐九經、女記者等
人來做評斷。因為揉合了許多不同的時空,在同一舞台展現,
所以稱做「荒誕劇」(theatre of the absurd)。 一九九四年台
北復興劇校演出,改用平劇唱腔,為配合欣賞觀眾的習慣,人
物和情節略有改動。評斷行列增加了三組《水滸傳》「英雄殺
淫婦」的成員——宋江與閻惜姣、石秀與潘巧雲、雷橫與白秀

6　吳趼人在《新石頭記》用的筆名是「老少年」。參魏紹昌(1922-)
　編:《吳趼人研究資料》:「《新石頭記》,標社會小說,署老少
　年撰。」(上海:上海古籍出版社,1980),頁114。

英[7]。《古國怪遇記》套入許多不同時空背景的歷史、文學人物以及當代的何秀子、柏楊自己，跟魏明倫的劇本有神似的地方。不過魏明倫只是讓不同時空的人物站在局外做同情的比照和評論，並不曾讓他們和劇中人物接觸；柏楊的《古國怪遇記》則是豬八戒跟潘金蓮、潘巧雲整天廝混，孫悟空跟柏楊接觸頻繁。這樣看來，《古國怪遇記》不只是「荒誕」，簡直是顛覆了所有小說的敘述規範。

三、神魔小說套合歷史、文學人物

柏楊在《古國怪遇記》的序中說：

> 一九六〇年代，乃柏楊先生猛寫的年代也。既猛寫雜文，又猛寫小說。雜文寫了二十巨冊，分別收入《柏楊選集》和《柏楊隨筆》，小說就是這部蓋世名著《古國怪遇記》。[8]

當年小說名為《雲遊記》，先後發表在台北《人間世雜誌》、《陽明雜誌》。小說的撰寫，基本架構是由《西遊記》而來，保留四聖──唐三藏（596-664）、孫悟空、豬八戒、沙和尚的特性，也保留了書中的時空環境與周遭人物，大唐太宗皇帝在

7 　參1. 黃碧端（1945-）：〈現代人演潘金蓮〉，台北：《聯合報・副刊》，1994年12月18日。 2.《新編荒誕劇潘金蓮──一個男人與四個男人的故事》(台北：國立中正文化中心出版, 1994)中魏明倫、魏子雲（1918-）、曾永義（1941-）的文章,，頁21、17-18、15-16。筆者按：《水滸傳》中殺潘巧雲的是楊雄，並不是石秀；但發現姦情，引致潘巧雲被殺的人確實是石秀。

8 　柏楊：《古國怪遇記》，頁3。

位（627-649），三藏回國（645）；東勝神洲等四大部洲也被
沿用。「車遲國」的虎力、鹿力、羊力大仙仍然扮演角色，牛
魔王、黃袍怪在「詩人國」裡愛做詩，牛魔王還是孫悟空的八
拜之交；黃眉大王，變個老柏楊，在「惡醫國」作怪。太白金
星、觀世音菩薩、如來佛、托塔天王、哪吒、昴日星官、山神，
雖然法力受到考驗，德操變了樣，也都還盡職。神仙中唯有笑
口常開的彌勒佛，確實爲孫悟空排解禍難。這部小說並不是
《西遊記》的續編，作者靈活地加以變造改寫，大批歷史、文
學人物、當代的何秀子、柏楊，前後三千年都壓縮在一起，孫
悟空照樣一個斛斗雲十萬八千里，時空的隔離在這部小說中
完全虛化。

魯迅將《西遊記》列入神魔小說[9]，《古國怪遇記》的寫
作，基本架構承自《西遊記》，筆法也模擬《西遊記》，四聖
說話口吻都掌握得唯妙唯肖。整部小說共寫了十七回，用「ㄨ
ㄨ記」或「ㄨㄨ國」作回目，起筆是「話說──」，結筆是「欲
知後事如何，且聽下回分解。」，而且結束前利用「有詩嘆曰」
或「正是──」帶出對仗工穩的詩句，儼然章回小說的規模。
在多年寫作白話語體之後，柏楊重新採折中的「復古」體裁，卻
又超越時空，突破眞幻虛實，把許多歷史、文學人物寫進小說
裡。除了少許諧謔性的改造，人物的個性大致延續原來的典型，
做合情合理的推衍、適度的渲染。起始是大奸大惡的秦檜
（1090-1155）當權，會合指鹿爲馬的趙高（？-207）陷害唐三
藏。時間橫跨一千三百年，地點移轉咸陽、臨安，全集中在長

---

[9] 魯迅：《中國小說史略》(台北：明倫出版社, 1969)，頁159。

安。趙高由「車遲國」來，此國有夷船、夷機，通行英文，作
為朝聖團的終點，顯然以英國、美國為模型。奸臣巧計得逞，悟
空與八戒想出權宜避難之策，讓三藏以通天教主名義率領朝
聖團一行男女多人，出發前往「車遲國」；不料路途多艱，跟
《西遊記》的災難不相上下，奇異的事情層出不窮，不斷有歷
史、文學人物出現，與《西遊記》中的神魔照會。

　　歷史人物眾多，借用典型與事蹟，為節省篇幅，筆者只列
重要人物的年代。約略統計：登場的歷史人物，有孔子（551-
479B.C.）、孟子（372-289B.C.）、呂不韋、趙高、張飛（?-
221）、李白（701-762）、杜甫（712-770）、郭子儀、馮道、
李師師、秦檜、張浚，以及英國的南丁格爾、當代的何秀子及
柏楊自己。提及的人物，有姜子牙（-1122B.C.-）、趙姬、嬴
子楚、秦始皇、秦二世、李斯、金兀朮、秦王氏、劉瑾、賽金
花（傅彩雲）等。還有小說人物，《金瓶梅》、《水滸傳》中
的潘金蓮、潘巧雲，戲曲《法門寺》中的小丑賈桂，另加賈桂
的妹妹賈瑪琍，用洋名則反映六〇年代崇洋的潮流。潘安，來
自才子佳人小說的美男「貌如潘安」，柏楊把他和潘金蓮、潘
巧雲說成同胞兄妹。張飛的形象得自《三國演義》，比得自歷
史的多；金玉奴被提及，由於「捧打薄情郎」，知名度也夠高
的了。琵琶精這個「神魔」，出自《封神演義》；何仙姑是民
間故事「八仙過海」的女神仙。另有佛家語中的藥王菩薩。其
他一些當地國王、將相不計其數。往往有諧音趣味的名字；像
侍女紅紅、白白，將官李德勝、張得功、馬得標一類取名各有
巧妙。至於當地小官、小妖、老頭也還不少。

　　《古國怪遇記》的有些情節跟《西遊記》一樣：八戒好色，動不動就要散夥，回高老莊去；悟空喜歡叫「人」伸出「孤柺」，讓他打幾捧；唐僧師徒愛用「不當人子」來表示「不像樣」[10]。《西遊記》裡朱紫國、祭賽國有「錦衣衛」，《古國怪遇記》的「惡醫國」也有錦衣衛；《西遊記》三十六回有勢利僧人拒絕唐僧一行人借宿，悟空一陣棒打，就改變態度；《古國怪遇記》在「官崇國」的際遇幾乎一樣。話雖如此，《古國怪遇記》的創作，可貴的卻是在這些舊有的格局之外，另有別開生面的創新，並非等閒的遊戲之作而已。

四、歷史人物說話巧用原典

　　柏楊試將古代人物融入《西遊記》神魔之中，為展現原來人物的精神，就把相關的原典略加改動具體呈現，頗有神來之筆，僅以孔老夫子為例：

　　　　「天喪予！天喪予！」

這是孔子高足顏淵（514-482B.C.）過世的時候，感傷斯文傳承少了得力助手，因而發出痛心的感嘆。柏楊在孔夫子登場時就用上，那時正被趙高追緝；後來若干狀況也還用到。他向聖僧說明被追殺的原由，說：

　　　　我的學生子貢是做珠寶生意的。有一天他問我

10　書中「不當人子」出現五次，見頁116、127、153、161、259。「孤柺」，柏楊作「柺孤」，見頁59、259、293。

> 説:「我有一塊美玉,是裝到盒子裡藏起來好呀!或是等著漲價賣掉呀!」我曰:「沽之哉!沽之哉!我待價者也。」誰知道修理廟老闆趙高大老爺卻説我擾亂金融。
>
> 又有一天,子路前來看我,我曰:「道不行,乘桴浮於海,從我者其由歟?」説這些話,不過餓得難過,發發牢騷,可是修理廟老闆卻以為我要偷渡出境,販毒賣國哩。[11]

這些典故,前者見《論語.子罕》,後者見《論語.公冶長》。我們發現柏楊引述原文,不惜文白夾雜,硬生生嵌入「曰」以代替「說」,倒也別有作用。子貢為了試探老夫子是否有意出來做官,特用「美玉」做譬喻,師徒玩了些修辭的遊戲,彼此意會,心照不宣。老夫子一直在等待適當的時機,從來没放棄出仕實現理想抱負的機會。柏楊的小說虛構,卻善用原文衍生的歧義,另作解說,把善於貨殖的子貢說成珠寶商,接近歷史上真實的身分;妙在專擅整人的趙高執掌機構稱為「修理廟」,而栽誣的罪名竟是「擾亂金融」。而孔子期待子路和他一起「乘桴浮於海」,原來只是對現實失望,透露有心歸隱的願望,是一種假設的可能情境,也被附會成「偷渡出境」的不良意圖。這些古典素材,套合現代語彙,做了現代詮釋和寓託,指出吹毛求疵、牽強附會、羅織陷罪的白色恐怖;確屬奇思異想,詼諧滑稽,又想像得合情合理,真令人拍案驚奇。

---

[11] 柏楊:《古國怪遇記》,頁76。

又譬如在「飛帽國」遭難的時候，孔老夫子被問及「有何主意？」小說這樣寫：

> 孔老二搖頭晃腦曰：「巍巍乎，唯帽爲凶；蕩蕩乎，我無能名焉；煥煥乎，不在其位，不謀其政。」[12]

這部分調侃的文字，組合《論語.泰伯》的句式，而加以竄改。原文是：

> 子曰：「大哉堯之爲君也！巍巍乎，唯天爲大，唯堯則之。蕩蕩乎，民無能名焉。巍巍乎，其有成功也。煥乎其有文章。」[13]

小說可能爲了表明是老夫子的原文，所以逕用「曰」，不用「說」，但和上二例「曰」純粹是原典不同，它是作者馳騁想像，有所改動。末二句則又有來歷，是出自《論語》的〈泰伯〉及〈憲問〉二篇。這兩句話向來是書生規避責任時的託辭，其實聖人的意思未必是這樣的。朱熹（1130-1200）的《四書集註》引程子（程顥1032-1085，程頤1033-1107）的話說：「不在其位，則不任其事也。若君大夫問而告者，則有矣。」[14]相較之下，顯然小說中的「孔老二」塑型，並不是儒家傳統認定的形象。

---

12 柏楊：《古國怪遇記》，頁291。
13 《四書集註》(台北：世界書局, 13版, 1968)，頁54。
14 《四書集註》(台北：世界書局, 13版, 1968)，頁53。

五、善用諧音製造諧謔的效果

1．英譯的諧音

七○年代，王禎和（1940-1990）曾在小說中做過許多的語言實驗，包括巧妙英譯的諧音，試圖製造諧謔的效果[15]。比王禎和更早，柏楊在《古國怪遇記》的寫作也做過這樣的努力。

「車遲國」是使用英文的洋邦，遇到相關的事宜，為了表示崇洋，小說人物必須使用英文。豬八戒冒充該國的通天教主，必要時就扯些洋文混人耳目。他和潘金蓮到華清池，為應付看門人索取「爬死」（pass），要冒充「夷人」，便嘴裡嘰哩咕嚕出一大套話：

> 噎死噎死，迷死迷死，卡母撲里死，客樓死有
> 耳挨死，來提米奇死，有耳貓死。[16]

這段話的英文原文應該是這樣的：

> yes yes , miss miss , come please , close your eyes ,
> let me kiss , your mouth .

一些簡單詞彙的組合，竟嚇唬住一味崇洋、敬重夷人，卻不懂英文的看門人。

---

[15] 最明顯具體的是《美人圖》(台北：洪範書店, 1981)。
[16] 柏楊：《古國怪遇記》，頁47。

　　另外, 像常用的英文詞語, 則盡量利用中譯的有趣諧音來
製造諧謔的效果：

　　　　迷死脫（Ｍｒ.）、打狗脫 (Ｄｒ.)、狗打貓兒
　　撑（good morning）
　　　　打鈴　買笛兒（darling , my dear）、樓克樓克
　　（look look）
　　　　王豆腐（wonderful）、砍殺爾（cancer）、鼓
　　得白（good bye）
　　　　白白（bye-bye)、歐開（OK）、白爛地（brandy）

這些譯音, 福至心靈, 中文本身就具有趣味性的聯想, 讀者解
讀成功之後, 便可以造成一種令人驚愕而又欣喜的效果。

　2. 閩南語彙及諷謔的諧音

　　小說中的語言趣味性, 也反映一些強勢的台灣閩南語的
特色, 如「木法度」（沒辦法）就常出現。至於書中許多稀奇
古怪的國家和人名, 順手拈來, 趣味橫生, 以下引述的文字便
可以略窺一斑, 不另贅述。

　　柏楊對六〇年代的教育界不很滿意, 他利用方言腔調把
教育部寫成「叫藥部」[17], 教授寫成「叫獸」, 「官崽國」的
國王是一意孤、大愚若, 任派打狗脫太極拳做「立正大學堂堂
長, 兼大極拳大叫獸」之職, 因為這人最善於「一推六二五, 推
的一乾二淨。」[18]。他對文藝界也有微辭, 當年崇高的文藝獎

---

[17]　柏楊:《古國怪遇記》, 頁335。
[18]　柏楊:《古國怪遇記》, 頁341。

是難得的殊榮，他寫成「文囈獎」[19]，諷刺其中有「囈語」的
成分。

六、借古諷今的嘲謔

　　《古國怪遇記》中的人物，有虛構的眾所周知的神魔，有
真實的歷史人物，也有小說、戲曲的虛構人物，還有柏楊一角
的虛構事蹟。真真假假，亦虛亦實，，令人眼花撩亂。很實在的
一種感覺，則是這些虛虛實實的人物把六〇年代的台北人的
現實環境誇張地展示出來了。《西遊記》已經有相當誇張的嘲
諷手法，小說中的陰曹地府、天庭龍宮，其實反映了人間的政
治結構；許多看來荒誕不經的事例，其實都是對現實社會的諷
刺和揭露[20]。《古國怪遇記》中人物所經歷的種種事件，也可
以找到很多諷諭的線索，有許多是影射六〇年代的時事，古事
今說，今事古論，嬉笑嘲謔之中含蘊了深刻的道理。

　　且看「出浴記」中，華清池的門口掛著木牌，寫的是：「非
大官夷人，不得入內。」置小民於何種地步？令人想起上海租
界公園的告示：「中國人和狗不得入內。」。上海租界的洋人
鄙視中國人，看得跟狗一樣；華清池的管理，則是勢利，只看
重大官和洋人，既巴結權貴，又盲目崇洋。這正是六〇年代的
縮影。「歪脖國」的人民之所以歪脖，原因在於癡等公共驟車，
久候成疾。這樣的誇張，呈現了六〇年代公車族苦候公車的一

---

[19] 柏楊：《古國怪遇記》，頁175。
[20] 參1. 楊昌年（1930-）：《古典小說名著析評》(台北：五南圖書出
　　版公司, 1994)。2. 劉勇強（1960-）：《西遊記論要》(台北：文津
　　出版社, 1991)。

種心結：真要等歪了脖子啊！再看「女車掌威風，勢不可當」。[21]公車族必然心有戚戚焉。詩人商禽（羅燕，1930- ）的名詩〈長頸鹿〉中，獄卒發現囚徒「每次體格檢查時身長的逐月增加都在脖子」，原因是為了「瞻望歲月」。[22]柏楊的「歪脖」意象其實充滿了現代詩的象徵意味。

「惡醫國」的惡醫鴉鴉烏，幾經周折，被悟空收拾之後，又「冒出一縷黑煙」，鬼魂宣言與閻王有交情，死不了，將前往大唐投生。小說假借說書筆法：「看官，五百年後，大唐國醫生輩出，到處都是鴉鴉烏，有包治癌症的焉，有包治瘋瘋的焉，遺害蒼生，種因於此，此是後話，按下不提。」[23] 這些事例既像遠古之事，又似街坊隨處可見。「開會國」的兵馬右元帥沒個完，最後也是「陰魂不散，逃往大唐，千載之後，修練成精，中土定然遭殃。」[24]對於文人書生的迂酸無用，小說中有非常尖利的諷刺：「飛帽國」的栽贓大王順手捏抓了朝聖團一行人（除了孫悟空），商議舉行「開蒸典禮」，打算放孔子、孟子一條生路，手下小報告反對，認為：「窮酸一個，妖言惑眾，專門挑撥軍民感情，動搖國本。」[25]那麼吃了他們吧？小報告仍有意見，他說：「這種人的肉味奇酸，吃了會倒牙。」[26]人迂酸到連肉也酸，酸到連妖怪都不吃、怕酸掉了大牙的地

---

[21] 柏楊：《古國怪遇記》，頁215。

[22] 商禽：《夢或者黎明及其他》(台北：書林書店，1988)，頁33。

[23] 柏楊：《古國怪遇記》，頁258。

[24] 柏楊：《古國怪遇記》，頁163。

[25] 柏楊：《古國怪遇記》，頁279。

[26] 柏楊：《古國怪遇記》，頁279。

步。而詩人李白、杜甫,是否也跟孔、孟一起送到荒郊野外餵豺狼虎豹算了?小報告仍有意見:

> 不可不可,文人氣質,多不合時宜,豺狼虎豹
> 吃了,萬一也染上不合時宜之疾,不買大王的賬,
> 這山就住不成矣。[27]

須知蘇東坡(1036-1101)自嘲不合時宜,原也有自許的意思在內;但世人眼中的文人簡直就不可救藥,還會有不良影響,小報告的推論何嘗沒有道理?柏楊對書生文人的諷刺也算尖刻到家了。

這「飛帽國」,不僅隨意給人高帽戴,大王聽「小報告」就可以「順手捏」,而且本身內鬨不安,不時有「和稀泥」、「窩裡鬥」,大家急於「往上爬」(這些都是人名)。

小說中的「紅包國」,影射人間賄賂公行,幣值愈大力量愈大。國王勞得前諧音「撈得錢」,紅包魔力大,不僅悟空、八戒不能抵擋,連哪吒、托塔天王、太白金星也無可奈何,最後還是靠「在台北寫雜文」的柏楊先生用大唐鈔票、美金、地契、房契和存款單剋制了的。「詩人國」諷刺

---

27 柏楊:《古國怪遇記》,頁280。

當年的許多新詩玩文字遊戲, 不知所云, 和短篇〈打翻鉛字架〉主題完全相同[28]。「西崽國」的人以被夷大人踢死爲榮, 諷刺崇洋媚外, 走火入魔。「猛生國」反諷未能節育的禍害。「開會國」連如何回答過客問路, 也要開會決議, 他們戰勝, 全憑「一疊字紙」。

柏楊推薦張飛救援, 是以「高階層會報紀錄」、「御前指示決定」來對抗他們的「分組討論紀錄」、「專案小組紀錄」, 因爲「官大一級壓死人, 會高一級也壓死人。」[29]「官崽國」的立正大學堂, 設置「抓權學院」及「抓錢學院」, 明白諷刺做官離不了權勢和金錢。至於下頭設立了「往上爬系」、「你擠我我擠你系」等等, 是柏楊又禁不住發飆, 馳騁想像, 牽合一大套名詞, 諷刺的意味是很明顯的。

至於孔夫子說:「招牌從前還有點法力, 現在頂多保送孝子賢孫進大學堂罷啦!」[30]說的不就是當年大學法優惠孔家後世子孫的制度嗎?

七、雜文筆法與寓言託諷

李瑞騰 (1952-) 在〈柏楊小說的雜文筆法〉一文中, 曾把柏楊的短篇小說集《打翻鉛字架》和長篇《古國怪遇記》列入討論, 認爲「走的是晚清譴責小說的路子。」[31]頗能掌握到柏楊小說創作的特質。柏楊自己也承認六〇年代猛寫雜文, 對

---

[28] 柏楊:《打翻鉛字架》(台北:遠流出版公司, 1981、台北:林白出版社, 1987)。

[29] 柏楊: 《古國怪遇記》, 頁156。

[30] 柏楊: 《古國怪遇記》, 頁298。

[31] 《台灣文學觀察雜誌》1期, 1990年6月, 頁101-107。

當代文化革新的省思，強烈的使命感常使他把現實的題材寫進小說裡：〈魔匪〉這篇短篇就反映當年「凡是提倡簡體字的人，都是『與共匪隔海唱和』之輩」的所謂「醬缸文化」[32]。

《古國怪遇記》中的柏楊自言：「雜文寫得太多，得罪了大群醬蘿蔔硫磺疤。」[33] 唐僧在「歪脖國」回答君主小氣車八世說：

> 我那大唐，你砍我殺，千年醬缸。敗者為寇，成者為王。敗者為寇不值一根蔥，成者為王祖宗都風光。[34]

「醬缸文化」已有千年悠久歷史。柏楊在「猛生國」勸人節育，被書生料子問了罪，飛來傷人的帽子，有字是「灰色思想」、「黑手黨」，鋼叉有字是「學術辯論」，藥王菩薩診斷「乃腦神經結石，腦摺紋硬化之病也。」[35] 終究靠彌勒佛大笑破解了災難，彌勒佛的話充滿了哲理：

> 這種人物，代代皆有，處處均存，最好一笑置之，再不然大肚包涵。較量起來，不值不值。[36]

---

[32] 柏楊口述、周碧瑟（1948-）執筆:《柏楊回憶錄》(台北：遠流出版公司, 1996)，頁237。〈魔匪〉收入《打翻鉛字架》小說集中。

[33] 柏楊:《古國怪遇記》，頁324。

[34] 柏楊:《古國怪遇記》，頁211。

[35] 柏楊:《古國怪遇記》，頁139。

[36] 柏楊:《古國怪遇記》，頁141。

這段寓言式的情節，影射當代許多陷人於罪的莫須有的名目，非常耐人品味。前面引述的，孔老夫子的言語被趙高曲解爲「擾亂金融」、「販毒賣國」，何嘗不是「醬缸文化」？

在《打翻鉛字架》小說集中，有些篇目採用雜文的筆法，不避浮露與誇張，犀利而又辛辣。〈一條腿〉諷刺開會冗長無效率，可以和《古國怪遇記》的「開會國」相映襯；〈上帝的恩典〉極力誇張崇洋媚外，可與《古國怪遇記》的「西崽國」比美。足見李瑞騰的觀察大體不差。

不過，《古國怪遇記》假借神魔小說的框架，把在台北寫雜文的柏楊拉扯進來，甚至不惜自己小丑化，極盡誇張、嬉笑嘲謔之能事。綜觀柏楊一角的設計，在「惡醫國」，是黃眉大王變假，文末才點出，充滿懸疑效果。柏楊被黃眉大王「栽贓」，是因爲寫了不少雜文，頂撞過他。柏楊常常比孫悟空多一些心竅，他教悟空送禮[37]，告知「紅包厲害」、「這些年來，都是邪吃香，不信不行。」[38]他請張飛到「開會國」用更大更厚的字紙救人。似乎時代變了，從唐代一下子變到二十世紀（還叫唐代），朝聖團的女子都是穿高跟鞋，用蜜斯佛陀化妝品，甚至有後現代的核子噴射船[39]，柏楊代表向悟空引介新時代現象的人物，有些像《新石頭記》中老少年（吳趼人）做了嚮導。柏楊指出來一個社會：紅包滿天飛，開會磨壞人。柏楊提倡節育，因此坐牢，狼狽不堪；柏楊對獎勵天才兒童出國充滿羨慕，以致不惜以老朽之年冒年報名。《古國怪遇記》的柏楊一角，純

---

[37] 柏楊:《古國怪遇記》，頁17。

[38] 柏楊:《古國怪遇記》，頁98。

[39] 柏楊:《古國怪遇記》，頁8。

粹爲情節服務，反映時代的性質是有的，原作者的眞實經歷也有幾分，然而這個角色還是虛構，此柏楊，非彼柏楊也。

筆者想提出來討論的是：做爲小說，因爲遊走在神魔與歷史之間，《古國怪遇記》的雜文筆法有了適度的迂迴空間，使它具有寓言的意味，雖然誇張，卻不致顯得過於浮露。當年魯迅寫過《吶喊》、《徬徨》之後，捨小說而寫雜文，關鍵在於雜文直接而明露，鞭辟入裡，痛快淋漓，可以把意見明白呈顯，合於魯迅爲文的目的。小說則是適合蘊藉含蓄，細密經營，讓讀者愈品愈有味。魯迅的小說「沈重和積鬱」「每一個字都像石磨一樣在心靈上轉動的壓力，把問題冷峻的刻畫出來。」[40] 魯迅的小說固然意在「引起療救的注意」，藝術創作卻是費心調理，「力避行文的嘮叨，──寧可什麼陪襯拖帶也沒有。」[41] 魯迅小說儘管沉鬱嚴肅，筆法仍是簡潔蘊藉，委曲呈現。《打翻鉛字架》小說集中，也有藝術經營相當成功的篇目，例如〈寒暑表〉就是。同樣是技巧相當前衛的檔案式排列，〈寒暑表〉就遠比〈廣告戰役〉細緻耐玩，正因爲它的小說質素淳厚。但是，柏楊以雜文筆法來寫小說，使命感太大了，在有些篇目中，作品的藝術性卻明顯地沖淡了。奇妙的是：雜文筆法在《古國怪遇記》中，卻因爲體裁的特殊，既選擇了在歷史的迴廊與神魔共舞，那些誇張的情節，浮露的描繪，犀利的文筆，辛辣的諷刺，倒反而順理成章，怪而不怪了。柏楊選擇了並不好寫的傳統章回體式，巧妙地遊走在神魔與歷史之間，反倒是便利於

---

[40] 柏楊：《柏楊回憶錄》，頁214。

[41] 二句均見魯迅：〈我怎麼做起小說來〉，《南腔北調集》，《魯迅作品全集》(台北：風雲時代出版公司，1990，卷14)，頁129。

把雜文的筆法搬進小說裡來, 一切的突兀、離奇, 不可能的可能, 都因為選用了最自由的寫作形式, 由於人物的特性大體掌握得當, 所有不可思議的荒誕情節都可以全盤包容, 而且耐人玩味。

八、結論

柏楊的《古國怪遇記》, 有點像吳趼人的《新石頭記》, 讓小說人物重入二十世紀, 作者自己也參與其中; 又類似魏明倫的《荒誕劇潘金蓮》, 揉合了許多不同的時空的歷史、文學人物, 在同一舞台展現。但是《古國怪遇記》進一步讓《西遊記》中的四聖及許多神魔與不同時空的歷史、文學人物接觸頻繁。

小說看來嬉笑嘲謔。其實意在託諷。柏楊讓歷史人物說話巧用原典, 也善用諧音製造諧謔的效果。因為突破時空的限制, 小說天地無限寬廣, 運筆無限自由, 雜文中的未盡之意, 也可以適時切入某一段相應的情節。奇思異想, 光怪陸離, 許多荒誕的情節都因為特殊體裁的選擇, 能夠被人自然接納, 反覆品味。

參考文獻目錄

BO

柏楊: 《古國怪遇記》, 台北: 林白出版社, 1987。

——: 《打翻鉛字架》, 台北: 林白出版社, 1987。

——口述、周碧瑟執筆: 《柏楊回憶錄》, 台北: 遠流出版公司, 1996。

LI

李瑞騰:〈柏楊小說的雜文筆法〉,《台灣文學觀察雜誌》1期,
　　1990年6月,頁101-107。

LIU

劉勇強:《西遊記論要》,台北:文津出版社,1991。

LU

魯迅:《中國小說史略》,台北:明倫出版社,1969。

NIE

聶華苓:〈寒夜、爐火、風鈴——柏楊和他的作品〉,《新書
　　月刊》22期,1985年7月,頁26-34。

SHANG

商禽:《夢或者黎明及其他》,台北:書林書店,1988。

WANG

王德威:《如何現代,怎樣文學?——十九、二十世紀中文小
　　說新論》,台北:麥田出版社,1998。

王禎和:《美人圖》,台北:洪範書店,1981。

WEI

魏紹昌編:《吳趼人研究資料》,上海:上海古籍出版社,1980。

YANG

楊昌年:《古典小說名著析評》,台北:五南圖書出版公司,
　　1994。

〰〰〰〰〰〰〰〰

論文重點:

1. 柏楊的長篇小說《古國怪遇記》是六〇年代的作品,最初
　　命名為《雲遊記》。

444 · 《柏楊的思想與文學》(台北: 遠流出版公司, 2000)

2. 它採取古典章回小說的改良形式, 描寫一個超越時空、複雜成員組合的朝聖團朝聖的過程。

3. 它的性質接近清末吳趼人（吳沃堯）的《新石頭記》, 讓小說人物到二十世紀活動, 作者自己也軋了一角。

4. 它又像魏明倫的《荒誕劇潘金蓮》, 安排古今中外人物登場; 卻又更為荒誕。

5. 它藉神魔小說《西遊記》四聖西行的基本架構, 套入許多不同時空背景的歷史、文學人物以及當代人物。

6. 《西遊記》與歷史、文學人物眾多, 借用原來典型與事蹟, 再靈活地適度編造「合情合理」的情節。

7. 柏楊讓歷史人物說話巧用原典, 善用原文衍生的歧義, 孔子的一些對白都是神來之筆。

8. 善用諧音製造諧謔的效果: 英語、閩南語的譯音, 稀奇古怪的國家、機構和人名, 都帶有諧謔的趣味。

9. 它是借古諷今的嘲謔, 許多怪現象都影射六〇年代的時事。

10. 它與短篇小說集《打翻鉛字架》同樣運用雜文筆法, 有好幾回、篇的主題相同。

11. 小說中提及「醬缸文化」等等, 是柏楊雜文中的重要論題。

12. 小說中柏楊一角, 代表向悟空引介新時代現象的人物, 純粹為情節服務, 虛構逗趣, 有時還不惜小丑化。

13. 《打翻鉛字架》的雜文筆法, 難免浮露、誇張的缺失; 《古國怪遇記》因為選用最自由的寫作形式, 其中的雜文筆法反倒具有寓言託諷的作用。

英文摘要(abstract)

Chang, Su Chen, "Between the Magic and the History: On Bo Yang's *Amazing Journey in an Ancient Country*"

Professor, Department of Chinese, National Taiwan Normal University

This article attempts to analyze the genre of Bo Yang's fiction *Guwu Guiyu-ji* and will distinguish its similarity with absurd theatre from science fiction and meta-fiction. The work is innovative in subverting the narrative paradigm. It employs the framework of *A Journey to the West* as a magic fiction, and this allows itself to go beyond the limitation of time and space. It articulates historical events, literary figures and even Bo yang himself appears in it as one of the characters. In the fiction, Bo yang is skilful in letting the characters use the original allusions as well as applying puns for certain joking effect. Generally speaking, the fiction is to use the past to mock the present. It adopts an improved form of the genre of traditional Chinese *zhanghui* fiction and a style of prose writing. Yet owing to the tortuous space acquired through the interface of the magic and history, its allegorical depth worth close reading. (編委會譯)

~~~~~~~~~~

特約講評人：洪濤

洪濤 (Tao HUNG),男,福建晉江人。香港大學文學士、哲學碩士。現為香港城市大學講師。撰有《紅樓夢衍義考析》、「《紅樓夢》英譯評議」系列論文、「俞平伯紅學遺稿評議」系列論文。

　　張教授這篇論文為讀者仔細分析了《古國怪遇記》這篇小說。張教授在整理內容、分類述評兩方面, 下了很大的工夫, 為讀者提供了一個扼要的閱讀流程, 因此, 就連對《古國怪遇記》不大熟悉的讀者, 也不難掌握小說的主要內容和特點。

　　一、《怪遇記》的淵源: anachronism

　　論文的第二、三小節主要是論述《怪遇記》的整體格局。張教授認為《怪遇記》「顛覆了所有小說的敘述規範」。

　　從「發生批評論」(genetic criticism) 的角度看, 《怪遇記》的寫法並不是毫無前例可尋的 (我們不禁想起「關公戰秦瓊」)。 別的不去細談, 單就《怪遇記》的直接源頭而論, 「西遊」故事本身就是不斷偏離本源 (故事原型) 而順時改易的: 眾所周知, 西遊故事的原型是唐朝的玄奘和尚去印度取經, 這樣一個佛徒故事, 在流傳中摻入了大量道教的東西(例如:大羅神仙等, 這似乎受宋代道教的影響。) 到了明代, 故事發展成百回本小說, 又摻入不少明朝特有的事物, 尤其是制度、建築、宗教事物等, 例如:錦衣衛、司禮監、正陽門(參《明史》卷四十、志第十六、地理一)、道教煉丹術 (可能影射明朝皇帝佞道)──以唐朝為背景的故事中出現了明朝的事物。 可以這樣說, 《西遊記》本身就有anachronism(暫譯「時代錯置」)的特點。 在《西遊記》中, 時代錯置的現象只是將成書時代

的事物加到古代背景上去，但畢竟已開「古今混同、共冶一爐」的先例。 柏楊先生的《怪遇記》脫胎自《西遊記》，並將這種特點發揮到極致。

二、理論與實際

就理論層面來看， 張教授的論文沒有套用什麼新異的理論來剖析《怪遇記》，反而用了「藝術賞析」的方法來開展討論（參論文第四、第五節）。許多學者喜歡套用文學理論來解讀作品，有時會出現削足適履、強作解人的情況，甚至出現一窩蜂的機械分析：我們一看到題目中什麼什麼 isms,logies (ㄨㄨ主義，ㄨㄨ學)，就知道那些論文的大體內容。多抄理論少作具體分析的文章也不時出現。 張教授這篇文章完全沒有這類毛病。由於採用了「賞析」的模式來撰寫（張教授為論文小節擬題所用的字眼如「巧用……」、「善用……」這類讚揚的套話，已經彰顯出論文的「賞析」性質），論文引述的例子比較多。也許張教授事先假設許多讀者沒有看過原著，或者不熟悉原著，所以特別為讀者設想，花了不少篇幅來講解例子。 以論文的價值論，這兩節的精闢之處，似乎不及上第六、七節。

三、超歷史(Transhistorical)問題

論文的第六、七節都討論到諷諭的問題。這部分為我們指出柏楊先生寫作的背景，並一針見血地道出柏楊先生的用意所在： 例如，「出浴記」的崇洋現象原來是六十年代的縮影；「歪脖國」反映六十年代公車族苦候公車的情況；「詩人國」諷刺當年許多新詩玩文字遊戲……。 這些章節所影射的現象，主要是台灣的事，台灣以外的讀者未必人人會心（例如洪濤就對台灣當年的社會狀況沒有什麼研究）。因此，張教授的解釋，

毫無疑問對境外的讀者有幫助。這一點也令我們思索另一個相
關的問題：柏楊先生寫作之時，可能有特定的時空背景橫亙於
胸，然而小說的諷刺鋒芒，不必限於六十年代的台灣，而應該
超越時空的限制。童恩正的《西遊新記》(天津:新蕾出版社,1985)
以美國爲「西方」， 將故事納入特殊的背景，藉以鞭撻資本主
義制度下的種種社會弊端；而《紅樓夢》自稱「無朝代可考」，
但每個時期的讀者同樣能從《紅樓夢》中讀出豐富的意蘊。 準
此，《怪遇記》是否「鎖定」在六十年代的台灣,似乎不是最重
要的, 反正意義的產生，不必被小說的指涉對象所「定死」，比
如書中的趙高和秦檜，本身已成爲一種典型，他們是否影射六
十年代的某某人，不必去膠柱鼓瑟（ 參看 " On Sinn and
Bedeutung", in Michael Beaney (eds.) *The Frege Reader.
Oxford: Blackwell Publishers,* 1997. pp 151-171. ）再從創作的角
度看，「歷史」在《怪遇記》之中，只不過是一些可以隨意運
用的材料(不知道這是否「雜文的寫法」), 作者正是用「反歷
史」的手法來針砭另一段「歷史」（六十年代）。 作者可以
如此，讀者解讀時難道不能師其故技？《怪遇記》的諷刺意義，
不應該只對六十年代才有效。 沿這條思路去考量，張教授論
題中的「神魔」先不必細論，但是「歷史」的問題，還值得再
深究下去。

　　張教授的文章內容頗豐，整體上有一點教洪濤不知應該
怎樣反應：張教授對《怪遇記》毫無貶語。也許在張教授心目
中，《怪遇記》確是「通體無瑕」的（ 至少在張教授筆下是如
此 ）。我很想知道柏楊先生的反應。(完)

特約講評人： 陳藩耕

盼耕，本名陳藩庚(Fan Geng CHEN)，1946年生，籍貫福建省福清市。1969年畢業於福建師範大學中文系，1979年旅居香港，現為大世界出版公司總編輯，香港文學報副主編，香港文學促進協會副祕書長，香港作家聯會理事。著有：評論集《一百個怪月亮》；小說集《紫荊樹下》；詩集《綠色的音符》；電視劇《舞者愛舞》、《辛辣的鞭炮》等。

　　《遊走在神魔與歷史之間》是一篇從小說類型、寫作技巧評析《古國怪遇記》的論文。文章有以下特點：

一. 取向準確，切中神髓精粹。

　　評論文章首先要求立論或主體評語明確。《遊走在神魔與歷史之間》的篇名就是全文的主體評語，這是一個限制性的句子。在立論中，限制性愈強的句子，它的概念愈明確。「遊走在神魔與歷史之間」是限制性很強的句子。因此它的信息是十分清楚的，一開篇就給人旗幟鮮明，不容置疑的感覺。

　　但明確不等於準確，主體評語是否準確，取決於評述的選向是否準確，而選向是否準確，又取決於作者對被評論作品的了解程度。《遊走在神魔與歷史之間》一文評述的選向是什麼呢？文章的前言為評析選取了三個範疇：「『天下第一奇書』究竟奇在哪裡？柏楊怎樣利用古典小說的舊框格，那些現代詮譯有什麼創新之處？又有什麼寓託諷刺？」這三個範疇，就是作者的取向。文章也正是從這個取向對《古國怪遇記》進行了逐一分析，歸納出三個特點：

●小說類型：荒誕型, 極度自由的文學想像作品；
●角色安排：套合歷史及文學人物；
●語言特色：歷史人物說話巧用原典、善用諧音製造諧謔的效果、善於借古諷今。

這三個特點, 正是「天下第一奇書」的「奇」之所在, 也是柏楊先生在古典小說舊框格中加入新詮譯的之處, 結語無疑是準確的, 切中了神髓精粹。

作者在評析時, 引證得心應手, 援例恰到好處, 編織自如, 析論輕鬆, 顯現了對《古國怪遇記》一書內容十分熟悉。這種對被評析作品的了解深入, 增添了評論取向的準確性, 加強了「遊走在神魔與歷史之間」這個主體評語的可信度。

二. 結語精豐, 高度概括, 具原創性。

評論文章不但注重結語的明確度和準確性, 而重視結語的概括力。有高度概括的結語, 可以使讀者一目了然, 印象深刻, 認同率高。

《遊走在神魔與歷史之間》一文中有許多結語, 如:
●「極度自由的文學想像作品」；
●「神魔小說套合了歷史、文學人物」；
●「歷史人物說話巧用原典」；
●「遊走在神魔與歷史之間……」；
●「嬉笑嘲諷, 其實意在託諷」；
●「突破時空的界限……」；
●「所有不可思議的荒誕情節都可以全盤包容……」；

高度概括並非高度濃縮的抽象概念, 而是用簡練具體的事理概括豐富的內容, 這是一種頗高的語言藝術。本文的作者

做得較爲成功，上述的結語，綜合面廣，概括力強，透析力深，精譬明確，有導讀魅力，易於吸引讀者沿著評論者思索的軌跡進入《古國怪遇記》中，一起遊走在神魔與歷史之間，很快找到認同點。

文中有些結語更具有原創性，如「選擇了在歷史的迴廊與神魔共舞」、「顛覆了所有小說的敘述規範。」、「採折衷的『復古』體裁，欲又突破時空，突破真實虛幻……」等，頗有新意，發掘性強，啓思力大，有的甚至具爭議性，使人注重《古國怪遇記》的價值。

三．多角度評析，邏輯性強，推斷自然。

文章由多個角度對《古國怪遇記》進行評析，手法多樣，靈活多變，如：從比較中得出結語；從群例中歸納推斷；先立論，後舉證；先分類評析，得出小結語，再概括出大結語……這些例子在文章中很容易找到，限於篇幅，這裡不一一引援。

這些手法有理有據，符合邏輯，推理自然，恰當回應了「遊走在神魔與歷史之間」這個主體評語，使之更具合理性，而且使文章層次井然，逐步深入，有一氣呵成的感覺。

《遊走在神魔與歷史之間》是一篇較有深度的評論文章，有不少精彩的分析與結語，但也有論證薄弱之處。如：第二部分以設問句「小說的類型：科幻？後設？荒誕？」爲題，作者的目的很明確，意在引導讀者從科幻、後設、荒誕三種類型的比較中，去具體探索《古國怪遇記》的類別。由於文章沒有闡明「科幻」型、「後設」型與「荒誕」型小說的特性；沒有指明所舉的小說（《新中國未來記》、《新石頭記》、《潘金蓮》、《荒誕劇潘金蓮》）中，哪些例子是「科幻」的？哪些例子是

452 ·《柏楊的思想與文學》(台北: 遠流出版公司, 2000)

「後設」的？哪些例子是「荒誕」的？結果在含糊比較下，得出結語：「這樣看來，《古國怪遇記》不只是『荒誕』，簡直顛覆了所有小說的敘述規範」。這個結語的引證過程不夠明晰，邏輯性較弱。

至於「顛覆了所有小說的敘述規範」這個結語，亦未必準確，因為在明代的《西遊記》中早就有了神魔與歷史人物（唐太宗、玄奘、李靖等）交手的情節；《封神榜》中也有神魔與不同時代的歷史人物共演於一個舞台的描述；清末的《新石頭記》中更有了文學人物與作者自身投影相套合的手法，有了人物時空挪移的嘗試⋯⋯。這些在當時都可以算是極其自由的文學想像作品，都「顛覆」了當時小說的「敘述規範」，都是荒誕型的作品。不同的是，柏楊先生「顛覆」的「敘述規範」層面更廣些，荒誕的程度更大些，寓意更深些，嘲諷更尖刻些。（完）

[責任編輯: 黎活仁、梁敏兒、鄭振偉]

思想家的「陰影」(shadow): 魯迅與柏楊小說中的幽靈

黎活仁

作者簡介: 黎活仁 (Wood Yan LAI)，男，1950年生於香港，廣東番禺人。京都大學修士，香港大學哲學博士。現爲香港大學中文系副教授。著有《盧卡契對中國文學的影響》(1996)、《林語堂瘂弦簡媜筆下的男性和女性》(1998)等。

論文提要: 本文以日本容格心理學學者河合隼雄《陰影的現象學》一書建構的理論，分析思想家魯迅和柏楊在文學上的表現，「陰影」在兩位反傳統作家的作品之中，無疑極爲重要，由其是「陰影」與「永恒的女性」結合一方面。另外，又可以看到「陰影」的強大力量，以容格心理學出之，魯迅和柏楊的思想和文學，都有助釋放飽受「人格面具」壓抑的「陰影」，以建構和諧的後現代社會。

關鍵詞(中文): 容格 陰影 永恒的女性 大母 河合隼雄 魯迅
現代中國小説 柏楊

關鍵詞(英文): C.G. Jung, shadow, anima, the Great Mother, KAWAI Hayao, Lu Xun, Modern Chinese Fiction, Bo Yang

一. 引言

柏楊短篇〈強水街〉中一這樣的一句話:「只要您教他不死, 要他的影子他都肯的」[1], 這句話說法有點奇怪, 應怎樣去理解呢?。另外, 〈時代〉也有如下所引的表述:「爲了一件遠望不到影子的事」[2]。如果以容格心理學來解釋, 這些奇異句子的内涵就變得豐富了, 這是說柏楊很能意識到人格之中「陰影」(shadow)的存在。如果依日本容格派分析家河合隼雄(KAWAI Hayao, 1928-)[3]《影的現象學》[4]一書的歸納, 「陰影」與雙重性格、性格極端的兩兄弟(或朋友)、鬼、靈魂、黑面人、丑角、滑稽的人物、騙子等有一定的關係[5]。

---

[1] 柏楊:〈強水街〉,《柏楊小說全集》(短篇卷上, 蘭州: 敦煌文藝出版社, 1998), 頁58。

[2] 柏楊:〈時代〉,《柏楊小說全集》(短篇卷上), 頁244。

[3] 河合隼雄, 日本兵庫縣人, 京都大學數學系畢業, 轉而研究臨床心理學, 1959年留學美國加州大學, 1962年進容格研究所, 1965年在瑞士考獲容格心理學家的執照, 1967年取得教育學博士, 後爲京都大學教授, 有《河合隼雄著作集》十數卷行世。

[4] 河合隼雄:《影の現象學》(《影的現象學》, 東京: 講談社, 講談社學術文庫, 17版, 1995)。

[5] 王溢嘉(1950-):〈論司馬中原的靈異小說〉,《流行天下: 當代通俗文學論》(孟樊[陳俊榮, 1959-]、林燿德[1962-1996]編, 台北: 時報文化, 1992), 頁243-267。

二. 魯迅的「陰影」與創造力

　　五四以來的小說家之中，魯迅(周樟壽, 1881-1936)最能意識到人格「陰影」的存在，著名的散文詩集《野草》中，就有一篇〈影的告別〉：

> 　　人睡到不知道時候的時候，就會有影來告別，說出那些話——
>
> 　　有我所不樂意的在天堂裡，我不願去；有我所不樂意的在地獄裡，我不願去；有我所不樂意的在你們將來的黃金世界裡，我不願去。
>
> 　　然而你就是我所不樂意的。
>
> 　　朋友，我不想跟隨你了，我不願住。
>
> 　　我不願意!
>
> 　　嗚呼嗚呼，我不願意，我不如彷徨於無地。
>
> 　　我不過一個影，要別你而沉沒在黑暗裡了。然而黑暗又會吞併我，然而光明又會使我消失。
>
> 　　然而我不彷徨於明暗之間，我不如在黑暗裡沉沒。⋯⋯
>
> 　　我願意這樣，朋友——
>
> 　　我獨自遠行，不但沒有你，幷且再沒有別的影在黑暗裡。只有我被黑暗沉沒，那世界屬於我自己。[6]

---

[6]　魯迅：〈影的告別〉，《野草》，《魯迅全集》(北京: 人民文學出版社, 1881), 頁165-166。

這篇散文詩的內容是「影」跟主體(你)以對話的形式交談。莊子(莊周, 約前369-前286)曾把「陰影」分為鬼魂和影, 讓兩者對話。

> 罔兩問景曰:「曩子行, 今子止; 曩子坐, 今子
> 起; 何其無特操與?」
> 　景曰:「吾有待而然者邪? 吾所待又有待而然者
> 邪?吾待蛇蚹蜩翼邪? 惡識所以然!惡識所以不然!」
> (〈齊物論〉)[7]

答問大意如下: 罔兩(相當於精靈)問「陰影」為什麼剛才看到你移動, 現在又停下來, 剛才看你坐, 現在又站起來, 為什麼沒有獨立的意志呢?「陰影」回答說: 我因為有所待才這樣嗎, 我所待的東西又有所待嗎, 我就像蛇必有待於腹下的皮, 蟬有待於翅膀, 因此怎能知道為何會這樣?[8]「我所待的東西又有所待嗎」這句話, 河合隼雄認為自我和陰影具同等的主體性, 完全相對化[9]。

工藤貴正(KUDO Takamasa, 1955-)曾經對魯迅作品中的「陰影」進行研究[10], 首先是從「互文性」(intertextuality)[11]著

---

[7]　陳鼓應:《莊子今注今譯》(北京: 中華書局, 2版, 1985), 頁91。

[8]　參考了陳鼓應的中譯, 頁91。

[9]　河合隼雄:《影的現象學》, 頁268。

[10]　工藤貴正:〈另一個自己「黑影」的形成〉(上、下),《中國關係論說資料》37號, 第2分冊(文學、語學), 1995, 1996, 頁203-213, 80-96。

手, 由莊周〈影問答〉、安徒生(Hans Christian Andersen, 1805-1875)〈影子〉("The Shadow"[12])開始建構相關論述, 由〈影問答〉的魍魎引伸至魯迅與鬼魂的描述, 再由鬼聯繫到面孔黝黑的人物,〈鑄劍〉中的人物「宴之敖」可能是魯迅自己的投射, 云云。

夏濟安(T. A. Hsia, 1916-1965)在《黑暗的閘門: 關於中國左翼文學運動的研究》(*The Gate of Darkness: Studies on the Leftist Literary Movement in China*)一書很早就注意到魯迅對鬼魂特別感興趣的現象[13]。口耳相傳, 夏氏的論文在學術界的評價亦高, 不如把相關分析作一介紹: (1.). 首先, 在小說〈祝福〉, 祥林嫂就曾經問過敘述者人死後有沒有靈魂, 可見「魯迅無疑研究過靈魂和生死這個問題」[14]; (2). 目連戲在魯迅小說中常有提及, 又說: 「我希望人們注意魯迅小說中的世界和目連戲中的世界相似之處: 它的恐怖、幽默和得到希望。在魯迅看來, 被拯救的母親就是他的祖國, 她的兒子必須承擔並洗清

---

[11] 1966年, 克莉絲蒂娃(Julia Kristeva, 1941-)在評價巴赫金(Mikhail Bakhtin, 1895-1975)的一篇論文提出「互文性」(intertextuality)的概念, 克莉絲蒂娃是從巴赫金關於「對話性」和「多聲部」的觀念推演這一概念, 強調沒有一個文學文本是具原初性的, 任何文本都依賴於先前存在的文本及其釋義規範, 任何文本都好像一幅鑲嵌畫, 用語自其他文本吸收轉化, 而「互文性」強調的是文化積累形成的基礎, 連作者自己也沒法意識得到。樂黛雲等主編:《世界詩學大辭典》(瀋陽: 春風文藝出版社, 1993), 頁214。

[12] 葉君健(1914-1999)譯:《新注全本安徒生童話》(瀋陽: 遼寧少年兒童出版社, 1992, 卷4), 頁248-261。

[13] 夏濟安:〈魯迅作品的黑暗面〉, 樂黛雲譯,《國外魯迅研究論集, 1960-1981》(樂黛雲編, 北京: :北京大學出版社, 1981), 頁366-382,

[14] 夏濟安, 頁373。

她的恥辱和罪惡。在通往地獄的路途中, 他可以是一個綠林好漢, 也可以一個尼采式的超人, 也可以是一個佛教的聖者。」[15]; (3). 跟胡適比較就很清楚, 「鬼魂在他的啟蒙世界裡是沒有地位的」[16]; (4). 魯迅「黑暗的主題揭示特別重要」[17]:

> 從魯迅創作的整體來看, 我們可以發現這些鬼魂不僅得以使魯迅表現了他的藝術好奇、超群的才智以及他的懷鄉之情, 而且它們還表現了更深一層的含意: 死的美和恐怖, 透過濃厚的白粉和胭脂的假面, 窺探著生命的奧祕。[18]

> 魯迅的時代的性質是什麼? 不就是過渡時期嗎? 用那種只有光明和黑暗對峙的方法, 我們就永遠不可能充分理解它, 因為這裡充滿了各樣有趣的灰色的影子。在黃昏的微明中, 有鬼的形狀、影的私語, 還有奇跡和幻象。[19]

夏濟安的論述有3點值得注意: (1). 描寫鬼魂的文學作品在魯迅而言十分重要; (2).目連救母的主題可以跟魯迅救國救世的熱情結合來理解; (3). 黑暗的主題特別重要[20]。以容格心理

---

[15] 夏濟安, 頁377。
[16] 夏濟安, 頁378。
[17] 夏濟安, 頁380。
[18] 夏濟安, 頁378。
[19] 夏濟安, 頁380。
[20] 黑人或黑面人在「陰影」而言, 有其雙重性格, 不一定是壞人, 參松崎治之(MATSUZAKI Haruyuki):〈唐代小說《崑崙奴》小考〉,

學的「陰影」概念來分析,「陰影」本來是投射到同性身上, 但
目連救母主題所示,「陰影」背後有一個女性的形象, 這位女
性還是一位母親。丸尾常喜(MARUO Tsuneki, 1937-)《「人」
與「鬼」的糾葛》一書, 把鬼與魯迅的人物分析再推而廣之, 讀
來饒有興味, 可惜的是, 日本魯迅學者沒有結合容格心理學來
討論。

三. 容格心理學意義的「陰影」

霍爾(C.S. Hall)、諾德貝(V.J. Nordby) 《榮格心理學入
門》(A Primer of Jungian Psychology)對「陰影」有很好的解釋,
現在把他的意見點列如下: (1).「陰影」原型與個人自己性別
一致, 決定與同性的關係, 男性跟男性相處得不好, 是因為男
性把受壓抑和排斥的衝動投射在別的男性身上, 女性亦然; (2).
「陰影」比其他原型更能容納動物性, 是身上最好和最壞摸的
東(兩個極端)的發源地; (3).「陰影」的動物性使人充滿活力
和創造精神, 受壓抑的話就變得没有生氣, 舉例而言, 成功的
公務員必須以「人格面具」壓抑動物性, 以便表現出溫文爾雅,
其弊就是要付出高昂的代價; (4).「陰影」不易馴服, 譬如靈

《中國關係論說資料》34號, 第2分冊, 上(文學、語學), 1992, 頁
302-316; 阿部泰記(ABE Yasuki, 1949-   ):〈民間における包拯
黑臉傳說の形成〉(〈民間包拯黑臉傳說形成〉),《東方學》86
號, 1993年7月, 頁116-131, 此文指出元異中的李逵、張飛和尉遲
恭都是黑面的; 城谷武男(AHIROYA Takeo, 1939-):〈假說《阿
黑小史》論——沈從文における中國小說の成立とそのテ一マ一
一〉,《中國關係論說資料》38號, 第2分冊, 增刊(文學、語學), 1996,
頁337-350。(原刊《北海學園大學學園論集》86、87號, 1996);

感也是「陰影」的產物, 一位農夫可能根本不意識這種靈感, 他一直掛著農夫的「人格面具」, 直到有一天在「陰影」不斷施加壓力之下, 不得不拿起紙筆, 由於「陰影」堅持某些觀念和想像, 這些特質最後證明是對個人有利的, 如是可使達致更滿意和更富於創造的生活; (5). 自我與「陰影」能很好的協調, 人就會變得充滿活力, 而這種活力又帶有動物性, 天才與瘋狂存在某些聯繫, 因為「陰影」可以使他壓倒自我, 變得古怪;

(6). 當人的狀態良好, 「陰影」中的「惡」的因素會退至無意識之中, 偶一不幸遭逢逆境, 「陰影」馬上反撲, 譬如戒了煙的人恢復吸食; (7). 「陰影」受到社會嚴厲壓制, 沒有發洩的途徑, 災難可能接踵而至, 例如基督教過度壓抑「陰影」, 因此史上沒有比基督教各民族之間更為血腥的戰爭, 第一次世界大戰以及稍後爆發的大大小小衝突, 可作如是觀; (8). 「陰影」存在著人的基本的和正常的本能, 能對突發情況作出反應, 如果「陰影」一直備受壓抑, 未能個性化, 主體可能變得毫無應變能力, 甚或導致精神崩潰。[21]

容格(C.G. Jung, 1875-1961), 瑞士人, 1902年獲醫學博士學位, 在醫院工作一段時間之後, 1909年開始執業, 1933至1941年任蘇黎世聯邦工業大學心理學教授, 1944年以後任母校巴塞爾大學醫學心理學教授, 他憑分析心理學的成就屢獲殊榮, 包括牛津等大學給他頒授了榮譽博士, 1939年又成為倫敦皇家醫學會名譽會員。

---

[21] 霍爾、諾德貝: 《榮格心理學入門》 (*A Primer of Jungian Psychology*, 馮川譯, 北京: 三聯書店, 1987), 頁56-61。

　　容格在1900年讀到弗洛依德的《夢的分析》(*Interpretation of Dreams*), 1906年開始通信, 1907年終於有機會碰面, 雙方的友誼持續了七年。1909年, 容格開始在觀點上跟弗洛依德有了分歧, 1912年, 容格發表了《無意識的心理學》(*Psychology and the Unconscious*), 正式跟弗氏分道揚鑣。容格以其人格理論知名, 他認爲人格由三層次組成, 包括意識、個人無意識和「集體無意識」(collective unconsciousness)。「集體無意識」是人類在歷史進程之中的「集體經驗」, 這種「集體經驗」不必從「後天經驗」獲得, 如霍爾、諾德貝《榮格心理學入門》一書所舉的例子, 人類對蛇和黑暗的恐懼, 是先天的傾向[22]。這種先天傾向叫做「原型」(archetype), 本文涉及的「永恒的男性」(animus, 阿尼姆斯)和「永恒的女性」(anima, 阿尼瑪)就是這種世代累積下來的先天傾向。原型是無限的, 較常見的有英雄原型、魔鬼原型、大地母親原型、陰影、兒童原型和智慧老人原型[23]等等。在這基礎上, 容格提出的他的「人格類型」學說, 他把人格分爲内傾型和外傾型, 又據功能分爲八類, 包括外傾思維型、外傾情感型、外傾感覺型、外傾直覺型和内傾思維型、内傾情感型、内傾感覺型、内傾直覺型。現在大學心理系的同學, 唯一有機會接觸到容格思想的, 就是在人格理論方面的課程。

---

[22] 霍爾、諾德貝, 頁41。
[23] 霍爾, 頁44。

四. 「陰影」與戀母系列小說: 〈強水街〉的分析

前述柏楊短篇〈強水街〉中有這樣的一句話: 「只要您教他不死, 要他的影子他都肯的」[24], 據河合隼雄《影的現象學》所示[25], 德國浪漫派詩人沙米索(Adelbert von Chamisso, 1781-1838)[26]小說〈彼得・史勒密爾的奇妙故事〉("Peter Schlemihl's Remarkable Story", 1814)[27]就是寫一個把影子賣掉的人的遭遇, 其人結果十分不快樂。

1. 「陰影」與「大母」重疊的現象

沙米索著名故事跟柏楊諸作脈絡似不一樣, 但比較值得注意的, 是柏楊跟魯迅有點類似, 筆者所指的是「陰影」與「大母」(the great mother)重疊的現象。人類的集體無意識之中, 是一個女權的世界, 由「大母」(the Great Mother)主宰, 容格(Carl G. Jung, 1875-1961)大弟子紐曼(Erich Neumann, 1905-1960)的《大母神》(*The Great Mother*, 1973)已有論證。

如霍爾《榮格心理學入門》所示: 「陰影」原型與個人自己性別一致, 決定與同性的關係, 換言之, 男性的「陰影」投射對象應屬男性, 當心靈投射到異性, 就形成「永恒的女性」

---

24 柏楊: 〈強水街〉, 頁58。
25 河合隼雄: 《影的現象學》, 頁12。
26 沙米索, 德國作家, 出生於一個法國貴族家庭, 1790年因逃避法國大革命而定居德國, 1798年參加普魯士軍隊, 與法國作戰, 心理上極感矛盾和痛苦, 〈彼得・史勒密爾的奇妙故事〉就是描寫這一段經歷, 沙氏擅長寫長詩, 1815-1818年曾到俄國探險。
27 〈彼得・史勒密爾的奇妙故事〉(*Peter Schlemihl's Remarkable Story*), 《德國古典中短篇小說選》(劉德中譯, 上海: 上海譯文出版社, 1978), 頁39-93。

(阿尼瑪)原型和「永恒的男性」(阿尼姆斯)原型。如果小說中的幽靈是異性(譬如女鬼)，那麼就產生「陰影」和「阿尼瑪」重疊的現象。在目連救母的故事中，「阿尼瑪」以母親形象出現，男性是首先透過母親認識異性的，這現象出現於人類仍處於相當原始的階段。「自我也包括在阿尼瑪和『陰影』之中，沒法區別。『陰影』力量愈來愈加強，以致把自我破壞」[28]。柏楊的短篇有些是屬於這一類型，值得研究。

2. 「大母」的雙重性格

以下據容格派分析家河合隼雄的綜合作一扼要的介紹：心理學上的「大母」，超越了人類個人的母親形象，她給人類提供絕對的溫柔和安全的感受，這種母親形象往外界投射的結果，在各民族之間出現了各種各樣的女神[29]。比較特別的是「大母」除了善的一面之外，還有惡的一面。佛教的「送子娘娘鬼子母」本來是專吃小孩的，後來皈依佛門，誓作婦孺的守護神。惡的一面，還可以舉印度死神卡拉(Kala)作一說明，她一隻手拿著劍，一隻手拿著巨人的首級，耳環是兩副骸骨，髮上冠以人類頭蓋骨，吐舌，眼充血，面和胸部有血污，又，卡拉是站立在倒下仰臥的丈夫身上的。西歐的民間傳說常有食人老婦和魔女，都是這一「大母」負面投射的結果[30]。

---

28 河合隼雄：《影的現象學》，頁298。
29 河合隼雄：《無意識の構造》(《無意識的構造》，東京：中央公論社, 12版)，頁72
30 河合隼雄：《無意識的構造》，頁76-77。

3. 「永恒的女性」(阿尼瑪)的4階段説

據容格派的理論, 阿尼瑪和阿尼姆斯各有四個階段, 這四個階段可能隨著主體的年齡而發展, 又, 各階段都有一些代表人物。

阿尼瑪雖然如人生之有百態, 但大抵可歸爲四大類, 這四大類是階段性地發展的, 第一階段是「生物的阿尼瑪」, 這是生育子女的阿尼瑪, 以性和生殖爲前提的。男性的阿尼瑪是由母親所塑造的。另一方面, 如不能及早離開母親獨立, 或者是早年喪母以至無法體驗母子關係的, 都會不斷從不同的女性找尋母親的形象, 南歐傳説中的唐璜(Don Juan)是其中一個例子。唐璜是西洋一個虛構人物, 1630年首次在西班牙一部戲劇中成爲文學中的人物, 他是一名浪子, 征服了無數女子, 但又把她們一一拋棄[31]。

第二階段是「浪漫蒂克的阿尼瑪」, 或者是「引起情欲衝動的阿尼瑪」。容格舉希臘神話特洛伊(Troy)的赫勒涅(Helen)爲例以説明, 赫勒涅是浮士德冒生命危險探求的永遠的女性形象[32]。這種女性形象的追求, 在西洋文藝史上極爲發達, 但是在東方社會差不多沒有拓展, 原因是在禮教大防之下, 男性很難有機會接觸異性。

阿尼瑪的第三階段是「聖靈的階段」, 聖母瑪利亞是一個典型。愛欲(eros)的最高形態是對宗教的獻身, 瑪利亞既是母親

---

[31] 河合隼雄:《ユング心理學入門》(《容格心理學入門》, 東京: 培風館, 1983, 17版, 1967年初版), 頁204。

[32] 林道義:《ツァラトゥストラの深層》(《查拉圖斯特拉的深層心理》), 東京: 朝日出版社, 1979), 頁183。

也是處女，有著處女的純潔，所以第三階段的阿尼瑪可以稱為「純潔的阿尼瑪」。弗朗茲(Marie‧Louise von Franz, 1915-)認為與聖母瑪麗亞類似的形象是觀音菩薩，另外，嫦娥(Lady of the Moon)是一個更為大眾化的陰性特質。[33]。

阿尼瑪的第四階段是強調智慧，又可稱為「智慧的阿尼瑪」。容格強調智慧之時，舉沙皮恩特亞(Sapientia)為象徵，她有過人的智慧，另外，強調與「自己」(self, 神或智慧老人)結合之時，容格又舉身披甲冑、並飾以宙斯頭顱的希臘女神雅典娜為例作一說明。換言之，這一形象有著「雌雄同體」(androgyny)的特點[34]。弗朗茲則舉〈雅歌〉之中的舒拉米特(Shulamite)[35]。

河合隼雄認為這一階段的阿尼瑪，在東方較為豐富，譬如日本中宮寺的彌勒菩薩就是個好例子，這個佛像令人感到有著母性的慈悲，但又不覺得有聖母所示的愛，同時又有著蒙娜麗莎(Mona Lisa)的笑容，魅力不可思議[36]，蒙娜麗莎也被認為是這一階段的人物[37]。日本的觀音菩薩看去像是男身，另一方面又像是女性，「雌雄同體」的特徵跟前述雅典娜相若。

柏楊筆下的女性形象，第3階段(具宗教心靈的人物)幾乎沒有，至於第4階段，則有〈峽谷〉為夫報仇的田英。田英長相

---

[33] 弗朗茲：〈個體化的過程〉("The Process of Individuation")，收入《人類及其象徵》(*Man and His Symbols*)，卡爾‧容格(C.G. Jung)等著，張舉文、榮文庫譯，瀋陽: 遼寧教育出版社，165。

[34] 林道義：《查拉圖斯特拉的深層心理》，頁183-184。

[35] 弗朗茲，〈個體化的過程〉，163。

[36] 河合隼雄：《容格心理學入門》，頁207。

[37] 弗朗茲:〈個體化的過程〉，頁163。

豔麗而有智慧, 至於走馬騎射, 亦不遜鬚眉, 能於百步内外取人性命, 具「雌雄同體」的特徵。花木蘭是這一形象的女性, 〈木蘭辭〉長期被選進兩岸三地的教科書, 家傳戶喻, 深植於中國人的心靈。柏楊筆下浪漫的女性也不多, 因此可以說第一階級的「生物的阿尼瑪」最應留意。

4.「陰影」與戀母系列小說: 〈強水街〉的分析

柏楊靈異小說之中, 母親形象非常突出, 〈一束花〉寫主人公在黄昏散步時遇兩姐弟, 並受她們委託給母親送花, 後到才知道兩個孩子原來是死於車禍的鬼魂。至於爲什麼不送花給爸爸呢? 故事中說父親早已缺席[38]。實察上, 在心理學或文化研究而言, 是中國人的「戀母情結」不能釋放所致, 孫隆基《未斷奶民族》對此有頗詳細的論述[39], 土居健郎(TOI Takero, 1920-)《依賴心理結構》[40]也有類似的提示, 認爲日本男性極度依賴母親, 人格因此未能完全向前發展, 此書成爲近二十年日本非小說類的最暢銷書, 影響極大, 近年也有中譯。

第二個要討論的是〈龍眼粥〉, 〈龍眼粥〉是個「形神生滅離合」[41]的故事, 内容梗概如下: 主人公經常在夢中吃龍眼粥, 極感奇怪, 後來到台灣新竹旅行, 發現情景十分熟悉, 主人公發覺在夢中曾到該地, 故相信那裡是前世的舊居。開門的

---

[38] 柏楊: 〈一束花〉, 《柏楊小說全集》(短篇卷下, 蘭州: 敦煌文藝出版社, 1998), 頁258-269。

[39] 孫隆基: 《未斷奶的民族》(台北: 巨流圖書公司, 1995)。

[40] 土居健郎:《依賴心理結構》(王煒等譯, 濟南: 濟南出版社, 1991)。

[41] 林麗眞:〈從魏晉南北朝志怪小說看「形神生滅離合」問題〉, 《魏晉南北朝文學與思想學術研討會論文集》(國立成功大學中文系主編, 台北: 文史哲出版社), 頁89-131。

老婦就是他的太太，主人公的前生在二十五歲時故去，未亡人守節已四十一年，且每天以龍眼粥供奉，如今已屆垂暮之年。老太太的形象是這樣描寫的：

> 　一個白髮蒼蒼的老太太把門打開，她並沒有扶著拐杖，但她在打開門後，已累得微微發喘，枯瘦、憔悴、衰邁、長期的貧窮使她的衣服除了破爛外，還十分骯髒。[42]

　老太太如是有著母親、妻子、鬼魂的意象，具備「大母」正負面的複合形象。

　第三篇要討論的是〈強水街〉。〈強水街〉與前兩個故事不同之處，是看到「陰影」所示的雙重性格，故事內容梗概如下：魏博是一位大夫，但為人一毛不拔，而且沒有醫德，一天正下大雨，有一個看來相當窮苦的女孩到來請他給父親急救，魏博斷然拒絕，不想有一天在路過墓地之時，為蛇咬傷，時女孩現身，替他用口吸出有毒的血，得不死，重獲新生之後，魏博判若兩人，主動為女孩父親治病，後來才知道女孩在半年前已去世，魏博因擁抱她穿過的大衣，期望有重逢

---

[42] 柏楊:〈龍眼粥〉，《柏楊小說全集》(短篇卷上)，頁47。

之日[43]。

「陰影」有正反兩面,〈強水街〉顯示「陰影」(女孩、鬼魂)不斷誘導「自我」行人心人術,為魏博吸吮毒蛇的血,可以象徵死與再生的過程。魏博往後判若兩人,不過是說明人有正反二面的「雙重人格」。〈強水街〉也有著「陰影」和「阿尼瑪」的重疊的特徵。

5. 小結

這裡餘下一有懸案,就是柏楊的「救母」,或母性的追尋,是否可以擴而充之,解釋為對國家民族的一個奉獻? 我想,這有必要作進一步研究。

五. 與「陰影」的對話:〈晚霞〉的分析

〈晚霞〉的內容梗概如下: 主人公王銘(自我)擬於墓地吊頸自盡,其時墓中忽發聲音,隨後有一個叫夏文的男子走了出來(鬼魂／陰影)勸阻。 原來王銘是小職員,妻子產後失調,以致視力全失(據小說的描寫,妻子的形象也像個活死人,或「大母」否定的一面),又無隔宿之糧,近日只用筷子沾鹽水渡日,四個孩子一個個病倒,學校不體諒,孩子交不出學費,手指也被打斷,因此有尋死之念(像人間地獄)。夏文另有一斷傷感的往事,他是個窮木匠,曾有一個孩子,太太因家貧而另結新歡,夏文手刃「奸夫淫婦」後,躲進墓穴暫避,遺願王銘愛他的孩子,又不要讓弱小心靈知道父親的種種罪業; 夏文力勸王銘不

---

43 柏楊: 〈龍眼粥〉,《柏楊小說全集》(短篇卷上),頁51-65。

要自殺，建議通知警察逮捕他，領取十四萬元通緝費，以舒解燃眉之急。

作爲「陰影」的夏文，有行惡的經歷(殺過人)，但同時有著自我犧牲的偉大人格(讓王銘告發領通緝費)，這個故事的特點是，「陰影」不斷提示「自我」要有求生的意志，顯示無比強大的力量。

1. 格林童話〈兩兄弟〉分析的啓示

容格心理學的後續研究之中，以他女弟子弗朗茲最具開創性。弗朗茲於1918年移居瑞士，1932年成爲該國公民，1933年拜容格門下，接受心理分析的訓練，其後講學蘇黎世「容格研究所」，著作有三四十種，大部分都有英譯，影響極其深遠。《童話中的陰影和惡》(*Shadow and Evil in Fairytales*)是相當重要的著作，其中「陰影」部分論述，舉格林童話〈兩兄弟〉("The Two Brothers")以爲分析[44]，〈兩兄弟〉這篇故事與〈晚霞〉頗有共通點，可借助引伸作一詮釋。

〈兩兄弟〉的故事相當長。話說有兩兄弟，哥哥是金匠，人很壞，弟弟十分貧窮，但心地善良。弟弟生了雙胞胎，長相一模一樣。窮弟弟有一次到樹林獲得一條金羽毛，心腸壞的哥哥知道能捕獲美麗金鳥，吃掉心和肝，那麼每天枕下都會發現一塊黃金，窮弟弟不知眞相，只懂得照哥哥指示去做，終於把獵物捕獲；可是在嫂嫂烤金鳥之時，窮弟弟的孿生孩子偷吃最有價值的部分，窮弟弟於不知究竟，每天把枕下拾到的金塊拿給

---

[44] Marie-Louise von. Franz, *Shadow and Evil in Fairy Tales* (Boston: Shambhala Publication, 1995), pp.112-121.

哥哥兌換, 哥哥自然不悅, 胡說雙胞胎爲魔鬼所迷, 勸弟弟把親生骨肉遺棄, 不想弟弟也照辦。一位獵人把兩兄弟養大, 教以狩獵的技能, 成年之後送他倆出外旅遊, 接受磨練。兩兄弟分手時在一棵樹上插了兩把刀, 如果刀生鏽的話, 表示有危難, 如果還活著的話, 刀永遠雪亮。

故事發展到此, 之後差不多只報導雙胞胎的弟弟(自我)的事跡, 弟弟別後, 到了一個王國, 殺死了一條蛟龍, 救了公主, 可惜在場待命的元帥乘弟弟筋疲力竭睏睡之時, 斬下弟弟的首級, 要脅公主不得把祕密告訴父王, 公主没有辦法, 只得設法跟救命恩人成親之事拖延。弟弟的首級不意得起死回生的仙草駁回, 如是過了約一年, 弟弟偶然重返舊地, 時公主正準備跟元帥成親, 獵人弟弟揭破元帥的陰謀, 娶了公主, 成爲全國的總督。

少年總督弟弟仍然喜歡打獵, 不幸爲森林中的女巫所惑, 變成了石頭。少年總督的攣生哥哥(陰影)這時看到分手時的刀子生了鏽, 知道弟弟遭逢不測, 趕來拯救, 因爲長相一樣, 國人和公主全不察覺, 哥哥爲不打草驚蛇, 也不拒絕跟公主同床, 只是中間放了一把雙刃劍。待哥哥救回弟弟之後, 弟弟聽到哥哥和公主共寢, 妒意難消, 一劍拿下哥哥的首級, 但極感後悔, 幸得起死回生仙草駁回。公主後來把哥哥的君子行爲相告之後, 弟弟明白哥哥是老實的人, 故事到此結束[45]。

---

[45] 格林兄弟:《格林童話全集》(魏以新譯, 北京: 人民文學出版社, 1994), 頁221-237。

2. 與「大母」決戰與「死而再生」的主題

第一點要討論的是殺妻、弒母的問題。〈兩兄弟〉出現「與龍的決戰」。關於「英雄與龍的決戰」,紐曼在《意識起源史》(*The Origins and History of Consciousness*)一書有頗詳細的討論,母龍是會吞吃孩子的, 所以是可怕的母親, 這一可怕的母親也就是死神; 作爲地母象徵的深淵和渦卷紋, 也是死亡的象徵。據紐曼說:「與龍的鬥爭」的故事常常見於世界各地的太陽神話, 夕陽西沈, 象徵英雄被夜、海、冥界、龍(地母的子宮)吞噬, 最後終於戰勝了夜, 得以再生[46]。但是, 河合又認爲紐曼所論大母被刺殺這一主題值得留意, 這是自我的主體性確立的過程, 也是防止自己停留在胎內, 或避免被「大母」吞噬而必須一戰的, 在日常實際生活而言, 人類長大成家立室, 離開母親與異性結婚, 儘管有了孩子, 仍不一定能夠獨立, 譬如夢中常常出現戀人與母親的葛藤, 常見的例子是自己與戀人親熱之時, 母親忽然出現的情景; 西洋人把「大母」之死視爲自立的過程, 跟東洋的人的想法可能不一樣。「大母」之死也可以作爲「死亡與再生」的辯證關係來理解[47]。

在〈兩兄弟〉之中, 與龍決戰之後, 仍要殺死森林裡面的巫婆(「大母」的負面), 才能完全自立, 在容格心理學而言, 這是民間故事常見的情節, 表現出男性成長過程需要克服的階段。

---

[46] Erich Neumann, *The Origins and History of Consciousness*, trans. R.F.C. Hull (New York: Princeton UP, 1970), pp. 152-169.

[47] 河合隼雄: 《容格心理學入門》, 頁283, 285。

柏楊小說之中, 妻子、母親、鬼魂(「大母」的負面)常常是重疊的, 作爲「陰影」的夏文殺死妻子及其奸夫, 在心理學而言, 是個體追求自立。據河合隼雄的高見, 弒父弒母不是東方人的自立過程。

第二點要討論的是, 「拯救者」「陰影」與自我的矛盾。「陰影」夏文份屬「拯救者」, 以他的死換取通緝費, 讓王銘獲得再生, 是不是應該獲較合理的處置? 柏楊沒有寫結尾, 大家都想知後事如何, 王銘是否眞的去報警, 夏文又有沒有死! 現在不如嘗試在〈兩兄弟〉找出答案。

在〈兩兄弟〉中, 少年總督聞知乃兄與愛妻同眠, 也不打聽清楚, 馬上一刀取下哥哥(陰影)的首級。故事中孿生的哥哥, 在心理學而言是相當於「陰影」, 兼且又扮演「拯救者」的角色, 他殺死巫婆, 救出弟弟。爲什麼要殺死「拯救者」的「陰影」呢? 一說是弟弟承擔了上一代遺留的「陰影」, 聖賢君子多有不肖子孫, 原因亦在於此, 云云[48]。應該注意柏楊沒有面對這一問題。

第三點是死生再生的問題, 跟第二點也有點關係。少年總督在殺死蛟龍之後, 元帥乘其睏睡, 一劍斬下首級, 關於這一情節, 河合隼雄有以下的分析: 首先, 以弗洛依德學說而言, 這表現出「去勢」(self-castration)的不安, 男孩子在成長過程之中, 對母親抱有愛慕之情, 對父親則持敵對態度, 對父權深懷恐懼, 察覺女孩子沒有男根之時, 開始擔心被罰「去勢」。斬首的情節, 顯示男性對「去勢」的不安。其後, 少年都督獲拯

---

[48] 河合隼雄: 《昔話と日本人の心》(《民間故事和日本人的心靈》, 東京: 岩波書店, 10版, 1983), 頁109, 107。

救之後，誤以爲做哥哥的姦淫其妻，於是一刀取下首級，或者也可試用此說分析。

再者，紐曼則認爲在成長過程，要進行改革，需要得到「死與再生」的體驗。在自我實現的民間故事，常常看到這一主題，再生必然要選擇死亡[49]。

〈晚霞〉如果是古典小說，那麼主人公定必自刎(去勢)，如今小說採取懸樑自盡的方法，論其手段，可以類比，似乃可引進弗洛依德和紐曼的學說以爲解釋。

〈晚霞〉的特點是有著與「大母」決戰的情節，跟其他的小說不一致。小說過度突現「陰影」的作用，不加以抑制，以致與「自我」未能取得協調，內容善惡不能平衡。下面要討論的〈祕密〉，也可作如此觀。

3. 魯迅的表達方式

走筆至此，我們不妨比較一下魯迅處理同類題材的技法。「自我」與「陰影」的對話，在魯迅而言，最特別的是《野草》中〈狗的駁詰〉一篇，首先主人公夢見自己「衣履破碎，像乞食者」(這也可以解釋爲「陰影」)，另外，又有一隻狗跟「陰影」對話，如是就有點像莊子那樣，主體一分爲三。狗以一種「陌生化」(defamiliarize)[50]的角度，指陳人類社會的種種異化，

---

[49] Neumann, *The Origins and History of Consciousness*, p.95.

[50] 俄國形式主義的代表人物什克洛夫斯基(Victor Shklovsky, 1893-1984)在1917年寫作的〈藝術作爲手法〉("Art as Technique")一文提出「陌生化」(defamiliarize)的理論，認爲藝術的技巧就是要把客體(對象)變得「陌生」，例如以從陌生人的角度來寫，文中於是引托爾斯泰(Lev Tolstoy, 1828-1910)《戰爭與和平》(*War and Peace*)和斯威夫特(Jonathan Swift, 1667-1745)《格列佛遊記》(*Gulliver's*

冷潮熱諷, 自覺「愧不如人」, 說什麼狗的世界沒有主奴、金錢等等[51]。換言之, 魯迅提示的是更抽象的哲學社會學問題。〈狗的駁詰〉可謂匠心獨運, 是評價很高的作品。

六. 「陰影」、騙子與「惡」:〈祕密〉的分析

文學中的丑角、滑稽的人物、騙子, 都是「陰影」的作用, 這些人物能破壞帶著「人格面具」的世界, 使平靜的生活增添活力[52], 古代中國有東方朔(前154-前93)之流, 五四文學諸作, 以〈阿Q正傳〉的主人公最值得討論。

1. 柏楊〈祕密〉的梗概

柏楊〈祕密〉寫的是一個騙色的故事。主人公徐輝誘騙女友葉琴到一座花園, 給女的介紹是父親要他來接管的物業, 吹噓父親在紐約、馬來亞、巴黎都有物業, 葉琴是台北有名的美人, 一時爲他的甜言蜜語所迷, 以身相許。春風一度之後, 徐輝告以因爲在馬來亞跟親哥哥爭奪遺產, 犯下謀殺之罪, 言談之間出示相關證據, 此外, 父親在美國法國的財產早已抵押, 而且似因兩兄弟相殘之事自殺身亡, 這座花園是以一百元的

Travels)等爲例作一說明, 「陌生化」的藝術的手法就是使事物變得奇特, 形式變得模糊, 增加感覺的困難和時間。在敘事「視角」而言, 常常採用陌生人、小孩子、精神病患者甚至是動物的眼光重新建構社會歷史現象, 托爾斯泰的《戰爭與和平》的波羅金諾戰役不是透過將軍和兵士而是交由非軍人把感覺表述。

[51] 魯迅:《野草・狗的駁詰》,《魯迅全集》, 卷2, 頁198。

[52] 河合隼雄:《影的現象學》, 頁186。

代價租來共度良宵的。故事的結尾是主人公逍遙事外,並沒得到懲罰[53]。

2. 魯迅作品中的滑稽人物

河合隼雄舉卓別林(Charlie Chaplin, 1889-1977)的喜劇電影為例加以說明:滑稽人物的戀愛的對象往往是不可高攀的玉女,甚或是公主,愛是奉獻上去,但戀情自難成就[54]。《野草·我的失戀》[55]也像一首卓別林喜劇的打油詩。

〈阿Q正傳〉也有向吳媽求愛的一幕滑稽劇,可作比附。話也說回來,〈阿Q正傳〉是寫一個滑稽人物的種種畸行,依前引丸尾常喜的長篇考證,主人公是像鬼魂一樣衣衫襤褸的流浪漢,為什麼大家都認為這篇作品是五四文學的經典作,內容優點何在,幾十年下來,出了無數的研究論著,都說不出所以然。如果用「陰影」加以詮釋,另有一番見解。

《野草》的〈立論〉也可以看到「人格面具」跟滑稽人物性格(陰影)的相互作用,散文詩〈立論〉把空間設置在夢境,一個小學生在向老師請教寫作的方法,老師於是問人家孩子滿月之時,應說什麼話,第一位說「這孩子將來要發財的」、第一位說「這孩子將來要做官的」,如是得到主人的答謝;第三位卻說老實地說「這孩子將來要死的」,如是被飽以拳腳[56]。第三位回答時採專門跟人家搗蛋的方式,是「陰影」的作用所致。

---

53 柏楊:〈祕密〉,《柏楊小說全集》(短篇卷上),頁22-37。

54 河合隼雄:《影的現象學》,頁198。

55 魯迅:《野草·立論》,《魯迅全集》,卷2,頁207。

56 魯迅:《野草·立論》,《魯迅全集》,卷2,頁207。

3. 河合隼雄於馬克‧吐溫的評論

　　河合隼雄認為馬克‧吐溫(Mark Twain, 1835-1910)也是把「陰影」無限量放大的知名作家，馬克‧吐溫寫了可謂舉世知名的《哈克貝利費恩歷險記》(*The Adventure of Huckleberry Finn*)和《湯姆‧索亞歷險記》(*The Adventures of Tom Sawyer*)，很多人在孩提時代已讀過，這些作品也有「非行少年」的描寫，但整體而言，基調是樂觀的。可是到了晚年的《神祕的陌生人》(*The Mysterious Stranger*)「陰影」卻釋放出極端的「惡」，以致這本成為絕筆之作成就大打折扣，云云[57]。按照這位日本容格心理學開山祖的指示，首先我們可以找到有關靈異傳說的禮讚，給他們講故事老僕鼓勵他們「不必害怕那些鬼怪神異的東西」，給他們複述自己親歷的有關鬼怪、妖精、狐狸精、吸血僵屍的見聞[58]。三個孩子後來碰到一位美少年，美少年自稱是天使，但與魔鬼撒旦同名，行為也窮凶極惡，撒旦造了五百個玩具小人，不高興的時候就把他們無情地殺死，最奇特的那一套善惡觀:

　　　　他一講到地球上的男男女女, 和他們的所作所為——哪怕是最偉大和最崇高的——我們就暗暗地感到慚愧萬分, 因為他的神氣告訴我們: 這些人和他們的所作所為在他看來只是些雞毛蒜皮、無足輕重的東西; 要是你不知道的話, 你常常會以為他是

---

[57] 河合隼雄:《影的現象學》, 頁239-240。

[58] 馬克‧吐溫:《神祕的陌生人》(*The Mysterious Stranger*, 蔣一平譯, 上海: 新文藝出版社, 1957), 頁14。

> 在談蒼蠅或是什麼的。有一回他甚至還這樣對我們
> 說, 他對我們這兒的人倒很感興趣, 雖然他們都那
> 麼愚蠢、那麼無知、那麼平凡、那麼自大、那麼多
> 病、那麼衰弱、而且在各方面都是那麼卑鄙可憐、
> 微不足道。……
>
> 　「禮貌!」他説, 「怎麼, 這本來是事實嘛, 事
> 實就是最好的禮貌, 禮貌都是虛偽的。」[59]

河合隼雄有點言重了, 如果以巴塔耶(Georges Bataille, 1897-1962)《文學與惡》(*Literature and Evil*) 的角度加以論列, 自然又有不同的理解[60]。桑原武夫(KUWABARA Takeo, 1904-1988)[61]承巴塔耶餘緒, 對「惡文學」的傳統, 比較詳細的介紹, 提倡「人性本善」是中國文化的特徵, 小說美學也以大團圓結局爲常態, 或以因果報應來作收束。那麼, 相對而言, 有些什麼是不善的呢? 這一方面譬如弒父、殺夫(小說中的潘金蓮)、出賣朋友(如曹操[155-220]「寧我負天下人」之説)、強姦, 還有就是「今朝有酒今朝醉」、想入非非、只圖眼前的享樂, 在妓女的協助下達到「欲仙欲死」的境界, 都屬於「惡」。關於文學作品中的「惡」的描寫, 無過於陀斯妥耶斯基(F.M.

---

[59] 馬克・吐溫: 《神祕的陌生人》, 頁14-15。

[60] 巴塔耶: 《文學與惡》(*Literature and Evil*, 陳慶浩、澄波譯, 台北: 國立編譯館出版社, 1997), 頁106-107。

[61] 桑原武夫是日本著名評論家, 京都大學法文科畢業, 以研究法國大革命、百科全書派、思想家盧騷(Jean Jacques Rousseau, 1712-1778)等項目知名, 曾任京都大學人文科學研究所法文教授, 有《桑原武夫集》十卷行世。

Dostoevsky, 1821-1881)的《魔鬼》(*The Devil*), 在這本小說之中, 主人公強姦了一個十二歲少女, 受害者因此上吊自盡, 主人公認為自己的行為十分卑劣, 但沒有太感到良心的譴責[62]。跟《魔鬼》對比, 以騙色為主題的柏楊〈祕密〉, 其為「惡」也有一個限度。

七. 結論

　　容格於「陰影」論述有一假說:「陰影」受到社會嚴厲壓制, 沒有發洩的途徑, 災難可能接踵而至, 例如基督教過度壓抑「陰影」, 因此史上沒有比基督教各民族之間更為血腥的戰爭, 第一次世界大戰以及稍後爆發的大大小小衝突, 可作如是觀。這可適用於中國文化的分析。中國文化是以儒家的「人格面具」壓抑「陰影」, 但中國人並未有因為提倡「性善論」而讓人性的「惡」消減, 歷代的酷刑可視為「陰影」的反撲, 民族之間的戰爭罪行也不遜於西方。魯迅和柏楊先後以批判儒家「人格面具」知名, 他們兩位的雜文廣為各地炎黃子孫閱讀, 得到很大的共鳴。以容格心理學術語出之, 是透過他們兩位的妙筆, 國人心靈的「陰影」得到大大的釋放。這將有利於重新整合新思潮, 建構和諧的後現代社會。

~~~~~~~~~~

參考文獻目錄

　　A

---

[62] 桑原武夫:《文學序說》(孫歌譯, 北京: 三聯書店, 1991), 頁162-180。

阿部泰記: 〈民間における包拯黑臉傳說の形成〉(〈民間包拯黑臉傳說形成〉), 《東方學》86號, 1993年7月, 頁116-131。

BO

柏楊: 〈強水街〉, 《柏楊小說全集》(短篇上), 蘭州: 敦煌文藝出版社, 1998, 頁51-65。

──: 〈一束花〉, 《柏楊小說全集》(短篇下, 蘭州: 敦煌文藝出版社, 1998), 頁258-269。

CHENG

城谷武男: 〈假說《阿黑小史》論──沈從文における中國小說の成立とそのテーマ──〉, 《中國關係論說資料》38號, 第2分冊, 增刊(文學、語學), 1996, 頁337-350。(原刊《北海學園大學學園論集》86、87號, 1996)

FU

弗朗茲, 梵(Franz, M-L. von)1988. 〈個體化的過程〉("The Process of Individuation"), 《人類及其象徵》(*Man and His Symbols*), 卡爾·容格(C.G. Jung)編, 張舉文譯, 瀋陽: 遼寧教育出版社, 135-209。

GONG

工藤貴正: 〈另一個自己「黑影」的形成〉(上、下), 《中國關係論說資料》37, 38號, 第2分冊(文學、語學), 1995, 1996, 頁203-213, 80-96。

HE

河合隼雄:《ユング心理學入門》(《容格心理學入門》), 東京: 培風館, 17版, 1983。

河合隼雄:《無意識の構造》(《無意識的構造》), 東京: 中央
　　公論社, 12版, 1983。

——:《ユング心理學入門》(《容格心理學入門》), 東京: 培
　　風館, 17版, 1983。

——:《コンプレックス》(《心理學的情結》, 東京: 岩波書
　　店, 16版, 1983。

——:《昔話と日本人の心》(《民間故事和日本人的心靈》, 東
　　京: 岩波書店, 10版, 1983。

——《影の現象學》(《影的現象學》), 東京: 講談社, 講談社
　　學術文庫, 17版, 1995。

　　HUO

霍爾, C.S.(Hall, C.S.):《弗洛伊德心理學入門》(*A Primer of
　　Freudian Psychology*), 陳維正譯, 北京: 商務印書館, 2版,
　　1986。

——、諾德貝(V.J. Nordby).《榮格心理學入門》(*A Primer of
　　Jungian Psychology)*, 馮川譯, 北京: 三聯書店, 1987。

　　LIN

林道義:《ツァラトゥストラの深層》(《查拉圖斯特拉的深層
　　心理》), 東京: 朝日出版社, 1979。

林麗眞: 〈從魏晉南北朝志怪小說看「形神生滅離合」問題〉,
　　《魏晉南北朝文學與思想學術研討會論文集》, 國立成
　　功大學中文系主編, 台北: 文史哲出版社, 頁89-131。

　　LIU

劉楨:《中國民間目連文化》, 成都: 巴蜀書社, 1997。

　　SHA

沙米索(Chamisso, Adelbert von)：〈彼得·史勒密爾的奇妙故事〉("Peter Schlemihl's Remarkable Story")，《德國古典中短篇小說選》，劉德中譯，上海：上海譯文出版社，1978，頁39-93。

SONG

松崎治之：〈唐代小說《崑崙奴》小考〉，《中國關係論說資料》34號，第2分冊，上(文學、語學)，1992，頁302-316。

SUN

孫隆基：《未斷奶的民族》，台北：巨流圖書公司，1995。

TU

土居健郎：《依賴心理結構》，王煒等譯，濟南：濟南出版社，1991。

WAN

丸尾常喜：《「人」與「鬼」的糾葛》，秦弓譯，北京；人民文學出版社，1995。

WANG

王溢嘉：〈論司馬中原的靈異小說〉，《流行天下：當代通俗文學論》(孟樊、林燿德編，台北：時報文化，1992)，頁243-267。

XIA

夏濟安：〈魯迅作品的黑暗面〉，樂黛雲譯，《國外魯迅研究論集，1960-1981》，樂黛雲編，北京：北京大學出版社，1981，頁366-382。

XU

徐華龍：《中國鬼文化》，上海：上海文藝出版社，1991。

許祥麟:《中國鬼戲》, 天津: 天津教育出版社, 1997。

Franz, Marie-Louise von. "The Process of Individuation". In *Man and His Symbols*. Ed. C.G. Jung, Harmondsworth: Penguin Books Ltd, 1900, 158-229.

---. *Shadow and Evil in Fairy Tales*. Boston: Shambhala Publication, 1995.

Manheim, Ralph, trans. *Grimms's Tales for Young and Old: The Complete Stories*. London: Victor Gollancz, 1978.

Neumann, Erich. *The Great Mother. An Analysis of the Archetype*. Trans. Ralph Manheim, New York: Princeton UP, 1963.

--- *The Origins and History of Consciousness*. Trans. R.F.C. Hull, New York: Princeton UP, 1970.

~~~~~~~~~~~~~~~~~

LAI, Wood Yan, "Shadow of a Thinker: The Spirit in the Novels of Lu Xun and Bo Yang"

Associate Professor, Department of Chinese, The University of Hong Kong

This article applies the theories constructed by Kawai Hayao, a Jungian pyschologist, in his book *The Phenomenology of Shadow*, to study the literary performance of Lu Xun and Bo Yang as thinkers. In the works of these two anti-traditional writers, the concept of shadow is undoubtedly very important, especially in the integration of shadow and the eternal anima. From a Jungian perspective, both the thought and works of Lu Xun and Bo Yang, with their elements of shadow, are significant in liberating the shadow suppressed by the persona and in constructing a harmonious post-modern society.(編委會譯)

~~~~~~~~~

論文重點:

1. 這篇文章嘗試就容格心理學意義的「陰影」, 對魯迅和柏楊作一比較研究;

2. 魯迅有〈影的告別〉一文, 柏楊小説也有兩處提及「影」的, 寫法十分特別;

3. 方法論上以日本容格心理學開山祖河合隼雄《影的現象學》為基礎, 就影、鬼魂、阿尼瑪(永恒的女性)、騙子、滑稽人物、搗蛋鬼等有機關係進行分析;

4. 特別注意魯迅文學思想與鬼魂關係的, 可舉夏濟安、工藤貴正、丸尾常喜等前輩學者, 但以上幾位没有整合容格心理學加以討論;

5. 木連救母主題可能對魯迅有一定的影響, 這一民間故事的特徵是「陰影／鬼魂」經常與母親形象重疊;

6. 柏楊〈強水街〉、〈龍眼粥〉等, 特徵也是「陰影／鬼魂」經常與母親形象重疊;

7. 柏楊的〈晚霞〉似有西方人的殺父殺母的自立過程, 跟戀母主題不一樣;

8. 〈晚霞〉的另一特點是「陰影」與「自我」不平衡, 破壞力特強, 人物找不到希望和出路;

9. 魯迅在處理「自我」與「陰影」對話的〈狗的駁詰〉, 比較有哲學社會學的層次, 相當成功;

10. 柏楊〈祕密〉是一篇騙色的作品,「陰影」同樣顯示極大的破壞力;

11. 魯迅〈阿Q正傳〉同樣是藉「陰影」破壞力成就的作品, 在《野草・立論》也可以見到搗蛋鬼的破壞行為;

12. 河合隼雄認為破壞力太大, 會影響作品的藝術成就, 這是見仁見智的問題, 以巴塔耶「文學與惡」的角度探索, 可以另有一番天地;

13. 以陀斯妥耶夫斯基的《魔鬼》作一對比, 柏楊〈祕密〉的「惡」尚屬克制;

14. 魯迅和柏楊作品, 有助釋放被「人格面具」抑制的「陰影」, 對建構和諧的社會有一定意義;

15. 魯迅和柏楊作品廣泛為炎黃子孫閱讀, 潛意識當如此。(完)

特約講評人: 周錫𪻐

周錫𪻐(Sik Fuk CHOW), 廣州市人, 1940年香港出生。廣州中山大學文學碩士, 香港大學哲學博士。現任香港大學中文系助理教授。著書十七種, 論文八十篇, 詩詞、新詩、散文創作數百首(篇)。曾獲中國國家教委首屆人文社會科學研究優秀成果獎。

　　本文運用「原型批評」的方法, 把容格(C.G.Jung)學派學者提出的「陰影」概念, 由魯迅作品推及於柏楊, 並對兩者

處理方式之異同，展開比較分析，爲柏楊小說研究闢一新視點。全文視野開闊，取證亦頗充分，予人不少啓迪。尤其結語：

> 魯迅和柏楊先後以批判儒家「人格面具」知名，……以容格心理學術語出之，是透過他們兩位的妙筆，國人心靈的「陰影」得到大大的釋放。這將有利於重新整合新思潮，建構和諧的後現代社會。

可謂別有會心，其指涉範圍顯然不僅限於文學領域。

另外也提出兩點意見供黎先生參考：

1. 原文標題是談魯迅與柏楊的「小說」，但文中重點談及以至具體引用的魯迅作品，如〈影的告別〉、〈狗的駁詰〉、〈立論〉和〈我的失戀〉等，卻全是出於《野草》的散文詩或諧謔詩（只有〈阿Q正傳〉例外）。是否可考慮把題目改爲「魯迅與柏楊作品中的幽靈」？

2. 文中提及的「陰影」（shadow）涵括甚廣，從「永恆的女性」、性格極端的兩人到鬼魂、滑稽人物、凶徒、騙子，幾乎包羅所有超常、相對或負面的東西，實類似充乎宇宙的「道」之一極（《易・繫辭》：「一陰一陽之謂道」）。這種「天下英雄皆入吾彀中」的廣大包容方式是否可加以斟酌？因爲物「極」則「必反」，須防「無不爲」即「無爲」也。

由此感發，再談一點題外話。

現代西方文論倡言，文學研究的對象應爲「文學性」，即「文學之所以爲文學」的技巧形式特徵。但就原型批評來看，

它所設定的「原型」模式, 例如本文列舉的英雄原型、魔鬼原型、大地母親原型、兒童原型、智慧老人原型等等, 實際依然不能脫離作品的意象和情節, 說到底, 它只不過是用較爲寬泛、籠統、抽象的「內容」去代替原來具體、鮮明、色彩繽紛、血肉豐滿的內容而已。於此也可見, 「實證主義」的考據方法在今天的文學研究中也並非全無作用。

然而, 那樣一種「代替」到底有何實際意義？如果不幸竟類同於用鮮花比喻美女的話, 那麼後出者實不能不認眞思考：該如何突破容格及其徒衆所設定的程式？(完)

特約評講人：陳學超

陳學超(Xue Chao CHEN), 男, 1947年生於咸陽市。北京師範大學文學博士。現爲西北大學中文系教授、香港教育學院中文系講師。著有《認同與嬗變》（1994）、《中國現代文學思潮史》（1995）等。

我對柏楊先生的認識, 是從他那犀利、反叛的雜文、史論開始的。柏楊先生對中國「國民性」的深刻反省, 是繼魯迅之後爲數不多的關注國民靈魂改造的思想家兼文學家。他的小說過去在中國大陸和海外華人圈中的傳播並不廣泛。很慚愧, 作爲一個中國現代文學研究者, 我還是借這次「柏楊思想與文學研討會」特邀講評的契機, 才讀了青海敦煌文藝出版社出版的《柏楊小說全集》。讀他的小說並不輕鬆。掩卷之後, 總覺得在作者和他的人物營造的四顧蒼茫、嘆息無奈、情牽夢迴的氛

圍之外，似乎還有一種什麼東西追隨著我們？ 對，是一種幽靈，一種人類深層無意識的投射。 香港大學黎活仁教授的論文（以下簡稱黎文）獨具匠心地稱之爲：思想家的「陰影」。

這是一個現代主義文學批評的切入角度。運用「癥候群性解讀」[63]的手法，從本文「所指」探求「能指」、「轉喻」的「表意鏈」。黎文以日本容格心理學家河合隼雄《陰影的現象》建構的理論，表達自己對柏楊小説的體驗，並找到了與魯迅作品的共同點，無疑是一個獨到的發現。

魯迅作品中對於黑暗、幻象、幽靈、死亡的描寫，以往已被一些研究者關注過。但是，一些人把它當做現實世界的表現（現實主義）；有的把它看作獨立於世界之外的内在的精神世界的產物（浪漫主義）；黎文則把它作爲一種讀者感受、體驗的境界，其中有一些是連作者也未能明晰把握的「黑洞」——陰影。

比如從《阿Q正傳》、《狗的駁詰》、《立論》中體驗到的「人格面具」壓抑下的「陰影」，發人深省。以這種體驗去解讀柏楊的小説《龍眼粥》、《強水街》、《晚霞》、《兩兄弟》中人、鬼共處，善、惡兼容，以及靈異世界所展現的奇特情景，確實能讓我們感受到現實世界「人格面具」之外的種種「陰影」。黎文進一步把這些不同的「陰影」概括爲「大母」、「阿尼瑪」（永恆的女性）、「阿尼姆斯」（永恆的男性）、「拯救者」等人格原型和文學母題。這就使我們看到了柏楊與

---

[63] 傑姆遜：《後現代主義與文化理論》(唐小兵譯，北京：北京大學出版社，1997)。

魯迅這兩位思想者的作品中的共同點──思想之外的「幽靈」，即思想家的「陰影」。

進而提出魯迅和柏楊這樣的作品，有利於國人釋放「人格面具」壓抑的「陰影」。這些分析以前尚無人提及，使人耳目一新。

以下提三點意見供作者參考。一、論文題目是「魯迅與柏楊小說中的幽靈」，但文章中例舉的除了《阿Q正傳》一篇小說以外，其它均是散文集《野草》中的篇章。其實魯迅許多小說都具有這種「陰影」現象。比如《狂人日記》、《孤獨者》、《長命燈》、《在酒樓上》、《補天》、《鑄劍》等。象狂人、女媧、眉間尺、黑面人等人物，其特徵都是游動的，「是在最高的抽象性和最高的具體性、最高的客觀性和最高的主觀之間游動的虛象」[64]。若能進一步展示這些小說背負的「陰影」，將更具說服力。二、柏楊小說的例舉也略嫌少了一些，若能對柏楊的靈異類小說作一些總體評論，將更有意義。三、論文的結論中，將藝術創作的「陰影」現象的意義，上升到「有利於重新整合新思潮，建構和諧的後現代社會」，似感突兀，若能作進一步的邏輯說明才會明晰、有力。

[責任編輯: 梁敏兒、鄭振偉]

---

[64] 王富仁(1941-):《中國現代主義文學論》(天津：天津社會科學出版社，1996)，頁5。

當代中國的放逐者：柏楊及其他同類短篇小說中「失鄉」主題探討

朱嘉雯

作者簡介: 朱嘉雯(Chia-wen CHU),
1972年生，台北人。國立中央大學
中文博士班研究生。曾任靜宜大學
人文科兼任講師，現任紅樓夢網路
教學研究資料中心駐站老師。碩士
論文題目是《「接受」觀點下的戰
後台灣作家與紅樓夢》。

論文提要: 本文首先藉由柏楊的回憶
錄，及中國現代史的部分資料，考察柏楊短篇小說中失鄉客
的際遇與作者生平之間的關係。其次列舉現代派作家白先
勇、鄉土作家陳映真，以及詩人余光中與旅美女作家聶華苓
的失鄉與懷鄉作品與之比較，由此展現歷史本身的多元，與
放逐意義的多變。

　　最後，以台灣懷鄉經典之作《台北人》與柏楊小說中懷
鄉主題最明顯的短篇小說集《掙扎》做細部的文本對照，藉
此突顯兩部作品所呈現之強烈的階級拉鋸戰，以及意識形
態的競技賽，於是我們發現柏楊小說中經由失鄉等主題的

發揮, 所隱藏的反叛性與抗議色彩並不亞於他的批判性雜文寫作。

關鍵詞(中文): 放逐　失鄉　懷鄉　思鄉　柏楊　掙扎　白先勇　台北人

關鍵詞(英文): Exile, Homeland lost, Nostalgia, Bo Yang, *The Struggle*, Bai Xian-yong, *The Taipei people*

一. 前言: 二度失鄉的困境

　　龔鵬程(1956-)曾說: 「流動可能才是社會真正的行為方式。」[1]中國歷史上經常出現與「安土重遷」觀念相背離的龐大流民現象, 一直是歷來所以產生大量鄉愁文學的社會現實背景。本世紀自五〇至六〇年代, 台灣孤島作為中國民族的流亡中心, 其文學上的意義在於出現許多放逐主題與懷鄉心態的作品。外省人寄遊台灣的處境反映在小說裡, 則化為遊子與放逐者的思鄉與流浪情境。這些當年隨國民黨政府撤退來台的六十萬大軍, 如今雖已融入台灣社會, 散居各地, 卻同時也是一支醒目的族群。李敖(1935-)曾說:「他們省籍容有不同, 性格自有各異, 但在風沙裡、在烈日裡、在惡臭的營房裡、在粗勵的伙食裡、在昏暗的燈光裡、在迷茫的回憶裡, 他們卻有著共同的身世與淒涼。」[2]

---

[1] 龔鵬程:〈本土文化的迷思: 文學與社會〉, 《第二屆台灣本土文化國際學術研討會論文集》(台北: 國立台灣師範大學文學院國文學系、人文教育研究中心發行, 1996), 頁10。

[2] 李敖:〈為老兵李師科喊話〉, 《文星‧圍剿‧賣》(李敖千秋評論叢書10, 台北: 四季出版公司, 1982)。

關懷這一族群存在的困境所形成的篇章,隨著一九八七年的自救運動、還鄉運動,以及大陸、台灣的開放政策,匯聚成一部部的「探親文學」。然而這群遊寄台灣的大陸人,並未因為返鄉而感到落葉歸根,反而引發「二度失鄉」的焦慮。這種處境,柏楊(郭立邦, 1920-   )自己說得最清楚:「我在台灣,一向被稱為『外省人』,大陸卻把我當作『台灣人』。」[3]四十年前,他們從大陸流放到台灣,而今由台灣返鄉的途中,深刻地感受到兩岸巨大的變化,他們發現心目中的故鄉早已隨著當年的苦難而幻滅,於是他們再度被流放,直到他們認同四十年來每天居住、呼吸的地方為止。

從「將來回到故鄉……」到「我家在台灣」,這一路走來二度失鄉與二度返鄉的心路歷程,正是柏楊所代表的這一族群的心內話。本文運用三種批評角度逐步深入柏楊五〇年代郭衣洞時期短篇小說裡的「懷鄉」主題。其中包括傳記批評法,將文本開放以對應現當代中國政治、經濟、文化,以及意識型態的變遷。其次是透過新歷史主義的批評法來分析柏楊及其他同類小說在文本歷史化過程中所呈現出的非整體性的歷史觀。最後由文化唯物主義的角度解釋柏楊小說對於統治階級的批判性。

本文試圖為柏楊及其他同類小說中針對外省人流亡台灣產生身心苦痛與掙扎的主題,提出新的詮釋與注解,以期為台灣文學中的「懷鄉」主題研究作出些微貢獻。誠如李瑞騰(1952-)所言:

---

[3]　柏楊:〈訣別四十年〉,《家園》(台北: 林白出版社, 1989),頁33。

　　基本上這是出走／回歸的時代課題，更是文學的母題，值得連線探索。[4]

二. 貧困失鄉客的代言人

　　柏楊本名郭定生，自稱出生在一個「貧窮、没有一點文化的家庭」[5]。因從小失去母愛，所以成長途中，一直伴隨著飢餓與渴望溫暖的心靈。抗戰時期，因參與戰幹團而開始結識許多河南省以外的青年，他們來自陝北、甘肅、貴州，以及安徽、浙江、湖北、四川。這些經驗為柏楊往後的創作生涯奠定基礎。他筆下流亡於台灣的失鄉人有的來自安徽；有的來自南京；有的親身經歷長沙會戰；有的難忘中條山之役；有的曾是四川大學校花；有的做過蘭州大學教授……，柏楊藉由他們的失鄉，訴說著自己曾經一步一腳印走過來的大動亂時代。其間他輾轉流離，所到之處只見農家窮苦得只吃小米糠做的窩窩頭，使他不由得感慨：

　　　　中國竟這麼徹底貧窮！[6]

4　李瑞騰：〈悲劇與衝突──《掙扎》析論〉，《情愛掙扎──柏楊小說論析》(台北: 漢光文化事業股份有限公司, 1994)，頁97。

5　見柏楊口述、周碧瑟執筆：《柏楊回憶錄》(台北: 遠流出版公司, 1996)，頁8。

6　柏楊：《柏楊回憶錄》，頁115。

在省立甘肅學院(國立蘭州大學前身)就讀期間,曾經有一次機會由河西走廊進入大西北,柏楊愕然發現西北地區比中國北方更加貧窮,「全家只有一條褲子,誰出門誰穿,回來後折疊好放在床頭,這就是世界五大強國之一的中國農民生活。」[7]這種貧窮的景象不僅為柏楊帶來一生揮之不去的陰影,同時亦不斷地反映在他日後的小說創作當中。在柏楊敘述的故事裡,無論在大陸或台灣,十之八九是赤貧生活的描述。例如:〈客人〉一文中描述飢餓的孩子:

> 木偶一樣一動也不動,鱷魚般的牢盯著桌上那
> 兩隻剝開了而又被包起來的粽子,涎水真的像一個
> 白癡似的順著嘴角往下流著⋯⋯[8]

這無疑是作者幼年以來「見飯愁」的寫照,同時也是北中國大地留給他最刻骨銘心的印象。柏楊曾經回憶幼兒時期的自己:

> 每一次,我都是用自己的袖子擦乾口水,默默
> 的走出房間,飢腸仍然轆轆。[9]

如果貧窮是柏楊小說中的基調,那麼人情的溫暖則是隨之而來的淒涼點綴。一九四九年柏楊由東北,輾轉逃往北京,由北京預赴上海之前曾經接受友人杜繼生所贈送的長袍,這件長

7　柏楊:《柏楊回憶錄》,頁129。
8　柏楊:《掙扎》(台北:躍昇文化出版公司, 1989),頁218-219。
9　柏楊:《柏楊回憶錄》,頁15-16。

袍使他倍感友情的溫暖。似乎是爲了紀念這段往事, 柏楊在他
的〈朋友〉一文中, 讓主人翁林亭於寒流籠罩的冬天, 穿上「十
一年前離開北平時老友送我的棉袍。」[10]誠如柏楊所說, 儘管
痛恨飢餓與貧窮, 但是絕不會放棄「人性尊嚴和溫情扶持」, 因
爲這是「人類共有的美德」。[11]

　　辛亥革命之後, 國家歷經討袁、北伐、抗日、國共內戰等
種種動亂, 中國境內人民的生活因而形成空前而普遍的貧
窮。中國在戰亂頻仍的歲月經驗中累積出一句古諺:「三軍未
動, 糧秣先行。」近百年來, 國困民貧日甚一日的主要原因正
在於內憂外患的壓迫。以抗戰時期爲例, 當時的財政部長孔祥
熙(1880-1967)曾說:

　　在大規模長期戰爭中, 應以借債爲填補戰費之
主幹, 以增稅爲支持借債之柱石, 以發鈔爲發達產
業融通資金及緊急之補充。[12]

此外, 民國三十一年的《大公報》形容當時的中國財政:「有
點像《紅樓夢》裡所敘老太太死後的賈府財政, 收入減少, 開
支浩大, 場面小不下來, 各機關經費, 則好比王熙鳳所說的各
房份月費, 都是省不下來的。」(元月二十日)事實上, 當時
的財政情況比之於垂危的賈府, 恐怕是有過之而無不及。歷史

---

[10] 柏楊:《挣扎》, 頁231。
[11] 柏楊:《柏楊回憶錄》, 頁176。
[12] 轉引自卓遵宏:〈抗戰初期的財政金融〉,《歷史月刊》114期, 1997
年7月, 頁62。

學者卓遵宏指出當時「不僅戰時機關體制未曾縮減，反多了一個難以預計的軍費需求既急又多。」[13]走過大時代的蘇雪林(蘇梅, 1897-　　)也曾回憶抗戰時期而提及當時的後方生活：

> 民國二十九年……抗戰正入艱苦階段，所有公務人員學校教師待遇微薄，而物價高漲，法幣貶值幾不能生活，莫不志氣消沉不能振作。[14]

公務人員尚且如此，更何況是流亡的學生和軍人？據柏楊回憶，國共內戰期間，當時流通的貨幣金元券暴跌，六千元才能兌換到一塊銀元，而一個袁大頭可以換六億金元券，[15]物價的暴漲與百姓、軍官飢腸轆轆的情況可以想見。此時除了出身桂系白崇禧(1893-1966)將軍之後的白先勇(1937-　)有達官貴人的氣魄：「梅園新村錢夫人宴客的款式怕不噪反了整個南京城，錢公館的酒席錢，『袁大頭』就用得罪過花啦的。」[16]除此之外，絕大多數的百姓恐怕都處在貧無立錐的窘境。柏楊既身處其間因而回憶道：

---

[13] 卓遵宏，頁63。

[14] 蘇雪林：《浮生九四——雪林回憶錄》(台北：三民書局, 1993)，頁123。

[15] 柏楊：〈陷入重重包圍〉，《家園》(台北：林白出版社, 1989)，頁67。

[16] 白先勇：〈遊園驚夢〉，《台北人》(台北：爾雅出版社, 1983)，頁221。

> 我決心繼續逃亡, 向幾千里外從沒有去過的南
> 方疆土逃亡。
>
> 然而我哪裡都不能去, 因為身上沒有一分錢,
> 連蹲在街頭吃碗「茶湯」的錢都沒有。[17]

這也是柏楊小說中的失鄉人往往因為貧窮而遭受到生活中絕
大困境的重要心理背景。例如〈相思樹〉中曾是抗戰中期五福
上將的連長——康沁, 因旅費短少而在毒烈的太陽下步行二
十公里; [18]〈辭行〉中的王客文甚至因「捨不得把買菜錢買
汽車票而冒暑步行, 結果倒斃在去請願的中途。」[19]曾經參加
長沙會戰的軍人李永平 (〈路碑〉), 卻在妻子臨盆之際, 因
籌措不到止血劑的費用, 而與妻子雙雙離開人世。[20]柏楊作為
這些貧窮而失鄉者的代言人, 對於過往的歷史, 他說:

> 那是生長在大動亂時代中, 大多數中國人都免
> 不了的一段故事, 單獨的講起, 足使任何人都泣不
> 成聲。可是千千萬萬的, 都是如此, 便是一場不值得
> 一顧的古老童話了。不過, 那並不能免去我們從內
> 心深處發出真正的唏噓, 這唏噓, 包括了同情和自
> 哀。[21]

---

[17] 柏楊:《柏楊回憶錄》, 頁182。
[18] 柏楊:《掙扎》, 頁46。
[19] 柏楊:《掙扎》, 頁143。
[20] 柏楊:《掙扎》, 頁175-192。
[21] 柏楊:〈進酒〉,《掙扎》, 頁110。

面對遷台以後這群人依然貧困的境遇,柏楊說:「這是生活」「無情的生活」「我是低頭的」「但我並不屈服」。[22]於是「掙扎」成為柏楊小說中最重要的主題之一,他說:「人生最大的悲劇莫過於生活陷於絕境和生命陷於絕望……我想掙扎是一個人應有的最基本的權利,也是唯一活下去的道路,它應受到最大的尊敬。」[23]因此〈兀鷹〉中的明聖說:「我什麼都可以作,只要不損害我的自尊心。」[24]〈辭行〉中的英瑛說:「困苦坎坷的遭遇可以使一個人更深刻的認識人生,我抱著孩子活活餓死,又有什麼意義,只便宜了那些在我們死後才是我們朋友的人……我不是屈服,我是反叛。」[25]或許是失鄉人比一般人更需要親情的溫暖,同時也是作者對於遠在輝縣和西安孤苦妻兒的補償心理,柏楊筆下的失鄉人一生最牽掛的就是他們所留下的妻兒,例如:〈路碑〉中,李永平和妻子雙亡,小說的最後寫道:

> 天上響起巨雷,正是永平向路碑撞去時響的那個巨雷。沒有人知道他們二人的靈魂是不是已在空中相會,如果相會的話,他們回顧大地,會發現他們留下的兩個女兒——大女兒正蜷臥在床頭,睜著

---

[22] 柏楊:〈進酒〉,《掙扎》,頁112。

[23] 柏楊:〈序〉,《掙扎》,頁15-6。

[24] 柏楊:《掙扎》,頁36。

[25] 柏楊:《掙扎》,頁149。

> 恐懼的眼睛, 盼望著爸爸媽媽歸來。而小女兒呢, 她
> 正雜在嬰兒群中, 無知無識的酣睡。[26]

還有〈歸巢〉中薇薇的父母曾因三餐不繼而將女兒送人, 最後因難忍思念之苦而將女兒要回。柏楊曾在回憶錄中提到:「……我離開了北京古城, 擠上滿是殘兵敗將的火車, 只聽汽笛最後一聲哀鳴, 忽然想起來, 遠在輝縣, 我於逃亡後才生下來的女兒冬冬, 又想到留在息縣的另一個女兒毛毛。刺臉的寒風, 從臉上移向心頭, 碎成片片。」[27]此外,〈微笑〉中北方人老王因貧困而以捕蛇為業, 在為毒蛇所傷將死之際, 心心念念所想的是:

> 我老家還有二十畝稻田, 這樣死了, 我的妻兒
> 將來怎麼回去?她們以後的日子使我死不瞑目, 我
> 對不起她們![28]

留在大陸家鄉的妻兒, 成為放逐於台灣的失鄉人最大的存在困境, 也是柏楊小說中縈迴心繫之所在。

三. 失根者的悲歌

　　本世紀七〇年代末期, 西方新歷史主義在文學批評方面最重要的貢獻之一是提出文本歷史化的觀念, 同時強調:「不

---

[26] 柏楊:《掙扎》, 頁149。
[27] 柏楊:《柏楊回憶錄》, 頁184。
[28] 柏楊:《柏陽小說選讀》(台北: 皇冠出版社, 1997), 頁217。

認定僅有一個或固定幾種歷史意義」,並且指出歷史不一定是「向後回顧」,同時也可以是「向前」的。[29]此點證諸於以四九年遷台爲背景的「失鄉」創作主題,則可以清楚看出統一而單純的歷史觀實質上是不存在的。

以失鄉人最關懷的主題——「家」爲例,對於遠離大陸來到台灣的思鄉者而言,因爲和家拉開了空間的距離,所以更能在心中勾勒出家的形象與特色。五〇年代柏楊在〈相思樹〉中藉由安徽人李昇懷鄉道:

> 隻身一個,我開始想家了,那全是綠樹環繞,一望無際的大平原。你是不是覺得,台灣的天似乎很小。[30]

詩人余光中(1928-　)在七〇年代的台灣譜出了膾炙人口的「鄉愁」[31]:

> 小時候
> 鄉愁是一枚小小的郵票
> 我在這頭
> 母親在那頭
>
> 長大後

---

[29] 孟樊:〈新歷史主義文學觀〉,《文訊》129期,1994年7月,頁8。
[30] 柏楊:《掙扎》,頁51。
[31] 余光中:《余光中詩選》(台北:洪範書局,14版,1990),頁270-1。

> 鄉愁是一張窄窄的船票
> 我在這頭
> 新娘在那頭
>
> 後來啊
> 鄉愁是一方矮矮的墳墓
> 我在外頭
> 母親在裡頭
>
> 而現在
> 鄉愁是一灣淺淺的海峽
> 我在這頭
> 大陸在那頭

活躍於台灣現代派文壇, 同時也是台灣書寫「懷鄉」主題的經典作家白先勇曾於八〇年代初期自述:

> 台北我是最熟的——真正熟悉的, 你知道, 我在這裡上學長大的——可是, 我不認為台北是我的家, 桂林也不是——都不是。也許你不明白, 在美國我想家想得厲害。那不是一個具體的「家」, 一個房子、一個地方, 或任何地方——而這些地方, 所有

> 關於中國的記憶的總合, 很難解釋的, 可是我想得
> 厲害。[32]

這些曾經在同一個時代洪流裡浮沉的作家們, 所描摩出來關於「家」的意象, 竟是如此多元而壯觀!對嚮往自由的柏楊而言, 家是綠樹環繞的、廣闊無垠的大草原; 從深情詩人角度望去, 家在難以觸及的大陸, 那兒有母親和他的新婚妻子;而隨著父執輩漂洋過海的白先勇, 則直接將家的意涵等同於文化鄉愁。有趣的是, 七○年代鄉土文學作家陳映眞(陳永善, 1937-)也在小說題材上觸及了外省人寄寓台灣的傳奇。而陳映眞所關心的議題在於, 這些有過妻子、戀人, 牽掛著親人故舊, 懷念著故鄉山河, 經歷過流亡動亂, 從光榮到沉落的人們, 在中國的歷史從近代向現代邁進而產生劇烈胎動的過程中, 曾經受到過什麼影響。這無疑是一場生命旅程的哲思, 與其呼應的是關心中國人生命的新儒家學派, 他們尤其重視現代人「無根」的事實, 牟宗三(1909-95)曾說: 「現在的人太苦了。人人都拔了根, 掛了空……人人都在遊離中。可是, 唯有遊離, 才能懷鄉。」[33]這裡說明了「中華民族之花果飄零」[34]的「失根」的事實, 正是「失鄉」與「思鄉」背後深刻的省思。陳映

---

[32] 白先勇:〈白先勇回家〉, 《驀然回首》(台北: 爾雅出版社, 1980), 頁167-8。

[33] 牟宗三:〈說「懷鄉」〉, 《生命的學問》(台北: 三民書局, 1970), 頁2。

[34] 唐君毅(1909-78):《說中華民族之花果飄零》(台北: 三民書局, 1976)。

眞因而在他的〈第一件差事〉中讓經歷多少變遷、離散的人對
生命給予定義:

> 倘若人能夠像一棵樹那樣, 就好了。……樹從
> 發芽的時候便長在泥土裡, 往下紮根, 往上抽芽。它
> 就當然而然地長著了。有誰會比一棵樹快樂呢?[35]

在漂泊感沉重的六、七〇年代台灣文壇, 柏楊的觀點似乎可以
代表大多數流放於台灣的老兵, 亦即〈辭行〉中王克文於臨終
之際, 曾經說出他的願望是想教兒子長大後把他的遺骸運回
大陸原籍, 葬入祖塋。可見其「失根」的體驗之深, 與落葉歸
根觀念的強固。由此我們不難看出, 同一段歷史, 在走入文學,
成爲文學式的歷史之後, 隨著作品風格的殊異, 以及作家個人
稟賦的差別, 竟使得「失鄉」意識展現其繁複多采的面貌。總
括地說來, 五〇至七〇年代, 當代中國的放逐者所遭遇的存在
困境, 總與自我精神和客觀的生活環境不能互相交融有關。尤
以白先勇爲最,《台北人》中無論是軍人、革命元老、酒女、
官家夫人, 在在都是華麗而掏空的軀殼, 只願復活在故國的榮
耀裡。此處我們彷彿體悟到, 放逐者正藉由書寫在懷鄉與現實
之間取得平衡。

　　此間柏楊是一個比較特殊的例子, 他的早期作品實際上
是呈現著兩種鄉土觀。 除了落葉歸根的心願外, 他在回憶錄
中訴說自己在來到台灣之初就已經「愛上這個蕃薯形的島嶼,

---

[35] 陳映眞:《第一件差事》(台北: 遠景出版公司, 1975), 頁147。

即令後來在這島上受了很多苦，甚至幾被槍決，但我的感覺沒有改變。」「沒有一個地方使我感覺到像台灣這樣的，有一種氣候、土壤、人情、風俗融在一起，令人感到被接受的溫暖。」[36]換言之，雖然小說人物心目中的家在難以觸及的大陸，而柏楊本人卻不曾反對家亦在台灣的可能性。後者的情形亦可以聶華苓的作品可與之互為詮注：

> 睡不著
> 過來搖你睡
> 不
> ？
> 害怕
> 睡著就不怕了
> 安全第一
> 哪兒安全
> 青島
> 八路[37]快去了
> 南京
> 八路也快去了
> 回北平
> 回不去了
> 只有向前走

---

[36] 柏楊：《柏楊回憶錄》，頁190-1。
[37] 八路軍為共產黨紅軍亦即後來的人民解放軍。

走到哪天為止
走到好地方生孩子
台灣
美麗的島
我要個兒子
我要個女兒
兒子叫耀祖
女兒叫桑娃[38]

上述柏楊的兩條思路發展到八〇年代, 隨著祖籍觀念在人們心目中的轉變, 逐漸匯聚出一種整合性的觀點。首先柏楊在雜文中談到「取消籍貫」:

泥土的芳香、故園的眷戀, 「根」的追尋, 正是人類異於禽獸的特有情操。
（但是）不要把孩子的鄉土硬生生的跟父母的籍貫結合, 那時代已一去不復返。[39]

同時, 當柏楊和許多老兵一樣返鄉探親而發現人事全非之際, 他非但未因二度的放逐感到失落, 反而聲稱: 「大陸可戀, 台灣可愛, 有自由的地方, 就是家園!」[40]表面看來是兩面包容,

[38] 聶華苓:《桑青與桃紅》(台北: 漢藝色研文化事業有限公司, 1988), 頁168-9。
[39] 柏楊:《柏楊說文化》(台北: 皇冠出版社, 1988), 頁119。
[40] 柏楊:《家園》(台北: 林白出版社, 1989), 頁271。

實際上就政治的角度觀之,卻是兩面不討好的宣言,「我在台灣,一向被稱為『外省人』,大陸卻把我當作『台灣人』。」[41]其實正說明了當代中國放逐者,尤其是雙重放逐者進退失據的處境,以及「放逐」本身充滿了多變性與不穩定性的意義。

四. 失鄉者的衝突立場

　　一九四七年前後的戡亂與內戰,是導致中國歷史上再度大遷徙,以至於許許多多百姓離鄉背井的重要社會因素。身經顛沛生活的作家很自然地在這段動亂的歷史上作足了文章。六〇年代現代派作家白先勇便是其中的佼佼者。白先勇用「烏衣巷」、「王謝堂前燕」來形容他筆下的「台北人」,同時他也點出「台北」作為一個哀悼古老文化的重鎮,其意義在於它是國民政府中「最後的貴族」唯一能保留昔日光采的地方。「台北人」主要由達官貴人、風月女子,以及隨從部下等幾種人物交織出從大陸到台灣,那段憂患重重的時代裡,給人留下的無限感傷。夏志清(1921-　)曾經指出:「《台北人》甚至可以說是部民國史。」[42]顏元叔(1933-　)也說:「白先勇是一位時空意識、社會意識極強的作家。」[43]

　　就在《台北人》不斷地典律化的過程中,鄉土派作家逐漸地取代了現代主義的地位。陳映真筆下的人物和白先勇的出身背景相同,然而陳映真卻把他們放在宗教原罪意識下作沉痛

---

[41] 柏楊:〈訣別四十年〉,《家園》,頁33。

[42] 轉引自歐陽子(洪智惠, 1939-):《王謝堂前的燕子》(台北: 爾雅出版社, 1974),頁6。

[43] 歐陽子:《王謝堂前的燕子》,頁7。

的反省。於是這些上流社會的貴族便在讀者的眼前呈現出另一番面貌了。這些曾經獻身戰役的將領們開始對過去的成功、榮耀、秩序和傳統提出反思，過去的殺戮於今變成夢魘，「於是這種一代一代承襲下來的優越感就使得他們一面呈現出自大，一面也呈現著自卑、自憐起來。」[44]「陳映眞在處理大陸人和本省人的人與人之間的關係時，是將他們置於一個從來不認識大陸人、本省人的社會規律下，以社會人而不是畛域人的意義開展著繁複地生之戲劇。」[45]於是我們從鄉土作家的筆下體會到遷台人物心靈上漂泊無根的另一層情境。在《將軍族》與《第一件差事》成爲陳映眞的成名作之際，我們也不難發現台灣社會對於多元甚至於衝突的立場的包容與開放。

然而，從白先勇到陳映眞，我們仍未能看到社會上眞正廣泛而深入的衝突與見解，至少上述作家筆下人物的階級性是毫無衝突的，作品中大部分的活動是出於國家機器下部屬與臣民穩定的意識形態。若以此部分社會成員作爲絕大多數失鄉者的代言人，等於是將政治的一元觀點延伸至社會每個角落，藉以形成安定的、整體的、一貫的意識，並掩蓋了社會中不穩定的成分。換言之，白先勇雖然歌誦了貴族們光輝的戰蹟，卻沒有明言誰在其間流血與失敗；　陳映眞雖然讓文學變成人文教育與人道思想的一環，但卻仍未強烈地意識到恆久的掙扎與痛楚才是催生文學與藝術的力量。

---

[44] 尉天驄(1935-　):〈第一件差事·序〉(台北: 遠景出版公司, 1985), 頁9。

[45] 許南村(陳永善, 1937-　): 〈試論陳映眞〉,《第一件差事》(台北: 遠景出版公司, 1985), 頁28。

事實上，每一件事情均呈現出足以將它推翻的另一面；任何一個得到既定價值與地位的文本，都可能產生另一個足以使其價值與地位顛覆的文本。以失鄉者對八年抗戰的價值評判為例，白先勇〈歲除〉中曾為成都騎兵連長的賴鳴升說道：

> 日本鬼打棗澤——老子就守在那個地方！那些蘿蔔頭的氣燄還了得？戰車論百，步兵兩萬，足足多我們一倍。我們拿什麼去擋？肉身子！老弟。一夜下來，我們一團人不知打剩了幾個。黃明章就是我們的團長。天亮的時候，我騎著馬跟在他後頭巡察，只見火光一爆，他的頭便沒了，它身子還直板板坐在馬上，雙手抓住馬韁在跑呢。我眼睛還來不及眨，媽的！自己也挨轟下了馬來，我那匹走馬炸得肚皮開了花，馬腸子裹得我一身。日本鬼以為我翹掉了，我們自己人也以為我翹掉了。躺在死人堆裡，兩天兩夜也沒人來理。後來我們軍隊打勝了來收屍，才把老子挖了出來。……就是那一砲把我半個胸膛轟走了。
>
> 那一仗真是我們國軍的光榮！[46]

對於抗戰的艱苦與勝利的肯定是自來一致的歷史觀，它幾乎等同於官方發表之強調社會秩序與治安的史觀，然而這並不

---

[46] 白先勇：《台北人》(台北：爾雅出版社，1983)，頁65。

意味著每個國民都臣服於國家政令所頒布的教條底下, 至少
柏楊的小說裡便出現了不同的聲音:

> 「我那一連僅守塔崗那個小山頭便守了一個
> 月, 每天看到的除了石頭外, 其他什麼都沒有, 只
> 好在山凹那裡中些野花, 我就是從那個候愛上花的,
> 愛上花也不錯, 人總得愛上一點東西。」
> 「八年抗戰總算爲你作了一件事。」[47]

不同的作品運用相同的歷史材料卻產生了多重交疊的敘述聲
音, 從柏楊的敘述中, 我們聽到了一種不同於官方教材的說法,
原來城池與性命的毀滅對陸眞而言, 只爲了成全他種小花的
愛好。至於從小說中考察失鄉者在遷台以後的生活, 則更能突
顯柏楊小說的反叛性。白先勇的小說〈秋思〉裡提到華夫人優
沃的生活:

> 「其實也沒怎麼保養, 喏, 你瞧」華夫人從她
> 的梳妝檯努了一努嘴, 一張乳白描金法國式的梳妝
> 檯上, 從一端到另一端, 擺滿了五彩琳瑯的玻璃瓶
> 罐, 「那些東西白放著罷了——都是我女兒從外國
> 寄回來的, 那個女孩子百般慫恿我, 要我打扮。」[48]

---

[47] 柏楊:〈相思樹〉,《掙扎》, 頁43。
[48] 白先勇:《台北人》, 頁187。

而柏楊筆下隆青的妻子卻有著天壤之別的際遇,因而讓我們閱讀到一種和強調社會秩序之重要的意識形態互相搏鬥的書寫策略:

> 他死了,死在整天為人洗衣服洗腫了手的他的
> 妻子的懷抱裡。我告訴你,他的妻子在念書時是四
> 川大學的校花。[49]

柏楊在〈辭行〉中亦說:「剛來台灣的時候,豪氣仍在,錢是算不了什麼的。可是,匆匆十三年,不知道還再過多久才能回到故鄉,失業復失業,兩塊錢不過一個煎油餅的代價,卻使他和仲甫同時驚悸。」[50]此處我們藉由白先勇和柏楊的作品看到了兩種意識形態和兩種地位階級之間的搏鬥。而逼近於真實的歷史面貌,則毋寧是兩種衝突力量所結合而成零碎的、拼湊的、多元的、矛盾的總體經驗表述。以往在白先勇作品經典化的形成裡,我們只留心於單一經驗的失鄉歷史呈現,其間的不足與缺憾可以柏楊的作品予以填補。換言之,批評界長期以來對於白先勇文化鄉愁經驗的關注,與對柏楊另類思考的忽視,事實上

---

49 柏楊:〈窄路〉,《掙扎》,頁165。
50 柏楊:〈辭行〉,《掙扎》,頁142。

便猶如在一部《紅樓夢》裡, 只看到豐裕優渥的賈寶玉, 而忘記了還有個孤老貧弱的劉姥姥。因此柏楊小說中「失鄉」主題的探討, 不僅爲台灣的懷鄉小說與放逐主題建構出清晰而整全的歷史觀, 同時也明確地找到柏楊小說中足以呼應其雜文書寫的批判性。

五. 結論: 反認他鄉是故鄉, 荒唐嗎？

　　遊子失鄉與思鄉的離愁在中外文學史上均屬源遠流長的重要主題。在西方, 亞當和夏娃是最早的放逐者原型; 在中國, 屈原是開啓浪漫文風的放逐詩人先聲。歷代由於戰亂而離鄉的情景尤其令人腸斷, 於是遊子思婦的文學便不絕如縷, 失鄉者的思鄉書寫因而成爲放逐者用以抗衡現實殘酷的唯一利器。

　　一九四九年大陸陷共後, 許多人逃離了自己的家園, 在驚慌中橫渡海峽, 來到孤懸海上的台灣。對他們而言, 除了即將面臨種種生活上的挑戰之外, 憶舊與懷鄉是他們內心綿延不盡的情思。陳芳明(1947-　)因此說: 「放逐與流亡, 一直是台灣文學作品裡的一個永恆主題。」[51]其中柏楊小說的失鄉主題獨具特色, 首先, 他們必須爲了生存而不斷地掙扎, 從挫敗中感受生活的壓力。這無疑是作者一生遭遇的反映。此舉超出其他文本對失鄉者豐衣足食的描繪, 並藉以彌補在此一時代悲劇中下層社會的歷史面貌。

---

[51] 陳芳明:〈百年來的台灣文學與台灣風格〉,《百年來的台灣》(台灣研究基金會編輯, 台北: 前衛出版社, 1995), 頁285。

台灣文學六〇年代現代主義作家以描摹內在意識的手法，譜出放逐者靈魂深處的失鄉悲歌。隨著七〇年代鄉土文學思潮的興起，作家們開始正視斯土斯民的存在處境，懷鄉主題又被賦予新的意義。到了八〇年代，由於政治運動與社會運動的蓬勃發展，意識形態多元呈現，老兵族群也就成為醒目的課題。由以上論述我們發現柏楊小說中隱藏的反叛性與抗議色彩並不亞於其他批判性的雜文寫作。

陳萬益在探討台灣散文的老兵思維時，稱他們是「隨風飄零的蒲公英」[52]，充分說明了中國現代史上的動亂造成國人「失根無依」的痛苦，苦苓(王裕仁, 1955-)因此在《禁與愛》中寫下：「這些士兵，承擔了歷史的苦難。」[53]然而，隔離了四十年後的開放探親，並未讓這些人的苦難結束，針對柏楊而言，在大陸的時候，左派說他是國民黨; 等到了台灣，國民黨又說他是共產黨。許多和柏楊一樣在台灣結了婚的人都在想：「將來回到故鄉，爸爸看見有妳這麼一個漂亮媳婦又有這麼漂亮的孫兒，真不知道怎樣高興呢！」[54]然而在柏楊及其他外省人都被視為「台胞」之後，「返家」的路程恐怕只有更加崎嶇了。於是柏楊在有意無意間說出了他的心聲：

> 「出門快一個多月了，有點想家。」
> 「你家不就是在河南嗎？」

---

[52] 陳萬益: 〈隨風飄零的蒲公英——台灣散文的老兵思維〉, 《第二屆台灣本土文化國際學術研討會論文集》, 頁463。

[53] 苦苓:《禁與愛》(台北: 林白出版社, 1985)。

[54] 柏楊:〈旅途〉, 《凶手》(台北: 躍昇文化出版公司, 1989), 頁27。

「不, 我家在台灣。」[55]

~~~~~~~~~~~~

參考文獻目錄

BAI

白先勇:《驀然回首》, 台北: 爾雅出版社, 10刷, 1980。

——:《台北人》, 台北: 爾雅出版社, 新版, 1983。

BO

柏楊:《柏楊說文化》, 台北: 皇冠出版社, 1988。

——:《掙扎》, 台北: 躍昇文化出版公司, 1989。

——:《祕密》, 台北: 躍昇文化出版公司, 1989。

——:《凶手》, 台北: 躍昇文化出版公司, 1989。

——:《怒航》, 台北: 躍昇文化出版公司, 1989。

——:《家園》, 台北: 林白出版社, 1989。

——口述、周碧瑟執筆:《柏楊回憶錄》, 台北: 遠流出版公司, 1996。

——:《柏楊小說選讀》, 台北: 皇冠出版社, 7刷, 1997。

CHEN

陳萬益:〈隨風飄零的蒲公英——台灣散文的老兵思維〉,《第二屆台灣本土文化國際學述研討會論文集》, 台北: 國立台灣師範大學文學院國文系、人文教育研究中心發行, 1996, 頁463-470。

陳映眞:《第一件差事》, 台北: 遠景出版社, 1975。

---

55 柏楊:《柏楊回憶錄》, 頁391。

KU

苦苓:《禁與愛》,台北: 林白出版社, 1985。

LI

李敖:《文星‧圍剿‧賣》（李敖千秋評論叢書10）,台北: 四季出版公司, 1982。

李瑞騰:《情愛掙扎——柏楊小說論析》,台北: 漢光文化出版社, 1994。

MENG

孟樊:〈新歷史主義文學觀〉,《文訊》129期, 1994年7月, 頁7-9。

MOU

牟宗三:《生命的學問》,台北: 三民書局, 1970。

NIE

聶華苓:《桑青與桃紅》,台北: 漢藝色研文化事業有限公司, 1988。

OU

歐陽子:《王謝堂前的燕子》,台北: 爾雅出版社, 1974。

SU

蘇雪林:《浮生九四——雪林回憶錄》,台北: 三民書局, 2版, 1993。

TANG

唐君毅:《說中華民族之花果飄零》,台北: 三民書局, 2版, 1976。

YU

余光中:《余光中詩選》,台北: 洪範出版社, 14版, 1990。

余秋雨:〈旅行霜風〉,《聯合報》, 1988年6月9日。

ZHANG

張京媛主編:《新歷史主義與文學批評》, 北京: 北京大學出版社, 2刷, 1997。

ZHUO

卓遵宏〈抗戰初期的財政金融〉,《歷史月刊》114期, 1997年7月, 頁61-67。

~~~~~~~~~

英文摘要(abstract)

Chu, Chia-wen, "The exile in Contemporary China: The theme of the homeland lost in the novels of Bo Yang and other novels with the same theme"

Ph.D candidate, Department of Chinese, National Central University

This article shall firstly examine, through the information provided in Bo Yang's autobiography and modern Chinese history, the relationship of the character whose homeland is lost and the biography of the author. Other authors' works on the same theme, like those of Modernist Bai Xian-yong, Localist Chen Ying-zeng, Yu Guang-zhong the poet and Nie Hua-ling, the female writer who migrated to America, will be compared and contrasted. The multiplicity and the ever-changing significance of exile will be unfolded.

This article will conduct a close reading of *The Taiwan People*, a classical work on nostalgia in Taiwan, and *The Struggle*, which theme of nostalgia is the most expressive. A seesaw battle between different classes, and a ideological competition are to be revealed. We may then find that, hidden in the exploration of nostalgia in the novels of Bo Yang, the rebellion and protest is not behind other critical proses of the author. (編委會譯)

~~~~~~~~~~

論文重點

1. 自五○至六○年代，台灣孤島作為中國民族的流亡中心，其文學上的意義在於出現許多放逐主題與懷鄉心態的作品。

2. 這種處境，柏楊自己說得最清楚：「我在台灣，一向被稱為『外省人』，大陸卻把我當作『台灣人』。」

3. 從「將來回到故鄉……」到「我家在台灣」，這一路走來二度失鄉與二度返鄉的心路歷程，正是柏楊所代表的這一族群的心內話。

4. 本文運用三種批評角度逐步深入柏楊五○年代郭衣洞時期短篇小說裡的「懷鄉」主題。試圖為柏楊及其他同類小說中針對外省人流亡台灣產生身心苦痛與掙扎的主題，提出新的詮釋與注解，以期為台灣文學中的「懷鄉」主題研究作出些微貢獻。

5. 首先，貧窮的景象不僅為柏楊帶來一生揮之不去的陰影，同時亦不斷地反映在他日後的小說創作當中。在柏楊敘述

的故事裡, 無論在大陸或台灣, 十之八九是赤貧生活的描述。

6. 面對遷台以後這群人依然貧困的境遇, 柏楊說: 「這是生活」「無情的生活」「我是低頭的」「但我並不屈服」。於是「掙扎」成為柏楊小說中最重要的主題之一。

7. 台灣文學六〇年代現代主義作家以描摩內在意識的手法, 譜出放逐者靈魂深處的失鄉悲歌。

8. 隨著七〇年代鄉土文學思潮的興起, 作家們開始正視斯土斯民的存在處境, 懷鄉主題又被賦予新的意義。

9. 到了八〇年代, 由於政治運動與社會運動的蓬勃發展, 意識形態多元呈現, 老兵族群也就成為醒目的課題。由以上論述我們發現柏楊小說中隱藏的反叛性與抗議色彩並不亞於其他批判性的雜文寫作。

10. 然而, 從白先勇到陳映眞, 我們仍未能看到社會上眞正廣泛而深入的衝突與見解, 至少上述作家筆下人物的階級性是毫無衝突的, 作品中大部分的活動是出於國家機器下部屬與臣民穩定的意識形態。若以此部分社會成員作為絕大多數失鄉者的代言人, 等於是將政治的一元觀點延伸至社會每個角落, 藉以形成安定的、整體的、一貫的意識, 並掩蓋了社會中不穩定的成分。

11. 例如: 對於抗戰的艱苦與勝利的肯定是自來一致的歷史觀, 它幾乎等同於官方發表之強調社會秩序與治安的史觀, 然而這並不意味著每個國民都臣服於國家政令所頒布的教條底下, 至少柏楊的小說裡便出現了不同的聲音。

12. 不同的作品運用相同的歷史材料卻產生了多重交疊的敘述聲音，從柏楊的敘述中，我們聽到了一種不同於官方教材的說法，原來城池與性命的毀滅對陸真而言，只爲了成全他種小花的愛好。至於從小說中考察失鄉者在遷台以後的生活，則更能突顯柏楊小說的反叛性。

13. 此處我們藉由白先勇和柏楊的作品看到了兩種意識形態和兩種地位階級之間的搏鬥。而逼近於眞實的歷史面貌，則毋寧是兩種衝突力量所結合而成零碎的、拼湊的、多元的、矛盾的總體經驗表述。以往在白先勇作品經典化的形成裡，我們只留心於單一經驗的失鄉歷史呈現，其間的不足與缺憾可以柏楊的作品予以填補。

14. 歷代由於戰亂而離鄉的情景尤其令人腸斷，於是遊子思婦的文學便不絕如縷，失鄉者的思鄉書寫因而成爲放逐者用以抗衡現實殘酷的唯一利器。

15. 柏楊小說的失鄉主題獨具特色，首先在於他們必須爲了生存而不斷地挣扎，從挫敗中感受生活的壓力。這無疑是作者一生遭遇的反映。此舉超出其他文本對失鄉者豐衣足食的描繪，並藉以彌補在此一時代悲劇中下層社會的歷史面貌。(完)

特約講評人：王璞

王璞(Pu WANG), 女, 上海華東師大畢業, 文學碩士。 現爲嶺南學院中文系助理教授, 著作《我看文學——從西方到香港》(1997)、《雨又悄悄》(小說, 1997)等。

　　這篇長達一萬餘字的論文從三個角度論證前言中提出的論點: 二度失鄉的困境: 這三個角度是1. 貧困失鄉客的代言人。2. 失根者。3. 失鄉者的衝突立場。得出的結論是: 反認他鄉是故鄉的荒唐現實。

　　我讀了這篇論文後, 有以下三點感想:

　　一. 從小說的思想内容來看, 這篇論文抓住了柏揚小說的重點, 雖然不能說柏揚的全部小說都在寫這樣一個主題, 但二度失鄉的困境確實貫穿了柏揚的小說創作。作者顯然對柏揚小說作了認眞而翔實的研究, 論據充足, 論證的過程明晰, 三個角度選擇得很好。有說服力。

　　二. 對第四節: 失鄉者的衝突立場, 我有一點問題。論文的題目是柏楊及同類小說失鄉主題探討, 看來這裡所指的同類小說, 就是本節提到的白先勇和陳映眞的小說。我以爲, 即使從失鄉主題這一個層面來看, 說白先勇和陳映眞的小說「筆下人物的階級性是毫無衝突的, 作品中大部分的活動是出於國家機器下部屬與臣民的穩定的意識形態」, 亦失之偏頗。每位作家都是從自己獨特的角度寫他對某一人生、社會或歷史問題的感受, 白先勇有白先勇的角度, 陳映眞有陳映眞的角度, 不能因爲們沒有從柏楊的角度去寫, 就認爲他們在某一方面有所欠缺。此外, 我覺得此節中就這一論點提出的證據也是不夠充分的。

三. 反認他鄉是故鄉的結論提得好。是前面論述的自然引申。 流亡和懷鄉是現代文學的一個重大主題,有人總結出這類主題不外乎三種:獨在異鄉爲異客; 反認他鄉是故鄉, 還有一種就是身在家鄉心在外。不是流亡,勝似流亡。柏揚小說表現出來的流亡主題,大抵是第二種。這篇論文得出的結論基本上到位.。(完)

~~~~~~~~~~

特約講評人: 梁敏兒

梁敏兒(Man Yee LEUNG), 女, 1961年生於香港, 廣東南海人。香港大學文學學士、哲學碩士, 京都大學文學博士。現爲香港教育學院中文系講師。著有〈犧牲與祝祭: 路翎小說的神聖空間〉(1999), 〈鄉愁詩的完成: 余光中的詩與香港〉(1999)。

朱嘉雯教授的論文由三種批評角度建構起來, 分別是: 1.傳記批評法; 2. 新歷史主義批評法; 3.文化唯物主義批評法。

傳記批評法運用柏楊的回憶錄比對短篇小說集《掙扎》中的作品,以見出小說是現實的反映,其中還有借用蘇雪林的回憶, 來論證柏楊回憶的可信性。筆者認爲這個方法用來論證柏楊小說的「失鄉」主題,似乎不是很貼合,因爲失鄉者的經濟處境和失鄉主題之間沒有必然的關係。富貴和貧乏並不能夠決定一個人是否有鄉愁。 這一個部分在論文的整體結構而言,大概有交代背景的功能。

　　論文的第二部分——新歷史主義批評法是論文的重心部分，這個部分從兩個層面介紹故鄉形象的轉變。朱教授認為正如新歷史主義者所言，統一而單純的歷史觀並不存在，因此故鄉的形象亦處於不斷的改變之中。論文首先引用了柏楊、余光中、白先勇和陳映真四位的作品，論證各人心目中的故鄉形象不一樣：柏楊渴望自由，所以故鄉使人難忘的是大草原；余光中是母親和妻子；白先勇是中國文化的鄉愁；而陳映真是無根的悲哀。之後朱教授進而肯定柏楊的地位，認為白先勇筆下的老兵只懂得懷緬過去，沒有能夠適應現在，但柏楊則不同，他雖然也有落葉歸根的想法，但熱愛台灣，因此柏楊的鄉土觀並不是統一而單純的。　朱教授為了證明第二種的鄉土觀，舉了兩個證據，一是柏楊的回憶錄，一是聶華苓的作品《桑青與桃紅》。最後以柏楊的一篇名為〈取消祖籍〉的雜文作結。將柏楊的兩種鄉土觀，套進新歷史主義的框架之中，字面的意義似乎大於思想的意義。

　　如果說傳記批評法是論文的引子，新歷史主義批評是內容核心，那麼第三種批評角度：文化唯物主義則是論文的壓尾部分，評價和抒發感想的成分比較重。　朱教授認為任何一個得到既定價值和地位的文本，都可能產生另一個足以使其價值與地位顛覆的文本。他舉白先勇和陳映真為例，認為他們的小說人物的階級性是毫無衝突的，而柏楊卻是一個顛覆的例子，是意識形態的互相搏鬥。

　　至於什麼是意識形態的搏鬥，論文中舉了兩個例子，一是八年抗戰，白先勇視之為光榮，而柏楊卻將之視為只成全了一個人對花的愛好而已。除了這個例子以外，朱教授還舉了遷台

後的生活, 白先勇的小說〈秋思〉中, 華夫人的生活是優越的, 而柏楊筆下的人物卻是貧困的。這裡, 論述的主線偏離了「失鄉」的主題, 再一次走向描寫台灣人的生活, 離開故鄉的人愛上了種花, 又或者生活困苦, 和「失鄉」似乎也沒有必然的關係。

最後, 論文得出這樣的結論:柏楊小說中「失鄉」主題的探索, 不僅為台灣的懷鄉小說與放逐主題建構出清晰而整全的歷史觀。筆者認為這個結論是完全建基在反映論的立場, 所謂清晰而整全的歷史觀, 大概是指全面地反映台灣的現實, 而失鄉和放逐指的是一個大的整體——所有遷台的人, 有關於他們的背景和生活都可以納入失鄉的主題之中。 如果真的是這樣的話, 「失鄉」主題的範圍似乎太廣闊了, 以至論文受到這個廣闊定義的影響, 結構出現了散亂的毛病。筆者認為如果能夠單就三個批評角度的其中一個, 全面論述, 論文的結構將會更集中, 結構也會緊密得多。(完)

[責任編輯: 梁敏兒、黎活仁、鄭振偉]

柏楊小說的城市與空間

余麗文

作者簡介: 余麗文, (Lai Man YEE)
女, 1975年生, 香港大學畢業
(1998)。現於英國Warwick大學主
修英國殖民與後殖民文學碩士課
程。曾發表〈蔡源煌《錯誤》的
壓抑與解放觀〉(1998)、〈香港
的故事: 也斯的後殖民話語〉
(1999)、〈歷史與空間: 董啟章《V
城繁勝錄》的虛構技法〉(1999)
等論文數篇。

論文提要: 柏楊的小説、雜文、詩等著作不少與社會和政治
構合,寫的也是人民的日常生活和所經歷的遭遇。《莎羅冷》
(1962)和《祕密》(1965)寫的雖然是愛情故事,卻同時對當時
的社會狀況有深刻的描繪。兩部著作的主題為愛情,其中又
直接提出工業發展所造成的城市／鄉鎮的分裂,與及作者對
資本主義所引起的生活壓迫的不滿。文本寫愛情的同時,也
以空間構圖引領出工業社會對生活空間的普遍影響。

　　論文嘗試以城市和空間作為解讀的工具,閱讀作者對
工業化所引起的空間分裂的描述。其中以「遊」、「在場」
和「不在場」等概念剖析其中的空間建構,引證作者以空間

為出發點, 書寫社會壓迫。空間構圖除了閱讀真實地域,也意識其他的封閉空間, 如汽車和電影院等。確定內在空間的保護特質外, 也揭示對空間定位的質疑。論文探索書寫空間的壓制性, 也試以「遊走」空間的方式解構。寫作用意指出愛情小說背面的社會諷寓, 拆解以城市定位的構想,並提出新的生活策略。

關鍵詞(中文): 海德格 德希達 顏忠賢 城市 遊走 在場 不在場 日常生活 建築

關鍵詞(英文): Michel De Certeau, Guy Debord, Martin Heidegger, Henri Lefebvre, Kevin Lynch, Kristin Ross, Georg Simmel, the Situationists, Bernard Tschumi, Paul Virilio

一. 引言

柏楊(郭立邦, 1920-)的著作類型極廣, 不論是尖刻的雜文或是談人生的小說, 均可有力地觸動讀者的思緒。本篇論文集中研究柏楊的小說《莎羅冷》(1962)[1]和《祕密》(1965)[2]。兩本小說均關於愛情, 作者在序文中扼要指出題旨、愛情與人生。《祕密》的序有如下的話:

> 宇宙間最奧祕難測的莫過於人生, 而人生中最惆悵難遣的莫過於愛情。……愛情支配人生, 可

---

[1] 柏楊:《莎羅冷》(台北: 躍昇文化出版公司, 1989)。
[2] 柏楊:《祕密》(台北: 躍昇文化出版公司, 1988)。

能附麗於權勢,可能屈服於金錢,但也可能挺身正
面出現。然而,沒有一樁愛情不是一樁悲劇……[3]

　　我想藉著《祕密》探討一點什麼,不知辦到辦
不到,但這至少是我對人生和對愛情的一種思索和
一種凝望。[4]

而作者在《莎羅冷》的序中也說:

　　最大的課題在於沒有人能回答:什麼是愛情?
我曾嘗試著深入探討,結果也照樣不能,但我發現
愛情和責任不可分,否則便剩下沒有靈魂的軀殼。
[5]

柏楊在兩部文本中分別展現了相同的主題,以愛情為主線,卻
不單寫情愛,尚有其中與人生、社會之間的關係。 作者無奈
的原因尚在於社會對人生的抑制,同時反映其對資本主義體
系的不滿。

　　由於這兩部小說均是開宗明義地點出以愛情人生為主線,
本篇論文有意解構其中看似毫不相干的空間構造。空間的概念
聯繫著城市的發展,也體驗「都市化」的惡夢。論文以城市發
展為本,探究柏楊兩部小說中的場所構造,拆解當中的資本主

[3] 柏楊:《祕密》,頁25。
[4] 柏楊:《祕密》,頁26。
[5] 柏楊:《莎羅冷》,頁19。

義脈絡與空間運用的互動性; 從而展示柏楊的空間技法, 意圖利用建築抗衡生活抑制。

二. 建築／在場／不在場

顏忠賢(1965-)在〈不在場／台北:八〇年代以後台灣都市小說的書寫空間策略〉中就八〇年代以後台灣都市小說的發展作了撮要性的介紹和研究。都市小說沿起於工業化和都市化的社會發展, 由於經濟步伐的急遽發展, 形成農村與城市的必然劃分, 也直接影響一般市民的生活態度, 例如感到憂慮和無所適從。在這種新經驗的沖擊下, 不少的台灣小說也出現了「在涉及都會的小說場景中, 在場的敘述主體總與其在場的城市空間保持著若干的疏離、質疑...總有著『不在場的他處』作為警示的觀照(鄉村的、異國的、殖民的)來見證其指控『在場』的台北必然走向敗德腐化的取向。」[6]

顏忠賢的論文主要探究八〇年代以後的都市小說新發展, 認為新的憂慮和滄桑來自於都市自身內部。新的危機存在於新的都市問題而有別於過往的城鄉矛盾。他的書寫可以作為研讀柏楊兩部小說的器具, 引領小說文本中預示城市發展的危機。一如顏忠賢提出的論調, 台灣在八〇年代前後的社會面貌極受經濟發展的影響, 以致社會生活也存在動盪的元素。 兩部小說集中, 讀者可透過其中的空間構圖詮釋作者對城市化等問題的觀點, 並發掘當中對新生活方式的期待。

---

[6] 顏忠賢:〈不在場/台北: 80年代以後台灣都市小說的書寫空間策略〉,《不在場: 顏忠賢空間文論集》(台北: 田園城市文化, 1998), 頁24。

1. 城市／過客／遊

《祕密》中大多數的小說均建築於城市的框架中,〈祕密〉、〈強水街〉、〈沉船〉、〈窗前〉、〈結〉、〈蓮〉、〈拱橋〉和〈塑像〉等, 均是以城市空間作場景, 並引述了城市空間的出現與經濟發展的緊密關係。作者寫的是城市空間的「在場」, 台灣的城市空間與金錢掛鉤, 也直接影響生活素質。作者所寫的「在場」見證於文本中的直接指稱; 而「不在場」的出現則建立於相對未受確定的空間。

〈祕密〉、〈強水街〉和〈拱橋〉均有描畫城市發展中的富裕性, 強調了城市的在場實體, 同時出現了貧富懸殊的景觀。〈祕密〉中描寫徐輝的花園和別墅,〈拱橋〉寫總經理千金與窮學生,〈強水街〉寫「高級住宅區, 寬大的柏油路像美女頭髮一樣漫長而烏亮, 人行道上種著法國梧桐, 整齊莊嚴的沿著短牆籬笆排在兩側」,[7] 以相對於高級住宅背後的貧民窟。這種空間的構想, 刻意地劃分了生活差距和表示了城市的不同層面。《莎羅冷》中的木材公司的性質, 也暗指城市／工業化的發展。貧富懸殊的問題除體驗於空間的分割外, 尚可於人與空間的疏離中得到辯證。

城市的「在場」往往接連著其「不在場」的事實,「不在場」的原因是基於人與城市空間無法聯結。顏忠賢的論文提到海德格 (Martin Heidegger, 1889-1976)的「建、居、思」(Building, Dwelling, Thinking)[8]一文, 寫海德格所信賴的理念, 認為語言

---

[7] 柏楊:《祕密》, 頁111。
[8] 可參考節錄Neil Leach ed., *Rethinking Architecture* (London & New York: Routledge, 1997), pp.100-109.

可指稱物之本性(the nature of thing)的思想已給「去穩定化」。德希達(Jacques Derrida, 1930-)提出的空間化的語言策略, 申辯語言遭受空間不斷加插和分散, 是互相建構也是互相解構, 也驗證了一種嶄新的「在場」與「不在場」的關係[9]; 而《祕密》展示的正是一種對身處空間的疏離感。空間因主體的分隔而變得不穩定, 城市原是因為人的存在而成就其產生的意義; 人的疏離態度直接沖擊「在場」空間的定義, 同時顯示空間的浮動性質。〈祕密〉寫的是花園, 是外在的空間;〈龍眼粥〉的新竹是剛住上的空間, 也是世明的過渡空間;〈沉船〉描繪城市的街道;〈蓮〉描畫的是街道與旅館;〈塑像〉寫維持生命的是遙遠的他方;《莎羅冷》也是寫在旅途中的旅人。

在描述城市空間的過程中, 作者多寫「旅客」或只被視為過渡的空間, 如街和旅館等, 似乎意圖證明城市作為空間構圖的「在場」 未能得到人作為運用城市的主體的認同。旅行存在逃避的意念, 也有尋根的意味(如《莎羅冷》的離開與〈龍眼粥〉的尋訪), 有別於一般旅行描述陌生化的效果[10]。過客與空間所存在的隔膜和疏離, 呈現於城市人長期處於街道和遊走之中。 城市與人的關係存有「空白」, 而過渡或旅行均可閱讀為「遊」和「走」的新生活策略。

Michel De Certeau 認為城市的脈絡可以由行走者重整,街道的存在並不能局限行走者的路徑, 他們可以選擇偏離 以忘

---

[9] 顏忠賢:〈不在場/台北: 80年代以後台灣都市小說的書寫空間策略〉, 頁21-22。

[10] 有關旅行與陌生化, 可參考呂芃:〈作為形式要素的旅行〉,《山東大學學報(哲學社會科學版)》1991年2期, 1991年6月, 頁32-38。

記該種路徑的存在。透過遺忘街道, 也可嘗試遺忘空間所賦予的概念和限制。[11]小説的結構有偏向寫街道的理念, 生活只有「遊」而欠缺「居」, 可以聯上感情的往往不是城市而是「他方」。〈龍眼粥〉的「他方」是新竹, 〈強水街〉是貧窮的強水街,《莎羅冷》的「他方」是龍水塘。這些「他方」是相對於城市而存在, 旅人並不居住於這些「他方」而只是過渡; 然而於過渡的過程中卻有效地減退了城市「在場」的意義。

城市的形象也由於「遊」的過程而變得混淆。Kevin Lynch 認爲城市的形象必須透過多種元素的確認方可給予釐訂, 其中包括: 物件(亦即空間)的確認(identification of an object), 亦即該物件與其他物件的區分; 其二是指物件與觀察者(the observer) 和其他物件的關係; 最後是物件必須對觀察者產生某種意義, 不論是實踐性的或是情感性的[12]。他強調城市的塑像必須融合了人的參與, 亦即表示只有人的參與城市的存在方可得到確認。

文本中的城市形象由於不受接納, 因而令「在場」的狀態變成「不在場」。若如海德格所言, 文字的穩定性肯定了事物的空間, 書寫城市和空間的分裂是一種「在場」的體驗。然而這種穩定的指稱卻因爲「遊」、過渡等觀念遭受拆解。行走於城市與非城市之間, 迫使讀者重新閱讀空間定位; 城市的概念

[11] Michel De Certeau, 'Walking in the City', in *The Cultural Studies* (ed. Simon During, London & New York: Routledge, 1993), pp. 158-159。

[12] Kevin Lynch, *The Image of the City* (Cambridge & London: The MIT Press, 1960), pp. 8-9.

因而變得只可間接地閱讀。城市的整體性因空間的破碎而難於檢視, 剩下的只有遭分割了的物件, 如街道、房屋、花園等等。因為「行走」這個活動, 讀者只能閱讀破裂的城市空間, 城市的大景觀最終不能在小說中得以辨認。

Lynch 所指出的城市形象亦因為人與空間的疏離而變得不完整, 人參與社會的程度減至最低, 令Lynch 強調的互動關係得不到實踐。人與城市關係極為疏離, 以致出現文本中的多是封閉性空間。作者採納的是較消極的態度, 既不認為空間可有效連繫或伸廷, 也不認為城市人可以與空間能有系統地接連。

2. 分隔／重整／門/橋

作者取用隔離的手法渲洩對城市生活的不滿, 小說中寫「家」是避難所, 作用是排斥外在的空間。「家」只是空間上的模式, 失去了實際的效用; 在城市的工業化影響中, 內在空間只為了分隔外在的空間而存在。

〈龍眼粥〉中寫「家」是隔離外界的避難所, 「除了去學校上課之外, 我就把自己關進屋子, 好像關進下沉海底的潛水艇一樣, 我想到這牆壁就是潛水艇的艦殼, 一門之隔的屋外, 世界正在翻騰……」[13]。〈沉船〉描述「窗外, 像堤壩崩裂了似的, 衝下來的大雨, 發著隆隆的呼嘯」[14]。《強水街》也寫主人翁魏博以為可以「把惡劣的天氣關到門外, 風聲和雨聲像惡夢一樣被房子切斷」[15]。《莎羅冷》中也有交代屋舍的分隔

---

[13] 柏楊:《祕密》, 頁90。
[14] 柏楊:《祕密》, 頁141-142。
[15] 柏楊:《祕密》, 頁125。

用途,「玻璃窗上的雨水正瘋狂地流著。外面地獄一樣的黑,只有兩盞閃動著的燈光, 分別的向龍水塘和燈塔那裡移動。」[16]

以上的例子均引證了作者以「家」或「內在空間」隔絕外在的不安和悲哀, 還刻意以風雨等現象反映社會的險惡。作者的空間處理手法似乎傾向於消極的不參與, 然而讀者仍可找出邊緣缺口, 閱讀文本中的積極技法。文中雖指示隔離的策略, 卻又放置「門」和「橋」等具連接象徵性的物象於文本中, 顯示了銜接的新概念。

Georg Simmel 認為「橋」(bridge)的存在意指連接兩地, 這種連接點出了地方分隔的實際情況, 繼而傳達結合和聯繫的可能。[17]《莎羅冷》中描述「龍水塘」東西村的分野, 東村的貧窮與西村的比較富庶正是由於橋的出現而劃分, 也同時製造了聯結的機會。橋的出現顯示並確定了兩岸的存在, 也堅持了因城市發展而墮後的舊區的不能遺忘; 城鎮與鄉鎮的關係既是分割, 卻又是唇亡齒寒地承襲著, 影響整體社會的發展。

而「橋」作為富象徵意味的存在物並不局限於實際的形態, 如〈蓮〉的「老式的眼鏡」也可視為「橋」所寓意的象徵物。眼鏡的用途是「當作一條鴻溝, 用來隔開那迥然不同的兩個世界。」[18]橋樑的作用在於表明兩個世界的存在, 既是分割的也是相通的。作者塑造了相對於城市的「他處」, 是緊緊相

---

[16] 柏楊:《莎羅冷》, 頁115。

[17] Georg Simmel, 'Bridge and Door', in *Rethinking Architecture*(ed. Neil Leach, London & New York: Routledge, 1997)pp. 67.

[18] 柏楊:《祕密》, 頁211。

連的卻又處處爲人所劃分; 橋的出現正鞏固了「這兒/城市」和「他處」的實在圖像。

　「橋」的實效性在於確定「他處」的在場, 如Simmel 的理念是認爲「橋」代表了穩定, 並將空間穩定化, 令兩個實在的地點可連繫上。相對地, 「門」的處理則預設了空間的流動性, 「進」和「出」的流動狀態令空間可以無限地伸延。文本中的空間雖則帶有封閉的意味, 而「門」的出現也有引證隔離的意向, 亦即把固定的空間作疆域化的處理; 這卻同時標明空間的限制性只有通過「門」的活動性質方可獲得體驗。[19]

　小說文本中的「進」和「出」的行徑有效地展示了遊走城市空間的可行策略。文本如〈強水街〉、〈龍眼粥〉和〈結〉等也描述了「進」、「出」的行動, 從而強化了空間的自由度和選擇性。〈龍眼粥〉的「黃漆大門」連接了城市和都市的空間, 無形中擴展了地域的限制, 此外更因爲夢境的驅動令「門」延續了不同的時空領域。

　小說的空間建設可歸屬爲具封閉性, 以內在的空間抵禦外在的城市壓迫;「家」或「內在」的環境是避難所, 然而在構想封閉空間的同時, 作者還是留下缺口, 提出空間的流動向度。小說中寫的是破碎的空間, 物體的存在並不必然地建立整體的關係; 「遊走」是拒絕與空間建立穩定關係的技法, 也是表明了這是解構資本主義空間的唯一策略。

---

[19] Georg Simmel, 'Bridge and Door', pp. 67-69.

三. 流動空間／重複／停頓

上文所提出的空間構圖展示資本主義帶動下的城鄉發展，造成地域空間的破碎。筆者提出「流動空間」的互動生產，以展述空間閱讀並不受制於地圖意指; 又在小說文本中, 作者尚闡釋了資本主義對流動領域的支配, 提出了閱讀空間的多元策略。

1. 汽車／速度

作者寫城市空間的同時, 記錄了以「車」作爲跨越空間的工具, 近乎大部分的小說文本中也有指涉「車」作爲工業化產物的在場。〈祕密〉中有計程車,〈強水街〉有私家車,〈沉船〉中寫汽車,而〈拱橋〉也有描畫轎車。汽車似乎成爲了城市背景中的必然存在物, 也惟有透過汽車所具備的流動特質, 方能令空間得到構合。

Kristin Ross在研究法國新浪潮中, 提出了工業發展對生活所造成的必然影響。汽車的出現成爲了消費的新產物(commodity), 亦是最先引證工業社會出現的象徵物; 其出現同時重構了新的空間指涉。汽車成爲了全新的歷史象徵, 體驗了: 製造、轉化成話語和消費與運用的三個階段。[20] Ross 認爲汽車的出現回應了福特時代(Fordism)的工業產物, 而汽車的閱讀並不受限於其實體, 讀者還應考慮汽車經驗作爲新的話語, 意味新速度時代的蒞臨。

---

[20] Kristin Ross, *Fast Cars, Clean Bodies* (Cambridge & London: The MIT Press, 1996), pp. 19.

速度可視為汽車的獨有表徵, 其重要性實現於對時間和空間概念的新衝擊。汽車鞏固了時間和空間的綿密性質, 兩種概念給形象化, 同時也消磨了時間和空間的深度, 生產了凝視。[21] 柏楊的小說中, 汽車是因應著城市的規劃而出現, 顯示社會發展的動向。汽車令空間縮短強調時間上的快速, 同時也象徵工業社會對城市的劃分; 作者有意利用汽車寓意破碎空間的存在。

汽車所代表的是另一種的封閉的空間, 是另一類型的「家」; 提供城市人一種「不在家的家」(home away from home), 是另類保護人不受外界侵襲的內在空間。[22] 這種帶有隔離和保護的功效可於〈強水街〉和〈沉船〉兩篇小說中得到見證。〈強水街〉中的車子避開了雨及惡劣的天氣, 而〈沉船〉中的車也保護主角免受狂風和暴雨的侵襲。汽車在空間的銜接上代表了流動的性質, 卻難免建築了另一種的封閉性; 這樣的書寫方式卻貫徹了作者對工業社會的抗拒, 有效加添了自我邊緣化的意味。

就汽車和速度等概念對現代社會的影響, 尚可參考Paul Virilio (1932-)的理論。他認為速度的概念瓦解了時間和空間的向度, 「遠」和「近」的透明度因「速度」概念的產生而必須重新理解。電腦時代的開放更是對穩定概念作出挑戰, 物理空間因「速度距離」的衝擊而須要重新定位。[23]

---

[21] Ross, pp. 21.
[22] Ross, pp.55.
[23] Paul Virilio,'The Overexposed City', in *Rethinking Architecture*, pp.381-390.

2. 停頓／迴轉／影像

〈拱橋〉是唯一提及電影院的文本,卻不失其獨有的反映性。文中寫電影院放映的是「北江雪飄」,在電影院中女主角「目不轉睛的注視著那寬大的銀幕,明偉不時用眼角望著她,希望她有什麼問題向他詢問,但她不開口,他也只好僵坐著」[24]。 電影院的出現一如汽車般象徵了新的時間和空間經驗,Ross 提出了汽車與電影院的互相依賴的關係,汽車的流動性提供了看戲的先驗模式;坐在汽車上看到的外圍景物是流動視像,電影院則把這種經驗再加以組織和擴大。[25]在電影院中接觸到的是經「行動化」的世界縮影,而速度、影像、視覺等概念無不與工業化或資本主義發展有關,也同時提出了經濟發展所帶動的新空間體驗。

〈拱橋〉中直接寫社會工業時代對生活的影響,揭露其中的無奈,明偉的父親死於車禍之中,他首度墮入愛河也是見證於工業社會的產物中—— 電影院,而他再重遇舊情人也是由嶄新的轎車開始展現。讀者可辨認作者的書寫策略,是有意識地強調資本主義產物的存在,並透過這些產物隱喻貧富的差距和生活的困局。

以景觀空間的研究為例,首推

---

[24] 柏楊:《祕密》,頁231。

[25] Ross, pp.38-39.

Situationist的主導人 Guy Debord, 他的著作 *The Society of Spectacle* (1967)研究了資本主義社會受「擬像」和「景觀」的佔據。電影院是一封閉的空間, 支撐並維持了資本主義的「虛假時間」; 觀衆的固定凝望反映社會鼓吹的被動狀態。電影院重複地播放相同的影像, 提供眞實時間以外的虛構時間, 也蒙蔽了觀衆對眞實空間的自覺性。Debord認爲這是資本主義社會的策略, 目的是阻止了受異化的觀衆領略眞實的時間經驗, 令觀衆受控於假的時間和空間向度之中。[26]

Debord的分析雖然並不完全符合柏楊小說中的城市發展, 卻不啻與小說中的城市經驗可以關聯上。其中對汽車和電影院兩種空間的描述, 顯示了工業產物的存在和對生活的影響。城市空間於地理上給重新劃分, 而「車」等產物又同時增加了新的流動空間和新的封閉空間; 作者提出利用「遊走空間」的方式應對工業發展下的新景觀。

四‧拆解空間／遊戲

工業社會下的城市空間呈現破碎的狀態, 在柏楊的小說中同樣可以得到驗證。文本中將城市經驗描繪成具壓制性, 人往往希望逃避或隔離於城市的空間。Debord 曾指出只有從空間出發, 亦即從生活出發, 進行創造, 方可超越被動的消費模式。Situationist International 強調製造「處境」(situation)的重要性, 並以此作爲抗衡盲目消費的有效途徑。小說文本中同樣

---

[26] Guy Debord, *The Society of Spectacle* (Michigan: Black & Red, 1983), pp.145-150.

提供了新的策略，作者意識到只有與環境創造新的關係，方能
超越封閉性。

1‧新戲法／psychogeography

在批判工業社會的前題上，Situationist International是屬於
最致力研究資本主義體制的組織。建立於1947年，他們主要針
對當時歐洲面臨經濟大趨勢(?)所產生的焦慮，展示社會繁榮
背後的假象並提出新的生活法則。[27]他們主張新的生活技法如：
城市創建(*urbanisme unitaire*)，心理地圖(psychogeography)，遊
戲(play as free and creative activity)，浮動(*derive*)等等。[28] 他們
希望以新的生活態度拆解和轉化「日常生活」(everyday life)中
普遍的無奈和漠不關心的態度，並指出資本主義所帶來的壓
制。

Situationist International 對社會經濟發展作尖刻諷刺，又
強調利用空間遊走創造新機會，這些均與《莎羅冷》中主角對
以金錢掛帥的社會狀態的不滿心態不謀而合。女主角薇薇的神
經衰弱病症便是對社會抑制的最大諷刺。她批評輝城是個「什
麼都沒有，有的話,也只有煙囪，和那永遠落不完的灰塵」的城
市，[29] 其中只存在「虛偽的和形式的生活」[30]；並直指「世界上

---

[27] 有關Situationist International, 可參考Iwona Blazwick ed., *An Endless Adventure, An Endless Passion, An Endless Banquet : A Situationist Scrapbook* (London: Verso, 1989).

[28] Iwona Blazwick ed., *An Endless Adventure, An Endless Passion, An Endless Banquet : A Situationist Scrapbook*, pp.9.

[29] 柏楊：《莎羅冷》，頁27。

[30] 柏楊：《莎羅冷》，頁71。

至少有兩種人是可厭的——官和商」[31]。她對資本主義社會的厭惡極爲明顯, 而其採取的生活策略也是選擇「遊走」的策略以創造新的生活模式。文本透過行走城市的技法, 宣傳在破裂空間中的新生存策略。

《莎羅冷》中記錄了主角的多次「遊走」, 其中最具象徵意味的有兩次; 其一是主角首度離開輝城, 其二是主角在龍水塘尋找「桃花園」。第一次的「遊走」是因爲薇薇在城市空間得了神經衰弱而決定遠行調理, 其後爲龍水塘的「人情味」和溫暖所感染而決定留下。這一次的「遊走」明顯標示著主角薇薇對城市空間的不滿, 希望利用「遊走」的方式以尋求新生活。

第二次有意識的「遊走」旨意塑造新的處境(situation), 從而表明城市發展所引致的精神匱乏, 而城市人則渴望覓得新樂土。文中提到「使人感到畏懼的聲音, 突然換成小溪的幽幽嗚咽, 彷彿來到另一個天地」[32]; 而這個「天地」在文本中, 成爲了城市生活以外的選擇。主角對「桃花園」的嚮往是由於它是相對於城市以外的「異地」; 主角的態度反映城市人感到寂寞和對生活狀態不滿, 而渴望遠走。《莎羅冷》中提出的「遊走」與Situationist International 主張的創造處境和遊戲極爲相近。主角透過「遊走」的模式擴展了空間的領域, 也提供了新的生活技法。

---

[31] 柏楊: 《莎羅冷》, 頁82。
[32] 柏楊: 《莎羅冷》, 頁76。

2. 建築／重整／相片

法國空間學家Henri Lefebvre (1901-1991)與Situationist International 的態度極爲相近, 針對工業化、消費主義掛帥、盲目生活等問題提出要重新利用自然、情感、生活情趣、假期等日常活動來瓦解壓迫狀態。[33] Situationist International 雖曾批評Lefebvre的主張缺乏主動性, 不能有效帶動革命性的實效; 然而兩方面對重建「日常生活」以抵抗社會操控的立場卻絕對是一致的。

若討論必須重建生活空間, 似乎不能忽略建築的地位。建築物可以視爲量度空間和時間的重要器具, 並體現場所精神的存在。Bernard Tschumi 指出建築代表了多重異質性, 包括空間、活動、流動性等等。建築可以想像成是一項活動(event), 這項活動更可以作爲再思考建築體系的重要元素, 並結合不同異質。[34]

Tschumi 的建築概念指稱不同性質最後會融合爲一,筆者認爲「結合」存有歸一性的意味, 是屬於大敘事的概念, 也是過分樂觀的想法。活動場所應提供重新建構空間的機會, 讓異質可以並存。柏楊小説也讓不同的空間可以並存, 透過其中的中介物, 令空間維持整體性; 小説中的共同物—— 相片—— 有效地連繫了不同的空間, 並令不同的空間得以共存, 並擁有相等的重要性。

---

[33] Steven Harris & Deborah Berke ed., *Architecture of the Everyday* (New York: Princeton Architecture Press, 1997), pp.15.

[34] Bernard Tschumi, *Architecture and Disjunction* (Cambridge & London: The MIT Press, 1996), pp.258.

　　相片這個元素出現於兩個不同的文本中, 同樣表現了像
「橋」一樣的聯繫作用; 分別只在於橋代表固定的空間, 而相
片則代表了浮動的空間。〈龍眼粥〉中的相片提示了時間和空
間跨度的可能性, 城市和荒僻的村落因相片而獲得相連, 而時
間上所展現的前世今生也因而可以並列。

　　《莎羅冷》中相片發現於三個不同的空間, 在山上的木屋
中, 在葛醫生的家中, 和在茗華園的三樓之內。不同的空間因
爲相同的元素而連結上關係, 相片是中介物, 令關係可以得以
體驗。作者在文本中交代不同空間的緊密性質, 暗指異質空間
可以共同存在而不致受到必然的取代, 而惟有透過創造「處
境」, 「遊走」空間方可以在破碎的資本主義空間重拾新的生
活體驗。

五．結論

　　《祕密》和《莎羅冷》中寫的是社會發展所引致的新的
空間和城市想像, 城市生活因經濟掛帥而變得支離破碎。文本
展現的大部分爲封閉空間, 「家」或内在空間的建造也是爲了
設立避難所。作者寫資本主義的壓迫, 卻同時留下缺口, 提示
改變生活的方法。文本中寫「橋」、「門」、「窗」等強調連
繫性和互動性, 顯示作者並非純粹抱悲觀消極的態度, 書寫還
是留下了可以互聯的機會。文本中透露惟有「遊走」、創造新
空間、利用日常生活進行新策略等, 方可改變生活的盲目性,
打破城市化和經濟主義掛帥的壓抑。

參考文獻目錄

BO

柏楊:《祕密》, 台北: 躍昇文化出版公司, 1988。

——:《莎羅冷》, 台北: 躍昇文化出版公司, 1989。

LU

呂芃:〈作爲形式要素的旅行〉,《山東大學學報(哲學社會科
學版)》2期, 1991年6月, 頁32-38。

YAN

顏忠賢:《遊: 一種建築的說書術, 或是五回城市的奧德賽》,
台北: 田園城市文化, 1997。

——:《不在場: 顏忠賢空間學論文集》, 台北: 田園城市文
化, 1998。

Berke, Deborah & Harris, Steven ed. *Architecture of the Everyday*.
New York: Princeton Architecture Press, 1997.

Blazwick, Iwona ed. *An Endless Adventure, An Endless Passion,
An Endless Banquet : A Situationist Scrapbook*. London:
Verso, 1989.

Certeau, Michel De. *The Practice of Everyday Life*. Trans.
Steven Rendall, Berkeley, LA & London: University of
Carlifornia Press, 1984.

---. 'Walking in the City', in *The Cultural Studie*. Ed., Simon
During, London & New York: Routledge, 1993, pp. 151-160.

Debord, Guy. *The Society of Spectacle*, Michigan: Black & Red,
1983.

Leach, Neil ed. *Rethinking Architecture*, London & New York: Routledge, 1997.

Lefebvre, Henri. *Everyday Life in the Modern World*, Trans. Sacha Rabinovitch, London & New Brunswick: Transaction Books, 1984.

——. *Critique of Everyday Life.* Vol. 1, Trans. John Moore, London & New York: Verso, 1991.

Lynch, Kevin. *The Image of the City.* Cambridge & London: The MIT Press, 1960.

Ross, Kristin. *Fast Cars, Clean Bodies.* Cambridge & London: The MIT Press, 1996.

Simmel, Georg. 'Bridge and Door', in *Rethinking Architecture.* Ed. Neil Leach, London & New York: Routledge, 1997, pp. 66-69.

Tschumi, Bernard. *Architecture and Disjunction.* Cambridge & London: The MIT Press, 1996.

Virilio, Paul. 'The Overexposed City', in *Rethinking Architecture.* Ed. Neil Leach, London & New York: Routledge, 1997, pp.381-390.

英文摘要(abstract)

Yee, Lai Man, "City and Spatiality in Bo Yang's *Sha Luo Leng* and *Mi Mi*"

MA in Colonial and Post-Colonial Studies (1998/99), Centre for British and Comparative Cultural Studies, The University of Warwick,

This essay makes attempt to analyze two narrative fictions of Bo Yang. *Sha Luo Leng* (1962) and *Mi Mi*(1965) are love stories in which social hardship is depicted. Both narratives delineate the separation of rural areas and city under urbanization. Yang, through his writing, reflects his frustration towards capitalism.

I shall be concerned with the notion of city and spatiality within the two narratives. Ideas like 'move-on', 'presence' and 'absence' are appropriated to dissect the framework of his two works. Different spaces, for instance, private space, abstract space, mental space, etc., would be distinguished within this essay. I endeavor to demonstrate that it is through the appropriation of space, a new reading of city is made possible.

~~~~~~~~~~

論文重點

1. 台灣的都市小說體驗了工業化和都市化對社會的影響，《祕密》和《莎羅冷》中的城市背景也同樣引證城市空間構圖與社會發展的緊密關係。

2. 城市的「在場」構圖因人與空間的疏離而變得不穩定，描寫城市時可見作者多集中寫過渡空間, 如: 街、旅館等。

3. 城市生活中多寫Michel De Certeau 的「走」(walking)而不寫海德格的「居」(dwelling)。

4. 小說結集中的「家」或「內在空間」是用作隔絕外在社會的惡劣素質, 是「避難所」。

5. 小說中強調已遭分隔的世界, 如貧／富的區分; 利用「橋」的觀念鞏固空間的穩定性。

6. 「門」與「橋」的作用是正面地提出連接空間和其中所寓意的社會關係的可能性。

7. 文中描繪資本主義下的新消費產物, 如: 車, 從而強化了城市生活的另一種空間隔離, 是一種「不在家的家」。

8. 作者寫電影院爲社會科技產物, 展示了資本主義對空間和時間的支配和操控。

9. 《莎羅冷》中的「遊走」與 Situationist International 的 psychogeography 同出一轍, 主張重新認識空間以抗衡社會霸權。

10. 《莎羅冷》中主要有兩次的「遊走」: 一是主角薇薇離開輝城; 另一是主角二人尋找「桃花園」, 暗示渴望覓得城市以外的樂土。

11. 結集中存有「活動場所」, 指示不同空間的共融性, 也提示只有透過創造空間方可獲得新生活體驗。

~~~~~~~~~~

特約講評人: 朱耀偉

朱耀偉(Yiu Wei CHU), 男, 1965年生, 香港中文大學比較文學
博士, 現任香港浸會大學中文系助理教授, 著有《後東方主
義》、《當代西方批評論述的中國圖象》、《他性機器？後
殖民香港文化論集》、《香港流行歌詞研究》等。

　　余麗文小姐〈柏楊小說的城市與空間〉一文以城市空間理
論解讀柏楊小說, 可說是生面別開, 發前人所未見。借用她的
術語, 她以自己的書寫「遊走」於柏楊的文本之中, 以一種雙
重閱讀——在閱讀柏楊的文本時也自我閱讀, 藉此破除文本
的穩定性——開拓閱讀的不同可能性, 成功的展示了創造新
論述空間的一種讀法。然而, 余小姐在遊走於柏楊的文本之時,
卻有時呈現出腳步與柏楊文本的「地形」不相配合的情況, 現
將問題分述如下。

　　首先, 余小姐以《莎羅冷》和《祕密》為分析對象, 並於
「引言」部分一再強調兩篇作品都以愛情人生為主題。在一再
援引與愛情有關的論點之後, 余小姐卻突然只以一句「本篇論
文有意解構其中看似毫不相干的空間構造」來將文章的重心轉
移到城市空間之上, 轉變來得十分突然。此外, 「看似」之語
似乎暗示愛情人生與空間構造其實是有關係的, 但這種關係
在文中卻未有充分闡述。到底柏楊筆下的愛情人生與城市空間
關係如何？愛情人生在柏楊小說的獨特城市空間的呈現有何
特色？讀者對這類問題十分感興趣, 但余小姐卻未有對此作
出足夠的回應。

　　除了以上的「突然轉向」叫人感到意外之外, 余小姐的遊
走也呈現出未能跨閱理論和文本之間的鴻溝的問題。在「建築

／在場／不在場」的部分, 余小姐深知她所用顏忠賢的空間理
論其實是直指八〇年代的台灣社會, 與柏楊的六〇年代作品
可能會有格格不入之弊。故此, 她要強調顏忠賢的理論「可以
作爲研讀柏楊小說的器具, 引領小說文本中預示城市發展的
危機」, 可惜的是余小姐未有足夠說明柏楊文本如何「預示」
日後台灣社會的危機。六〇年代的台灣社會的資本主義發展顯
然與八、九〇年代的台灣和文中所用的空間理論的西方社會歷
史脈絡有所不同, 但余小姐的遊走卻未有嘗試跨越這個鴻
溝。比方, 顏忠賢曾引Baudrillard「內爆」、Jameson「認知繪
圖」等論點, 與晚期資本主義很有關連, 但余小姐未有就此作
申論。再者, 文中的「不在場」只是指向「未受確定」的空間,
但以Derrida的理論而言,「在場」必然隱含「不在場」的蹤跡,
並會消解「在場」和「不在場」之間的界限, 其作用有別於有
論者用來析論晚近台灣小說的都市秩序的「負空間」和「負負
空間」(參張啓疆: 〈晚近台灣小說中的都市「負負空間」〉,
《中外文學》1995年6月, 頁43-63)。若余小姐能就此作進一
步闡釋, 作爲論述框架的「不在場」應會更加朗晰。

　　另一個問題是余小姐的書寫將空間理論定位爲穩定的「在
場」, 而柏楊的文本卻變成了「不在場」的「未受確定」的空
間, 往往要隨理論而變形。比方, 余小姐在論及Lynch的「遊」
的理論之後, 根本沒有再進一步分析柏楊的作品, 而後來引用
Virilio的速度理論和Debord的景觀理論之後亦有同樣問題。在
提到Situationist International和Lefebvre的「日常生活」理論之
後, 余小姐又沒有充分交代柏楊小說中的人物如何以自己的
日常生活抗衡社會機制對人的生活過程的操控。(De Certeau

有關日常生活的實踐的理論在文中也只是點到即止。）空間理論的「在場」叫人感到柏楊文本的「不在場」。除了「不在場」外，柏楊的文本在余小姐的書寫中也有隨理論變形的問題。文中將「家」定位為「隔離外界的避難所」，但文中所引例子並不能完全論證此點。比方，〈沉船〉中的「家」顯然因妻子拋夫棄子離去而非完整的空間。再者，「橋」在文中被形塑為連接兩個「既是分隔也是相通」的不同地方的工具，但在〈拱橋〉中「橋」卻有著帶出明偉和乃珊的愛情的作用；「車」則被視為「能令空間得到構合」的「不在家的家」，但在柏楊筆下小說中的人物常因不夠錢乘車而要徒步上路，那麼「車」又是否還有其他意涵呢？要言之，文中的「家」、「橋」、「車」都是按城市空間理論形塑，並沒有全面顧及柏楊文本中的特殊情況。

　　正如余小姐在文中所引用的Situationist International 所言，「處境」是極其重要的因素，但余小姐在提出這個因素之時，卻似乎未有充分照顧柏楊小說的處境，而只將其小說中的複雜地形簡化為一虛構平面，讓空間理論任意遊走其中。Jameson在分析台灣電影的空間形塑後，也得承認台北作為「太平洋邊緣國家新發展出來的工業化地帶」有其特色，非普遍的晚期資本主義理論所能解釋（參詹明信著、馮淑貞譯：〈重繪台北新圖象〉，載鄭樹森編：《文化批評與華語電影》。台北：麥田，1995; 頁233-275）。要是余小姐能夠照顧柏楊小說的獨特地形，而不是單方面的將之化約為「不在場」或「未受確定」的空間，將能進一步把「在場」的理論和「不在場」的文本的界限疑問化，讓「不在場」發揮其論述上的介入作用。那麼在

精彩的理論表演之餘, 亦能跨出理論與文本之間的深溝, 從容
的穩步於其書寫所開拓的新論述空間之中。～～～～～～～
特約講評人: 陳惠英

陳惠英(Wai Ying CHAN), 女, 香港大學碩士、博士研究生。
曾任職電視台、報社, 現在嶺南學院中文系任講師。從事現
代文學研究, 並有創作。作品包括《遊城》(1996)、《感性
自我　心象─中國現代抒情小説研究》(1996)等。

　　柏楊的《莎羅冷》和《祕密》都寫於六十年代。余麗文的
論文以城市和空間的論說「拆解」小說, 以指出「愛情小說背
面的社會諷寓, 拆解以城市定位的構想, 並提出新的生活策
略」。這裡有幾點補充:

　　1. 遊走與故事: 柏楊以愛情為他寫作上述兩書的意圖,
余文則以「縫隙」的閱讀探尋小說不為人注意的「意義」, 從
而建立另外的詮釋內容。「故事」本身變成閱讀的「觸媒」, 引
起另外的討論, 這是賦與文本現在義的有效方法, 亦能更新讀
者的理解。「遊走」是論文討論的重要部分, 指出故事中的人
物經常遊走於不同的空間; 由於空間的流動, 從而發見其中的
重複、停頓、重整等現象, 並在「遊走」當中, 以現代媒介如
攝影 (相片) 、電影等的介入來說明這種流動與重組的關
係。

2.**重整與破碎**：論文以重組／重整作爲故事的重要意向
—— 這與故事的重視回憶不無關係。故事常見是以敘述的方
式尤其「重遇」的情節（《莎羅冷》中舊同學的重遇；《祕密》
小說集中，〈龍眼粥〉中男子遇上前生的妻子以及〈結〉中敘
事者遇見老朋友、〈拱橋〉中的舊戀人重遇等等）來開展的。
對話的空間經常是在室內，可供遊走的其實多是人物的回
憶。人物在空間中的進出多是自外而內而少自內而外，這種
「遊走」的方式是不是可以說明一點甚麼？柏楊的故事與回
憶的關係是不是可作進一步的說明？

3.**慾望／愛情**：愛情是慾望的化身[35]。愛情故事常有的美
女，在柏楊的小說中經常可以見到（在《莎羅冷》中出現的女
性並不多，但幾乎都是美女）。以空間與城市來說明愛情（主
題）的同時，如何在空間的書寫下發現「愛情」的書寫？以
《莎羅冷》來說，小說涉及的空間比較多樣，余麗文以城鄉來
說明是十分恰當的，尤其是以桃花源來說明人物對城市生活
的不滿；但是否因此就不能同時涉及愛情的討論呢？對桃花
源的嚮往，是否也可以是對愛情的嚮往？《莎羅冷》中關於

---

[35] Catherine Belsey 指出愛情故事常見英雄美人的出現，這是讀者
一種慾望的投射。閱讀愛情小說的讀者相信眞正的愛情（true
love）可表現於身體（body）和精神（mind）的結合。而Belsey
引用羅蘭‧巴特的觀點，以爲愛情是一種慾望，渴望有如他者。
這間接是對於「關閉」（closure）的渴望，希望去除其中的差異，
使一切歸於同一。參Catherine Belsey, "Reading Love Stories",
Desire (Oxford UK & Cambridge: Blackwell, 1994), pp.21-41.

桃花源的談話, 可說是相當重要的, 可以視作對城市／社會生活的不滿或是對於愛情中「齊一／同一」的渴望。余麗文已清楚指出這個片斷的重要, 只是, 沒有進一步把這個片斷與其他的片斷甚而是小說的整體加以聯繫, 致使未能賦與更多涵意。

4.「愛情小說」／「愛情的小說」:愛情小說不等同愛情的小說, 柏楊小說所涉及愛情和責任的說法或是引致余麗文以愛情背面的社會諷寓爲切入點的依據; 但從小說所見, 柏楊所涉及的社會空間, 是由「愛情」引致的, 雖然其對於愛情的書寫, 是關於愛情的想像多於愛情本身 —— 這也是不能視他的小說爲一般的愛情小說的理由。以〈祕密〉爲例, 這在合集中是相當重要的一篇 (爲小說集的書名), 可以作爲對愛情的／愛情的背面的社會諷寓的說明例子, 但余麗文極少提及此篇。要爲柏楊小說的空間設置尋找解說的方向的同時, 不能把愛情置之不理。

5. 結論 —— 拆解／重建／擴建／加建／僭建: 以建築／空間來拆解小說的「背面」, 是余麗文論文的發見, 對讀者有相當的啓發。上述所提及的, 不過是就論文的特點加一些補充。最後要說的是, 在拆解或重組作品的同時, 建立起來的是擴建的、加建的還是僭建的部分, 也是值得關注的。

[責任編輯: 朱耀偉、梁敏兒、鄭振偉]

反放逐的書寫： 試論柏楊小說的「放逐」母題

朱耀偉

作者簡介： 朱耀偉，男，1965年生，
香港中文大學比較文學博士，現
任香港浸會大學中文系助理教授，
著有《後東方主義》、《當代西方
批評論述的中國圖象》、《他性機
器？後殖民香港文化論集》、《香
港流行歌詞研究》等。

論文提要： 柏楊的文學作品主要分
報導文學、雜文和小說，前兩者已
是眾口交譽，但小說則較少為人研究。本文嘗試探析柏楊短
篇小說中的「放逐」母題，重新肯定柏楊小說的價值。柏楊
小說素被認為能夠緊扣時代（五六十年代的台灣），本文會
透過分析小說中的被放逐人物，從而論證柏楊小說除具備
社會意識外，對「放逐」、「懷鄉」和「家園」等課題都有
獨特的觀照。柏楊筆下的人物在不斷的流徙中以一己的存在
揭示社會的不公義，並對存在本身作出根本的探問。這些探
問為近年十分流行的「族裔散居」的課題提供了跨越時代的
啟示。

關鍵詞（中文）: 放逐 懷鄉 家園 原鄉神話 薛西弗斯 反放逐 不公義

關鍵詞（英文）:　　Exile, nostalgia, home, the myth of homeland, Sisyphus, injustice, counter-exile

一. 緒言

　　晚近「散居中國」（Chinese Diaspora）的課題隨著後殖民論述的興起而日益普及, 飄泊、流放已是文學的一個熱門課題。甚至有批評家從理論層面重新考慮小說的本質, 認定「所有小說都是思鄉念家的。」[1] 放逐（exile）可能出自不同原因（可以是政治、歷史或社會因素）, 也有不同含意（可以是精神上, 也可以是肉體上）。在後殖民和全球化論述的脈絡中, 對本土、地方以至當地文化日漸消失的思念也可以是被放逐者的一種「想家」心態。「想家」會帶出不同的問題, 如構築了以爲過去一定是美好和純潔的「原始情欲」, 也可能會播散了使人不敢面向將來的「否想未來」迷思。[2] 在重讀柏楊(郭立邦, 1920-)早年以郭衣洞爲筆名發表的短篇小說之後, 我發覺「放逐」是其中一個反覆出現的母題, 而柏楊的敘寫卻能引發讀者

---

[1]　Rosemary George, *The Politics of Home: Postcolonial Relocations and Twentieth-Century Fiction* (Cambridge: Cambridge UP, 1996), pp.1.

[2]　參 1. Rey Chow, *Primitive Passions: Ethnography, Visuality, Sexuality and Contemporary Chinese Cinema* (New York: Columbia UP, 1995). 2. 陳清僑[1957-]: 〈否想未來〉,《否想香港: 歷史、文化、未來》(王宏志[1956-]、李小良、陳清僑著, 台北: 麥田出版股份有限公司, 1997), 頁265-280。

對此母題作另一向度的理解。雖然「放逐」與「原鄉」是現代台灣小說的兩大母題，[3]但柏楊的敘寫卻能為飄泊與懷鄉等問題提供不同的反思空間。本文嘗試再解讀柏楊這些短篇小說中的「放逐」母題，藉此透視不單是台灣，甚至是二十世紀世界文學的其中一個最重要問題的不同面向。[4]

　　在四、五十年代的台灣，國民政府遷台不久，只視台灣為臨時據點，一直心繫大陸，因此就連政府也懷著一種過客心態，故在文學的層面上，也出現了如張系國所言的「機場文學」。[5] 夏志清(1921-)在論述現代台灣小說時曾經指出，要到五十年代末期，台灣作家才開始一方面保存自己的中國人身分和對中國大陸的懷鄉情感，而另一方面又開始關心台灣本土發生的事情。[6] 要言之，這些從中國大陸移居台灣的作家雖然仍覺得自己是離開了家園的無根遊子，但已開始感到要面對當時台灣的具體社會狀況。柏楊的個別短篇小說正是呈現出這種複雜張力的實質例子。對柏楊筆下那些大部分都是從中國大陸

---

[3]　Dominic Cheung(1943-)& Michelle Yeh eds., *Exiles and Native Sons: Modern Chinese Short Stories from Taiwan* (Taipei: National Institute for Compilation and Translation, 1992) pp.3-11.此書的 "exiles" 譯作「飄泊」，與本文所用的「放逐」有所不同。

[4]　正如居亞(Andrew Gurr, 1936-)在分析放逐作家時所言，放逐和疏離是現代世界不同地方的作者的存在狀況。詳參Andrew Gurr, *Writers in Exile: The Identity of Home in Modern Literature* (Sussex: Harvester Press, 1981), pp.14.

[5]　Chang Hsi-kuo, "Realism in Taiwan Fiction: Two Directions," in *Chinese Fiction from Taiwan: Critical Perspectives* (Jeannette L. Faurot ed., Bloomington: Indiana UP, 1980), pp.31.

[6]　C.T. Hsia, "Foreword," in *Chinese Stories from Taiwan: 1960-1970* (Joseph S.M. Lau ed., New York: Columbia UP, 1976), pp.xii.

遷移到台灣的中國人而言, 難以名狀的無根感覺是不難理解的。張系國(1944-)曾提醒我們, 在台灣, 給人無根感覺的並非一般現代工業化城市的知識分子所感到的「疏離感」(alienation), 那種無根的情景較爲特別:

> 對大陸來客而言, 無根的現象並不全出於地理上的遷移; 基本原因須歸結到中國知識分子的自我認知和社會任務的問題之上。[7]

正因爲此, 在台灣出生的作家也會有一種「失去」的感覺。從這一個角度來看, 我們有必要將「放逐」的母題置於社會使命的層面來考慮, 而這也是柏楊這一類短篇小說所呈現的一大特色。

二. 被放逐的薛西弗斯(Sisyphus)

正如上述,「放逐」有著不同意涵, 故在進一步討論柏楊的作品之前, 且先讓我們爲「放逐」下一個工作上的定義:

> (被放逐者是) 一個被迫離開自己家園的人 —— 雖然迫他上路的力量可能是政治、經濟或純粹心理上的因素, 但到底他是由於物質的力量或是出於自己意願而離開家園, 實質上並無分別。[8]

---

[7] Chang Hsi-kuo, pp.33.

[8] Paul Tabori(1908-), *The Anatomy of Exile* (London: George G. Harrap, 1972), pp.37.

無論是精神或物質上的原因，無論是爲勢所迫或是自己下決定，離開家園都可以說不是出於自願的，而無奈離別的人很自然會懷著一顆思鄉念家的心。在柏楊的短篇小說中，除了情愛、貧窮等最主要題材之外，這也是其中一個反覆出現的主要現象。比方，在〈相思樹〉、〈客人〉、〈旅途〉、〈辭行〉、〈微笑〉等作品中，我們也可以看到主角的懷鄉心結。[9] 然而，有別於一般敘寫鄉愁的作品，柏楊的小說並沒有渲染那種「由過去尋找現在，就回憶敷衍現實」的「原鄉神話」。[10]反之，在這些有關放逐人物的小說中，「放逐」直指當下既存的社會現實，故其意義非一般懷鄉論述所能照覽。我們且瞄準〈相思樹〉來作進一步分析。

在〈相思樹〉中，康沁和陸眞這對舊戰友在移居台灣之後，在台中附近的中興村重遇，當康沁問陸眞甚麼時候愛上種花之際，陸眞首先打開了懷舊的話題，問康沁「記不記得中條山

---

9 有關柏楊小說人物的懷鄉心態, 參李瑞騰(1952-): 〈將來回到故鄉…〉, 《情愛掙扎: 柏楊小說論析》（台北: 漢光文化事業股份有限公司, 1994）, 頁139-142。

10 「原鄉神話」出自王德威(1954-): 〈原鄉神話的追逐者〉, 《小說中國: 晚清到當代的中文小說》（台北: 麥田出版股份有限公司, 1993）。有關「原鄉神話」的四種特質, 參頁250-251。

之役？」[11] 在故事中, 康沁是一個不想回顧過去的人, 因此他答道「不記得」。康沁自然不是真的不記得, 而只是不想記起, 但到了他遇見從「周寨」——他的「第二故鄉」——移居台灣的鄉長李昇之時, 他便立即勾起了舊時的記憶。到後來他跟陸真提到與李昇女兒的往事之時,「眼睛裡閃動著二十年來沒有過的亮光。」(頁53)單就這個描述來看, 回憶和愛情可以是一種洗滌現實悲苦的力量。在日常生活中,「懷舊」往往可以是美化過去的想像工具, 變成人在逆境中活下去的精神支柱, 也彷彿可以使人重新肯定自己的身分。[12] 雖然這種「懷舊」未嘗不可以是出色文學作品的精神泉源, 但在〈相思樹〉的脈絡來看, 要是作者只強調愛情的回憶如何使康沁感到安慰的話, 那便跟一般歌頌愛情力量無比偉大的平庸作品無甚分別。顯然柏楊不甘於敘寫天真的愛情小說, 他自己也曾聲稱:「沒有一樁愛情不是一樁悲劇。」[13] 他筆下的人物的愛情生活全都無法不立足於殘酷的現實生活之上。在〈相思樹〉中, 柏楊便以愛情的理想來襯托生活的桎梏: 康沁將戀人送給他的戒指賣掉, 而原因很簡單, 是因為「飢餓」。陸真問他為何賣掉戒指, 康沁並無詳述前因後果, 也沒怨天尤人, 但其簡單直

---

[11] 柏楊:〈相思樹〉,《掙扎》(台北: 躍昇文化出版公司, 1989), 頁43。以下有關〈相思樹〉的引述皆出自這個版本, 只在文中標明頁碼, 附注恕不繁出。

[12] 有關「懷舊」如何可以美化過去以至淨化現在的功能, 可參 Fred Davis, *Yearning for Yesterday: Sociology of Nostalgia* (London: Macmillan, 1979), pp.31-34.

[13] 柏楊:〈序〉,《祕密》(台北: 躍昇文化出版公司, 1989), 頁25。

接的答案——「飢餓, 陸眞」——卻是毫不矯情而又能觸動人心。柏楊曾在訪問中提到, 他的小說的最主要目的是要提出「貧窮」這個最重要的社會問題。[14] 通過飄泊他鄉的康沁, 柏楊帶出了生活流離失所的慘痛, 一方面以之突出回憶的向度, 但另一方面又同時將回憶與「貧窮」的現實生活作出無情的對比。貧窮源於不公平, 那正是當時台灣社會, 以至現在任何地方最常見而又不能解決的問題。柏楊在《掙扎》序中嘗言: 「人生最大的悲劇莫過於生活陷於記憶和生命陷於絕望。」[15] 然而, 康沁雖然陷於絕境, 他卻看不起放棄「掙扎」的人, 故當他知道陸眞隔鄰飯舖老闆因抵不住生活煎熬而上吊之時, 他也並不寄予同情, 甚至冷冷的道: 「我恨那些貧賤而安命的人。」(頁57) 因此, 他雖要賣掉象徵他的甜美回憶的戒指, 但他並不抱怨, 只繼續默默上路, 在離開時更叮囑陸眞就算日後店舖關門, 也不要看那棵隔鄰老闆用來上吊的相思樹。

康沁並不是柏楊的小說中唯一一個「薛西弗斯」。在柏楊筆下, 有著各式各樣的, 每日推石上山而又明知永遠不能成功的小人物。[16]這些小人物大多是因政治因素而離鄉別井, 移居台灣的大陸人, 正如李瑞騰所言, 他們「痛苦的根源乃是易地求生。」[17] 然而, 在易地求生的無止境流徙中, 他們繼續掙扎求存, 如康沁般從大陸到台灣, 從台南到台北, 繼續徒步走下

---

[14] 鄭瑜雯: 〈情愛掙扎: 柏楊談說說〉,《情愛掙扎》, 頁148-149。

[15] 柏楊: 〈序〉,《掙扎》, 頁15。

[16] 有關卡繆(Albert Camus, 1913-1960)的「薛西弗斯的神話」, 參張漢良譯:《薛西弗斯的神話》(台北: 志文出版社, 1974), 頁139-143。

[17] 李瑞騰:《情愛掙扎》, 頁96。

去, 奢望完成這個明知不能完成的飄泊旅程。因此, 徒步走路
這個意象在這些有關飄泊流徙的小說中反覆出現, 看來並非
偶然的。在〈辭行〉中, 華安和仲甫在他們的好友克文墓前告
別之後, 就是否乘車回台北作了一番掙扎, 而克文的死因正是
「捨不得把家裡的菜錢買汽車票而冒暑步行, 結果倒斃在去
請願的中途。」[18] 在〈旅途〉中, 醫治胃病後出院的國鈞也是
「堅持著步行走回去」。[19] 〈微笑〉中的「我」雖然「幾次
的試探著伸手招呼, 希望能搭上便車, 但沒有用, 只好放棄這
種奢望」, 最後還是「徒步向台北走去」。[20] 在上述的〈相思
樹〉中, 康沁也是把部分車錢送給不夠錢乘公車的祖父和他的
孫子, 結果要從台中走路到中興村, 而在結局時他更索性不籌
路費, 繼續步行到台北。(頁59) 小說中的人物要步行是因為
不夠錢乘車, 故作者的目的是要凸顯出貧窮的問題。若從另一
個角度看, 這未嘗不可同時象徵著那些人在面對現實生活的
不公平時的一種「掙扎」, 也是以一己的存在來抗衡荒謬的人
生。這些小說人物徒步上路, 繼續其流放的旅程, 就像不斷回
到山腳, 重新推石上山的薛西弗斯。雖然我們無法認為這些薛
西弗斯是快樂的, 但卻也如卡繆所言, 「奮鬥上山此事本身已
足以使人心充實」[21], 而這也能叫我們有機會思索自己的命
運。

---

[18] 柏楊:〈辭行〉,《掙扎》, 頁143。
[19] 柏楊:〈旅途〉,《凶手》(台北: 星光出版社, 1981), 頁11。
[20] 柏楊:〈微笑〉,《怒航》(台北: 星光出版社, 1977), 頁108。
[21] 張漢良(1945-)譯:《薛西弗斯的神話》, 頁143。

三. 無家可歸: 過去、未來、現在

居亞闌釋放逐文學時嘗言, 小說中的被放逐者都會努力重建家園。[22]簡政珍(1950-)在研究台灣現代文學的放逐母題後也曾指出, 不停流徙的現代中國人常常會問自己: 「我應回到那個家園?」[23] 這可以說是現代中國人的一種「集體」失落。柏楊小說中也有著很多這類人物, 他們不能回家, 甚至再没冀望回家, 但他們卻没有以「原鄉神話」來想像性的重建家園。他們不能或不甘於活在記憶之中, 未能「由過去尋找現在, 就回憶敷衍現實」。於是, 如前所述, 〈相思樹〉中的康沁不想回首過去, 就連從前戀人的去向也不想知道。〈客人〉中, 當玉芸提起從前在玄武湖泛舟的往事, 「我」也說「永不要回頭, 回頭的太多了, 會使我們發瘋的。」[24] 〈旅途〉中的國鈞和〈微笑〉中的王有德雖有思念故鄉, 但卻分別是在臨終前才敢有的「遺願」。〈客人〉中那連飯也没得吃的人也「不是在回憶過去, 而是在思慮明天。」[25]

回憶過去不是辦法, 展望未來又如何? 在那個時代, 很多人的夢想是移民他方, 而美國則是最多人的理想家園。可是, 在柏楊筆下, 這種指向未來的夢想也不是靈藥, 在面對無家可歸的困局之時, 人始終無能爲力。在回憶過去不能作爲洗滌現實生活悲苦的工具之同時, 看來作者也不認爲展望未來是有

---

[22] Gurr, *Writers in Exile*, pp.17.

[23] Chien Cheng-Chen, *The Exile Motif in Modern Chinese Literature in Taiwan* (Ann Arbor: University Microfilms International, 1982), pp.15.

[24] 柏楊: 〈客人〉, 《掙扎》, 頁216。

[25] 柏楊: 〈客人〉, 《掙扎》, 頁226。

希望的。在柏楊的故事中，作為很多人的未來理想家園的「美
國」卻不是真正有效的出路。比方，在〈一葉〉中，害魏成被
開除的謝小姐被與她有私情的老闆送去美國留學，而在故事
結尾魏成因偷東西被捕後又碰到謝小姐，可見「美國」在故事
中是暗示社會不公平多於未來的希望。[26]〈凶手〉中的玉清為
了更好的生活，要離開照顧她多年的文生，跟比文生「差一百
倍」的未婚夫遠走的地方也是美國。[27]在〈祕密〉中，「美國」
也只是徐輝用來試探葉琴對他的感情的工具: 「我們將一直
住在美國，取得美國國籍，高興回來的時候，我們已成了華裔
美人，地位自有不同，那一批追求妳的人到時候會自顧形
慚。」[28] 最後，葉琴暴露出其貪慕虛榮的性格，而「美國」這
個作為流放生活的終站的象徵原來只是虛妄浮華的化身，隱
含了社會不公義的根本問題。驟眼看來，柏楊寫的是嫌貧愛富
的女子，但正如他在一篇訪問中所澄清的，他不是對女性有偏
見，他所「要表達的只是貧窮。」[29] 貧窮當然是指當時的社會
問題，是源於不公平的一個困局。

　　施杜(Michael Seidel, 1943-)在分析小說敘事中的放逐者
時，曾下此定義: 「被放逐者是居住於一個地方，而又懷想或
憧憬另一現實的人。」[30] 柏楊寫這些流徙不定的人物，卻不將
敘寫指向過去，也不將希望寄予未來。在柏楊的故事中，回憶

---

[26] 柏楊:〈一葉〉,《掙扎》, 頁83。
[27] 柏楊:〈凶手〉,《凶手》, 頁240。
[28] 柏楊:〈祕密〉,《祕密》, 頁71。
[29] 鄭瑜雯:〈情愛掙扎: 柏楊談小說〉, 頁148-149。
[30] Michael Seidel, *Exile and the Narrative Imagination* (New Haven and London: Yale UP, 1986), pp.ix..

過去和展望未來同樣是無濟於事的。他反而將矛頭直指現在,將當時社會貧窮所帶來的悲慘遭遇毫無遮掩的暴露人前。(正因為此,柏楊小說中的「放逐」母題有必要置於作者的社會使命的層面來考慮。)我們因而會直接感受到〈進酒〉中「賣花生的客人」所說的話: 「這是生活,無情的生活」。[31]在考覈柏楊小說的「放逐」母題後,我們可以論定,這一類小說之所以能夠震撼人心,並不是布局、結構、敘事觀點這類小說技巧所能解釋的。也許更重要的是他讓飄泊的人生中的不公義(injustice)跟我們像打個照面,叫我們感受到真正使人們無家可歸的正是這種源於不公義的貧窮。

柏楊筆下的人物在面對人生的困局時有的抵不住自殺(如〈相思樹〉中的酒舖老闆、〈路碑〉中籌不到錢醫治自己妻子的丈夫),有的負隅頑抗(如〈相思樹〉中的康沁、〈客人〉中以「降低自己生活水準」來作抗衡的「我」),有的妥協(如〈辭行〉中的英瑛、〈凶手〉中的玉清),但總是苦無出路。就算是繼續向前行的康沁,也明知「我面前的路子很窄。」(頁51)柏楊筆下的人物身陷絕境,而他亦不認為自己能在這生活困境中獨善其身(其實柏楊自己也是如此,在離開中國大陸多年之後,他才有機會回到大陸,但那卻已不再是他的家園了),故他的故事總給人難以釋懷的絕望感。然而,他又似乎要借〈進酒〉中那個「賣花生的客人」告訴我們: 「我是低頭的,但我並不屈服」。[32]柏楊對無情的生活的抗衡並不由其筆下的人

---

[31] 柏楊: 〈進酒〉,《掙扎》,頁112。
[32] 柏楊: 〈進酒〉,《掙扎》,頁112。

物體現, 甚至並非在其小說中完成。借簡政珍的話來說, 放逐的作者藉以對抗放逐的最佳武器正是他的筆:

> 被放逐的狀況不能由放逐文學來解決, 但被放逐的作者可以在瞬間超越自己的放逐情景, 在其書寫之中進入「反放逐」（counter-exile）的狀態。[33]

因此, 「在放逐中成功的創作已是一種反放逐」, [34]這也就如施杜所言的「想像是被放逐者回家(homecoming)的一種特別方式」。[35]在面對無家可歸而又無路可逃的人生時, 作家自己的書寫也許是最有效的抗衡工具。當然, 這種書寫也要有它自己的特質, 才能發揮出抗衡的功效。從以下的話可以瞥見柏楊也有類似以書寫作抗衡的見解:

> 文學是先天的有道德性, 這並不是向誰乞憐, 也不是訓練自己對權勢屈服。而是, 只有悲和憤的力量, 才能使靈性充分發揮。[36]

柏楊這種「道德性」正是本文開首時提到, 張系國所言那種知識分子的社會使命感。簡政珍後來對「反放逐」有此補充: 「放

---

[33] Chien Cheng-chen, pp.24.
[34] Chien Cheng-chen, pp.24.
[35] Sidel, *Exile and the Narrative Imagination*, pp.xi.
[36] 柏楊: 〈序〉,《怒航》, 頁5。

逐作家透過書寫達到反放逐, 但達到反放逐並不意謂能爲存
在的探問寫下完滿的句點。」[37]簡氏所言甚是, 而柏楊正是逕
直將上引的的「悲和憤的力量」在他的故事中轉化爲「恨」, 作
爲他對存在的探問的根本動力。他這種「恨」是直接訴諸現實
生活的荒謬不仁的。在《凶手》的「前言」中, 柏楊嘗言:

> ……愛與恨是一件物體的兩面。宗教家們忘掉
> 恨, 道德家們反對恨, 僞善的人們假裝著不恨。事實
> 上, 沒有恨便很難顯示愛, 恨跟愛同樣的根深蒂
> 固。愛恨交織, 才是完整的生命…[38]

柏楊所指的「恨」不是對個人的恨, 而是對「忌妒」、「炫耀」、
「狂妄」、「做蒙羞的事」、「只圖自己的利益」、「輕易發
怒」、「一直牢記別人的壞處」、「忘恩負義」和「曲解或違
反眞理」的恨。這些都是導致社會上的不公義的因素, 而柏楊
的作品的價值正正在於能夠透過無家可歸的薛西弗斯式人物
的無止境流徙, 讓這些不公義自我暴露, 而寫作的「靈性」也
就在過程中得到充分發揮。

四. 後話

　　近年隨著後殖民和全球化論述勃興, 有關對本土文化之
支配、剝削的討論亦漸引人關注。在這些論述帶動下, 彷彿「本

---

[37] 簡政珍: 〈張系國: 放逐者的存在探問〉, 《中外文學》總277
期, 1995年6月, 頁40。
[38] 柏楊: 〈前言〉, 《凶手》, 頁1-2。

土」是可以抗衡全球化的新殖民剝削的據點。龔鵬程(1956-)
在探析台灣文學的時候, 已曾指出「本土化」可能只是一種迷
思。[39] 施錫克（Slavoj Zizek）在討論全球化的問題時, 則指出
在全球化的情景下, 我們往往錯將本土獨特文化的消失視作
全球化的最大威脅, 殊不知與全球化相對的並非獨特的私人
文化空間, 而是一種「普遍」的現象（universalism）: 「全球
不公義」（global injustice）所帶來的普遍剝削行為。[40] 借用龔
鵬程的說法:

> 土地做為人的根源意識之一, 是不容否認的。
> 但台灣的本土化風潮中存在著以上這些問題（有關
> 「迷思化的本土」所帶來的社會、政治問題）也不
> 容否認。[41]

重讀柏楊有關放逐的小說之後, 我們可以察覺到, 在柏楊筆下,
飄泊海外的中國人並沒有通過回憶來將情感盲目的寄託於土
地之上, 藉此超脫自己所要面對的現實問題, 而是將流放深植
於生活之中, 藉自己以生活作為抗衡來暴露社會上的不公義,
可說從另一角度回應了施錫克的論點。

---

[39] 龔鵬程: 《台灣文學在台灣》（板橋: 駱駝出版社, 1997）, 頁
167-205。
[40] Slovaj Zizek, "A Leftist Plea for Eurocertrism," *Critical Inquiry* 24 ,
1998 Summer, pp.1007-1008.
[41] 龔鵬程: 《台灣文學在台灣》, 頁205。

　　李歐梵(1939-)在討論八十年代大陸興起的尋根文學之後，憂慮近年的海外華人作家一直爲「中國」的家園觀念所縈繞，因而不能充分利用他們身處邊緣的獨特位置來寫作。他援引了斯洛伐克詩人柯拉（Jan Kollar）的詩句來申明中國人需要的是一種開放的「家園」觀念：

> 不要將家園的神性名字，
> 給予我們生活的國家。
> 真正的家園在我們心中，
> 那不能被壓抑，也不能被盜取。[42]

在上述的柏楊短篇小說中，他或未有直接提出如此的說法，而只是如他自己所言的對現實問題提出「如何是好」的困惑，[43]最後雖然也「不能寫出答案」，但對現實卻始終抱著「絕不苟同」[44]的心態。再者，他既不將其書寫導向回憶中的土地，又不指向未來的夢想家園，而是將其敘寫直指當下的飄泊過程，故其小說可說已蘊涵了一種與別不同的家園觀念。柏楊對放逐中的華人的敘寫不但爲這類作品添上了另一向度，也可以作爲我們重新閱讀繼後在台灣興起的鄉土文學的一個指標。

---

[42] Leo Au-fan Lee, "On the Margins of the Chinese Discourse: Some Personal Thoughts on the Cultural Meaning of the Periphery," *Daedalus* 120, 1991 Spring, pp.221.

[43] 柏楊：〈關於「小說系列」〉，《掙扎》，頁12。

[44] 黃守誠：〈談郭衣洞和他的作品〉，《祕密》，頁16。

　　柏楊在寫完這些小說多年之後, 已經歷了重重試煉, 在穿梭中港台三地之時有感而發: 「大陸可戀, 台灣可愛, 有自由的地方, 就是家園!」[45] 這個說法與上引柯拉的詩句可說有異曲同工之妙。換用盧比克(Christopher Lupke)分析王文興的《家變》時的說法, 「假使我們括除內聚的國家民族的壓迫性形象, 『中國』根本就沒有失去。」[46]柏楊的話可說是對上述現代中國人那種集體失落的最佳回應。正是這種對「家園」的廣闊視點, 對「自由」的執著, 以及對社會不公義的「絕不苟同」, 凝聚成他這類有關被放逐的中國人的小說的「靈性」。也許也正是這種「靈性」燃亮了他日後的雜文和學術著作, 以另一種方式延伸他那「反放逐」的書寫過程。

~~~~~~~~~~

參考文獻目錄

BO

柏楊 (郭衣洞): 《掙扎》。台北: 躍昇文化出版公司, 1989。

——: 《祕密》。台北: 躍昇文化出版公司, 1989。

——: 《凶手》。台北: 星光出版社, 1981。

——: 《怒航》。台北: 星光出版社, 1977。

——: 《家園》。香港: 藝文圖書公司, 1989。

---

[45] 柏楊: 《家園》（香港: 藝文圖書公司, 1989）, 頁271。

[46] Christopher Lupke, "Wang Wenxing and the 'Loss' of China," *Boundary* 225, 1998 fall, op.128. 此外, 有關現代台灣小說中的「中國」身分的嬗變, 可參廖咸浩: 〈在解構與解體之間徘徊: 台灣現代小說中「中國身分」的轉變〉,《中外文學》21卷7期, 1992年12月, 頁193-206。

GONG

龔鵬程: 《台灣文學在台灣》。板橋: 駱駝出版社, 1997。

JIAN

簡政珍: 〈張系國: 放逐者的存在探問〉, 《中外文學》總
277期, 1995年6月, 頁20-42。

LI

李瑞騰: 《情愛掙扎: 柏楊小說論折》。台北: 漢光文化事
業股份有限公司, 1994。

LIAO

廖咸浩: 〈在解構與解體之間徘徊: 台灣現代小說中「中國
身分」的轉變〉, 《中外文學》21卷7期, 1992年12月, 頁
193-206。

WANG

王德威: 《小說中國: 晚清到當代的中文小說》。台北: 麥
田出版股份有限公司, 1993。

王宏志、李小良、陳清僑: 《否想香港: 歷史、文化、未來》。
台北: 麥田出版股份有限公司, 1997。

ZHANG

張漢良譯, 卡繆(Albert Camus)著: 《薛西弗斯的神話》。台
北: 志文出版社, 1974。

Chang His-kuo. "Realism in Taiwan Fiction: Two Directions". In
Chinese Fiction from Taiwan: Critical Perspectives. Ed.
Jeannette L. Faurot, Bloomington: Indiana UP, 1980.

Cheung, Dominic and Michelle Yeh, eds. *Exiles and Native Sons: Modern Chinese Short Stories from Taiwan.* Taipei: National Institute for Compilation and Translation, 1992.

Chien Cheng-Chen. *The Exile Motif in Modern Chinese Literature in Taiwan.* Ann Arbor: University Microfilms International, 1982.

Chow, Rey. *Primitive Passions: Ethnography, Visuality, Sexuality, and Contemporary Chinese Cinema.* New York: Columbia UP, 1995.

Davis, Fred. *Yearning for Yesterday: Sociology of Nostalgia.* London: Macmillan, 1979.

George, Rosemary. *The Politics of Home: Postcolonial Relocations and Twentieth-Century Fiction.* Cambridge: Cambridge UP, 1996.

Gurr, Andrew. *Writers in Exile: The Identity of Home in Modern Literature.* Sussex: Harvester Press, 1981.

Hsia, C.T. "Foreword", In *Chinese Stories from Taiwan: 1960-1970.* Ed. Joseph S.M. Lau, New York: Columbia UP, 1976.

Lee, Leo Ou-fan. "On the Margins of the Chinese Discourse: Some Personal Thoughts on the Cultural Meaning of the Periphery", *Daedalus* 120, 1991 Spring, pp.207-226.

Lupke, Christopher. "Wang Wenxing and the 'Loss' of China," *Boundary* 225 , 1998Fall, pp.97-128.

Seidel, Michael. *Exile and the Narrative Imagination.* New Haven and London: Yale UP, 1986.

Tabori, Paul. *The Anatomy of Exile*. London: George G. Harrap, 1972.

Zizek, Slovaj. "A Leftist Plea for Eurocentrism", *Critical Inquiry* 24, 1998 Summer, pp.988-1009.

~~~~~~~~~

英文摘要(abstract)

Chu, Yiu Wai, "The 'Exile' Motif in Bo Yang's Short Stories"

Assistant Professor, Department of Chinese, Hong Kong Baptist University

The literary works of Bo Yang can be divided into three categories: reportage literature, prose and novel.   Among the three genres, his novels have attracted less attention.   This paper tries to assert the values of Bo Yang's novels through the examination of the "exile" motif in Bo Yang's short stories.   Bo's novels have been considered as rooted in the era of the 1950s and 1960s.   By analyzing the exiles in Bo's short stories, this paper will demonstrate that on top of their social awareness, these short stories also offer a different perspective to issues such as exile, nostalgia and homeland.   Bo's characters use their own being to expose the social injustice then, and their sufferings can also be seen as a form of investigation into being per se.   These investigations can in turn shed light on "diaspora," the important notion concerning contemporary Chinese cultural discourse.(作者提供)

~~~~~~~~~

論文重點

1. 「放逐」是現代台灣小說的重要母題。
2. 現代台灣小說的放逐母題與知識分子的社會使命感有密切關係。
3. 柏楊小說的放逐書寫有其特色。
4. 柏楊筆下的放逐人物的痛苦根源乃易地求生。
5. 這些放逐人物未有以懷舊或展望未來作爲逃避現實的工具。
6. 這些「薛西弗斯式」人物以其存在對人生作出探問。
7. 「無家可歸」的人物使人反省當下的現實社會問題。
8. 柏楊小說所要表達的是源於不公平的貧窮問題。
9. 柏楊對社會的控訴是一種抗衡式書寫。
10. 放逐作家的成功創作可以說是一種「反放逐」。
11. 柏楊的放逐書寫直指社會不公義, 發揮出寫作的「靈性」。

~~~~~~~~~~~~~

特約講評人: 余麗文

余麗文(Lai Man YEE) 女, 1975年生, 香港大學畢業(1998)。現於英國 Warwick 大學主修英國殖民與後殖民文學碩士課程。曾發表〈蔡源煌《錯誤》的壓抑與解放觀〉(1998)、〈香港的故事: 也斯的後殖民話語〉(1999)、〈歷史與空間: 董啓章《V城繁勝錄》的虛構技法〉(1999)等論文數篇。

　　朱耀偉教授的論文提出了「反放逐」的理論, 認爲柏楊的小說對「放逐」的母題作了「另一向度的理解」, 同時爲「飄

泊與懷鄉等問題提供不同的反思空間」。論文的脈絡主要針對以下的兩個方向。(1) 文中指出台灣國民黨的遷移，大陸作家移居台灣，是爲地域上的放逐。柏楊的寫作策略卻有別於「原鄉神話」或「否想未來」的「放逐文學」路徑，提供了另一向度的「反放逐」書寫。(2) 柏楊的小說針對寫「在場」的台灣境況，寫無家可歸，也寫「貧窮」。論文中提出書寫現實生活並未生產「本土文化」(local culture)，相反因爲書寫「貧窮」特質，闡釋更接近「普遍」的「全球不公義」。

若把論文的概念簡單轉化，就是以「放逐」爲立足點，提出柏楊的小說未有強調尋找家鄉或展露以他方爲理想鄉，只以當時的社會作依歸，因而可理解爲存有「反放逐」的書寫策略。指向中也申明以「貧窮」這個社會現狀理解資本主義特質，顯示可以透過書寫「全球不公義」對抗經濟一體化的大敘事；暗示柏楊的小說不構設本土文化，卻能透過描繪普遍特質與全球化對抗。論文的基調極爲清晰，也貼切地闡述了小說的重要特質，如寫小說中描寫「行走」實是指「流放的旅程」等。在此希望提出閱讀的另一向度，望能與朱教授的論文作互動的補足。

論文中提出抵抗全球化的語調，準確指出「本土文化」與「全球化」的兩種概念並非必然相對的同時，卻也參與了創造封閉性。兩種概念的非相對關係並未在論文中有詳細解釋，然而這種本土化/全球化的緊密關係卻有助於理解小說的脈絡。Arif Dirlik 指出全球資本主義的最大影響是導致了經濟的「破碎」(fragmentation)，「跨國化」(transnationalization)的經濟擴張，也直接導致了文化的相互影響，呈現出文化的破碎，所謂

的「多元文化主義」(multiculturalism) [47]。備受肯定的文化也因經濟的影響下須要重新定位, 一如「中國人」的觀念也因隨「散居」(diaspora)的經驗而變得不穩定。朱教授論文中所引申的普遍「全球不公義」, 欠缺了解說獨有的本土文化條件, 將所有的「不公義」同一化, 似乎犯了Dirlik 評論後殖民主義的存在危機。Dirlik剖析後殖民主義強調差異性時, 認為若欠缺了對不同地域特色的認清, 最終會將所有發生在不同地點, 存有不同意思的差異等同[48]。論文中強調「貧窮」作為普遍特質, 反而否決了書寫本土文化的可能性; 提出對抗「全球化」的大敘事的同時, 卻也參與了壓抑性的書寫。借用 Immanuel Wallerstein(1930-) 評論「反西方中心」話語(anti-Eurocentric)的說法, 他指出評論者很容易犯上建構「反西方中心的西方中心」話語(anti-Eurocentric Eurocentrism)的毛病, 亦即不能脫離評論者自己所評論的理論框架。[49]

另一方面, 論文中也對小說寫「貧窮」的現實狀況作出了分析, 作者不寫懷鄉或寄情遠方, 是透過書寫抗衡, 「進入『反放逐』(counter-exile)的狀態」。這種利用書寫而進行「反放逐」的策略, 也可以視為希望與當前的地域空間建立關係的一種表現手法; 因此, 書寫「貧窮」可能更為接近希望構造本土文化的獨有性, 而非寫「普遍性」。作者針對當時的社會狀況, 揭

---

[47] Arif Dirlik , 'The Global in the Local' , in *The Postcolonial Aura: Third World Criticism in the Age of Global Capitalism* (Colorado & Oxford: Westview Press, 1997), pp.92.

[48] Dirlik, "The Global in the Local", pp 10.

[49] Immanuel Wallerstein, 'Eurocentrism and its Avatars: The Dilemmas of Social Science', *New Left Review*, 226, 1997, pp.101.

示資本主義發展帶來的惡果，也寫貧窮引致的種種禍害，如死亡、疾病、分離等等。若必須展示小說未有建構本土文化特徵的原因，大概是因為作者一直以社會經濟作為大前題，而未有完整發展一套有別於主導思想的閱讀框架。採用Samir Amin(1931-)的論調，便是惟有與西方的思想大方向折斷關係(delink)，方有機會清晰認知不同的文化特質。[50]

朱教授的「反放逐」立論有效地展現了柏楊小說中並未有沉迷於對以往家園的懷想，反而針對社會現實，從而引領了放逐、散居等的文化轉型趨向。如論文中引述柏楊的說話：「大陸可戀，台灣可愛，有自由的地方，就是家園!」，正好指出了中心轉移的大趨勢，發展出沒有中心的地域關係，因為到處都能成為中心。 論文中的主題直指小說書寫「反放逐」的策略，在重新建立與地域空間的關係時，難免意指地域文化的特質，這似與論文中的「普遍」論調未能構合。而寫「全球不公義」時，也忽略了其中可能陷入霸權話語的危機。如論文的闡述能把本土文化的構想與資本主義的大趨勢再加分析，更能令論文的立足點更鞏固。

~~~~~~~~~~~

參考文獻目錄

Amin, Samir, *Eurocentrism*, London: Zed, 1989.

Dirlik, Arif. " The Global in the Local" In *The Postcolonial Aura: Third World Criticism in the Age of Global Capitalism.* Colorado & Oxford: Westview Press, 1997, pp.84-104.

---

[50] Samir Amin, *Eurocentrism* (London: Zed, 1989), pp.115.

Wallerstein, Immanuel. "Eurocentrism and its Avatars: The Dilemmas of Social Science", *New Left Review*, 226, 1997, pp. 93-107.

~~~~~~~~~~~

特約講評人: 歐陽潔美

歐陽潔美（Kit Mei AU YEUNG），女, 1976年生於香港。香港大學文學士, 現爲香港中文大學中文系哲學碩士研究生。

朱耀偉教授的〈反放逐的書寫: 試論柏楊小說的「放逐」母題〉一文討論柏陽小說中的「放逐」問題。文章對柏楊小說中「被放逐」的人物之分析頗爲深入, 討論的對象亦相當有代表性, 能反映五六十年代台灣人的精神面貌。

朱教授的論文分析在中台之間的狹縫裡生存的人所面對的問題, 並引用了不同的中外學者的觀點來剖析這個現象。他指出柏楊的小說有擺脫本土化迷思的傾向。本土化迷思的形成在於把身分繫連到一個穩定的土地之上, 然而迷思的形式不但在於土地, 更關係到國族身分和標籤。要拆解本土化的迷思, 應該從本土化現象背後所隱藏的政治、經濟、文化各種糾纏的權利關係著手, 但朱教授似乎在進入這階段前便止步了。朱教授筆下柏楊的「反放逐」不過是從對土地的眷戀, 改換成對台灣本土貧窮社會的關心, 始終維持在穩定的「被放逐的中國人」身分上。 朱教授認爲柏楊在其書寫中進入了「反放逐」的狀態, 但在文末又說: 「他既不將其書寫導向回憶中的土地, 又不指向未來的夢想家園, 而是將其敘寫直指當下的飄泊過

程, 故其小說可說已蘊涵了一種與別不同的家園觀念。」這句話重新召喚本土的幽靈, 落入了本土化迷思的窠臼中。(完)

[責任編輯: 朱耀偉、梁敏兒、鄭振偉]

從小說的重複現象看柏楊的《掙扎》

鄧擎宇

作者簡介: 鄧擎宇（ King-yu TANG）, 男, 1975年生, 香港大學中文系碩士生。

論文提要: 重複（Repetition）是敘事作品其中一個重要的形式。本文即從《掙扎》的重複現象入手, 探討作品的內在結構及其意義, 並指出作品形式空間化的特點。

關鍵詞(中文): 柏楊　郭衣洞　掙扎　重複　空間形式

關鍵詞（英文）: Bo Yang, Guo Yi-dong, *Zheng Zha* , Repetition, Spacial Form

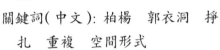
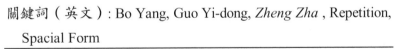

一. 引言

　　美國批評家米勒（J. Hillis Miller, 1928－ ）在他的〈重複的兩種形式〉[1]一文中，曾明確地肯定了研究小說的重複現象對闡釋小說的重要性。他認為要成功闡釋小說，「在一定程度上得通過這一途徑來實現: 識別作品中那些重複出現的現象，並進而理解由這些現象衍生的意義」[2]。在研究文學理論時，我們經常會遇到一個問題，這個問題是: 這些主要由研究西方文學作品而歸納出來的文學理論，是否同樣適用於中國文學作品的研究？這樣一個問題，它的答案往往是仁者見仁，智者見智。事實上，一個不可否認的事實是，每一種的文學理論都有它特別關注的重點，也因此而不可避免地有它留意不到的地方。同一個理論，應用在不同的作品上可以有著完全截然不同的效果或結論。因此，當一個評論者選擇理論為他的詮釋服務時，他必須留意這些理論是否能夠很好地幫助揭開研究對象的某些特點，或者說，它們是否能夠適切地幫助評論者表達他在作品中的獨特發現，鞏固評論者的詮釋的合理性; 同時評論者亦必須明白這些詮釋有著他個人的創造，存在著某種片面性，而該作品亦毫無疑問地可以有著其他不同的詮釋。這也是為什麼米勒只說「在一定程序上」而不說「必定」的原因。而我之所以繞了這樣一個圈子，也是為了說明，從重複現象入手去分析柏楊(郭立邦, 1920-)的《掙扎》，我認為是一個十分

---

[1]　米勒著、王宏圖譯:〈重複的兩種形式〉（"Two Forms of Repetition"），《中外文學》20卷4期，1991年9月，頁28-51。本文原為米勒:《小說與重複》（*Fiction and Repetition*）首章。
[2]　米勒，頁28。

合適的方法。事實上在《掙扎》中的確存在著不少的重複,米勒亦同意在寫實小說中我們一般能發現很多不同的重複形式[3]。準此,本文的焦點將集中於《掙扎》中的重複現象,而這些現象所衍生出來的意義,亦將於下文一一分述。

二. 小説的重複

在正式進入對《掙扎》的分析前,一些有關重複的概念須要首先簡述一下。

米勒在同一文章中,指出了一部小說的構造。他認為任何一部小說都是由各種重複現象所組成的複合組織。這些重複組成了作品的內在結構,同時還決定了作品與外部因素的多重關係。這些外部因素包括作者的思想和生活經歷,心理、社會或歷史現實,同一作者的其他作品,其他作者的其他作品,神話或傳說的種種模式等等[4]。另外,在這些不同的重複形式中,主要可以分為兩類。從小處著眼,是語言成分的重複。例如在〈兀鷹〉中,敘述者「我」三番四次提到「一股臭味」,「臭味」在起初並不能引起讀者的注意,但當它接連在小說中重複出現,「臭味」便成為隱含著特殊意義的一個符號,並引起了讀者的注意和揣測。又如〈相思樹〉中的相思樹,不單多次在小說出現,亦多次被人物們描述為「最理想的上吊地方」,在讀者的腦中構成了有著某種象徵意義的鮮明標記。這些都是屬於語言成分的重複。從大處著眼,是事件或場景的重複,例如

---

[3] 米勒,頁29。
[4] 米勒,頁30。

具有相同主題的相同事件不斷重現, 或者在某個人物或情節
衍生的主題在同一部作品的另一個人物身上或情節中重複出
現。在〈窄路〉裡, 蔚彬就似乎正在重演隆青——一個因爲有
骨氣而餓死的教師——的悲劇。事件或場景的重複也可以是重
複作者自己在其他小說中的模式、主題、人物或事件, 收在《掙
扎》集中絕大部分的篇章就屬於此類, 這些篇章在各個方面都
存在著不同程度的相似性。可以見到, 這種篇與篇之間的重複,
和前述的事件或場景的重複以及語言成分的重複明顯不同,
後者是同一作品中的重複現象, 屬於作品內部結構之間的關
係; 前者則屬於作品與外部因素之間的關係。然而由於《掙
扎》的特殊性, 這樣的劃分在本文中並不是絕對的, 現時的劃
分只是爲了便於闡明概念, 隨著下文較後部分的論述, 將對這
種劃分方法重新作一檢視。事實上, 本文對於《掙扎》的重複
現象的研究, 亦將集中於篇與篇的重複之上。

1. 故事結構

在這裡, 我首先想指出《掙扎》各篇最表層的重複現象。
這個最表層的重複現象指的是, 它們的統一的故事結構。考察
一下《掙扎》的十二個篇章, 我們會明顯發現一個共通點, 即
小說一般沒有太大的情節起伏, 故事事件都是十分簡單, 而且
是依著同一個故事模式建構而成的。我把這個模式稱之爲「會
面——對話」模式。以下我將借用俄國民俗學家普洛普
(Vladimir Propp, 1895－1970)、法國結構主義批評家巴特
(Roland Barthes, 1915－1980) 等對民間故事和一般敘事作品
的研究對此作一申述。

普洛普在《民間故事形態學》(*Morphology of the Folktale*, 1928)一書,主要研究了民間故事的結構模式。他指出,在民間故事中,最重要和最基本的單位不是故事中的人物,而是人物的行為功能。所謂「行為功能」,是指「根據人物在情節過程中的意義而規定的人物行為」[5]。儘管民間故事的人物數目極多,名字和特徵亦變化無常,但人物的行為功能卻十分有限,而且是恆定不變的。它們是構成民間故事的基本要素,是用於組成情節的基本單位。普洛普的「功能理論」為我們辨別和劃分了故事結構的基本單位,並體現了故事事件所共同具有的模式[6]。

利用普洛普的「功能理論」,我們發現在《掙扎》十二篇中,最少有一個人物行為功能是十二篇小說所共有的,並且同樣屬於故事的中心結構。這就是所謂的「會面──對話」模式。為了方便論述,我嘗試扼要地介紹一下各篇小說的故事內容如下:

〈兀鷹〉,講「我」到山中探望明聖的五天,五天中他們談到了山中的兀鷹、山居的孤獨與貧窮、明聖戀愛失敗的往事,以及對生活的一些體會。

〈相思樹〉,講康沁到中興村探望陸眞,兩個多星期裡,他們談到很多情事,譬如:二人同樣艱難困頓的生活; 隔壁飯鋪老闆因貧窮而自縊在相思樹上一事; 二十多年前康沁的

---

[5] 司有侖主編:《當代西方美學新範疇辭典》(北京:中國人民大學出版社,1996),頁246。

[6] 司有侖,頁245-247;申丹(1958-):《敘述學與小說文體學研究》(北京:北京大學出版社,1998),頁34-38。

戀愛故事。當中康沁又偶遇分別二十年的李升，談起康沁現時既貧窮復失業，到處漂泊的境況；　又說到李升當年反對女兒嫁給康沁而把她送走。

〈一葉〉，講魏成因偷竊而被捕的經過。小說主要有四個故事事件：（1）魏成在菜市場暗中盜走了一個小女孩丟在地上的銅板；（2）與朋友鍾雲偶遇，對話中交代了失業的原因和失業後的境況；（3）在藥房偷藥被警察逮住；（4）回家見臥病的老母，對話中交代了魏成善良的本性和他艱難的生活情況。

〈火車上〉，講「我」在探望完患病的朋友後，在火車上偶遇多年不見、正在押送一個瘋子到台北療治的老朋友旭東。車上他們互道別後的生活情況，又談到瘋子的事，並交換了對生活的一些感觸。

〈進酒〉，講「我」和大維餞別的一個晚上。他們談到了生活的困難，他們的人生態度，以及一些生命的慨嘆。中間大維又遇上久別的老朋友，敘話中也是各自述說了生活的境況與唏噓的心情。

〈歸巢〉，講馬盧收養一個棄女的經過。一個男人藉故搭訕而把女兒遺下，並留下一封信說明他生活困難，無力撫養女兒；　馬盧收養了她並為此一天工作二十小時，最後男人帶著妻兒來討回女兒。

〈辭行〉，講華安、仲甫二人在遠行前到好友克文墓前祭掃，彼此抒發了一些人生的感嘆和面對逼人生活的無奈。在回程中談到克文因正直而貧窮甚至死亡的往事。後來又在戲院前

偶遇克文改嫁了的前妻英瑛，談及英瑛改嫁後大大改善了的生活境況。

〈窄路〉，講蔚彬去紀桐村找工作，巧遇十五年不見的老友韋召。他們在對話中談及韋召因在馬來亞事業有成，故回國探望兩個一直惦念的朋友——蔚彬和隆青。韋召又說起隆青一家的不幸：隆青因為不肯向任何權貴低頭，卒至餓死，家人只有把老家作妓院，由女兒當妓女才得以維生。說話間二人又因隆青的遭遇而抒發了對生活與尊嚴的人生體會。

〈路碑〉，講永平的妻子待產，永平為了籌集止血劑的費用四出找朋友幫忙，又典當衣被，最後因籌不到足夠的錢而自殺，妻子亦大量失血致死，只遺下兩個小女兒在世上。

〈平衡〉，講姜隆到方山飯店與分居的妻子樊玲會面，期間他們討論了離婚之事，樊玲又指出姜隆不能適應社會、開罪上司是因為他的性格正直，勸喻他放低一些原則好改善困難的生活。

〈客人〉，講「我」家在端午節時來了一對陌生的貧窮父子，「我」於是邀他們一起吃晚飯。席間談到父子困頓貧賤的生活。

〈朋友〉，講林亭在眾人面前講述他的一段經歷。整篇小說基本是以林亭為敘述者，倒敘他從前當計程車司機時，某一夜所遇到的怪人怪事。

以上的故事簡介雖然累贅煩瑣，然而一個《掙扎》諸篇所共享的基本故事結構亦因此呈現出來。大部分篇章的故事架構都是某某人物與某某人物相見，然後是敘話，並在人物的敘話中交代作品的主題。人物之間的相見，有些是朋友預先約定的

聚會, 有些是舊友偶然的相遇, 有些是與陌生人意外的結識, 有時甚至兩種情況同時出現在同一作品中。然而不管是哪一種形式, 我們都可以將它簡化為「會面」此一功能, 緊隨「會面」之後的, 則是「對話」功能。「會面」、「對話」這一組行為功能, 組成了這些小說的基本故事形態, 縱使人物不同, 這組行為功能仍是各篇小說共有的恆定不變的因素。這個「會面——對話」模式, 按照巴特的說法, 就是小說的「核心」。巴特在〈敘事作品結構分析導論〉("Introduction to the Structural Analysis of Naratives) [7] 一文中曾把功能再細分為兩類, 分別是「核心」和「催化」。「核心」是基本功能, 屬敘事作品「真正的鉸鏈」;「催化」則是一種補充, 用以填補鉸鏈之間的敘述空間[8]。在《掙扎》的各篇小說中, 「會面——對話」模式是最基本的故事結構, 在小說中起著重要的骨架作用, 一切的人物、故事事件和主題亦莫不圍繞著這個骨架而開展, 因此明顯是小說的「核心」單位。至於小說中的「催化」單位, 由於《掙扎》集中多屬情節淡化的小說[9],「催化」單位亦因此較少和較不起眼。事實上, 簡單的故事事件及淡化了的情節, 亦使得各篇小說的功能性相對減弱, 故而本來就是數量有限的行為功能, 在這些作品中也就更是少見。

---

[7]　巴特:〈敘事作品結構分析導論〉("Introduction to the Structural Analysis of Naratives),《敘事美學》(王泰來等編, 重慶: 重慶出版社, 1987), 頁60-98。

[8]　巴特, 頁72。

[9]　情節的淡化程度, 在《掙扎》各篇小說中不盡相同, 其中有些篇章較具情節性, 如〈一葉〉、〈歸巢〉、〈路碑〉等, 但只是相對於集中的其他小說而言。關於情節淡化問題, 下文續有論述。

以上,我們分析了《掙扎》其中一個重複現象,即各篇章共同的基本故事結構。然而,這只是屬於最表層的分析。「會面——對話」模式作為小說的核心,只具備支架的功能,並不直接構成小說的意義。小說的意義究竟如何在小說敘述中呈現,仍有待我們作出更深層次的分析。

2.展示性的情節

結構主義敘述學家查特曼(Seymour B. Chatman, 1928-)曾把敘事作品的情節區分為「結局性的情節」 和「展示性的情節」[10]。「結局性的情節」的特點是強調小說的整體性及因果關係,故事事件一般要有開端、發展、高潮,並須具備一個結局作為小說的終結。一般傳統小說的情節都屬於「結局性的情節」。與「結局性的情節」不同,「展示性的情節」以展示為目的,特點是「無變化」和「偶然性」,作品往往藉一些瑣碎的生活片斷來引發人物的內心活動和展示人物的性格[11]。《掙扎》各篇的情節莫不存在「無變化」和「偶然性」的特徵,按照查特曼的劃分,它們同屬於「展示性的情節」一類。

(一)「無變化」

先說「無變化」。無變化是指作品直至終篇,人物的性格、境況沒有出現多少的轉變,事件/情節的演變在作品中居於次要的地位,作品著力於展示那些不變的因素。《掙扎》集內的作品基本都依循著「不變」此一原則。情節淡化是其中比較突出的一個現象。

---

[10] 申丹,頁54-55。
[11] 申丹,頁55。

　　《掙扎》中的情節淡化, 主要見於「動態細節」的缺席。托馬舍夫斯基 (Boris Tomashevsky, 1890-1957) 在〈主題〉("Thematics")[12]一文曾經指出,「動態細節」是情節的中心動力細節, 情節的構成一般是依靠一個情境向另一個情境的過渡來實現, 而使情境發生變化的, 正是動態細節[13]。托馬舍夫斯基在文中舉了普希金 (Aleksandr S. Pushkin, 1799－1837) 小說《村姑》接近結局的一個情境作說明, 該情境是: 阿列克賽愛著阿庫麗娜。阿列克賽的父親強迫兒子娶麗莎爲妻。阿列克賽因此反對父親包辦婚姻。後來他發現阿庫麗娜和麗莎原來是同一個人, 情境遂發生變化: 阿列克賽不再反對婚姻[14]。發現阿庫麗娜和麗莎是同一個人這一細節, 便是動態細節。而這一細節也是《村姑》的情節發展的一個重要成分。

　　小說中缺少了「動態細節」, 是造成情節淡化其中一個因素。譬如〈進酒〉, 由晚上喝酒送別說到喝罷天亮, 小說的情境幾乎完全沒有任何變化, 中間穿插一段舊友重逢, 以爲能夠爲情節的發展帶來變化, 事實卻沒有, 帶來的只是又一個境況相同、同樣坎坷的人物, 僅僅起著強化主題的效果。整篇小說不見推動情節發展的「動態細節」。又如〈相思樹〉, 小說中雖有著一些簡單的故事事件, 好像訪友、遇友等等, 但情節基本上也是被淡化了。與〈進酒〉一樣, 雖然穿插了偶遇舊友這

12　托馬舍夫斯基:〈主題〉,《俄國形式主義文論選》(什克洛夫斯基[Victor Shklovsky, 1893-1984]等著, 方珊等譯, 北京: 生活‧讀書‧新知三聯書店, 1989), 頁107－208。

13　托馬舍夫斯基, 頁112-117。

14　托馬舍夫斯基, 頁117。

一可以成爲促進情境變化的「動態細節」的事件,小說卻沒有利用它來造成情節起伏變化的意圖,仍然貫徹著平淡、不變的原則。可以說,小說至終都不構成任何演變——人物的心境不變、性格不變、生存狀況不變。

在《掙扎》集中,大部分小說都不存在一般小說強調的情節發展和高潮,除了沒有引起情境變化的「動態細節」外,亦絕少出現托馬舍夫斯基所謂造成情節發展的重要因素——角色間的矛盾與鬥爭[15]。然而,《掙扎》集中亦不是完全沒有例外,好像〈一葉〉、〈路碑〉。相對於集中其他小說,它們在情節上都有較大起伏。不過,即使是較具情節性,卻並不防礙這些小說的「無變化」特徵。表面看來,〈一葉〉以魏成坐牢爲結局,〈路碑〉則以永平惠英夫婦之死告終,小說的情境完全改變了。但在這兩篇小說中,各有一段十分重要的敘述,是理解小說的關鍵。於〈一葉〉,是魏成回家看望臥病母親一幕;在〈路碑〉,是結尾處對永平兩個小女兒的僅僅數句的敘述。其重要處,在於它們揭示了在人物生存狀況的改變之中,仍有一更根本的不變。這兩段敘述,強調了這些人物並非孤立於他人之外,而是與其他人息息相連,他們個人的苦難繫在一種關係之上,個人的苦難同時也是整個家庭的苦難。因此,個人生存狀況的變化(惡化)並不導致苦難的消除或終止。相反,對於整個家庭而言,苦難更進一步加深了。在小說中,艱苦的生活在本質上絲毫沒有改善,變的只是背負生活的角色,生活的

---

15 托馬舍夫斯基認爲:「情節的發展,可一般概括爲一情境向另一情境的過渡,并且每一情境都必須充滿利害衝突——角色間的矛盾與鬥爭。」參托馬舍夫斯基,頁112。

艱苦與恐怖只分別轉嫁在老病的母親、還在上學的弟弟（〈一葉〉），以及睜著恐懼的眼睛的大女兒，和無知無識地酣睡著的小女兒的身上（〈路碑〉）； 至於魏成與永平夫婦，則只是在無力的掙扎中被生活暫時或永遠抹掉的眾多角色的一員。活躍於小說中的，仍然是這種「無變化」的因素。

從以上的分析我們可以發現，「無變化」是《掙扎》十二篇小說所共有的一種重複現象。雖然這些小說對情節的處理不盡一致，有些具有較強的情節變化，有些則呈現情節淡化的現象。但總的來說，情節並不是小說最重要的部分，小說所著力展示的，是小說「不變」的部分。

事實上，「不變」不單是《掙扎》最重要的基本特質，也是我們闡釋小說意義時不可忽略的重點。利用列維－斯特勞斯（Claude Levi-Strauss, 1908－ ）分析神話結構的方法，可讓我們從這些「不變」中揭示小說的意義。

所謂神話結構，是法國結構主義人類學家列維－斯特勞斯的主要論題之一，指的是「隱藏在神話表層結構之後的、可理解的內在結構，即深層結構」，是「神話的意義所在」[16]。為了找出神話的深層結構，列維－斯特勞斯從不同的神話中找出功能上類似的單位，稱之為「神話素」（mytheme）。神話素正是組成神話的基本因素，它們在所有神話的基本結構裡均呈現出「互相對應的雙重對立形式」[17]，可以如下公式表示：

---

[16] 司有侖，頁244。
[17] 申丹，頁39。

A：B：： C：D（即A與B的對立相當於C與D的對
立）[18]

列維－斯特勞斯曾引用三個關於俄狄浦斯的神話，以說明如
何把握神話的內在結構。把俄狄浦斯的神話套於上述公式中，
則A與B的對立意味著神話裡過分重視血緣關係與過分輕視
血緣關係的對立； C與D則意味著否定人類生於大地與肯定
人類生於大地的對立。而這四種神話素，在俄狄浦斯的神話中
則是由具有相同功能的四組事件來體現[19]。總而言之，以上兩
組對立形式，正是該三個俄狄浦斯神話所具有的共同的深層
結構，並且構成神話的意義所在，即「人類生於大地與人類生
於男女血緣關係這兩種彼此衝突的觀念的調和」[20]。

以列維－斯特勞斯的公式探尋《掙扎》的深層結構，亦可
以得到以下兩組互相對應的對立形式：

A貧困中力圖掙扎：B貧困中無力或放棄掙扎
C貧困中仍重視生命之尊嚴：D貧困中放棄生命之尊嚴

---

[18] 申丹，頁40。
[19] 具體事件在此不贅。可參考司有侖，頁244-245； 申丹，頁39－
40。
[20] 司有侖，頁245。

參照一下《掙扎》各篇,我們可以看到這兩組命題中的四個基本故事元素,如何在不同的故事事件中體現出來。具體情形我以表列的方法陳述於下:

A貧困中力圖掙扎	
〈相思樹〉	康沁: 在台灣漂來蕩去,四處找工作。
〈火車上〉	旭東: 為了養活一家四口,除了正職,每天晚上和假日都去作小買賣,所有的時間全放在工作上。
〈進酒〉	大維: 過去是蘭州最年輕的大學教授,十年來為了生活在一個微小的崗位工作。
	大維的舊同學: 白天上班,晚上賣花生。
〈歸巢〉	馬盧: 住在一間矮屋裡,屋子不單像烤籠一樣的熱,自來水亦異常缺乏,每晚三四點都要起來儲水。收養了一個棄嬰後,每天更工作二十小時。
〈窄路〉	蔚彬: 在打台風時仍趕到紀桐村找工作。
〈朋友〉	乘客: 貧窮中與狗相依為命。
B貧困中無力或放棄掙扎	
〈相思樹〉	飯店老闆: 因賠光而吊死在相思樹上
〈一葉〉	魏成: 因無錢而偷藥,被警察抓去。
〈路碑〉	永平: 因買不起妻子生產用的止血劑而自殺,妻子亦因失血致死。
〈客人〉	客人: 無法找到工作,帶著兒子四處流浪。
C貧困中仍重視生命之尊嚴	
〈兀鷹〉	明聖: 寧願留在山中獨居,忍受貧窮與寂寞,也不

	願在「不允許人有自尊心」的世界工作。
〈辭行〉	克文:當學校的經費稽核員時因正直發言被辭退,後在請願途中倒斃。
〈窄路〉	隆青:因為不向任何權貴低頭而生活坎坷,最後死去。
D 貧困中放棄生命之尊嚴	
〈一葉〉	魏成:不顧小女孩的哭喊,暗中扣起小女孩丟掉的一個桐板不還。又偷了藥房一包傷風克。
〈歸巢〉	棄嬰的父親:因貧窮把女兒棄掉,後來不忍心又取回去。
〈平衡〉	樊玲:為錢而背棄丈夫,跟一個自己不愛的富人。

可以看到,這兩組互相對應的對立形式基本上涵蓋了《掙扎》十二篇的故事事件,是《掙扎》十二篇共同的深層結構。藉著這兩組對立形式,我們也發現了各篇章的統一的主題:即對於人在貧困中努力掙扎與貧困中堅持生命之尊嚴的探討。如果回到重複的研究,則它們又明顯有著重複彼此的主題的特點。

（二）「偶然性」

接著要說偶然性。所謂偶然性,主要是指在故事中的偶然因素。在《掙扎》中,偶然因素出現之多,很值得我們去研究。

可以說,偶然性是現代小說和傳統小說其中一個明顯的分野[21]。我們知道,偶然性是構成現實世界的基本因素,現實

---

21 申丹,頁53-54。

的生活本來就是由無數個別而又偶然的事件組成。然而, 傳統的敘事作品十分重視因果關係, 故往往把現實描繪成一個井然有序的規律世界。這些傳統作品要求每個故事事件都要有開端、發展、高潮和結局, 強調作品的完整性和戲劇性。因此因果關係也就成了傳統小說的故事情節中一個必不可少的因素。與傳統小說不同, 現代小說不再那麼強調因果關係, 不再要求作品的完整性和戲劇性, 開端、發展、高潮和結局等等在傳統小說中必不可少的情節安排, 在現代小說中亦不再適用。現代小說用偶然性取代了以往的或然律和必然律, 由於生活是零碎的、無規律可循的, 因此小說亦往往只展示日常生活的某一個片斷, 故事不必有高潮起伏, 甚至不必有完整的結局 [22] 。

在《掙扎》中, 每一篇都是由結構非常簡單的事件組成, 當中並沒有刻意的情節安排, 也沒有營造高潮起伏的故事情節, 每篇都只是小說人物的小小一個生活剪影。這些零星片斷之於整個生活, 無疑就有很大的偶然性。這些小人物小故事, 用最自然的手法平平淡淡地道來, 因此讀來的感覺也就十分貼近現實生活。《掙扎》作為一部以寫實為目的的小說集, 展示著社會低

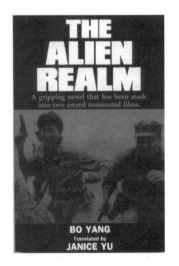

------

[22] 申丹, 頁53-54。

下層人物在艱苦貧困的境況下的生活現實,當中的偶然因素無疑強化了小說的真實感,使它的寫實效果更為特出。

而在這些片斷中,又有一個特別惹人注意的現象,即小說經常重複出現舊友偶然相遇的事件。例如〈相思樹〉中康沁偶遇分別二十年的李升; 〈一葉〉中魏成偶遇友人鍾雲; 〈火車上〉的「我」在火車上遇到兩年不見的朋友旭東; 〈進酒〉中大維巧遇久違了的初中同學; 〈辭行〉中華安和仲甫在戲院前巧遇克文已經改嫁的妻子; 〈窄路〉的蔚彬遇上十五年不見的摯友韋召。十二篇中佔了一半是充滿偶然性的「舊友重逢」情節。〈相思樹〉中曾說:「台灣的天似乎很小」,回想安徽的老家,卻是「一望無際的大平原」[23]。這些經常出現的偶遇事件,也的確令人有一種地方少,所以碰面多的感覺。我們在前面曾經指出,小說與外部因素的關係,可以是小說對社會或歷史的真實情況的重複。而小說中不時把往昔(大陸?)和目前(台灣?)作比較,例如〈相思樹〉、〈進酒〉、〈窄路〉、〈客人〉等,這當中或許有著作者對當時的政治現實的某種聯想。不過,這已超出本文討論的範圍,而且這聯想也是不可驗證的。姑存一見,這裡不再討論。

3.人物

上面我們從故事模式、情節結構上闡述了《掙扎》十二篇的重複現象,以下將以人物為重心再作分析。跟情節一樣,小說中的人物塑造,無論從性格、情感以至處境,也都是十分類

---

[23] 柏楊:〈相思樹〉,《柏楊小說全集》(常君實主編,北京:中國社會科學出版社,1995,卷1),頁163。

似。可以說, 作者明顯爲這些人物安排了一些共同的「標誌」。
「標誌」是巴特在〈敘事作品結構分析導論〉一文中所用的術
語, 在他的理論裡, 「標誌」包括有關人物性格的標誌, 有關
人物身分的情況, 氣氛的標記等等[24]。這裡也許須要對巴特的
理論略作補充。巴特在該文中, 曾將敘事作品分爲「功能」、
「行動」、「敘述」三個描述層, 這三層是按逐步結合的方式
互相連接起來的。「標誌」跟前面「故事結構」一節提過的「功
能」(核心與催化)同屬於功能層, 是敘事作品中的最小的功
能單位。「功能」涉及的是行爲或者動作, 而「標誌」涉及的
則是概念。巴特指出, 標誌在敘事作品中起著表達意義的功能,
數個在不同地方出現的標誌往往使人想到同一個所指
(Signified), 因此它涉及的是一個所指而不是一個動作。不
過, 必須跨到更高級的層次, 這些標誌才能被充實, 其含義才
得以彰顯。所謂「更高級」的層次, 指的是「行動」、「敘述」
二層。也就是說, 標誌只有在行動層或敘述層中, 含義才會明
顯起來[25]。行動層(巴特有時也稱爲人物層)的「行動」一詞,
據巴特自己所言, 是用了格雷馬斯(A. J. Greimas, 1917－)把
人物作爲行動者來論述時所指的含義[26]。故此, 我們可以運用
格雷馬斯的行動素模式結合這些人物的標誌來進一步闡釋作
品的意義。

法國結構主義敘述學家格雷馬斯從語言學出發, 指出「意
義」的概念, 是通過「語意素」之間的對立而得以呈現的。例

---

[24] 巴特, 頁71。
[25] 巴特, 頁67-75。
[26] 巴特, 頁67。

如「黑暗」一詞就是由我們對它的對立面「光明」的感覺來界定的[27]。因此，二元對立是產生意義的最基本結構。由於語言結構必然影響到作品的結構，所以二元對立也構成敘事作品的深層結構。於是格雷馬斯根據敘事作品的人物行爲功能，提出了由六種行動者組成的三組二元對立的行動素。這三組行動素是：（1）主體／客體；　（2）發送者／接受者；　（3）幫助者／反對者。它們可產生任何故事中的所有角色[28]。

把行動素模式與《掙扎》中的人物相結合，可以發現各篇小說的主體差不多都是具有相同標誌的人物──都是一些本性善良，但生活坎坷貧苦的下層人士。各篇小說的客體，也就是這些人物在小說中所追求的，亦同樣地，只是一個基本的生存權利。然而可以見到，小說中卻有一股出奇地巨大的力量（反對者），阻礙著主人公們（主體）追求基本的生存權利（客體），而「幫助者」的力量又極其微小。

在《掙扎》的各篇小說中，幫助者的力量一無例外地微小之極，完全不能協助主體取得客體。例如在〈相思樹〉，陸眞自顧尚且不暇，根本沒有能力幫助康沁；　富貴如〈窄路〉的韋召，也因爲時已晚而無法幫助隆青；　有時幫助者在小說中甚至僅是一個連名字也不提的卑微角色，如〈進酒〉只以「花蓮的朋友給我介紹工作」[29]一句帶過；　更多時小說中根本不存在能支持主體的幫助者，如〈路碑〉中，永平就因爲找不到朋友幫忙而自殺以終，幫助者在小說中全面缺席。總之在《掙扎》

---

[27] 司有侖，頁252。
[28] 司有侖，頁252-253；　申丹，頁40-41。
[29] 柏楊：〈進酒〉，頁192。

中，小說的主體一般得不到有力的幫助者的支持。相對而言，小說中也普遍沒有具體的反對者出現，然而一種反對的力量卻又無處不在，絲毫不讓主體有接近客體的機會。事實上，這種沒有具體形象的反對者比以具體人物出現的反對者更強大，因爲它代表的是一種非人的力量——時代、社會環境對人的無情壓迫。譬如〈兀鷹〉中的明聖，就是爲了逃避「一個不允許人有自尊心的時代」，而躲進山中獨居；〈相思樹〉的康沁、〈客人〉的窮父，無論如何也找不到一份安穩的工作。最可悲的是，主體在反對者面前是如此的無力，他們即使努力掙扎，境況卻絲毫不見改善，客體還離他們很遠，他們所共有的標誌——貧窮、卑賤、朝不保夕——仍然堅定地烙刻在他們身上；偏偏他們所追求的客體，不過是人類應該擁有的最合理最基本的生存權利，卻成爲他們最卑微也最重大的渴望。這種環境之力高於人物以至一切、人物無從改變環境的作品，按照弗萊（Northrop Frye, 1912－1991）所言，是所謂的悲劇[30]；不幸的是，這些作品卻正是對當代台灣社會實況的重塑。如米勒所言，這分明又是作品對外部的現實世界的一種重複了。

在這裡，我們從人物的標誌與行動素的分析中進一步發現小說意義是如何建構的。

---

[30] 趙憲章:《二十世紀外國美學文藝學名著精義》（江蘇: 江蘇文藝出版社, 1995），頁824－831。另李瑞騰在〈郭衣洞《掙扎》中的悲劇意識〉一文中，亦討論到小說的悲劇性。載柏楊65編委會主編:《柏楊65: 一個早起的蟲兒》（台北: 星光出版社, 1984），頁377－85。

三. 小説的空間形式

　　曾經有評論家談過《掙扎》別於一般短篇小說集之處: 就命名而言, 一般小說集習慣把最突出或作者最喜愛的一篇作為書名,《掙扎》這名字卻是取之於十二篇的共同主題。就個別篇章而言, 一般小說集並不求一致, 各篇小說可以有它們各自不同的意境、主題; 但在《掙扎》中, 無論時代、意境、人物還是主題, 十二篇都呈現著強烈的一致性[31]。這個發現雖然並不獨特, 卻十分重要, 因爲它揭示了《掙扎》獨特卻容易被忽略的一面──它的形式。本文從開始便一直強調的各種重複現象, 亦與這種形式有著十分密切的關係。這種獨特形式指的就是小說的空間形式。

　　戴維・米切爾森(David Mickelsen)在〈敘述中的空間結構類型〉("Types of Spatial Structure in Narrative")[32]一文中, 提到戈特弗里德・本把自己的《表現型小說》視作一個橘子的比喻, 他認爲該比喻完全適用於空間形式的小說。比喻是這樣的: 「這部小說……是像一個橘子一樣來建構的。一個橘子由數目眾多的瓣、水果的單個的斷片、薄片諸如此類的東西組成, 它們都相互緊挨著, 具有同等的價値……但是它們并不向外趨向於空間, 而是趨向於中間, 趨向於白色堅韌的莖……這個堅韌的莖是表型, 是存在──除此以外, 別無他物; 各部分之

---

[31] 辛白:〈掙扎〉,《柏楊65: 一個早起的蟲兒》, 頁329。

[32] 戴維・米切爾森:〈敘述中的空間結構類型〉,《現代小說中的空間形式》(約瑟夫. 弗蘭克[Joseph Frank, 1918-]等著, 秦芳林編譯, 北京: 北京大學出版社, 1991), 頁139－68。

間是沒有任何別的關係的。」[33]有趣的是, 這種橘狀結構與《掙扎》的結構亦非常吻合。藉著這個橘子的比喻, 我們可以更清楚了解《掙扎》的空間形式。

跟空間形式小說一樣, 促成《掙扎》各篇章之間的統一的, 是小說的主題。傳統小說的協調和統一, 往往依賴事件的因果關係及其時間結構, 因而是「時間的藝術」、「變化的藝術」[34]。但空間形式小說卻極力摒棄時間和順序, 它的統一性不是存在於時間關係中, 而是存在於空間關係中, 是一種「並置的藝術」[35]。在空間結構裡, 使作品統一、協調的主要元素, 就是主題, 它們被具體化為兩種空間形式:「個人肖像」和「社會畫面」[36]。顯而易見, 《掙扎》的篇章莫不是描述低下層窮苦民眾為生活而掙扎的作品, 在主題上, 它們是一致的、彼此重複的, 共同構成的是具體的「社會畫面」。「主題重複」是空間形式小說的一個主要特徵。戴維．米切爾森就曾經說:「……性格刻劃對情節的替代, 緩慢的速率, 事件結局的欠缺, 甚至是重複——都是空間形式的正當印記」[37]。《掙扎》中彼此重複的主題, 也就成了它獲得空間形式的重要因素。事實上, 在當代中國文學中, 也不乏探討這類空間形式的作品, 好像大

---

[33] 米切爾森, 頁142。

[34] 米切爾森, 頁151。

[35] 秦芳林:〈譯序〉, 《現代小說中的空間形式》（約瑟夫．弗蘭克等著, 秦芳林編譯, 北京: 北京大學出版社, 1991）, 頁i-ii。

[36] 米切爾森, 頁151-152。

[37] 米切爾森, 頁141。

陸作家馬原（1953－）的中篇小說〈岡底斯的誘惑〉[38]、台灣作家張大春（1957－）的短篇小說〈公寓導遊〉[39]，都是屬於構築「社會畫面」的空間形式小說。

　　現在，讓我們回到橘子的比喻，從而看看整部《掙扎》的結構。如果把《掙扎》想像成橘，這便是一個有十二瓣果肉的橘。一如比喻中言，它們之間幾乎沒有任何關係，唯一但也是最重大、最強而有力的連繫就是它們一致趨向處於中心的莖。集中的每個篇章都是一瓣果肉，這莖，就是它們的共同主題。在《掙扎》中，代表著這莖的，是小說的〈序〉。在短短半頁紙的〈序〉中，柏楊早已開宗明義地說明了小說的「核心」：陷於絕境的生活和陷於絕望的生命、人類的尊嚴、痛苦的掙扎，這三者間的衝突與矛盾。這莖，作為每一瓣果肉共同的展示對象，是小說唯一的意義，此外並無其他存在（指具體情節、人物等等）。

　　此外，《掙扎》的小說結構又體現著空間形式中的「並置」概念。「並置」是空間形式中的重要概念，由弗蘭克首先提出，指在文本中並列地置放各種意象、暗示或其他素材，使它們在文本中得到連續或前後參照，從而結成一個整體[40]。「並置」後來被夏塔克按照並置物的性質接近與否，而進一步劃分為「同類並置」和「異類並置」[41]。就我們在第二節的論述所見，

---

[38] 馬原:〈岡底斯的誘惑〉,《結構主義小說》（吳亮等編, 長春: 時代文藝出版社, 1989）, 頁1-53。

[39] 張大春:〈公寓導遊〉,《公寓導遊》（台北: 時報文化, 1986）, 頁172-191。

[40] 秦芳林, 頁iii。

[41] 秦芳林, 頁iii; 2.米切爾森, 頁144－145。

《掙扎》各篇顯然是屬於「同類並置」,因為它們均呈現出十分相近的內在結構——從故事模式、情節結構,以至人物標誌和行為功能莫不如是。它們的排列跟橘的果肉一樣:它們互相毗連,並置於莖的四周,既具備相似的內在結構,復有同等的重要性。在「同類並置」的結構裡(一如在《掙扎》裡),相同的觀念,相同的事件,甚至具有相同標誌的人物,都不斷重複出現,它們引導著讀者對各種重複現象進行反覆參照,一個統一的意義遂在持續不斷的呈現、強調、重複下,在各篇章間建立起來。當這個統一意義逐步強化,每個單一的篇章的意義便不僅僅在於它自身,而在於它與其他篇章,以及整個結構的聯繫之中,讀者便又要反過來,繼續對各種重複現象進行對比、參照,以便在整體的聯繫中理解每一個篇章的意義。由此,小說便不再是向前發展的,而是呈現圓形運動。事實上,正如米切爾森所言,「在空間形式中,向前的推動力是極小的; 讀者的任務主要是推想作品如何逆向溯源或旁逸斜出,而不是推想作品如何向前發展」[42]。置之於橘的比喻中,我們可以看到,果肉的排列也是呈圓形的,它們之間的互相參照也是一種繞著圈子轉的向心運動。然而即使圓周的轉動無限,處於圓心的莖卻是永遠不變。回到《掙扎》裡,各篇小說的情節明顯沒有太大的向前推進的動力,小說也沒有完滿的結局。小說的意義並非藏於情節的演變之中,而是在並置的篇章的互相指涉、對照中得以清晰和強化。就這一情況而言,圍繞著同一個圓心進行的圓形運動顯然也發生於《掙扎》之中。而在這裡頭,

---

[42] 米切爾森, 頁146。

運動（即小說中「變」的部份，包括人物、情節的演變等等）並不是最重要，最重要的還是作為運動的支點的圓心（小說「不變」的部份，即橘子的莖、小說的主題）。總而言之，空間形式小說重視的是具有一致性的整體，至於它的組成過程，包括故事事件的選擇和分布，都是趨向於主觀隨意的[43]。

　　就以上的分析可見，《掙扎》的空間形式是明顯的。它的結構就好像是一個完整的橘狀結構，由十二個彼此獨立但具有同一所指的篇章，共同譜成一幅靜止的社會圖畫。如果我們願意把《掙扎》詮釋為一個整體，十二個短篇小說是它的組成部份，那麼回到最初提出的問題，則這些篇章之間的重複現象便純粹是內部結構上的，而非內外之間的關係。當然，這樣的詮釋並不是絕對的，我們既不可能從文本中正確無誤地探知作者的本意，也不必非跟作者的原意吻合不可。正如巴特強調文本的「可寫性」，文本是開放的，讀者的詮釋因此可以無限。而本文正是嘗試以另一種角度，探索《掙扎》基本上已是定論的主題——即當時台灣貧窮小市民在社會上的掙扎，這個主題如何在小說的重複手法和空間化的形式中呈現，並在讀者心中鮮明起來。

四．結論

　　無變化、偶然性、空間形式等等，都展現了《掙扎》作為現代小說的特徵，但我們仍未能忽略在它身上的傳統小說特徵。依巴赫金（Mikhail Mikhailovich Bakhtin, 1895－1975）的

---

[43] 米切爾森，頁144-145, 157-158。

說法,《掙扎》是所謂傳統的「獨白型小說」。與「獨白型小說」一樣,《掙扎》充滿著非敘事性的評論,而且作品往往只容許作者一個人的聲音存在, 人物的語言、心理亦全被納入了作者的意識與敘述中[44]。總的來說,《掙扎》有著以下的雙重特色: 它既具備傳統小說作者至上的獨白型結構, 又體現了現代小說獨特的空間形式。

參考文獻目錄

BA

巴特(Barthes, Roland):〈敘事作品結構分析導論〉("Introduction to the Structural Analysis of Naratives"),《敘事美學》, 王泰來等編, 重慶: 重慶出版社, 1987。

BO

柏楊:《柏楊小說全集》, 常君實主編, 北京: 中國社會科學出版社, 1995。

柏楊65編委會主編:《柏楊65: 一個早起的蟲兒》, 台北: 星光出版社, 1984。

FU

弗蘭克, 約瑟夫(Frank, Joseph)等著:《現代小說中的空間形式》, 秦芳林編譯, 北京: 北京大學出版社, 1991。

HU

---

[44] 朱立元:《當代西方文藝理論》(上海: 華東師範大學出版社, 1997), 頁261-264。

胡亞敏:《敘事學》,武昌: 華中師範大學出版社,1994。

　　KE

科恩,史蒂文(Cohan, Steven)、夏爾斯,琳達(Shires, Linda M.):《講故事: 對敘事虛構作品的理論分析》(*Telling Stories: A Theoretical Analysis of Narrative Fiction*),張方譯,台北: 駱駝出版社,1997。

　　LEI

雷蒙-凱南,施洛米絲(Rimon-Kenan, Shlomith):《敘事虛構作品: 當代詩學》(*Narrative Fiction: Contemporary Poetics*),姚錦清譯,福建: 廈門大學出版社,1991。

　　MI

米勒著、王宏圖譯:〈重複的兩種形式〉("Two Forms of Repetition"),《中外文學》20卷4期,1991年9月,頁28-51。

　　SHEN

申丹:《敘述學與小說文體學研究》,北京: 北京大學出版社,1998。

　　SI

司有侖主編:《當代西方美學新範疇辭典》,北京: 中國人民大學出版社,1996。

　　TUO

托馬舍夫斯基(Tomashevsky, Boris):〈主題〉("Thematics"),《俄國形式主義文論選》(什克洛夫斯基[Victor Shklovsky, 1893-1984]等著,方珊等譯,北京: 生活. 讀書. 新知三聯書店,1989),頁107－208。

ZHAO

趙憲章: 《二十世紀外國美學文藝學名著精義》, 江蘇: 江蘇
　　文藝出版社, 1995。

ZHU

朱立元: 《當代西方文藝理論》, 上海: 華東師範大學出版社,
　　1997。

Chatman, Seymour B. *Story and Discourse*. London: Cornell UP,
　　1978.

Frye, Northrop. *Anatomy of Criticism: Four Essays*. Princeton :
　　Princeton UP, 1957.

~~~~~~~~~~~

英文摘要(abstract)

Tang, King-yu "A Study on Repetitions in Bo Yang's *Zheng Zha* "

M. Phil candidate, Department of Chinese, The University of Hong
　　Kong

　　This article focuses on repetitions in Bo Yang's *Zheng Zha* so
as to find out its structure and meaning. It also points out the spatial
form of *Zheng Zha*. (作者提供)

~~~~~~~~~~~

論文重點:

1. 本文主要研究《掙扎》中各種重複現象。

2. 米勒認爲小說是由各種重複組成的組合物, 研究小說的重
　　複有助於闡釋小說。

3. 《掙扎》的重複現象首先見於故事結構上,各篇都重複著彼此的故事模式,以普洛普的行為功能析之,發現「會面」、「對話」兩種功能是共存於各篇的恆定不變的因素,可把它概括為一「會面──對話」模式。

4. 這種故事模式起著重要的骨架作用,屬於巴特所謂的小說的「核心」。

5. 根據查特曼的劃分,《掙扎》的情節屬「展示性的情節」,其特點是「無變化」和「偶然性」。這些都是現代小說的特徵。

6. 《掙扎》又有著情節淡化的特徵,主要是由於缺少「動態細節」。

7. 掌握《掙扎》「無變化」的特質對闡釋小說非常重要,利用列維－斯特勞斯的研究方法分析之,可發現各篇小說的共同主題。此乃主題的重複。

8. 小說中的人物也呈現著明顯的重複,人物被賦予了統一的「標誌」。結合格雷馬斯行動素模式作研究,可發現小說的意義如何被進一步強化。

9. 《掙扎》具備了空間形式小說的特質──無變化,強調偶然性,充滿各種形式的重複等。再從《掙扎》的整體結構出發,篇章間的結構亦一如空間形式小說的橘狀結構──既彼此獨立,但又指向同一所指。

10. 空間形式小說的統一性往往有賴於一致的主題,《掙扎》各章的統一亦可作如是觀,它們共同組成了一幅社會實況圖。

11. 除以上這些現代小說的特點外，《掙扎》亦有著傳統小說
    的特徵，它的獨白型結構一如修辭學上的展示性演說，只
    單向地把要訊息展露在讀者面前，作品中亦往往容許作者
    一個人的聲音存在。

12. 總而言之，《掙扎》同時兼具了傳統小說和現代小說的特
    點。

特約評論人: 應鳳凰

應鳳凰（Feng Huang YING），女，1950年生於台灣，台北市人，
國立台灣師範大學英語系畢業，曾任中國時報人間副刊編
輯，目前是美國德州大學奧斯汀校區東亞系博士研究生。著
有《筆耕的人》（1987），主編《另一個角度看柏楊》（1981）
等。

　　本文運用一系列西方小說敘事理論，討論柏楊短篇小說
集《掙扎》裡的「重複現象」，並分別從小說的「故事模式、
情節結構，角色行為功能」三方面，闡明各自的「重複」樣貌。
例如從《掙扎》各篇故事表層，歸納出「會面──對話」的重
複故事模式；　從情節結構的重複（無變化與偶然性），取列維
斯特「神話素」的概念，闡明各篇共同的深層結構，在小說研
究方法論上，新穎而富於創意。

　　論文有兩個地方令人印象深刻。其一是運用了大量西方
敘事理論: 作者一口氣引用了自米勒以下，包括普洛普、羅蘭
巴特、查特曼、列維斯特、格雷馬斯等，多至十家左右不同派

別的歐美敘事理論,展示作者對西方理論不僅熟悉,也勇於實驗與運用。這類「引西學以爲中用」的作法,除了對柏楊小說個別研究提出一個嶄新的角度,同時也在中國當代小說評論領域,開拓或嘗試新的研究方法,這在近年中文系訓練出來的年輕學者,通常習慣於傳統研究方式的情況相較,可說相當難得。

其二,也是論文頂精彩之處,是作者在識別了作品中各種重複現象之後,於篇末成功地帶入這部小說的「空間形式」——以《掙扎》十二短篇之間形式的「並置」關係,說明各篇像桔橘的果瓣一樣,圍繞著同一個核心主題——於是論文費了大半篇幅介紹「故事模式、結構,角色行爲」等三方面的「重複現象」,如畫龍點睛一般,全都得到很好的解釋,也達到作者論文最終目的:以另一種角度,探索這部小說的「掙扎」主題,是『如何在小說的重複手法和空間化的形式中呈現』。

作爲一篇研究論文,它的結構十分勻稱。從(1)「重複」理論的概念說明,(2)展開柏楊小說的「表層結構」(故事模式);到(3)情節的「深層結構」,再(4)闡釋「重複現象」所衍生的意義、它與小說主題的關係——四個部分按次序逐步推衍,彼此關連又各司其職,使論文內部的邏輯結構組織,像一只古鼎那麼平穩的架構在四隻腳上。

講評文字循例得提出批評。鄧文中可以見到的缺點,也是一般挪用西方理論的學術論文,容易出現的問題:既然拿人家「現成」的理論作爲詮釋工具,如作者提到,西方理論「主要由西方文學作品而歸納出來」,於是作者不得不花很大力氣,

費很多篇幅, 來解釋這些理論的內容與背景。由於演繹理論的說明文字過於臃腫, 使「理論」與「對象討論」的文字比例, 頭重腳輕地不均衡。例如論文題目叫做: 從 (柏楊) 小說裡的重複現象看《掙扎》, 然而讀者看到《掙扎》本身敘事特色的機會不多, 西方理論家的名字以及他們的敘事理論與修辭概念, 倒是隨著作者的羅列而認識了不少。看得出來, 整篇文章的重心, 其實是西方理論如何如何, 而不是《掙扎》作為當代小說如何如何。

作者在篇首就提到:『當一個評論者選擇理論為他的詮釋服務時, 他必須留意這些理論是否能夠很好地幫助揭開研究對象的某些特點』。足見作者對於理論的選擇, 是很有自覺的。既是「選擇」, 有取有棄, 理論如果「選擇」太多, 幾等於沒有選擇。另外, 運用西方理論來詮釋中國小說, 不只出現合不合用的問題, 還常常出現作者心中早已有了現成的結論, 再去「選」對自己「合用」的理論來「配」, 也因為如此, 把原先的理論支解, 或誤解理論的情況常常出現, 挪用西方理論方法時, 不能不非常小心。

使用理論工具的最高境界, 劉紹銘早已說過, 是讓人看不出你到底用了什麼工具理論。好比武俠小說中的武林高手, 那些刀啊劍啊已漸漸成為身體的一部分, 可隨時隨地運用自如。具備這種「功夫」當然很不容易, 已到了「爐火純青」的境界——提出如此「高標準」與「高難度」, 尤其處在現當代小說研究領域, 由於中國本身小說理論的不足, 仍不得不大量借用西方理論的今天, 用意其實是懸之作為大家努力的目標, 並以此與作者共勉。(完)

特約講評人: 鄭振偉

鄭振偉(Chun-wai CHENG)，男，1963年生於香港，廣東潮州人，香港大學中文系畢業，博士研究生。現職香港嶺南學院文學與翻譯研究中心研究統籌員，負責行政及研究工作，另為該中心出版之《現代中文文學學報》執行編輯。編有《當代作家專論》(1996)、《女性與文學》(1996)，另有單篇論文發表於學報及雜誌。

　　鄧擎宇先生的文章主要是討論柏楊的一部小說合集《掙扎》中的「重複」現象。鄧先生認為「重複」現象是研究柏楊小說的一個很好的切入點。簡單地說，按鄧先生的分析，「重複」在柏楊的《掙扎》集中，表現在下述三個方面：

　　(1)小說有著同一的模式結構，鄧先生稱之為「會面－對話」，並以普洛普所出的「功能理論」來引證。

　　(2)小說的情節有著「無變化」和「偶然性」的特徵，並認為屬於查特曼所提出的「展示性的情節」。

　　(3)各篇小說中的人物有一個共同的「標誌」，即小說中有一股巨大的力量(反對者)，阻礙著主人公們(主體)追求基本的生存權利(客體)，而幫助者的力量又極其微小。

　　關於第一項，按普洛普的理論，功能的數目極有限，約有三十一個。鄧先生的說明很具創意，但人物的行為受制於人物在情節中的意義，跟「會面——對話」這一模式結構之間的關

係,應作更具體的分析說明。假如這一模式結構,是放諸各種小說而皆準的話,便無從突出柏楊小說的特色。

關於第二項,鄧先生認為柏楊的小說欠缺「動態情節」,故小說的情節顯得「淡化」,不存在一般小說強調的情節發展和高潮。鄧先生的論述,似在顛覆評價小說的慣性觀念。鄧先生以列維-斯特勞斯神話意義分析的方法,認為小說的「不變」正好揭示小說中的意義。這裡牽涉一個問題,即《掙扎》集的小說,是否可以看作一篇獨立的小說,而應用這種「二元對立」的情況來作分析。小說集中的各個單篇,其中的語意符號,是否都呈現著二元對立的情況?這是必須說明的。另外,鄧先生所提的現代小說用「偶然性」取代「或然律」和「必然律」一項,借此推論故事不必有高潮起伏,也不必有完整的結局,亦應說明這個理論的來源,不能隨意轉引。又柏楊的小說沒有傳統的情節安排,是否即可定性為「現代小說」?傳統的小說,不見得沒「偶然性」(巧合),「巧合」往往是推動情節發展的重要原素。

關於第三項,這個部分的論述,筆者認為是比較切合的,正如作者引述某評論家所談有關小說集的題目之所以命名《掙扎》的含義。

鄧先生在第三節中,以米切爾森的空間結構來討論《掙扎》中的各個短篇因並置而激發出特別的意義,筆者十分同意這個觀點。讀者在閱讀的過程中,的確是在不斷的回溯前文,不管是單獨的閱讀一個短篇,抑或是閱讀數個短篇,都存在著這樣一種閱讀流。但這個部分的論述,部分是建基於前文有關

「重複」的立論，故有關第一二兩項的建構，鄧先生宜加斟酌。(完)

〔責任編輯: 梁敏兒、鄭振偉〕

尋找柏楊小說中的女主角：文學、社會的交互考察

梁竣瓘

作者簡介： 梁竣瓘(Chun Kuan LIANG)，女，1974年出生於台灣嘉義，目前就讀於國立中央大學中文研究所碩士班二年級。碩士論文將研究黃春明及其作品，由李瑞騰教授指導。

論文提要： 中央大學中文研究本文從《凶手》、《掙扎》、《怒航》、《祕密》四部文本出發，歸納統計出女性在小說中所佔的分量，進而分析女性在柏楊筆下的幾種類型。接著從社會的角度切入，觀察柏楊小說中的女性與社會上女性之對映關係，再從文學史的脈絡中找尋和柏楊小說中相關的女性形象作一分析。嘗試由統計、社會分析與文學史各個面向，爬梳柏楊筆下的女性形象的種類與特質，期望由此提供柏楊研究的一個參考點。

關鍵詞(中文)：柏楊 女性角色 短篇小說 社會處境 叛離 依附 二度依附 對抗 屈從 現代主義 現實主義 妓女形象 黃春明 白先勇

關鍵詞(英文)：Bo Yang, female characters, novel, social situation, betrayal, dependence, sub-independence, opposition, subsistence,

Modernism, Realism, prostitute image, Huang Cun Ming, Bai Xian Yong.

一. 前言

關於柏楊(郭立邦, 1920-), 在台灣文學史中, 論者較常提到其雜文與報導文學, 少有小說的介紹[1]。儘管如此, 柏楊以小說這個文類初試啼聲, 卻是他進入台灣文壇的重要基石。尤其柏楊的批判意識, 以及雜文的筆法, 早在雜文寫作之前的小說創作中呈顯出來。

四九年來台之後, 柏楊開始從事小說創作, 甫經戰亂的台灣, 不論在政治、社會、經濟等等層面, 皆呈現一片紛亂的局面, 原本日人統治之下所建立的制度, 漸趨瓦解。而在新的制度尚未重建之前, 人民的生活是困苦的, 尤其通貨膨脹的壓力更是讓人們的生活陷入困境。柏楊的小說映現了五〇年代的社會現狀。除了早期在以大陸為背景之外, 更多是後來在台灣這塊土地上生活的人們。而其中他又極為關注大陸飄揚過海來台這批離鄉之人, 深刻描繪出他們在台灣所面臨的種種困境。

---

[1] 柏楊的小說寫於五〇年代中期到六〇年代中期之間, 這兩個十年在台灣分別是反共文學與現代主義文學的重要時期。柏楊的小說在台灣的文學史中較常被提及《異域》, 而這部作品被認為是反共的作品。舉例而言, 在葉石濤(1925-)的《台灣文學史綱》在討論五〇年代的文學中提到: 「小說有《異域》較著名」, 文學界, 1996再版, 頁102。以及王德威(1954-):〈五十年代反共小說新論〉中也提及鄧克保的《異域》, 參看邵玉銘、張寶琴等編:《四十年來中國文學》(台北: 聯合文學, 1995)。至於柏楊的小說被提及並不多見。

「男性觀點」與「男性主角」常出現在柏楊的小說，如果我們讓數字說話，可以發現其小說中男性作為主要角色之比率，幾高達九成以上；而女性的角色多半只是處於從屬之地位。而在這從屬的地位中，女性大都是扮演著拋棄者的角色，此種背棄的性格，在柏楊的筆下似乎是一種普遍的類型。然而若我們從同期作家或者從台灣五、六〇年代社會現狀來分析，可以看出另一個異於柏楊小說的面向。從這個角度出發，柏楊小說中女性叛離的普遍性，則成為一種特殊性。除了被叛此一類型外，少部分以女性為小說重心的篇章（雖作者仍以第三人稱全知觀點寫作），則較全面而深刻地描寫女性，更可以藉此了解柏楊筆下的女性形象。

本文以躍昇出版社出版的四部短篇小說為討論範疇[2]。採三種進路來討論柏楊小說中的女性。進路之一：　將柏楊小說中女性形象作一歸納，並加以分析。進路之二：　參照台灣五〇至六〇年代之社會現況、婦女的社會處境與柏楊小說作一對照，進路之三：　比較五、六〇年代台灣文學中女性形象的呈現，並縱觀台灣文學傳統中女性的角色轉變，從而定位柏楊小說中的女性形象。藉由這三個進路來凸顯出柏楊小說中的女性，及其代表之意義。

---

[2]　柏楊曾在躍昇的小說系列的序文中提到，「我藉此表示我對我寫那些小說的自責，聲明凡是我沒有列入『全集』的小說，都讓它去吧，請朋友們忘記它吧，使我少一份內咎」參柏楊：《掙扎》(台北：躍昇文化出版公司，1989)，頁14。其中《天涯故事》屬於童話，不列入討論範圍，故本文以《掙扎》、《祕密》、《凶手》、《怒航》為探討範圍。

二. 女性在小說中的幾種類型

> 我給人一種誤會, 以為我對女人很恨, 其實不
> 是, 當然這是我表達得不夠好才會給人這種錯覺,
> 但我的本意不是這樣, 我的原意是要提出一個社會
> 問題——貧困, 男人不能用離婚解脫, 而女人能。[3]

這是作者柏楊對自己小說中女性被認為是愛慕虛榮, 嫌貧愛富的解釋, 以下將暫時跳脫作者意圖的框架, 以文本為主體, 歸納並分析柏楊筆下的女性。

女性在柏楊的小說中泰半處於從屬角色之地位, 少數幾個篇章是以女性為主體。前者雖非小說之重心, 但此從屬之角色卻幾可說絕對影響著男性的未來; 後者既是以女性為主體, 則更可顯見其女性特質。本節嘗試將柏楊小說中的女性形象作一分類, 理出柏楊筆下的女性之處境與特質。

1. 叛離／依附　男性的女性

> 女人們的任何情感, 甚至包括了愛, 都是用自
> 己的主觀利害作準繩的。達生聳聳肩, 他想, 他有什
> 麼理由只苛責女人呢![4]

---

[3] 鄭瑜雯訪問:〈情愛掙扎: 柏楊談小說〉,《情愛掙扎: 柏楊小說論析》(李瑞騰編著, 台北: 漢光文化事業股份有限公司, 1994), 頁148。

[4] 柏楊:《凶手》(台北: 躍昇文化出版公司, 1989), 頁295。

情愛這個題材的運用，自古文人皆然，由此衍生的故事不知凡幾，結果自然也呈現多樣。綜觀柏楊的小說，關於愛情雖然不是最重要的主體，但愛情卻常常影響了後續事件發生的必然性。在柏楊小說中男、女間的對待，受制於貧困的環境，女性最後的選擇最常出現的就是叛離和依附兩種。或者離開自己所愛的人，和另一個富有的人在一起，形成二度依附，或者自始自終都依附著同一個男人，但她所以不變節，選擇更有錢或外在條件更好的對象，泰半是因為身負殘疾，不得不從一而終。

前者如〈兀鷹〉中明聖口中的女友，雖然和明聖交往五年，但最後仍在無法抗拒父親的威權下，選擇一個比明聖外在條件更好的人結縭（《掙扎》）；〈結〉裡的老人之所以殺了他的女朋友，也是因為女性的悖離（《祕密》）；而〈晚霞〉中夏文的妻子香苒，受不了丈夫的貧窮，遂離開自己的丈夫與兒子，和一家工廠的董事長私通（《怒航》）；〈凶手〉中的玉清，拋棄了供養她們一家三口達十年之久的文生，和另一個男人遠走他鄉。這幾則故事都是蜻蜓點水式地交代： 女性為了不使自己的生活陷入困境，遂離開曾經深愛的人，而女性的離去帶給了男性莫大的衝擊，或者從此一蹶不振，或者憤而殺人，或者自我了結生命，女性對男性的影響不可謂不大。在這個叛離的類型裡，比較提升女性在故事情節中份量的篇章有三：一是〈祕密〉中的葉琴，外在條件出眾，面貌姣好，是她最大的本錢，但因她的渴望財富與現實，卻令她喪失在她的認知中，真正可以榮華富貴一生的好機會。追求者徐輝讓葉琴知道他的富裕之後，又以謊言來告訴葉，其實他們家只不過是虛有其表，今已非昔比的窘況。葉在聽聞了這段試探性的告白後，竟信以

爲眞,接著落荒而逃了(《祕密》)。在葉琴的價值觀中,金錢才是一切,没有金錢就不會有幸福,她完全漠視人與人之間的情與義,完全不在乎精神層面上的契合。作者並沒有交代何以葉琴會有如此的價值觀,卻諷刺地讓最急欲得到財富的她,因爲自己的勢利,而得不到自己所渴望擁有的。

次是〈平衡〉中的樊鈴,同樣也是外表美麗,足以顛倒衆生的女子,因爲無法忍受丈夫的貧窮而離開,更和一個極爲花心,但卻富有的人在一塊兒。在方山飯店的離婚談判中,樊鈴道出依然深愛著他,但卻不得不離開的殘酷事實。金錢的誘惑,讓她寧可和一個不會愛自己很久,自己也不見得愛他的男人過一輩子。對於丈夫除了感到抱歉之外,金錢的補償是她唯一能做的,然而這樣的舉動不但無法讓姜隆釋懷妻子的背叛,反而更傷害了他的自尊,故死亡即成爲這個故事的結局。

再次是和柏楊境遇相似的〈重逢〉,男主人翁王立文爲了解決家庭的困境,以非正當的手法取得錢財,不幸銀鐺入獄。出獄後赫然發現自己的妻子與兒子已經是屬於別人。而玲華的表現更是沒有一點夫妻情意的存在,急於擺脫這個曾經是她丈夫的男人(《怒航》)。這種背叛的女性在柏楊的小說就比例而言是屬於多數,幾乎可以說是一種普遍性的呈現[5]。

---

[5]　除了本文所列舉的例子之外,柏楊小說中提及女性的叛離與改嫁尚有:〈窗前〉中的秀琴(《祕密》)、〈一葉〉中的謝小姐、〈辭行〉中的英瑛、〈火車上〉的玉玉(《挣扎》)、〈陷阱〉中的婉華〈等待〉中的玉珍、〈跟蹤者〉的玉瑤以及〈約會〉中的貽紅(《凶手》)等等篇章。

前揭之後者,相對於叛離且二度依附的女性形象,只是一度依附於男性,而之所以未變節和富有的人在一起,歸納出來的原因是: 病弱與殘疾,且沒有任何收入的女性。她們能否在這個世界上生存下來,端賴她所依附的男人,是否有足夠的能力來扶養她們,如果答案是肯定的,那麼他們一家人或許可以苟延殘喘地存活下來。如果答案是否定的,那麼接受死神的召喚就是唯一的出路。最殘酷的悲劇就是〈路碑〉中的王惠英一家人,只因籌不足三十八元的止血劑,不僅惠英死於難產,丈夫在借不到錢的情況下,留下在家中挨餓的女兒,自殺而亡(《掙扎》)。此外〈晚霞〉中王銘之妻、〈微笑〉裡王有德的妻子,前者有眼疾,後者患了小兒痲痺,兩人都在家中等待丈夫回家,或是為她們治病,或者帶食物回家(《怒航》)。再如〈屈膝〉中柯其之妻,亦染有眼疾,同樣地在等待先生賺錢回家(《怒航》)。

不論是叛離或者是依附男性,這兩種女性,都是在父權體制下的女性。女人並不能靠自己的力量求生存,也許她有足夠的勇氣離開她認為不適合自己的環境,然而她仍然必須依附在另一個父權之下,這就是柏楊筆下的女性的第一種形象。

2. 對抗╱屈從 現實的女性

較於前揭,因社會環境的壓力所形成的女性形象,在柏楊的小說中,有少部分的女性會以對抗權威,或者屈從現實來呈現其形象。前者以父權的反抗為主,反抗的理由,同樣是為了愛情。細數本文討論的範圍中,只有二則故事中的女主角是屬於這個類型。其一是〈大青石〉(《凶手》)中的汾玲,二是〈西吉嶼〉中的梅素(《凶手》),後者以極激進的自殺手段

與父親抗爭，顯然這樣的抗爭，對她而言是收不到成果的。而前者較細膩地描寫汾玲這個中學的女學生，如何愛上自己的老師，又如何不顧父親的反對，和已經瞎了眼，年紀又大她許多的老師結合。雖然悲劇仍然不放過他們，但是她對於愛情的執著與對父權的挑戰，是柏楊小說中相當難得一見的。

　　至於屈從現實的女性，在此略分為二類，一是選擇以出賣肉體為業存活下來。最具體的例子是〈蓮〉中的佩英(《祕密》)，他為了養育幼小的孩子，更為了照顧病弱的丈夫，不得不投入火坑賺取皮肉錢，她寧可靠自己的力量，也不願接受他人的施予，女性強韌的一面在佩英身上展現出來。另一個例子是《掙扎》中〈窄路〉，隆青的妻子在丈夫死後，為了生活不得不經營起家庭式的娼館，就連自己的女兒也下海為妓。對於丈夫好友的幫助，她們一點都不動心，她說：

> 「我知道我們活著的這個社會，沒錢才是羞辱，
> 而為娼卻是高尚的，至少和別的職業一樣高尚。」[6]

她對於自己的丈夫死守著尊嚴相當不以為然。關於自尊與尊嚴的問題，在柏楊的小說中是造成與現實扞格的主要原因，而守住尊嚴的泰半皆是男性，而女性在小說中的表現幾乎是無所謂尊嚴，相較之下，女性比較能夠在社會生存，而男性則常因現實與理想間不能夠獲得平衡而釀成悲劇，或者以死了結，或者精神分裂。

---

[6] 柏楊：《掙扎》，頁171。

　　二是忠貞不二，嫁雞隨雞。比如〈旅途〉（《凶手》）中的燕君，背負丈夫受病魔纏身的事實，仍自始至終在身旁照顧，直至丈夫去世，〈龍眼粥〉的老太太，在丈夫死後仍每天祭上一碗龍眼粥。這種屈服於現實的女性，是比較傳統的。

　　不論是反抗威權或者屈服於現實，這兩種女性形象都展現了女性不畏艱難的精神，僅管她們的選擇依舊脫離不了悲劇發生的事實，但她們畢竟抗爭過、努力過，比起那些死守尊嚴的男性，她們的表現至少是勇敢的。

3. 慈母／孝女

　　母性的彰顯，也是作家們常關注的焦點，柏楊的小說中除了關照慈母的形象之塑造，更有孝女的形象出現。在〈臥軌〉（《凶手》）這一則故事中，就包括了這兩者。以賣豆漿和豆腐腦為生的母親獨自扶養一雙兒女，為了讓女兒求學，她每天辛勤工作。當她發現女兒得了肺病之後，更加努力工作，期望能夠治好女兒的病，母性的光輝在此表露無遺。而罹患肺病的女兒，不忍看到母親如此辛勞，遂將母親給她看病打針的錢都留下來，打算死後留給母親和弟弟。這個故事是少數以喜劇收場的篇章，親情比較起愛情，在柏楊的小說中顯然是堅固多了。

　　除了母子間的對待外，慈母的形象甚至擴張到一般人的對待，〈塑像〉（《凶手》）中的簡老太太在發現兩個騙徒的欺騙行為後，仍以母親的慈愛對待，女性的母性特質，在柏楊的筆下是受到肯定的。

　　孝女的形象除了〈臥軌〉中的女兒外，在〈強水街〉（《掙扎》）中的玲玲，亦呈現出來。儘管這個故事的現實性頗令人

質疑, 但是玲玲在死後仍不忘叫醫生醫治自己父親的行為, 確是孝心的表現。

4、女性特質的負面呈現

關於此類也是小說中較少的部分, 卻也足以自成一類, 所謂女性特質的負面呈現, 是指在小說中以女性的某一特質來作為故事的主體, 而這些特質卻都是不好的, 甚至令人生厭的。〈七星山〉(《怒航》)的齊桂芳是最佳的例子。她搬弄事非的專長, 把左鄰右舍鬧得不得安寧, 大家對她幾乎恨之入骨, 即使是她的先生也為了此而搬家, 她仍無法改善其造謠生事的性格, 最後不得善終。有人散播謠言, 自然有人接收謠言, 在〈時代〉(《怒航》)這一則故事中, 芝蘭以及時代社區裡的女人們, 竟然聽信衛生所用來誘騙家長帶小孩檢查身體的計謀。除了嚼舌這個負面特質外, 「驕縱」是另一個。〈周琴〉中的周琴是一個「驕傲、蠻橫、平凡, 越是不順心的時候, 脾氣越大。」[7]丈夫和堂兄對他的蠻橫只能夠接受, 絲毫沒有反抗的餘地。

除了這些不好的女性特質之外, 小說有一部分的女性常常是自私, 從不為別人著想, 最顯著的例子是〈鴻溝〉(《凶手》)中的劉秀英, 她是少數有受教育的女子, 也是柏楊筆下少數被男性拋棄的女子。當她認清男朋友不願為她的懷孕負責後, 帶著為數不小的錢, 失落地到處流浪。在遇到憨厚的圓娃後, 她決定和他結婚, 住到圓娃家中待產。兩口子和圓娃的寡母生活得還算平靜, 然而等到她的兒子在出生不久死後, 這個

---

[7] 柏楊:《怒航》(台北: 躍昇文化出版公司, 1989), 頁73。

不叫秀英的女子, 以他們之間存有鴻溝爲由, 拋下了圓娃母子, 回到自己富裕的家中。這對純樸的母子無法接受她離去的事實, 母親過世, 兒子發瘋。此外尚有著墨不多但明顯視爲只顧自身的例子, 如〈隆格〉中的莉芙, 即是一例。

以上將柏楊筆下的女性略作分類, 前兩項是柏楊小說中女性形象的大宗, 也是最能夠凸顯女性與社會的關係, 後兩項則屬於女性部分特質的描寫, 或者是不好的女性形象, 或者是母性的發揮。而比較難以歸類的是〈峽谷〉(《祕密》) 裡的田英, 她略帶俠女的形象, 在柏楊的筆下是一特例, 並且這個形象, 與社會的倫理亦形成扞格, 故本文不列入討論。

三. 文學與社會之對映關係: 從五、六〇年代的社會說起

第二節已將四部短篇小說中的女性作一歸納與分析, 以下將從社會背景的角度切入, 探討柏楊寫作時的社會環境, 同時將對映於小說觀察兩者之間的關係[8]。

據柏楊在回憶錄中的說法, 寫作小說是在四九年來台以後[9], 1951年應徵「中華文藝獎金委員會」之徵文, 則是寫作小說的開端。本文所討論的四部作品, 寫作的時間約在1951年到1965年之間, 故事發生的地點, 以大陸和台灣兩地爲主, 尤以台灣爲多; 而描寫的人物多以大陸來台的公務員爲主, 這些點

---

[8] 以下之討論, 以社會背景爲重心, 因此對於前列之三、四類屬於個人與家庭內部的現象不予在此探討。

[9] 柏楊在回憶錄中提到「自從1949年到台灣, 粗略的分, 大概是十年小說, 十年雜文, 十年牢獄。十年牢獄之後, 是五年專欄, 五年專欄之後, 是十年通鑑。」參柏楊口述、周碧瑟執筆:《柏楊回憶錄》(台北: 遠流出版社, 1996), 頁364。

是我們從小說中比較容易獲得的訊息。顯然柏楊所關心是大陸的人民,以及大陸來台的人民在台灣生活的種種。前者所佔的篇幅不多,而以後者爲主,若將柏楊筆下所描寫的這些人,放回到當時台灣社會的人口結構中,柏楊常寫的大眾則成爲小眾了,但這無礙於小說反映出當時台灣社會的事實。

五〇年代初期,台灣地區的經濟情況存有不少問題(通貨膨脹、人口遽增、財政危機等)造成了在台灣的人民生活困苦。林鐘雄在《台灣經濟發展40年》一書中從家庭收支的分析道出當時的經濟困境:

> 在一九五〇年代,各年食品支出佔家庭消費支出比例的半數以上,雖然因所得逐漸提高而有逐年降低趨勢,但此項比例在一九六〇年仍高達五三%。如將食品、嗜好品、衣飾、燈光、燃料、金、水費及家庭設備等視爲基本生活需要,在一九五〇年代其支出比例恆佔八三%以上,可見當時人民生活情形。[10]

此外許極燉也說: 「終戰後(1945—1950年間),物價暴騰,一般庶民的生活陷於絕境,產業經濟、金融混亂,備受中國大陸通貨膨脹的影響與壓迫,使整個台灣在政治危機之外瀕於經濟危機。」[11] 甫經戰亂的台灣人民,「求溫飽」是最基本的需

---

10 林鐘雄:《台灣經濟發展40年》(台北: 自立晚報出版社, 1987), 頁52。
11 許極燉:《台灣近代發展史》(台北: 前衛出版社, 1996), 頁544。

求。是故我們可以看到，柏楊小說中貧病的主題比比皆是，男性是如此，那麼女性呢？在1962年有資料統計顯示台灣的婦女就業人口佔婦女總數約13.5%[12]，足見沒有職業的女性仍佔多數，這些無法自立的女性如何在社會上生存？在柏楊的小說中這些沒有職業的女性，就理所當然地依附在男人下生存。

雖然從五四新文化運動以來，女性在社會社上的地位，已經開始轉變，傳統對於女性的角色的定位，也逐漸在瓦解中，女性開始走出家門，開始接受新式教育，甚至參與社會。然而這畢竟還是少數，尤其五〇年代在台灣的女性仍然存有既傳統又保守的思想，這種現象從台灣本省籍的婦女中表現得更是顯著。

相較於台灣本省籍的婦女，柏楊筆下的女性雖然脫離不了依附男人的限制，但卻大膽選擇可以提供她生活無虞的男性。這種出走的情形在台籍的婦女中不但不多見，且不見容於社會，但在柏楊的小說中竟顯得稀鬆平常。就這點而言，柏楊小說女性叛離的類型，其實應是一特殊性，非普遍性，如果是一常態，那麼七〇年代也就不會有女性倡導新女性主義運動了。女性在此之前，是倍受父權體制壓抑，甚至深受社會體制不公平對待的荼毒。但我們並不否定柏楊筆下這類女性在社會上的存在，反而藉由柏楊的小說我們可以看出，有別於傳統悲情女性的另一個向度。

---

[12] 張明等編：《二十年來的台灣婦女》(台北：台灣省婦女寫作協會，1965)，頁53。

　　大陸是柏楊小說中的另一個場景, 兩個明顯的例子〈鴻溝〉和〈陷阱〉都不是以描寫貧窮為主, 而女性在這兩篇作品中, 雖然也是依附於男人, 但一個是家境富裕, 另一個生活亦不成問題。若將這兩個例子和柏楊筆下的台灣作比較, 台灣的生活環境顯然是不如大陸, 女性在大陸這塊土地, 非但沒有貧窮的問題, 更握有些許的權力, 足見兩地人民生活上的差異, 在柏楊的認知上是有所不同的。

　　從以上的說明, 大致可以肯定柏楊的小說與台灣社會產生互動關係, 是建立在社會經濟這個敗壞體質之下, 經濟狀況的欠佳, 影響了人民的生存問題, 而女性的處境也受限於這樣的社會環境之下。柏楊的小說不但反映出了渡海來台這批人在台灣生活的困境, 同時也提供了女性在社會上生存的幾種樣態。至於大陸上的人民生活, 在柏楊的小說中仍屬少數, 且不鮮明, 不如在台灣生活的大陸人更具說服力, 這或許是受限於本文文本的選擇問題, 若有餘力, 筆者願以柏楊所有的小說為探究對象, 更深入探討, 以求更全面的呈現女性在柏楊筆下的各種樣貌。

四. 交互關涉的文學作品: 文學傳統與文學思潮縱橫談

　　來台後從事寫作的柏楊, 就時間而言寫的是五〇及六〇年代; 就空間而言, 涉的是大陸與台灣, 尤以台灣為主。橫跨文學史斷代的兩個十年, 台灣的文壇正處於「白色」的恐慌中, 五〇年代「戰鬥性第一、趣味性第二」的口號, 使得反共的作品大興其道。不滿於政治指導文藝的作家們在稍後以現代主義的苦悶、虛無作為消極的對抗。無可否認地, 柏楊以從大

陸來台的身分，曾經寫出了像《異域》一類的反共作品，但是
就本文所選取的文本而言，反共的成分是減少了[13]，所關懷的
反而是來台的大陸籍人民在台灣這塊土地上生存的問題，甚
至可以說是生存的困境，柏楊的作法，顯然和國民黨指導文藝
的方針背道而馳。至於六〇年代的現代主義文風，其實對柏楊
而言影響不大。當現代主義在台灣社會萌發之時，柏楊已然寫
出《凶手》（1958）和《掙扎》（1959）這兩部作品，尤其是
《掙扎》近乎九成以上的篇章都標明寫的是台灣社會（見附表
二），而且內容脫離不了在台灣生活的困境。並且現代主義的
重視寫作技巧也非柏楊所關注，再者現代主義在台灣興盛之
時柏楊的寫作已轉向雜文。從這兩個面向來看，柏楊的作品若
要納入當時的台灣文壇是有必要再行斟酌的餘地，至少，不能
簡單地以反共文學或者現代主義文學來統括。

　　果真如此，柏楊的作品似乎比較接近現實主義文學的路
線[14]，尤其是他對於台灣社會貧窮面的描寫。至於女性的描寫

---

[13] 據計者粗略的統計，本文所選的四部小說中，只有一篇〈陷阱〉
涉及到了所謂共產主義批評的範圍。

[14] 本文採取比較寬泛的標準來介定，實際上根據呂正惠(1948-)依盧
卡奇(György Lukács, 1885-1971)的理論對現實主義的解釋是更嚴
格的，他說： 現實主義的文學必須描寫「具體社會中的具體的
人」。也就是說，只有從一個特定社會的脈絡中去描寫一個人，才
能表現一個人物的「真實」面貌。反過來講，一個人物的本質只
有透過他在具體社會脈胳中的「行動」才能加以界定。根據這樣
的原則，如果把人物置放在一個模糊而抽象的環境裡，而無法分
辨出那一個社會的特殊性；或者只描寫一個「孤立」的個人，不
讓他和社會發生任何關係，或者只發生個人和社會完全對立，而
絲毫沒有互動性的關係的，都不能算是現實主義的文學作品。參

是在這個寫作規範下產生的, 以下將列舉柏楊筆下幾種女性形象, 參斟文學史上相關的課題作為對照。

女性叛離的類型在柏楊的小說中是最常見的, 它隱然承繼了五四以來中國娜拉出走的傳統, 儘管出走是為了找尋繼續依附的對象, 但顯然女性在此是具某種程度的自主性。這種出走又二度依附的現象, 到了八〇年代的女性作家手中, 仍是關注的焦點。以袁瓊瓊(1950-)〈自己的天空〉[15]為例, 小說中的靜敏, 接受了丈夫外遇的事實, 毅然離去。雖然有一段時間她自理生計, 但最終仍二度依附於另一個有婦之夫。就同質性而言, 柏楊的小說在這類女性形象的描寫算是先行者之一。

從另一方面來說, 台灣社會一直到七〇年代以後, 女性才逐漸意識到自我權利的爭取, 綜觀七〇年代的小說, 女性仍是相當傳統而保守的, 以鄉土文學作家黃春明(1939-)的作品為例, 女性在他的小說中, 對男人是服從的, 許多事情都是逆來順受, 父權至上是不可反抗的[16]。「出走」幾乎是不可能, 更何況先和另一個男人同居再離婚之情事。若我們將時間往前拉, 比較日據時代台灣短篇小說中女性對戀愛、金錢與婚姻, 選擇金錢的女子只有二篇, 而選擇愛情的卻有十篇之多[17]。不論前

呂正惠:〈尋求者——盧卡契的問題及其解決之道〉,《文學的後設思考》(台北: 正中書局, 1991), 頁2-25。

[15] 袁瓊瓊〈自己的天空〉(台北: 洪範出版社, 1981)。

[16] 像是〈兒子的大玩偶〉中的阿珠和丈夫坤樹的對待關係;〈下消樂仔這個掌故〉中的阿樂嬸;〈癬〉中的阿桂等都是此一類此型。

[17] 參考丁鳳珍的類, 選擇金錢的兒女有張文環〈早凋的蓓蕾〉中的秀英, 以及黃得時〈橄欖〉中的麗姍二人。但選擇愛情的高達十

推或者向後延伸, 柏楊小說中女性的叛離課題, 就比例上而言
是多了一點, 但這是作家本身的喜好問題, 在此無意作任何是
非對錯的判別。

其次將談到柏楊小說中涉及的妓女角色。自唐傳奇以降,
妓女的角色也是文人所偏愛, 像是〈女娃傳〉、〈霍小玉傳〉
的女主人翁是唐代的藝妓, 宋代
話本〈賣油郎獨佔花魁〉中的花
魁女等等。台灣作家中白先勇
(1937-)有〈金大班的最後一夜〉
中的金兆麗、〈永遠的尹雪艷〉
中的尹雪艷[18]; 黃春明〈看海的日
子〉[19]中的白梅、〈莎喲娜啦.
再見〉[20]中溫泉區的妓女們等, 雖
然選擇的人物身分相同, 但表現
卻各異。以台灣作家而言: 白先

勇筆下的妓女, 是風華絕代、顛倒眾生, 即使年歲漸長仍風韻
猶存, 對男人有她的一套。而黃春明所寫的白梅, 是一個勇於
自我救贖的女性, 甚至連帶地幫助了坑底的苦難同鄉。〈莎喲
娜啦·再見〉中的妓女之所以出賣自己, 並不是貪求錢財而為
之, 而是環境所迫才出此下策。柏楊筆下的妓女形象, 除了如

篇。丁鳳珍:《台灣日據時期短篇小說中的女性角色》(台北: 成功
　大學中文研究所, 1996, 未刊碩士論文)。
[18]　白先勇:《台北人》(台北: 爾雅出版社, 新版, 1983)。
[19]　黃春明:《青番公的故事》(台北: 皇冠出版社, 1985)。
[20]　黃春明:《莎喲娜啦·再見》(台北: 皇冠出版社, 1985)。

黃春明所描寫，同出於對環境的無奈之外，更背負了照顧生病的丈夫與嗷嗷待哺的幼子，並且她堅決地拒絕別人給予的任何幫助。柏楊所描寫的妓女形象，就某種程度而言，儼然是一個傳統社會中認定的男性角色，這在他的短篇小說中成為特例，但雖然僅有二篇，卻也無礙其存在的價值。作家對妓女的描寫或者互異，但從以上的舉例，我們也不難發現，妓女的角色在作家筆下是賦予正面的評價，比起那些拋夫棄子的女性，妓女的身分雖然低賤但卻值得肯定，在柏楊的小說中更是如此。

再次談到柏楊小說中另一種類型的女性---反抗父權，此一類型雖在柏楊的小說中亦屬少數，但卻和台灣的文學有某些相關性。〈大青石〉（《凶手》）中的汾玲，以中學女學生的身分，愛上了自己的老師，對於來自家庭的反對，她的處理方式，和一般柏楊筆下的女性有截然不同的表現[21]，她反抗父權追求所愛，儘管所愛之人目已盲，但她仍願與所愛長相廝守。這種師生戀情的描寫，早了瓊瑤(陳喆, 1938-)《窗外》五年，並且汾玲的表現和江雁容更為激進，不管父親的反對，更無視社會輿論的存在。比較起來瓊瑤在《窗外》還是比較照顧到現實層面的。當江雁容離開丈夫再去找離別五年的康南，康南的學生告訴江勿再打擾的理由：

> 「還不是一樣嗎？妳的父親不會輕易放手的，
> 社會輿論不會停止攻擊的，世界不會有容納你們的

---

[21] 〈拱橋〉（《祕密》）中的乃珊、〈相思樹〉（《掙扎》）中李昇的女兒等，都是屈從於父權之下，選擇放棄所愛的女性。

地方。如果妳聰明一點，在他下課回來以前離開這
裡吧，對妳，對他這都是最理智的。妳愛他，別再毀
他了！」[22]

反觀柏楊筆下的汾玲，是那麼地不顧一切，那麼地執著，然而她的無視於父親激烈的反對與社會上的評價，平心而論，確實顯得浪漫，相較於被公認爲「謳歌純正愛情」[23]的瓊瑤，作品後於柏楊，並且更關注於社會的評判，就此點而言柏楊的筆法似乎是更「謳歌純正愛情」。雖然汾玲最後仍死於難產，但這並非來自父權或者社會導致的結果，所以，至少在汾玲死前，整個故事是浪漫而不切實際。

在柏楊筆下，女性有繼承傳統，有打破傳統，甚至有開風氣之先，將這幾個例子串連起來，就可以初步建構出柏楊對女性的認知與看法，在此不論對錯，至少從文本的分析中，提供了柏楊小說中人物塑造的幾個面向。

五. 結語:

台灣五〇年代的文學潮流傾向於反共文學，六〇年代迷漫著現代主義的文風，柏楊在這個文藝風潮下創作小說，卻能夠走出自己的一條道路來，實屬不易，尤其是短篇小說的創作，更是具有其獨特的風格。貧窮是柏楊小說中普遍的主題，而貧

---

[22] 瓊瑤:《窗外》(台北: 皇冠出版社, 1963)，頁344。

[23] 陳彬彬:「瓊瑤還在她的小說中謳歌了愛情，主要是純真的愛情。」參《瓊瑤的夢》(台北: 皇冠出版社, 1994)，頁15。

窮之下男女的表現迥異。男性首重維護尊嚴,而顯得固執。相較於女性,雖然作者著墨不多,但仍可以觀察出女性韌性及受壓迫強度比男性來得大。

本文從四部文本出發,歸納統計出女性在小說中所佔的份量,進而分析女性在柏楊筆下的幾種類型。接著從社會的角度切入,觀察柏楊小說中的女性與社會上女性之對映關係,再從文學史的脈絡中找尋和柏楊小說中相關的女性形象作一分析。嘗試由統計、社會分析與文學史各個面向,爬梳柏楊筆下的女性形象的種類與特質,希望由此提供柏楊研究的一個參考點。實際上,女性的分析可以從女性主義的文學批評切入,作更深一層的探究,會更加周延。然而,限於筆者學力,在此並未納入討論,這是比較遺憾之處。此外,本文在作社會對照之時,礙於統計資料取得不易,使得論述稍嫌薄弱。而關於女性形象的分類,筆者根據小說本身加以歸類,其中或有重疊之處,在所難免,特此說明。這是有關柏楊小說女性形象研究的一個起步,其中或許有不周延之處,但筆者期望能夠拋磚引玉,盼日後有更多學者投入這個研究範疇。

附錄一: 本文選用之文本(以躍昇本為主)

原出版日期

《凶手》:	1958	躍昇版	1990
《掙扎》:	1959	躍昇版	1989
《怒航》:	1964	躍昇版	1989
《祕密》:	1965	躍昇版	1988

附錄二： 柏楊小說中女性形象

人物	篇名	故事地點	形象描繪	備註
田英	峽谷	泰國北部	在得知丈夫被友人王隆謀害身亡，舉起七九步手鎗射死王隆，替丈夫報仇。	俠女形象
霍魯莉			拆穿王隆的謊言。 心中愛戀著田剛，在田剛一行人離去後心裡暗自愁悵。	泰籍女子
葉琴	祕密		擁有美好的外在條件，但卻渴望財富，蔑視貧窮。 在得知追求者徐輝的富家子弟後，輕易地答應了。而在徐輝以謊言試探地告訴她，徐家已今非昔比之時，她隨即對徐輝表示冷淡。	
老太太	龍眼粥	台灣新竹	17歲結婚，婚後與丈夫非常恩愛，但在婚後三年丈夫死於肺癆。此後四十一年，老太太每天都供上一碗丈夫愛吃的龍眼粥，直到她過世為止。	死守貞節涉及鬼神
玲玲	強水街		10歲的小女孩，在死後還盡其孝道，替生病的父親找醫生治療。	孝順的女兒涉及鬼神
秀琴	窗前		在故事中並未出現，只是透過老人的敘述，呈現其女性形象。 在老人的口中，是一個愛慕虛榮、嫌貧愛富的女子。從她對老人的態度就可以完全表露其性格。	
老人的女友	結		在故事中未出現，在老人的口中，她是一個被叛者，老人在盛怒之下殺死了她。	
佩英	蓮		為了生病的丈夫及幼小孩子，不惜出賣自己的身體，下海操賣淫行業。在下班之後又回復良家婦女的形象。	妓女形象

乃珊	拱橋		與明偉的戀情遭到父親無理的阻撓後, 出國讀書。取得學位後任教於大學, 成為明偉的老師。小說中對於是否認出明偉, 未加說明, 但顯然愛情在這個故事中並不是永恆的。	
玉云	客人	台灣	覺得丈夫買粽子太浪費了。自己的那一分捨不得吃, 要留給兒子小強吃。	比較屬於傳統的女性, 但小說中描述不多
明聖的女友	兀鷹	台灣台北	住在梁鎮的這個女性, 雖然未出現於故事中, 但經由明聖口中我們可以知道, 這個和明聖相戀五年的女子, 最後仍選擇了較富有的人結婚。	
李昇的女兒	相思樹	台灣台中	李昇的女兒, 曾與康沁相戀, 但因父親的反對而離開李昇。	
謝小姐	一葉		和已婚的老闆私通, 成為第三者。	
玉玉	火車上	台灣(從王田開往台北的火車上)	瘋子口中的玉玉, 似乎是原本與瘋子海誓山盟, 後來卻因瘋子沒有錢而離開他。	
薇薇之母	歸巢	台灣台北	原本把自己的女兒送給別人扶養, 最後仍捨不得而請求收養者把女兒還給她。	
英瑛	辭行	台灣台北	在丈夫死後不到半年, 便帶著兒子改嫁給一個富有而不守法的人。	對於自己的改嫁行為有一番說詞

王惠英	路碑	台灣	臨盆時等不到丈夫籌到三十八元的止血劑費用而死。	
隆青之妻	窄路	台灣	隆青死後，為了養家讓自己的女兒為娼賺錢。她說：「我知道我們活著的這個社會，沒錢才是羞辱，而為娼卻是高尚的，至少和別的職業一樣高尚。」《掙扎》p171 對於自己的丈夫死守尊嚴，非常不能諒解。	
樊鈴	不衡	台灣台北	樊鈴雖然口裡說還是愛著姜隆，但卻要和姜離婚，因為姜實在太過窮困，而劉泉康雖然很花，不一定會愛她很久，但是他有錢，可以讓她的生活過得很好。樊鈴開出與姜離婚的條件是希望劉給姜五萬元美金。	
齊桂芳	七星山	台灣	搬弄是非的能手。 最後搭機墜落於七星山而亡。	
莉芙	隆格	台灣	姜志的新婚妻子，在丈夫要救人之時不願丈夫冒險。	只顧及到自己幸福
周琴	周琴	台灣	個性「驕傲、蠻橫、平凡，越是不順心的時候，脾氣越大。」不願承認她認為不愉快的事實。丈夫受限於周家對其金錢上的資助，不敢離開她。	驕縱的女子
王銘之妻	晚霞		眼睛失明，在家等待丈夫拿錢回來養家，及治療她的眼睛。	殘疾
香苒（夏文之妻）			是一個美麗的女子，因受不了丈夫的貧窮，離開丈夫及兒子，和一工廠的董事長在一起。	
玉珍	微笑	台灣	在家中等丈夫借錢回來，先生卻為了幫助王有德，而把錢給了他們可憐的母子。	
王有德之妻			右手臂因為在有德失去教員工作後沒有錢買床，一家人睡在地板上而害了小兒痲痺，便殘廢了。	殘疾

636 ·《柏楊的思想與文學》(台北: 遠流出版公司、2000)

賣愛國獎券的小女孩	夜歸	台灣	向李霖推銷獎券,並且使用手段「她的媚笑綻得更開,身子像幼藤一樣的纏住,而她那另一隻童稚的小手卻大膽的向他的褲襠裡伸去,探索著什麼...」頁172	
芝蘭	時代	台灣	林之妻,在生了兩個兒女後,還能保持美好的身材,充分表現出來她愛美的個性。 對於外面太太們的手吵的內容頗有興趣。並且帶著自己的孩子到衛生所參加傳言中的比賽。 在聽聞衛生所是用計來誘騙家長們來檢查這一帶兒童的血液裡,有沒有瘧疾病菌後,芝蘭氣壞了。	
柯其之妻	屈膝		染有眼疾,在家裡等待丈夫寫稿賺錢。	殘疾
玲華	重逢		王立文之妻,在丈夫出獄前便與人姘居。 和丈夫相約,在他出獄後到台北格蘭旅館相聚,而沒有到獄中接他。 當立文的三百兩黃金被收回後,忽然抱住她,吻她,但是華玲卻「還吻著他,不過她只用一隻手抱著他的肩膀,而她另一隻手,卻小心的伸出來,把框門悄悄拉開。」頁258	

燕君	旅途	大陸	和國鈞結婚後過了幾年的快樂時光,但新婚之夜國鈞吐血的陰影一直存在, 發生的次數也逐漸增加。 幾年後國鈞接受治療。在平順地過了一年後舊疾復發,燕君一直陪在他身邊, 直到他去世。	燕君是北國女子,對丈夫有情有義,不因先生的殘疾而離開。
劉秀英	鴻溝	大陸四川	在大學和男友發生性行為後懷孕。在男友得知這個消息後離她而去, 於是她挺著大肚子, 帶著大量的錢到鄉間。在石坪村遇到不識字的圓娃,使以金錢說服圓娃及其母親收留她。在圓娃家產下一子, 並改造他們一家, 但在她的兒子不幸死(?), 她以和圓娃之間存有鴻溝為由, 在不告知的情形下離開他們, 回到自己富裕的家中。圓娃因此而發瘋。	
婉華	陷阱	大陸上海	在錢國林的設計下離開了家康, 最後和錢氏結婚生子。	反共議題
母親	臥軌		以賣豆漿和豆腐腦為生, 照顧一雙沒有父親的兒女, 女兒考取高中, 她又更努力賺錢。在女兒患肺病後, 更是辛勤工作, 讓女兒接受治療。	慈母形象
女兒			非常孝順母親, 在得知自己得病後不敢跟母親說, 一直到身體狀況愈來愈不好, 才去就醫。然而她不忍母親辛勤工作, 遂將看病的錢存下來, 甚至離開母親, 不願連累母親。	孝女形象

汾玲	大青石	台灣淡水	中學時代愛上了老師德偉,但在一次的公演場合,德偉雙目被炸瞎了。汾玲的父親以強制的手段阻止她和德偉在一起,但在德偉出院後,她不顧一切地和她結合。婚後他們育有一女且生活幸福,但在她第二次懷孕後死於難產。	不顧父親反對,勇敢追求自己所愛
玉珍	等待		和多位男性交往,也和陸韋海誓山盟,但最後仍選擇富有的黎維明(物產分配局的總務長)。在和黎分手之後,她又回頭找陸韋並向他示好,但陸韋已經看清她的面目,遂以未婚妻和她見面的方法擺脫她。	
梅素	西吉嶼		深愛華桐,但得不到父親的同意而自殺。	剛烈的女性
玉瑤	跟蹤者	台灣台北	在大陸和四維相愛,並育有一子(小維)但因四維入獄而在來台後改嫁。四維出獄後,常在暗處偷看她,在一次意外中,四維受傷,她到醫院看他,並且告訴他說自己還是愛著他的。	改嫁
夜掠	她		有一個富裕的家庭,一直供應到她大學畢業,更供應她到海外求學。因為自己的好條件拒絕了無數優秀男子的追求。但隨著時間的流逝,年華漸去的她,開始想要一個男人,於是她到姪女被強暴的地方,等待男人對她示愛,但最後卻被一名醉漢吐一身,而且她所預期的事完全沒發生。	渴望被愛的遲暮女子。
玉清	凶手		在小說中只有和文生通信,並沒有出現,在給文生的最後一封信中,告訴他,她將離開的事實。雖然她感念文生對她的照顧與經濟的資助,但她還是和別人到美國去了。	

約會	貽紅		和小說中的男主角達生曾經是情侶，但仍離開他嫁給另一個男人許繼清。	

~~~~~~~~~~~

參考文獻目錄

BO

柏楊口述、周碧瑟執筆：《柏楊回憶錄》，台北：遠流出版社，
　　1996。

CHEN

陳彬彬：《瓊瑤的夢》，台北：皇冠出版社，1994。

DING

丁鳳珍：《台灣日據時期短篇小說中的女性角色》，台北：成功
　　大學中文研究所，1996，未刊碩士論文。

LI

李瑞騰：《情愛掙扎：柏楊小說論析》，台北：漢光文化事業股
　　份有限公司，1994。

LIN

林鐘雄：《台灣經濟發展40年》，台北：自立晚報出版社，1987。

LU

呂正惠編：《文學的後設思考》，台北：正中書局，1991。

SHAO

邵玉銘、張寶琴等編：《四十年來中國文學》，台北：聯合文學，
　　1995。

XU

許極燉:《台灣近代發展史》, 台北: 前衛出版社, 1996。

ZHANG

張明等編:《二十年來的台灣婦女》, 台北: 台灣省婦女寫作協
會, 1965。

~~~~~~~~~~

英文摘要(abstract)

Liang, Chun-Kuan, "In Search of the Female Characters in Bo Yang's Fiction: An Inter-disciplinary Study of Literature and Society"

M. A. Candidate, Department of Chinese, National Central University

Based on the studies of the text of *The Murderer*, *Struggle*, *Raging Voyage* and *The Secret*, this article analyzes the categories of women created by Bo Yang, according to the statistical figure of the female appeared in his fictions. The article, with a social perspective, also examined the mirror relationship between the female and society in Bo Yang's fictions. Further analysis of the relevant female characters in the context of literary history will be conducted. This article employs various approaches of statistics, social analysis and literary history to align the characteristics and categories of the female images by Bo Yang, and attempts to provide a reference point for the studies of Bo Yang. (編委會譯)

論文要點

1. 本文的討論範圍, 以躍昇出版社出版的四部短篇小說《凶手》、《掙扎》、《怒航》、《祕密》爲主要範疇。

2. 本文採三種進路來討論柏楊小說中的女性形象, 分別是: 進路之一: 將柏楊小說中女性形象作一歸納, 並加以分析。進路之二: 參照台灣五〇至六〇年代之社會現況、婦女的社會處境與柏楊小說作一對照, 進路之三: 比較五、六〇年代台灣文學中女性形象的呈現, 並縱觀台灣文學傳統中女性的角色轉變, 從而定位柏楊小說中的女性形象。

3. 探討女性在柏楊小說中的幾種類型: 叛離／依附　男性的女性; 對抗／屈從　現實的女性; 慈母／孝女形象; 女性特質的負面呈現。直接切入四部文本, 逐一歸類並分析。（配合附表說明）

4. 從社會背景的角度切入, 探討柏楊寫作時的社會環境, 同時將對映於小說觀察兩者之間的關係。

5. 尋索柏楊寫作小說時台灣的文學思潮, 並從中定位柏楊的寫作風格。

6. 從台灣文學中找出女性叛離的類型, 並對照柏楊小說中女性叛離的類型, 評斷兩者的關係。

7. 探討柏楊小說中涉及的妓女角色之特色, 並從白先勇、黃春明等台灣作家對妓女的描寫作一比較, 以凸顯柏楊小說中妓女的特色。

8. 關於小說中反抗父權, 的議題加以說明, 並參照晚於柏楊寫作的台灣作家瓊瑤的作品, 觀察兩者之間的關係。

9. 女性形象的分析其實可以從女性主義的文學批評切入, 作更深一層的探究, 會更加周延。然而, 限於筆者學力本文未納入討論, 這是比較遺憾之處。此外, 本文在作社會對照之時, 礙於統計資料取得不易, 使得論述稍嫌薄弱。而關於女性形象的分類, 筆者根據小說本身加以歸類, 其中或有重疊之處, 在所難免, 特此說明。

~~~~~~~~~

特約講評人: 鄭煒明

鄭煒明(葦鳴, Wai Ming CHENG), 中央民族大學語言民族學博士候選人, 現任澳門大學中文學院講師、院長助理。

　　拜讀了梁竣瓘君的論文〈尋找柏楊小說中的女主角: 文學、社會的交互考察〉後, 所得到的初步印象是, 很贊成文中的觀點和論據。

　　作者的論文指出, 柏楊的小說極為關注那批由大飄洋過海來台的別鄉人, 並且深刻地描寫了他們在台灣所面臨種種困境, 這點我十分贊同。而在柏楊小說裡的種種女性, 其實都是困境中掙扎著, 祇不過所用的手段或方法各有不同, 下場亦各自有異而已。

　　作者將柏楊小說裡的女性, 劃分為: 1. 叛離 / 依附男性的女性; 2. 對抗 / 屈從現實的女性, 這部分分類我很贊同, 認為作者分析非常細緻; 但作者兩種的分類, 如3. 慈母/孝女和4. 女性特質負面呈現等, 我建議仍可結合小說的具體情節, 將之歸納到前兩個大類裡, 樣處理或許更能系統地體現作者的論

述。我認為，作者在論文的第二部分〈女性在小說中的幾種類型〉中，既嘗試以文本為主，歸納並分析柏楊筆下的女性 就應該注意到其中1和2指的是柏楊筆下女性角色在小說情節裡的處境和生活態度取捨的不同類型，而3和4指的其實是柏楊筆下某些女性角色的性格特質，前者是歸納，後者是分析，兩者稍有不同，宜加以細分、說明，以免讀者有所誤會。

作者於論文的第三部分〈文學與社會之對映關係：從五、六十年代的社會說起〉中，引用林氏《台灣經濟發展40年》，及許氏《台灣近代發展史》兩書的論據，來說明台灣在柏楊寫入說時的社會背景，用意極佳，大致也能指出柏楊的小說與台灣五、六十年代的社會是有著客觀而真實的互動關係的。作者在這部分的論文中指出柏楊寫的主要是大陸赴台的人民在台灣的生存問題，若放回當時台灣社會的整體人口結構中，則其所寫的所謂大眾其實是小眾，這點是有一定說服力的。

作者在論文的第四部分〈交互關涉的文學作品：文學傳統與文學思潮縱橫談〉裡，指出柏楊的小說明顯地與國民黨當時所提倡的反共文學指導方針背道而馳，同時柏楊也沒有受到現代主義文風的影響；基本上，他是現實主義的，而且在女性角色的描寫和塑造方面(特別是女性叛離／二度依附這一類型)算得上是個先行者等等；至於柏楊所描寫的妓女形象，作者在論文中指出她們儼然是一個傳統社會中認定的男性角色，而且獲得柏楊的高度肯定，比起那些叛離者更加崇高可敬。以上幾點，我都贊同；其中更將柏楊的一些作品，跟不同時期的其他台灣作家的接近類型的作品加以比較、分析和評論其義同，從而凸顯柏楊小說的某些獨特性，可看出作者在閱讀柏楊小

說的時候是很仔細深入的。附錄二更是一種很有學術參考價值
的整理。

　　這篇論文，有上述的眾多優點，但我還有幾點意見，想提
出來與大家交流:

　　1). 柏楊寫小說的時候，是用郭衣洞這個名字的，這點應
該在題目方面加以正名，或在正文中、注釋裡有所說明較
好。柏楊的小說在1977年曾由(台北)晨光出版社出版《郭
衣洞小說全集》，可參考郭衣洞撰:〈關於《郭衣洞小說
全集》〉，原載《愛書人》旬刊; 1977年7月。後有獲授權
的(香港)天風圖書公司再版本，仍叫《郭衣洞小說全集》。

　　2). 郭衣洞的小說，其實更加得我們重視的是他在小說裡
所反映出來可能就是屬於柏楊自己的人生觀、愛情觀以至
於道德觀等等，郭衣洞在小說裡，有他對人生、人性和愛
情等等的探索和凝望，這些才是他要寫的主題。作者以郭
衣洞小說中的女性為研究對象，宜對郭衣洞的人生觀、人
性觀、愛情觀、婚姻觀、家庭觀、社會觀和道德觀等等有
所論述，非如是不能充分解釋其筆下女性的形象象和特
質。其實郭衣洞在其作品的序文中，也曾夫子自道，我們
應加以重視。附錄若干有關的參考資料目錄，以助讀興:

　　a) 黃守誠:〈談郭衣洞和他的作品〉，《自由青年》
　　　　35卷8期, 1996年4月。

　　b) 郭衣洞:〈《祕密》序〉，《郭衣洞小說全集》第1
　　　　集。

c) 李繭康:〈悲劇是什麼──論《莎羅冷》〉,《中國日報》1962年11月28日。

d) 郭衣洞:〈《莎羅冷》序〉,《郭衣洞小說全集》第2集。

e) 郭衣洞:〈《曠野》序〉,《郭衣洞小說全集》第3集。

f) 郭衣洞:〈我和《曠野》〉,《中華日報》1965年4月7日至10日。

g) 郭衣洞:〈《掙扎》序〉,《郭衣洞小說全集》第4集。

h) 李繭康:〈人性的發現──讀郭衣洞著《怒航》〉,《中央日報》1964年8月14日。

i) 郭衣洞:〈《怒航》序〉,《郭衣洞小說全集》第5集。

　　3) 柏楊的雜文久享盛名,其中多有反映他個人的人生觀、人性觀、愛情觀和婚姻觀等等思想的地方,宜加注意,並以之與並小說互相印證;即以他的《大男人沙文主義》這本雜文集(香港: 羅盤出版社, 出版年分不詳, 應在1979年11月以後)為例,集中〈人是會變的〉、〈愛情效用遞減律〉、〈從一部電影說起〉、〈奮鬥的目標〉、〈「跑不掉」泥沼〉等篇, 其中所反映的有關思想, 與其五、六十年代的小說, 仍是一脈相承的。

特約講評人: 余麗文

余麗文(Lai Man YEE) 女, 1975年生, 香港大學畢業(1998)。現
　於英國Warwick大學主修英國殖民與後殖民文學碩士課
　程。曾發表〈蔡源煌《錯誤》的壓抑與解放觀〉(1998)、〈香
　港的故事: 也斯的後殖民話語〉(1999)、〈歷史與空間: 董
　啓章《V城繁勝錄》的虛構技法〉(1999)等論文數篇。

　　梁竣瓘教授的論文以柏楊小說中的女性角色爲出發點,
詳細分析了其中不同的女性類型和特點; 也貫連了五、六十年
代的社會現象, 引證柏楊的寫實手法。論文將四部結集中的女
性角色與故事的背景作了圖表, 令讀者能清晰了解論文的立
足點。

　　就女性類型的劃分, 梁教授歸納出女性與環境和人物的
不同關係。在感情的世界中女性多帶依附的狀態; 面對家庭時
女性卻往往以慈母或孝女的形象出現; 作爲社會的存活者, 又
比男性更能自強不息。在歸納小說類型的層面上, 梁教授搜集
了不少的例證並提供了準確的分析。論文中有兩點極爲重要的
精髓未有詳細描述, 現藉此嘗試作出補充。

　　論文中指出「柏楊小說女性叛離的類型, 其實應是一特殊
性, 非普遍性」, 梁教授認爲柏楊小說中的女角往往主動提出
離開伴侶, 或是出走; 寫作手法與當時的台灣社會實際情況並
不配合, 因而認爲小說似乎帶有婦女自主的意味。這種說法極
有道理, 也引領小說寫女性擁有男性特質的策略, 認爲女性相
對男性更有能力在逆境中求生。論文中也提及「柏楊所描寫的

妓女形象,就某種程度而言,儼然是一個傳統社會中認定的男性角色」。這種推論指明了男女兩性的區分,在作者筆下受到摒棄,所以論文提出小說以「男性觀點」作主導時似乎稍有矛盾之嫌疑,必須再加以深刻解釋方能成立。一如梁教授所言,儘管女性並非小說的重心,「但此從屬之角色卻幾可說絕對影響著男性的未來」。

就女性角色塑造方面,筆者也嘗試提供不同的閱讀方式,補充梁教授的論文,也希望作互動參考。論文中曾經提及柏楊的小說常把女性的身體與金錢掛鉤,〈祕密〉中的葉琴,〈平衡〉的樊鈴,〈窗前〉的秀琴等等,都是以軀體吸引他人的傾慕,而她們最終也成為了金錢的奴隸。這種將女性描寫成資本主義社會下的受害者、得益者,似乎更適合與資本主義的特質配合研判。Henri Lefebvre(1901-1991)便曾指出女性在資本主義的影響下首當其衝,女性既是先天的消費者,同時成為社會上的符號,像廣告一樣可以推銷[24]。女性的胴體更演變成一種男性的慾求的物品,在社會崇尚交換價值的趨勢下,出現了可以販賣的軀體;如〈蓮〉和〈窄路〉中的妓女。一如 Lefebvre 所言,女性總是在日常生活中背負著最沉重的[25],柏楊的小說,利用女性而非男性,有效地反映資本主義的壓制,展示社會的價值轉化。

---

[24] Henri Lefebvre, *Everyday Life in the Modern World* (trans. Sacha Rabinovitch, New Brunswick & London: Transaction Publishers, 1984), pp.173。

[25] Henre Lefebvre, *Everyday Life in the Modern World*, pp. 73。

　　另一方面，描寫女性身體的傾向也暗示了作者對女性化世界的認同，這與梁教授認為女性角色擁有男性的特質的論點一致。早於分析殖民文學(Imperialist Literature)時期，西方學者提出以女性身體隱喻地域空間的書寫模式，如描畫女性的身體為神祕的、帶有情慾意味的。其中有以描繪對女性身體的侵略，作為對殖民地侵略的隱喻，也就生產了女性軀體象徵地域空間的策略。[26]以這種理論作為參考，小說中同樣可以找到描述女性軀體為慾望符號的手法，如〈祕密〉中的葉琴。小說結集中的女主角具備了不同的特質，展示了多元化的「女性世界」；若女性的軀體可作地域空間的隱喻，寫女性特質的多元化，也是寫空間地域的多元趨勢。　這種向度與梁教授所指出的柏楊筆下的少數族群論吻合，正正由於作者筆下針對的是社會的小眾，作者更大有可能透過女性的隱喻暗示對社會開放的渴望。

　　梁教授的論文就柏楊小說中的女性形象作了深入的探究，也揭示了女性在資本主義體制下的盲目吹捧金錢的墮落或奮鬥到底的正面精神；論文若能配合理論加以引申，定可令論文的框架更鞏固。

～～～～～～～～

參考文獻目錄

---

[26] Alison Blunt & Gillian Rose ed., *Writing Women and Space: Colonial and Postcolonial Geographies* (London & New York: Guilford Press, 1994), pp.10。

Blunt, Alison & Rose, Gillian Ed. *Writing Women and Space: Colonial and Postcolonial Geographies*, London & New York: Guilford Press, 1994.

Lefebvre, Henri, *Everyday Life in the Modern World*. Trans. Sacha Rabinovitch, New Brunswick & London: Transaction Publishers, 1984.

[責任編輯: 黎活仁、梁敏兒、鄭振偉]

「中國」歷史走向「台灣」社會——柏楊小說的死亡課題

鄭雅文

作者簡介: 鄭雅文 (Ya-wen CHENG), 1972生於台灣省台南市。中央大學中文研究所研究生。

論文題要: 本論文採文學與社會、歷史兩線的橫向與縱向呈現方式。一為前言,由一則台灣的社會事件談起,由此回溯一九四九前後「去陸來台」的歷史場景,循而帶出柏楊本人及其小說,並著力於作品中的死亡課題探討。二、正式進入正文爬梳,談死亡課題之一: 柏楊小說的死亡事件及其反映的台灣社會面,從橫向的空間場域做開端。三、死亡課題之二: 柏楊小說的靈異傳承,將其部分死亡描寫放在中國傳統文學的縱向脈落上來審視。四、死亡課題之三: 自我流亡的投射,將死亡從實際面抽離出來,擺在死亡的意義面來談。五則為結語部分,為正文的論述做總的

回顧與概括, 文末再強調柏楊的「死亡關注」非為文學自身,
而是對那個「苦悶時代」油然而生的一種人文關懷。

關鍵詞(中文): 柏楊小說 死亡 自殺 愛情 靈異 自我流亡

關鍵詞(英文): Fiction of Bo Yang, death, suicide, love, spirit,
self-exile

一、前言

　　台北市信義區內的台灣最古老眷村「四四南
村」, 昨日凌晨發生大火, 由於眷村正計畫改建, 住
戶多已搬空, 火勢造成磚造二層樓待拆空屋十戶全
毀、五戶半毀, 沒有人傷亡⋯⋯。(《聯合報》1999
年2月20日8版)

這一則社會新聞呈現出來的不只是一個單純的真實訊息, 循
著四四南村的歷史線索往上追溯, 一九四九前後大批「大陸
人」[1]由中國本土湧進台灣的「流亡」[2]景象再度被喚起。這一
群以黨、政、軍、公、教為主的移民者中不乏精英分子, 他們
在渡海抵台之後在台灣土地上展開另一種生命型態。他們其中
的大部分以為這樣的漂泊只是「非常時期」的短暫現象──回
歸中國大陸成為他們的終極關懷。如果以台灣為主體來看待這

---

[1] 「大陸人」在這裡泛指在中國大陸土生土長的居民。

[2] 「流亡」此指大陸淪陷後, 大陸人隨國民政府從中國渡海到台灣的
狀態。

現象,則「中國」歷史[3]走向了台灣社會; 如果用當時執政黨或多數「大陸人」的觀點詮釋,則中國歷史在過渡台灣之後終將回歸大陸領土。就歷史的後續發展看來,那些「一度漂泊者」(從大陸渡海來台的人)的祖國迷思目前斷然無法實現,因此我採用前者說法——在大陸人湧進台灣(以蔣介石[1887-1975]為領導中心的大陸人)的同時,中國歷史也走向了台灣社會。

　　大陸人之一——柏楊(郭立邦,1920-)是這個時代脈動下遠渡重洋而來的知識分子兼文學工作者。他那知識分子的特有氣質使他超然於黨派之外,既不認同社會主義主張的共黨,也不盲從於標榜三民主義的國民黨[4]。因而他在痛恨大陸鬥爭的殘酷的動機下嘗試小說創作,在擔任中華民國反共救國團工作期間拿起「悲憫之筆」為當時悲劇性的小人物「發聲」。其小說寫作的意圖(從他的文學觀點及作品內容可以發現)顯然屏除了「為文學而文學」的這條路線,而走向「為人生、時代、社會而文學」的創作道路,所以他的小說是與作者結合的「作品」,而非脫離作者而單獨存在的「文本」。

　　柏楊小說的主題多半環繞在愛情、親情、命運或大環境上,本篇論文所要呈顯的「死亡」部分於其中極少成為單獨的主體,僅扮演小說情節中的一個重要環節,或情勢促成的必然結

---

[3] 「中國歷史」在此指上自禹、湯、文武、周公,下至元、明、清及蔣介石接續下來的民國。在大陸赤化後分別出與中華人民共和國的不同。

[4] 雲匡:〈柏楊答問〉,《柏楊六十五》(柏楊六十五編委會、台北: 星光出版社,2版,1984),頁157-158。

局。然而其小說的死亡描寫仍有其社會與歷史意義: 就前者而言, 柏楊小說和台灣社會的現實面做了若干程度的契合; 以後者來看, 柏楊小說的部分, 傳承了中國文學傳統中的一個向度——「靈異」[5]題材。亦即我們以縱向的中國文學脈落和橫向的台灣社會面來探討其小說中的「死亡」課題, 最後進一步將種種的死亡事件提昇至精神層面來觀照, 揭示其小說的「死亡」其實是柏楊「自我流亡」[6]的投射。本篇論文僅鎖定五〇到六〇年代的《凶手》、《掙扎》、《怒航》和《祕密》四部柏楊短篇小說集[7]為作品的探討對象。

二、虛構出來的真實——柏楊小說的死亡事件及其反映的台灣社會面

虛構和真實的辯證是文學作品探討中無可避免的議題。由柏楊的小說創作意圖和作品本身的展現兩方面來看, 我認為柏楊用親身體驗、從旁見聞加上想像部分虛構出某種程度的社

---

[5] 「靈異」一詞指有關鬼、魂、神、怪之事, 始見魯迅〈中國小說史略〉:「中國本信巫, 秦漢以來, 神仙之說盛行, 漢末又大暢巫風, 而鬼道愈熾; 會小乘佛教又亦傳入中土, 漸見流傳。凡此, 皆張皇鬼神, 稱道靈異, 故自晉迄隋, 特多鬼神志怪之書。」參魯迅:《魯迅小說史論文集》(台北: 里仁出版社, 2刷, 1994), 頁 35。

[6] 陳芳明(1947-):〈百年來的台灣文學與台灣風格〉,《百年來的台灣》(台灣研究基金會編輯部, 台北: 前衛出版社, 1995), 頁 285。

[7] 《凶手》、《掙扎》、《怒航》和《祕密》四部柏楊的短篇小說集最早由平原出版社出版, 後再由躍昇文化出版公司出版, 本論述採後來的躍昇版(四篇皆在1989年出版)。

會眞實。因此他小說中刻意製造出來的死亡事件即適度反映出台灣的社會現實面。我採文學社會學研究的幾個大家之一——鄧納(Hippolyte A. Taine, 1828-1893)的「三元論」(民族、環境、時代)[8]。作爲論據來說明這個文學現象。將柏楊套在這個體系中審視,則身爲「外省族群」的他在「一九四九後動盪的時代」來到「台灣環境」,自然影響其小說創作的取向,這一點在他與鄭瑜雯(1964-　)的對談中可以證實[9]。於是其小說筆下的人物不免受到社會殘酷面、悲苦面的波及,傷的傷,死的死,幾乎都是悲劇性的演出。

本節的論述先剖析柏楊小說中死亡事件的虛構面,再處理其反映出來的台灣社會眞實面,並適時參考柏楊自身言論、別人對他各方面的論述以及若干社會史料作爲佐證。以下則分別從「自殺或他殺?」、「愛情玩弄或命運捉弄?」和「死亡等於逃避?」三個面向加以爬梳。

1. 自殺或他殺?

柏楊短篇小說(前言所指)中製造的死亡事件歸納起來有三十二起(附錄一),其中設計出來的死亡方式包含自殺、他殺、病死、老死、意外和不明原因幾種。如果就這些死亡方式在他小說中出現的頻率來看,病死和意外死亡無疑佔了多數,然而以作者對小說情節的匠心經營這方面來考量,則自殺和

---

[8]　何金蘭(1945-　)說明鄧納的文學研究是一種唯科學主義決定論,以「民族、環境、時代」三個因子決定文學家的主要才能、文學創作或文學現象。見何金蘭:《文學社會學》(台北:桂冠圖書股份有限公司, 1989),頁27-28。

[9]　見李瑞騰:《情愛掙扎》(台北:漢光文化事業股份有限公司, 1994),頁144。

他殺的死亡形式或呈現出來的深度，卻是柏楊小說中比較值得探究的部分。

自殺或他殺？我認為這兩種形式的人物死亡追究到根源——就是「衝突」。姑且借用李瑞騰(1952-)在〈悲劇與衝突—《掙扎》析論〉一文對「衝突」的界說：「所謂『衝突』係指兩種或多種的力量相對立所形成的戲劇性效果。……如果我們勉強把『衝突』的型態加以區分，可以類分為三：『人與人』、『人與外力』、『自我』，它們可各自獨立來看，卻也彼此互相關連。」[10]〈相思樹〉中飯舖老闆的自縊就是來自於李教授提的兩種類別——「人和外力」及「自我」衝突的結果。飯館老闆的個人命運隨著外在社會環境而丕變，時局變化先使他與外力產生衝突，而關閉飯館前又有另一番屬於個人內心的自我衝突，最後這兩樣衝突將他逼向了死亡的不歸路。〈路碑〉中永平的死是另一個外力與個人衝突的悲劇性的事件，故事情節大致是：永平的妻子惠英在分娩過程中失血過多需要38元的止血劑來救命，永平到處奔走借貸卻遭受朋友的口頭冷落與推託，最後他在灰心沮喪之餘以「撞路碑」的自殺方式告別陰暗的人世。此外還有〈鴻溝〉的圓娃的娘的死亡例子(也是屬於外力與個人的衝突)——他們三人的死亡結局必須歸咎於文本所營造的社會面貌；社會中人們的無情、自私、功利和物資普遍缺乏的現實因素下，小說人物的選擇「自殺身亡」或許是他們對社會現實的抗議方式。這些作品適度反映出當時台灣社會的景象，我們由鄭瑜雯與柏楊的問答中可以窺見：

---

[10] 李瑞騰，頁86。

　　(鄭瑜雯)問:「在您寫小説的那個時代,您個人
的現實生活大體上是什麼情況?」
　　(柏楊)答:「每個人生活都很苦!那是個悲苦的
時代,一九五〇年左右,眷村裡人們就在水溝裡撈
菜來吃,窮得老鼠都哭泣著逃走,鄉下更苦,一個
月吃不到一頓肉。」[11]

　　柏楊「去陸來台」初期是台灣面臨重新整頓的時刻,日據
的陰霾才剛剛隨光復的腳步掃過,跟隨而來的卻是外省族群
在台灣的問題。當時台灣這蕞爾小島必須再容納除原來居民外
的兩百多萬「大陸人」,而執政者在短期內一時無法解決物資
嚴重匱乏的問題,造成台灣經濟史上的「黑暗時期」[12]。
　　與自殺相對的死亡形式是「他殺」,柏楊小說中這類例子
以〈結〉的故事情節為最具衝突性的代表。〈結〉的主人翁克
綱和他的父親(無血緣關係)的衝突是情節中的第一個(人和人
的衝突):身為巡佐的克綱在某次工作時偶然翻閱母親被殺的
檔案,發現自己平日所敬重的父親竟是生母的殺人凶手,於是
他倆的衝突隨之而來。由於這篇小說的敘事手法是柏楊刻意安
排的倒敘形式,後面情節發生的克綱母親與父親的衝突其實
才是克綱父子衝突的前引。從老人(克綱父親)對往事的勾勒中
我們得知「她」(克綱母親)的死為老人所造成,是老人三十年

---

[11] 李瑞騰,頁144。
[12] 林鐘雄:〈從糖米經濟到科技立國〉,《百年來的台灣》,頁168。

前和「她」發生口角(人與人的衝突)後喪失心志的結果。老人
並在懊悔同時自殺尋死(自我衝突), 然而沒有成功, 後來為當
時的瘋狂舉動「換得」五年的牢獄生活。小說裡面交代出來的
社會背景並不明顯, 然而從柏楊在故事中安排: 敘述者「我」
說出「在這大動亂的時代裡」[13]、克綱描述父親「連個大冬衣
都沒有, 老穿著那件破袍子足有三十年歷史了」[14]以及逆推到
三十年前老人剛剛回國「人生地疏, 工作始終不能解決, 幾個
積蓄的錢也漸漸用光」[15]等細節來觀察當時的環境(台灣的), 老
百姓貧窮和悲苦的處境是普遍的社會現象。

2. 愛情玩弄或命運捉弄?

　　愛情玩弄或命運捉弄? 柏楊小說中呈顯的兩大主題是「愛
情」和「命運」, 兩者都充滿殘破與無法圓滿的悲劇性, 冥冥
之中似有一股力量在掌控人物的未來。

　　柏楊在回憶錄敘述他生平的第一次熱戀經驗:「愛情足以
使年輕人著迷, 但對中年以上的人來說, 只不過一句虛話;
尤其是男人, 事業居於無可動搖的第一位, 愛情不過逢場作
戲。可是, 對我不然, 這場愛情, 使我跟永培仳離, 和整個社會
作對。」[16]在上面的引文中所謂「這場愛情」是指柏楊和倪明
華的交往, 當時正是他投入小說創作後不久, 如果以鄧納「三

---

[13] 柏楊:《祕密》(台北: 躍昇文化出版公司, 1988), 頁181。

[14] 柏楊:《祕密》, 頁181。

[15] 柏楊:《祕密》, 頁192。

[16] 柏楊口述、周碧瑟整理:《柏楊回憶錄》(台北: 遠流出版公司, 1996),
　　頁227-228。

元論」的解釋，則柏楊所遭遇的家庭、社會環境的挫折以及台灣五〇年代保守的時代風氣是促使他寫作「悲劇性」愛情的背後因素，這種悲劇性甚至將小說人物的生命推向「死亡」，因此出現了〈平衡〉中小公務員姜隆之死。他受到愛情玩弄的情況在情節中發生兩次：第一次是半年前，妻子樊玲說「有一個同學約她吃晚飯」[17]，她卻因此消失，兩人組成的家庭從此破碎； 第二次是樊玲在方山飯店裡出現，開口便要求和姜隆離婚並施捨了「五萬元美金」當做離婚協議的交易。兩次的愛情受挫終於把姜隆帶進「死亡」，故事的結局充滿諷刺意味：「十分鐘後，他死了，手中來緊捏著那張美金支票」[18]。

　　命運使然而導致人物死亡是另一個柏楊小說的主題呈現，而這裡所謂的命運，幾乎是人物在經濟方面產生困窘的指涉。迫於貧窮的命運而造成的死亡事件像上一節所論及的〈相思樹〉「飯舖老闆之死」、〈路碑〉「永平之死」、〈鴻溝〉「圓娃的娘之死」以及這一節我將探討〈旅途〉中國鈞和〈微笑〉中王有德的死亡描寫。國鈞和燕玲所締結的美滿婚姻在柏楊刻意的「扭曲」下走向悲劇性發展：他的死亡在「沒有多餘的錢」而耽擱病情，導致癌細胞侵蝕而無可救藥，「一對美眷」從此被活活地拆散。王有德的死是大陸人來到台灣另一個貧窮致死的例子：命運的捉弄將他和妻子聊以維生的教員證件都奪去，逼得他只好「去和毒蛇握手」[19]，而一步步往死神的方向靠近； 死前一刻他對敘述者「我」留下遺言：「我老家還有

---

[17] 柏楊：《掙扎》(台北：躍昇文化出版公司，1989)，頁210-1。

[18] 柏楊：《掙扎》，頁212。

[19] 柏楊：《怒航》(台北：躍昇文化出版公司，1989)，頁154。

二十畝稻田，這樣死了，我的妻兒將來怎麼回去？他們以後的日子使我不瞑目，我對不起他們!啊!先生。」[20]故事到這裡並未結束，「我」在收下老王(王有德)的一盞燈、一輛腳踏車和三條毒蛇後將身邊才借到的一百元交給老王的妻子，並打算接續老王的捕蛇工作以解決自己同樣面臨的貧窮問題。故事結尾沒有交代「我」後來的命運發展，然而可以想像步上老王後塵之後，死亡的危機轉而伺伏在「我」周圍。柏楊曾經表達過他對貧窮的看法，「它」反映「那個時代」台灣社會的普遍現象：「在我們那個時代貧窮是一件非常可怕的事情，貧窮給人的影響，第一就是飢餓，到一個飯舖，在巷口就要把錢拿來數一數，看看付不付得起； 第二是愛情的變化，只因為以前是由男人負擔家計，所以女孩子就不能忍受一個男人無能到妻子都養不活。」[21]第一個影響正是柏楊創造出來的國鈞與王有德的處境，這種作品與社會相呼應的文學呈現是柏楊所擅長和著重的地方； 進一步在這現實的基礎上他加進了想像部分虛構出國鈞與王有德的死亡事件。

　　柏楊小說中知識分子的價值觀是他兩大主題外的另一個重點。知識分子與中國歷史的演進始終維持緊密的聯繫，也是各時代一再被探索的課題，其形象用金耀基(1935-　)〈知識分子在社會上的角色〉一文的說法是「一個關心他個人身處的社會及時代的批判者與代言人」[22]。柏楊本人正是其中具「道德

---

[20] 柏楊:《怒航》，頁151。

[21] 李瑞騰，頁149。

[22] 金耀基: 《中國現代化與知識分子》(台北: 時報文化出版企業有限公司, 2版, 1994年5月), 頁63。

使命感」的一員,這種具體表現落實在他六〇年代「講眞話」、
「寫眞話」的雜文創作上,而小說部分的〈辭行〉和〈窄路〉
兩篇則提早一年[23]爲他的知識分子呈現做了開頭。〈辭行〉的
克文這個以教學爲生涯規劃的知識分子的形象在兩位好友的
對話中變得鮮明:「他那學期恰巧被選爲經費稽核委員」說的
是他的職責,「他太喜歡說話了」、「他發言太多」、「他如
果認清時代就不會去請願」[24]強調的是他的擇善固執並化爲具
體行動; 最後竟死在冒暑抗議的路途中。〈窄路〉中隆青的
死是另一個不苟同混濁俗世的知識分子遭逢的命運。在隆青身
上我們見到克文的影子,他們同是負有道德使命感的讀書人,
然而柏楊進一步將這個角色深刻化,利用隆青死後妻兒大相
逕庭的價值觀來做強烈的對比:隆青的自我要求是「威武不能
屈」、「貧賤不能移」[25],他的妻子卻認爲「沒錢才是羞辱,而
爲娼卻是高尚的」[26]。將柏楊的平時行事對照他筆下的人物特
徵,我們幾乎可以發覺他對克文、隆青二人塑造的用意是──
一則凸顯知識分子身處動盪時代的悲哀,二則仍以知識分子
的高尚情操爲理想典型。

　3. 死亡等於逃避?

---

[23] 〈辭行〉和〈窄路〉兩篇收於柏楊的《掙扎》小說集,最早
　　發表時間在1959年,由平原出版社出版。
[24] 柏楊:《掙扎》,頁143。
[25] 柏楊:《掙扎》,頁163。
[26] 柏楊:《掙扎》,頁171。

> 吳濁流認爲〈壁〉「把身子撞向牆壁而告死
> 亡」、「死亡不就是一種逃避現實嗎?」、「壁是
> 一種絕望的人生觀, 把歷史看得太悲觀了些。唯有
> 超越壁, 人的犧牲才有意義。」……吳濁流的評論,
> 純粹就當時社會的氣氛而言, 不希望台灣人在這當
> 口說喪氣話, 似乎忽略劇作者出自階級覺醒意識的
> 發言。[27]

　　彭瑞金(1947-)將吳濁流(吳建田, 1900-1976)對〈壁〉的評論再予以評論, 吳濁流認爲這種窮人在未來無計可施的情況下以死終結目前的窘境是一種逃避行爲, 彭瑞金卻覺察到簡國賢(〈壁〉舞台劇作者)的階級覺醒, 前者看的是一個死亡事件的結果, 後者則觀察到死亡背後的意義, 兩者互爲表裡。

　　柏楊小說以死亡作結的人物, 和日據時代、甚至戰後作家作品經營的死亡具有相同的情調——都在控訴一個「苦悶的時代」。三〇年代的苦悶來自大和民族的殖民統治, 戰後普羅大衆的苦悶則歸諸當時的政治、經濟、社會、文化各種情勢的混亂局面, 甚至本土作家將國民黨視爲外來的統治政權。柏楊那時代的苦悶是戰後局面的延續, 雖以外省人的優越地位不致與執政者的立場扞格不入, 然面臨去陸遷台後「百廢待舉」的艱難景況, 他們(尤指一般身分的大陸人)擁有的生活條件其實和台灣本土居民無異——貧窮是大家共同的問題。因此因苦悶

---

[27] 《台灣新文學運動四十年》(台北: 自立晚報社文化出版部, 1991), 頁44。

而製造死亡以尋找另一個世界的解脫的文學作品同樣出現在去陸來台的外省作家筆下。持平而論,五○年代反共文思潮的國家文藝政策瀰漫下仍有一些外省作家不隨之盲從,另外寫出自己想要表達的聲音,柏楊就是其中一個例子。

　　柏楊大量製造小說死亡事件的目的顯然不在經營一個個「死亡文學」,這一點從他小說中主要環繞愛情、命運和時代社會的主題可以證明。那麼究竟柏楊小說發生的死亡有何意義?除了配合情節的推衍、進行,我們將人物的死置在主題氛圍中來審視其意義。〈路碑〉的永平、〈鴻溝〉圓娃的娘和〈相思樹〉的飯舖老闆用自殺的方式結束他們在人世困頓中的所有掙扎,將死亡看待成解脫的途徑。對他們而言,死亡或許解除他們形體和心靈遭受的禁錮; 然對一個成熟的獨立的存在個體而言,這種形式的死卻是一種逃避——自我的逃避與對他人責任的逃避。不論永平、圓娃的娘或者飯舖老闆,他們的逃開使親人的生活頓失憑藉,對未來更茫茫無所從。永平留下的兩個女兒:「大女兒正蜷伏在床頭,睜著恐懼的眼睛,盼望這爸爸媽媽歸來。而小女兒呢?她正雜在嬰兒群中,無知無識的酣睡」[28]; 圓娃的娘捨下兒子圓娃:「每天推著他的雞公車,癡癡

病든中國人
中國의 된장독文化와 老昏病
柏 楊/孫觀漢 著
西大教授 朴椿浩 編譯

文學思想社

----

[28] 柏楊:《掙扎》,頁192。

呆呆的, 在山徑躑躅」[29]; 飯舖老闆死後的家境由旁觀者敘述:
「他丟下一個妻子, 一個男孩, 一個女孩」[30]。

如同吳濁流和彭瑞金對〈壁〉的兩面觀察, 柏楊小說中的
死亡事件亦有其一體兩面的呈現: 就死亡的意義而言, 是人物
對周遭環境的無力控訴; 就死亡的結果來看, 自殺尋死的方
式不就是一種逃避現實?

三、中國傳統在台灣——柏楊小說的「靈異」傳承

> 不過, 我雖然不信鬼神, 卻非常喜歡那種神祕
> 氣氛, 尤其是焚出來的香味, 我常幻想, 日後我長
> 大了, 要在四合院角落空地上, 蓋一座小廟, 供上
> 一尊佛像, 點上三支香火。[31]

柏楊跟宗教的緣分自小開始, 當時的他「不信鬼神」卻養成對
鬼神的遐想, 雖然長大後的心願: 「要在四合院角落空地上,
蓋一座小廟, 供上一尊佛像, 點上三支香火」沒有兌現, 卻將
這神祕氣氛滲透到他的文學創作, 使作品呈現一種詭譎的效
果。

中國傳統文學自國民政府遷台時跟著渡海的說法也得到
本土意識的評論家彭瑞金的認同。[32] 即使柏楊本人現身說法

---

[29] 柏楊:《凶手》(台北: 躍昇文化出版公司, 1990), 頁60。

[30] 柏楊:《掙扎》, 頁57。

[31] 柏楊:《柏楊回憶錄》, 頁204。

[32] 《台灣文學探索》(台北: 前衛出版社, 1995), 頁388。

將自己的小說與中國傳統小說的距離拉大[33]，也無法抹煞他生在大陸，長在大陸，其思想言行受中國傳統影響的部分。中國傳統(尤其文學)出現在台灣的鼎盛現象自一九四九年一批批大陸人遷播來台之後，柏楊小說在五〇、六〇年代創作時部分汲取這支傳統中的養分，寫下〈一束花〉、〈強水街〉與〈龍眼粥〉三篇與中國古代神話、傳說或民間故事關連而具「靈異」色彩的小說。因此這一章分成兩小節，就文學傳承的史的脈絡及三篇作品的內容兩部分來討論。

1. 神話和傳說的渡海

神話與傳說代表初民在混沌時代的文化創造，前者側重對超自然現象的關注，後者多以人形的英雄形象勾勒； 兩者匯流後的綜合呈現與稍後或同時期出現的民間故事成為中國傳統文學題材上的豐沛養料。王孝廉(1942-)在《中國的神話與傳說》中特別突顯「神話到文學」的現象，將神話與文學的關係以「化石」和「種子」為喻，前者(神話)提供後者(文學)豐富的養料使得以在後世萌芽、茁壯[34]。這種觀點亦適用在傳說、民間故事與文學關係的解釋上。因此中國傳統文學的內涵便在神話、傳說與民間故事的基礎上經營起來。

一九四九年這支文學傳統更隨外省作家渡海來台。其中大量汲取神話、傳說或民間故事養分而表現在文學作品創造上的作家首推司馬中原(吳延玫，1933-)，他的小說的「靈異」描寫部分幾可為他在這些作品上單獨形成一類──「靈異」小說

---

[33] 李瑞騰，頁152。

[34] 王孝廉：《中國的神話與傳說》(台北：聯經出版事業公司，1977)，頁8。

[35]。而與司馬中原同時代的柏楊並没有將重心放在「靈異」色彩的文學創作，其小說中即使有類似的題材營造也只寥寥幾篇。然無論如何柏楊小說的靈異部分非空穴來風，同是對中國傳統文學做了某種程度上的傳承。

具有靈異色彩且涉及死亡的這三篇小說，其中以〈龍眼粥〉中的鬼魂思想、輪迴觀念以及詭譎氣氛的表現最為深刻。李瑞騰在〈龍眼粥與強水街〉評論文章說明柏楊這類小說的描寫並非「單純要我們來分享這個故事的傳奇味道、神祕氣氛」，而在對人生提出「最嚴肅的課題」：「人既已生，為什麼又要死？既已彼此相愛，為什麼又要被死亡硬生生的拆散，而造成綿綿無絕期的恨？」[36]李教授尤其強調〈龍眼粥〉並非作者刻意衍成靈異之作，所謂人生的愛情的課題才是這篇小說的主題重心。另外兩篇具靈異色彩的〈強水街〉與〈一束花〉同樣為作者秉持探討嚴肅課題原則下的小說創作，差別在於前者(〈龍眼粥〉)的主題思想在愛情，而後者(〈強水街〉、〈一束花〉)放在親情方面的彰顯。

2.世間與陰界的流動

這三篇各出現兩個人物的死亡，而這一節將針對主要人物死亡後世間與陰界兩個異質時空的死亡部分來討論，其代表分別是〈龍眼粥〉的世明、〈強水街〉的玲玲和〈一束花〉的章德麗、德翼姊弟。

---

[35] 司馬中原的小說出現大量靈異類的作品，包括:《靈語》、《靈河》、《刀兵塚》、《吸血的殭屍》、《狐變》、《狼煙》、《鬼信》、《藏魂罈子》、《醫院鬼話》、《遇邪記》等。

[36] 李瑞騰，頁68。

　　世明、玲玲和章德麗、章德翼姊弟的死亡不同於第二章所提的幾個自殺死亡的逃避方式，他們的死在不得已的情勢下產生：世明(指前世)染上重病，章德麗、章德翼姊弟被輾在車輪之下，玲玲則原因不明(作者未作交代)；　他們每個人的死亡背後隱藏一個個嚴肅的人生課題。因此柏楊讓他們死後的生命以另一種形式的呈現而延續——化爲鬼魂，並在世間與陰界之間流動。〈強水街〉的小女孩玲玲早在半年前死去，當時她的父親還爲她「殮葬了一件紙糊的雨衣」[37]，故事中的魏博醫生卻在她死後半年的一個滂沱大雨的夜晚遭到一個十歲小女孩的請求，魏博事後對敘述者「我」描繪那晚小女孩的模樣：「進來的是一個十歲左右的小女孩，她脫去身上紙一樣薄而且僵硬的劣質雨衣」[38]；　故事在尾聲時「我」終於明白後來出現的玲玲原來爲人間與冥間流動的鬼魂。〈一束花〉的章德麗、德翼姊弟的鬼魂呈現與〈強水街〉的玲玲類似，都是故事中的第三者(活人)和鬼魂進行接觸，最後才從死者親人口中獲悉他們早已化成一抔土的事實。〈一束花〉的敘述者「我」某天夜晚在空曠街道上的巷口發現站著一個七歲、八歲大的小女孩，第二天同樣的情景出現，她仍穿著「單薄的學生白衣黑裙」[39]，接著又一天晚上在窗口發現小女孩和弟弟的行蹤並進一步和他們交談，答應代送一束花給他們的母親。直到買花那天被友人帶到兩姊弟生母家後才恍然大悟——原來先前所接觸的竟是出沒在陽間的鬼魂。

---

[37]　柏楊：《祕密》，頁135。
[38]　柏楊：《祕密》，頁130。
[39]　柏楊：《凶手》，頁213。

　　柏楊對〈龍眼粥〉死者的描寫另外撇開鬼魂的形式(仍帶有鬼魂的思想)而透過「夢境」來呈現。〈龍眼粥〉的世明從小每月陰曆十五做著「龍眼粥」夢且長大後夢境變得複雜, 接著在來台灣的第五年秋天的一個陰曆十五因生意之故走進夢境中的房子, 發現桌上正供著一碗「夢中的龍眼粥」, 此時夢境和現實結合為一。世明再由房子裡老太太的陳述中得知自己竟然是她口中「死去的丈夫」; 故事至此透顯出「輪迴」觀念。「輪迴」的說法源於宗教, 佛教更將它解釋成人死後靈魂寄託在另一個軀體上延續, 如此周而復始, 生生不滅。〈龍眼粥〉的世明前世是台灣新竹人, 這一世則轉生在中國大陸的河南, 靈魂的流動不受人世的時間和地域限制, 小說的故事描述具有濃厚的輪迴色彩。

　　死亡或死後的世界不是柏楊小說思想的重心, 從故事本身的呈現中我們抽繹出這三篇的主要課題: 愛情與親情。前者的表現在〈龍眼粥〉世明與老太太的情愛輪轉上, 我認為柏楊企圖在這兩個人物上面創造「愛情永恆」的主題。相對於柏楊對現實中「愛情不為永恆」的論調(並表現在他筆下的男女情愛), 世明前世的愛情隨靈魂移轉到今生, 老太太死後他們的愛情又可能接續而輪迴到下一世——〈龍眼粥〉無疑被他打造成愛情的「理想國」, 然必須在死後的靈界中實現。

　　〈強水街〉和〈一束花〉的主題皆涉及親情, 描寫三個小孩在夭折之後仍孺慕親情, 甚而透過第三者對親人報答養育恩情。這種人死後的報恩行為在中國古代有鬼「結草」報恩的傳說, 六朝、隋、唐傳說、故事中更屢見不鮮。沈宗憲〈人鬼關係類型分析〉一文將「報」的觀念由人際關係轉化到人鬼關

係上，並依「報」的內容分成報恩和報仇兩大類[40]。依循這個說法來觀察〈強水街〉和〈一束花〉玲玲、章德麗、章德翼三個小孩在小說情節中的動作：死後的玲玲在父親重病之際大膽地請託魏博醫生「救救爸爸」，章德麗、德翼姊弟則拜託敘述者「我」代送一束花完成他們生前的心意——他們都是屬於死後以鬼魂身分報答親情的一類。這種「父女間至情」或「母子間至愛」在柏楊小說出現的頻率雖然不多，卻在這兩篇以極具震撼性的神祕氣氛表現出來，或許是柏楊本人為補償自小失怙、失依的成長經驗，轉而在小說中投射他對親情的孺慕罷。

四、自我流亡的投射

自我流亡又可分成兩種類型，一種是內部流亡(internal exile)，一種是外部流亡(external exile)。前者是指作家無須離開自己的土地，對於他賴以生存的政治體制並不表示認同。統治者所挾帶而來的文化觀與價值觀，不能得到作家的承認，這樣的作家利用文學作品來表現他對統治者的批判與排拒，並且也發抒他個人與社會之間的隔離與孤絕。日據時期的作家，有大部分是屬於內部流亡的作家。至於所謂外部流亡，則是指作家也基於不認同統治體制的

---

[40] 見沈宗憲：《宋代民間的幽冥世界觀》(台北：商鼎文化出版社，1993)，頁103。

理由, 如果不是被政府刻意放逐, 就作家志願採取
離開自己鄉土的方式, 流落於異域以從事文學創
作。在戰時有不少人是屬於外部流亡的作家。內部
流亡純粹是一種精神流亡; 外部流亡則是除了精
神放逐之外, 身體也遭到放逐。[41]

陳芳明(1947-)從「對統治體制否定」的基點來劃分自我流亡
的內、外兩個部分: 內部流亡即精神流亡, 外部流亡則包含精
神與身體的雙重放逐——對「流亡」的詮釋不免涉及到意識型
態的問題。流亡的原義其實可以純化到由一個世界遁逃到另一
世界的一種內在思想或外在行動的放逐。就柏楊個人的人世經
歷而言, 他「很小就開始流亡」[42], 從河南到四川, 從四川到東
北, 從東北再到華北、上海、台灣, 他的自我流亡接近於「流
浪」。顯然兩位文學家對流亡的詮釋相差甚遠, 我在這裡走中
間路線, 挪用陳芳明的「流亡」注腳來端視外省作家——柏楊
的「流亡」, 也將他的流亡狀態分成外部和內部: 外部的流亡
係源於祖國的被赤化而被迫做身體的放逐, 接著做了「一度漂
泊」; 內部的流亡則來自身處異鄉而對故土燃生追緬之情。
兩種流亡形式並投射在他小說作品中, 衍成一樁樁的死亡事
件。

---

[41] 《百年來的台灣》, 頁285-286。
[42] 柏楊六十五編委會, 頁192。

1. 外部的流亡:「一度漂泊」

　　五〇年代去陸來台的外省作家由於「一度漂泊」的人生經歷, 因此作品出現了大量反共懷鄉的題材。而柏楊這個同樣目睹故土遭蹂躪且被迫出走的外省第一代, 來台灣並沒有附和這股肅殺、嚴肅的反共文學而另闢蹊徑——他的文章自五〇年代小說寫作開始即偏重對人生、命運、社會病態或時代悲劇的覺察。雖然如此, 祖國的赤化迫使他流亡的事實並未從他的記憶中消退——他的小說底下的外省籍人物個個屬於這種外部的流亡——「一度漂泊」到台灣, 這點又跟當時其他外省作家的懷鄉題材相近。

　　柏楊小說中的人物(尤其男性)大多數都具有外省籍身分, 是一群漂泊來台灣的大陸人, 他們之中又大部分爲知識分子, 到台灣後有的擔任公職(大部分爲教員), 靠微薄薪俸持家, 像〈辭行〉的克文、〈窄路〉的「隆青」、〈平衡〉的姜隆、〈旅途〉的國鈞; 有的連謀生的機會都成問題, 而一貧如洗, 像〈路碑〉的永平、〈微笑〉的王有德。柏楊筆下的大陸人不僅失了根的來到台灣, 連基本的生活都得不到保障, 同樣爲外省作家的白先勇與之相較, 則其筆下的外省族群則多爲「飛入尋常百姓家」的「落拓貴族」。在《台北人》這部小說合集中他描寫這些外省人在台灣擁有優渥的生活, 卻仍緬懷昔日大陸生活的排場和富裕, 像〈永遠的尹雪豔〉中的尹雪豔、〈秋思〉的華夫人、〈遊園驚夢〉的竇夫人等。

　　柏楊在回憶錄中對個人的人生閱歷、生活面向做了概略式的描寫; 這本自傳式的文學記載與柏楊小說人物的人生處境有某種程度的貼合——教員的職業、貧窮的經濟、知識分子的

價值觀……。柏楊將身體放逐部分投射在小說人物的情況是: 他們先漂泊來台, 來台後面對人生的不同課題, 接著有的還遭受死亡的威脅。這種死亡, 在外部的身體放逐之後竟成人生的另一種歸趨。

2. 內部流亡: 來自「鄉土認同」

> 我寫過一部小說——〈掙扎〉, 就是描寫外省人這種心裡上的痛苦和矛盾。但我想, 認同應該自然產生, 外省人對台灣認同, 並不困難。[43]

柏楊在〈與柏楊談敏感問題〉中表達他對鄉土(或國家)認同的看法: 就個人而言, 他擺脫外省人自以為是的優越感(相對於台灣人而產生), 轉而對台灣本土產生歸屬和認同, 這一點我們更在他的回憶錄得到印證[44]。然而他在小說的寫作上卻將外省人的台灣認同停滯在「痛苦和矛盾」的階段, 我們可以說這些人沒有真正從中國大陸的鄉土認同中轉化過來, 在「一度漂泊」的外部流亡之餘產生另一種流亡——精神的放逐, 即使生活在台灣土地上仍對心中故土念茲在茲。他們的鄉土認同心裡除了安土重遷、懷舊的情緒所及, 我認為還跟他們的台灣處境有關。種種的因緣聚合包括時代的苦難、物資的缺乏、社會的功利取向悉數湊合在五○年代的台灣, 這些大陸人在顛沛流

---

[43] 柏楊六十五編委會, 頁190。
[44] 柏楊:《柏楊回憶錄》, 頁189。

離之際必須再適應這塊陌生而混雜的土地——自然拉大他們對海峽兩岸的價值認同。

這些大陸人如何表現他們的鄉土情懷?〈辭行〉的克文在臨終時想教兒子小文長大後把他的遺骸「運回大陸原籍,葬入祖塋」[45],將生平的鄉土情結在瀕臨死亡之際做了最眞實的告白;〈路碑〉的永平撞路碑尋死前腦海浮現昔日在故鄉的光榮記錄:「他記得他只一槍托便把一個日軍的打成肉醬,但是另一個日軍撲上來,他幾乎可以聽見刺刀刺到他肋骨上的格格聲,他在醫院中住了一年,癒後重回前線」[46],大陸於他是「昔」、希望與榮耀,台灣於他是今、貧窮、悲苦,更是死亡;〈微笑〉的王有德垂死時仍眷戀故鄉那「二十畝稻田」[47],留下無法挈妻攜子返回故里的遺憾;〈旅途〉的國鈞在生前曾對妻子念著:「將來回到故鄉,爸爸看見有你這麼一個漂亮的孫兒,眞不知道怎麼高興呢!」[48]不料死神將他滯留在異鄉;〈跟蹤者〉的四維在台灣處境潦倒時於前妻面前回憶家鄉的美好事物:美眷、美景和種種甜蜜,而最後這些歷史記憶隨棺木化爲一抔土。這些人物在臨死前對心中鄉土做了最後的巡禮、回顧,在自知「己身已矣」甚至將「回去」的心願寄託在妻兒身上——内部的精神流亡到死仍不罷休。

45　柏楊:《掙扎》,頁138。
46　柏楊:《掙扎》,頁190。
47　柏楊:《怒航》,頁151。
48　柏楊:《凶手》,頁29。

五、結語

　　本文以「中國」歷史走向「台灣」社會為前引而帶出柏楊小說的死亡課題, 其目的除交代作家柏楊身處的「時間」是中國的歷史,「空間」是台灣的場域(並以「走向」象徵柏楊及其小說人物在當時的流動和遷移)外, 更在揭顯本文企圖處理屬於橫切面的台灣社會與縱切面的中國文學史的死亡課題。就橫切面部分, 從柏楊的小說創作入手, 尋找其中的死亡事件, 以作為當時台灣社會面(包括柏楊個人處境)的反映, 用提問式的作法帶出人物的死亡方式、死亡的背後主題以及死亡行為的思考面向──作為柏楊小說的死亡課題之一。在縱切面方面, 則將柏楊小說的死亡描寫中涉及靈異的部分放在中國文學的傳統脈絡來考察, 追溯這類型的源頭及就文本製造的詭譎色彩來爬梳──作為柏楊小說的死亡課題之二。最後在死亡事件背後尋找柏楊製造這類題材的個人背景、內心世界, 並探索他投射在小說人物上的面貌呈現──作為柏楊小說的死亡課題之三。

　　總括的說, 柏楊小說中的死亡描寫必須從整個時代環境、個人的外在遭遇和內在精神世界來觀照, 才得貼近作家的創作原意; 畢竟作家對死亡的關注非為成就文學的美感和技巧, 而是對那個「苦悶的時代」產生的一種人文的關懷。

附錄一 柏楊短篇小說中的「死亡事件」一表

書名	篇名	人物	身分	死亡方式	主題	備註
祕密	峽谷	梁文	滇緬一帶的中國人	他殺(死於亂鎗之中)	愛情	頁 30
		王隆	滇緬一帶的中國人	他殺(死於鎗下)	愛情	頁 57
	龍眼粥	世明前世	世明為河南人(五金行董事長); 前世為台灣新竹人	病死(肺癆)	愛情	頁 107
		老太太	台灣新竹人	死於家中火爐邊	愛情	頁 93
	強水街	玲玲	台北強水街的貧民		親情	頁 135
		魏先生	台北強水街的貧民	病死	親情	頁 122
	結	克綱母親		他殺(被克綱認賊作父的「父」用縷紙刀刺死)	愛情	頁 180、186
	塑像	簡文發		他殺(死於婆羅洲戰場)	人性、親情	頁 281
掙扎	相思樹	飯舖老闆		自縊(上吊在相思樹上)	貧窮的命運	頁 57
	辭行	克文	外省人(中學教員)	病死(倒斃在請願途中)	價值觀	頁 133-153
	窄路	隆青	外省人(小學教員)	病死(在整天為人洗衣而洗腫了手的妻子懷抱裡)	價值觀	頁 163-173
	路碑	永平	外省人	自殺(撞路碑而死)	貧窮的命運	頁 191

		惠英		病死(分娩時失血過多而死)	貧窮的命運	頁192
	平衡	姜隆	小公務員	病死(於和前妻共同躺過的床上)	愛情	頁212
凶手	旅途	國鈞	外省人(教員)	病死(得胃癌,死於醫院中)	貧窮的命運	頁39
	鴻溝	秀英的小男嬰		病死(出生後第二天夭亡)	命運	頁52
		圓娃的娘	外省人	自殺(懸樑自盡)	貧窮的命運	頁59
	大青石	汾玲		病死(難產而死於醫院)	愛情	頁128
	西吉嶼	梅素		自殺(為愛殉情於船艙)	愛情	頁170
		華桐		意外(浪大又背負二人,終沉海而死)	愛情	頁179
		梅素父親		意外(跟著華桐沉海而死)	愛情	頁179
	跟蹤者	四維	外省人	他殺(被毆傷致死)	愛情	頁195
	一束花	章德麗、德翼姊弟		意外(車禍而死)	親情	頁226
	凶手	陳文生	中學教員	自殺(從十樓窗口跳下而死)	愛情	頁242
	約會	達生		病死(於電影院)	愛情	頁317
		貽紅		死於墨西哥	愛情	頁311
怒航	七星山	齊桂芳		意外(墜機而死)	命運	頁44
	晚霞	王銘	小公務員	未完成的死亡	貧窮的命運	頁98
	微笑	王有德(老王)	外省人(從教員到捕蛇)	意外(被毒蛇咬傷致死)	貧窮的命運	頁151

		老王大兒子	外省人第二代	意外(淹死)	命運	頁 153
	屈膝	校長母親			貧窮的命運	頁 213
	閘步港	王普		意外(被毆致死)	命運	頁 244

參考文獻目錄

BO

柏楊六十五編委會:《柏楊六十五》,台北: 星光出版社, 2版, 1984。

柏楊:《掙扎》,台北: 躍昇文化出版公司, 1989。

——:《怒航》,台北: 躍昇文化出版公司, 1989。

——:《祕密》,台北: 躍昇文化出版公司, 1988。

——:《凶手》,台北: 躍昇文化出版公司, 1990。

——口述、周碧瑟整理:《柏楊回憶錄》,台北: 遠流出版公司, 1996。

HE

何金蘭:《文學社會學》,台北: 桂冠圖書股份有限公司, 1989。

JIN

金耀基:《中國現代化與知識分子》,台北: 時報文化出版企業有限公司, 2刷, 1994。

LI

李瑞騰:《情愛掙扎》,台北: 漢光文化事業股份有限公司, 1994。

LU

魯迅:《魯迅小說史論文集》, 台北: 里仁出版社, 2刷, 1994。

PENG

彭瑞金:《台灣文學探索》, 台北: 前衛出版社, 1995。

——:《台灣新文學運動四十年》, 台北: 春暉出版社, 1997。

SHEN

沈宗憲:《宋代民間的幽冥世界觀》, 台北: 商鼎文化出版社, 1993。

TAI

台灣研究基金會編輯部:《百年來的台灣》, 台北: 前衛出版社, 1995。

WANG

王孝廉:《中國的神話與傳說》, 台北: 聯經出版事業公司, 1977。

~~~~~~~~~~~

英文摘要(abstract)

Cheng, Ya-wen , "'Chinese' history is approaching 'Taiwan' society: The theme of death in Bo Yang's fiction".

M. A. Candidate, Department of Chinese, National Central University

This article will adopt a socio-historical approach to literature. Section 1 introduces a social issue in Taiwan, and this will lead to the historical scenario of the government's "leaving the mainland for Taiwan". Bo Yang and his fiction, and the theme of death in his works will be explored. Section 2 studies the first of the death theme: The plot of death in Bo Yang's fiction and its reflection of Taiwan society. Space will be the beginning remark. Section 3 discusses the second theme of death: Spiritual heritage. Parts of the description of death will be examined in the context of traditional Chinese history. Section 4 analyzed the third theme of death: A projection of self-exile. The meaning of death will be discussed after its extraction from the concrete aspect. Section 5 is the conclusion which will be a summary retrospect. In the end of the article it will be emphasized that Bo Yang's concern of death is not for literature itself but a humanistic care naturally born in the era of boredom. (編委會譯)

~~~~~~~~~

論文重點

1. 本文嘗試以縱的中國文學史觀與橫的台灣社會面向來爬梳柏楊小說的死亡描寫，並將之提昇至精神層面觀照，揭示其死亡意義實則為「自我流亡」的投射。

2. 以鄧納「三元論」說明柏楊小說中死亡事件反映台灣社會現實面的一種特殊文學現象。

3. 自殺或他殺？柏楊小說中設計出來的死亡方式包括自殺、他殺、病死、老死、意外和不明原因等，其中以自殺和他殺的死亡形式和呈現的深度更值得探究。

4. 愛情玩弄或命運捉弄？柏楊小說中呈顯的兩大主題是「愛情」和「命運」，兩者都充滿殘破與無法圓滿的悲劇性，冥冥之中似有一股力量在掌握人物的未來。

5. 死亡等於逃避？如同吳濁流和彭瑞金對〈壁〉的兩面觀察，柏楊小說中的死亡事件亦有其一體兩面的呈現: 就死亡的意義而言，是人物周遭環境的無力控訴; 就死亡的結果來看，自殺尋死的方式不就是一種逃避現實？

6. 柏楊在五〇、六〇年代創作小說時，部分汲取中國文學中的傳統養分，寫下〈一束花〉、〈強水街〉、〈龍眼粥〉三篇與中國古代神話、傳說或民間故事關連而具「靈異」色彩的小說。而死亡或死後的世界不是柏楊小說思想的重心，從故事本身的呈現中，我們抽繹出這三篇的主要課題: 愛情與親情。

7. 柏楊的「自我流亡」接近於流浪，可分成外部與內部的。前者源於祖國的赤化而被迫做身體的放逐，接著產生了「一度漂泊」; 後者來自身處異鄉而對故土燃生追緬之情。兩種流亡形式並投射在他小說作品中，衍成一椿椿的死亡事件。

8. 外部流亡: 「一度漂泊」。柏楊將身體放逐部分投射在小說人物的情況是: 他們先漂泊來台，來台後面對人生的不同課題，接著有的還遭受死亡的威脅，這種死亡，在外部的身體放逐之後竟成人生的另一種歸趨。

9. 內部流亡: 來自「鄉土認同」。柏楊在他小說的寫作上將外省人的台灣認同停滯在「痛苦和矛盾」的階段，沒有真正從中國大陸的鄉土認同中轉化過來，在「一度漂泊」之餘產生另一種流亡——精神的放逐，即使生活在台灣土地上，仍對心中故土念茲在茲。他們的鄉土認同心裡除了安土重遷、懷舊的情緒所及，還跟他們的台灣處境有關。

10. 總括的說,柏楊小說中的死亡描寫必須從整個時代環境、個人外在遭遇和內在精神世界來觀照,才得還原到作家的創作原意:畢竟作家對死亡的關注非為成就文學的美感和技巧,而是對那個「苦悶的時代」產生的一種人文關懷。

~~~~~~~~~~

特約講評人: 黎活仁

黎活仁(Wood Yan LAI),男,1950年生於香港,廣東番禺人。京都大學修士,香港大學哲學博士。現為香港大學中文系副教授。著有《盧卡契對中國文學的影響》(1996)、《林語堂弦簡嫏筆下的男性和女性》(1998)等。

一. **關於泰納3要素說:** 研究文學史的人都知道,19世紀的最重要文藝理論家是法國的泰納,泰納著有《英國文學史》(*History of English Literature,* 1864),是目前所見的最早的文學史,這部經典的序強調文學與人種、環境、時代3要素,認為文學是由這些外在原因所決定的。雷蒙-凱南(Rimon-Kenan)《敘事虛構作品: 當代詩學》(Narrative Fiction: Contemporary Poetics)一書認為性格與環境有關的「假科學」的確對小說家巴爾扎克(Honoré de Balzac, 1799-1850)和左拉(Emile Zola, 1840-1902)之「重視環境描寫具決定性作用」(賴干堅譯,福建: 廈門大學出版社,1991,頁7)。米克・巴爾(Mieke Bal)《敘述學: 敘事理論導論》(Narratology: Introduction to the Theory of Narrative)也特別提到「在自然主義小說中,似乎可以找尋空間與

人物的關係的最為明顯的例證, 因為它主張刻劃環境對人的影響」(譚君強譯, 北京: 中國社會科學出版社, 1995, 頁110)。鄭小姐引用雷蒙-凱南所說的「假科學」以為立論根據, 大作中提及「台灣環境」(見第二標題)一詞, 如果能夠給「台灣環境」定義, 會比較容易了解用心所在。在方法上也過度著重寫實主義, 鄭小姐自己也說: 「他(指柏楊)小說是與作者結合的『作品』而非脫離作者而單獨存在的『文本』。」(第一標題第三段)。

二. **情節與人物的死亡:** 小說研究由內容轉向形式, 方法論自然有所不同, 鄭小姐提及死亡與小說的情節關係, 這就涉及形式的問題。俄國形式主義大師什克洛夫斯基(Victor Shklovsky, 1893-1984)認為不寫人物的死, 是莫泊桑(Guy de Maupassant, 1850-1895)用以破壞傳統小說的手法, 「從這個觀點來看, 可以說托爾期泰(Lev Tolstoy, 1828-1910)比莫泊桑原始得多」。寫人物的死亡是小說向前發展的法則之一, 在〈故事和小說的結構〉("The Construction of the Short Story and of the Novel")一文, 什克洛夫斯基提出小說的「圓形結構」(a loop or a circle)和「梯形結構」(staircase construction)的概念, 在短篇小說〈三死〉("The Three Deaths")引伸出三個主題: 貴夫人之死、農夫之死和樹木之死, 這三者有一定關係聯結·如果援引什氏理論, 柏楊的〈晚霞〉有「二死」, 但想自殺的主要人物卻沒死;〈強水街〉也有「二死」, 女孩與女孩的父親都死掉,〈一束花〉也有姐弟兩人的遭逢不測, 寫法有「梯形結構」的特徵, 但為什麼只有「二死」

而不是「三死」,值得研究。這些小說都有「開放性的結尾」,是比較現代的寫法。

三. **俄國形式主義者於愛情與衝突的論述:** 鄭小姐又提到愛情、死亡是柏楊小說的重要主題,「衝突」是其中不易因素(見第二標題之一)。相關理論也可以在俄國形式主義理論中找到啓示。什克洛夫斯基在同一篇文章就說過,太過順遂的愛情是無法成就小說的,感情生活一定要曲折,「例如甲愛乙,而乙不愛甲,當乙愛上甲時,甲卻已經不愛乙了」。托馬舍夫斯基(Boris Tomaskevsky, 1890-1957)〈主題〉("Thematics"〈主題〉,《俄國形式主義文論選》(方珊等譯,北京:三聯書店, 1989, 頁112)一文也認爲「典型的情境是帶有矛盾的情境」,「大多數情節的形式的基礎都是鬥爭」,同樣以情感生活爲例加以說明:「男主人公愛女主人公,但女主人公卻愛男主人公的情敵」,到了男如主人公爭取要結婚,雙親又橫加阻撓,情節於是由一情境過渡到另一情境,過渡期間新人物可能出現,增加內容的複雜程度,另一方面舊的角色也會消失(如情敵去世)或關係有了變化。

四. **附表很有參考價值:** 鄭小姐論文不是沒有分析,可惜只就簡單的邏輯作推理,未能讓讀者看到九十年代的小說研究者所應具備的基礎訓練,稍嫌不足,如果能夠適當地引進文學理論,當可大爲改觀。文末所附的表,則相當仔細,十分參考價值。

特約講評人: 劉漢初

劉漢初(Hon Chu LAU), 廣東南海人, 1948年生於香港, 國立台
　　灣大學中國文學博士, 現任教於國立台北師範學院語文教
　　育系、國立清華大學中國文學系, 專研六朝文學與唐宋詩
　　詞。

　　本文著眼點不在研究小說的藝術價值, 而集中討論了柏
楊的現實人生投射於作品的特殊面向, 鄭小姐藉由小說中的
死亡課題, 窺探柏楊在寫作之際, 對那個「苦悶的時代」的人
文關懷, 鄭小姐自稱是「從整個時代環境、個人的外在遭遇和
內在精神世界來觀照」, 以「還原到作家的創作原意」。她又
認為, 柏楊的小說是「與作者結合的『作品』而非脫離作者而
單獨存在的『文本』」。這是本文的基本出發點。

　　如果以新批評的理論看來, 鄭小姐的立論顯然必須面對
作品的外緣研究如何有效的老問題, 而作者意圖的「還原」, 尤
其難以驗證。如果暫且拋開這些問題不論, 鄭小姐的大作仍有
一些重要的地方值得商榷。

　　首先也是最基本的問題, 論文題目「中國歷史走向台灣社
會」, 這樣的陳述句, 我認為在語意上是糾葛不清的, 鄭小姐
在前言部分雖有說明, 但仍然不夠, 大批大陸人從中國本土流
亡到台灣, 這是一種現象, 但為什麼以台灣為主體來看待, 就
會得出這樣的印象呢? 簡言之, 歷史怎樣「走向」社會呢? 鄭
小姐的意思可能是, 柏楊的一些小說, 傳承了中國文學傳統中
的某些成分, 而這些成分在他流亡到台灣之後, 即發酵為以台

灣社會為取向的創作。如果是這樣,我們就可以看下面這個問題了。柏楊自己說過,他的許多小說「表達的只是貧窮」(參考鄭瑜雯的訪問,見李瑞騰:《情愛掙扎》,台北:漢光,1994,頁148-9),值得注意的是,柏楊處理的「貧窮」主題,到底是因為時局動盪而移居帶來的一般性現象,還是台灣社會在歷史上某一時期的特有現象呢?我的意思是,貧窮恐怕是人類歷史的通例,如果說成是大陸人流亡而造成台灣的特例,在辯證上是不是有困難?同樣的問題也出現在討論靈異的段落,鄭小姐以「中國傳統在台灣----柏楊小說的『靈異』傳承」這樣的標題來呈現她的認知,但所謂柏楊的「靈異」傳承,是不是在當時也是台灣社會的一般存在呢?這個問題可能需要更多的社會史資料才能解決得了,總之,我以為論文在這些地方還可以再深入探討。

倘若我們仔細想想,鄭小姐這篇論文其實可以不介入這個困境的,她只須討論柏楊小說中貧窮與死亡主題顯示的人道關懷,討論靈異事件在柏楊小說中的特殊作用或意義,而不必拉長戰線,去談一些不易澄清的問題,並且這樣處理可能更具文學的普遍性意義。鄭小姐可能受了一般流行的論點影響,在建構論文時不能免於某些政治性的考慮,這樣的做法並不是絕對不可以,但如果能注意這些論點的局限性,能作比較周延而深入的探索,論文的成果會好得多。畢竟,流行的論點通常帶有咒語的性質,如果不加鑑別而自陷泥淖,似乎不是學術論文所當宜的。(完)

最後, 個人有一點建議, 鄭小姐雖然機伶的避免了討論柏楊小說的藝術問題, 也盡量在論文中採取不批判的態度, 但如能在這些方面稍加著墨, 論文的面貌或者可以更爲完整。

[責任編輯: 黎活仁、梁敏兒、鄭振偉]

Life After Death, Life Before Death: Fabrics of Life in the Stories of Bo Yang

Dushan Pajin

Prof. Dusan Pajin, Ph. D. is philosophy of art and aesthetics Professor at the Art University of Belgrade, Yugoslavia (born 1942, in Belgrade). He is the author of 10 books on history of culture (East and West)--his latest book (in 1998) is *Art Philosophy of*

China and Japan? He also published a book of selected poetry (Chinese translation--Taipei 1993, Beijing 1994). He edited 15 books, and co-edited (with Ms Chang Shiang-hua) two anthologies--*Anthology of Contemporary Yugoslav Poetry* (published in Taipei 1997, and Beijing 1998), and *Anthology of Contemporary Chinese Short Story* (to be published in 1999, in Belgade).

Abstract: This paper focuses on two (essentially tragic) stories by Bo Yang: "Dragon-eye Rice Gruel" and "Chiang-shui Street". The first story--about a wife and a late husband--shows how repetition governs (and binds) their lives. They are bound by affection that ignores life, and try (without success) to find fulfillment beyond death (her coffin lies next to mine in the Nine springs Paradise, he says). He and she visit death and life (their coffins, and the earth) at different times, and cannot be a suitable (mutual) match for wife and husband. He is (re)born as someone else, and when she dies to join him, he is living (another) life on earth--when he (eventually) dies (in the future), she will be (eventually) reborn living another woman's life on earth. His premature death caused a generation gap?-- and guilt feeling in him (I let her down, he says). Their longing for happiness is transformed into repetition, which gives life another form of steadiness and certainty, a kind of compensation for the basic frustration (that life is uncertain, or full of misery).The second story gives us a paradigm of filial piety (even after death, Ling-ling comes to help her father), but also of mercy and its transformative power. The little girl (Ling-ling) visits the realm of living, to teach them that the most worthy things cannot be bought, cannot be sold. Among these are love, piety, mercy ... Usually, our ancestors give us protection from the yonder realm, but now a descendant (a deceased daughter) comes to help the elders. Ling-ling can be compared with princess Miao-shan, an important figure in Chinese Buddhism, who links filial piety (hsiao) with the Buddhist concepts of mercy (tz'e), and compassion (pei) --the figure of a self-sacrificing daughter, and figure of Kuan-yin, embodiment of compassion.

Key-words: life, death, life fabrics, repetition, life tragedy, love, filial piety, mercy, compassion

---

This discussion will focus on two stories by Bo Yang: "Dragon-eye Rice Gruel" and "Chiang-shui Street". In order to help the reader to understand the main points, we will give in outline these two stories.

The Story "Dragon-Eye Rice Gruel"

Shih-ming is obsessed by a dream since childhood. Every night on the fifteenth of the month of the lunar calendar, he had a (repetitive) dream.

> In front of my eyes, there appeared an old town that I had never seen before, but my feet seemed to know exactly where they were going, as if I were returning to my home after just a couple of days' absence. I stopped in front of a gateway with peeling yellow paint and then went in without the slightest hesitation. Inside the house, everything was dark and empty. There was just a table, and on this table was placed a bowl of steaming-hot "Dragon-eye Rice Gruel". (...) I never saw anyone, but when I heard that voice, which seemed to be choked with tears, calling: "The Dragon-eye Rice Gruel" is ready.
>
> "Come and eat it!" I groped out for it in my dream.

Once he visits Hsinchu and there he recognizes the ambiance from his dream, and runs unto a familiar house, with a yellow-painted front gate. When he knocked, he was introduced into the house by an old lady. From her story he realizes that in former life he was her husband who died prematurely from consumption (the same year when he was born), and since then (for forty one year) the old lady made an offering--a bowl of steaming-hot "Dragon-eye Rice Gruel" every fifteenth day in the month (this gruel appeared in his dreams). She did that because--before her husband died--she used to feed him with it every day, with the hope and belief that this could bring the recovery of his lungs. She vowed never to marry again, and believed that they will become husband and wife in their next lives.

Shocked by this realization, he left the place, but after a while his dream stopped recurring, and when he came back to visit the lady, he found that she had died at that time, and he was there just to see her off at the funeral.

> As I looked at the pile of earth, I knew that she would be at rest forever. Her coffin lies next to mine in the Nine Springs Paradise. The strong wind drowned the sound of my shouting, but I know that she could hear me calling her name. I let her down. I am a worthless coward.
>
> She must be standing anxiously on the edge of a cloud, waiting for her dearest husband to come and join

her, but now she must have discovered that her husband
is still peacefully living on this earth, and those vows of
devotion were as meaningful as a puff of smoke. I don't
know if she ishappy or is weeping in her grief.

Repetition and Fabrics of Life

We know that repetition is one of the most important
principles, or aspects, in the fabrics of individual life, in culture and
history. *Repetitio est mater studiorum* (repetition is the mother of
learning), says an old Latin proverb. Religious people know that
when they address gods (if they want to have impact), they have to
repeat their prayers, mantras (Chinese: chou) many times--
sometimes hundreds of thousand times, Same goes with media and
public opinion creators. Perhaps, nowadays, a marketing manager
would slightly change the Latin proverb--repetition is the mother of
marketing. Goebels is/was famous for his dictum: repetition turns
the lie into truth.

As many other principles in life, culture, and history,
repetition has its positive and negative side, or application.
Repetition was discussed by Kierkegaard (1941). Later the subject
(in, somewhat, different meaning and context) was recognized by
Freud (repetition in neurosis formation), and even later by
postmodern authors, like Deleuze (1994), who charted the
development through the history of philosophy of the concepts of
"pure difference" and "complex repetition." Some authors (Caputo,
1987) consider repetition as important for understanding radical

hermeneutics and deconstruction. Repetition was also applied in literary theory and criticism (Steinman, 1998, Moore, 1998). Of course, it goes without saying, that since times of J. S. Bach, repetition is notorious as an important concept in aesthetics and philosophy of music (Kivy, 1993).

Repetition can serve and foster life, but it can also serve death and destruction. We also see that sometimes hate is expressed through repetition, and sometimes love.

 In this story we see that the woman keeps feeding (offering) her absent, deceased husband with the gruel she used to feed him while he was alive, and sick. With her love she, actually, cannot accept his death--she behaves as if he were (still) alive, and (still) sick. She cannot realize (or imagine) that after his death, leaving behind his (former, sick) body, he does not need the gruel any more--he is not sick any more, and he does not have a body that would depend on any kind of food (no matter how much he liked it, or needed it, while he was alive).

So, for the next forty or so years, until she dies, she makes this offering once a month. For her, he will always remain a sick husband--alive, or dead. Beside, she makes a vow never to marry again, to remain a widow until her death. Instead of possibly developing a meaningful relation with some living person, she has stopped her life, and reduced it to repetition. Instead of helping her husband, she (now) caused an obsessive dream in a boy (who is a new person, although--eventually--her late, reborn husband). The repetitive pattern is now reproduced in the boy's (and later, man's) dreams.

Although she hopes with this repetition to be his (and he hers) forever (in this and yonder life), she seems to miss him by a lifetime. He is (re)born as someone else, and when she dies to join him, he is living an another life on earth--when he (eventually) dies (in the future), she will be (eventually) reborn living another woman's life on earth. His premature death causes a "generation gap"--and guilt feeling in him (*I let her down*, he says).

We see that their lives are governed by repetition, and bound by affection that ignores life, and tries (without success) to find fulfillment beyond death (her coffin lies next to mine in the Nine Springs Paradise, he says). However, he and she seem to visit their coffins (and earth) at different times.

The boy's parents invited a famous Taoist priest to their house, to set him free from the obsessive dream. When the sun had just set behind the mountains--the time when ghosts and spirits come out--the priest mounted the rostrum and, holding a peach-wood sword in his hand, performed his magic ritual. He shouted:

> "Lord of Heaven, quickly obey this order. Ai Shih-ming, first son of the Ai family, had no quarrel with you in his former life and has no quarrel with you in this life. Return to your cave before the third quarter of the first watch tonight. If you exceed the time limit, you will be beaten with this seal, which was given by his

holiness, the Master of Heaven. Let this order be widely known."

But, instead of a Taoist ritual (and regular offering of the "Dragon-eye Rice Gruel") perhaps he (and the woman who lost her husband prematurely), would be more helped by little humbleness, and a sense of humor that can be found in some chapters of *Chuang Tzu.*

Chuang Tzu's wife died. When Hui Tzu went to convey his condolences, He found Chuang Tzu sitting with his legs sprawled out, pounding on a tube and singing. "You lived with her, she brought up your children and grew old," said Hui Tzu. "It should be enough simply not to weep at her death. But pounding on a tub and singing--this is going to far, isn't it?" Chuang Tzu said: "You are wrong. when she first died, do you think I didn't grieve like anyone else? But I looked back to her beginning and the time before she was born. Not only the time before she was born, but the time before she had a body. Not only the time before she had a body, but the time before she had a spirit. In the midst of the jumble of wonder and mystery a change took place and she had a spirit. Another change and she had a body. Another change and she was born. Now there's been another change and she's dead. It's just like the progression of the four seasons, spring summer, fall, winter. (...) If I were to follow after her bawling and sobbing, it would show that I don't understand anything about fate. So I stopped" (*Chuang Tzu*, ch. 18).

Perhaps this kind of attitude could save the women and the man from the helpless, and lifeless repetition, and could send them toward a different course--of living a life before death, instead of hoping to live a life after death.

Repetition and History

However, we know that although Chuang Tzu's wisdom is old enough (and Chinese enough), and is not a big secret, for some persons (no matter are they Chinese, or not) it will not determine the fabrics of their lives, and their deaths. Their lives would be rather governed by other principles, above all--by repetition.

It seems that the Chinese are not the same everywhere, and at all times, but different (at the same time, and in the same place)--be it times of Chuang Tzu, or our times--as all other people are, round the globe (f or a wider discussion of this subject, see chapter Chinese people are the same everywhere" in Bo Yang's *The Ugly Chinaman,* page 8-10).

On the other hand, we can similar customs and beliefs (of the after-death existence, or rebirth), that determine the fabrics of life of different people, in different times and cultures (China, India, ancient Greece, old Serbia). Or, we find a similar widows attitude and ethics (dedication to the memory of the late husband, a vow not to marry again) in different cultures, and times--from China, and India, in the East, down to Serbia in the West.

Repetition and paradox govern lives of most people (East and West), and their history.

We have seen how repetition creates the fabrics of individual life, and in certain cases dominates lives of men and women, their lives before they die, and their lives after they die. But, repetition is also very important in history, as a wider context for fabrics of life.

As noted by Ruan Zhi (Juan Chi):

> Day and night
> Revolve,
> While my face wrinkles
> And my spirit wanes,
> But the sight of injustice still pains me.
> One change induces another
> That cannot be dealt with by tact or wit.
> The cycle goes on forever."

Juan Chi (210-263): From "Poems of my Heart"

In *An Outline History of the Chinese People* (1985) Bo Yang says:

> The history of China is like a car that runs in circles, over and over the same ground. (...) In two and a half millennia since his (Confucius--D.P.) death,

China's literati did little more than add footnotes to the theories propounded by Confucius and his disciples ... The minds of the literati were stuck on the bottom of an intellectual stagnant pond, the soy sauce vat of Chinese culture.

Bo Yang says that the West started out as a car, too, but later, somewhere along the way, it took off, and developed democracy, human rights and a belief in equality. This is true. However, this development was not the dominant, but the secondary part of western history. West had two parallel histories--(a) history of humanism, rationalism, democracy, freedom, and equality, and (b) history of racial and ethnic suppression, of colonialist oppression, and devastating world and regional wars. As one can find in the first 18 centuries of western history religious messages of love, and repentance for sins on one side, and bloody religious wars on the other side, so in the last two centuries one can find sweet talk of human brotherhood, equality, and freedom, on one side, and political suppression, economic repression, and terrible bloodshed, on the other side.

The Story "Hiang-Shui Street"

Wei Po was a poor boy, who depended on scraps thrown by others, but after many years of struggle and suffering eventually became a wealthy but stingy doctor. However, upon visiting him, his acquaintance finds--much to his surprise--that since his last visit,

Wei Po considerably changed--becoming open, and generous, even self-sacrificing. Wei Po explains him what happened in the meantime.

On one rainy night a little girl appeared suddenly in his apartment, begging him to help her poor father, and promising to be his house maiden in order to pay off the doctor's service. He refused and promised to visit her father the other day. She finally left weeping. Tomorrow he had a busy day, and forgot the promise. Eventually in the evening he took a stroll and went over an open grassland in a graveyard. Suddenly he was bitten by a deadly poisonous snake. In panic, he realized that in this deserted place he is half an hour away from home and could not get on time the possible anti-dot. He also could not help himself by sucking out the poisoned blood from the bite, because he had a tooth pulled out, and his gums were still open for possible poisoning. He started to weep, feeling miserable and helpless. Suddenly there appeared the little girl again, and she offered to suck the wound for him, which she eventually did, thus saving his life. He offered her a reward, but she said she does not need it. He swore by heaven that tomorrow he will

immediately visit her father, and also later support her to go to school.

Tomorrow he eventually found a poor dock worker in a slum, with broken legs, already in a very bad condition, and made a necessary operation (amputation). He told the man--Mr. Lu--that he is grateful to his daughter who came the other evening to ask help for her father, and a day later she saved his life after a poisonous snake bite. Mr. Lu was amazed and brought to tears, since his daughter--Ling-ling--has died six months ago. This also amazed the doctor--to realize that a girl who died six months ago, tried to save two men: her father, and the doctor.

This experience changed the doctors attitude and character, but this did not save the father, who--unable to recover, because the doctor's intervention was too late--died the next day, when the doctor visited him, together with the narrator.

Filial Piety and Power of Compassion

The second story gives us a paradigm of filial piety (even after death, Ling-ling comes to help her father), but also of mercy and its transformative power. The little girl visits the realm of living, to bring forth the principles they often forget--those outside the buy-and-sell attitude. The most worthy things cannot be bought, cannot be sold. Among these are love, piety, mercy ... Usually, we consider that our ancestors are those who give us protection from the yonder realm, but now a descendant (a prematurely deceased daughter) comes to help.

Ling-ling can be compared with princess Miao-shan, an important figure in Chinese Buddhism, who links filial piety (hsiao) with the Buddhist concepts of mercy (tz'e), and compassion (pei), or the figure of a self-sacrificing daughter, and figure of Kuan-yin, embodiment of compassion (Pajin, 1994). However, Miao-shan helps to heal her father while still alive, but Ling-ling does this although she is dead.

With Ling-ling we also find some of the paradoxes peculiar for religious experience. In her everyday "earthly" appearance she is a poor, helpless, small frightened girl, going round without shoes, in a thin raincoat, but in her spiritual form she is a master of life and death, moving swiftly between the two regions--of the living and deceased. Although she can move between life-and-death, in the realm of living she cannot cure her father herself. Ling-ling took the trouble to save the doctor from a snake-bite, and to give him a chance to heal her father. On one occasion she has to beg the doctor to save her father, on the other, she can come from the spirit realm and suck the poisoned blood from the doctor's leg and save the doctor. Thus, the doctor is healed from two ailment at the same time--from a snake-bite, and from selfishness (which is sometimes more poisonous than a snake-bite).

Both stories show us that faithfulness (in the first case, bridal--in the second case, filial) goes beyond the confines of life and death.

~~~~~~~~~~

Bibliography

Writings of Bo Yang

Bo Yang. *The Alien Realm*. London: Janus, 1996.

---. *Secrets* (short stories). Boston: Cheng & Tsui Co.; Hong Kong: Joint Publishing Co., 1985.

---. *The Ugly Chinaman--and the Crisis of Chinese Culture*. Allen & Unwin, London, 1992.

---. *Zhong guo ren shigang* (*An Outline History of the Chinese People*). Taipei: Xing Guang Publishing House, 1979.

---. *One Author is Rankling Two Chinas*. Ed. Lin Zi-yao. Taipei: Sing Kuang, 1989.

Other authors

Caputo, John D. *Radical Hermeneutics: Repetition, Deconstruction, and the Hermeneutic Project*. Bloomington: Indiana UP, 1987.

Deleuze, Gilles. *Difference and Repetition*. New York: Columbia UP, 1994.

Kierkegaard, Soeren. *Repetition*. Trans. W. Lowrie. New Jersey: Princeton UP, 1941.

Kivy, Peter: *The Fine Art of Repetition: Essays in the Philosophy of Music*. New York: Cambridge UP, 1993.

Steinman, Lisa M. *Masters of Repetition: Poetry, Culture, and Work in Thomson, Wordsworth, Shelley, and Emerson*. New York: St. Martins Press, 1998.

Moore, George B. *Gertrude Stein's the Making of Americans: Repetition and the Emergence of Modernism*. New York: Peter Lang, 1998.

Pajin, D. "Form and Meaning in Kuan-yin Worship." In *Dharma World*, Vol. 21, Tokyo (part 1) May-June 1994, pp. 47-51-- (part 2) July-August 1994, pp. 46-50.

~~~~~~~~~~~

Key points

1) This discussion will focus on two stories by Bo Yang: *Dragon-eye Rice Gruel"* and *Chiang-shui Street"*. In order to help the reader to understand the main points, we will give in outline these two stories.

2) In the story Dragon-Eye Rice Gruel", Shih-ming is obsessed by a dream since childhood. Every night on the fifteenth of the month of the lunar calendar, he had a (repetitive) dream.

Once he visits Hsinchu and there he recognizes the ambiance from his dream, and runs unto a familiar house, with a yellow-painted front gate. When he knocked, he was introduced into the house by an old lady. From her story he realizes that in former life he was her husband who died prematurely from consumption (the same year when he was born), and since then (for forty one year) the old lady made an offering--a bowl of steaming-hot Dragon-eye Rice Gruel" every fifteenth day in the month (this gruel appeared in his dreams). She did that because--before her husband died--she used to feed him with it every day, with the hope and belief that this could bring the recovery of his lungs. She vowed never to marry again, and believed that they will become husband and wife in their next lives.

3) Repetition can serve and foster life, but it can also serve death and destruction. We also see that sometimes hate is expressed through repetition, and sometimes love. In this story we see that the woman keeps feeding (offering) her absent, deceased husband with the gruel she used to feed him while he was alive, and sick. With her love she, actually, cannot accept his death--she behaves as if he were (still) alive, and (still) sick. We see that their lives are governed by repetition, and bound by affection that ignores life, and tries (without success) to find fulfillment beyond death (*her coffin lies next to mine in the Nine Springs Paradise*, he says). However, he and she seem to visit their coffins (and earth) at different times.

4) The boy's parents invited a famous Taoist priest to their house, to set him free from the obsessive dream. But, instead of a Taoist ritual (and regular offering of the Dragon-eye Rice Gruel") perhaps he (and the woman who lost her husband prematurely), would be more helped by humbleness, and a sense of humor that can be found in some chapters of *Chuang Tzu,* which give us a different perspective towards life and death., in a chapter where a husband describes his stand toward wife's death.

> "I looked back to her beginning and the time before she was born. Not only the time before she was born, but the time before she had a body. Not only the time before she had a body, but the time before she had a spirit. In the midst of the jumble of wonder and mystery a change took place and she had a spirit. Another change and she had a body. Another change and she was born. Now there's been another change and she's dead. It's just like the progression of the four seasons, spring summer, fall, winter. (...) If I were to follow after her bawling and sobbing, it would show that I don't understand anything about fate. So I stopped" (*Chuang Tzu*, ch. 18).

Perhaps this kind of attitude could save the women and the man from the helpless, and lifeless repetition, and could send them toward a different course--of living a life before death, instead of hoping to live a life after death.

5) In *An Outline History of the Chinese People* (1985) Bo Yang says: The history of China is like a car that runs in circles, over and over the same ground. (...) In two and a half millennia since his (Confucius--D.P.) death, China's literati did little more than add footnotes to the theories propounded by Confucius and his disciples ... The minds of the literati were stuck on the bottom of an intellectual stagnant pond, the soy sauce vat of Chinese culture."

Bo Yang says that the West started out as a car, too, but later, somewhere along the way, it took off, and developed democracy, human rights and a belief in equality. This is true.   **6)** However, West had two parallel histories--(a) history of humanism, rationalism, democracy, freedom, and equality, and (b) history of racial and ethnic suppression, of colonialist oppression, and devastating world and regional wars. As one can find in the first 18 centuries of western history religious messages of love, and repentance for sins on one side, and bloody religious wars on the other side, so in the last two centuries one can find sweet talk of human brotherhood, equality, and freedom, on one side, and political suppression, economic repression, and terrible bloodshed, on the other side.

7) In the Story Chiang-Shui Street" Wei Po was a poor boy, who depended on scraps thrown by others, but after many years of struggle and suffering eventually became a wealthy but stingy doctor. However, upon visiting him, his acquaintance finds--much to his surprise--that since his last visit, Wei Po considerably changed--becoming open, and generous, even self-sacrificing. Wei Po explains him what happened in the meantime.

8) On one rainy night a little girl appeared suddenly in his apartment, begging him to help her poor father, and promising to be his house maiden in order to pay off the doctor's service. He refused and promised to visit her father the other day. She finally left weeping. Tomorrow he had a busy day, and forgot the promise.

Eventually in the evening he took a stroll and went over an open grassland in a graveyard. Suddenly he was bitten by a deadly poisonous snake. In panic, he realized that in this deserted place he is half an hour away from home and could not get on time the possible anti-dot. He also could not help himself by sucking out the poisoned blood from the bite, because he had a tooth pulled out, and his gums were still open for possible poisoning. He started to weep, feeling miserable and helpless. Suddenly there appeared the little girl again, and she offered to suck the wound for him, which she eventually did, thus saving his life. He offered her a reward, but she said she does not need it. He swore by heaven that tomorrow he will immediately visit her father, and also later support her to go to school.

9) Tomorrow he eventually found a poor dock worker in a slum, with broken legs, already in a very bad condition, and made a necessary operation (amputation). He told the man--Mr. Lu--that he is grateful to his daughter who came the other evening to ask help for her father, and a day later she saved his life after a poisonous snake bite. Mr. Lu was amazed and brought to tears, since his daughter--Ling-ling--has died six months ago. This also amazed the doctor--to realize that a girl who died six months ago, tried to save two men: her father, and the doctor.

This experience changed the doctors attitude and character, but this did not save the father, who--unable to recover, because the doctor"s intervention was too late--died the next day, when the doctor visited him, together with the narrator.

10) The second story gives us a paradigm of filial piety (even after death, Ling-ling comes to help her father), but also of mercy and its transformative power. The little girl visits the realm of living, to bring forth the principles they often forget--those outside the buy-and-sell attitude. The most worthy things cannot be bought, cannot be sold. Among these are love, piety, mercy ... Usually, we consider that our ancestors are those who give us protection from the yonder realm, but now a descendant (a prematurely deceased daughter) comes to help. Ling-ling can be compared with princess Miao-shan, an important figure in Chinese Buddhism, who links filial piety (hsiao) with the Buddhist concepts of mercy (tzi), and compassion (pei), or the figure of a self-sacrificing daughter, and figure of Kuan-yin, embodiment of compassion.

Discussant: Ching-chih LIU 劉靖之

Prof. Ching-chih Liu is Professor, Department of Translation and concurrently Director of the Centre for Literature and Translation, Lingnan University, Hong Kong; Honorary Professor and Honorary Research Fellow of the Centre of Asian Studies of the University of Hong Kong; President of the Hong Kong Ethnomusicology Society; and President of the Hong Kong

Translation Society. He is the author and editor of fifteen books on music, two on classical Chinese literature and ten on translation, and the author of some fifty articles and numerous critiques on music, literature and translation.

Pajin's paper consists of the following subtitles : (1)Biographical notes on Dusan Pajin; (2) Abstract of the conference paper; (3) Keywords contained in the paper; (4) The story "Dragon-Eye Rice Gruel"; (5) Repetition and Fabrics of Life; (6) Repetition and History; (7) The Story "Hiang-Shui Street"; and (8) Filial Piety and Power of Comparison.

The writer did not spell out the reason for writing this paper and for choosing the two short stories by Bo Yang. In the Abstract, Pajin considered the two stories "essentially tragic" and the key words which included "life", "death", "life fabrics", "repetition", "life tragedy", "love", "filial piety", "mercy" and "comparison" reflected that the two stories were "essentially tragic". In this context, Pajin, consciously or unconsciously, associated tragedies with "filial piety" and "power of comparison" and his arguments were not very convincing. "Faithfulness" and "loyalty" are important in the traditional Chinese culture. Furthermore, faithfulness and loyalty in Chinese culture have not always been associated with tragedies. There were happy endings associated with faithfulness and loyalty.

The theory of "repetition" which Pajin applied to analysing Bo Yang's "Dragon-Eye Rice Gruel" and "Hiang-Shui Street" has not been very convincing either. He started by saying that "repetition is one of the most important principles, or aspects, in the fabrics of individual life, in culture and history". In the "Repetition and History" section, he further said that "repetition and paradox govern lives of most people (East and West), and their history". However, history does not repeat in its original form. There are variations in the "repetition". In this sense, the "repetition" theory put forward by Pajin is an oversimplification. Tragedies in life do not simply repeat and tragedies take place in different forms and therefore life is often unpredictable and extremely interesting.

The two stories are beautifully sad, however they are not the same. There is no reason to group them together and to apply the same "repetition" theory in the analysis.

The structure of this article could be more balanced. It put more effort to the story "Dragon-Eye Rice Gruel" which occupied seven pages whereas "Hiang-Shui Street" occupied only two pages. The concluding part is even shorter, only a little more than two lines. Such a structure gives readers an out of proportion impression.

I would also like to point out that the lucid narration has frequently been interrupted by brackets which readers find them rather disturbing and irritating.

11 June 1999

Discussant: Chapman Chen 曾焯文

Dr. Chapman Chen was born in the 1960s' in Hong Kong. He acquired his B.A. in English Language and Literature and his Master degree in Translation at the Chinese University of Hong Kong, and his Ph.D. in Literature at the City University of Hong Kong. He had worked as a professional translator in the Hong Kong Government for many years. He is now an assistant professor at the Department of Chinese and Bilingual Studies, Hong Kong Polytechnic University (1996-present). He is the Hon. Secretary of The Hong Kong Sex Education Association. He has published a book entitled *Xianggang Xingjing* [An Account of Hong Kong Sex Culture] in 1998. His new book, *Dafu Xinjing* [A Psychoanalytical Approach to the Life and Work of Yu Dafu] will come out in July, 1999. He has also published articles with a psychoanalytical outlook in local and overseas refereed journals. His research interests include how to translate literary works with sexual themes, and the application of psychoanalytical and sexological theories to world literature.

Introduction

In his paper, Pajin appears to be interested in applying hermaneutic theories (about repetition) to Bo Yang's "Dragon-eye Rice Gruel." This approach to Bo Yang is pioneering and stimulating. But Pajin does it too briefly and does not apply it at all to the second story, "Qiangshui Street," so that the discussions about the two stories seem to be two disconnected pieces. Thus, Pajin had better pay attention to the organization and depth of the paper. Besides, the author of this critique will suggest two alternative approaches (Jungian and Freudian) to the stories concerned, which may be able to pierce them together meaningfully.

Summary of Pajin's Paper

Pajin first summarizes Bo Yang's story, "Dragon-eye Rice Gruel"[1] and "Qiangshui Street."[2] Pajin then invokes quite a few

---

[1] The author of this critique will summarize the story as follows: The hero often eats dragon-eye rice gruel in dreams and he feels quite strange about that. Later, he goes on a trip to a town in Taiwan and finds a house there to be very familiar. He suddenly realizes that he has been to it in his dreams and believes it to be his home in his previous incarnation. The old woman who opens the door for him is actually his wife in his previous life, in which he died at the age of twenty-five. The woman has never remarried and has been offering her dead husband a bowl of dragon-eye rice gruel everyday for forty-one years. Now she looks senile, weak and shabby. Some time after the hero departs from the old lady, she dies and the hero's gruel-dream stops.

[2] The author of this critique will summarize the story as follows: Wei Bo is a stingy and selfish doctor. One rainy day, an apparently penniless girl comes to beg him to offer emergent treatment to her father. Wei refuses mercilessly. Another day, when going past a graveyard, Wei is bitten by a snake. The girl then appears and suck out the poisonous blood from Wei's wound, thereby saving his life.

theories about repetition, notably, Kierkegaard's and Deleuze's. He goes on to point out that the repetitive pattern found in "Dragon-eye Rice Gruel" – an old widow repeatedly offering dragon-eye gruel to her absent, deceased husband, which is repeated in the hero's dreams since his childhood. Pajin then remarks that Chuang Tzu's philosophical attitude regarding the death of his wife could rescue the hero and the heroine from the helpless and lifeless repetition. Next, Pajin talks about repetition in relation to Chinese and Western histories. In the second half of the paper, Pajin summarizes Bo Yang's story, "Qiangshui Street," points out the theme of filial piety and compassion in the story, and then concludes that both stories show that faithfulness can transcend life and death.

Merits

The application of hermeneutics to Bo Yang's fiction is interesting and potentially fruitful. The comparison of the history of China with the history of the West with reference to Bo Yang's *An Outline History of the Chinese People* is stimulating. The comparison of the Buddhist figure, Miao-shan with the heroine of "Qiangshui Street" would also stimulate further research.

After gaining rebirth, Wei's character changes radically. He takes the initiative to treat the illness of the girl's father and then learns that the girls already died six months ago.

Demerits

With due respect, Pajin's paper is not an organic whole and the organization is loose. Moreover, the exploration is not deep enough. In particular, the thread linking the discussions of the two stories is too thin – merely mentioning that "faithfulness (in the first case, bridal – in the second case, filial) goes beyond the confines of life and death." The section, "Repetition and History," is not relevant to the story in question – "Dragon-eye Rice Gruel." No doubt, Pajin does remind us that Bo Yang's *An Outline History of the Chinese People* points out a vicious circle, i.e., an undesirable repetitive pattern, in the history of China, but Pajin does not show the connection between *An Outline History of the Chinese People* and "Dragon-eye Rice." In fact, regarding the relation between repetition and Bo Yang's fiction, Pajin only briefly points out that in "Dragon-eye Rice Gruel," repetition consists of the widow's keeping offering her absent, dead husband with the gruel she used to feed him while he was alive and suffering from consumption; and of the hero's dreams about the widow's gruel-feeding. And Pajin never uses any repetition theory to interpret the second story. Pajin's paper would have been much more readable had he applied one or more repetition theories consistently and in greater depth to both stories of Bo Yang.

In addition, the introduction is not a proper introduction because it tells the reader nothing what ideas Pajin is going to present.

Alternative Approaches

Below, the author of this critique is going to suggest two alternative approaches to Bo Yang's "Dragon-eye Rice Gruel" and "Qiangshui Street." These two approaches are able to show the connection between the two stories concerned.

Jungian Approach

In his conference paper, "Sixiang Jie de Yinying (shadow): Lu Xun yu Bo Yang Xiaoshuo zhung de Youling [The Shadow of Thinkers: The Ghosts in the Fiction of Lu Xun and Bo Yang]," Lai Wood Yan reasonably and appropriately employs Jungian theories to point out that the two heroines of both stories represent the heroes' Jungian shadow, anima, and the Great Mother, the three overlapping one another. According to Lai, the heroes' "shadow" has two sides. In "Dragon-eye Rice Gruel," these two sides are represented by the old widow's physical decline and shabbiness, on the one hand, and her devotion and kindness to her husband, on the other hand. In "Qiangshui Street," these two sides are represented by the hero's initially being a ruthless and stingy doctor, on the one hand, and the heroine's self-sacrificial spirit plus her guiding the hero toward kindness and altruism, on the other hand.

Freudian Approach

The author of this critique thinks that it may be fruitful to interpret the two stories of Bo Yang from a Freudian perspective. The two stories seem to reflect Bo Yang's repressed mother complex. According to Bo Yang's *Bo Yang Huiyi Lu* [The Memoir of Bo Yang], Bo Yang's mother died before he was one year old. Throughout his childhood and boyhood, his father was, at best, indifferent to him, and his step-mother severely maltreated him – beating him from time to time and feeding him with bad food, etc. (8-85, *passim*). In my interpretation, Bo Yang has become to some extent fixated on the oral stage, permanently yearning for the good mother whom he lost during that stage. The heroine of both stories represent Bo Yang's lost mother. In "Dragon-eye Rice Gruel," the old town which the hero dreams repeatedly about and where he later meets the old widow is a town which he has never been to before but which feels like home to him. Now according to Freud, "whenever a man dreams of a place or a country and says to himself, while he is still dreaming: 'this place is familiar to me, I've been here before', we may interpret the place as being his mother's genitals or her body" (14: 368). So the old town probably represents the hero/author's (Bo Yang's) home situation before his natural mother's death. The steaming-hot dragon-eye rice gruel offered by the widow-heroine to her dead husband, i.e., the previous incarnation[3] of the hero, symbolizes the natural

---

[3] Pajin, in his paper, notes that the old widow appears to miss the hero "by a life-time." In this connection, it may be worth mentioning

mother's milk and warmth for which the hero/author (Bo Yang) has been craving intensely but in vain since childhood. The dead husband of the widow represents the hero/author's father whose place (in relation to the mother) the hero/author wishes to replace. The fact that in the story, it is the father figure (the widow's husband) but not the mother figure (the old widow) who dies prematurely in the same year the hero/author is born is a kind of reversal (cf. Freud, 4: 391-94, 564-65); it presumably fulfills the author's unconscious wish – "Oh, how good it would have been, had my father died and my mother survived when I was a child!"

Next, in "Qiangshui Street," the hero is probably a surrogate of the author Bo Yang, the filial and good-hearted girl/ghost his dead good mother, the girl's father the author's father. The poisonous snake which nearly causes the hero's death by biting him is a phallic symbol symbolizing the hero/author's bad father. The fact that the hero has a tooth pulled out and his gums are still open

---

that Freud discovers that a female is only brought limitless fulfillment by her relation to a son because he represents the penis of the female's father for whom the female craves in her infantile Oedipus complex. On the other hand, a male looks for a mother-substitute in his wife. "How often it happens, however, that it is only his son who obtains what he himself aspired to! One gets an impression that a man's love and a woman's are a phase apart psychologically" (2: 162, 168). Now the psychological phase discrepancy between a man's love and a woman's is represented in Bo Yang's "Dragon-eye Rice Gruel" as the generation gap between the old widow and her husband's re-incarnation – the hero.

for possible poisoning represents the author's fear of castration at the hand of the bad Oedipal father.   The girl's sucking[4] the wound for the hero, thereby saving his life, is a replacement of the hero/author's yearning for the mother's suckling when he was at the oral stage.   The amputation of the broken legs of the girl's father fulfills the hero/author's wish to castrate his own indifferent and negligent father.   The hero/author's pity for him represents the hero/author's eventual reconciliation to his father (cf. Klein, *Selected Klein* 189; Segal, *Dream, Phantasy and Art* 40-42).

In a word, both stories show the hero/author's yearning for his dead good mother and are positive reparative acts for restoring the author's damaged internalized mother and father (cf . Klein, *Selected Klein* 189; Segal, *Dream, Phantasy and Art* 40-42).

Conclusion

In conclusion, Pajin's paper correctly points out the repetitive pattern in Bo Yang's "Dragon-eye Rice Gruel."   But the paper's organization needs to be further tightened and Pajin had better stick to the repetition theme throughout the whole paper, including the discussion about the second story, "Qiangshui Street."

Bibliography

---

[4] The sucking act could also be a symbol for copulation as the mouth, according to Freud, is a substitute for the genital orifice (1: 190).

Bo Yang. *Bo Yang Huiyi Lu* [The Memoir of Bo Yang]. Ed. Zhou Bise. Hong Kong: Taibei: Yuanliu, 1996.

---. *Bo Yang Xiaoshuo Xuan* [Selected Fiction of Bo Yang]. Hong Kong: Wenyi Feng Chubanshe, 1986.

---. *Choulou de Zhongguo Ren* [The Ugly Chinese]. Hong Kong: Yiwen Tushu, 1993.

---. *The Ugly Chinaman and the Crisis of Chinese Culture.* Trans. Don J. Cohn and Jing Qing. Sydney: Allen & Unwin, 1992.

Freud, Sigmund. *Pelican Freud Library.* Trans. James Strachey. Ed. Angela Richards. 15 vols. Harmondsworth: Penguin, 1973-86.

Klein, Melanie. *Selected Melanie Klein.* Ed. Juliet Mitchell. London: Hogarth, 1975. London: Virago, 1989.

Lai, Wood Yan. "Sixiang Jie de Yinying (shadow): Lu Xun yu Bo Yang Xiaoshuo zhung de Youling [The Shadow of Thinkers: The Ghosts in the Fiction of Lu Xun and Bo Yang]." International Conference on the Thought and Literary Works of Bo-yang, Centre of Asian Studies, University of Hong Kong. Hong Kong, 11 June 1999.

Segal, Hanna. *Dream, Phantasy and Art.* London: Routledge, 1991.

[責任編輯: 黎活仁、曾焯文、鄭振偉]

編委會謹誌:�té引教授論文成於南斯拉夫戰火之中,謹此向�té引教授致敬。

附錄資料(一): 柏楊是一位難以歸類的作家

龔鵬程

龔鵬程(Peng Cheng GONG),男,1956年生,江西省吉安縣人,台灣師範大學國文研究所博士,現為佛光大學南華管理學院校長(1996年起)。 著有《龔鵬程四十自述》(1996)、《晚明思潮》(1994)、《近代思想史散論》(1992)、《1996龔鵬程年度學思報告》(1997)、《1997龔鵬程年度學思報告》(1998)等。佛光大學南華管理學院是這次研討會的合辦單位,龔校長是代表佛光大學發表這篇「觀察報告」。

柏楊思想與文學國際學術研討會,在香港大學舉行,本人代表台灣佛光大學參與合辦,至感榮幸。此種合作模式已經數次實驗,成效斐然,而此次更有若干創新,例如雙講評甚至三講評、論文評獎、匿名審查等。 第一次參加這種形式之研討會之朋友,可能會不太習慣,也會擔憂或懷疑其效果。 而實際上研討會進行中,也因論文及講評稿均已閱過,討論中的機鋒或偶然撞擊的火光自然減少,主講人發言之時間又被壓縮,以致討論過程中減少了一些趣味。所以,此次研討會之形式設計未必不能再改進。但整體看來,這樣的規劃,顯現了主辦者的用心,也保障了論文及講評的品質,更減少了將來編為論文集時的困難,恐怕仍是應予肯定且值得台灣學習的。

在這次討論會中，含主題演講，共八場，所論包括了思想、雜文、史著、報導文學、詩、小說等。一位作家而可以用這麼多場次，這麼多篇(二十篇論文、一篇關於《柏楊全集》的編輯報告) 來討論，足以證明柏楊是一位多面向的作家，本次討論會也是一場多角度的論述。

參與研討的學者，針對柏楊之思想與文學淵源，討論了他與魯迅、梁啓超、神魔小說、靈異傳統間的關聯、也比較了與他同時代的作家，例如白先勇、王禎和。更說明了他和他的時代，或分析了他作品的內涵及藝術手法，可謂洋洋灑灑。

不過，整個討論會中，我們仍然會發現: 論者對柏楊作品掌握並不完整，也不夠熟稔。 這是其他研討會中所罕見的現象。 一些對柏楊作品看得不多、不熟，對柏楊其人其時其事亦未必清楚的學院中人，為了開這樣一個會，倉促去訪求材料，粗粗瀏覽後即提筆上陣，看起來確實有些詭異，本次會議，討論並不熱烈，此亦為原因之一。

但這豈不正是這次會議的特質呢?

會議原本就有不同的功能。 對於一個已建立完善的學問，研討會當然應以學術性為主; 但研討會本身也可以提倡、鼓吹、帶動一些新的領域或學問。 就這次會議來說，還因柏楊研究尚待推展，故集合這些人對柏楊進行閱讀與探索，絕對是有開創性的意義。 研究材料現在雖然不全，但是此次會議已讓我們知道了柏楊全集編輯的狀況，將來自然很容易改善。研究者現在雖然尚少或仍不熟悉柏楊，將來自然也就越來越多越來越熟。 可是這一次倘若不踏出來，未來就永遠未能到來。

　　這是從一個普遍的意義上說。 若從柏楊這個特殊的個別研究對象來看。則我們應注意到柏楊一直具有非主流的性格,其文學創作, 正如應鳳凰所言, 在五〇年代, 不屬於主導陣營;九〇年代, 又不被台灣意識論者所稱許。 過去討論台灣現代文學史, 其實絕少人談到他, 更不用說那些舊體詩了。 他的史著與史論, 雖然數量龐大、銷售廣遠, 但從未被學院史家正視。他的思想, 如民主、法治、人權、現代化等, 雖然是台灣社會的主導思潮, 但激烈批判傳統卻非台灣慣見的態度。而且,他發言的位置與學院內部之自由主義者頗不相同, 故亦一向未被納入台灣自由主義之發展史中去看待。 因此, 柏楊本身,在這個時代, 應是個非主流的存在。

　　不只此也, 柏楊乃是一位難以歸類的作家。 這次會議, 許多人都注意到他的作品當在文類歸屬上造成困難。 而事實上柏楊最主要的形象及文學表現即是「雜文」。雜文正是一種難以歸類的文體。柏楊以此著名, 實在是恰好顯現了他做為一位難以歸類之作家之性質。 柏楊除了這次研討會中涉及之各種表現以外, 其實還編了文學年鑑, 提倡華文文學, 寫了童話故事等, 這些工作, 若合起來看, 益增其雜。

　　此一雜家、非主流的作者(用柏楊的話說, 是一位遊擊射手), 被納入學院體制中, 利用學術研討會之形式, 正經八百地被歸類討論, 本來就是一次奇特的遭遇, 彼此可能都需要探索,都有待熟悉。

　　其次, 開會的地點, 在香港。這是一個「不中不西」「恰居中間」(朱耀偉與鄧昭祺語)的地方, 這個地方具有的特殊曖昧性質, 似乎也呼應了這場遭遇的性質。

在這場研討會中還有一層奇異的狀況: 因為作者在場, 所以論者與被討論者之間形成了特殊的氣氛與緊張關係。當代文學理論基本認定之一即是「作者已死」, 學術研究之對象也常靜待分析的「文本」。但因作者在場, 故許多意義均總以其本人為起點或終點, 「事實」有待作者來切證, 「原義」須由作者來擔保, 評價工作也不易進行。 這些, 都加強了本次會議的特殊性。

能參加這次特殊的歷史聚會, 我相信大家必然都是印象深刻且大有收穫的。(完)

附錄資料(二): 需要把錄音整理出來

劉靖之

劉靖之(C.C. LIU), 男, 香港大學哲學博士。現任嶺南學院翻譯系教授、文學與翻譯研究中心主任, 著有《元人水滸雜劇研究》(1990)、《神似與形似——劉靖之論翻譯》(1996)、《中國新音樂史論》(1998)。嶺南學院文學與翻譯研究中心是這次會議的合辦單位, 劉主任代表該中心發表這篇感言。

在這次「柏楊思想與文學國際學術研討會」開幕之前, 黎活仁博士的第一、二次研討會論文集便出版面世了:《方法論於中國古典和現代文學的應用》, 主編黎活仁、黃耀堃;《香港新詩的大敘事精神》, 主編黎活仁、龔鵬程。在兩年之內, 組織召開了三次中型研討會、出版了兩本論文集, 說明了黎活仁博士的魄力、能力和熱忱。「柏楊思想與文學國際學術研討會」是黎活仁博士在香港大學亞洲研究中心舉辦的第四次研討會, 其規模較以往三次的更大、視野更寬闊, 可喜可賀。

據了解, 黎氏將繼續組織主辦這一類探討中國文學和中國作家的會議, 也會繼續編纂出版論文集, 使有關中國文學和中國作家的論述越來越豐富、越來越系統化, 對中國文學作品和作家的貢獻也會越來越多元化、多視角化, 這對疏理、整理、研究中國文學和中國作家均具有深遠的意義, 對教學也極

有幫助。更爲重要的是：通過對作品和作家的分析、研究、評論，在一定程度上能增強我們對中國作品和作家的了解和信心、協助作家發展他們的視野和才華，進一步發揮各自獨特的風格。 我們有一部分人，以獲得外國的認可爲成功的標準，如大量資助中譯外，以期有一天得到諾貝爾文學獎。 這種願望當然無可厚非，但一個人、一個民族，先要有自信、自尊，然後才能得到他人的信心和尊敬。

因此，我建議在計劃、組織以後的會議，可以兩條幹線來構思、策劃：一條是以中國文學發展爲主，探討其發展，包括體裁和技巧；一條是以作家和作品爲主，分析、研究、評論其優勢和弱點，用多層次、多角度的方式來處理作家的歷史貢獻。在研討會的基礎上編纂兩個系列的論文集——「中國文學研究叢書」系列和「中國作家和作品研究叢書」系列。 試想十年之後，在黎活仁博士的主持下，香港大學亞洲研究中心擁有兩套數以十計的叢書，那該是多麼輝煌的成績！

我的第二個建議是：既然要重視多元化、多視角化的論述，在組織研討會時，要注意代表的平衡，中國大陸、台灣、香港、海外等地區代表的人數應有相應的比例，以保證觀點、角度的多樣化，以做到有平衡的百家爭鳴、百花齊放。 這一點對論文集的內容十分重要。 在邀請代表時，應把論文集的內容範圍作爲出發點。

第三個建議是：論文之後的評講和討論十分重要，評講稿最容易處理，討論則需要找人把錄音整理出來，以擴大論文的內容，有時討論裡的發言極爲精彩，不僅補充了論文的論點，而且令論文更具深度。

　　第四個建議是: 代表的文章是否收入論文集, 有兩種方式——一種是會議後交由黎活仁博士和他的顧問、助手審查, 然後決定是否收入; 另一種是在會議之前審查文章是否合用, 會議後全部文章均收入。 我的看法是既然主辦者花了這麼多精神、時間和資源來組織召開研討會, 代表的文章應該合用, 因此都收入論文集。

　　上述四項建議僅供參考。

　　四次會議我都參加了, 一次比一次進步, 值得祝賀。 做這種工作的人需要有獻身的精神, 任勞任怨, 不計回報。 黎活仁博士和他的支持者、同志者正在進行一種具有深遠意義的工作, 希望他們再接再勵, 把研討會開下去, 把叢書編纂出版下去。

(完)

附錄資料(三): 檻邊人語

劉漢初

劉漢初(Hon Chu LAU), 廣東南海人, 1948年生於香港, 國立台灣大學中國文學博士, 現任教於國立台北師範學院語文教育系、國立清華大學中國文學系, 專研六朝文學與唐宋詩詞。劉教授多次前來協調香港大學亞洲研究中心舉辦的國際研討會, 貢獻良多, 包括在1999年6月的「方法論於中國古典和現代文學的應用」研討會發表「觀察報告」; 1999年3月的「中國小說研究與方法論」研討會擔任「大會裁判」, 確立評獎制度; 這次應邀發表「顧問報告」, 檢討整個會議流程, 並提供改善的策略。

今年6月11、12兩天, 我參加了香港大學亞洲研究中心舉辦的「柏楊思想與文學國際學術研討會」, 主辦人黎活仁教授希望我提供一些觀察意見, 以為將來籌辦學術會議作改進的參考。由於我以個人名義協辦本次會議, 也曾與聞部分策畫過程, 約略知道主事者的甘苦, 由我扮演這個角色, 或者可以免去過與不及的瑕累, 因此應命提出一些拙見如下。

近年來黎活仁教授籌辦的學術會議, 大概都有幾個特色。第一, 會議的規模不大, 論文通常在二十篇左右, 而與會學者專家的類型卻力求多樣, 他們所處的地域也力求廣闊。第

二,發表的論文重視方法論的應用。第三、鼓勵並接受年輕的
學者參與。第四、建立論文及講評的比賽制度。第五、充分利
用電子傳輸的便利。

　　以本次會議而論,主題演講一篇,論文十九篇,發言一篇,
作者除港、台、大陸之外,還有來自美國、英國、德國和南斯
拉夫的學者,雖然南斯拉夫的弭引教授最後因為簽證的問題
不能出席,但仍提交了論文。能夠有這樣廣的參與面,當與黎
教授善於引入外援有關,香港大學亞洲研究中心固然是主辦
單位,卻也有台灣佛光大學、香港嶺南學院文學與翻譯研究中
心合辦,香港公開大學人文社會科學院協辦,而台灣的李瑞騰
教授也以個人名義合辦。在人力的提供與支援上,這些機構和
個人都發揮了作用。值得一提的是,大會為每一篇論文安排了
兩位講評,他們有些是出身於學院的教授,有些是專業的文化
工作者,更有些是作家,分別向論文發表人提出不同視野的意
見,其間的對話雖不一定有密切的交集,但多元的思維方向,
對論文發表人而言,這樣新穎的設計是頗為有益的。

　　去年6月,亞洲研究中心舉辦了「方法論於中國古典和現
代文學的應用」研討會; 今年3月,舉辦了「中國小說研究與
方法論」研討會,主辦人重視方法論引用的立場,是清晰可見
的。個人以為,這一次會議的成績似乎未能超越前兩次,部分
原因當出於事前與論文發表人溝通未盡完善,應該還有很大
的改進空間。

　　比較有趣的是,有四位年輕的研究生宣讀論文,其中三人
來自台灣中央大學,一人來自英國Warwick 大學,恰巧她們都
是女性,而且其沉穩的表現,十足發揚了「後生可畏」的迫人

氣勢, 令人印象深刻。亞洲研究中心重視學術傳承, 一貫爲後進提供機會, 幾次會議下來, 可謂已經有了相當的成效, 應該繼續下去, 同時這也是值得其他學術單位參考的。

　　至於論文和講評競賽, 自「中國小說研究與方法論」研討會首度採行以來, 各方反映的意見頗有紛歧。從好的方面說, 增加了論文發表人的壓力, 直接保證了論文的水準, 加上這一次又多了雙講評制, 發表人的危懼感無疑是更加重了。講評者也被列入評鑑, 不著邊際的講評是幾乎絕跡了。但是, 有人認爲, 這樣的遊戲規則太過尖銳, 似乎比較適合年輕人。大會顯然有見及此, 在給獎的形式上採取了人性化的措施, 使場面只見和諧熱鬧。我的建議是, 整個制度最好能徹底檢討, 從施行細則到評審人選, 都應有具體的規範和原則, 以期評鑑的結果具備最大的公信力。由於我曾忝爲上一次會議的總評判, 深知要達到這個理想是相當不容易的, 而我還是認爲值得嘗試。

　　用電子郵件作會前通訊和傳送文稿, 利用高科技的便利達致最好的時效和功能, 是黎教授主辦學術會議的一向作風, 好處且不去說。就通訊而言, 黎教授十分勤快, 信件發出至爲頻繁, 我們有時一天中收到兩三封, 內容鉅細靡遺, 並且每封郵件經常摘錄過去十數封信的重點, 但因爲文字量越來越多, 而且重複, 反而引不起細讀的興趣, 辜負了主事者的苦心。看來信件數和文字量可以大幅減縮, 特別是不宜有太多的重複。依大會的計畫, 本來要在會場中陳列柏楊先生著作和手稿的彩色影印版面, 會前煩張香華女士把資料寄給我, 我再掃描成電腦圖檔, 以電子郵件送交黎教授, 可惜最後因爲種種原因,

沒有來得及辦成，其中電腦技術問題造成了不少的困擾，這些難題以後都應該不致發生了。

這次會議是成功的，柏楊先生幾乎出席了所有的場次，他靜聽各家縱橫論說，自己避免發言，對學術論難相當尊重，同時博得與會學者的敬意。會議進行之間，無論台上台下，都能從容討論，沒有劍拔弩張的對立，使整個大會充滿理性的氣息。柏楊先生是個奇人，他的思想與文學別具一格，在海外的影響力不少，但爭議也頗多。本次會議的論文，對柏老作品的批判性意見，所佔比例稍嫌過少，這可能和論文作者的一般偏向有關，大會如能對這個人間的現實性狀況多一點關注，會議的學術成就當可更為完美。

大會的服務很有些值得稱道的地方，首先是亞洲研究中心的工作人員效率奇高，許多繁瑣的手續早已安排得井井有條，與會的學者專家只要符合會前通訊的注意事項，就可以得到快速而完善的服務。在兩天的會期中，大會在會場的隔壁設置了小型書展，由香港文星圖書公司展售文史哲書籍，對沒有時間逛街購書的與會者是很貼心的服務。會後一天的旅遊活動，參觀了一些連香港本地人也不常遊覽的景點，可算是別出心裁的安排。

如果求全責備，則或者可以說，入住的宏碁國際賓館交通方便，環境頗優，可惜房間稍嫌窄小。會場堂皇肅穆，可說合乎理想，但音響設備有待改善，使說話的人語音更為清晰。旅遊的立意極佳，假使能有更多的香港本地學者參加，增進開會期間未能發揮的從容交流，相信對往後的學術發展仍是有幫助的。

　　最後，還應特別提到亞洲研究中心的副主任冼玉儀女士，依大會的議程表，她主持了開幕儀式，但在最後一場「總結發言」（相當於閉幕式），她卻意外的蒞臨端坐至終場，這是表示對這個活動的大力支持，正可以為這次會議畫下完美的句點。

附錄資料(四): 把柏楊當作文化轉型史的個案
李瑞騰

李瑞騰, 1952年生, 台灣南投人, 中國文化大學中文研究所博
　士, 著有《台灣文學風貌》、《文學關懷》和《文學的出路》
　等。李教授以「個人名義協辦」參與籌辦這次會議。

　　我第一次在學術會議上發表論文是在1981年, 主辦單位
是中國古典文學研究會, 題目是「唐詩中的山水」, 擔任講評
的是台大中文系的林文月教授。那時我還在博士班讀書, 也在
出版社做事, 論文是我編輯工作的副產品。到如今我猶清楚記
得當場一來一往的對話攻防, 緊張中自有一種快感。後來我愛
開這種會, 多少與第一次的經驗有關。

　　學術會議之可貴, 在於它是一個開放性的論述空間, 而且
有一定程度的規範, 當然也就是民主的一種實踐了。從議題之
設定, 到經費之籌措、人力之匯聚, 乃至於現場議事之主持等,
對於體力與智力、學力, 都是一種極大的考驗; 我甚且覺得,
對於學術而言, 會議根本就是一種運動的方式, 主張什麼, 或
者對抗什麼, 一切的意旨皆可寄在其中。

　　在國內外大大小小的學術會詩中, 我已發表過數十餘篇
論文; 再加上有時只是擔任主席或講評, 沒有提交論文, 整個
來說, 經驗可算豐富了, 然而這一次以「個人名義合辦」, 在

香港大學亞洲研究中心舉行的「柏楊思想與文國際學術研討會」，卻讓我大開眼界。

首先，柏楊思想與文學的研討會在香港召開，是一個值得深思的現象。柏楊和香港既無地緣，和港大應該也沒有什麼關係，看來是純把柏楊當研究課題，主辦單位就是「亞洲研究中心」，則柏楊已是亞洲研究的一個重要課題了。唐德剛先生主題演講中，以微觀史學的法則，把柏楊生平當作文化轉型史的一個個案來探討，正呼應著這樣一個主題命意。這一點應該能夠給台灣學界一些啟示。

其次，在研討會中發表的十九篇論文，分別討論了柏楊的詩、雜文、報導文學、小說及史學，在文學性與思想性兩個層面挖深織廣，可以納入當化台灣文學史及當代台灣史兩大領域，尤其是前者，諸多論文顯示，台灣小說史不應忽略柏楊小說，台灣報導文學史應重視柏楊對於金三角的報導，台灣雜文史應肯定柏楊雜文的卓越地位。

第三，這一次研討會出現許多年輕的學者，甚至有一些港台兩地的研究生發表論文，或擔任特約討論，他們容或青澀，但是勇於論辯，使整個會場頗富年輕氣息，對柏楊研究來說，這種新人力的加入是可喜之事。

第四，從整個會務的推動上，這一次在黎活仁教授的主導下，充分利用電子郵件(e-mail)的傳輸功能，會議之前已經將「論文」及特約評論人的「評論」送達與會者，而且採取了極其罕見的「雙講評」，主講者幾乎是不講，在現場只答辯。從學術會議行政上來說，可以說極富啟發，我個人尤其願意在這點上進一步加以思考。

　　整體來說，這是一次成功的學術會議。柏楊本人全程參與了活動，並在最後做了一場感性的發言，也回答了會中一些關鍵性的問題，港台記者都有所報導，不必我多言。我想說的是，在香港開這樣一個研討會，那種感覺實在很特別，會場彷彿和整個香港是隔絕的；而在場中，也許是包括講評意見都有書面稿，現場對話缺少一種熱度與機鋒。

　　我希望在台北也可以開一場柏楊的研討會。畢竟柏楊人在台灣，說好說壞都無所謂，台灣的學界必正視柏楊存在的意義。(原題：〈在香港開柏楊研討會〉，原刊《聯合報》1999年46月14日第37版)

附錄資料(五): 裁判報告
楊靜剛

楊靜剛 (Ching Kong YEUNG), 男, 1953年生。1977年中文大學哲學碩士; 1984年澳洲國立大學哲學博士。現任香港公開大學人文社會科學院副教授。曾發表學報論文多篇。楊教授應邀擔任大會裁判, 負責邀約「匿名評審」, 處理各獎項頒授事宜, 並撰寫裁判報告, 以爲日後的參考。

　　今年3、4月間香港大學中文系黎活仁教授邀請我參加6月份舉行的「柏楊思想與文學國際學術研討會」, 並擔任講評時, 我心裡誠惶誠恐, 第一個反應是盡量推卻。原因很簡單, 我不是攪文學的, 更加不是攪當代文學的; 第二是柏楊的作品, 我很陌生。但是, 黎教授並沒有因此而放過我, 還要我在講評外, 擔任主席及大會裁判。想到黎教授對我這樣錯愛, 我只好一一接受下來。

　　既然擔任裁判, 首先便是要找評審。黎教授囑咐我要找兩位專家, 一位在香港, 一位在海外, 並說「重賞之下, 必有勇夫」。由於我個人與新加坡關係比較密切, 便想到在香港找一位, 新加坡找一位。如此接觸了新、港幾位學者, 都「不爲利誘」, 而最主要的是, 他們並不接受研討會採用論文評審的做法。結果找了好幾天, 終於找到兩位學者, 願意出任評審。並

不是因為他們為利所誘，而是因為這樣的做法頗為新鮮，可「試一為之」(其中一位評審語)。兩位評審學者中，一位年紀比較大，一位較為年輕，正可代表不同年代學者的看法，而不會偏向某一方。

　　這次研討會本來有論文了二十四篇，後來有學者臨時退出，到最後只餘二十篇。我每收到四、五篇，便立刻寄出送審，如是者一共寄出了四、五包。每篇論文送審前，我都細讀一遍，確保作者姓名不會洩露，影響評審學者的客觀公正。二十篇論文中，年輕學者寫的，很多都用上了西方文學批評的理論；用中國傳統賞析方法來評論柏楊作品的，為數不多。這就使評審工作出現了一個頗大的分歧。年紀較大的評審學者，比較抗拒西方理論，認為西方的文評理論是由它們的文學作品中提煉出來的，用在中國文學作品上並不合適，因為中、西始終是兩種不同的文化。年紀較輕的評審學者，則較能接受西方的文評理論，並認為採用西方理論來評論中國文學作品，已經是學術界的主流，傳統的賞析方法，已經落伍。由於有這種認知上的不同，使到同一篇論文所得的評分，相差頗遠，有一、兩篇相差更高達二十分。好在，這次研討會冠、亞、季軍論文所得的分數，兩位評審還是比較接近的。三甲以外，這次研討會論文還設一等、二等、三等獎，獎狀已根據評審的評分發給各論文作者了。

　　講評方面，這次研討會採用雙講評制，有一篇論文更是三講評，因此全部講評共四十一篇。但是，在研討會 (6月10-11日) 前兩、三天，我還只收到二十一篇，並已陸續寄出送審。但據評審反映，他們只收到十二篇。同時，其中一位評審

學者拒絕審閱講評, 原因是, 假如他先看講評, 會影響對論文的評審, 不夠客觀; 假如先看了論文, 才看講評, 而他對論文的評價很高, 講評對論文的評價則很低, 將不知如何自處, 如何客觀地給講評評分。有見於此, 並考慮到評審學者只收到十二篇講評, 勉強評分對其餘二十九篇似乎略有不公, 意義亦不大, 大會終於決定講評只作觀摩, 不作評審。

評審工作完成後, 其中一位評審學者在給我的報告中說, 雖然他擔任了評審的工作, 但仍然有兩點不吐不快。第一、研討會採用評審制度將會使成名學者裹足不來, 影響研討會質素, 最後只會造就了兩、三位初生之犢, 在選無可選, 評無可評之情況下脫穎而出, 並不代表他們真正的實力; 第二、研討會在目前學術界的遊戲規則中, 是以文會友, 社交的意義大於實力的比拚, 似乎我們要接受這個現實。黎教授要獨力改變這個遊戲規則, 其志可嘉, 其情可憫。最後, 他結束說, 假如學者們不接受這樣的遊戲規則, 大可不主辦研討會, 不參加研討會。據他所知, 很多有實力的學者都不參加研討會; 很多經常參加研討會的卻不一定有學問。學術界實在不必太執著於研討會的文化, 甚至要極力改變這種文化。

如前所說, 這次研討會的三甲, 兩位評審的分數都頗接近, 可以說是「兩望所歸」之作。研討會論文冠軍是台灣東吳大學張堂錡教授的〈從《異域》到《金三角・荒城》: 柏楊兩部異域題材作品的觀察〉。雙亞軍是台灣輔仁大學劉季倫教授的〈柏楊的歷史法庭〉, 及台灣師範大學張素貞教授的〈遊走在神魔與歷史之間: 論柏楊的《古國怪遇記》〉。季軍是台灣靜宜大學向陽教授的〈猛撞醬缸的虫兒: 試論柏楊雜文的文化批

判意涵〉。這次冠、亞、季軍得主都沒有獎,是否可以考慮以後有機會的話,還是應該頒發一些獎項,最好是現金獎,用來購買書籍也不錯。

最後,大會還安排了一個團體獎,由台灣學者及香港學者競逐。結果由台灣學者勝出,平均分是七十五分。香港學者平均分是六十二分。這次香港學者表現差強人意,希望以後有機會的話能急者直追,不讓台灣學者專美。

附錄資料(六): 積澱爲集體記憶的心路歷程
梁敏兒

梁敏兒(Man Yee LEUNG), 女, 1961年生於香港, 廣東南海
人。香港大學文學學士、哲學碩士, 京都大學文學博士。現
爲香港教育學院中文系講師。著有〈犧牲與祝祭: 路翎小説
的神聖空間〉(1999), 〈鄉愁詩的完成: 余光中的詩與香港〉
(1999)。梁博士是這次研討會的籌委, 代表籌委會總結「幕
後智庫」提供的策略及其實踐經驗, 以便日後參考。

　　自1998年6月以來, 我的老師黎活仁教授擔任了四次國際
學術研討會的召集人, 爲了總結籌劃的經驗, 過往是由老師的
近鄰于昕先生負責執筆, 于先生一直積極參與制訂各項程序,
貢獻良多, 自然是把積澱爲集體記憶的心路歷程作一筆錄的
上佳人選, 年初于先生應聘香港城市大學, 爲諸生講論中國文
化, 暫擬專注託附的重任, 老師於是以在下過去四次研討會都
曾經參與, 又是籌委會的成員, 不妨也來嘗試把「幕後智庫」
的理念, 以至付諸實踐的整個流程作一回顧, 敢不從命。
　　我對於很多問題, 是屬於所謂「事後諸葛亮」, 與「智庫」
無緣。就算對於我等籌委而言, 「幕後智庫」相當於中央情報
局和英國的「軍情六處」, 若隱若現, 未必容易確認是何人, 所
在何方。至何方神聖得與「幕後智庫」之林, 我想也不一定是

香港人,可能是香港的台灣人,或台灣的香港人,如劉漢初教授,他是非常熱心學術的前輩,1999年3月間的「中國小說研究與方法論國際研討會」,劉教授協助確立「匿名評審」制度,處事公平公正,談吐優雅,大家佩服得五體投地。

　　還有就是台灣研討會文化改革的火車頭龔鵬程校長,既有「改革的火車頭」稱號,自然不向改革「說不」,龔校長跟香港大學亞洲研究中心已連續四度合作,「中國小說研究與方法論國際研討會」召開之後,委託合辦單位佛光大學趙介生教授撰寫「顧問報告」,給大會作全面的評估,並提供改善策略,這一份報告據說龔校長曾經審核,然則龔校長無疑也是「幕後智庫」,報告建議要更換場地、邀約更多文化界人士參與,肯定「評獎制度」,但認為要還給「論文發表人」宣讀時間。「趙顧問報告」的精神,有助「柏楊思想與文學國際學術研討會」的規劃,前三點都照辦無誤,唯獨籌委會對「宣讀時間」作了折中,講評人缺席之時才給論文作者十分鐘,某些姑諱其名的「幕後智庫／黑手」傾向一刀砍掉。我不是黑手,但支持後者的立場。

　　也就是說「幕後智庫／黑手」自己也弄得頭昏腦脹,頭也大了,像個ET外星人。至於給這次「雙講評」弄得頭大的外地學者聽說也有,智力因此得以提升,當然是件好事!

　　香港人頗受政府的影響,事事很看重顧問公司的評估報告,外地學者能否理解,則在未知之數,台灣大概沒有這回事,「消化預算」之後,財散人安樂。「公司」自然與學人有關,也是主題演講的唐德剛教授在一篇文章裡說的,鼎鼎大名的趙元任教授有一次赴宴,向飯館經理作自我介紹,經理英明神武,

趕忙請教趙元任教授是哪一個公司的? 學者公司化似是台灣的「民之所欲」, 或非主流派說的「李(登輝)之所欲」。籌委會知道的、而又可靠的「公司」不多, 非劉漢初教授莫屬, 幸好劉教授百忙之中也願意到來協調, 當然他是「幕後智庫」, 大家敬之重之, 劉教授全程參與, 但謙稱自己好像一客「公司三明治」, 夾在中間, 什麼話題都不完全懂。無論如何, 依香港人的性格, 「劉顧問報告」將會成為另一應該勒石的文獻, 指導今後的發展。

過去四次研討會改變得最多的是會議的程序, 最初的一次仍依傳統的「論文發表」模式, 但要求先寫出講評, 把論文集編印成冊, 奠定了後續發展的基礎, 不到一年, 籌委會覺得要求先寫講評沒有什麼了不起, 議決由單一講評改為「雙講評」制, 並大膽起用研究生擔任成名學者的「特約講評人」, 這是外地學者感到不可思議的。香港學者一直認為研究生如果學有專精, 會比老師的急就有更好的表現, 這次籌委會拜託陳志明先生負責招待龔鵬程校長, 陳先生特別買了一套《柏楊曰》, 寫了長篇批評, 讀者如果把暗藏機鋒的另一篇作比對, 會覺得各有匠心, 足以互相輝映, 閱讀與思維空間大為擴闊, 充滿各種各樣的巴赫金或哈伯瑪斯意義的「對話」。這無疑是一種後現代的文化現象。

在傳統模式的研討會, 「論文撰述人」往往花去大部分的時間去宣讀論文, 講評只講五分鐘左右; 現在, 有了電子郵件的協助, 與會者能夠在開會之前讀到論文和相關講評, 所以論文撰述人無需再照本宣科, 講評主次易位, 不再是配角。這次進一步又要求「論文撰述人」另寫十至十五條「論文重點」, 附

錄於論文之後, 方便提問和答辯, 可惜提問不多, 今後不妨作
有策略的規劃, 問題如是應可解決。

　　對研討會論文作有效監控, 是籌委會的共識, 每一項改革,
都貫徹這一精神, 這包括: 1. 從去年開始, 第一次籌辦以來,
都設「匿名評審」制度; 2. 今年三月的「中國小說研究與方法
論國際研討會」, 除了「匿名評審」以外, 還加設評獎, 給每
一篇論文打分, 達到一定水平的即給獎項; 3. 每一次設冠、
亞、季三名, 此舉亦可方便與會者向校方申報成就, 加強參與
研討會的動機; 雖然評獎制度不一定絕對公平, 但有競爭就有
進步, 會議設置了評獎制度以後, 論文的水平有明顯的提升; 4.
此外, 隨著時代的步伐, 懂得應用電子郵件通訊的人口不斷增
加, 雖然仍然不是全部與會者都有每天閱讀電子郵件的習慣,
但不能否認, 把研討會論文以電子郵件或上網傳送出去, 也是
一種質量監控的方法; 5. 愈來愈多學者熟悉籌委會設定的電
腦排版規格, 因得以在開會前完成大部分編校工作, 在開會時
派發的場刊基本上已經接近是定稿。

　　據知「幕後智庫」已在這一次會議基礎上研究出新的制度,
準備下一次推出, 讓香港大學的「研討會文化」處於領先的地
位。這次的台灣嘉賓之中, 向陽教授是極具「顛覆性」的一位,
法蘭克福學派德希達等等朗朗上口、又是網頁大方家、新詩創
作與評論已進入台灣文學史, 兼且掌握媒體, 隔岸看去, 似能
呼風喚雨, 移風易俗。所謂追求卓越, 導乎先路, 談何容易!
「邊緣」愁逐鹿, 不妨考慮攻入扶餘國, 殺其主而自立。

　　這次研討會還邀約信譽卓著的書店在會場設展銷會, 曲
終人散之後又加設香港半日遊, 參觀名勝和建設, 提供接觸交

流機會。把抵步時的接待和歡送的程序加以完善, 也是規劃之
一, 籌委會特別情商「個人名義協辦」的劉漢初教授趁便自台
北至香港協調, 讓初次訪港的先生女士輕輕鬆鬆地踏上旅途,
劉季倫教授因得以把握時機到旺角的二樓書店飽覽蒐羅, 可
惜的是也花了不少錢! 天下無不散的筵席, 用過素菜, 俯瞰青
馬大橋, 自非壯士懷, 難免有一番感慨, 最後是在香港機場與
嘉賓揮手告別, 爲大會劃上休止符。(完)

附錄資料(七): 美國觀點

應鳳凰

應鳳凰（Feng Huang YING），女，1950年生於台灣，台北市人，
國立台灣師範大學英語系畢業，曾任中國時報人間副刊編
輯，目前在美國德州大學奧斯汀校區東亞系博士班。應女士
接受大會委託以「美國經驗」作一比較，寫成報告，供大家
參考。

　　由香港大學亞洲研究中心主辦的「柏楊思想與文學國際
學術研討會」，已經在6月10日,11日兩天緊湊的議程之後，圓
滿閉幕。從厚厚兩大冊論文集在會議之前不但印好，甚至論文
格式都整齊劃一的編輯完成，即看得出主辦單位的認真與高
效率。而整個研討會，從籌備、聯絡、催稿，到尋找合適的講
評人，各項開會通知，負責主辦的黎活仁教授，事無鉅細，皆
透過電子郵件傳送訊息，不但籌備過程全部透明化，也充分利
用電腦方便先進的科技，使得這一學術研討會，能在最短時間，
達到最高效果。這兩樣高效率與高科技，最是令人印象深刻。
歷來稍大型的研討會，與會學者總來自不同地區，相信以電子
郵件作為傳送與聯絡的工具，必定是未來學術研討會的趨勢，
黎教授充分利用高效電腦工具，提供了極佳範例，可作台灣學
者以後籌辦類似學術會議的參考。

　　電子郵件的最大好處，往昔一般以郵電聯繫不容易辦到的，除了聯絡上的快速，天涯若比鄰，因而增加論文發表人之間的參與感與向心力，更在主辦者對論文截稿時間能充分掌握。過去參加幾次會議的經驗，總有忙碌的學者，常常到截稿日期仍交不出論文，要等到開會當天才親自帶論文來「發表」。議程已印上他的名字，主辦者不能不焦急地等待，但這類延遲，除了影響當天論文集的出版，也影響「講評」的工作與程序。香港這次會議，透過電腦「伊媚兒」，完全排除此類缺失，令人讚賞。

　　主辦人希望我寫一篇觀察報告。自知沒有資格擔任這件工作，但黎教授的說法是，我這幾年在德州唸書，可以提供一些「美國觀點」。想來想去，我能「野人獻曝」的，是根據這些年在美國參加幾次研討會的經驗，比較一下美國類似學術會議，與香港這次大會的異同。例如說，這次研討會設計了「雙講評」制，這類作法在美國的各種學術會議，是很少見的；主辦單位甚至設置「匿名評審」，評判出與會論文的一等獎二等獎三等獎，這在美國人文學者及研究生眼裡，也是無法想像的。

　　如此比較之下，就發現美國一般學術會議是相當講究學術倫理的。例如說，會議主辦者的重頭戲之一，是盡力透過關係，設法請到相關學術領域的名人來當主題演講者，最好是真正有學術聲望的一方「盟主」，以增加研討會的重要性：既叫作 "keynote speaker"，必是德高望重之士，「重禮」邀來的這篇發言，一般也是相關學術圈的重要論文。從這個角度來看香港的研討會，以討論柏楊思想為中心的學術會議，能請到望重

一方的歷史學者唐德剛教授擔任「主題演講者」，他既是知名的歷史學者，尤專精於民國史，一支生花妙筆，更是無人能及，由他來領導開幕演講，眞是再不作第二人想。相信這也是本會如此成功的因素之一。

前面提到美國學圈的講究學術倫理，是說他們在研討會上，有嚴謹的，像金字塔型的三級排序——由塔尖到塔底，依序是「主題演講者」、「講評者」、「論文發表者」。以論文發表者的人數最多，通常三到四篇論文，即同一個場次(panel)，才設有一個講評者（discussant）。講評者的人選，亦頗有「講究」，例如「正教授」才可講評「副教授」，或請副教授來講評研究生，因爲他一個人不但要分別講評這三篇或四篇論文，甚至要比較這幾篇之間的優劣，甚至討論相關的方法論，歸納整體的結論之類，總之，很少以「同級」講評，例如不會找一個研究生來講評其他研究生的論文。

我想，這次香港研討會與一般學術討論會最大不同，就是每一場次的「講評者」竟比「論文發表者」人數還多。原因是每篇論文設了「雙」講評，甚至「三」講評。

主辦人如此設計，也許有他的特殊考量；或許希望召集更多人共同參與，或期望集合多種對柏楊的不同意見，或想借此監控論文品質。不管是哪一種，藉著這次「實驗性演出」，主辦人或可趁此評估是否眞正達到他如此設計的最終目的。個人以爲，這次研討會因針對「柏楊」一人做研究對象，就一般研討會性質來看，可說非常特殊，因而造成雙講評的可能性。否則的話，在那麼短時間內要找一大堆學者來「臨時作文」（因截稿時間距離開會日期必然很近），要達到所謂的「學術成

果」實在是很難的。何況這樣的「人海戰術」，潮水般的淹蓋了研討會最重要的整批「論文發表者」，效果是否眞的百分之百，頗值得再細心加以評估。

事實上，一般主辦地區，通常沒有那麼龐大的學術人口，足以在短期之間勝任這麼多場次的學術講評工作。如果准許我提供一點不成熟的建議，我會覺得，第一，論文發表者的時間，如眞有必要，雖可以縮短，但無論如何不應該「取消」。所謂研討會，另一個名稱就是「論文發表會」，發表論文才是會中最重要的項目；配角還可取消，卻不該取消主角的節目。第二，「主題演講」一場，實不宜再設置「講評者」；望重一方的學者，遠道來發表重要演講，他既是keynote，是給研討會「定下基調」的人，誰還夠格「講」什麼「評」呢？而萬一找來的幾位講評者，其中若有學術地位或研究領域完全不相稱者，也容易暴露出主辦者對keynote speaker 的不夠尊重，可能反而達不到當初這樣設計的效果。

以上膚淺的比較與觀察，只是井底之見，謹提供主辦單位參考。(完)

附錄資料(八): 一點隨想

劉季倫

劉季倫(Chi-lun LIU), 1955年生。台灣大學歷史系畢業。台灣大學歷史學博士（1998）。著有《李卓吾》（台北: 三民書局, 1999）、《現代中國極權主義的思想根源》及一些單篇的論文, 目前任輔仁大學共同科副教授職。籌委會希望邀約第一次踏足香港的學者發表一些觀感, 以分享經驗, 劉博士這次獲大會論文總成績亞軍, 承百忙之中給與協調, 謹此致以萬分謝意!

　　在這一場會議中, 來自各地的研究者, 共同研討一個題目:「柏楊的思想與文學」。

　　在這場會議的前前後後, 主事者的準備與後續工作, 都進行得極爲細緻與用心, 充分顯示了主事者良好的組織能力與行政專業。

　　在會議之前, 主事者已經利用email與遍及世界各地的與會者聯絡過好多回了。由於email在傳遞訊息上極爲快速, 所以節省了許多可能耗費在郵寄上的時間。我自己的寫作習慣很壞, 曾經三易其稿。承黎活仁教授不以爲意, 我總可以及時把新的稿件email給他。這在以前是難以想像的。主事者匯整了各篇論文, 並嚴格控管論文的格式, 如英文摘要、關鍵字、論文提

綱、評論等等。這些繁瑣的前置作業，都做得巨細靡遺；　所以在會議的議場上，與會者取得的，已經是兩冊印刷精美的論文集了。

　　在會議過後，論文的撰寫人，會根據會議上的評論而修改論文，然後再由主事者編輯後，email給撰稿人過目。論文集的編輯梁敏兒教授，她的編輯工作極為細心。以我自己為例，由於我在撰寫上的不謹慎，所以編輯上就不免大費周章。梁教授把我的論文中漏掉的人物生卒年都加了上去；　我的引文格式，或有不全之處，她也翻出了原書，一一改正。她的專業與效率，讓人印象深刻。

　　如果沒有這些幕後作業，這一場會議，是不可能得到目前的成績的。

╳　　　　╳　　　　╳

　　由於我們的傳主是一位名滿天下，謗亦隨之的人，也由於因他而引生的歷史還正在進行中，還尚未到總結其功過的時候，所以這不是一個好談的題目。

　　然而，如果「理解我們自己的時代」，也是從事學問工作的人的責任，我們就不應該迴避因我們的傳主而帶來的問題。看看柏楊著作的暢銷，想想他在社會上的影響力；　他確實可以當作一個很好的議題，以供我們檢視華人社會中流行的一些觀念，其出處與衍變的痕跡。就此而言，香港大學的亞洲研究中心，確實藉用這一次會議，而營造了一個場域，供我們省視我們自己的時代。

　　當然，我們與柏楊的關係，不只是主體（研究者）與客體（被研究者）之間的關係而已。從另一個層次來看，柏楊這一

個話題,也像一面鏡子,透過這一面鏡子,映照出我們各自不同的關懷與內涵。

在會議中發表論文的每一位,在選取題目或從事推論的工作上,一方面反映了各個學者來自於不同社會、文化的痕跡;另一方面,也反映了他們各自的秉性與氣質。他們身上普遍的、或是特殊的經驗,透過柏楊這一面鏡子,而展現出各自不同的色彩與風貌。

柏楊的文化批評,儘管對於中國文化批判得不遺餘力,但其立足點顯然可以歸類為夏志清所謂的「感時憂國」的傳統。在這一場會議裡,有最大量的文字環繞著這個主題而展開。

由於柏楊的作品中顯現了中國與台灣在本世紀特殊的歷史經驗(殖民、流離、放逐等等),所以有些論文就著眼於柏楊作品中所顯露的這一面。另一些論文則著眼於柏楊小說中的虛構與真實之間的關係。

這些柏楊作品中不同的面向,以及論文的寫作者所關心的不同的主題,交光互映; 再加上各個評論人觀點各異的見解,就把這一場會議編成了一面織錦圖。它多少反映了華人世界的文化現況。就此而言,這一場會議本身,也可以當作一個橫切面,藉以觀察我們這個時代的華人文化。

×　　　×　　　×

這是我第一次到香港來。第一次在香港大學開會。

香港是一個很特別的地方。在歷史上,她似乎總處在所謂「邊陲」的位置。清帝國視她為「邊陲」,接著是大英帝國,有一個階段是日本人,然後又是中華人民共和國(香港的一位周蕾,曾經在她的*Writing Diaspora*一書中討論過這一個問題)。

從各個時代、各個中心來到這裡的人們, 從「滿大人」到英國的殖民者, 都自以爲他們自己才是「中心」。可是香港卻夷然過著她的日子, 以她的韌性, 以她那比洪荒還長久的對現實生活的關注, 她自顧自地活下去。不論那「中心」怎麼變, 她總對付得下去。她還利用她的「邊陲」的位置, 得到了只有「邊陲」才能得到的好處: 她成了溝通各個「中心」的集散地, 她集散貨物、觀念、思想等一切東西。她反而因此而比各個「中心」擁有更多的花樣、更開明的思路、與更大膽的氣派。而這也成就了香港的豐富與繁華。

就此而言, 這一回的會議, 似乎也具體而微地顯現了香港的這一面。以柏楊爲議題的會議, 不管是因爲甚麼原因, 在現在這一個階段中, 似乎還不太可能在中國或是台灣召開。然而香港的學界, 卻更爲敏感與開放。它比其他的華人世界, 更加關注華文世界中的文化動態; 它沒有「貴遠賤近」的勢利與顧慮, 它更加迫不及待地從柏楊入手, 審視我們的這一個時代。

╳   ╳   ╳

關於這一次會議, 我還記得些甚麼呢? 是些點點滴滴。在開會的會議廳外, 熱帶的天氣, 闊葉樹。在梁銶琚樓上, 黎活仁教授特地指點給我看當年朱光潛住過的宿舍。劉漢初教授曾經領著我在一個下午逛遍了旺角的「二樓書店」。還有一個晚上, 偕龔鵬程與劉漢初走過「蘭桂坊」, 他們微帶酒意; 龔鵬程看來多了些晉人風度, 劉漢初則更加泛出了一派可掬的君子人氣味。或者, 我一人沿著斜下去的「摩羅廟街」走到中環;

香港城開不夜，甚至原應透著一片亙古的荒涼的天際，都被燈彩渲染得不再寂寞。……

　　人生的緣份難說得很。柏楊說過：在火燒島上，他從沒有料到將來有一天，他會變成一場會議的議題。也許，所有的與會者，都必須經歷以往我們曾經遭逢過的一切際遇，修習我們曾經用心過的所有生活，最後才能夠如此這般湊成這樣一場盛會。在開會的幾天中，我們曾經商量舊學、培養新知；也曾經把盞談心、優游卒歲。回首前塵，這樣的際遇多麼難得！

　　如今會已經散了，「此地曾經歌舞來，乾坤回首亦塵埃」。然而，又有誰知道這場盛會，還會成就甚麼樣新的緣分呢？

(完)

附錄資料(九): 喜遇良師益友

——「柏楊思想暨文學國際學術研討會」閉幕禮致詞

柏楊

當去年(一九九八)十一月間, 香港大學教授黎活仁博士告訴我, 香港大學將舉辦一次「柏楊思想暨文學國際學術研討會」時, 對我而言, 簡直是晴天霹靂, 震撼的程度, 只有一九六八年, 特務機關調查局官員告訴我, 我是中共派遣到台灣的間諜, 將被扣押時那種感受, 可以相比。因為, 我認為最不可能發生的事, 竟然發生。唯一的不同, 上一次我十分悲憤, 而這一次我十分興奮。

游擊戰士　一生坎坷

我擁有坎坷的一生, 青少年時代的不馴服和以卵擊石的抗爭, 使我承擔我無力承擔的苦難。小學、初中、高中, 我都沒有畢過業, 靠著一張買來的偽造證件, 考取大學, 結果在畢業後的第二年, 被教育部查出, 下令開除學籍, 並且通令全國: 所有大學, 永遠不准收留我這個學生。這件事使我五十年後仍在思索, 深深感覺到, 一個沒有人文素養的專業人員——無論他是官員或教師, 是軍人或平民, 或是法律、政治、醫學、物理、化學專家, 在某些時候, 他們都會做出可怕的事。教育部撤銷我的畢業證書, 我認為懲罰已經夠了, 不應該對一個只為

了升學而偽造學歷證明的年輕人,趕盡殺絕,剝奪他一輩子求學上進之路。那些官員可能有法規的依據,但他缺少人性中最寶貴的寬恕和愛心。

我像一個孤獨作戰的游擊戰士,緊傍在國防大軍前進縱隊之旁,跟蹤隨行,對這個訓練有素的正規部隊,充滿嚮往。所以,一旦,我被邀請到尊嚴的參謀本部——五角大廈,面對來自各國的高級將令和指揮官,嚴肅的討論我的戰略、戰術、戰爭理論,並加以分析時,我又怎麼能不敬畏交集。

師承的重要與危險

這次會議給我的第一個啟示,就是師承的重要,有幾位先生在論文中指出,我的思想受過某些中外古聖先賢的影響,甚至繼承他們的思想。事實上,我因為自幼失學,有些古聖先賢的名字,我從來沒有聽說過,更不知道他們有什麼學說。現在終於發現,一個人在求學過程中,一旦遇到良師,只要一句話,立刻就可以得到答案。而由自己尋找,可能要浪費十年、八年的生命才能找到,或甚至永遠也找不到。

同時,我也更進一步發現,如果像中國傳統文化中那樣,師承成為宗教性的皈依,它就成了桎梏:教師代替了真理,學生們的意見,一點也不允許與教師相左,否則的話,他就成了離經叛道,背叛師門。那麼,沒有師承,反而使自己的思想空間更為擴大,更為自由。因此,一個學生如果能遇到好教師,真是人間最大的幸運。

良師就是益友　益友就是良師

　　各位先生的論文，我會一一的細心拜讀，並且認眞思考。各位先生花費心血、時間、研究我艱難困苦的學習過程，和呈現出來的成績，無論是批評、是指正、是建議、是譴責，我都心存感激。

　　香港大學在世界學術界中，列入第一流之林，現在，他們用開闊的胸襟，開創一個新的局面，向一位學術界以土法煉鋼的游擊戰士，伸出雙手，使學院派的範圍更大、基礎更厚。學術，不再儲存在象牙塔中，而是把視野擴充到學院的門牆之外，深入民間，甚至草莽，以匯聚成一條知識智慧的洪流，使我旣佩服又敬重。

　　再一次感謝與會的各位良師益友——在我的解釋中，良師就是益友，益友就是良師，在以後的日子裡，我相信我有能力繼續吸收消化各位論文上的智慧，使自己更成熟、更提升，這一切，都感謝各位先生這次蒞臨。(九九年六月十一日香港，原刊《明報月刊》1999年8月號)

附錄資料(十): 其他相關資料

編委會

一. 「柏楊思想與文學國際學術討論會」獲香港何先生贊助美
    金兩萬元;

二. 召集人: 黎活仁(香港大學中文系)

　　　「主辦」: 香港大學亞洲研究中心

　　　「合辦」: 「佛光大學」(代表人: 龔鵬程校長),

　　　「合辦」: 「嶺南學院文學與翻譯研究中心」(代表人:劉
　　　　　　　靖之教授)

　　　「協辦」: 香港公開大學「人文社會科學院」(代表人:楊
　　　　　　　靜剛教授)

　　　個人名義「合辦」: 李瑞騰教授(台灣中央大學)

　　　個人名義「協辦」: 劉漢初教授(台北師範學院)

　　　團體和個人「合辦」與「協辦」的目的如下:

(1).「合辦」和「協辦」者協助邀約境外各地學者與會, 或
    作「匿名評審」, 整合各院校的人力資源;

(2). 召集人與「合辦」單位和「協辦」者建立互信關係, 致
    力長期跨地區的學術交流;

(3). 總結經驗之後, 下一次將透過「合辦」和「協辦」者
    邀約台北隊、台中隊、佛光隊、星加坡隊、廣東隊、

　　　　　香港A隊(老師)、香港B隊(研究生)作隊際 「良性互動」，提升學術會議文化;

三. 舉辦日期: 1999年6月10-11日(星期四、星期五);

四. 研討會舉行地點: 地點: 香港大學本部大樓〔二樓218室〕畢業生議會室;

五. 整個計劃完成日期: 研討會論文集通過「匿名評審」，統一論文格式，加上插圖，然後出版，約於1999年年底完成;

六. 籌委會通訊: 大會將會以電子郵件發出通訊，報導籌辦進度，直至論文集出版為止;

七. 主題演講: 唐德剛教授;

　　觀察報告: 龔鵬程教授(佛光大學)

　　裁判: 楊靜剛教授(香港公開大學)

　　顧問報告: 劉漢初教授(台北師範學院)

八. 大會委任戚本盛先生為英文祕書，並負責排版編校事宜。

九. 籌備委員會: 黎活仁(召集人)、龔鵬程(合辦)、劉靖之(合辦)、劉漢初(協辦)、楊靜剛(協辦);

十. 執行編輯: (負責排版校對，敬稱略) 黃耀堃、梁敏兒、朱耀偉、鄭振偉、戚本盛、洪濤、于昕、鄧擎宇、余麗文、陳惠英。

十一. 學術會議常被議評為 「廟會」 或「消化預算」的「儀式」，因此設定多重「學術監控」遊戲規則:

(1). 設立學術論文獎，從另一角度來看，對「提升教授」(升等)，申報學術成就提供了方便;

(2). 試辦 「台灣香港隊際比賽」，作 「良性互動」;隊際比賽設第一、二名，方便申報學術成就;

(3). 把論文和講評在會前以電郵公布, 一起進行監控;

(4). 論文送交(境內或境外)兩位「匿名評審」作學術審查, 然後出版;

將邀請「匿名評審」給論文和講評稿評分, 作「良性互動」, 提升論文水準; (1). 各獎不設獎金獎品; (2).「匿名評審」兩位, 由大會「裁判」楊靜剛教授邀約; (3).「匿名評審」姓名保密; (4).作者的名字將先刪除然後送「匿名評審」。

論文一等獎	80分以上(達給水準就給獎)
論文二等獎	75-79分以上(達給水準就給獎)
論文二等獎	70-74分以上(達給水準就給獎)
論文優異獎	60-70分以上(達給水準就給獎)
論文總成績獎	冠軍一名、亞軍一名、季軍一名
隊際賽	取論文評審平均分
論文評審標準	「內容的豐富程度」佔33%, 「內容的邏輯推理」佔33%, 「創意」佔33%;
講評優異獎	「針對文章作出批評」(33%), 「提供建設性意見」(33%), 文筆(33%);

十二. 配合兩岸三地研究院的發展, 撥出名額給研究生, 這次有英國Warwick大學、香港中文大學、台灣中央大學、和香港大學的研究生參加; 研究生的理論訓練很好, 比較有時間寫論文, 可作「良性互動」;

十三. 没有依學術規範寫作的論文, 特別是沒有注釋, 沒有頁
　　碼等等, 將不獲送審,又論文字數約一萬二千, 限於經費,
　　太長(二三萬字)也不在考慮之列;

十四. 發言守則:

(1). 與會者已透過網路看過論文, 因此「宣讀論文」約佔
　　5分鐘;

(2). 「特約講評」時間約10分鐘, 「講評」已透過網路公
　　開, 因此時間不宜太長;

(3). 如設「雙特約講評制」, 則宣讀論文時間取消, 請「論
　　文發表人」以點列的方式, 摘要列出要發言的10到15
　　點, 大會將附錄於場刊;

(4). 開放討論, 每位發言不超過3分鐘;

(5). 然後由「論文撰述人」或「特約講評」回應;

(6). 大會將紀錄來賓發言, 附錄於論文集, 會場也有錄。

「柏楊思想與文學國際學術研討會」程序表

一九九九年六月十日(星期四)

9:00 – 9:20	辦理註册手續
9:20 – 9:30	開幕儀式 冼玉儀博士（香港大學亞洲研究中心） 宣誓儀式 黎活仁（大會召集人） 　誓詞: 大會委託香港公開大學楊靜剛教授擔任裁判, 本人不知道「匿名評審」姓名, 又爲維護學術公平公正, 沒有參與審查過程, 此誓。 楊靜剛（大會裁判） 　誓詞: 大會委託本人擔任「裁判」, 至感榮幸, 評獎和審查過程絕對保密, 維護公平公正原則, 此誓。
第一場　主題演講	主席:李瑞騰教授（中央大學）
9:30 – 11:00	唐德剛教授:〈三峽舟中的一齣悲喜鬧劇—對名作家柏楊生平的個案透視〉 特約回應: 璧華（香港著評論家）、潘耀明（《明報月刊》總編輯）、陳萬雄（商務印書館總經理)、陶傑（東方報業主筆）
第二場　柏楊的思想	主席:璧華（香港著名評論家）

11:00– 12:00	向陽（靜宜大學）:〈猛撞醬缸的虫兒: 試論柏楊雜文的文化批判意涵〉 講評: 鄭培凱（香港城市大學）、陳德錦（嶺南學院） 周裕耕（Jurgen Ritter, 德國Tuebingen大學）:〈柏楊——非貴族的知識分子〉 講評: 劉靖之（嶺南學院）、白雲開（香港城市大學）
12:00 – 2:30	午膳
第三場　柏楊的雜文　　　主席: 黃耀堃（香港中文大學）	
2:30– 3:35	梁敏兒（香港教育學院）:〈共同體的想像 — 柏楊筆下的國民性〉 講評: 龔鵬程（佛光大學）、陳岸峰（香港科技大學） 劉季倫（輔仁大學）:〈柏楊的歷史法庭〉 講評: 岑逸飛（香港著名專欄作家）、李培德（香港大學） 亞歷山大・彼德羅夫（Aleksander Petrov, 匹茲堡大學）: "Bo Yang's *The Ugly Chinaman*: Generic and Comparative Perspective" 講評: 曾焯文（香港理工大學） 睹山・�遲引（Dusan Pajin, 南斯拉夫Belgrade University）"Life after death, life before death – fabrics of life in the stories of Bo Yang"

	講評: 劉靖之（香港嶺南學院）、曾焯文（香港理工大學）
第四場　柏楊的雜文	主席:劉靖之（香港嶺南學院）
3:35– 5:00	李瑞騰（中央大學） [發言] 關於遠流版的柏楊全集 龔鵬程（佛光大學）:〈現代化思潮下的史論： 《柏楊曰》的精神與處境〉 講評: 黃耀堃（香港中文大學）、陳志明（香港大學）

一九九九年六月十一日（星期五）

第五場　柏楊的報導文學和舊詩	主席:龔鵬程（佛光大學）
9:00　– 10:15	張堂錡（東吳大學）:〈從《異域》到《金三角‧荒城》〉 講評: 羅琅（香港作聯祕書長）、李志文（香港珠海書院文史研究所） 雷銳（廣西師大圖書館）:〈爲時代的悲劇小人物撰史立傳: 論柏楊的報導文學〉 講評: 楊靜剛（香港公開大學）、梁敏兒（香港教育學院） 黃守誠（作家）:〈國家不幸詩家幸: 柏楊舊詩的藝術成就〉 講評: 單周堯（香港大學）、林憶芝（香港公開大學）

10:15 – 10:30	茶點
第六場　柏楊的小說　　　　　主席：　李志文（香港珠海書院）	
10:30 – 11:30	應鳳凰（德州大學）：〈柏楊五十年代小說與戰後台灣文學史〉 講評: 向陽（靜宜大學）、劉季倫（輔仁大學） 張素貞（台灣師範大學）：〈遊走在神魔與歷史之間—論柏楊的《古國怪遇記》〉 講評: 陳藩耕（香港《文學報》副總編）、洪濤（香港城市大學） 朱耀偉（香港浸會大學）：〈反放逐的書寫: 試論柏楊小說的「放逐」母題〉 講評: 歐陽潔美（香港中文大學）、余麗文（英國Warwick大學）
11:30 – 2:00	午膳
第七場　柏楊的小說　　　　　主席：　鄧昭祺（香港大學）	
2:00– 3:40	朱嘉雯（中央大學）：〈當代中國的放逐者: 柏楊及其他同類短篇小說中「失鄉」主題探討〉 講評: 梁敏兒（香港教育學院）、王璞（香港嶺南學院） 余麗文（英國Warwick大學）：〈柏楊小說的城市和空

	間〉
	講評: 陳惠英（香港嶺南學院）、朱耀偉（香港浸會大學)
	黎活仁（香港大學中文系）:〈思想家的「陰影」(shadow): 魯迅與柏楊小說中的幽靈〉
	講評: 周錫䪖（香港大學）、陳學超（香港教育學院)
3:40–4:00	茶點
第八場 柏楊的小說	主席: 楊靜剛（香港公開大學）
4:00 –5:00	鄧擎宇（香港大學）:〈從小說的重複現象看柏楊的《掙扎》〉
	講評: 應鳳凰（德州大學）、鄭振偉（香港嶺南學院)
	梁竣瓘(中央大學):〈尋找柏楊小說中的女主角: 文學、社會的交互考察〉
	講評: 鄭煒明(澳門大學)、余麗文(英國Warwick 大學)
	鄭雅文（中央大學）:〈「中國」歷史走向「台灣」社會 — 柏楊小說的死亡課題〉
	講評: 劉漢初（台北師範學院）、黎活仁（香港大學)
第九場 總結發言	主席: 劉靖之（嶺南學院）
5:00-5:30	觀察報告: 龔鵬程（佛光大學） 宣布獎項: 楊靜剛（香港公開大學）

國家圖書館出版品預行編目資料

柏楊的思想與文學：「柏楊思想與文學國
際學術研討會」論文集＝The thought &
literary works of Bo yang／黎活
仁等主編.－－初版.－－台北市：遠流，
2000〔民89〕　面；　公分.－－

ISBN 957-32-3939-6（精裝）

1.柏楊—作品評論
2.柏楊—學術思想

848.6　　　　　　　　　　89002532